陈景河 著

红楼梦与长白山文化

生活·讀書·新知
三联书店

Copyright © 2018 by SDX Joint Publishing Company.
All Right Reserved.
本作品版权由生活·读书·新知三联书店所有。
未经许可，不得翻印。

图书在版编目（CIP）数据

《红楼梦》与长白山文化/陈景河著. -- 北京：
生活·读书·新知三联书店，2018.9
ISBN 978-7-108-06400-4

Ⅰ.①红… Ⅱ.①陈… Ⅲ.①《红楼梦》研究②满族
－民族文化－研究－东北地区 Ⅳ.①I207.411
②K282.1

中国版本图书馆CIP数据核字（2018）第214957号

策　　划	知行文化
封面题签	放　夫
责任编辑	马　翀
装帧设计	陶建胜
责任印制	卢　岳
出版发行	生活·读书·新知 三联书店 （北京市东城区美术馆东街 22 号）
网　　址	www.sdxjpc.com
邮　　编	100010
经　　销	新华书店
印　　刷	北京市松源印刷有限公司
版　　次	2018 年 9 月北京第 1 版 2018 年 9 月北京第 1 次印刷
开　　本	635 毫米 ×965 毫米 1/16　印张 31.5
字　　数	361 千字　46 幅图
印　　数	0,001－5,000 册
定　　价	68.00 元

（印装查询：010-64002715；邮购查询：010-84010542）

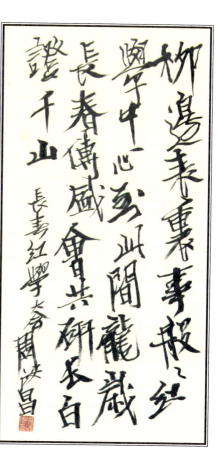 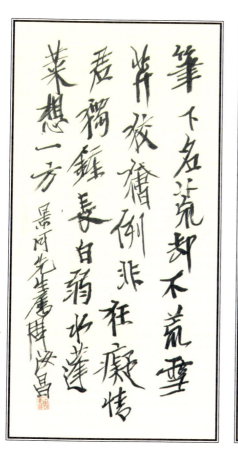

周汝昌先生的两幅题字

△ 大荒山远眺　温波摄

▽ 天池春色　韩樱摄

人参朱果——红榔头　宗玉柱摄　　　　　　老山参　宗玉柱摄

女娲补天石　宗玉柱摄

序一

独辟蹊径的红学探源之作

张庆善

陈景河先生即将出版他的红学专著《〈红楼梦〉与长白山文化》，嘱我写序，说实在话，我是勉为其难。我和景河先生是几十年的好朋友，他是我很尊重的兄长，我对他的为人和治学的执着精神是非常敬佩的。从朋友情谊，他希望我能为他的第一本红学专著写序，我是不能推辞的。那"难"从何而来呢？老实说"难"就在于我对景河先生研究的领域所知不多。

景河先生是从满族历史文化的角度研究《红楼梦》的。毋庸讳言，过去在《红楼梦》研究中，从满族历史文化的角度研究《红楼梦》很不够。究其原因：一是重视不够，没有认识到从满族历史文化的角度研究《红楼梦》的重要性；二是对满族历史文化不了解、不懂，诸如对萨满教、满族习俗、满族服饰、满语等没有研究，所知甚少，自然就谈不上从满族历史文化的角度去研究《红楼梦》了；三是从满族历史文化的角度研究《红楼梦》，又容易碰到一些敏感问题，诸如作者曹雪芹家的旗籍、族籍等问题。我本人就是这样，长期不关注从满族历史文化的角度研究《红楼梦》。尽管景河先生在这些方面做了多年研究，出了很多成果，而且他的文章都寄给过我，但还是没有引起我的关注和重视。在红学圈子里，从满族历史文化的角度研究《红楼梦》的人本来就少，而红学界与满学界、民族学界的交流沟通又不够，所以从满族历史文化的角度研究《红楼梦》就成了被红学"遗忘的角落"。

改变我的认识是一次学术研讨会。2013年3月，由中国社会科学院《民族文学研究》编辑部、中国红楼梦学会、《红楼梦学刊》杂志社三家共同主办的"《红楼梦》与满族历史文化学术座谈会"在北京举行，虽说是三家共同主办，其实主要是由中国社会科学院民族文学研究所、《民族文学研究》编辑部策划组织的，题目是由著名满学专家关纪新先生提出的，他为筹备这次座谈会做了大量的工作。正是为了参加这次座谈会，我认真地看了一些资料，才认识到从满族历史文化的角度研究《红楼梦》是那么重要。在那次学术座谈会上我代表中国红楼梦学会有个致辞，我说："我们这次学术座谈会人数不很多，但层次很高，意义很大。从某种意义上说，这次学术座谈会是具有历史意义的，因为这是第一次由满学界、民族学界与红学界共同组织召开的专门研究'《红楼梦》与满族历史文化'的学术会议，这个'第一次'不容易，它反映出人们对'《红楼梦》与满族历史文化'关系的认识有了很大的提高，因而可以说本次学术座谈会必将会对'《红楼梦》与满族历史文化'的研究产生重要的影响。"这是我的真心话，反映出我对从满族历史文化角度研究《红楼梦》的认识有了很大的提高。

从满族历史文化的角度研究《红楼梦》，这原本是《红楼梦》研究的应有之义。《红楼梦》产生于清乾隆年间，满族贵族是统治者，而曹家是正白旗包衣，是清王朝最高统治者皇帝的世代奴仆。曹家与康熙皇帝的关系是极为密切的，曹雪芹的曾祖母孙氏做过康熙皇帝的保姆，曹雪芹的爷爷曹寅很小就做康熙皇帝的侍卫，一生对康熙皇帝忠心耿耿，也深得康熙皇帝的信任和器重。

由于这些关系，曹家虽是"身为下贱"的奴仆，但也是皇帝的亲信。受康熙皇帝的关照，曹家得以担任江宁织造达58年之久，成为一时的江南望族。曹雪芹的姑姑是多罗平郡王讷尔苏的嫡福晋，是王妃。他的表兄福彭曾是乾隆朝的重臣。这些都使曹家与清王朝的统治者有着紧密的联系。曹雪芹出生在南京，而大部分时间又生活在北京，他的许多朋友如敦诚、敦敏等都是宗室子弟，这使得曹雪芹对满族贵族生活的熟悉并受其影响是不可避免的。因此，从满学的角度、满族历史文化的角度研究《红楼梦》，不仅是应该的而且是十分重要的。从某种意义上说，你如果不了解满学或者说满族的历史文化，对《红楼梦》的认识和理解就会受到限制，或者说你就不可能更深刻地理解和认识《红楼梦》。正如周汝昌先生所说："不懂满学，即看不懂《红楼梦》——此看不懂，至少是指不能全部看懂。"（周汝昌：《满学与红学》）从某种角度说，这话是很有道理的。

在红学界，景河先生是比较早地关注从满族历史文化的角度研究《红楼梦》的人，也是在这方面用力最多的人之一。他在本书的后记中有两段话，给我留下深刻印象：

> 1980年至1983年，我的小说创作小有成果，短篇（《黑阎王轶事》）、中篇（《五峰楼的传闻》）等在吉林省破天荒地被《小说选刊》选载并得奖，有了一点影响。作为乡土文学的作者，亟待补"地域文化"课。在翻阅长白山史料时，发现《魏书》与《北史》中均称长白山为"太皇山"，这里的"太皇山"当读为"大荒山"。突地，满族"发祥地"三字闪电般浮现脑屏："呀，难道《红楼梦》中的'大荒山'是指长白山？"也就是说，《红楼梦》是从大清根脉写起的？我意

识到，这一发现非同小可！如果真是这样，此前的一切红学论说，将重新验看，某些"红学"观点或者将重新改写！我不敢相信自己的发现，这么浅显的隐寓，二百多年来没人论及？于是我仔细查询史料，发现《山海经·大荒西经》曾直呼长白山为"大荒山"，史上脂砚斋、高鹗、王希廉等看破，只是有所顾忌，不肯言破；邓狂言、景梅九则接近言破。这让我信心百倍，开始了以满族"发祥地"长白山为发端的《红楼梦》与满族文化的思考。

……

几十年来，我礼拜长白山达八十余次，翻阅的史料达千万字。天道酬勤，长白山对我不薄，不仅让我发现《红楼梦》文化系于长白山，还让我有幸撞见了天池女真文字碑、抚松长白山大祭坛群、白头山大睡佛……山神赐我以这么厚重的信任，当以何报？我想，发现固然重要，认识它，研究它，开发出来，以飨世人，才能体现其存在的价值。

原来景河先生的研究是从"长白山"起步的。我记得他最早发表研究《红楼梦》的文章是1990年，他的《〈红楼梦〉与长白山——大荒山小考》《"太虚幻境"辨》《〈红楼梦〉中东北风》等一系列文章发表以后，还是有一定影响的，当时就引起同是东北人的著名作家、红学家端木蕻良先生的注意，评价为"给人以石破天惊的感觉"，"你已经刮起了东北风"。这个评价不低呀！景河先生引经据典，以《山海经》《魏书》《北史》及历代文人笔记、诗词材料关于大荒山的记述为证，深入到满族历史文化之渊薮，提出"大荒山即长白山说"，自成一家之言。你可以不同意他的观点，但你不能说他没有依据。景河先生的"新说"在当时一提出，就引起了不小的反响。但坦率地说，红学界许多专家虽然注意到了景河先生的文章，不过当时赞成的却不多。原因就在于多数专家学者对满族历史文化的不熟悉，尤其对景河先生的研究方法如有一些索隐的方法的不认可。更在于景河先生的观点太"大胆"了，因为如果陈景河先生的观点成立，几乎要颠覆人们对《红楼梦》的基本认识。

景河先生研究《红楼梦》的基本观点，就是"大荒山即长白山说"，可以简称"长白山说"。这是陈景河的一家之言，是深深印上陈景河标记的《红楼梦》研究"新说"。

景河先生认为，《红楼梦》开篇"大荒山"暗指满族"发祥地"长白山，他考证出书中的"大荒山无稽崖青埂峰"，谐音寓意为"长白山勿吉哀清根封"。景河先生认为化生为宝、黛的一石一草就出自长白山，而且那些丫头小姐的文学原型，无一例外地来自满族"发祥地"的长白山。

景河先生认为：《红楼梦》是揭示大清王朝社会生活的，作者自然地要将笔触撩拨到满族'龙兴之地'的长白山。"他还说："我尝以为，没有满洲族系对长白山崇祀，没有大清以来皇家对长白山的验看、封神、望祭，就不会有曹雪芹掘写'清根'的灵感和立意；没有满族贵族的入关取得天下，也不会有曹雪芹将顽石埋根于长白山的构思。让幻化入世的灵石出源自长白山，堪称神来之笔。"

在景河先生的眼里，贾宝玉是一个"活脱脱的满族小阿哥"，这位小阿哥文学原型的"灵石"就出自长白山下。而女主人公林黛玉的前身绛珠仙草也出自松花江之源的长白山，指的是长白山的神草——人参。他甚至认为：如果顽石象征入关取得天下的满族贵族的话，绛珠草（人参）则象征着大清的国体已如林黛玉之病体，"怯弱"不胜。"怯弱"二字，状写人参，极为传神；借寓大清国体，亦恰如其分。

　　坦率地说，景河先生的许多具体观点，包括对宝玉、黛玉、芳官等形象的分析及其"隐喻"，红学中人未必都能同意，但景河先生缜密的考证、新鲜的悟解、丰富的想象力和灵动活泼的描述，以及大量的有关满族生活的民俗资料发掘，确实令人耳目一新，读起来十分有趣，引人思考，与完全凭主观臆测的新旧索隐派是不同的。

　　景河先生认为《红楼梦》堪称流光溢彩的民俗大全，所涉民俗，有北俗，有南俗，但以北俗为主；有汉俗，有满俗，但以满俗为主，几乎囊括了民俗学所要研究的方方面面。诸如满族的崇山敬水习俗、萨满信仰习俗、宗族眷顾习俗、迷信禁忌习俗、岁时节令习俗、家族礼仪习俗、服饰习俗、饮食习俗、居住习俗、尊女习俗、护婴习俗、寿诞习俗、丧葬习俗、交通运输习俗、岁时祭祖习俗、交际礼仪习俗等等。在景河先生的著作中，有关这方面的论述是很重要的部分，也是令我十分感兴趣的内容。景河先生做什么事都非常认真，涉及满族历史文化知识，特别是关系满族民俗的内容，他做了大量的调查研究，请教了好多位著名的满学研究专家，因此这方面的内容是很扎实的，往往能自成一说。当然，如果认为《红楼梦》的故事包括人物形象皆秘藏于满族风俗及其变异之中，这我是不相信的。我还是那句在一些人看来非常浅薄的老话——"《红楼梦》是小说"。我很赞成这样的表述：《红楼梦》是满汉文化交融的结晶。这个话好像是我的朋友扎拉嘎先生最早提出的，我认为这是非常准确、非常形象的表述。

　　这些年来，人们对从满族历史文化的视角研究《红楼梦》的认识可以说有了很大的提高，强调从满族文化的视觉研究《红楼梦》的重要意义，人们不会有什么不同意见。但如果深入地研究

《红楼梦》与满族历史文化的关系,一些问题,甚至是敏感问题,人们的意见则大不相同。从上个世纪80年代,《红楼梦学刊》上就曾讨论过曹雪芹家的旗籍问题,进一步又涉及曹雪芹是满族作家吗?或者说曹雪芹是满化了的汉人吗?《红楼梦》是否可以看作是满族文学作品?《红楼梦》中的贾府是否是一个满族贵族的典型家庭?《红楼梦》中有反满倾向吗?再具体探讨问题就更多了,诸如贾宝玉的打扮服饰是满族还是汉族?《红楼梦》中是否写到"大脚""小脚"?《红楼梦》第六十三回,写到给芳官起了个"耶律雄奴"的名字,到底是对满族的歌颂还是讥讽等等。这些问题过去曾有过讨论,但似乎很不够,我想如果就这些问题深入开展《红楼梦》与满族历史文化关系的研究讨论,大家好好争论一番,必将会对《红楼梦》研究、对我国满学的研究产生积极的影响。而景河先生的研究,如能引起人们对从满族历史文化研究的重视,甚至引起一些争论,那正是我的期待,恐怕也是景河先生的愿望。

借为陈景河先生的书写序,说了上面一番话,意在强调从满族历史文化的视角研究《红楼梦》的重要意义,希望有更多的学者关注从满族历史文化的角度研究《红楼梦》,关注《红楼梦》中满族习俗方面的研究,如是这样,景河先生的研究就是非常有价值了。因为从满族历史文化的角度研究《红楼梦》,可以开辟红学的新途径,推动《红楼梦》研究事业的深入发展。

是为序!

2015年9月8日于北京惠新北里

(张庆善,中国艺术研究院博士生导师,中国红楼梦学会会长,原中国艺术研究院党委书记、副院长)

序二

一部新颖别致的红学新作

刘耕路

第一次读《红楼梦》时还是十几岁的少年，似懂非懂，基本不懂，至今已是60年过去了。这60年间时断时续，读了忘，忘了读，忘的多，记的少，然而对第一回里的一句话"朝代年纪，地域邦国却反失落无考"一直未忘，一直在琢磨其涵义何在？

《红楼梦》一开始，就点出"姑苏""金陵"等字样，非地域邦国而何？冷子兴演说荣国府，引出贾雨村纵论历史人物，上起"尧、舜、禹、汤"，下迄"倪云林、唐伯虎、祝枝山"，可见书中故事不在尧、舜之前，明明是在明代之后，非朝代年纪而何？"失落无考"本是不想让人相信的敷衍话，然而还是挡不住人们的"猜谜之心"，再加上"真事隐去"，"假语村言"，"谁解其中味"之类的说法，愈发引起一些人一探究竟的兴趣，于是历史上诞生了红学研究的一大流派——索隐派。基于上述想法，我对《红楼梦索隐》《石头记索隐》《红楼梦释真》等索隐派著作向来浅尝辄止，从未读完，因为不想承认其价值。

然而认真读完作家陈景河先生的《〈红楼梦〉与长白山文化》之后，我的想法有了很大变化，感到我原来的态度未免过于轻率，甚而至于有几分盲目。景河先生的书即将"红楼梦"与"满洲"

两个"概念"紧紧联系在一起,这是他立论的始点和终点。约略说来,他有如下几个重要论点:

(一)书中"大荒山"实指满族发祥地长白山。考定此点之后,"女娲石"便成为清代满族这一统治民族的象征。他们金戈铁马,于1644年入关取得天下,相当于天已补齐;剩下一块石头,派不上用场,不甘寂寞,苦求僧道将其携入红尘,托生贾家,于是有了一部《石头记》,亦即《红楼梦》。

(二)第五回书中的"太虚幻境"形同满族萨满女神神殿。主人公贾宝玉魂游太虚幻境,实则是护婴女神警幻仙姑为这位13岁的满族小阿哥举行"成丁礼"。翻看家族档册、听唱家族人物历史、接受性教育等,描述了整个"成丁"过程。

(三)第一回中的"灵河"与"绛珠草"的象征和隐喻皆与满族相关。"灵河",系指满族的母亲河松花江,"绛珠草"的原型是长白山的人参仙草。

(四)宝、黛双璧实为满族童贞时期少男、少女形象。宝黛的不合时宜,表现出的矛盾冲突,并非封建叛逆与封建专制的冲突,而是人物性格之间的冲突,即宝、黛是从满族的故乡长白山大林莽而来,带着满族童贞时期的性格特征,与中原传统的俗世格格不入。

(五)秦可卿、贾母等皆为满族风俗人物。秦可卿出身高贵,却并非如刘心武先生所说,是隐匿在贾家的"皇姑",而是太虚幻境警幻仙子的"吾妹",身份是神女。她在贾家属于"家(族)萨满",承担沟通神、人两界,维护家族绵延繁衍的职责。无奈贾家气数已尽,不可挽回,故秦可卿早早地回归仙班。贾母并非"封建专制的总代表",实为一位风俗人物,满族称为"福太太",多福多寿,多子多孙,而且世事洞明,人脉广博,在贾家起到"制衡"作用。

记得上个世纪80年代，作者曾经和我谈过《红楼梦》与满族的关系，我觉得很新颖，以为《红楼梦》研究处于板滞的情况下，他的想法也许可以独辟蹊径。到上个世纪末，他发表了《〈红楼梦〉与长白山——大荒山小考》《"太虚幻境"辨》《〈红楼梦〉中东北风》等有相当影响的论文，他的红学研究渐渐铺展开来。今年秋季，他来北京看我，把一部皇皇巨著摆到了我的案头。对这部书稿，三个多月来我几乎"天天读"，边读边按作者的提示去琢磨，颇有所悟。

《红楼梦》第一回，写小乡宦甄士隐丢失爱女，大火烧光了家业，回到田庄又不得安身，最后投奔岳丈封肃。对"封肃"之名，甲戌本《红楼梦》眉批："托言大概如此之风俗也。"我当年读书至此，也注意到了"风俗"二字，以为不过指的是人情冷暖、世态炎凉之类，景河则特别警觉，认为《红楼梦》的真实皆隐含在"风俗及其变异"之中。《红楼梦》里的"真实"（或"真事"），是指满族整体的真实，并非指具体皇帝、宰相、官吏的真实。他曾对我说，迄今的新旧索隐派之所以走错了路径，就是把《红楼梦》当作历史纪实来对待，到书中寻找某些官宰或皇家的真人真事，以至于发生随便对号码、胡乱扣帽子的错乱。他对索隐派的这个批评，可谓鞭辟入里，切中肯綮，令我觉得十分痛快。

《红楼梦》中有南俗，有北俗，但以北俗为主，这是读者公认的事实。书中有汉俗，有满俗，而以"满文化居主，汉俗次之"，周汝昌先生此言是也。当我们循着民族文化风俗及其变异的"进路"读《红楼梦》，就会发现满族风习，贯穿《红楼梦》（前八十回）始终。下面我想就其荦荦大端略作表述。（1）称谓：老爷、太太、嬷嬷、哥儿、妞妞，尤其是"主子、奴才"，都是清代满族贵族家庭的称呼；（2）礼仪：请安打千、执手抱腰、尊女、敬老，尤其是"省亲"，皆为满族习俗；（3）发式、佩饰、服饰：贾宝玉的打扮就是活脱脱的满族小阿哥形象；王熙凤喜服毛皮，完全是满族贵族少妇的形象；（4）天足：书中除尤氏姐妹外，无妇女裹脚的描写，这是对满族妇女的不写而写；（5）居所：火炕、排插、碧纱橱等，皆为满族住房的设置；（6）选秀女：宝钗进京，候选秀女，这为清代满族所独有；（7）骑射：冯紫英随父打围铁网山，只有木兰"皇围"才可能将山围得"铁网"般；被鹰"捎了一翅膀"，说的是鹰手无能，猎鹰弃主而去，是东北满族鹰文化的折射；七十五回写贾珍居丧期间，生了个"破闷之法"，邀集一帮贵族子弟射"鹄子"。政、赦兄弟等以为习武是"正理"，遂命宝、环等跟着习射，反映的是清朝贵族尚武的观念；（8）第五十三回详细写了乌庄头进租，隐写吉林打牲乌拉总管衙门之岁贡，当然是清朝独有的贡赋制度；（9）书中写到的跳神、祭星、换锁（索）等，亦是满族特有的习俗；（10）清代贵族爵位从"亲王、郡王"以下分十二个等级，其中有四个等级称作"将军"，如"镇国将军、辅国将军"等。书中第十三回写到为把秦可卿的丧事办得"风光"，贿赂太监戴权为贾蓉捐个"龙禁尉"的虚衔，奉上的履历中就有"世袭一等神威将军贾代化""世袭三品爵威烈将军贾珍"的字样，亦是《红楼梦》写大清之一证。本文开头说冷子兴演说荣国府点到"倪云林、唐伯虎、祝枝山"等明代的名人，那不就等于告诉你书中讲的就是清朝的故事吗？

　　本书作者认为，读懂文本，是理解和研究《红楼梦》的前提。欲知《红楼梦》里隐去的真事，就要到文化风俗的演进中去探寻。

　　从女真时代起，满族的经济生活是渔猎、采集、游牧、农耕的综合，使用的语言是属阿尔泰语系通古斯语族的满语，书写的文字是在蒙古文的基础上改造而成的竖写的拼音文字，萨满教确立了他们的信仰观念和崇拜对象，规范了他们的宗教崇拜行为。满族社会组织严密，纪律严明，严主、奴名分，思维方式和行为方式都倾向求实务实。以上诸要素的综合造就了满族文化的优点和特点。

满洲贵族定鼎中原以后，满族的主体也随之移居到具有悠久农耕文明的广大中原地区。清朝皇族及平定天下过程中形成的贵族的角色，也逐渐发生了历史性的转变。他们遇到了汉文化巨大的挑战。康熙、雍正、乾隆等够得上英明的皇帝，一方面尊孔崇儒，读经重道，像海绵吸水一样充分接受汉文化的浸润和滋养，同时也对汉民族文化和生活方式对满族文化特色的解构和侵蚀保持了相当的警惕和抵制。

康熙帝选择木兰围场作为皇家猎苑，在这里举行"木兰秋狝"，就是要以行围狩猎的方式演练军旅，保持其祖先生活方式和勇武精神。雍正临死立遗嘱："后世子孙，当遵皇考所行，习武木兰，毋忘家法。"他们想方设法防止子孙在城市生活中腐败堕落，然而还是未能躲开历史的嘲弄和惩罚，后来"八旗子弟"终于成为"草包无能""废物点心"的代名词。《红楼梦》写了贾家"水、代、文、玉、草"五代人——"一代不如一代"（冷子兴语），有没有八旗子弟的影子？我以为就是八旗子弟的影子。

景河先生认为《红楼梦》是反映大清王朝社会生活的，主旨立意在于揭示满族的盛极而衰，我不敢说这个论断就是确论，但可以说它持之有故，言之成理，独辟蹊径，新颖别致。我过去曾经认为、现在依然认为《红楼梦》研究永远不会有最后结论；如果有，那就不是《红楼梦》了。既然如此，只要是能够引发读者做有益思考的著作，都应该欢迎其问世。

景河先生是吉林省著名小说家，他塑造的小说人物有棱有角，个性鲜明，令人喜爱。现在这位小说家写研究小说的著作，文字依然灵动活泼，令人生悦。

我相信聪明的读者读过本书后，收获会比我更多。

2012 年 12 月 30 日 北京万寿山下

（刘耕路，中共中央党校教授，

原中共中央党校文史教研部主任）

序三

《红楼梦》阅读中的一个传奇

富育光

四十多年来，我作为一个萨满教研究工作者，进入北方民族精神文化领域，与万年前的历史老人觌面，将他们的生命意识、生活情状、信仰习俗等发掘出来，展示给人们看。在开创人类文化学和社会学的新学科——萨满学上，做出了自己的一些努力。

作为最原始、最本真的生命解释系统，萨满学一面世，就像矗立在大地上的回音壁，让人们听到历史老人铿锵的脚步和萨满精神文明的回响。因此说，萨满学既是一把金钥匙，又是一架透视镜，既开启了原始时期人类精神殿堂的重关巨扃，又让人们窥见先世古人生活情状和五彩缤纷的精神世界。故萨满学一创立，便立即成为人类文化学和社会学的核心内容，引起世界各国的关注，东北亚，特别是我国黑龙江流域、松嫩平原、长白山区，理所当然地成为萨满文化活化石埋藏地，引动世界级的萨满专家纷至沓来。

正当人们聚焦东北亚萨满活化石发掘之时，斜刺里驰出一匹"红学"黑马，他独辟蹊径，用萨满学之钥开启《红楼梦》迷宫之门，以"石破天惊"的"大荒山说"震撼红学界。他就是本书作者吉林作家陈景河先生。二十多年来，他并没停下脚步，仍以萨满文化为透视镜,继续着自己的阅读传奇。

说起来,我认识陈景河先生已三十年了。上世纪80年代初,他以《黑阎王轶事》《五峰楼的传闻》等中短篇小说蜚声省内外,以清新、活泼、朴实的文风一扫伤痕文学的颓唐和哀伤,让文学重新贴近生活、贴近人民大众。80年代中后期,他转向长白山文化的思考和研究。也许他的本意在于给自己的小说创作"充电",以求更上一层楼,却无意间跨入《红楼梦》研修殿堂,而专注于"《红楼梦》与长白山"文化课题的发掘,竟然在方兴未艾的萨满研究领域与我不期而遇,殊途同归,这引起我极大的兴趣。

陈景河先生推出"大荒山说"伊始,就被黑龙江省的学者誉为"陈氏新说"。他的"大荒山"说,原本是由满族崇山敬石的萨满习俗生发出来,此后更引领出《"太虚幻境"辨》《〈红楼梦〉中东北风》《人参格格林黛玉》等篇章,揭示出《红楼梦》中丰富的满族文化习俗。这可能会引领红学研究进入民族文化研究这一新领域。

此后,他的"红研"却一度陷入沉寂。一天,他来找我,说有两个题目做不下去,希望我来"攻城拔寨"。那是新世纪之初,吉林省红楼梦学会已成立多年,学会对我很尊重,寄予厚望,我觉得责无旁贷,便心无旁骛,历时一个月,写了《浅析曹雪芹笔下清代祭礼与贡俗》和《谈〈红楼梦〉中的满族旧俗》。其中的满族的"堂子祭"与乾隆年颁布的《典礼》颇符;第五回"太虚幻境"的"警幻仙子"词头"警幻"出自满语"井玄木比";五十三回庄头乌进孝进租,写的是大清的贡俗,其中的"暹猪""汤猪""龙猪"均是东省贡俗中对贡猪分类等等,均是言人所未言。文章发表后,读者反响强烈。陈景河高兴地说:"您的两篇文章是吉林红学研究的'奠基之作',会把红学引向深远。"

此后，我隐约感到陈景河先生暗下功夫于萨满学。他的学习方法与别人不同，参与进去，一竿到底，义无反顾，力求理解萨满学的精义。他意识到萨满教的"六大祭"（柳祭、火祭、星祭、海祭、雪祭、鹰祭）是非物质文化遗存的无价之宝。1988年，他借贷五万元投拍《火祭》，又自筹12万元投拍《鹰祭》。我觉得，他对书中萨满文化内涵有自在的理解力与亲和力，书中一系列萨满珍藏，仿佛是在"芝麻开门"中被他呼唤出来，琳琅满目地展现在人们面前。书中这些"珍藏"，多半是作者的隐喻、借喻、象征的笔法，并非高深莫测的理论，只是其中寄寓萨满教灵魂，对于稍有萨满知识积累的人来说，是一层窗纸一捅即破的事情。

一天，他兴致勃勃地告诉我："读你的书很有感想，你们满族萨满文化说到底是情文化。"呀，我心里一亮，这话我还没说过。他又说："你们满族萨满女神都是爱神，个个成人之美，无有破人婚姻者。"我惊喜地问："这话……你从哪儿得来的？"他说："你的书字里行间透露出来的。"——这让我再次领略到他的悟性，对萨满和谐律独特的理解！

悟性是天赋之性，又是人赋之性。天下玄奥精微之理，出神入化之艺，梦笔生花之境，心力难求，唯悟性可达。为了攻克"神附"这一世界难题，陈景河先生深入村镇，走近萨满，了解她们神附时的生命体验，意识表征。费时一年，终于写出《基因误存：萨满神迷现象解码》一文，试着用马克思主义唯物论诠释"萨满神迷"。在国际萨满研讨会上宣读，给大会带来意外的惊喜。韩国、日本学者分别来造访，问这一观点是哪来的——他们不大相信，一个普通作家敢于对高深莫测的萨满神迷现象解码？陈景河友好地告诉他们："是自己悟出来的……如果共产党人不能用唯物论来破解这一难题，还谈什么先进世界观？"

随着对萨满学研习的深入,我感觉陈景河先生变得视野开阔,别具慧眼,甚至有点"神乎其神"。他除了发现《红楼梦》与长白山血缘关系外,1994年初夏,去长白山西坡考察,在回程时蓦然回首,发现横陈在天际的冠冕峰恰似一尊卧佛,为日后西坡"拜佛台"的矗立提供了可能;1999年8月,他在天池钓鳌台女真祭坛上发现一方女真文字碑,确证金代女真人曾封祭长白山为"开天弘圣帝";2008年5月,他在抚松大荒顶子发现规模宏大的长白山祭坛群,被称为"北方民族的大地神书"。

我羡慕陈景河跟长白山的缘分,也知道他的刻苦、率真、永不停顿的进取精神。毫无疑问,天道酬勤,他得益于对萨满学的融通,才与长白山结出一颗颗让人羡慕的"秘情果"。

岁月转蓬,日月如梭,眨眼二十年过去。随着中国萨满学的确立,陈景河的红学研究也进入较成熟阶段。如果说90年代初的"大荒山说",只是用"萨满"之钥匙打开《红楼梦》迷宫之门,如今可以说他已经登堂入室,把萨满文化作为透视镜,透析《红楼梦》全本,找到读书的"风俗"进路,并从风俗的进路,从书中发掘出"崇山敬水""长白山自然王国""萨满女神神殿的'太虚幻境'""家萨满的秦可卿"等极为丰富的萨满文化内涵,而获得书中满族萨满风情种种不可挪移的"真实存在",给《红楼梦》的主旨立意、主题思想、象征意象、人物形象等一系列问题,带来新思考。岂不知他的新思考对传统红学是个"颠覆性"挑战。譬如,《红楼梦》究竟写的是什么,两百五十年来争来争去,陈氏一语道破:"写的是大清盛极而衰";再如宝黛是何等样人,是"衣来伸手,饭来张口的公子哥"还是"爱博而心劳的富贵闲人"?是封建末世"叛逆者形象"吗?他用十二个字概括之:"满族童贞时期少男少女形象";贾母,一直被认为是"封建势力的总代表",

他认为，贾母是满族创业阶段勇于担当、心地善良的老祖母形象。满族这种辅佑后代、治国齐家的老祖母，代不乏人。再如贾府少妇秦可卿一直被视为"淫荡""乱伦"的典型，而被钉到红学的耻辱柱上。陈景河则提出她是一位隐藏在贾家的"家萨满"，善良美丽、极尽职守，临终向凤姐嘱托后事，将她的家萨满身份"自露"出来。本书的"自然王国"篇，虽说是近年所作，它的重要性不亚于"大荒山""太虚幻境"等篇什，揭示的是满族观念上的长白山自然王国，那里的花儿草儿、云霞虹霓等居然能化生为女儿们，伴随着宝黛这对活宝悲喜交集的人生。还索隐出一份旷古未见的"红楼女儿原型榜"。这一"原型榜"在网上一露面，短短数月，点击量已接近五万之众。说明"陈氏新说"仍保持着旺盛的定力，增强着中国红学与时俱进的自信。

满族古老的《雪祭·神歌》唱道："巴那吉妈妈赠大地以生命，卧勒多妈妈赐万星以灵魂，尼莫妈妈给瑞雪以灵性……"我祝愿从民族文化视角探源红学能给新世纪的红学增添生机与定力，给长白山增添更丰厚的文化土壤，栽种出更绚丽的和谐友爱之花。

2015 年 9 月 22 日

（富育光，吉林省民族宗教研究中心研究员、

吉林省文史馆馆员）

目 录

序一 独辟蹊径的红学探源之作　　张庆善　1

序二 一部新颖别致的红学新作　　刘耕路　8

序三 《红楼梦》阅读中的一个传奇　　富育光　14

序　编　红学的进路

一　红学研究的殊途同归　3
二　风俗的进路：开篇甄士隐的导读　10
三　满族的真实，尽在民俗中　13

第一编　"大荒山"新考与"灵石"抉源

第一章　神州何处大荒山　19
一　"大荒山"的所指，石头的出源，一直神秘莫解　20
二　长白山亦称"大荒山"，史料言之凿凿。曹公按接入书　23

第二章　女娲补天与长白山　30
一　女娲补天神话　30
二　补天石：蝌蚪样甩着尾巴　32

三　海伦格格，满族的补天故事　37
　　四　大荒之名，屡见于史料及诗文　38

第三章　大清根脉，"瞒蔽"深藏能几时　41
　　一　狡狯脂砚斋，"瞒蔽"又"提醒"　41
　　二　高鹗三次闪击东省　42
　　三　护花主人点击，无人留心　43
　　四　邓狂言言破，无人理会　45
　　五　景梅九明示，亦无人关注　45

第二编　长白山：北方民族的神山

第四章　族源的神话与长白山的原住民　49
　　一　创世神话与满族的诞生　49
　　二　勿吉人：长白山的原住民　54
　　三　勿吉人的生存与发展　59

第五章　山陵崇祀的震撼　62
　　一　泰山封禅天下知　62
　　二　辽、金对长白山的尊崇与封祭　67
　　三　大清的崇祀，超越往古　75

第三编　母亲河畔话人参

第六章　灵河，满族的母亲河　91
　　一　灵河知何处，鲜有人问津　91
　　二　灵河，松阿里乌拉江　94
　　三　松花江，满族的母亲河　96

第七章　何方神草，竟有化生为人的神奇　102

　　一　是作者虚拟的仙草吗？　102

　　二　是指灵芝草吗？　103

　　三　绛实珠果，非人参莫属　105

第八章　满洲的人参文化　109

　　一　因疗效显著，状类人形，被敬而神之　109

　　二　人参，自然王国的头领　112

　　三　乾隆东巡，情寄人参诗　115

　　四　闯关东，引来人参故事大爆炸　118

第九章　大清参务及其在书中的折射　123

　　一　后金，因人参贸易而国富民殷　123

　　二　大清参务，在书中的折射　124

　　三　百年成灰的预警　127

第十章　一石一草的象征与隐喻　132

　　一　石头的象征与隐喻　133

　　二　长白山人参与林黛玉　138

　　三　象征意象带来的启示与思考　140

第四编　"太虚幻境"：萨满女神神殿

第十一章　"太虚幻境"溯源　145

　　一　是道家的道场，还是佛家的佛堂？　145

　　二　"太虚"不虚，"幻境"不幻　147

　　三　满族故墟，荒寒北陆　151

　　四　龙江神区，弱水滔滔　154

第十二章　姊妹神殿，神女居之　157
　　一　满族原始天穹观与九天神楼　157
　　二　"太虚幻境"：姊妹神殿的艺术建构　158
　　三　成丁礼仪，颇合满俗　160

第十三章　警幻仙子：保婴女神，灵光闪射　164
　　一　是女仙西王母的化身吗？　164
　　二　是佛家大士、菩萨吗？　166
　　三　警幻仙子，原型有自　167
　　四　萨满风情，惊世骇俗　171

第十四章　宁荣二公：祖先不灭的英灵　180
　　一　宁荣二公的叙出及其"事略"　180
　　二　对家族庇护之责　183
　　三　绝望的叹息　184
　　四　宁荣二公在书中的作用　185

第十五章　"双真"：人间与神界的沟通者　188
　　一　癞僧、跛道的叙出及其活动　188
　　二　癞僧、跛道，究竟是何等样人？　190
　　三　"双真"，来往于人神两界　194

第五编　《红楼梦》中的萨满文化

第十六章　萨满教的由来及其多神崇拜　201
　　一　萨满教的由来　201
　　二　原始萨满教与现代一神教　203
　　三　《红楼梦》中萨满文化释例　206

四 "太虚幻境",复演满族观念上的金楼、银楼 206

五 望慰美人轴子,撞见小厮做爱 206

六 放飞美人风筝,"美人"恋恋不起 207

七 抽柴草小姑娘,"虽死不死" 208

八 海棠树,无故死了半边 210

九 挂枝祭,公子柔情谁人知 211

第十七章 魇魔法的萨满文化透析 213

一 魇魔法使叔嫂致病 213

二 魇魔法致病原理 216

三 石头的魔幻效应 218

四 魇魔术的萨满文化透析 219

第六编 《红楼梦》中东北风

第十八章 北方的掠夺文化与大清习武风俗的变异 227

一 "半旧的"三字,大有玄机 227

二 险峻的眉批,皇帝老爷嘴脸毕现 229

三 掠夺一旦变成习俗,该多么可怕 230

四 习武风俗的松弛,带来骑射文化的衰微 233

第十九章 贾府年关大祭祖 239

一 清宫堂子祭与贵族世家的宗祠 239

二 光禄寺恩赏,昭示祖上勋业有光 241

三 乌进孝进租与乌拉贡俗 243

四 宁府祭祖中的满俗 248

第二十章　满族世家的礼仪文化习俗　253
　　一　独特的称谓，让人应接不暇　254
　　二　交接礼俗，讲究甚多　260
　　三　尊老敬上，以孝为先　265
　　四　女性为尊，世代传流　267
　　五　书中满族风俗，也有真事隐　269

第七编　宝黛形象论说

第二十一章　贾宝玉究竟是何等样人？　277
　　一　书中人物眼中的贾宝玉　277
　　二　评家眼中的贾宝玉　282
　　三　活脱脱一个满族小阿哥　292

第二十二章　乖僻邪谬，还是童贞时候　299
　　一　宝玉身上的神性特征　299
　　二　宝玉身上的人性特征　304
　　三　逐花恋柳，结下秘情果　314
　　四　意淫，性生活的别种意趣　319

第二十三章　宝黛，诠释真爱的人间大道　327
　　一　林黛玉的文学原型　327
　　二　黛玉身上的神性性格　329
　　三　恋爱进程，一波三折　330
　　四　钗黛合一，大观园里的和煦春风　340

第二十四章　归来兮，长白之子，人生如烟似梦　345
　　一　贾宝玉情性生活的拓展　345

二　林黛玉诗化性格的展现　*346*

　　三　宝黛爱情生活的了局　*351*

　　四　宝黛形象及其意义　*354*

第八编　两位蒙冤已久的风俗人物

第二十五章　贾母：满族原生态文化的活化石　*361*

　　一　人间慈善老母，悉心呵护幼雏　*361*

　　二　乐山乐水娱人，追求自然和谐　*363*

　　三　适度民主自由，只需"礼体"不错　*365*

　　四　平息尖锐冲突，化解家族矛盾　*368*

　　五　疼爱小小冤家，默许宝黛爱情　*374*

　　六　民间早有原型，极类呼都力妈妈　*379*

　　七　颠倒贾母形象，续书令人惋惜　*384*

第二十六章　风流神女秦可卿　*392*

　　一　扑朔迷离，泯于乱伦　*392*

　　二　天女下凡，有迹可循　*395*

　　三　宗族萨满，蛛丝马迹　*398*

　　四　秦氏之谜，豁然明朗　*408*

　　五　脂评谬批，让可卿久久蒙羞　*418*

第九编　长白山自然王国的言说

第二十七章　自然王国里的风流冤家们　*423*

　　一　长白山：满族观念中的自然王国　*424*

　　二　生命转渡，萨满观念中一个真实存在　*426*

　　三　群星璀璨，各逞风流　*428*

四　"红楼女儿原型榜"　439

第二十八章　远山的呼唤——曹雪芹创作思想管窥　442
　　一　钟鸣鼎食，曾有过的辉煌　443
　　二　一旦败落，流徙、死亡相继　445
　　三　梦牵魂绕，燃烧的长白山情结　448
　　四　回归自然，捧出昨夜星辰　452

后　记　467

序 编

红学的进路

"天行健,君子以自强不息;地势坤,君子以厚德载物。"说的是,有作为的君子,应该像雄健运行的天宇,自强不息,而具有永恒的力量;像宽厚的大地,承载万物,而有所担当。《红楼梦》作者曹雪芹就是这种具有大智慧、大气魄、大维度的文学家。他所撰《红楼梦》可说是世界顶级的名著,它不仅标志着中国小说走向成熟,更重要的是他第一次将"人"标举为宇宙之灵、大地之主;不仅使传统的儒家伦理显得陈腐如泥,而且让史学之神司马迁的《史记》显得黯淡无光。"就此而言,《红楼梦》无疑是对文化和历史的双重颠覆。"[1]

---

[1] 李劼著《历史文化的全息图像——论〈红楼梦〉》,台北:允晨文化实业股份有限公司,2014年版,第6页。

乾隆朝中期，一般被认为达到了"康乾盛世"的顶点。然而，月圆必亏，水满则溢，事物发展到顶点，就要走下坡路。曹雪芹抓住了这一历史节点，用如椽巨笔，时而天马行空，将强悍的满族入主中原的历史写于书中；时而犁牛耕野，用锐利而无情的犁头，将历经百年已化为腐草烂木的满族贵族翻腾出来，晾晒给人们看。处于"文字狱"高压下的曹雪芹，对满族这一盛极而衰的历史真实，不便直写出来，只能在明暗两线交织中曲笔隐逸，用"明修栈道，暗度陈仓；云龙雾雨，草蛇灰线"等种种秘法，将满族的历史与人性的被践踏隐写其中。

清人戚蓼生可谓"勘破红楼第一人"，他在《石头记》序中早已指出，是书"如《春秋》之有微词，史家之多曲笔"，"一声也而两歌，一手也而二牍，此万万所不能有之事，不可得之奇，而竟得之《石头记》一书。嘻！异矣。"[1]——戚序的这段话，通达明白，说的是书的背后有隐，犹如一声而两歌、一手而两牍。

《红楼梦》的问世，既标志着对传统文化的颠覆，又预示着古老的人文精神的复归。作为文化灵魂的人类情爱，它烛照千古，让人看到在历史的潮起潮落、朝代的兴衰际遇中，人类真爱的顽强存在；作为一部中国风俗寓言的全书，它无疑警示着当今与未来。因为人类的历史文化总是在人类社会螺旋式上升中回归、淘漉、升华。

一　红学研究的殊途同归

二百五十多年来，红学研究潮起潮涌，云诡波谲，先后出现

---

[1] 一粟编《红楼梦卷》，北京：中华书局，1963年版，第27页。

了评批、题咏、索隐、考证、社会批评[1]、文化论说等诸多流派。这些学派也多是在告诉人们怎样去读懂《红楼梦》。其中，以索隐、考证、社会批评三大派影响最广。三大派中，又以索隐红学最为扑朔迷离，耐人寻味。

索隐派红学的往昔

索隐派红学分旧索隐、新索隐、当代索隐三个历史时期。人们通常将清末民初的索隐红学称为旧索隐，代表人物及代表作品有王梦阮、沈瓶庵的《红楼梦索隐》，蔡元培的《石头记索隐》，邓狂言的《红楼梦释真》；将20世纪二三十年代出现的索隐红学称为新索隐派，其代表人物和作品有阚铎的《红楼梦抉微》，寿鹏飞的《红楼梦本事辨证》，景梅九的《〈红楼梦〉真谛》；当代索隐红学的代表人物和作品则是霍国玲女士和她的《红楼解梦》系列、刘心武先生和他的"揭秘《红楼梦》"系列。

《红楼梦》开篇正文所出第一人，是小乡宦甄士隐。"士隐"二字侧，有脂批曰："托言将真事隐去也。"真事既然已经隐去，还索隐个啥呢？脂评一开言就打圆囮语。其实自从有了红学，索隐红学便代起代兴，绵延不绝。

旧红学索隐派，以乾隆皇帝的"明珠家事说"为滥觞，主导红学达百年之久。据赵烈文《能静居日记》记载："曹雪芹《红楼梦》，高庙末年，和珅以呈上，然不知所指。高庙阅而然之（高庙，指清高宗乾隆帝），曰：'此盖为明珠家作也。'"[2]后遂以此书为明珠遗事。

---

[1] 指1954年以来引入社会学观点评红，称社会学派，简称社会派，亦有人称其为批评派或阶级斗争派。

[2] 一粟编《红楼梦卷》，北京：中华书局，1963年版，第378页。

赵烈文，清同治年间为曾国藩幕僚。他认为清朝"国初创业太易，诛戮太重，所以有天下者太巧。天道谁知，善恶不相掩。后君之德泽，未足恃也"。他预言清朝不出50年必亡，结果仅44年，辛亥革命发生。他所撰《能静居日记》追记清朝遗事颇多，所引"高庙阅而然之"出自乾嘉年宋翔凤之口，有很高的可信性，等于乾隆皇帝放了这部书一马。

乾隆皇帝身居权力顶峰，遂使明珠家事说得以广泛流传。这时的《红楼梦》就不仅指康熙朝宰相纳兰明珠家事，主人公贾宝玉亦为明珠子纳兰性德，十二钗则是与之交游的名士等等。

乾隆帝开了"索隐"前朝官宰的先河，此后便有张侯家事说、和珅家事说、傅恒家事说、宫闱秘事说、顺治皇帝与董小宛爱情说等等。其中尤以"顺治皇帝与董小宛爱情说"名噪一时。

蔡元培的民族主义说是另类索隐，即认为"书中本事在于吊明之亡，揭清之失"。[1] 他又以"品性相类者""轶事有征者""姓名相关者"三法"推求"小说人物，考定宝玉为废太子胤礽、黛玉为朱竹坨、薛宝钗为高士奇等等，引来胡适与他论战。胡适只问"胤礽与朱竹坨有何恋爱关系""朱竹坨与高士奇有何吃醋关系"，便使蔡元培先生张口结舌，陷入尴尬。此后的索隐红学几乎全军覆没，基本被"新红学考证派"所取代。

考证派红学的贡献与局限

20世纪20年代，胡适先生利用搜集到的曹雪芹的家世生平史料，经过考证，得出《红楼梦》是曹雪芹的"自叙传"的结论，人们称从胡适开始的考证红学为新红学。俞平伯被胡适先生的《〈红楼梦〉考证》所吸引，与顾颉刚先生一起，用通信的方式讨

---

[1] 一粟编《红楼梦卷》，北京：中华书局，1963年版，第319页。

论《红楼梦》，在此基础上写成《〈红楼梦〉辨》，成为新红学的奠基之作。接着，又有周汝昌先生百万字的《红楼梦新证》推出，可谓考证红学的集大成者。他们的共同特点是用科学考证的方法，考证作者、版本及续书，可谓探骊得珠：

其一，破除人们对旧索隐红学的迷信，使红学进入科学考证阶段，把红学研究大大推进一步；

其二，对作者家世、生平、交游做了考证，为研究《红楼梦》成书提供了新材料；

其三，肯定前八十回为曹雪芹原著，后四十回为高鹗所续补；

其四，依据脂评和其他材料，校勘出前八十回残缺，探索出一些八十回后的情节线索，形成探佚学的分支。

胡适先生提出"自叙传"说，可以说是旧索隐的变种。所不同的只是他的索隐，不是对着清朝官宰和事件的对号入座，而是到曹雪芹家世中去证实。书中曹家的真事具体有多少，确实也很有限，但这并未影响考证红学的"自叙传"说兴盛一时。

问题是《红楼梦》中是否有隐，回答应该是肯定的。既然有隐，人们去求索，理所当然。故索隐的火种绵延不绝，几乎每个历史时期都有新索隐涌现出来。他们以书中的故实，比对清朝的本事、人物，探求《红楼梦》的微言大义。虽附会多多，亦偶有令人惊喜的发现。如邓狂言一语道破"大荒山者，野蛮森林部落之现象也，吉林也"。[1]景梅九明言"玉已植于长白山矣"。[2]可惜，索隐红学这些有价值的发现，并未得到应有的尊重。新红学考证派和20世纪50年代蹿红的社会批评派，在清算索隐派对号入座的错误时，将脏水和婴儿一起泼出户外。

---

[1] 邓狂言著《红楼梦释真》，沈阳：辽宁古籍出版社，1997年版，第3页。
[2] 景梅九著《〈红楼梦〉真谛》，沈阳：辽宁古籍出版社，1997年版，第68页。

当代索隐的是是非非

红学索隐派尽管遭受沉重打击,却是掐不死,踩不灭,见风就长,见火就燃。影响所及,不可小觑。

当代索隐派的名家要数霍国玲女士和刘心武先生。他们带着索隐派的不屈和壮烈,如同不死之鸟,突突地飞回来。他们殚精竭虑,寻找《红楼梦》里面所隐的历史真实,在前人索隐的基础上,用考证、索隐、推理等各种方法,求索《红楼梦》中的大清朝历史上的真人真事。方向明确,目的纯正,用力弥勤,开掘出的某些新材料、新内容,十分有趣,带给人们许多新思考。

霍国玲女士索隐出真事甚多,其中犹以曹雪芹毒杀雍正帝的论证,最让人惊奇:

其一,作者坚信《红楼梦》的背后是隐史,其真实性胜于正史;

其二,史书对雍正暴死原因记载不明,服丹而亡是其中一说;

其三,少年雪芹眼中的雍正是一个忘恩负义的暴君。雪芹与竺香玉(曹家买入的戏子)相爱,后香玉被纳入宫中,先为雍正嫔妃,后为皇后。夺妻之恨,萦绕心头,无法排解,于是与香玉合谋,用丹砂毒杀雍正皇帝。

从竺香玉出场开始,作为一个读者,我很为此女子的出现而愕然,与雪芹恋爱,入宫为妃为后,到毒杀雍正,书中虽有些迹象,却找不到可靠的史料依据,可能性有没有呢?有可能性,一时却很难确证。

作家刘心武先生索隐出的真事也不少,其中以秦可卿是藏匿于贾家的皇女最为抢眼。他将自己的研究归结为"秦学",对秦可卿可能是皇女身份提出一些生态依据,多半是推测,难以确证。

诚然,刘心武的"皇姑说",虽然没有直接去否定爬灰、乱伦、淫荡之定评,推陈出新的意图还是看得出来的。也许因为他对满族萨满文化、秦可卿家萨满身份没有完全把握，使自己的"秦学"筑基不牢。然而，"群殴"的结果，并没有使刘心武先生和广大读者信服，反倒一度出现人人争说刘心武的奇特红学景观。原因何在呢？

原因很简单，当人们发现批评者的臀部，仍旧盖着老式的庸俗社会学的徽章，便哗然大笑着离去。以陈腐、守旧的淫荡说，去反击新奇的"皇姑说"，显然属于银样镴枪头之末流。

刘心武先生"秦学"的可贵之处在于上下而求索，要害在于对满族文化相对陌生，看走了眼，错把天女下凡、具有家萨满身份[1]的秦可卿，抬爱为皇家公主，刘先生再殚精竭虑地去索隐，也无法索出一个令人信服的皇姑来。

红学流派的殊途同归

检索短暂的红学史会发现，索隐派红学多没有好运，他们刻舟求剑地对号入座，胶柱鼓瑟地乱戴帽头，闹出不少笑话，遭人贬斥是必然的。查其原因，也并非因为他们索隐的方法不对，没有索隐哪里会有红学？索隐实为考研《红楼梦》的正途之一，往昔的索隐红学，概因找错了索隐进路和方向，才陷入无地自容的尴尬和被动。

张庆善先生曾不止一次提醒读者和研究者："要回归文本，精读文本，读懂原著是研究的前提。只有回归文本，读懂文本才会有自己的独立思考和正确判断，才有可能推陈出新。"[2]在判读一些红学论著时，也许你会惊异地发现，有些红学主张，并非从精

---

[1] 陈景河著《风流神女秦可卿》，载《世纪之交论红楼梦》，长春：吉林人民出版社，2000年版，第24页。

[2] 张庆善 2009 年在《红楼梦学刊》创刊三十周年上的发言。

读文本而得出的必然结论，往往是先有一个定见，再去书中或史料中爬梳材料，寻找依据，难免出现以点概面、以偏概全的片面性。其原因概因没有精读原著，或者说没有读懂原著。主流派红学从其鼻祖胡适先生为发端，到后来社会批评派着力营建，都不时陷入"围城"的尴尬。从20世纪50年代至今，半个多世纪了，除了那几条干瘪的资本主义萌芽、封建叛逆、社会新人等论说之外，《红楼梦》本体研究，实质性进展不是太大。其间，不少红学巨匠妄图摆脱"围城"的尴尬，不时地实施突围。令人惊异的是，突围的进路，无不选择索隐的路子。

胡适《跋〈红楼梦〉考证》云："曹雪芹死后，还有一个'飘零'的'新妇'。这是薛宝钗呢，还是史湘云呢？那就不容易猜想了。"[1]胡适先生自己也不自觉地跻身索隐的行列，他是不是也在猜笨谜呢？

冯其庸先生的《读红三要》引"焦大醉骂"后，毫不含糊地指明曹家因军功而升迁："这一醉骂，又隐含了曹家早期关外的历史和刚入关的历史。"近年，冯先生的索隐红学有了惊人的进展，他在《〈红楼梦〉里隐含的曹家史事》引证开篇的"作者自云""赫赫扬扬，已将百载"、曹寅的"树倒猢狲散"等常言、南巡"四次接驾"等史实，来认证曹家"真事"；在《〈红楼梦〉六十三回与中国西部的平定》一文中，冯先生提出，这一回贾宝玉将芳官改名为耶律雄奴，是将乾隆二十年平准之役……增写进去的[2]——这已不是一般深度的索隐，已经索隐到乾隆二十年平定新疆准噶尔部达瓦齐的叛乱，说明冯先生索隐的路已走出

---

[1] 胡适著《跋〈红楼梦〉考证》，引自《红楼梦本事之争》，沈阳：辽宁古籍出版社，1997年版，第117页。

[2] 《红楼梦学刊》，2009年第6期。

好远好远。

梅新林先生走得比冯先生更远,他咬定太虚幻境中的警幻仙子是西王母的化身,索隐过程相当烦琐,与《红楼梦》的实际渐行渐远,留待警幻仙子篇再议。

诚然,有出息的红学研究者,不会拒绝索隐的方法,就《红楼梦》本体研究而言,无论是谁,深入考研下去,会殊途同归,不自觉地走上索隐的路子。

中原有鹿,群雄逐之,书中有隐,诸家索之,乃人间常情。何况,索隐只是一种研究方法,无所谓对与错。关键在于,你索隐的进路与内容是什么,是否符合《红楼梦》的实际,是否经得住红学时空的检验。

二 风俗的进路:开篇甄士隐的导读

红学的进路,是说从哪个角度入门去读《红楼梦》,才能读得明白。

文化进路的提出与拓展

四川大学成穷先生提出:

> 迄今为止的"红学"研究大抵还在作品的外部兜圈子。"索隐派"和"考证派"所做工作的性质颇类"侦探"和"考古"。他们在作品之外摸索,或寻找与作为古人的"他人"有关的蛛丝马迹,或寻找与作为古人的"作者"有关的事实材料。他们翻遍了几乎所有的档案和资料,可就是对作品本身不做触动。作品本身的精神和意义,对他们说来基本上仍是一个

封存完好的密室。他们在这密室外用学问之锤敲敲打打,用考据之锄挖挖刨刨,长期都在为打开这密室作准备,可就是不想亲自动手去打开这密室并走进去窥其堂奥……而"社会学"一派由于一开始就把《红楼梦》当作所持理论的一种佐证,因而除了在作品中寻找印证其理论的有关社会事实外,对作品本身并无真正的兴趣。后来,当此种倾向发展到仅把《红楼梦》当做单纯政治工具来使用的时候,作品与该派及其研究方法的外在性质便暴露无遗了。[1]

成穷先生把索隐派和"自叙传"说归结为历史学进路,将小说批评派称为社会学的进路,将纯文学研究称为美文学的观点和进路。他认为,这三种观点、方法和进路,均属于"外在的"或"内之外"的处理方式,就像攻城战,只扫外围不攻城池。成穷先生不无遗憾地指出:"如果永远只满足于外部的清扫工作而不登堂入室,那么,此种工作做得越多,耽搁的时间越久,对作品本身的遗忘就会越深。"[2]

20世纪80年代中期,周汝昌先生在美国讲学期间提出文化小说的崭新概念。进入21世纪,他深化了自己的文化小说论说,明确提出"芹书内涵,满族文化居主,汉俗次之"[3]的著名论断。这既是他毕生研红的心得,也是对红学研究律动脉搏的准确把握。

风俗:作者指引的读书进路

如果将周汝昌和成穷先生提出的文化进路理解为读书的进路

---

[1] 成穷著《从〈红楼梦〉看中国文化》,昆明:云南人民出版社,2005年版,第32页。
[2] 同[1],第35页。
[3] 周汝昌著《周汝昌梦解红楼》,桂林:漓江出版社,2005年版,第147、148页。

的话，其实，作者早已将风俗文化的进路指示给读者。

《红楼梦》开篇，有两位边缘人物：甄士隐和贾雨村。两位的名号，分别谐音寓意为真事隐、假语存。

甄士隐，名费，本是姑苏城阊门外一小乡宦，家中虽无甚富贵，也算本地望族。他又乐善好施，仁义助人，曾资助贾雨村赴京赶考，为这位"时飞"先生开辟了飞黄腾达之路。他似乎又沾点神仙之气，梦中出木石前盟缘由，见识了通灵宝玉缩为扇坠大小时的形貌。接下去他便屡屡与无常觌面。元宵佳节家人抱英莲去看社火花灯，不见了英莲；万寿节（皇上的寿辰）葫芦庙炸供品，引发大火，延及一条街，甄家被烧成一片瓦砾场，一家人只得到田庄上去安身。偏值近年鼠盗蜂起，民不安生。士隐只得将田庄变卖，携妻投奔岳丈封肃。岳丈封肃见女婿这等狼狈而来，心中便有些不乐。半哄半赚，予他一些荒田朽屋，士隐乃读书之人，不善生理种地等事，不过一二年，越发穷了，封肃未免酸言冷语，怨他们不善过活、好吃懒动云云，弄得士隐贫病交攻，后悔不及。

百年来，在甄士隐身上引发的议论不是很多，大半认为甄士隐这一形象可能是作者自身影子，提系着全书。作者把贾家由盛而衰最后败落这一主题，首先从甄士隐的经历这个雏形故事中预演出来——这样机械而简单地理解人物，无异是一叶障目，忽略了作者设置这一人物的真实意图。

贾雨村，名贾化，字时飞，别号雨村。本是寄居葫芦庙里的一个穷儒，得甄士隐的资助考取功名，平步青云，又很快褫籍为民。后借送黛玉入京之机与贾政攀上本家，开始二次升迁，终因贪酷、奸邪、无情，时而升官高就，时而乌纱坠地；第四回乱断葫芦案庇护恶棍皇商薛蟠，算是少有的正面描写，其后对他多是侧写，偶尔由别人提及。第三十二回说宝玉对他很反感，不愿与之接谈；第四十八回他讹石呆子古扇，奉承贾赦，平儿骂他是没天理的野杂种；第五十三回说他已补授大司马，协理军机，参赞朝政。

百年红学中的贾雨村，是一位没有多少争议的人物。在他身上，集中体现着大清王朝官场的贪酷、腐败、没落，相当有典型性和借鉴作用。

开篇的甄、贾二人，是作为本书明暗两线的导读者而出现的。前者将读书人引入风俗之家，让你到风俗及其变异中领略满族的真实；后者将读书人引入虚拟的贾（假）家及大清社会之中，去领略小说的"假语村言"。

三　满族的真实，尽在民俗中

索隐派只认真事隐，不太理会假语存，拿大清康雍乾三朝官宰真人实事来比附、来对号，过于较真的结果反而失真，立论失据，驴唇不对马嘴，闹出不少笑话；社会学派则不太认可真事隐，只强调小说"假语村言"的虚构。

真事隐和假语存，在《红楼梦》里是对立统一的两个方面，缺一不可。将两者割裂开来，过多地强调一个方面，就会走偏。小说的素材来自社会生活，编织到小说里就变成"假语村言"。这期间有个作家典型化处理过程。[1] 开篇"甄士隐"名字旁脂砚斋侧批："托言将真事隐去也。"我以为是托言于风俗将真事隐入其中。书中的真实，更多体现的是满族这个民族真实的起源、历史和文化，及百年后的生态面貌。这些真实，是通过风俗，主要

---

[1] 原型说，包括采用素材时的典型化处理方法，不少文章忽略了原型说中的典型化过程，将未经艺术加工的素材与原型混为一谈，读者不能不察。

是满族风俗的真实与变异来承载、来体现的。这就涉及引入满学来研红了。

周汝昌老先生主张引入满学研究《红楼梦》时，对胡适的红学未能深化有一段十分中肯的批评：

> 芹书内涵，满族文化居主，汉俗次之……清代早期红学萌芽，实以乾隆帝之"明珠说"为滥觞（意在掩饰真内容）。以后发展为"索隐"一大流派。此派演化到辛亥革命先后之际，便又出来"排满"之说，"反对满人"与"糟蹋满人"先后对映，可谓"奇致"！但正在此处，显示了欲研红学绝不能抽掉其中的满学内涵。
>
> 胡适先生创立了所谓"新红学"，厥功甚伟。他从考证作者和版本下手，可谓探骊得珠。但他的红学见解又实甚浅薄（只看见曹氏文学艺术的家庭环境，与"坐吃山空"的败落"原因"），而且，二十五年间，并无多大进展。其故安在？恰在于他不懂也不肯深研满学，所以再也深入不下去，陷于（满足于）停顿。[1]

诚斯言也，不懂满学，不知满俗，就读不懂《红楼梦》，红学研究也会陷于停顿——文艺风俗学对《红楼梦》研究就是这么重要。

什么是风俗？风俗是历代相沿、积习而成的行为方式，得到大家的承认，即所谓约定而俗成者。《汉书·地理志》云：

> 凡民函五常之性，而其刚柔缓急，音声不同，系水土之

---

[1] 周汝昌著《周汝昌梦解红楼》，桂林：漓江出版社，2005年版，第147、148页。

风气，故谓之风；好恶取舍，动静亡常，随君上之情欲，故谓之俗。[1]

就是说，因自然条件不同而形成的地域习尚叫风，由社会环境不同而形成的社会习尚叫俗。古代没有制定法典的时期，人们的行为方式一旦成为共识，约定而俗成，便成了不成文的法典，对人们有着很强认同感和约束力。世界各国制定或厘正法典宪政，往往由民俗所出。清张凤台《长白汇征录》卷四"风俗"篇言曰：

> 诗三百，而列国风，礼三千，而从民俗。风俗者，政教之原，法制典章所由出也。古者太史观风，遒人问俗，因革损益，精义存焉。各国厘订宪政，皆以民间习惯为主。习惯者，即风俗所积而成。故能参酌咸宜，垂为令典。风俗所关，顾不重欤。长郡僻介东陲，风俗人情与腹地迥殊。即就一隅而论，沧海变迁，谷陵幻相，风移俗易，先后几难同揆。而人心朴茂，地气雄浑，秉长白之孕，钟鸭水之灵，扶舆磅礴之气，犹千载如一辙焉。[2]

张凤台所言民俗，既反映着本地区本民族共有的生存方式、心理机制，也体现为共同的生活准则和道德规范。风俗既然是政教之原，法制典章所由出，了解一个地区或一个民族生存方式、心理机制，从民俗入手是最简捷的进路。故历代治者，往往要巡方问俗，以为策对。

---

[1] 彭卫、杨振红著《中国风俗通史·秦汉卷》序文，上海：上海文艺出版社，2002年版，第1页。
[2] 李澍田主编"长白丛书·初集"，[清]张凤台等撰《长白汇征录·长白山江岗志略》，长春：吉林文史出版社，1987年版，第104页。

《红楼梦》以民俗及其变异而谋篇,构筑了一座风俗宝典般的文学大厦。

曹雪芹的《红楼梦》堪称流光溢彩的民俗大全,所涉民俗,有北俗,有南俗,但以北俗为主;有汉俗,有满俗,但以满俗为主,几乎囊括了民俗学所要研究的方方面面。诸如满族的崇山敬水习俗,底定了顽石和绛草的出源,给《红楼梦》的主题、立意、人物形象等一系列问题带来新思考;萨满信仰习俗,开启了"太虚幻境"神秘之门,让我们窥见满族萨满女神神殿的真面目;家族礼仪习俗的纷繁、相互间称呼的复杂,让人一下就会断定这部书是揭示大清王朝社会生活的。岁时祭祖习俗,让我们一下认出这是满族贵族的"堂子祭",其中的领春祭赏银、乌拉贡俗、请神主等,非满族贵胄莫属。这些习俗不是对立的、相互排斥的,而是紧密地交融在一起,形成《红楼梦》独有的满族文化体系,成为作者揭示满族盛极而衰这一主题、塑造形形色色人物形象的主要平台。也就是说,满族的历史、文化、现状等等,皆秘藏于书的风俗及其变异之中。今笔者试遣愚衷,将从"风俗"这一进路,开启《红楼梦》的重关巨扃,与读者一起"登堂入室",去发掘和领略书中满族文化的绮丽风光和"红楼"女儿的多姿多彩。

第一编

"大荒山"新考与"灵石"抉源

不知曹雪芹有意还是无意,当他把迷宫般的皇皇巨著《红楼梦》呈现在人们面前的时候,却把打开这一迷宫的钥匙藏了起来。两百五十多年来的评红,其实,就是在寻找打开这座迷宫的钥匙。我们沿着书中开凿的满族古老的文化河道,苦苦地寻觅,终于寻到古老的大荒山下,当人们发现这座大荒山就是指当今的长白山的时候,给人以"石破天惊的感觉"。无疑地,它给《红楼梦》的主题思想、艺术结构、人物形象等一系列问题带来新思考。既然大荒山的考释决定着对《红楼梦》最本质的把握和言说,那么,离我们找到打开《红楼梦》迷宫的钥匙还会远吗?

第一章

神州何处大荒山

《红楼梦》开篇推出一块顽石,编织了一个优美隽永、意味深长的亚神话故事。说女娲炼石补天之时,"于大荒山无稽崖炼成……顽石三万六千五百零一块。娲皇氏只用了三万六千五百块,只单单剩了一块未用,便弃在此山青埂峰下。谁知此石自经煅炼之后,灵性已通,因见众石俱得补天,独自己无材不堪入选,遂自怨自叹,日夜悲号惭愧。一日,正当嗟悼之际,俄见一僧一道远远而来",便苦求将他携入红尘,在"那富贵场中、温柔乡里受享几年"。[1] 那僧那道发了慈悲,袖之而去,使其历尽离合悲欢炎凉世态,又回归大荒山。又不知过了几世几劫,因有个空空道人访道求仙,忽从这大荒山无稽崖青埂峰下经过,见此大石字迹分明,编述着此灵石亲历红尘的一段故事。于是"检阅一遍",以为"实非别书可比","方从头至尾抄录回来,问世传奇"。这就是《石头记》,亦即《红楼梦》。

---

[1] 曹雪芹、高鹗著《红楼梦》,北京:人民文学出版社,1982年第1版,第2页。

一 "大荒山"的所指，石头的出源，一直神秘莫解

《红楼梦》开篇的"大荒山"是否有所指，石头是否确有出源？一直是红学界神秘莫解的难题。

"虚拟说"，源自脂砚斋"荒唐"评注

最早给《红楼梦》做评注的人，没有留下姓名，只留下一个号——脂砚斋。一般认为，他与曹雪芹有着很亲密的关系。他为《红楼梦》写下大量评语和批注。其中开篇第一回的"大荒山无稽崖"处，侧批为"补天济世勿认真，用常言：荒唐也，无稽也"；在"青埂峰"处眉批为"自谓落堕情根故无补天之用"。[1]似乎告诉人们，这里的"大荒无稽青埂"，只是"荒唐无稽情根"而已，用的是通常说法，勿认真。

人们不知脂评中也有"隐情"，他所言"落堕情根"，实为落堕"清根"（长白山）之谓。诚如清人王希廉所言，《红楼梦》一书拟名有个规律，凡人名、地名，皆有借音，有寓意，从无信手拈来者。开篇"大荒山无稽崖青埂峰"这一显要的去处，反倒没有谐音寓意，只是了无深意的"荒唐无稽情根"之"常言"，符合作者拟名规律和曲笔隐逸的手法吗？不是太反常了吗？

长久以来，人们惑于脂砚斋的"荒唐"一注，也就"荒唐无稽情根"地盲目跟进，毫不顾及脂评的"荒唐"一注，明显违背作者拟名规律，也不理会"情根"一词造作费解，更不去探讨脂砚斋是否故施迷雾，模糊"大荒山"的真面目，致使《红楼梦》开篇"大荒山"的考证和研究，长久以来没有太大的进展。特

---

[1]《脂砚斋重评石头记》第一回第一页，上海：上海人民出版社，1975年版。

别是 20 世纪五六十年代"社会批评派"一统红坛，对此"荒唐"一注视同"神谕"，深信不疑。况且脂评的"荒唐""无稽"，很符合从西方"拿来"的小说理论，即认为小说的人物、情节都是虚构的，《红楼梦》也不例外。全不顾中国小说脱胎于史传和寓言，具有史的真实，并寓以微言大义这一特征。谁追索《红楼梦》中史的真实和微言大义，就是"猜笨谜""牵强附会""耸人听闻""奇谈怪论"等等。致使石头的出源"大荒山"的考证和研究，陷入停顿，直接阻碍着对作品主旨立意和人物形象的理解。

依据曹雪芹的写作规律，大荒山必有所指，顽石必有所喻。大荒山的考释，决定着对《红楼梦》最本质的把握和言说，是横陈在红学研究者面前一座不可逾越的山岭。

前些年，也曾有人不肯拘泥于脂评的"荒唐"一注，着力寻找书中的"大荒山"的隐寓。搜索结果发现长江三峡的巫山和北京西郊的香山与曹家有些瓜葛，故有了"巫山说"和"香山说"。

"巫山说"，出自曹寅歌诗

"巫山说"流行多年，主要依据曹雪芹祖父曹寅的一首歌谣——《巫山石歌》：

> 巫峡石，黝且斓，周老囊中携一片，状如猛士剖余肝。坐客传看怕殃手，扣之不言沃以酒……雷斧凿空摧霹雳，娲皇采炼古所遗，廉角磨砻用不得……嗟哉石，宜勒箴。爱君金剪刀，镌作一寸深，石上骊珠只三颗，勿平硷蠘平人心。[1]

---

[1]〔清〕曹寅著《楝亭集》卷三，上海：上海古籍出版社，1978 年版，第 9、10 页。

"巫峡石，黝且斓"，写这块石头黑黝黝的，有漂亮的纹理。"雷斧凿空摧霹雳，娲皇采炼古所遗，廉角磨砻用不得"，说的是这石头来历非凡，不仅经历过霹雷电闪的轰击和灼烧，还经女娲采炼过……有人据此认为书中大荒山指长江三峡的巫山。

曹寅的这首《巫山石歌》，气势恢宏，感情激越，是他的诗词中较为优秀的一首长歌。作者从巫山石入手，写了巫峡的凶险，船工性命系于毫厘间，表达了作者"铲平崄巇作平地"的伟大抱负。

《红楼梦》中的灵石有巫山石的投影，或者说有巫山石某些原型特征，是有可能的。因曹寅是作者曹雪芹的祖父，曹雪芹肯定读过这首长歌。但由此结论为《红楼梦》中的大荒山是指巫山，幻化为贾宝玉的娲石就是巫山石，则很难立得住脚。

巫山处于四川与湖北两省交界处，巫山石出于长江三峡，三峡从来没被称为"大荒之野"，巫山也从未叫过大荒山，更找不出"无稽崖青埂峰"这类谐音寓意的崖与峰，且与满族的出源毫无关联，看不出作者置顽石于此山的寓意，也不会从中获得什么象征和隐喻。因此，巫山不会被作者选中作为《红楼梦》开篇灵石的出源地。

"香山说"，来自曹氏回京归旗

香山位于北京西郊，是大清正白旗建锐营所在地。雍正六年，曹家被查抄，举家北归回京。曹家属于正白旗包衣籍，是在旗的人，只有归旗管理之一途，回到正白旗所在地香山的可能性不是有与没有的问题，而是不容选择。

香山一带有许多曹雪芹写作《红楼梦》的传说和掌故，胡德平先生《说不尽的〈红楼梦〉——曹雪芹在香山》一书做过翔实的考证。这本书独特的价值在于，提供了许多鲜为人知的曹雪芹在香山的传闻，包括曹雪芹写作《红楼梦》的背景、香山旗人的风物传说和掌故，以及雍乾朝"三教合流"在香山的存在。这本书还用不少篇幅介绍了《红楼梦》某些素材来自香山的可能性。作者非常清醒和理智，并没有肯定地讲"大荒山"系指京西的香山、幻化为贾宝玉的"通灵宝玉"取材于樱桃沟的元宝石。只是从曹公选取素材角度谈到"大荒山"参照香山背后的天太山、"顽石"参照于元宝石、"太虚幻境"参照于卧佛寺的可能性。这种追踪蹑迹的思考，追寻补天剩石艺术原型的探索精神，是值得肯定的，比守着脂砚斋"荒唐无稽"炉灶在那儿炒剩饭要有价值得多。

然而，在香山地名演变中，没有出现"大荒山"之称谓，更没有女娲补天的传说。何况僧道携石"飘然而去，竟不知何方何舍"，说明走了一段较远的路，才落尘于京都。香山位在京都西郊，何劳远来？故香山不大可能是书中所指的"大荒山"。

既然"虚拟说"不尽人意，"巫山说""香山说"缺乏实在的依据，那么书中"大荒山"究竟指哪座山呢？

二　长白山亦称"大荒山"，史料言之凿凿。曹公按接入书

《红楼梦》中"南省"，系南直隶省的简称；"东省"是指吉林省。那时的"吉林北接龙江、南辅辽沈，为东方四达之衢，不知其地域广远，东至库页岛，跨海外数千里，东北至赫哲、费雅喀部落，延袤三千余里，重关巨扃，捍卫天府，实为东北第一雄镇，不仅

远迎长白,近绕松花。称形胜之美也"。[1]东省[2]三千里江山,实为满族"发祥重区",北方民族文化之渊薮。

长白山史称"大荒山",史料言之凿凿

《红楼梦》揭示大清王朝社会生活,而大清王朝是以满族贵族为主体建立起来的,学界历来对此本无异议。可是,一到具体评介《红楼梦》的时候,就转到汉文化中,特别是去佛道文化中寻找答案,难免出现理解上的误差。

《红楼梦》既然揭示大清王朝社会生活,书中必然要涉写满族的历史和文化。作者直言不讳地告诉人们:"至若离合悲欢,兴衰际遇,则又追踪蹑迹,不敢稍加穿凿。"只是凡这些大关节文字,作者无不曲笔隐逸,让人一眼难以看破。

1990年8月9日,《吉林日报》发表笔者的《〈红楼梦〉与长白山——大荒山小考》,揭示《红楼梦》开篇的"大荒山"隐写长白山。曹公高屋建瓴,从大清之根脉的长白山写起,这并非什么高深理论,只是一个按揭手法,一层窗纸,一捅就破,顺理成章。故文章发表后,反响较大。当时受报纸篇幅制约,无法展开来分析论证。

《红楼梦》开篇的"大荒山无稽崖青埂峰"及娲石入世,显然关乎作者立意根本,关乎《红楼梦》主题思想的指向,有进一步深入思考和论证的必要。

长白山是东北亚绝大名山。长白山脉以主峰白头山[3]为中心

---

[1] 曹廷杰著《曹廷杰集》,北京:中华书局,1985年版,第31、32页。
[2] 康熙年间,吉林省称东直隶省,今辽宁金州半岛、吉林长白山区、黑龙江三江平原至海外库页诸岛,皆在辖区之内。后东省泛指东三省。
[3] 白头山,满语珊延乌珠阿林。汉译为白头山,是对长白山主峰的称谓。

大荒山远眺　宗玉柱摄

呈放射状，其范围北至松花江和三江平原南缘，西至中长铁路，东至乌苏里江、绥芬河口及朝鲜北部沿海，东南至朝鲜平壤、元山一带。其支脉伸展到辽东之千山、医巫闾山，并南伸为金州半岛。从地脉上看，又伏于海，结铁山、长山诸岛，陆行直入蓬莱，旋西南为泰山。故有"泰山之龙，发脉长白"之说。

长白山在不同历史时期有不同的称谓，春秋战国时，称不咸山，汉魏时叫盖马大山，魏晋南北朝时称大荒山（有时异写为"太皇山"）、徒太山，唐代称太白山。自辽金始，长白山之名开始普遍使用，成为定名。其主峰称白头山，满语珊延乌珠阿林。就是说，在相当一段历史时期，内地人称长白山为大荒山，曹雪芹写书时，大荒山之名，已鲜为人知，被作者按揭入书。

大荒山之名，最早见于《山海经·大荒西经》：

> 大荒之中，有山名曰大荒之山，日月所入。有人焉三面，是颛顼之子，三面一臂。三面之人不死。是谓大荒之野。[1]

这里所论"三面一臂"之乡，晋人郭璞注明其地在长白山勿吉部：

---

[1]《山海经》，上海：上海古籍出版社，1989年版，第113页。

言人头三边各有面也。元菟太守王颀至沃沮国，问其耆老，云："复有一破船，随波出在海岸边，上有一人，项中复有面，与语不解，（了）不食而死。"此是两面人也。吕氏春秋曰："一臂三面之乡也。"[1]

　　郭璞注解其大荒山在沃沮国。沃沮、窝集、勿吉、乌稽等，皆一音之转，意为森林部落人。历史上，勿吉人是环白头山原住民，至少已有四五千年的居住史，被视为现今满族的先世，故《红楼梦》开篇有"无稽崖"，即"勿吉哀"之叹。

　　郭璞所注"元菟太守王颀至沃沮国"，是指三国曹魏正始六年春，即公元245年春，曹魏名将幽州刺史毌丘俭，派大将玄菟太守王颀追击高句丽东川王，从长白山南的辑安（今集安），直至长白山东北的南沃沮（珲春以东）的大海边。当时，玄菟郡的治所在现今朝鲜咸兴平野，从那儿看长白山，正是"日月所入"之山。从郭璞所注可知，《山海经·大荒西经》所记"大荒之山"，系指勿吉人居地长白山无疑。

　　《山海经》是上古时期一部神话地理专著，十八卷，三万一千余字，分《山经》和《海经》，片段地记载着早期人类活动的空间、范围，以及地理、历史、神话、宗教、动植物、矿产医药等诸多方面的内容。传为大禹、伯夷所著，后人考证，《山海经》不是出自一二人之手，也不是作于一时，大约成书于战国，经秦汉又有增删。所记上古神话，如精卫填海、夸父追日、刑天断首、鲧腹生禹等，至今仍为人所津津乐道。所记会稽山、王屋山、泾水、渭水、巴国、肃慎国、朝鲜、倭国、苗民、鹦鹉、猩猩、鲤鱼、

---

[1]《山海经》，上海：上海古籍出版社，1989年版，第113页。

鳝鱼、芍药、松柏、桃、柳等名称，以及大荒山之名，一直为后人所用。

或者有人会问，大荒山指长白山应载入《山海经·大荒北经》，却载入大荒西经，方位不对吧？既然山载于大荒西经，就不可能有三面之人"随波出在海岸边"。

郭璞好像料到读者会有此问，又注云："然地在西荒，何可云出（在海岸边）？此神话之山，诚不可以常理推之。"郭璞所说"大荒山"是神话中的山，不可用常理推之，也讲得通，但说服力不强。《山海经》编简错乱，为学界所公认，本应归入北经的山，错乱到西经，本应归入西经的内容，被编入北经的情况也不少。再者，上古时代，方位是从观测太阳东升西落来确定，人们只有二维方向观，西与北不是区分得那么分明。对此，何新先生说得很明白："上古人凡地理言南者，皆可与东通。而凡言北者，又均可与西通。非同于后世以为东、西、南、北四向所迥然相反者……虽然古书中常见东与南、西与北的混淆，却很少见到东与西或南与北的混淆。"[1]加之材料来自四面八方，个人处于不同方域观测记录，所言多有抵牾。由此观之，大荒山载入《山海经·大荒西经》也就不足为怪了。

长白山之为"大荒山"一称，亦载于《魏书·勿吉传》《北史·勿吉传》，均记为"太皇山"：

> （勿吉）国南有徒（徙）太山，魏言太皇，有虎豹黑狼皆不害人。人不得山上溲污，行迳（径）山者，皆以物盛去。[2]

---

[1] 何新著《诸神的起源》，北京：生活·读书·新知三联书店，1986年版，第215、216页。
[2]《二十五史·魏书·勿吉传》，上海：上海古籍出版社，1986年版，第2424页。

（勿吉）国南有徙（徙）太山者，华言太皇，俗甚敬畏之，人不得山上溲污，行经山者以物盛去，上有熊罴豹狼皆不害人，人亦不敢杀。[1]

《魏书》与《北史》所记大同小异。此"太皇山"，不能读太皇山，仍须读如大荒山。诚如高句丽的"好太王碑"，须读如"好大王碑"。《魏书》与《北史》中"魏言太皇""华言太皇"，均指内地人称长白山为大荒山，太皇，只是"大荒"更加尊隆的写法。

《广雅·释诂一》："太，大也。"《辞源》："太，极大。又通大。""太皇"，本指极大。"皇"，亦通"荒"，《楚辞·惜誓》："独不见夫鸾凤之高翔兮，乃集大皇之野。"注云："大皇之野，大荒之薮。"

故此，《魏书·勿吉传》《北史·勿吉传》中的"太皇山"，属于异写，当读如"大荒山"。这里的"荒"或"皇"，并非指旷远荒芜之意。《说文解字》："皇，大也。"《辞海》："荒，大也。"可见，当大荒山专指长白山的时候，意为大大的山，绝大的山。

从前，认为大荒山与不咸山一样，均是长白山古称或异称，现在看来，这种说法不准确。显然，在长白山名称演变中，曾存在过内地华夏人和东省女真人两套称谓系统，辽金以前很长一段历史时期，内地称长白山为"大荒山"（有时写作"太皇山"）；北方的少数民族，特别是女真人，称长白山为果勒敏珊延阿林，即长长的白山，其主峰称珊延乌珠阿林，汉译为

女真人的铜壶

---

[1]《二十五史·北史·勿吉传》，上海：上海古籍出版社，1986年版，第3224页。

白头山。白头山,并非朝鲜人为之定名,朝鲜语承汉译,读音为"伯都申"。附记于此,望读者明鉴。从下表会看得更清楚:

内地华夏系称谓	大荒山(秦汉时期,载入《山海经》)	太皇山(同大荒,魏晋南北朝,载《魏书》《北史》)	大荒山	白头 长白(满语珊延乌珠、果勒敏珊延的汉泽,辽金始定)
北方肃慎系称谓	不咸 盖马(西汉、魏。音近珊延、果勒敏。白,长白山之意)	徙太 太白(南北朝、唐。徙,音近咸,满语白;太,大也)	白头 长白(辽金。满语珊延乌珠阿林、果勒敏珊延阿林的汉泽)	白头 长白(辽金。满语珊延乌珠阿林、果勒敏珊延阿林的汉泽)

随着辽金政权的强势南下,内地的"大荒山"之名,被北方的"长白山"之称谓所取代,长白山始成定名,"大荒"之名遂鲜为人知。这恰好被曹雪芹借用过来,把娲石植入"清根"的长白山,既隐蔽,又有所按揭,底定了一个绝大的象征和隐喻。

第二章

女娲补天与长白山

女娲补天,历来认为是汉族开基之始。其实,在边疆少数民族地区也广为流传。这进一步证明,中华大一统文化是多民族文化相互融合的结果。曹雪芹取补天剩石于长白山,并非空穴来风,长白山区一直流传着女娲补天的传说,白头山之巅、松花江源头,遗有女娲补天处和女娲补天石。

一 女娲补天神话

女娲是中国远古神话中一位既神勇而又神圣的人物。在汉墓出土的砖画中,女娲常与伏羲连体交尾,均为人首蛇身的形象。伏羲手中常捧着太阳,女娲手中常捧着月亮。但在传说中,她主要被尊奉为人祖。她做了两件事,一是抟土造人,二是炼石补天。抟土造人,让世上有了人类;炼石补天,给人类创造一个适宜生存的环境。女娲毫无疑议地成为中华民族的始母神。

女娲抟土造人的传说载于《太平御览》卷七十八:

俗说天地开辟,未有人民,女娲抟黄土作人,剧务,力不暇供，乃引絙（绳）于泥中，举以为人。[1]

说的是女娲抟黄土造人，任务重，忙不过来，引绳于泥里，甩出泥点子以为人。

女娲炼石补天的神话则见于《淮南子·览冥篇》：

> 往古之时，四极废，九州裂，天不兼覆，地不周载，火爁焱而不灭，水浩洋而不息。猛兽食颛民，鸷鸟攫老弱。于是女娲炼五色石以补苍天，断鳌足以立四极，杀黑龙以济冀州，积芦灰以止淫水。[2]

上古传说，开天辟地之时，因天地构造不合理，天盖不住地，地又承载不住物，致使火灾频仍，洪水泛滥，猛兽凶禽为害，于是产生了女娲氏炼五色石补苍天的传说。一般认为，女娲补天神话体现着汉民族开基之始，地点主要在黄河、长江中下游。后来发现，在边远少数民族地区，西南苗、瑶、侗、黎，及蒙、藏等民族那里，也流传女娲造人、补天、制笙簧、孕育人类等各种类型传说。最新的研究表明，黄河与长江女娲传说辐射八荒的说法靠不住了，女娲的传说故事似乎最早发生在北方，辽西喀左东山嘴出土的新石器时代女性神像，因发现祭坛而被疑为女娲神像。紧接着，在辽西牛河梁又发现了红山文化时期的女神庙和女神塑像。同时发现的玉猪龙和猛禽塑像，分别代表地上的水神和天界的神祇。近年青海湾出土的一件人像彩陶壶上，示意性捏塑出手足乳脐及阴部，两旁绘有象征圜天网状同心圆，以示女神的

---

[1] 袁珂编著《中国神话传说词典》，上海：上海辞书出版社，1985年版，第44页。
[2] 同[1]。

生殖创世之伟力。"同时期马家窑文化,还出土了一些其它形状、风格、图案相同,唯独将女神换为蛙人的彩陶,使人们有理由相信,马家窑彩陶绘出的女创世神,便是在汉文化典籍中赫赫有名的'女娲'。女娲补天造人的神话源出中国北方"[1]之说,随即产生。

二 补天石:蝌蚪样甩着尾巴

曹雪芹将女娲补天的神话植入长白山的时候,并非子虚乌有的编造,这一传说故事,早已流传于长白山一带。至今,长白山极顶的乘槎河畔,仍遗有女娲补天处、补天石。

乘槎阅斗牛　全宗允摄

登过长白山的都知道,白头山大瀑布上缘,有一U型峡谷,东为天豁峰,西为龙门峰,两峰夹峙,雄阔峻极。峡谷呈喇叭状,乘槎河飞卷着雪浪,从天池奔涌而出,流径1250米,跌下悬崖,而为白头山大瀑布。乘槎河之名取自张华《博物志》:说有人乘着木筏子航行到天河地界,见了牛郎织女。李商隐有诗:"海客乘槎上紫氛,星娥罢织一相闻。"河畔有唤作牛郎渡、洗儿石、鳌头台等去处。补天石和补天处则位于乘槎河口。从北面看,补天石如

---

[1] 张碧波、董国尧主编《中国古代北方民族文化史·专题文化卷》,哈尔滨:黑龙江人民出版社,1995年版,第413页。

乘槎河口　宗玉柱摄

同一段光秃秃的城墙,形同影壁,横在池边让人看不到天池。从南面看,补天石如残破的堡垒,守候在松花江源头。从天豁峰半腰俯瞰,补天石状如蝌蚪,律动着活泼的尾巴,仿佛要顺着乘槎河游到人间去。清末安图知县刘建封的《长白山江岗志略》记云:

> 补天石,在龙门峰东,天池出水之处。石半居水中,半居峰上,特起而高。窥其形势杜池水口,作中流砥柱,亦似有补天池缺陷之象,故名之。石出水面,高约七丈余。[1]

---

[1] 李澍田主编"长白丛书·初集",[清]张凤台等撰《长白汇征录·长白山江岗志略》,长春:吉林文史出版社,1987年版,第317页。

补天石　陈景河 供稿

从北侧看补天石　陈景河供稿

刘建封，字石荪，号天池钓叟，山东诸城人。1908年5月任奉吉勘界委员，与地方官李廷玉、张凤台、刘寿彭等带领测绘人员踏查长白山。除写了官方的考察报告外，还著有《长白山江岗志略》。1909年转任安图知县。他是一位谙练边情、勤奋耐苦之员。关于补天石、女娲炼石厂传说的记文，是他第二次下临天池，听当地人讲述，由他记录下来。

即使是名山秀水，如果没有人为之命名赋意，或许永远是自然物而无文化含义可言。一旦有人命名，得到人们的承认，传呼开去，就获得了文化内涵。

据刘建封《长白山江岗志略》载，长白山还有一则女娲炼石厂的传说：

刘建封踏查长白山　长白山民俗馆供稿

红岩洞在图们江北,南距二所六里。相传明成化年间,辽阳惠豆根游山至洞口,倏见一黑人自洞中出。衣冠博大,须发皆白,状如鬼。惠素有胆,猝然问曰:"汝自何来?"黑人怖,趋避入洞。惠侧身亦入,甫里余,黑暗不能举步。匍匐行半里许,忽露光明一线,似羊肠小道。急赴之,道斜插西北,层层如梯,深不见底,战栗不敢入。踌躇四顾,计无所出。旋见黑人,立小道中,以手招入状。惠扶磴下,约万级,始抵平壤。人烟繁盛,别有地天。惠喜出望外,坐而休歇。俄一老者至,苍颜皤发,瑰(魁)伟不类常人。见惠喝曰:"起,何物狂奴,敢入工厂禁地?"惠指黑人曰:"彼诱我至此。"老者曰:"工人在逃,与私入禁地,罪相等。"鸣警笛呼工巡数名至,命扭惠及黑人,监禁幽室中。惠始知黑人为逃工者。居数日,相处甚善。惠问曰:"是何工厂?"黑人曰:"实告君,此女娲炼石厂也。"惠曰:"女娲补天,事属荒诞。即或有之,自黄帝甲子四千余年毫无缺陷,炼石何为?"黑人曰:"我闻工师有言:有形之天,天不满西北;无形之天,天尚有九重。就'先天不足'一语推之,焉得无缺?今厂中炼石,乃预备耳。"惠曰:"共有几厂?"黑人曰:"东西中三厂:一预备厂,一岁修厂,一储蓄厂。"惠曰:"汝入厂几年?"黑人曰:"我入厂中,计七十一甲子矣。因工师过严,故思逃。不料遇君,致事发觉,奈何?"惠曰:"我二人如何得脱?"黑人曰:"平壤老者,系天皇氏曾孙。善读盘古传及三皇历史,君能考据否?"惠曰:"不能。"黑人曰:"既不能此,求脱难矣。吾辈甘忍可也。"阅年余,工厂不慎于火,幽室被焚。黑人曰:"可以逃矣。"惠夜遁逃出洞口,返辽阳。问惠氏故庐,众皆茫然,始知明鼎革二百余年。仍回古洞而烟云封锁,不能再入，后不知所往。[1]

《长白山江岗志略》在记述这则女娲炼石厂传说后，又联系山东诸城东南庐山洞传说，"今闻红岩洞一事，大致相同。其果有是事乎？姑志之。"这再次说明，长白山上的女娲补天石及其传说故事，由来已久，并非刘氏杜撰。

三 海伦格格，满族的补天故事

其实，女娲补天的传说故事早已在满族中流传，从满族《海伦格格补天神话》可以知之：

> 古时候，天龇牙咧嘴，大小石头降落。天缺口，谁能补天呢？海伦格格主动去西天请佛祖协助，炼七七四十九天五色石板，用于补有了缺口的苍天。后来，他因功升天去了，当了神仙。从此人们不再担忧天裂石坠之事，安宁度日子。[2]

这则传说，曾流传于白头山西南麓，连同补天石、炼石厂传说，受佛道影响很大。佛教和道教在唐初时已在东北少数民族中流传，把女娲补天故事附骊到白头山也是很自然的事。在北方民族观念中，长白山不仅是东北亚最高峻的山，也是众神的居所。早在辽代，认为长白山为白衣观音所居。将佛家的观音请到长白山，将人类的始祖女娲请到长白山，体现着中华文化的一体

---

[1] 李澍田主编"长白丛书·初集"，[清] 张凤台等撰《长白汇征录·长白山江岗志略》，长春：吉林文史出版社，1987年版，第339、340页。

[2] 尹郁山、郑光浩著《长白山史话》，长春：吉林文史出版社，1998年版，第140页。

化进程互渗互融的特点。

有趣的是，误闯女娲炼石厂的惠豆根是辽阳人，曹家祖居地也恰巧在东省，当然那是曹雪芹五代祖的祖籍地。现在不能断定曹雪芹是否掌握这些传说和掌故，如果说他对长白山一无所知，那是难以让人置信的。从《红楼梦》所揭示丰富的满俗，丰富的长白山方物，看得出曹雪芹对东省、对长白山所知甚多。再退一步讲，即使曹雪芹不掌握满族创世神话，不知道长白山上有补天石及其传说，也不会影响他把通灵而顽劣的石头，置于大清之根的长白山。长白山对于大清朝和满族，实为根脉所系，精神所依，凡大的家族、宗谱上几乎都称祖上出自长白山。曹雪芹既然追踪蹑迹，写满族的兴衰际遇，大清之根的长白山就不可能绕越，将顽石植根于长白山是他的必然选择。

四　大荒之名，屡见于史料及诗文

长白山又称大荒山，不仅载于《山海经·大荒西经》《魏书·勿吉传》《北史·勿吉传》，还大量反映在文献史料及文人墨客的诗文中。

清人黄维翰所撰《黑水先民传》自叙上：

> 上古圣人，作弧矢以威天下。肃慎去中国绝远，乃传其制。经言黄帝颛顼子孙有降居大荒以北者，肃慎岂其苗裔耶？……今者天下一家，无此疆彼界之别。诸夏人物稍凋耗矣。而大荒以北，阴霾退而天开，树艺繁而地辟。投戈讲艺，负耒谭经，而民智日加进。黑水泱泱，渟洓潴庆。当更有魁奇庞鸿沐日浴月之士，挺生崛起于其间，以励相

我国家也。[1]

黄维翰，字申甫，江西崇仁县人，清末进士，博学通才。光绪三年，先后任呼兰、龙江两郡知府四年。曾主修《呼兰府志》及黑龙江山水诸志，主持《黑龙江通志》。他于地方史志著述之余，征文考献十数载，著成《黑水先民传》。这里记述的两段文字出自该书自叙。其"有降居大荒以北者"系指黑水先民而言；"大荒以北，阴霾退而天开"，是指民国建立，黑水地方见了晴天。这里的大荒，绝不是指东北无际的旷野，更不是荒唐无稽之意，而是指长白山而言。

刘建封《长白山江岗志略》，有诗云："走过大荒三百里，居然此处有桃园。"此大荒仍指长白山。他还在白头山南侧的分水岭，考察了清打牲乌拉总管穆克登查边所立记事石（通常称穆石），称："大荒之中，留有片石。"这里所称大荒，仍是对长白山习惯称谓，相当于"长白山中，留有片石"。

辽金时长白山取代大荒山而成为定名，大荒之名并没完全消失，除了偶尔仍指长白山外，逐渐过渡为对东北旷野的泛称。

清人戴亨，钱塘人，因父戴梓以罪戍辽而随迁沈阳。他的《边城秋感》诗："一夕西风起大荒，萧条景物别殊方。三韩戍北征鸿急，五国城南塞草黄。"戴诗所称"大荒"绝非虚拟之境，虽说不一定是指长白山，泛指东省荒阔的山野当无问题。这说明，大荒或东荒所指，有时很宽泛。至今，人们还把黑龙江省东北角称为北大荒，而大荒沟、小荒沟、大荒岭、小荒岭、荒山站、荒沟屯等荒字号地名，在东北山区俯拾即是，可说是大荒山的

---

[1] 李澍田主编"长白丛书·初集"，黄维翰等撰《黑水先民传·长白先民传》，长春：吉林文史出版社，1987年版，自序上第1、2页。

余音残响。

  《红楼梦》既然是揭示大清社会生活的，大清王朝又是以满族贵族为主体建立起来的，作者必然要从大清之根脉写起。今天，我们点破此间的"隐秘"，已没有任何风险。处于曹雪芹那个时代则不然，"文字狱"蝎虎，风险太大，曹雪芹写书不得不隐，用鲜为人知的大荒山来按揭、指代长白山，脂砚斋用"荒唐"一注来瞒蔽，两人配合之默契，让后代子孙如坠云雾中，久久不识大荒山真面。

第三章

大清根脉,"瞒蔽"深藏能几时

《红楼梦》问世已两百五十多年,书中大荒山之为长白山,涉及是书立意根本,竟瞒蔽至今,令人惋叹!难道史上真的没有人看破吗?

一 狡狯脂砚斋,"瞒蔽"又"提醒"

如前所述,曹雪芹写书过程中,有一位评注者,他没有留下姓名,只留下一个号——脂砚斋。脂砚斋究竟是什么人?与曹雪芹是怎样关系?还是一谜。有人认为是曹雪芹的叔叔,有人认为是曹雪芹的堂兄弟,有人认为是曹雪芹自己。周汝昌先生提出脂砚斋可能是一位与作者同病相怜的才女,很可能是书中湘云的艺术原型。一个写,一个注,相得益彰。香港著名文化学者梅节先生提出,脂砚斋可能是一位有钱的书商,只是向曹雪芹提供资助,许多评注有拂曹公原意。后期,两人关系相当紧张。

脂砚斋为曹雪芹做了许多事。他决定了《石头记》这一书名,建议删改某些情节,整理原稿,告知残缺,代撰缺文,校正抄本文字,为隐词僻字做注解,为此书写凡例,但最主要的是写了数以万计的评语。对曹雪芹创作心理、人物走向、艺术技巧等,做了一些评批。从大量的批语看，脂砚斋的思想水平和艺术趣味与曹雪芹相去甚远，许多时候以封建道统对书中内容予以褒贬，以投好时下趣味。有时还不得不"隐"，用障眼法把读者引入烟云模糊处，让你不识庐山真面目，脂评中这样的地方不少。

第一回书开篇的楔子，脂砚斋在"大荒山无稽崖"处，侧注为"荒唐也，无稽也"，楔子末尾又意味深长地加了眉批，谈到曹雪芹披阅增删时，借题发挥说：

> 足见作者之笔狡猾之甚。后文如此处者不少，这正是作者用画家烟云模糊处，观者万不可被作者瞒弊了去方是巨眼。[1]

甲戌本《石头记》第一回此前还有脂砚斋一则有趣的眉批：

> 书中之秘法亦不复少，余亦于逐回中搜剔刳剖，明白注释，以待高明，再批示误谬。[2]

这就若明若暗地告诉人们，透过烟云，才可看到大荒山真面目，他的评注中亦藏有"谬误"。"大荒无稽青埂"批注为"荒唐无稽情根"，也必是谬误之一，不然何以一而再地提醒。

其实，书中大荒山即为长白山，清人早有洞察，只是有碍种种，不便说破。

二 高鹗三次闪击东省

东省，是东直隶省的简称，指吉林省。清初吉林区域广大，

---

[1]《脂砚斋重评石头记》第一回第八页，上海：上海人民出版社，1975年版。
[2]《脂砚斋重评石头记》第一回第七页，上海：上海人民出版社，1975年版。

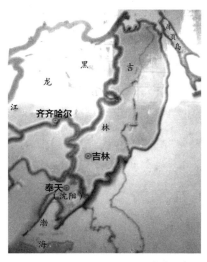

东省示意图

从现今鸭绿江入海口到黑龙江入海口的广大东部地区均属吉林境内,故称东省。后吉林失去了滨海地区,东省开始泛指东三省。高鹗所续《红楼梦》后四十回书中,屡现东省地名。第一○六回:"再查东省地租,近年所交不及祖上一半。"第一○七回贾母问:"东省地土,你知道到底还剩了多少?"贾政答:"东省的地亩早已寅年吃了卯年的租儿了。"这里,东省地名的频出,实不寻常,必有高鹗的另一番属意在其中,起码说明他心里明白,曹公暗写大清根脉在东省、在长白山。乌进孝所管的庄子在东省吉林,高鹗是否刻意透露出来,值得关注。

三 护花主人点击,无人留心

王希廉,江苏吴县人,大约生活在嘉庆、道光、咸丰年间,号称护花主人,是评点派红学中的代表人物。他更多的是从文学角度评价和分析《红楼梦》,对书中明暗手法提出许多真知灼见,他认为:"《石头记》一书,有正笔、有衬笔、有借笔、有明笔、有暗笔。"他提醒读书人,关键是弄懂"真""假"二字。"真即是假,假即是真;真中有假,假中有真。"故他在开篇"大荒山无稽崖"处夹批曰:

曰大荒，曰无稽，便是"真事隐"注脚。此书凡人名、地名，皆有借音，有寓意，从无信手拈来者。甄士隐、贾雨村、大荒山、无稽崖，作者明举一隅，读者当知三反矣。[1]

王希廉点到为止，读者当知举一反三。作者的寓意，批书人早已看破而不便言破，并非有意捉弄读者。当时，倘或叫人看破大荒山实指长白山，是掘写大清的根脉，不仅曹家要斩尽杀绝，连脂砚斋、敦诚等亲密者也性命难保，更不要说《红楼梦》的印刷流传了。

清朝的文字狱之严酷是出了名的。浙江人汪景祺因著《读书堂西征随笔》被认为"讥讪圣祖仁皇帝，大逆不道"，立斩，家属俱发遣黑龙江，五服内族人革职监管。曹雪芹出生的第三年，礼部侍郎查嗣庭，典试江西，出题"维民所止"，竟被解释是取"雍正"二字而"去其首"，又搜出日记二册多有直议时政之文，"逆天负恩"，革职拿问，病死狱中，陈尸示众，儿子处死，家人流放。革职遣戍的工部主事陆生枏因著《通鉴论》而"罪大恶极"，即在军前正法。直到乾隆朝，文字之祸，几乎不断。对于戏曲小说，也以"小说淫词，荒唐俚鄙，殊非正理，不但诱惑愚民，即缙绅士子，未免游目而蛊心焉"为借口，而通令严禁。

据王利器先生辑录《元明清三代禁毁小说戏曲史料》披露，清一代的二百六十来年间，仅中央政权就发布禁令一百多次。处于这种高压下，作者曹雪芹和评家脂砚斋就得大动脑筋了。曹雪芹取并不为许多人知道的大荒山按揭长白山，脂砚斋侧注为"荒唐也"，瞒蔽了二百多年，也许正因为有脂砚斋的"荒唐"一注，

---

[1] 护花主人、大某山民、太平闲人三家评本《红楼梦》，上海：上海古籍出版社，1988年版，第4页。

模糊长白山真面目，才保护了曹雪芹，使《红楼梦》得以传奇问世。

四 邓狂言言破，无人理会

民国年间，大清解体，没了禁忌，有人看破大荒山的隐秘，却无人理会。

邓狂言，清末民初人，所著《红楼梦释真》接近于一语道破：

> 大荒山者，野蛮森林部落之现象也，吉林也。荒唐之荒，亦是此义；无稽崖，亦是此义。谓满洲之所自来多不可考，无历史之民族也。[1]

邓氏思想偏颇，然他所言"大荒山者……吉林也"，乃真知卓识；"野蛮森林部落"则指"窝集"（窝集、勿吉、沃沮、无稽，皆一声之转，女真语，森林人之意）。"无稽崖"的"崖"，旧读yai，谐音"勿吉人的悲哀"。"无稽"，通"勿吉"，为满洲先世环白头山生活的原住民。魏晋时勿吉国的势力发展到吉林地区，为满族之先世的一个称谓。

邓狂言是确认大荒山在吉林的第一人，吉林只有长白山古称大荒山。

五 景梅九明示，亦无人关注

景梅九，山西安邑人，有名的爱国民主人士，著有《〈红楼梦〉真谛》，是新索隐派代表人物之一。书中猜谜种种，良莠杂

---

[1] 邓狂言著《红楼梦释真》，沈阳：辽宁古籍出版社，1997年版，第3页。

陈，仔细过滤，时有闪光的"金粒"淘漉出来。他引高青丘《梅花诗》："云暖空山裁玉遍，月寒深浦泣珠频"，直言"玉已植于长白山矣"，[1]顽石寓意满族出源之意出焉，亦等于直言大荒山之为长白山；又指明"灵河"二字，仍不离满洲发源之地。第五十三回贾氏年终祭宗祠，正殿里边"虽列着些神主，却看不真切"，点明"写其祭堂子神之秘密耳"。同一回"乌进孝进租"，则指明绝非"索隐"谓指西藏喇嘛之进贡，而是指白山黑水之吉林乌拉岁贡。这些见解，振聋发聩，对理解作者主旨立意，启发极大。

可惜，这些有价值的发现并没得到应有的尊重，新红学考证派和五十年代蹿红的社会批评派，在清算索隐派对号入座的错误时，将脏水和婴儿一齐泼出户外。

脂砚斋的功德不应忘记，脂砚斋的瞒蔽却也坑人不浅。书中开篇的"大荒山无稽崖青埂峰"明明是暗写、借代，寓意为"长白山勿吉哀清根封"，作者意在为本书埋根，埋下满族贵族出源之根。然而，人们对脂砚斋、王希廉、邓狂言、景梅九的种种提醒暗示，均视而不见，致使大荒山的真面，概无人识。评家对丫头小姐、清客相公名讳的谐音寓意，津津乐道，对开篇石头宏大的出源地——"大荒山无稽崖青埂峰"，主人公借以成丁的太虚幻境等大关键文字，则一言以蔽之曰作者虚拟，或作者假想，相当于给《红楼梦》来了个大"盖帽"，让你上篮却无法得分。我们不能忘记红学如临迷津的岁月，荆榛遍地，黑溪阻路，并无桥梁可通；主流河道上只剩下"萌芽号""叛逆号"横冲直撞！不服吗？撞死你，让你泥牛入海，连喊"可卿救我"都来不及呢！

新世纪的红学必将带来红坛的百舸争流，然而清理淤积在旧河道的垃圾，疏浚浊气逼人的堰塞湖，仍需时日。

---

[1] 景梅九著《〈红楼梦〉真谛》，沈阳：辽宁古籍出版社，1997年版，第68页。

第二编

长白山：北方民族的神山

　　一尊大象行进于旷野，一群猴子拦住它，伸出手臂，上下左右对大象摸索一番，去了，去开"什么是大象"的研讨会，大象仍旧行进在旷野上；皇家大学士级的猴子来了，拿着规与矩，度量大象的脚步，回去召开"规范大象脚步"的例会，大象仍旧行进在旷野上；一群经孙大圣摸过顶的猴儿，对着大象瞄了几眼，四散而去，去海选美女猴，拍摄《大象》电视剧……不知历经几世几劫，又不知经多少猴群的骚扰，大象仍旧义无反顾地在旷野上行进。一只机灵的小猴问："大象爷爷，您要回归《石头记》的故乡吗？"大象快乐地甩动着蒲扇般的耳朵。于是，小猴跳上象背，向林深如海的长白山自然王国行进……

第四章

族源的神话与长白山的原住民

辽西牛河梁女神庙积石冢遗址群的发现，女神泥塑人像、玉猪龙等文物的出土，把中华文明推向五千多年前，再次证明中华文明多元化历史。这里，仅就与《红楼梦》开篇的女娲补天相关的满族创世神话与满族的出源略作讨论。

一 创世神话与满族的诞生

在中华民族的历史上，没有哪个民族可以看作是绝对土生土长。在民族形成过程中，总是发生氏族集团间的不断迁移，不断交融，不断混合，构成新的氏族部落群体。即使发展为民族共同体的时候，这种混合交融也不断发生，尤其体现在文化的交融上，我中有你，你中有我，体现着中华民族许多共同民族心理机制。女娲神话传说几乎流布于中华各民族中。如果我们将这则神话与流传下来的通古斯语族的创世神话相比较，会发现后者更为朴实、更为原始：

世上最先有的是什么？最古最古的时候是什么样？世上最古最古时候是不分天不分地的水泡泡，水泡泡渐渐长，水泡泡渐渐多，水泡里生出阿布卡赫赫。她像水泡那么小，可她越长越大，有水的地方，有水泡的地方，都有阿布卡赫赫。她小小的像水珠，她长长的高过寰宇，她大得变成天穹。她身轻能漂浮空宇，她身重能深入水底。无处不在，无处不有，无处不生。她的体魄谁也看不清，只有在小水珠里才能看清她是七彩神光，白亮湛蓝。她能气生万物，光生万物，身生万物，空宇中万物愈多，便分出清浊，清清上升，浊浊下降，光亮上升，雾气下降，上清下浊。于是，阿布卡赫赫下身又裂生出巴那姆赫赫（地神）女神。这样，清光成天，浊雾成地，才有了天地姊妹尊神。清清为气，白光为亮，气浮于天，光游于宇，气静光燥，气止光行，气光相搏，气光骤离，气不束光，于是，阿布卡赫赫上身才裂生出卧勒多赫赫（希里女神），好动不止，周行天地，司掌明亮。阿布卡赫赫、巴那姆赫赫、卧勒多赫赫，同身同根，同现同显，同存同在，同生同孕。阿布卡气生云雷，巴那姆肤生谷泉，卧勒多用阿布卡赫赫眼发生顺（太阳）毕牙（月亮）、那丹那拉呼（小七星）。三神永生永育，育有大千。[1]

这里，阿布卡赫赫是从水泡泡里生出来。这一说法与有机物，也就是含有基因的第一个细胞是在水中生成惊人地一致。这位宇宙大神显然忙不过来了，下身、上身分别裂生出地母巴那姆赫赫、星神卧勒多赫赫。三位天宇大神生云雷，生谷泉，生星辰，各有

---

[1] 富育光著《萨满教女神》，沈阳：辽宁人民出版社，1995年版，第18、19页。

分工，共同造就宇宙万物。

水带来生命，水孕育生命，水是生命之母。地球上的水是哪里来的呢？最新的科学研究成果表明，地球上原本不存在水，水是宇宙飞来的冰块形成的。在人造卫星拍摄的地球图片中，发现几个非常可疑的黑点，路易斯·法兰克博士（美国俄亥俄大学教授）认为，这些黑点是落在地球上的小彗星。这些小彗星是一个个由水和冰组成的重约一百吨的球状物，大约每分钟二十个，一年大概有一千万个这样的小彗星飞临地球。这些冰块早在四十亿年前就开始光临地球。[1] 直到今天，仍持续向地球输送着水和冰。宇宙飞来的冰块，先是化而为云，而后变成了雨，雨在洗净山峦后沁入泥土，摄入丰富的矿物质后，成为地下水，然后以涌泉的形态重新回到地表，汇流成河川，流入大海。大海的水，经太阳蒸发，又回到大气中变成云，再以雨的形态回归地表。水通过溶解各种物质，从山川到海洋源源不断输送生命能量，于是海洋的热泉旁，产生了简单的生命细胞，进而形成藻类，释放出地球上最初的氧气。氧气吸收紫外线，创造出环绕地球生命的保护层——臭氧层。生命在四亿两千万年前从幽暗的海底走出来，开始在陆地上繁衍，全部依赖氧气和臭氧层的保护而获得新的生活方式。人类的始祖约出现在二百万年前，氧气的产生和臭氧层的形成，造就了适合人类生活的环境，开始了雄壮的生命之旅。

满族创世神话水泡泡内孕育生命，便含有先世朴素的唯物史观，发出生命诞生所呈现的金子样的光彩。正如富育光先生所说："这里，既没有盘古从混沌世界开辟出天地的利斧，也没有耶

---

[1] 参见［日］江本胜著，猿渡静子译《水知道答案》，海口：南海出版公司，2013年版，第9页。所谓彗星带来水，这里只备一说，尚无定论。

和华上帝创世的神秘咒语,而只有客观世界的自然运动。"[1]然而,在人们观念中,当天地分明,地球形成,于是三位天宇大神开始造人:

> 世上怎么有了男有了女?有了虫兽?有了禀赋呢?阿布卡赫赫性慈,巴那姆赫赫性酣,卧勒多赫赫性烈。原来三神生物相约合力。巴那姆赫赫嗜睡不醒,阿布卡赫赫和卧勒多赫赫两神造人,最先造出来的全是女人,所以女人心慈性烈。等巴那姆赫赫醒来想起造人时,姐妹已走,她情急催生,因无光而生,生出了天禽、地兽、土虫,它们都是白天喜睡,夜间活动。因无阿布卡赫赫的慈性,它们还相残相食,暴殄肆虐,而虫类小兽惧光怕亮,癖好穴行。那么又怎么有了男人呢?阿布卡赫赫见世上光生女人,就从身上揪块肉做个敖钦女神,生有九个头……八个臂、八只手轮番歇息和劳碌……使巴那姆赫赫总被推摇,不能成眠……她忙三迭四、不耐烦地顺手抓下一把肩胛骨和腋毛,还有姐妹的慈肉、烈肉,搓成了一个男人。所以男人性烈、心慈,还比女人身强力壮……巴那姆赫赫常把肩胛骨压在身下,肩胛骨有泥,所以男人比女人浊泥多,心术比女人叵测。[2]

可是,这还不能算真正的男人,还缺少个"索索"呀!巴那姆赫赫惺忪着眼抓了身上一块肉摁在山鸡屁股上,山鸡屁股上多了个鸡尖和小肉桩。姐妹说摁错了。她又抓下一块肉摁到水鸭肚里,又摁错了,又抓下一块细骨摁到母鹿肚下,母鹿变成了公鹿,

---

[1] 富育光著《萨满教女神》,沈阳:辽宁人民出版社,1995年版,第20页。
[2] 同[1],第21、22页。

从此公鹿的"索索"像利针,常常刺毙母鹿。姐妹生气地说又摁错了,她急忙地向身边野熊胯下要了个"索索",安在刚造的男人胯下,所以现在男人的"索索"与熊的"索索"极为相似。[1]

三位姊妹大神造人的美丽传说,体现了鲜明的人性特征和女性本位的思想倾向。与传说的女娲造人和《圣经》里耶和华(上帝)造人有所不同。

首先,女娲和耶和华来路不清。屈原曾发出过天问:"女娲有体,孰制匠之?"耶和华也是这样,他的形体又是从哪里来的呢?谁也说不清楚,只知道他是上帝。满族人的"女娲"阿布卡赫赫,是从小水泡泡里走出来的。这让我们联想到,地球上第一个有机细胞产生于原始的"热的稀汤"(Haldane 的话)[2]。水泡泡里的阿布卡赫赫让我们联想到细胞内小小的细胞核,人类全部基因密码都存储在细胞核的染色体上。

其次,女娲造人是抟土,或引绳泥中举以为人,仍含有一点原始本真的意味,民间早有"土生草,草生虫,虫变兽禽以至人类"的说法。《圣经》中的耶和华是喊天就有天,喊地就有地,喊日月星辰,就有日月星辰。到了第六天,"耶和华抓起一把泥土,照自己模样塑了座泥像并赋予生命"[3],这就是世界上第一个男人亚当。因为没有伴,不快活,耶和华趁他睡觉时取下他身上一根肋骨,造了夏娃。人类就是这一对不安分的孩子遗传下来的。

满族的始母神是用自己身上的骨肉做成的。所以满族人与女神血肉相连,休戚与共,甚至可以姐妹相称。

---

[1] 索索,女真土语,指男性生殖器。

[2] [英]苏珊·奥尔德里奇著,喻富根、李宽钰等译《生命之线——基因与遗传工程》,南京:江苏人民出版社,2000年版,第82页。

[3] [美]房龙著,雷菊霞、博文译《房龙文集·圣经的故事》,北京:北京出版社,1999年版,第12页。

第三，女娲造人，男女未分。《圣经》中耶和华先造男人，后造的夏娃用的是亚当的一根肋骨，这就决定了女人是男人的附庸。满族创世神话则不然，女人先于男人被创生出来，并勤奋地创生了世上万物和人类。男人不仅比女人创生晚，而且认为"男人比女人浊泥多，心术比女人叵测"。到了《红楼梦》里，表述为"女儿是水作的骨肉，男人是泥作的骨肉。我见了女儿，我便清爽；见了男人，便觉浊臭逼人"。宝玉无意间说出了那个时代满族人的实际——处于主宰地位的男人变得浊气逼人。相对来讲，女人比男人洁净，所以他要"为闺阁昭传"。

二 勿吉人：长白山的原住民

依据多年的文物考察，环白头山的沟沟岔岔，分布着二十多个古城，出土过大量的石刀、石斧、石纺轮、黑曜石切削器等古人使用过的器具。这些使用石器的人都是从哪里来的呢？是哪个民族的先世？他们怎么会在白头山周边建立居民点？让我们先从长白山最本真的传说故事《佛赫与乌申阔》说起。

长白山生人，一个更本真的传说故事

相传，大约十万年前，地上洪水滔滔，生灵灭绝。只有长白山上一株柳树和北海（一般指贝加尔湖）中一个石矸还在水中立着。不知又过了多少年，这株柳树变成人形，苗条婀娜，轻盈妙曼；石矸也变成巨人，黑发、大嘴，两只脚像大石球。柳树被风一吹，发出"佛佛"的响声，自己起名叫佛赫；石矸被大水一冲，发出"空空"的响声，自己起名叫乌申阔。又过了若干万年，洪水开始下降，水中冒出一团团火球，火球滚到哪里，哪里的水就被烤干。他俩分别吹动火球玩,火球吹到哪里,哪里的水就被烤干,露出大地。吹着,吹着,两个生灵碰到一起。因为谁也不认识谁,都认为对方是怪物,就各自吹动火球去烧对方。这一下不得了啦,火球相撞,迸发出一个个小火球,落到水里水干,迸到天空天晴,小火球嵌入天空成了今天的星星。这就惊动了十七层天的神灵。他们见地上的两个生灵不知好歹地苦斗,阿布凯恩都哩大神对大徒弟昂邦贝子说:"洪水来临之前,你是人间萨满,这回派你下去,教会这两个生灵男女之情,以便滋生后代。"并把一对男女生殖器交给大徒弟,叮嘱他给佛赫和乌申阔安到合适的地方。又拿出五件法宝让他传给两个生灵。

佛赫与乌申阔斗得正来劲儿,见一位穿黑熊大哈(熊皮皮袄)的红脸巨人阻拦他俩火拼,还说要教他俩男女之事,觉得有趣。这样,昂邦贝子给他俩安上生殖器,授以男女之情,称他俩为佛赫妈妈和乌申阔玛发。临走留给他俩五件法宝:桑木弓、柳木箭、铜托力(满语,铜镜)、腰铃和手鼓,并教会他们使用方法。从此长白山区有了人类。[1]

这是我们当前搜集到的长白山生人最朴实、最本真的传说故事。且与满族的柳文化、石文化遥相呼应,给我们以无限的遐想。

那么,远古的时候,白头山周边是否真的有人类居住呢?

环白头山,古人类遗址的发现

一般认为,旧石器时代距今约1万至200万年,属于人类活动的早期阶段。国际学术界对人类起源有两种观点:一种认为,

---

[1] 富育光讲述,荆文礼整理《天宫大战·西林安班玛发》,长春:吉林人民出版社,2009年版,第77、78页。妈妈,满族对年长妇女的尊称,奶奶之意;玛发,满族对年长男性的尊称,相当于爷爷。

人类起源于非洲，迄今所有的人类，都出自一位非洲母亲；另一种观点认为，人类起源于亚洲，核心地区是在我国的河北与云南两个地区。

大约在2万至5万年前，随着冰原植物的北移，古人类追逐动物群，一路向北开拓生存空间。有一支越过松嫩平原和长白山区，越过白令海峡，进入北美地区，成为印第安人的祖先。有人提出，吉林省内一些旧石器时期古人类活动遗址，当是亚洲人北狩的孑遗。

吉林省发现最早的人类活动遗址距今100万年，在松花江畔的前郭地区。长白山区发现的旧石器时代遗址有桦甸寿山仙人洞遗址、安图石门山南坡洞穴遗址、抚松新屯子西山遗址、漫江枫林村黄土崖遗址等。这些早期人类居住台地，不仅发现过石刀、石斧等旧石器，而且有用火的痕迹，还有黑曜石切削器的发现。

石器（勿吉人遗存） 长白山民俗馆供稿

后两处古人类遗址，距长白山主峰均不足 100 公里，说明早在两三万年前，白头山周边就有人类居住。[1]

新石器时期发现的人类活动遗址，分布更加广泛。1994 年 5 月，吉林省考古所在长春饮马河畔腰岭子发现一座 132 平方米古房址，出土石器 7000 余件，是一座原始部落会社所在地，距今约 6500 年左右。相当于这一时期的考古发现，还有长春地区左家山一期文化，牡丹江地区新开流文化、莺歌岭文化，沈阳地区新乐下层文化，特别是辽西牛河梁一带发现大型祭坛、女神庙等，其年代距今 5500 年，被称为"中华文明的曙光"。广而言之，这些地区，均属于长白山脉所屏蔽的地区。

2008 年 5 月，笔者在吉林省抚松县万良镇大荒顶子发现一组古祭坛群，九座石坛在荒顶一字排开，朝宗长白山。根据搜集到的大荒顶子"万人火祭"的传说，和山腰古城内黑曜石切削器的发现，此为远古祭祀之山，当无异议。方圆百里内拱卫大荒顶子，分布着二十多座古部落遗址。[2]可以初步断定，早在五六千年前，周边的原住民，就到这里祭火，并求取火种。山半腰的古部落人，极可能是大祭坛的守望者。

这些属于长白山脉的古人类文化遗存，无可辩驳地证明长白山是北方民族摇篮之一，给我们考察环长白山古居民提供了鲜活而生动的材料。我们有理由将《佛赫与乌申阔》的生人传说与这些古迹及这里的原住民勿吉人联系在一起。

---

[1] 上述材料引自金旭东先生《吉林省重要考古发现》，马克主编《吉林社科讲坛》，长春：吉林人民出版社，2011 年版，第 532 页。

[2] 大荒顶子长白山祭坛，方圆百里发现了南岗、南山口、里阳沟、平安、小南沟、羊洞、黄家崴子、前甸子、大营、汤河口、东台子、温泉、油库、兴参、抽水、新安、中心街等二十几处古遗址。多出土石刀、石斧。

瀑布一路歌　宗玉柱摄

勿吉,长白山最古老的原住民

从史料记载和考古发现来看,东北的少数民族大体可分为三个族系,即以白山黑水为活动中心的肃慎族系、以西部草原为活动中心的东胡族系、以中部丘陵平野及鸭绿江中下游为活动中心的秽陌族系。

最早载入史册的长白山人是肃慎人。公元前二十世纪,肃慎人就生活在白山黑水之间。《山海经·大荒北经》记载:"大荒之中有山,名曰不咸,有肃慎氏之国。"[1]不咸,古女真音,寒冷之意。切音如"珊",满语"白色",不咸山,是寒冷的白山之意。《汉书》载其国,"南包长白山,北抵弱水,东极大海,广袤数千里"。此后建立渤海国的靺鞨人,建立勿吉国的勿吉人,建立金朝的女真人,与肃慎人一脉相承,被称为肃慎族系。

---

[1]《山海经》,上海:上海古籍出版社,1989年版,第114页。

考长白山人类居住史，环白头山而居者号称"树窝子"，即窝集，亦即勿吉，为长白山最古老、居住时间最为久远的原住民，与肃慎、挹娄，当是同一时期不同地域的古人类。魏晋南北朝时，勿吉族群的领地扩大，势力达到今吉林一带，成为北方一个强大民族，外界才知道勿吉人的存在。《魏书》《北史》均有《勿吉传》。两传对长白山所记，大同小异："（勿吉）国南有徒（徙）太山，魏言太皇，有虎豹罴狼皆不害人，人不得山上溲污，行迳山者，皆以物盛去。"[1]这段记述很简洁：一是说，勿吉国南面有一座徙大山（徙，同咸，亦是寒冷的白山之意），内地的华夏人称它大荒山；二是说，当地人习俗上很敬畏这座山，人不得在山上便溺，有了内急，要把屎尿盛到山外；三是说，山上的猛兽都不伤人，人呢，也不敢猎杀。原因在于勿吉人心目中，长白山是神山，神山上怎么可以溲污？山中的"虎豹罴狼"都是神兽，怎么敢猎杀？这段记述，真实地反映了当年勿吉人的信仰崇祀心理和天人合一的思想观念。

三 勿吉人的生存与发展

刘节《左史存考·好大王碑考释》言称："乌稽、窝集、渥集，皆沃沮，一声之转……或即森林民族之称欤！"勿吉人夏树居，冬穴处。他们的婚姻习俗也很平实简单，"初婚之夕，男就女家，执女乳而罢，便以为定"。长白山东南部的勿吉人最强，他们背依白头山，面向鲸海（今日本海），上山可捕猎，下海可网鱼，咸兴平野则是主食"粟麦黍"种植地，部落自有酋长，"其

---

[1]《二十五史·魏书·勿吉传》，上海：上海古籍出版社，1986年版，第2424页。

人劲悍，于东夷最强"。辽金时期，为捍卫勿吉人传统居地，女真人曾与外来的侵入者进行了殊死的战斗，用鲜血与生命捍卫自己的家园。

十世纪中叶，女真完颜部经过半个世纪打拼，基本完成了女真族的统一，曷懒甸亦在其管辖之内。曷懒，女真语，榆树；曷懒甸，意为长着榆树的水草地，指今朝鲜摩天岭（乙离骨岭）以南、定州以北地区，中心区域是咸兴平野。金人建国前，咸兴平野为勿吉人世居之地。半岛王氏高丽建国后，不断蚕食东女真居地。并于1033～1044年强筑长城，妄图将夺占的土地固定下来。高丽人并不以此为满足，1107年（高丽睿宗三年）12月，高丽元帅尹瓘率十七万大军进抵边关定州，设宴诱杀东女真酋长古罗等四百余人，兵分四路攻杀东女真，一百五十多个村寨夷为平地，上万部落人倒于血泊，并强筑九城，以为永久占领。

高丽侵占曷懒甸后，阿骨打力排众议，主张出兵收复失地。他说："若不举兵，岂失曷懒甸，诸部皆非吾有也！"[1]这里说的诸部，不仅指曷懒甸一百多个女真部落，也指整个长白山三十部女真。

女真酋长康宗乌雅束采纳了阿骨打的意见，即派斡赛率兵前往曷懒甸，采取筑城对垒、围城打援等诸法，历时六年血战，终于将高丽军赶出咸兴平野。《高丽史·尹瓘传》在记述其失败原因时说："女真既失窟穴，誓欲报复，乃引远地群酋，连岁来争，诡谋兵械，无所不至……"可见，反侵略的曷懒甸之战，是世居白头山东南部女真人重新夺回祖居地之战，在女真生存发展史上占有重要地位。

---

[1] 蒋秀松著：《女真与高丽间的"曷懒甸之战"》，载刁书仁主编《中朝关系史研究论文集》，长春：吉林文史出版社，1996年版，第113页。

勿吉人的领地，时有扩展和缩小，但居住中心始终在白头山周边。可以说勿吉人是长白山最为古老、居住时间最为长久的部落人。因其是满族先世，到了曹雪芹笔下，唤作"无稽崖"，谐音寓意为"勿吉哀"，用"无稽"（勿吉）代指满族，又显"山"又露"水"，只是人们不易看破。

第五章

山陵崇祀的震撼

人类是从大森林中走出来的,山陵是原始文明的诞生地,对大山的崇拜构成人们最基本的文化信仰。古之建邦设都,必有名山大川以为形胜。崇祀山陵是中华传统文化重要内容。在东北少数民族中也相当普遍。东胡人崇尚木叶山、大鲜卑山,留下嘎仙洞不朽的石刻祝文。[1]高句丽贵族源出扶余地方,迁居鸭绿江中下游,不忘祖迹,刻"好太王碑",永志其史。北方民族于高山巨阜设坛祭天,已见于秦、汉、唐、宋的泰山封禅和祭祀,给我们留下的震撼,可谓余波荡漾,经年不息。肃慎族系对长白山的崇祀,无疑是泰山祭祀文化的折射和延展,留下长白山大祭坛等不朽的神迹。

一　泰山封禅天下知

对山川的崇祀,造就了中华民族独特的泰山封禅文化。

中国最早的礼俗典籍《礼记·祭法》载:"山林川谷丘陵,能出云,为风雨,见怪物,皆曰神。"认为神居于山,山能出云,

---

[1] 米文平著《鲜卑石室寻访记》,济南:山东画报出版社,1997年版,第5页。

能致雨，还常常出现奇怪的动物，皆认为是神。《韩诗外传》曰："夫山者，万民之所以瞻仰也。草木生焉，万物植焉，飞鸟集焉，走兽伏焉，四方并取与焉。出风云以通乎天地之间，天地以成，国家以宁。"《尚书大传·略说》："山……出风云以通乎天地之间，阴阳和会，雨露之泽，万物以成，百姓以飨。"[1]说的是，高高的山上出风云，与天相通连着。那里是"万物以成"，百姓赖以取食和生存的地方。山不仅是生活资料的供应之地，也是人们精神力量的依托之所。

《周易·大畜·象辞》曰："天在山中，大畜。"[2]畜，畜积。"大畜"，本指卦名，六十四卦之一，乾下艮上，即天在山上，积畜宏大，指天包含在大山之中。就是说，早在周代，人们观念上将山岳与天视为连体，不能截然分开。故祭祀山陵，亦等同于祭天。往往规模宏大，极具震撼力。

当人类走出山林到平野河川生活的时候，对大山的崇祀心理，丝毫没有削减。他们把祭山和敬天紧紧结合在一起，成为治者安邦定国的重要举措，称为岳镇，像五岳之首的泰山那样安定四方。

泰山，地处华北大平原与山东山地交汇处，主峰在泰安城北，海拔1545米。泰山在先秦，是齐鲁两国分界线。也许正因其处于齐鲁文化集大成的交汇点上，又是我国中原东部最高的山，才成为中华民族祭祀文化的中心区。

走过五千年文明历史的中华民族，之所以对这一祭祀文化念念不忘，只因为那是我们先世曾亲历过的。不管二十一世纪的人们如何看待这些崇山敬神活动，觉得是多么幼稚可笑，这些封禅活动，作为历代国之大典，尽管褒贬不一，却作为中华民族兴盛

---

[1] 何平立著《巡狩与封禅——封建政治的文化轨迹》，济南：齐鲁书社，2003年版，第66页。
[2] 同[1]，第73页。

泰山封祭地　陈景河摄

的标志载入史册,成为历代皇家丰功伟绩的见证,并永存于人类文化史的记忆之中。

在探讨北方民族何以如此崇祀拜谒长白山之前,先了解中华民族泰山封禅文化是非常必要的。为此,笔者曾两次拜谒泰山,深感泰山祭祀文化的源远厚重,及其在中国人心目中的地位。

封禅:封是指在高山上堆土,增山之高以近天;禅是指在山下高处堆土增地之厚,以禅地祇。这座自然山岳,受到文明大国历代最高统治者封禅独尊,且延续数千年之久,几乎贯穿于中华文明史,在中外文化史上绝无仅有。

五岳独尊局面的形成有个漫长过程。秦朝大一统局面形成前,有过不同地域、不同民族自己的圣山祭。泰岳祭,是中华民族大一统形成的象征。

说起来,封禅泰山,对历朝历代都不是寻常之举。所传七十二帝泰山封禅,是指传说时代的尧、舜、禹等贤君的泰山封禅,那只是传说。有据可查的登封泰山的皇帝有秦始皇、汉武帝、汉光武帝、唐高宗、唐玄宗。最后一位封禅泰山的是宋真宗。

泰山封禅,是一件极为严肃、庄重、荣耀之国家级盛典,成为历朝君王的最高理念和终生追求。因为不是随便哪个皇帝都可以举行封禅大典的,只有王者易姓而起,革故鼎新,四方治定,实现华夏大一统,又连年丰稔,天下太平,还得出现祥瑞征兆时,才可言封禅泰山。

战国五霸之主齐桓公,自以为霸业已成,意欲封禅泰山。良相管仲提醒他,昔者伏羲、黄帝、尧、舜、禹等十二帝,因受天命而得封泰岱。齐桓公极言自己北伐山戎,西伐大夏,九合诸侯,一匡天下,还不算受命于天吗?于是管仲又以祥瑞未现而劝阻,齐桓公只好作罢。其实,齐桓公虽然取得五霸之首地位,也仅是公侯职级,是没有资格封禅泰山的。

周朝衰微之时,成王的陪臣季氏执政,仅是旅于泰山借机祭之,即受到孔子贬讥。作为诸侯级人物祭山川,必须在封域之内。季氏仅是陪臣而祭泰山,是非礼之举。

秦王扫六合,统华夏,建郡县,施律治,车同轨,书同文,北击匈奴,南定百越,实现华夏之大一统,功盖六雄,霸称始皇。他自以为临位二十六年,统一天下,四海宾服,可谓功垂千古,于是封禅泰山。但因有筑长城、阿房宫等徭役,有焚书坑儒等苛政,而被后世诟病,皆讥曰:"始皇上泰山,为暴风雨所击,不得封禅。"司马迁也论讥曰:"此其所谓无其德而用事者邪?"[1]

东汉光武帝制造谶书《河图会昌符》,称得到天的启示而封禅泰山,同样被后世所指责。

唐太宗当上皇帝后,兴科举,抑藩镇,均田亩,任贤能,和亲西藏,击败突厥,实现贞观之治,其功甚伟。朝野力促封禅,

---

[1] 何平立著《巡狩与封禅——封建政治的文化轨迹》,济南:齐鲁书社,2003年版,第167页。

甚至制定详尽的封禅泰山仪注,而终因种种不便而作罢,史家以为其天命未至。

唐高宗麟德二年(665),武则天陪高宗皇帝登封泰山,实现"升坛亚献"。三十一年后,这位女皇独断专行,在中岳嵩山完成了中国历史上第一次由女皇主持的封禅大典。尽管没能动摇泰山独尊的地位,也算是女皇对传统观念的一次挑战。

唐玄宗封禅泰山,也有艰难过程。晋人刘昫所撰《旧唐书·礼仪志》对此有详尽记载。开元十三年(725)十一月十日,玄宗初以"灵山好静,不欲喧繁",只议"用山下奉祀之仪",宰臣们自然要苦劝登山封禅。接下去便议:燔柴在祭前还是祭后?结果是争论不休。最后由玄宗拍板,定为"依后燔及先奠之仪"。此时,玄宗担心的是天公不作美,登封遇到暴风雨雪。果然,那天顿有大风从东北来,"自午至夕,裂幕折柱,众恐"。中书令张说倡言曰:"此必是海神来迎也。"到了岳下,果然天地清晏。[1]

次日又"劲风偃入,寒气切骨",玄宗吃不下饭,竟"露立至夜半,仰天称:'某身有过……当罪,兵马辛苦,乞停风寒',应时风止,山气温暖……行事(即祭祀)日,扬火光,庆云纷郁,遍满天际……夜中燃火,相属山下,望之有如连星……丝竹之声,飘若天外。"[2]

玄宗自山上,便赴社首山[3],行祭地祇之礼。百察、蕃夷争前迎贺。玄宗亲自到朝觐之明堂帐殿,接见文武百僚、儒生文士、藩王使臣等,其中渤海国靺鞨侍子,亦位列其中。

---

[1]《二十五史·旧唐书·礼仪志》,上海:上海古籍出版社,1986年版,第3594页。
[2] 同[1]。
[3] 社首山,位于泰安市蒿里山东,今已无存。

赵匡胤陈桥兵变，黄袍加身，建立宋朝，在位十六年无封禅之议。宋太宗太平兴国八年（983）和次年，均议封禅，并详订仪注。后因乾元、文明二殿失火，认为不祥而作罢。

宋真宗赵恒即位后，辽国（契丹人）不断南侵，宰相寇准力主抗战。景德二年（1005），真宗亲率大军向河北进发。宋军将士鼓舞欢呼，遂在澶州（今河南濮阳县）城下大败辽军，射杀辽军大将萧挞凛，辽军被迫求和。经过谈判，辽宋签订和约，史称澶渊之盟。后奸诈成性的王钦若，以"封禅泰山，可以镇服四海，夸示外国"为由力劝，宋真宗深以为然。但帝王无大一统的文治武功而封禅，则被认为无德而用事。于是王钦若勾结大臣伪造"天书"祥瑞，又献灵芝、嘉木、瑞木、三脊茅等祥瑞之物，终于促成宋真宗泰山封禅。

时山河破碎，国难当头，皇上的伟业乏善可陈，硬是封禅泰山，缺失封禅的必备硬件条件，加之谀臣王钦若等伪造假祥瑞，属于无德而用事，使泰山封禅走了样，变了味，不足为后来的君主效法。宋真宗之后，不复有皇上封禅泰山。

千百年来，北方少数民族"南向而制中国"，辽、金、元、清，不言封禅泰山，而开始封祭自己域内的神山，虽说不再言称封禅，其实是泰山封禅文化的延续和发展。中原王朝的泰山封禅，推动了北方民族渐至宏大的长白山崇祀活动。

二　辽、金对长白山的尊崇与封祭

长白山"盘亘郁结，千有余里，藏天然之秘，蕴万古之灵"。它襟三江而领两海，是松花江、鸭绿江、图们江之源。在我国名山大川中早享盛名，是直接影响中国文化历史的三大文化名山之一,[1]号称北方民族的摇篮。清人张凤台《长白汇征录·兵事篇》载:"盖自辽金以后,中原之干气自南而北,渐钟于白山黑水之间,是为古今中外盛衰之一大关键也。"女真铁骑驰骋中华,八旗劲旅统一华夏,他们皆以长白山为依托、为精神支柱,自诩君权神授,扩充势力,显赫武功,一度成为改变中国历史的决定性力量。故自辽金以降直至明清,对长白山皆崇祀有加,封神加冕,遥拜隆祭,几无休止。这一尊崇与封祭,皆从泰山封禅中演化而来。

辽以为是白衣观音所居

辽朝是契丹人建立的王朝,值五代十国乱世,据《纪异录》记云:契丹主德光尝昼寝,梦一神人,花冠,美姿容,辎𫐓甚盛,忽自天而下,衣白衣,佩金带,执骨朵,有异兽十二随其后,内一黑色兔入德光怀而失之。神人语德光曰:"石郎使人唤汝,汝须去。"可巧的是耶律德光的母亲述律皇后也做了一个同样的梦。信奉萨满教的契丹人视梦为神示,拥护耶律德光帮助河东节度使石敬瑭灭后唐,而谋得燕云十六州,从此太宗声威大振。是年(936),率军从潞州回,入幽州全家礼拜大悲阁观音有所感悟,指着阁内供奉的白衣观音神像说:"我梦神人令送石郎为中国帝,即此也。"于是将神像移往木叶山,建庙,春秋告祭,尊为家神。实际是将佛家的神本土化,白衣观音成为木叶山的山神,耶律氏家族的神主,即保护神。北方民族请外域神祇为自家保护神的现象极为普遍。乾隆颁布的《钦定满洲祭天祭祖典礼》,除了供奉本族传统的神祇三仙女、长白山神,及远世始祖

---

[1] 泰山、昆仑山、长白山并称影响中国文化历史的三大名山。

神位外，还设如来、观音、关圣位，称为客神。[1]这些尊贵的客神一旦请进来，就成了萨满化了的神主，并不意味着家主皈依了佛道。当此之时，渤海国旧壤的东丹国已在他牢牢掌控之中。他知道，长白山比木叶山壮阔得多，神也多，萨满观念浓重的耶律德光认定长白山为白衣观音的居处。《契丹国志》卷二七"长白山"条记云：

> 长白山在冷山东南千余里，盖白衣观音所居，其山禽兽皆白，人不敢入，恐秽其间，以致蛇虺之害。[2]

辽太宗耶律德光以为观音保佑耶律氏有国。似乎觉得把观音请到自己祖山——木叶山当作神主还不够，更以白头山山体洁白形象，以为是白衣观音所居，不敢轻易入山，带去不洁会遭致"蛇虺之害"。其实将白衣观音同时视为长白山神，等于是长白山地方亦在他的家神白衣观音慈爱之域，亦即他的领地。至于辽太宗是否到长白山来祭祀过白衣观音，则不得而知。

金代封王封帝，誓与泰山祭比高下

如果说，勿吉人敬山习俗和辽代的契丹人视长白山为白衣观音住所，还处于原始的敬奉山神的层次，那么，金代封王封帝，其规模与礼仪，则明显有与泰山封祭试比高低的意图在其中。

金之先世女真人出源，史料记载详备。《金史·本纪》开篇

---

[1] 李澍田主编"长白丛书研究系列之十四"，刘厚生编著《清代宫廷萨满祭祀研究》，长春：吉林文史出版社，1992年，第288页。

[2] 李澍田主编"长白丛书·初集"，洪皓等撰《松漠纪闻·扈从东巡日录·启东录·皇华纪程·边疆叛迹》，长春：吉林文史出版社，1986年版，第40页。

即云:"金之先,出靺鞨氏。靺鞨本号勿吉。勿吉,古肃慎地也。"[1] 此处简约数言,将女真出源、地望,基本说清楚了。肃慎、朱理真、虑真、女真,均一音之转。南宋进士徐梦莘编著的《三朝北盟会编》所载金史资料颇详。他认为女真本名朱理真,"世居混同江之东,长白山鸭绿水之源",其分布地区在今松花江中上游以东,南至鸭绿江江源长白山地区,即古肃慎国之地,挹娄、勿吉、靺鞨诸名,"盖其地也"。[2]其中勿吉之名,被曹雪芹借用于《红楼梦》开篇写作"无稽崖",勿吉哀之意。

尽管完颜女真生产力极为低下,对长白山崇祀却从不懈怠。刘建封《长白山江岗志略》记载:"钓鳌台上有一石堆,相传女真国王登白山祭天(池),曾筑石于台上,故至今尚有遗迹。"

1999年8月19日,笔者在天池钓鳌台女真祭坛(离天池四十

天池女真祭坛　陈景河摄

女真文字碑　陈景河摄

米,传为女真国王祭天之所)旁发现一女真文字碑,已故张博泉教授确认正上方漫漶不清的三个字为"太白神"。也有人辨识为"开天弘圣帝"。2008年5月,笔者在距长白山主峰七十二公里的抚

---

[1]《二十五史·金史·本纪》,上海:上海古籍出版社,1986年版,第6926页。

[2] 李澍田主编"长白丛书",傅朗云编注《金史辑佚》,长春:吉林文史出版社,1990年版,第335页。

松大荒顶子，发现九座大型土石堆，经富育光、张璇如、魏国忠等省内外十几位顶尖专家数次考研，初步认定：抚松大荒顶子自古就是祭祀之山，山顶祭坛群与祭祀长白山有关，祭坛群大约始建于渤海时期，续建于金代。从这些遗址可明显地看到中原王朝泰山封禅的影子。就是说，北方民族一旦取得政权，便改封禅泰山为祭祀长白山，同样追求的是封禅祖山的效果。下面，仅就文献史料中的隐约透露及出土的金代文物，看女真谁人在长白山举行封禅大典的可能性较大。

金代对长白山确切的封祭活动，发生在大定十二年（1172）。《金史·礼志·长白山》称："大定十二年有司言，长白山在兴王之地，礼合尊崇，议封爵建庙宇。"同年十二月礼部奏奉敕旨，封长白山为兴国灵应王，在其山北地建庙宇。大定十五年，庙宇建成，举行了宏大的封祭盛典。《礼志》载："奏定封册仪物：冠九旒，服九章，玉圭玉册函香币册祝"，"按一品仪礼，用三献，祭如岳镇"。其册文云：

> 皇帝若曰，自两仪剖判，山岳神秀，各钟于其分野。国将兴者，天实作之，对越神休，必以祀事。故肇基王迹，有若岐阳，望秩山川，于稽虞典。厥惟长白，载我金德，仰止其高，实惟我旧邦之镇。混同流光，源所从出，秩秩幽幽，有相之道。列圣蕃衍炽昌，迄于太祖，神武征应，无敌于天下，爰作神主。[1]

《礼志》上这段记载十分重要。大金统治者认为是在长白山

---

[1]《二十五史·金史·礼志八》，上海：上海古籍出版社，1986年版，第7007页。

神主保佑下，取得"盛大武功，德业昌隆"，哪有不封爵长白山之礼呢！鉴于唐天宝八年（749）已封太白山为兴国神应公，故其"服章爵号，非位于公侯之上，不足以称焉"。于是在大定十二年遣官、持节、备物，册命长白山之神为兴国灵应王。比唐代天宝年间封太白山为神应公高出两级。

金章宗明昌四年（1193年）又册封长白山为开天弘圣帝。山神由王及帝，如同宋代封泰山为东岳大帝一样，金人亦封长白山为帝，达到封禅山岳的最高品秩，祭礼更隆，皇帝亲临礼拜，命有司春秋二仲，择日致祭。

金代的封王封帝，虽说没有明确讲在哪里实行的封王封帝大典，在《金史·礼志》方丘祭中，已称长白山"东岳长白山"[1]"祭如岳镇"[2]。这些明白无误地告诉后人，金代女真人已用长白山取代泰山而称东岳长白山，举行封禅泰山般的祭祀大典，只是筑坛地点秘不示人。多数学者认为祭典应在安图县宝马城的长白山寺。2014年9月笔者随吉林省社会科学院古迹考察团到安图县宝马城长白山寺，站在寺前向南眺望，正南直线距离约百里外，如海的大森林托起的白头山，铁凝钢铸般横陈天际，连那U形大峡谷亦清晰可见——天地间充盈而弥漫着的山岚之气，将山寺与神山吸纳于一体，宏阔、博大、峻极，给人的感觉是：宇与宙包容万有而寥落无垠，山并川出云致雨蒸灵神其盛。人在天地间，上穷碧落，下临龙渊，寻找的是什么？是与大自然的沟通——天心、地心、人心，汇结在一起，就是《红楼梦》里揭示的人人都须亲历的色与空。

2008年5月，笔者在抚松大荒顶子发现的长白山祭坛群，从形制到规模远远超过泰山封禅，九座坛台，两圆七方，一如泰山

---

[1]《二十五史·金史·礼志二》，上海：上海古籍出版社，1986年版，第6996页。
[2] 同[1]，第7007页。

大荒顶子远眺　陈景河供稿

炮台山形势　陈景河摄

大祭坛形制，只是比泰山祭坛要大得多。顺山脊一字排开，朝宗白头山。从荒顶出土的大量祭器（腰铃、铜镜、双鱼碗、五福托盘等）来看，靺鞨人、女真人甚至蒙古人，在此举行祭天大典的可能性都有。当地村民说，大荒顶子自古就有万人火祭的传说。说明早在新石器时代，大荒顶子就是祭祀之山。山半腰有一处古居住址，出土不少石刀、石斧、陶片、石纺轮、黑曜石等。专家认为，这里居住的是守护祭山的勿吉人。六号坛北坡下，有石棚遗址一处，曾出土铜灯台、玉腰带等物，疑为侍神人休憩之所。

值得特别关注的是大荒顶子有两座巨型圆坛，据著名女真史专家张璇如先生考证，两座巨型敖包，很可能是蒙古人所建。

据阿汝汗先生考证，南宋宁宗庆元二年、金章宗承安元年（1196），游牧于大兴安岭的郭尔罗斯部落，在首领纳仁汗率领下南下来到松嫩平原。蒙古人认为草是金，水是银。对于清澈甘甜的松花江水来自何方十分好奇。于是纳仁汗带领骑兵和浩布克泰阿布等五位博（萨满）神溯江而上，直至白头山顶。在山间举行了简单而庄重的祭祀，按蒙古人习俗，摆上九种供品，行九九礼，祭拜长生天，感谢山神为草原赐予的江流。

祭祀结束后，纳仁汗留下年长的浩布克泰阿布和部分侍从，在这里祭祀、伺候山神，让清澈的松花江水永远滋润郭尔罗斯草原。浩布克泰阿布从此作为长生天的使者，在长白山修炼成大萨满。他培养的蒙古博敖特根回到草原，成为科尔沁草原知名的萨满。至今草原上还流传着这样的神歌："高高的长白山顶，洪格尔神树旁边，查干寿星额布根，速速降临到人间……"，说明查干额布根（白衣仙人）在长白山已经成神。他虽然称白衣仙人，却与道家无关，而是博（萨满）神。

另一首神词则直接点出额布根在长白山顶进行的敖包祭："以

圣德的长生天为尊,祭拜郭尔罗斯草原诸神,在终年积雪的长白山顶,汇聚着山水敖包的神灵。"[1]传说中的长白山白衣仙人,蒙古族称"查干额布根"(白衣仙翁),因其长期生活在查苏图查干乌拉(长白山),骑白马,穿白衣,被世代称为白衣仙人,其美名长久留在科尔沁草原。大荒顶子的两座敖包圆坛是否是白衣仙人浩布克泰阿布所建,值得关注。

"长白山雄天北极,白衣仙人常出没。玉龙垂爪落苍崖,四江飞下天坤白。"——长白山白衣仙人的存在,在金代文人赵秉文的长诗《长白山行》中也得到印证。

三 大清的崇祀,超越往古

大清对长白山崇祀,超越历朝历代。

生圣子之圣池,锁定在元池

流传最为久远的满族"三天女吞朱果生圣子"的传说,则是从黑龙江遥远地方流转而来。这个传说体现着满族发祥地具体指向——长白山。《清太祖努尔哈赤实录》记述最为详备:

> 先世发祥于长白山。是山高二百余里,绵亘千余里。树峻极之雄观,萃扶舆之灵气。山之上有潭曰闼门,周八十里,源深流广。鸭绿、混同、爱滹三江之水出焉。鸭绿江自山南西流入辽东之南海;混同江自山北流入北海;爱滹江东流入东海。三江孕奇毓异,所产珠玑珍贝为世宝重。其山风劲气寒,奇木灵药应候挺生。每夏日,环山之兽毕栖息其中。山之东有布库

---

[1] 阿汝汗著:《长白山"白衣仙人"》,载《伯都纳文艺季刊》,2011年第2期,第2页。

里山，山下有池曰布而瑚里，相传有天女三，曰恩古伦，次正古伦，次佛库伦。浴于池。浴毕，有神鹊衔朱果置季女衣，季女爱之不忍，置诸地含口中，甫被衣，忽已入腹，遂有身，告二姊曰：吾身重不能飞升，奈何？二姊曰：吾等列仙籍，无他虞也。此天授尔娠侯，免身未晚。言已，别去。佛库伦寻产一男，生而能言，体貌奇异，及长，母告以吞朱果有身之故，因命之曰：汝以爱新觉罗为姓，名布库里雍顺，天生汝以定乱国，其往治之。汝顺流而往即其地也。与小舠乘之，母遂凌空去，子乘舠顺流下，至河步登岸，折柳枝及蒿为坐具，端坐其上。是时，其地有三姓争为雄长，日搆兵相仇杀，乱靡由定。有取水河步者，见而异之，归，语众曰，汝等勿争，吾取水河步，见一男子，察其貌，非常人也，天必不虚生此人。众往观之，皆以为异，因诘所由来，答曰，我天女佛库伦所生，姓爱新觉罗氏，名布库里雍顺，天生我以定汝等之乱者。众惊曰：此天生圣人也，不可使之徒行，遂交手为舁，迎至家。二姓者议曰：我等盍息争，推此人为国主，以女百里妻之，遂定议妻以百里，奉为贝勒，其乱乃定。于是，布库里雍顺居长白山东，俄漠惠之野俄朵里城，国号曰满洲，是为满洲开基之始也。[1]

这则神话明显受古代"天命玄鸟，降而生商"神话影响，也隐约有阿布卡赫赫、巴那姆赫赫、卧勒多赫赫三位创世女神的影子。满族共同体形成后，爱新觉罗氏成为皇族，此神话遂演变为满族出源神话。

---

[1]《清太祖努尔哈赤实录》，北平故宫博物院文献馆编辑，北平京华印书局，中华民国二十年二月，第2、3页。

元池，又称天女浴躬池，位于白头山东三十公里红土山下；传佛库伦误吞朱果生圣子布库里雍顺　宗玉柱摄

满族崇拜长白山，清史家多指认白头山东三十公里的元池为布库瑚里池，西南侧的红土山又称布库里山，山下的元池为布库瑚里湖，即天女生圣子之池。元池水流入图们江，圣子坐小舠顺流而下，至一地方，有建州女真所属斡朵里、兀良哈、兀狄哈三个部落，"争为雄长，搆兵相仇杀"。[1] 三姓部落知布库里雍顺为天女所生，拥为国主而息兵罢战。据清史奠基人孟森、著名清史学家王钟翰、董万伦等人考证，图们江中上游的三合、会宁平野，即史料所称俄莫惠之野俄朵里城所在地，朝鲜史料称阿木河（俄莫惠），即三姓构兵之地方，亦是斡朵里城，清肇祖原皇帝猛哥帖木儿所居之地。

长白山不仅自古就有人居住，成为满族族系繁衍生息的摇篮，历代王朝对长白山亦敬畏有加，奉若神明，封神加冕，顶礼膜拜，几无休止。天女所生的布库里雍顺系传说中人物，难说实有其人。

---

[1] 参见谭远河、吕英武著：龙井市政协文史资料《汗王山清祖活动遗迹考》，2014年版，第54~57页。

但满族爱新觉罗氏先世发祥于长白山是无有疑问的。元末明初女真首领猛哥帖木儿（亦写作"孟特穆"），被清室尊为肇祖原皇帝，他大约在洪武三年（1370），出生在图们江下游珲春河口的奚关城，后长期生活在长白山东南今朝鲜咸镜北道的阿木河吾都里（斡朵里），即今三合、会宁平野。此地距白头山东之元池约四十五公里，与天女生圣子的传说暗合。满族诸姓慎终追远，世代相传，籍贯于长白山某道沟，与此族源传说亦有些关联。

天女浴躬图（大清武皇帝实录卷一）

辽宁新宾县县志办张德玉先生搜集到八十余部满族姓氏的谱书。他发现，这些谱书几乎无一例外地记载本族起自长白山。传长白山有八大部族所居之山沟，即佟、关、马、索、赫、富、那、郎八大姓连同其他姓氏，其后人无不将祖居的这些山沟铭记在心，并一代代传下去。吉林索绰罗氏（索姓），称自己为"长白山五道沟人"；萨嘛喇氏（萨姓），原居长白山四道沟；白氏说"北有长白，是吾故里"，系长白山二道沟人；费氏，长白山二道沟人；唐氏，长白山八木地人；鲁氏，长白山三道沟人；何氏，长白山头道沟人；佟氏，长白山五道沟人；辽阳呢玛察氏，"祖居长白山榆树沟地方"。

无论是佛满洲（旧满洲）还是伊彻满洲[1]（新满洲），无论居

---

[1] 清军入关前编入八旗的称佛（旧）满洲，或陈满洲；清军入关后编入八旗的称伊彻（新）满洲。

山祭　三块石头支起来代表长白山

住地怎么变迁，流落何方；无论人口怎么蕃生，慎终追远，不忘祖居，往往随车恭敬地携带着长白山三块石头，到地方支如门状，恭祭长白山神，乞求神主保佑。

在金代女真人和清代满族人心目中，泰山、长白山均被认为是神灵的住所。长白山比泰山还高出一千多米，只因它屈居东北一隅，未处在中华文明中心位置，始终未归于五岳之中。直到康熙帝对长白山和泰山进行了史无前例的地脉学的考察，得出"泰山实发龙于长白山"的结论，正式抬爱长白山于泰山之上。

泰山之龙，发脉长白

康熙帝对大清地理有独到见解，派大臣验看长白山、实测渤海湾，加上自己对泰山的实地考察，得出"泰山之龙，发脉长白"的结论，并撰文《泰山龙脉论》：

> 古今论山脉九州，但言华山为虎，泰山为龙。地理家亦

> 仅云：泰山特起东方，张左右翼为障，总未根究泰山之龙于何处发脉。朕细考形势，深究地络，遣人航海测量，知泰山实发龙于长白山也。长白，绵亘乌拉之南。山之四围，百泉奔注，为松花、鸭绿、土门三大江之源。其南麓分为二干，一干西南指者，东至鸭绿，西至通加，大抵高丽诸山，皆其支裔也。其一干自西而北至纳绿窝集，复分二支，北支至盛京，为天柱、隆业山，折西为医巫闾山；西支入兴京门为开运山，蜿蜒而南，磅礴起顿，峦岭重叠，至金州旅顺口之铁山，而龙脊时伏时现，海中皇成、鼍矶诸岛皆其发露处也。接而为山东登州之福山、丹崖山，海中伏龙于是乎陆起。西南行八百余里，结而为泰山，穹崇盘屈，为五岳首。此论虽古人所未及，而形理有确然可据者。或以界海为疑，夫山势联属而喻之曰龙，以其形气无不到也。班固曰："形与气为首尾。"今风水家有过峡，有界水。渤海者，泰山之大过峡耳。宋魏校地理说曰："传乎江，放乎海。"则长白山之龙，放海而为泰山也，固宜。且以泰山体位证之，面西北而背东南。若云自函谷而尽泰山，岂有龙从西来，而面反向西乎。此又理之明白易晓者也。[1]

康熙大帝这篇《泰山龙脉论》，论题、论证、反诘、收尾，条理分明，论证坚实。从地脉学角度来看，康熙的这一论证不无道理。近年，长白山区的汪清县五百公里深处发生两次地震，当地无震感，辽宁的金州半岛、河北的秦皇岛等地，皆有震感，岂非地脉联络使然？

---

[1] [清] 长顺修，李桂林纂，李澍田等主点校《吉林通志·天章志》，长春：吉林文史出版社，1986年版，第99页。

这里,地理学家怎么说并不重要,重要的是这篇论文,将有史以来泰山独尊的铁案推翻了。如果将泰山视为龙首的话,龙脉来自长白山,结论为"长白山之龙,放海而为泰山",用以统一国人的思想,以证明康熙二十一年(1682)皇上东巡至吉林望祭长白山,是多么顺应天理民心。

大清皇家对长白山的尊崇,不在形式上封王封帝,而是采取一些实际措施和行动:筑边封禁、派近臣验看、修文论证、皇上亲临望祭、春秋祭山常态化等,措施一个跟着一个,一以贯之。

龙脉所系,筑边封禁

趁李自成义军攻破明朝京都之机,满族贵胄率领八旗雄师,呼啦啦入关取得天下。得天下如此之易,让天命观极重的满族贵族莫名惊喜,以为全赖龙脉所系的长白山神灵的护佑。从顺治元年(1644)开始,即对本族发祥地的长白山实行严格的封禁,插柳结绳为边,称柳条边。柳条边由老边、新边组合而成。老边又称盛京边墙,建于辽河流域,南起凤凰城(今辽宁凤城)西南,北到开原附近的威远堡,再折而转向西南,直到山海关与长城相

清代柳条边遗址　施立学供稿

接，长约975公里，呈弓形，顺治十八年（1661）完成。新边于康熙九年（1670）开建，历时20年始竣，像一支箭杆，从威远堡直至舒兰亮甲山。新老边加在一起，长达1295公里。设20个边门，验牌盘查过往行人、车辆。清统治者修筑柳条边，防止强悍的蒙古族骑兵践踏龙脉；禁止汉人进入满族聚居区；保护皇家围场，独占边外土特产人参、貂皮、东珠、鳇鱼等。清代的柳条边，有近800公里穿越山川、丛林、沟壑。边墙采用泥土修筑而成，每隔五尺插埋柳条三棵，再用绳子连接系好。又于墙外挖宽、深各一丈的壕沟，引水入内作为护墙河。边门有旗兵戍守、巡逻。吉林境内的清代柳条边墙共有四座边门：在四门间隔区段加设29处边台，由领催率台丁担任查边、巡逻、补栅、修壕等杂役。《红楼梦》第一○七回贾家被抄没之后，言称"今从宽将贾赦发往台站效力赎罪"，台站即类似柳条边的边台。

大臣瞻看，旨敕封神

康熙极想像泰山封禅那样报功于祖山，加之入关近四十年来无暇东顾，沙俄逼近混同江，有染指长白山之虞，在平定三藩之役取得决定性胜利的康熙十六年（1677），康熙帝玄烨向觉罗武穆纳发布谕旨：

> 长白山乃祖宗发祥之地，今无确知之人，尔等前赴镇守乌喇将军处，选熟识路径者导往，详视明白，以便酌行祀礼。尔等可于大暑前驰驿速去。[1]

---

[1]［清］长顺修、李桂林纂，李澍田等主点校《吉林通志·卷一·圣训志》，长春：吉林文史出版社，1986年版，第4页。

觉罗武穆纳，正黄旗人，景祖第三兄索长阿四世孙也。顺治四年（1647），授世职拖沙喇哈番，累进三等阿达哈哈番，擢一等侍卫，康熙六年（1667）授内大臣，管佐领。十六年，命偕侍卫费耀色、塞护礼、索鼐瞻礼长白山。

武穆纳一行，于五月初四启行，十四日到盛京（沈阳），二十三日至乌拉（吉林）地方，向镇守宁古塔将军巴海宣示上谕，向村庄猎户探询前往长白山的路径。

武穆纳与固山达萨布素陆行，于六月十二日出发。七月十一日会于额赫纳阴。

武穆纳一行，称七月十七日登顶，详细观察水光山色后下山，遂于七月十八日回南，八月二十一日还京，具疏闻。上（康熙）以发祥之地，奇迹甚多，山灵宜加封号，内阁礼部议封为长白山之神，岁时享祀，如五岳焉。

康熙派遣武穆纳等瞻视长白山，为大清两百多年的隆祭长白山活动拉开序幕。

大清入关取得天下，天下并不太平。顺康两朝，用了近二十年时间，才彻底肃清南明的残余势力。此时，驻云南的吴三桂、驻广东的尚可喜、驻福建的耿精忠，尾大难掉，与朝廷分庭抗礼。康熙十二年（1673）七月，吴三桂和耿精忠假意疏请撤藩，意外获准，弄假成真，遂于十一月杀云南巡抚朱国治谋反，自称"天下都招讨兵马大元帅"。广东的尚可喜、福建的耿精忠相继谋反，各地藩王或将领纷纷响应。一时间，南中国烽火连天，大清王朝面临生死存亡的考验。康熙采取剿抚并用的两手策略，集中打击吴三桂的叛军。经过三年剿抚，形势略有转机。十六年即派武穆纳一行瞻拜长白山，其祈请天命庇佑的意图十分明显。武穆纳返京，上即命礼部议封长白山神，转年，复派武穆纳等重回长白山,敕封长白山神。康熙二十年(1681),彻底平定三藩之乱。二十一年(1682)康熙大帝率领七万人马,亲赴吉林乌拉望祭长白山。

皇上望祭,典仪弥尊

据《圣祖仁皇帝实录》卷101记载,三月二十五日午时:

> 癸酉,上至吉林乌喇地方,率皇太子及扈从诸王、贝子、公等、蒙古诸王、台吉等、内大臣、侍卫、文武官员诣松花江岸,东南向,望秩长白山……[1]

时曹雪芹祖父曹寅,随驾任銮仪卫,是皇帝的亲侍之一,留下了《满江红·乌喇江看雨》的诗篇。

此次东巡,清圣祖康熙也留下不少诗文,其中御制《望祀长白山》云:

> 名山钟灵秀,二水发真源。
> 翠霭笼天窟,红云拥地根。
> 千秋佳兆启,一代典仪尊。
> 翘首瞻晴昊,岧峣逼帝阍。[2]

名山灵秀,千秋佳兆。作为一国之尊的康熙皇上,率王公贵族、皇后皇子,跋涉几千里,来到祖山,自有他自己的感受。东巡人马号称七万之众,这在皇家巡视史上是规模最大的一次。向

---

[1] 王佩环主编《清帝东巡》,沈阳:辽宁大学出版社,1991年版,第271页。
[2] 王季平主编《长白山志》,长春:吉林文史出版社,1987年版,第385页。

长白山行三跪九叩大礼,亦是皇家最高礼节,实不寻常。平定三藩之乱后的第二年,康熙即东巡望祭长白山,形同历代皇帝的泰山封禅,实有报功于天的宏愿在其中。

雍正十年(1732),上命于乌拉望祭长白山处,"益建亭殿,以肃祀典"。次年,望祭殿在城西南小白山(满名温德亨山,神板之意,又称板山)建成。《奉天通志》记云:"正殿四楹,祭器楼二楹,牌楼二座。"有环山路从侧后绕上,望祭殿正殿神案上敬立满汉文书写的"长白山之神位"。山上遍植铃兰,每至春夏之交,铃兰盛开,幽香弥溢。山后设鹿苑,梅鹿呦呦,山谷传响,宛如仙阙。

望祭殿建成后,每年春分和秋分,朝廷派大臣率专职司祭人员,会同吉林将军、副都统、打牲乌拉衙门总管,并众官员随从,

康熙东巡乌拉江　吉林民俗馆供稿

在此隆重望祭长白山之神。

　　清代,从京都到吉林,路途遥远,艰苦备尝,大臣要带领祝祭官一员、典仪官一员、对引官一员,每员亦随身带役从;从京师出发至盛京,会同盛京官员持火牌,一路查验,驿马驰送,直到吉林。每祭备青牛二十头,黑猪二十口,羊二十腔,鹿一只。祭祀礼仪繁杂而严格,对引官引领入祭,典仪官唱祭行大礼,读祝官宣读祝祭文等,一丝不苟。

　　乾隆十九年(1754)八月乙卯,乾隆皇帝仿效其祖康熙东巡到达吉林,亲临小白山望祭殿,望祭长白山。祀典相当隆重,为有史以来对长白山规模最大的皇家祭典。祝祭文充分表达了乾隆

吉林小白山望祭殿侧影　　　　　　长白山山神牌位

帝竭诚恭祭、乞求长白山神保佑大清永安磐石的恳切心情。这是他第二次赴吉林望祭长白山，再制《望祭长白山作》诗：

> 诘旦升柴温德亨，高山望祭展精诚。
> 椒馨次第申三献，乐具铿锵叶六英。
> 五岳真形空紫府，万年天作佑皇清。
> 风来西北东南去，吹送膻芗达玉京。[1]

第二天的一大早，小白山点燃柴坛，祭乐奏响，开始隆重的望祭大典。五岳空府，神仙驾临，来长白山享受祭品，护佑大清王朝万万年。祭牲肉香一直吹送到长白山玉楼神阙。

清皇如此隆祭"清根"的长白山，促使曹雪芹在书中将娲石植根于长白山，这对于红学是个新话题。

---

[1] 王季平主编《长白山志》，长春：吉林文史出版社，1987年版，第386、387页。

第三编

母亲河畔话人参

　　丙申年（2016）金秋，长白山举办"梦回长白"主题音乐朗诵诗会。京都来了一位朗诵大师，一听《红楼梦》中的大荒山是指长白山，大为惊诧："这是不是'地方炒作病'？"我们当即断定，这位爷尚未读过《红楼梦》。一问，果然。因书中开篇的大荒山指长白山，只是作者用了"真事隐"的借代手法而取得满族这一象征意象，并非高深理论，是一层窗纸、一捅就破的事。

　　当我们发现书中大荒山隐指长白山，娲石突地获得满族的巨大象征。这一象征电光石火般的穿透力，顿时让书中的一切秘密显露于光天化日之下，这就是象征产生摧枯拉朽的文化力，而导致对书中诸多论断的重新思考。同样，如果用满族的民俗文化去观照书中的"灵河"，远在天边，近在眼前。化生为林黛玉的绛珠草，居然是长白山灵草人参胎生——你信不信？其中的象征和隐喻，将逼使你不得不信。

第六章

灵河，满族的母亲河

如果说"大荒山"是《红楼梦》开篇第一显要去处，书中绛珠草的出源地——"西方灵河岸上三生石畔"（以下简称"灵河岸畔"），就是书中另一显要去处。灵河是否有确指，确指哪条江河？也是红学难解的谜题之一，至今还没有一个令人信服的说法。

一　灵河知何处，鲜有人问津

《红楼梦》开篇的"灵河"，究竟指哪条江河，红学家涉笔不多，却各有异词。有说是佛家一个模糊去处的，有说是印度恒河的。最通行而省力的说法是"作者假想的神仙境界"。既然是作者"假想"，女主人公变得来路不明，身份不清，如水中浮萍，无根脉可言，无象征可寻。人物形象及其典型意义更无从谈起。

《红楼梦》开篇的"大荒山"，由女娲补天故事襟带出来。"灵河"，则是姑苏小乡宦甄士隐梦中从僧道口中听来：

一日，炎夏永昼，士隐于书房闲坐，至手倦抛书，伏几少憩，不觉朦胧睡去。梦至一处，不辨是何地方。忽见那厢来了一僧一道，且行且谈。只听道人问道："你携了这蠢物，意欲何往？"那僧笑道："你放心，如今现有一段风流公案正该了结，这一干风流冤家，尚未投胎入世。趁此机会，就将此蠢物夹带于中，使他去经历经历。"那道人道："原来近日风流冤孽又将造劫历世去不成？但不知落于何方何处？"那僧笑道："此事说来好笑，竟是千古未闻的罕事。只因西方灵河岸上三生石畔，有绛珠草一株，时有赤瑕宫神瑛侍者，日以甘露灌溉，这绛珠草始得久延岁月。后来既受天地精华，复得雨露滋养，遂得脱却草胎木质，得换人形，仅修成个女体，终日游于离恨天外，饥则食蜜青果为膳，渴则饮灌愁海水为汤。只因尚未酬报灌溉之德，故其五内便郁结着一段缠绵不尽之意。恰今日这神瑛侍者凡心偶炽，乘此昌明太平朝世，意欲下凡造历幻缘，已在警幻仙子案前挂了号。警幻亦曾问及，灌溉之情未偿，趁此倒可了结的。那绛珠仙子道：'他是甘露之惠，我并无此水可还。他既下世为人，我也去下世为人，但把我一生所有的眼泪还他，也偿还得过他了。'因此一事，就勾出多少风流冤家来，陪他们去了结此案。"[1]

这里至少有三层意思：其一，甄士隐梦中出现的一僧一道，样子是刚刚从大荒山下来，袖着那块扇坠大小行将入世的"通灵宝玉"；其二，"西方灵河岸畔"有一株绛珠草，听说神瑛侍者"凡心偶炽"，意欲"下世为人"，她也要下世为人，将"一生所有的眼泪还他"，以报答他的"灌溉之情"；其三，由此绛珠草追随神

---

[1] 曹雪芹、高鹗著《红楼梦》，北京：人民文学出版社，1982年第1版，第7、8页。

瑛侍者入世还泪一事，"勾出多少风流冤家来，陪他们去了结此案"，故有金陵十二钗、副钗、又副钗等众多红楼女儿汇聚大观园。

那么，书中绛珠草出源地——"灵河岸畔"，是否有所指呢？传统红学对此囫囵莫解。汇校本《红楼梦》（1982年版），对这一出源地有一段重要注解：

> 西方灵河岸上三生石——西方灵河岸上：作者假想的神仙境界。西方：原指佛教的发源地天竺（古代印度）。灵河：原指恒河，今印度人犹称之为"圣水"。三生：指前生、今生和来生，这是佛教宣扬转世投胎的迷信说法。三生石：传说唐代李源与和尚圆观交情很好；一次，圆观对他说：十二年后的中秋月夜，在杭州天竺寺外，和你相见。说完就死了；后来李源如期去杭州，遇见一牧童口唱山歌："三生石上旧精魂，赏月吟风不要论；惭愧情人远相访，此身虽异性常存。"这个牧童就是圆观的后身……后常用"三生石"比喻因缘前定。[1]

这一重要解注，代表了传统红学对绛珠草出源的解说。按着这一解注，我们须到佛祖诞生地的西方印度去寻找林黛玉的前身绛珠草，是印度恒河岸畔的绛珠草胎生了可爱的黛玉姑娘。或者还须到杭州的天竺寺去寻访男女主人公。这显然是滑稽可笑的。当然，传统的红学并没有把黛玉原型植根到"西天"的印度，只是认为"灵河岸畔"是作者假想的神仙境界。

试问，这个"作者假想的神仙境界"，究竟是佛家的还是道家的呢？从西方灵河岸上的三生石畔的生灵转世来看，林黛玉应出源于佛界，佛界却无有在天为神、在地为草、在世为人的神迹，

---

[1] 曹雪芹、高鹗著《红楼梦》，北京：人民文学出版社，1982年第1版，第8页。

更找不见胎生为女儿以眼泪惠谢恩神的事例，书中也未见黛玉与佛家有什么渊源；如果用道家来套解，说绛珠草胎生了道姑黛玉，却未见黛玉有什么修仙活动，书中也未见黛玉与贾敬、马道婆之流有什么瓜葛。因此说，汇校本的注解经不住深问，也无人深问，只能作"囫囵语"，等于没解注出来，绕过了这一"沼泽地"。

二 灵河，松阿里乌拉江

作者撰写《红楼梦》有个规律，凡虚凡幻，皆有真实在。寓真实于虚幻，于虚幻中有真实，这是作者极为重要的拟书规律和写作手法。"西方灵河岸上三生石畔"之中的"西方"，是虚指。上古时代，人们是二维方位观。凡言西者可与北通，言南者皆可与东通，西与北不是太分，[1]"西方灵河"有时可以理解为"北方灵河"。"三生石"用李源与圆观的典故，意在证明绛珠草与神瑛的前缘。我们万不可胶柱鼓瑟，到杭州"天竺寺的后山"去寻找绛珠草的出源地，那是徒劳的。杭州既没有三生石，更不会有什么绛珠草。

还是那句老话，《红楼梦》是揭示大清王朝社会生活的，大清王朝是以满族贵族为主体建立起来的。作为灵河这等显要的去处，绝不会只是毫无寄寓的虚拟。就是说，灵河必有所指，绛珠草必有所喻。

清末民初的索隐名家景梅九，谈到灵河时举《清朝前纪》第四篇《建州纪》所言，诚如"玉"（顽石）埋根长白山一样，"灵河"——"仍不离满洲发源之地"。[2] 就是说，只有到满族的出源

---

[1] 何新著《诸神的起源》，北京：生活·读书·新知三联书店，1986年版，第215页。
[2] 景梅九著《〈红楼梦〉真谛》，沈阳：辽宁古籍出版社，1997年版，第12页。

地去求索，才有希望破解灵河之谜。

灵，神灵；灵河，即有神之河。在满族出源区域寻找有神之河，非松花江莫属。松花江满名称"松阿里乌拉"。松，前置语气词；阿里，天之意，乌拉，江河之意。松阿里乌拉，满语，天河，犹言松花江之水是从神灵的居所长白山流淌下来。松花江源头的白头山是东北亚大陆最高的山，北方民族视为"神灵的住所"，从神山那里流出的河，自然是有灵之河。何况，史上松花江确也俗称灵河。

清人林寿图撰《启东录》卷二建州条载：

> 吉林为满洲旧国……《新唐书·渤海传》：率宾故地为率宾府，领华、益、建三州。建州之名，始见于此，今吉林乌拉境。《辽史·营卫志》孝文皇太弟敦睦宫，以渤海建、沈、岩三州户置。属州三：建、沈、岩。此建州始迁在灵河之南也。《地理志》：屡遭水患。圣宗……此建州再在迁灵河之北也。[1]

《启东录》说的是建州地理位置，其治所先设灵河之南，因水患再迁灵河之北，记述十分清楚。古建州既然位在"吉林乌拉境"，松花江为过境唯一也是最大的江河，灵河指松花江当无疑问。

也许有人会提出，林寿图的《启东录》成书于光绪五年（1879），曹雪芹看不到这本书，不可能知道松花江亦称灵河。其实，松花江之称灵河，《元一统志》亦载："碓觜河，在大宁河金

---

[1] 李澍田主编"长白丛书·初集"，洪皓等撰《松漠纪闻·扈从东巡日录·启东录·皇华纪程·边疆叛迹》，长春：吉林文史出版社，1986年版，第191页。

源县西，东南入建州境，合于灵河……"[1]就是说，最迟在元朝时，今吉林境内的松花江，民间已敬称为灵河，有大宁河汇入。曹雪芹借用来代指松花江，如同用"大荒山"代指长白山一样，是顺理成章的事。再退一步来讲，即使曹雪芹不知道民间敬称松花江为灵河，仅凭大江的满名"天河"（松阿里乌拉），在书中据以称"灵河"，即有神之河，既隐蔽又不失"天河"之意，亦可称神来之笔。从中可以领略曹雪芹灵动的写作智慧。[2]

三　松花江，满族的母亲河

松花江，唐时称粟末水，金、元、明初，称宋瓦江，明宣德年间始称松花江，取自满语"松阿里乌拉"的音译。

松花江发源于吉林省白头山天池。天池水从乘槎河流出，跌入二道白河，河水腾着白浪，从原始森林蜿蜒而出，至两江地方会头道白河、富尔河，始称松花江。江水经抚松西北境，过高山峡谷、丘陵平原，经古老的吉林乌拉地方至扶余三岔河口，会北来的嫩江，回肠般从西北转向东北，会牡丹江，过同江而入黑龙江，又有乌苏里江汇入而奔向鲸海（亦称东海、日本海）。

松花江从天池出水口至黑龙江入海口，全长 1745 公里。两岸森林密布，草原广阔，土地肥沃，物产极为丰富。早在两三万年前就有人类居住，是北方民族，特别是肃慎——满族族系繁衍生息之地。这个族系的子民无不将松花江视为本民族的母亲河，

---

[1] 李澍田主编"长白丛书·初集"，[清] 张凤台等撰《长白汇征录·长白山江岗志略》，长春：吉林文史出版社，1987 年版，第 28 页。

[2] 清人林寿图以为灵河等是"袭渤海之名而易其他者"。曹公借用"灵河"代指吉林境之松花江当无疑问。

亲情可感，敬畏有加。

创世神话，悠远绵长

　　古老的满族创世神话里讲，宇宙初始，天母阿布卡赫赫（赫赫，源于满语佛佛，天女、母亲之意）派侍女催动神鼓，开创世界。第一声鼓，有了蓝色的天；第二声鼓，有了黑色的地；第三声鼓，有了白色的水；第四声鼓，点燃了红色的太阳火；第五声鼓后，才慢慢地出现生灵万物和人类……这里，圆形的神鼓象征着浩瀚的宇宙，其声响象征着宇宙的风雷和神灵的脚步。

　　这则神话，隐约透露出冰河消退之际，北方先民初创人类文明的信息。满族的创世女神阿布卡赫赫，就产生于松花江流域。

　　据人类学家推断，据今大约2万～4万年前，冰原北移，北方人两次大规模地北徙，趁着冰河期海平面下降之机，追随掠食丰美苔藓植物的动物群，通过裸露的大陆桥，越过白令海峡，到达美洲荒原。埋藏于地下的石刀、石斧，磁针般指出北方古人类迁徙路线。古勿吉人是否是这些北徙人的滞留者，已不易稽考，但松花江地方是古人类的聚散地是无有异议的。

满族摇篮，见诸史乘

　　满族属于肃慎族系。肃慎氏通中原最早，唐虞三代数千年不绝，舜帝时就有肃慎氏来朝，以楛矢石砮贡于周朝而见诸史乘。秦时，向边陲修驰道，通向东北隅。汉唐以来，置州郡，设路治，文化南来，遂有汉代玄菟、乐浪郡之设置，海东盛国之唐风逾海远播东瀛，女真人崛起于江左，成就百年霸业。肃慎人筚路蓝缕，以启山林，披荆斩棘，耕垦拓殖。自辽而金而元，暨于有清，崛起白山之隅，黑水之滨，龙腾虎跃，金戈铁马，南向以制中原，数度成为改变中国历史的决定性力量。这一奇特的历史景观曾使人类学家、历史学家迷惑不解。松花江流域物产的丰饶,是北方民族崛起的物质条件;"万物有灵"的萨满观念,产生巨大的凝聚力,是北方民族代起代兴的精神力量。女真和满洲均将松花江视为孕育本民族的母亲河。

大约在 1602 年秋冬,长白山火山爆发,是有史料记载以来世界第二大的火山喷发,其规模仅次于印尼的坦博拉火山大爆发,喷出火山灰不少于一百立方千米。著名满族学者富育光先生早年搜集到一则有关松花江形成的传说,叫《勇敢的阿浑德》,[1] 说的就是部落人与火山灾害斗争的故事。当时部落人居住在珊延毕尔罕(白花花小河)地方,一天突然来了一条火龙,顿时烧焦了森林原野。西伦妈妈(妈妈,满语,即奶奶。常作为女神的尊称)领着部族人逃至一环山小河边。这时,来了两个小男孩,一个叫诺温,一个叫阿里。小哥俩转眼长成膀大腰圆的巴图鲁,诺温手持虎神额娘给的虎须枪,阿里手拿雕神额娘给的雕翎箭,与喷火怪龙展开殊死搏斗。他们从北海背来冰块塞住火龙洞,杀死火龙,兄弟俩也英勇牺牲。哥俩的英灵化作两条大江,一个叫松阿里江(松花江),一个叫诺温江(嫩江)。西伦妈妈沿江寻找两个儿子,哭瞎了双眼,倒在长白山下,化作温泉女神,守护大江源头。

这一动人的传说故事,说的是在人类历史上,每个民族在形成共同体和建设自己家园时,都经历过艰辛和苦难,在与自然灾害斗争中积累经验,形成自己的宗教信仰从而凝聚成民族共同体。

追溯满族的历史,最迟也要从建州女真说起。《满族通史》载:"建州女真的原住地在黑龙江流域,14 世纪中期比较集中地区是

---

[1] 富育光搜集整理《七彩神火》,长春:吉林人民出版社,1984 年版,第 1 页。

在松花江下游以及松花江与黑龙江汇合处一带。"[1]满族是以建州女真为核心,统一了海西女真、东海女真后才逐渐形成民族共同体的。大约明洪武年间,努尔哈赤先世猛哥帖木儿的斡朵里部,于元末明初,由松花江一带,南迁至绥芬河、图们江流域,把本民族天女吞朱果生圣子的神话锁定在长白山。从此,三江源区的长白山成为满族的发祥地。

女真人南迁之前,主要居住在松花江、图们江两岸。东临大海,北接室韦,地饶山林,田宜麻谷,土产人参、貂皮、东珠、生金、松实等。宋辽时,由于"榷场"的开设,[2]人参采挖和贸易发达起来,成为部族财富的主要来源。"至明代,女真人分布日广,采参成了这个民族的支柱性产业,推动女真社会经济的发展。"后金努尔哈赤统一女真各部,丰饶的"参貂之利",加之农业的发展,使其很快积蓄起击灭明朝的力量。

大江神祇,至尊至爱

松花江流域的满族人,在与自然灾害斗争中开辟自己的家园,在万物有灵观念支配下,产生了庞大的神灵体系:天母阿布卡赫赫催动神鼓,隆隆声中创造了宇宙;地母巴那吉额姆硕大的乳房流溢的乳汁,哺育着人祖;生殖女神佛朵妈妈以柳叶为媒介,化育出世代子孙;火神拖亚拉哈不惜将自己烧成怪物从天神那里偷来火种,为人类带来温暖、光明和火的文明;歌舞女神玛克沁妈妈把神谕妙曲传给族人,从此世上有了欢歌;当天女佛库伦在布库瑚里池沐浴误吞朱果致孕生下爱新觉罗·布库里雍顺,族人有

---

[1] 李燕光、关捷主编《满族通史》,沈阳:辽宁民族出版社,1991年版,第56页。
[2] 榷场,宋辽金元在各边境所设互市场所。辽金互市以人参、毛皮、马匹、铁器为大宗。

了统领各部的酋长。追溯这些女神的出源，包括天女佛库伦[1]均出自长白山。谁也不要低估神话传说在满族共同体形成过程中的作用。三天女吞朱果生圣子的传说原胚胎孕育在黑龙江岸的瑷珲古城，或者牡丹江马大屯地方曾是她的"歇脚包"，但只有坐实在长白山元池的时候，才产生了摧枯拉朽的威力和万水归宗的凝聚力，形成了以此神话为指归的满族共同体。

松花江的儿女，与至尊至爱女神结缘于母亲河松花江。每至冰消雪融、春江乍开，族人便聚集江边，举行宏大的江祭，用洁净的江水代酒，隆祭水神木克妈妈，冬天则贮江心洁净的冰备祭诸神。在族人的心目中，松花江源头长白山的金楼、银楼里，住着一铺铺神。

吉林省九台市莽卡乡东哈村石克特里氏满语神本《排神神词》赞美他们的摄哈占爷时，唱道："统帅巴图鲁众神行于长白山，从银河般的松花江下来。"摄哈占爷是一般满族人都崇祀的长白山山神之一。据传，他长着红胡子，骑着枣红马，挺着长枪，常常从松花江源头的长白山而降，为族人扶危解难。

因居地不同，大江支流纳殷河、拉林河、尼什哈河等，也同样住着自己的保护神，同样受到一代代族人的崇祀。长白山二道白河地方则供奉朱禄瞒尼（朱禄，满语，一双）。这位太爷的圣灵由尼什哈河下来。神武的形象，骑术精妙的灵圣，就是朱禄瞒尼。[2]

同一石姓，居住在老厄河的则供奉自己的神主，出自长白山老根基的满人，到松花江两岸落户，已经很久很久。头辈太爷，左手持神镜，右手使长枪，领着三位神主，历经千山万水，从老

---

[1] 皇太极往征呼尔哈部，呼部头领穆克西克亦讲述祖源天女吞朱果生圣子故事。可见此类故事也流传于松花江及图们江流域。

[2] 占爷、瞒爷、瞒尼，满语，指祖先神。

厄河下来。从石光伟搜集的满族神歌看,无论从哪条河下来,其水都流入松花江,都离不开长白山这老根基。[1]

从石姓家族三大户联唱的神歌而推知满洲诸姓,他们对长白山、松花江至诚至爱的最高形式是把祖先神格化,把先祖神灵庇佑的文化因子贮存于民族的记忆,代代相因。对山神、江神的信仰,一旦成为整体民族的集体无意识,便产生摧枯拉朽的力量,从而展现松花江地方千载石砮雄风,百年金源霸业。

金世宗大定十二年(1172),敕封长白山兴国灵应王;大定二十五年(1185),"有司言:昔太祖征辽,策马径渡,江神助顺,灵应昭著,宜修祠宇,加赐封爵,乃封神为兴国应圣公,致祭如长白山仪。"[2]世宗封江为"公",虽说比封山为"王"低了一级,但礼遇规格不比长白山差,同样是盖庙致祭。

大清康熙皇帝对松花江的崇祀比金世宗亦不逊色。康熙十六年(1677)诏封长白山神。"明年复改祀北岳(此指长白山)、混同江。逾二年始望祭……"[3]就是说,封长白山山神的第二年,改为既祭长白山,又祭松花江。之后祭松花江基本纳入国礼,即祭"岳镇海渎"(渎,河渠)。康熙朝明文规定,除了祭祀"江渎、淮渎、济渎、河渎,又兀喇长白山"。明确规定祭长江、淮河、济水、黄河外,加祭兀喇江,即松花江。祭江的形制和规模"又以松花江导源长白,依望祭北海制行"。[4]

乾隆年间,在松花江建江神庙,祭如北海神庙,祭祀规模和形制之高,堪比海神。

---

[1] 参见李澍田主编"长白丛书研究系列之八",石光伟、刘厚生编著《满族萨满跳神研究》,长春:吉林文史出版社,1992年版,第178~181、332~336页。

[2] 《二十五史·金史·礼志八》,上海:上海古籍出版社,1986年版,第7007页。

[3] 《二十五史·清史稿·礼志》,上海:上海古籍出版社,1986年版,第9136页。

[4] 同[3]。

第七章

何方神草，竟有化生为人的神奇

《红楼梦》开篇所述绛珠草，在神界为绛珠仙子，入世胎生为林黛玉，亦是"人间仙姝"。那么，绛珠草是何种神草，竟有化生为人的神奇？

一 是作者虚拟的仙草吗？

书中的绛珠草有无确指，确指什么草，历来是红学难题之一。书中"灵河"之为松花江的考定，为绛珠草的原型追索缩小了范围。

按传统说法，既然"西方灵河岸畔"是作者假想的神仙境界，那么，绛珠草也自然是作者假想和虚拟，既不是借代，也无有什么象征意象。这样，书中的绛珠草，等于离了土，断了根。绛珠草、绛珠仙子、林黛玉三位一体的文学元素亦不复存在。

显然，有人低估了曹雪芹灵动的写作智慧和艺术技巧。脂砚斋曾反复强调"书中之秘法亦不复少""烟云模糊""有隐有现，有正有闰""一击两鸣，明修栈道，暗度陈仓"[1]；戚蓼生《石头记》

---

[1]《脂砚斋重评石头记》第一回第七页、第八页，上海：上海人民出版社，1975年版。

序，强调作者的"一声也而两歌，一手也而二牍……如《春秋》之有微词，史家之多曲笔"。[1]谁能说书中大荒山、绛珠草不是"烟云模糊""一击两鸣"？谁又能说其中没有"明修暗度""曲笔微词"？

大荒山、绛珠草、太虚幻境等，均是主旨要道上"大关键"文字，用"虚拟""假想"等简单说辞，怎么可能揭示出《红楼梦》的微言大义？

二 是指灵芝草吗？

人们显然腻味了"假想""虚拟"这些空泛说辞，自然要到植物仙班中去寻觅绛珠草的原型——称得上"仙草"的植物。便不约而同地把视线投向"灵芝仙草"，从而产生影响甚广的"灵芝说"。

文化艺术出版社1990年出版的《红楼梦大辞典》"绛珠草"条目如下：

> 有大红珠状果实的仙草。绛：大红。或即为灵芝草，张衡《两京赋》："神木灵草，朱实离离。"……灵芝草乃炎帝季女瑶姬（未嫁而逝）精魂所化。[2]

朱淡文女士的《红楼梦论源》谈到神瑛与绛珠的木石前盟时讲：

> 犹如青埂峰顽石、神瑛侍者和贾宝玉那样，绛珠草、绛

---

[1] 一粟编《红楼梦卷》，北京：中华书局，1963年版，第27页。
[2] 冯其庸、李希凡主编《红楼梦大辞典》，北京：文化艺术出版社，1990年版，第6页。

珠仙子和林黛玉也是三位一体。据考，作者构思中的绛珠草实即古代神话中炎帝季女瑶姬精魂所化的灵芝仙草，而绛珠仙子即瑶姬形体之化身巫山女神。巫山顽石崚嶒不平，最易成为清露凝聚之处，石畔灵芝因而多得甘露之惠，滋生繁茂，长青不凋。作者从古代神话得到启发，创造性地构思了绛珠仙子以一生眼泪来偿还神瑛侍者甘露之爱的神话。[1]

上列所引两段文字大同小异，均以为绛珠草原型为灵芝草，是传说中的炎帝季女瑶姬精魂所化。

朱淡文女士是南国著名红学家。她的《红楼梦论源》，文字隽永优美，对作者、家世、版本、著书本旨、人物原型等，进行了相当有价值的追溯，有不少创见和发现。她所追索的绛珠草之为巫山灵芝草、为炎帝季女瑶姬精魂所化，与传统的虚拟说有着本质的不同。但因其身居南国，对北方满族文化相对陌生，追溯原型到巫山，误认灵芝草为绛珠草，为巫山女神瑶姬精魂所化，是完全可以理解的。但《红楼梦》中的绛珠草与巫山灵芝草实不相干，强行将两者捆绑在一起，与作者主旨立意相去甚远：

其一，灵芝虽俗称灵芝草，并非是草，而是菌类植物，属担子菌纲，多孔菌科，与草本植物不同科，曹雪芹不大可能将菌类植物呼之为草。

其二，从形状看，灵芝"菌盖肾形，上面赤褐色，有漆状光泽和云状环纹；下面淡黄色，有许多细孔。菌柄长，红褐色，有光泽。生于山地枯树根上"。[2]与有大红珠状果实的绛珠草大相径庭。

---

[1] 朱淡文著《红楼梦论源》，南京：江苏古籍出版社，1992年版，第155页。
[2]《辞海》，上海：上海辞书出版社，1980年版，第1066页。

其三，从生态上看，绛珠草比较怯弱，经不起风吹雨打阳光暴晒，而灵芝则较坚实，喜欢风吹日晒，阳光照射才能产生漆状光泽。

其四，从文化传承上来看，《红楼梦》中的绛珠仙子与巫山神女瑶姬，没有多少共同之处。炎帝三女瑶姬未及出嫁就故去，葬于巫山之阳。楚怀王游于高唐，昼寝，梦中得遇瑶姬，瑶姬自称巫山之女，两人发生情爱关系。又一说瑶姬为王母二十三女，时大禹治水驻山下，大风卒至，岩振谷陨，瑶姬授禹天书，又得神人相助，遂导波决川，以成其功。

可是瑶姬的这两档事，即恋爱楚怀王，助大禹治水，与绛珠仙子毫不相干，唯瑶姬未及出嫁即亡故，似与林黛玉相类。而据此得出"绛珠仙子即瑶姬形体之化身巫山女神"的结论，也太嫌勉强，说服力不强。

其五，《红楼梦》中的灵河，不可能代指长江，两者缺少内在的关联。长江三峡段从未被称为灵河或天河，尽管这里有神女峰及其传说。长江与满族出源不搭边，作者不可能将实为人参的绛珠草置于长江岸畔的巫山，这里不生长人参。即使生长人参，也难以找到与满族文化的内在关联，无有象征意象可寻。故巫山的灵芝草不可能是《红楼梦》开篇绛珠草的艺术原型。

三 绛实珠果，非人参莫属

曹雪芹拟名有个规律，凡地名、人名、物名，往往有谐音，有寓意，从无信手拈来者。既然书中大荒山系指长白山，灵河系指松花江，那么，绛珠草的原本指向，只能在此一山一河区域内来思考，且这种草必备三项条件：形体风姿绰约，较为怯弱；结有大红珠状果实；珍稀而尊贵，被称为神草。

松花江流域、长白山林下，只有人参与书中绛珠草相类，与林黛玉的体貌形神相合。

仙姿神态，与人参颇附

人参是五加科人参属植物，大约起源于被子植物繁盛的第三纪，属于古热带山区东亚植物系。因受第四纪冰川到来的影响，它的分布区大大缩小。史料记载，我国南方的云南、贵州，中原的太行山，山东沂蒙山一带，都出产过人参。不知是气候变异，还是采挖过量，两千年来内地人参消失殆尽。现在，在我国只有长白山区尚有人参生长，可谓古老孑遗植物的遗存。

梁代陶弘景《药总诀》云："其草一茎直上，五叶相对生，花（果）紫（红）色。《高丽人作人参赞》云：'三丫五叶，背阳向阴，欲来求我，椴树相寻。'"[1]讲的是人参要求严格的生长环境，一般生长在椴树、红松混交林下。通化师范学院孙文采教授，对人参这种择地而生的习性做了通俗化说明：

> 一般的说法，人参是阴性植物，喜寒冷、湿润的气候，忌强光和高温，正如《本草》言"人参生阴地，花无香气"，它所需要的阳光是比较弱的，是从密密层层的树木枝叶间的缝隙筛下的"花搭阳"……换言之，雨水从天而降，要通过树干树枝、树叶的摔打撞击，已经加温了，落到人参茎叶上的雨水，不那么凉了。……椴树下的腐植土不是碱性土壤，而是微酸性土壤，适宜于人参生长。[2]

---

[1] 孙文采、王嫣娟编著《中国人参文化》，北京：新华出版社，1994年版，第185页。
[2] 同[1]，第188、189页。

绛实珠果，粲然草间

绛珠草，绛，紫红；绛珠，人参成熟时的形貌。

人参绿叶对生，叶间挺生出长长的花葶，六月开花，花穗如韭，无香味儿。八月籽粒成熟，茎挺立，珠果聚以为联珠状，如同红宝珠，鲜丽崭亮，粲然草木间，历来为文人墨客所青睐。

北宋大文学家苏东坡《小圃五咏·人参》有诗云："青丫缀紫萼，圆实堕红米"；南宋诗人杨万里《谢人寄紫团参》云："人手截来花晕紫，闻香已觉玉池肥"；乾隆皇帝三首人参诗，两首写到人参花果："……一穗垂如天竺丹……玉茎朱实露甘溥""盆中更有仙家草，五叶朱蕤芷四丫"；高士奇《扈从东巡日录》载："人参生椴树下，翠蕤绛实，烂然灌莽"[1]；《珠河县志》载："贡品之山参，多生椴树下，向阴背阳，翠蕤绛实，粲然灌丛间。"

无土不黄金——长白罂粟，苔原带生命力最顽强的植物之一　宗玉柱摄

翠蕤绛实 野山参，书中林黛玉文学原型　郜春摄

这里的紫萼、红米、花晕紫、天竺丹、朱实、朱蕤等，均指人参的朱果，民间俗称"红榔头"。

高士奇《扈从东巡日录》，直呼人参珠果为绛实。绛实二字堪称点睛。高著是扈从康熙东巡的扛鼎之作，曹雪芹读过此

---

[1] 李澍田主编"长白丛书·初集"，洪皓等撰《松漠纪闻·扈从东巡日录·启东录·皇华纪程·边疆叛迹》，长春：吉林文史出版社，1986年版，第113页。

书可能性大,绛实二字,或让他灵光一闪;用绛珠草代指人参,不仅抓住了人参结籽时的仙姿神态,也完成了他的另一个巨大的象征和隐喻。正所谓:借得长白草一株,以小喻大谁人知?后人深赞雪芹这一神来之笔:"南辕北辙林如海,三丫五叶草为妞。"

指代人参,脂评暗示

第三回林黛玉进贾府,贾母搂着她伤心哭泣。众人解劝方止住。"众人见黛玉年纪虽小,其举止言谈不俗,身体面庞虽怯弱不胜,却有一段自然风流态度"——此处有脂评眉批云:"岂能胜物耶?想其衣裙不得不勉强支持者也,便知他有不足之症。"——草胎卉质,幸有衣裙"支持",活脱脱人参肢体是也。因问"常服何药,如何不急为疗治?"黛玉说了一番自己"从会吃饮食时便吃药"的缘故后,言称"如今还是吃人参养荣丸"。

有正本此处脂评侧批云"人参原当自养荣卫"[1]——此批因黛玉自言"如今还是吃人参养荣丸"而起,明白无误地告诉人们,人参化生的黛玉,原本应当用人参来增进气血,滋补强壮。可见绛珠指代人参,黛玉为人参化生,脂砚斋早已看破,并在评批中有所提示,只是读者不曾留意罢了。

---

[1] [法]陈庆浩编著《新编石头记脂砚斋评语辑校》(增订本),北京:中国友谊出版公司,1987年版,第64页。《难经》:"损其心者,调其荣卫。"中医学名词,指身体中的营气、卫气。营卫二气,散布全身。内外相贯,运行不息,对人体起滋补与养护作用。

第八章

满洲的人参文化

人参是一种神奇而古老的冰缘植物,现在还无法确定其与人类结缘的确切年代。满洲的人参文化源远流长,几乎一经发现便被敬而神之,成为社会上谶纬、玄兆的凭借,成为民间口头文学的素材。在曹雪芹那里则成为《红楼梦》创作的宝贵资粮之一。

一 因疗效显著,状类人形,被敬而神之

如前所述,人参是古老的孑遗植物,似乎一经发现即被神化。

灵草兆应,人君治国

追溯人参名称的来源,似乎与星辰有关联,繁体字的"参",《说文解字》作"曑";又象形如🌿,这一象形文字或图腾符号,曾嵌于著名青铜器父乙盉,说明古人已经懂得用人形参泡酒滋补身体。[1]汉代成书的《神农本草经》就有人参疗效显著的记载:"补五脏,安精神,定魂魄,止惊悸,除邪气,明目开心益智,久服

---

[1] 孙文采、王嫣娟编著《中国人参文化》,北京:新华出版社,1994年版,第104页。

轻身延年。"[1]这说明，早在传说时代的神农尝百草时，人参可能已被发现，并用于健身强体、疗疾治病。李中梓《医宗必读》曰："人参状类人形，功魁群草。"南北朝梁人陶弘景《名医别录》云："人参生上党山谷及辽东……根如人形者有神。"[2]

历代上层社会以人参为神草，甚至把人君治国跟人参联系起来。魏晋南北朝时，胡人石勒原住武乡北原山下，家中园地草木长得峥嵘峻拔如铁骑之貌，园中生人参，"花叶甚茂，悉成人状"，后石勒得势，成了赵国国君，称后赵。[3]——此事当成灵异之兆，记入史书。

《礼纬·斗威仪》："君乘木而王有人参生。下有人参，上有紫气。"《春秋纬·运斗枢》："摇光星散而为人参。人君废山渎之利，则摇光不明，人参不生。"[4]

隋朝文帝信用奸臣杨素，国家陷入政治危机。上党地方有一人家宅后每夜似有人惊呼声。去宅一里所，但见人参一苗，掘去之，呼声遂绝。不久，朝中杨素勾结晋王杨广谋杀文帝而篡得皇位。[5]时人以为，人参乃通灵之物，国家有变，人参会有异兆示于人。

当然，这属于谶纬玄学的危言耸听，但影响却相当广，历史上不少名人为之倾倒。金代著名诗人元好问《王学士熊岳图》："洗参池水甜于蜜，玉堂仙翁发如漆……古来说有辽东鹤，仙语星星为谁传……"并预言"五百年间异人出，却将锦绣裹山川"，恰

---

[1] 孙文采、王嫣娟编著《中国人参文化》，北京：新华出版社，1994年版，第185页。
[2] 汪玢玲著《汪玢玲民俗文化论集》，长春：吉林人民出版社，2000年版，第561页。
[3] 《二十五史·晋书·石勒传》，上海：上海古籍出版社，1986年版，第1561页。
[4] 同[2]，第621页。
[5] 参见《二十五史·隋书·五行志》，上海：上海古籍出版社，1986年版，第3334页。

巧应在大清努尔哈赤的崛起。[1]

清咸丰时，王雪庵有《咏人参》长诗，把人参祥瑞与大清开基联系在一起："我朝昔开基，王气孕灵草……疆宇日恢廓……我战辄电扫。"瞧，人参多神，能使后金战辄电扫。

灵草神化，升仙凭借

民间更多的是将人参与长寿紧密捆绑在一起。特别是道家食参飞升的故事，比比皆是，人参成为升仙得道的重要凭借。

佛教主张修来世，道教主张修今生。道教强调"唯人为贵"，以生为贵，注重人生当代价值取向，追求自身肉体的长生，讲求练功，以诱发人体内部潜能，并服食补品，以成仙得道，人参便成为重要媒介仙品。古书中常见服用千年人参而自行升天，身为上仙的故事。

唐杜光庭《神仙感遇传》中讲，早些年有十友相约为兄弟，常常一起宴饮。一日，一老叟闯来赴宴，十友热情款待，临别，老叟并不言谢。忽一日，老叟约十友到舍下就餐。十友入座，却久久不上菜，待十友饥肠辘辘，侍者端上一瓮，打开一看，瓮内盛着一蒸煮好的婴孩。十友不知是千年参。老叟礼让再三，十友十分厌恶，不肯动筷。老叟只好自己饱食，剩余的让乞丐拿去食光。不一时，乞丐化为金童玉女，随老叟飞升而去。众友悔谢不及。[2]

相传有道士师徒二人居深山中。一日，其徒汲水于井边，见一婴儿，抱归，成一根树。师大喜，烹之。未熟，以粮尽，下山为水阻，不得还。徒饥闻瓮中气香美，食之。比师归，已升

---

[1] 孙文采、王嫣娟编著《中国人参文化》，北京：新华出版社，1994年版，第243页。
[2] 同[1]，第305页。

仙矣。[1]

　　清王士禛与曹雪芹祖父曹寅大体算同代人。所著笔记体《居易录》记载一件奇事：说王屋山有烟箩子祠，祠前有一口洗参井。世传烟箩子是阳天宫的佃户，一生苦积功德。忽一日，于山中得异参，阖家食之，拔宅上升，当神仙去了。[2]

　　这类食参升仙故事，实在太多了，却没有一件是实有的。只是人们长生不老愿望的痴心妄想而已。

二　人参，自然王国的头领

　　不论人参成为人君治国的兆应物，还是成为道家升仙的凭借物，只能使人参文化陷入封建迷信的桎梏。这类谶纬故事多产生在内地，致使人参文化在内地过早地走入狭小的死胡同。这是漫长的封建专制社会中，少数贵族大佬享用人参的必然结果。然而，在长白山女真人这里，却有一个自然王国的存在。其头领是窝尔霍达。窝尔霍，满语，草；达，头领，即人参王子。

　　长白山女真人鲜活的人参文化，与闯关东的齐鲁人扩大生存空间与发财致富的渴望相结合，催生了绚丽多彩的人参故事大爆炸，把人参文化从封建迷信的桎梏中解放出来。

五子铜镜，装载着一个自然王国

　　当内地人把人参文化局限于兆应人君兴废、媒介道家升仙的

---

[1]［明］谢肇淛著《五杂俎》，载孙文采、王嫣娟编著《中国人参文化》，北京：新华出版社，1994年，第321页。

[2]［清］王士禛著《居易录》，载孙文采、王嫣娟编著《中国人参文化》，北京：新华出版社，1994年，第316页。

狭小死胡同之时，在辽、金的女真人观念中，长白山存在一个庞大的自然王国，存在一个以人参为头领的神圣家族。这个神圣家族，在植物王国中居于十分显赫地位。

东北最早的人参传说故事被刻成大定五子镜，距今已有八百多年。说的是大金皇帝金世宗完颜雍病了，臣民进献五苗人参。这五苗人参其实是五个人参小王子，小王子哭了。金世宗为了不绝山泽之利，忍痛将五个人参王子放归长白山。五个王子感念明君之德，献上自己头上的红参籽，世宗服之病愈。为了感念人参王子的功德，世宗亲自设计制作大定五子镜。这件铜镜现在仍保存在完颜故地老城。[1]

这则故事告诉人们，长白山存在一个植物王国。金世宗得的宝参，竟然是自然王国中的人参王子，说明人参作为百草之王，在长白山自然王国中处于王族地位。这里的花草树木都是有灵性的。他们在神界为神，在自然界为物，到了人间会胎生为人。

在满族动植物图腾中，这种生命转化传说非常多，本书"风流冤家"篇还将详述，此不多及。

人参神偶，蕴含着神灵之尊

棒槌鸟（人参鸟的俗称）的传说并非始于闯关东的放山人，早在辽、金时的女真人那里已经存在。

据满族学者富育光先生调查，在赫图那拉老城满族那姓的"窝辙库"（西墙上的神位）上就供有"棒槌神主"神偶，木质，鸟首，为棒槌鸟的象征形象。[2]

女真人似乎早已发现凡棒槌鸟鸣叫的山间容易找到人参。而

---

[1] 汪玢玲著《汪玢玲民俗文化论集》，长春：吉林人民出版社，2000年版，第606页。
[2] 曹保明著《挖参》，长春：吉林大学出版社，2000年版，第116页。

且原始的"棒槌神主"都是女性,与后来常常出现的美丽智慧的棒槌姑娘一脉相承。在民间有时呼之为人参精(灵)。她的装束往往是红袄绿裤,头戴人参花(实为朱红果)。满族佟、李、赵、富等四大姓,供奉的药神名叫窝霍恩都里,其形象是头戴人参花(果),身穿佩花草裙,手握药草翩翩起舞,能用各种草药汁水为人、畜治病。这位药神神偶形象,表达了长白山动植物王国对人参王者地位的尊崇,是后来众多棒槌姑娘传说故事的渊薮。

天女吞朱果,神化了的皇族

八百多年前,当金世宗义放五个人参王子的时候,当人参王子把人参籽捧献给世宗皇帝治愈他的病痛的时候,这位人参王子是否又托付神鹊衔着一粒参籽献给天女佛库伦?清人景梅九曾指破《红楼梦》里的绛珠草"暗影满洲始祖仙女言吞朱果"。[1]就是说,他认为绛珠草不但是指人参,当年神鹊衔的使天女受孕的朱红果,亦是人参果。

因金姓家族后来成为皇族,这一故事便成了满洲族源传说。只有神草人参的朱果,才配得上是圣果,才可能成为缔造一个满族集群的神圣种子。景梅九所言不谬。

这颗种子在《红楼梦》一书里,由深谙满族文化底里的曹雪芹转渡给女主人公林黛玉。这位从林深如海(其父名林如海)的长白山走来的人参格格,本是来还泪给石头哥哥贾宝玉的。在人间,这一对少男少女关系却不限于还泪报德,而是产生了真挚的爱情,即所谓造孽幻缘。说明人性不可违,食色,人之本性;爱情,男女常情。

当年天女生下的满族始祖是何等英姿勃发,平息族人纷争,

---

[1] 景梅九著《〈红楼梦〉真谛》,沈阳:辽宁古籍出版社,1997年版,第9页。

统一三姓部落，开创建州女真恢宏的基业，为努尔哈赤统一女真各部创造了条件。故清史大家孟森认为"布库里雍顺"实为"布库里英雄"之谓也。

罕王挖参，源远的人参情结

传说努尔哈赤幼年丧母，继母苛待他，逼使他走出家门，幸被明朝辽东总兵李成梁收留。一次，李成梁见小罕脚底长着七颗红痦子，日后必主大事。当晚，李成梁对小妾讲明天要杀小罕。小夫人一听大惊，当晚趁李成梁熟睡，唤醒小罕，让他换乘大青、二青两匹马逃命去了。在逃亡中，借鸦鹊掩护、黄狗湿身灭火，躲过明兵追杀，入山加入了参帮。经历过"老虎叼帽子"等诸多神奇，罕王成为女真人放山的大把头。至今，长白山区仍流传着老罕王挖参的故事。比如说，放山人拨拉草用的索罗棍，来自满族人家门前饲鸦的神杆；放山人在林子里不能坐树墩子，那是老罕王的饭桌子；山神爷（对老虎的敬称）来到戗子前，伙计要把帽子丢出去，老虎抓谁的帽子谁就得跟着走，这是小罕王放山时传下的规矩。

传闻未必不实。如果剔除对老罕王神化的内容，努尔哈赤青少年时期家境贫寒，结伙进长白山挖山参、采松子、捡蘑菇、摘榛实，赶马市买卖，贴补家用，或许是有过的。但各种传说和传记，如此看重老罕王挖参，与人参贸易在后金立国中举足轻重的地位是分不开的，而且这一人参情结，一直系于大清朝始终。

三 乾隆东巡，情寄人参诗

乾隆十九年（1754）八月七日，乾隆效仿其祖康熙东巡至吉林,当晚宿将军府。访听当地人,尚有记得祖父康熙当年东巡亲民问俗盛况,并亲眼看到有红榔头的盆栽人参,他异常兴奋,驻跸的当晚,写下三首诗。其中第三首:

> 皇祖当年驻榮衙,迎銮父老尚能夸。
> 讵无洒扫因将敬,所喜朴淳总不奢。
> 木柱烟筒犹故俗,纸窗日影正新嘉。
> 盆中更有仙家草,五叶朱旇茁四丫。[1]

这盆"仙家草"(人参),显系吉林将军傅森刻意安排。乾隆意犹未尽,次日,又写一首《咏人参》:

> 性温生处喜偏寒,一穗垂如天竺丹。
> 五叶三丫云吉拥,玉茎朱实露甘溥。
> 地灵物产资阴骘,功著医经注大端。
> 善补补人常受误,名言子产悟宽难。[2]

"五叶朱旇""天竺丹""玉茎朱实",写出了人参结籽时的神姿仙态。

我总觉得,曹雪芹如此热衷于状写人参,与乾隆酷爱人参大有关联。所写人参诗,多是十九年东巡驻跸将军府衙时所作。这时的乾隆已将长白山视为出草神的"奥壤灵区":

> 奥壤灵区产草神,三丫五叶迈常伦。

---

[1] [清]长顺修,李桂林纂,李澍田等主点校《吉林通志·天章志》,长春:吉林文史出版社,1986年版,第89页。

[2] 同[1]。

即今上党成凡品，自昔天公葆异珍。

气补那分邪与正，口含可别伪和真。

文殊曰能活能杀，冷笑迷而不悟人。[1]

诗前有小序，"盖神皋钟毓，厥草效灵，亦王气悠长之一征耳"，又把人参的灵效与大清"王气悠长"联系在一起。

乾隆诗多，好诗少，既缺乏意境美，也缺少文采。但诗的意思还是明白的，人参用不好能害人。乾隆对人参药用须宽猛适度的观点，被曹雪芹如实地写进书内。《红楼梦》第四十五回，话说到秋分时候，黛玉身子又感到不好，宝钗来探望。说话间，黛玉"已咳嗽两三次"，宝钗道：

> 昨儿我看你那药方上，人参肉桂觉得太多了。虽说益气补神，也不宜太热。依我说，先以平肝健胃为要，肝火一平，不能克土，胃气无病，饮食就可以养人了。每日早起拿上等燕窝一两，冰糖五钱，用银铫子熬出粥来，若吃惯了，比药还强，最是滋阴补气的。[2]

古代中医用金、木、水、火、土对应人体五脏。宝钗提出黛玉药方中是不是人参用量太大了，与乾隆的主张暗合。乾隆不太懂人参药性，夸大其词。人参属中性补药，老少皆宜，年轻人体壮，用不着大的滋补。宝钗提醒黛玉是不是人参用量过大，说"不宜太热"，与乾隆"即助邪火"观点惊人的一致。如果说这是偶合，那么书中与东巡相关的事偶合得太多了。比如乌进孝进租单，几

---

[1] [清]长顺修，李桂林纂，李澍田等主点校《吉林通志·天章志》，长春：吉林文史出版社，1986年版，第96页。

[2] 曹雪芹、高鹗著《红楼梦》，北京：人民文学出版社，1982年第1版，第624页。

乎等于吉林岁贡单，又如进租路程所费时日与乾隆东巡乌拉所费时日的相同（除去打猎时日），比如乾隆在澄海楼与宫廷文人们联句，《红楼梦》小姐们也在芦雪庵联句。比如乾隆有诗《观敖汉瀑布水》"沉沉碧潭毛发寒，琮琤不断仙佩珊，浑如白傅歌中句，大珠小珠落玉盘",[1]曹雪芹亦有残诗"白傅诗灵应喜甚，定教蛮素鬼排场"。一如朱淡文先生考论曹公于乾隆十六年曾随帝南巡，时隔三年，曹雪芹于乾隆十九年扈从东巡的可能性是相当大的。后面我们还将论及，这里就不多说了。

四 闯关东，引来人参故事大爆炸

十八世纪中叶，齐鲁饥民冲破封禁，涌动起闯关东潮。自清初至民国，闯关东的山东人达 2500 万人。高峰时一年达上百万人。他们在白山黑水间垦荒、放山、[2]淘金、伐木、狩猎，成为开发东北的主力军。人参，号称绿色黄金，采参便成为流人发财脱贫的主要营生。

长白山草长林茂，充满着凶险和神秘。成千上万的山东人闯入如海的大森林。原居民的万物有灵的萨满文化与山东人勇于进取的齐鲁文化碰撞、交融、更新，形成了独特的关东文化。其中，人参传说故事摆脱奇诡怪谲的灵异、兆应、食之飞升的桎梏，朝着人性化、大众化、世俗化转变，变得与普通山民生存、命运息息相关。人参从神格化向人格化转渡的时候，产生了大量新的人参传说故事，一度出现人参故事大爆炸的生动局面。有专家曾将这些传说故事分门别类，概括为出源型、参娃型、参翁型、灵雀型、

---

[1] 王佩环主编《清帝东巡》，沈阳：辽宁大学出版社，1991年版，第126页。
[2] 放山，指挖棒槌，均为采挖人参的暗语。民间视人参为草神，不宜直呼其名。

参姑型等。其中灵雀型、参姑型人参故事最为悲切、浪漫、感人。

灵雀悲鸣,不忍先飞

东省长白山区地域广阔,人口稀少,沟壑纵横,森林密布,虽然资源丰富,但气候酷寒,环境恶劣,求生不易。像采参、淘金、放排、伐木、狩猎等业,靠成帮结伙才能胜任。故闯关东的往往结拜成干兄弟,互帮互助,生死不渝。如棒槌鸟的传说《王干哥》,流传已三百多年。康熙五十一年(1712),工部主事方登峄,受戴名世《南山集》文字狱案株连,同其子方式济等举家流放卜魁(今齐齐哈尔)。他虽谪居边塞,仍不废吟咏。其歌咏边塞风土人情的"今乐府"体尤为出色。下面引述的《王干哥》并序,就是风土诗"今乐府"体的代表作:

> 边山有鸟,每于夜半辄呼"王干哥"至千百声,哀切不忍闻。传昔有人入山劚参相失,遂呼号死山中,化为鸟。当参盛处则三匝悲啼,随声至其地,必见五叶焉。
>
> 王干哥,山之阿;
> 王干哥,江之沱。
> 叫尔三声口流血,
> 草长树密风雨多。
> 生同来,死同归,
> 尔何依我不忍先飞。
> 但愿世间朋友都似我,
> 同生同死无不可。[1]

---

[1] 原载《葆素斋集·今乐府》,转自张玉兴选注《清代东北流人诗选注》,沈阳:辽沈书社,1988年版,第485页。

这首《王干哥》，如实地记录了初闯关东的放山人的苦难之旅，他们结拜为兄弟，生死相依，不离不弃。死后精魂化为棒槌鸟，成为放山人指示鸟，哪儿有人参，它会用清亮的叫声指示给你。

莱阳孙良，化为山神

在长白山区，流传最广、影响最大的人参故事要算《老把头的传说》。说山东莱阳一个叫孙良的人进长白山挖参，迷失山间，临死前，在石头上刻下自己伤心的经历。其词曰：

> 山东莱阳本姓孙，
> 隔山骗海来挖参。
> 三天吃了个蝲蝲蛄，
> 你说伤心不伤心！
> 家里有人来找我，
> 顺着蛄河往上寻。[1]

顺河下寻，或者会遇到人家，有生的希望。顺河上寻，碰不上人家，孙良倒毙于林中。他没有化而为鸟，而被后人奉为"山神爷"老把头，成为千山利落的保护神。古历三月十六日是老把头的生日，也是民间祭山神的日子。吉林省东部通化、白山山区，有好几处老把头坟。有人曾着力寻找正宗的老把头坟，甚至到山东莱阳去寻访老把头故居，后来证明是徒劳的。孙姓放山人迷失于长白山密林，或者曾发生过，但作为已经成了"山神"的老把头，却是千山利落的人渴求神灵保佑而刻意敬奉出来，已经成为传说中人物。正像牛郎织女的故乡，可以找到十处八处一样，孙良坟

---

[1] 这首歌谣流传广，版本多，大同小异。此据笔者童年所闻追记。

有多处也是很自然的事。

放山小伙，美丽参姑

也许因为放山人多是闯关东的男子，深山老林绝少女人，对女人思念和渴求，造就出丰富的参姑的传说故事。

在咱长白山里，见到大姑娘不妨将她抱住，没准抱住的是一苗红顶绿叶的人参。说的是郎傻子爷俩（注意，咱关东山叫傻子不一定真傻，就是憨厚点，这样叫好养活），年年进山挖棒槌。一天，老爸把儿子领到一处山沟，嘱咐说："傻子呀，我进去赶棒槌，你在这等着。记住，不管下来啥，你给我抱住。"过了一个时辰，从山上跑下一个红衣绿裤的大姑娘！傻子先就红了脸。姑娘冲他一笑，走了。转年又来到这个山沟，一看姑娘从沟趟子里下来，刚伸手去抱，姑娘灵巧地躲开了。第三年，又来这条山沟，姑娘倒是被傻子抱住了，姑娘说自己修炼了九百九十九年，只差一年就成了。傻子心软了，宁可穷死，一辈子打光棍也不能误了姑娘。他松开手，放姑娘去了。

在人们眼里，人参姑娘既有灵性，又通人性。如果你为人参家族除害，她会以身相许，加倍报答你。《除雕窝》就是这类故事。说的是王锁柱闯关东结伙放山，直到老秋也没开眼，参帮散了伙，锁柱独守窝棚。一天，来了一个挺俊的姑娘，姑娘求锁柱除掉大树上的雕窝。原来老雕天天在她家人头上拉屎撒尿，红榔头市时，连人参鸟也不敢来。锁柱上山来，呀，树又高窝又大。老雕见有人爬树，俯冲袭击，爪抓喙啄，锁柱遍体鳞伤。他没退缩，终于砍死恶雕，掀翻巨巢，救了人参一家。从此，锁柱娶到美丽的人参姑娘，过上好日子。

要说较贴近绛珠草还泪的故事，得说是《王小山哭参》。王小山十五岁了，身单力薄，把头不肯要他入伙，他只好"单棍撮"。第一年在东山岭，一天，坐在倒木上歇口气，见脚前有一棵二甲子[1]参，这么小的参，像我小弟，怎么可以动它呢？他叹了口气，想到伤心处，眼泪簌簌落到两片娇嫩的人参叶上。第二年，到西山放山，又发现了这棵二甲子。唉，你多咱能长大呢？想到自己长得又干巴又小，放山没人要，不觉泪水又滴到参叶上。那参叶颤颤巍巍，像是很感激他。第三年在北岗，又发现了这棵二甲子。难道你也是受气包，又跑北岗来啦？咱俩的命真苦啊！说着眼泪又滴到参叶上。这时出了奇，小参突然长叶、拔葶、出丫。开花结籽，长成一枝顶着红榔头的五品叶。小山小心地起参、包参，把参抱回窝棚，乐得抱着参睡了。睡梦中，一个姑娘叫他起来吃饭，原来怀里的人参变成了一位大姑娘。

与《红楼梦》男女主人公相比较，小山是用苦涩的泪水浇灌幼参使她长大成人，滴的是内心的苦泪，行为是不自觉的；神瑛是用甘露水灌溉绛珠草，也是发自内心，行为是自觉的。黛玉还泪是"眼泪空垂，暗洒闲抛"，没有实在的用处。参姑报答的方式很讲实际，给恩人解决最迫切问题——结束光棍生活。这很符合闯关东人急切求偶的心理渴求，是喜剧结局。《红楼梦》中男女主人公却没有这样好结果，尽管两人爱得死去活来。

曹雪芹未必掌握这么多人参掌故，但大清曾以人参业为龙头产业使国富民殷，或者因此产生灵感，而驱使人参胎生为女主人公林黛玉，并以之为大清国国体这一宏大的象征，从而将人参文化推向又一个新高峰，这已是下一章要阐述的话题。

---

[1] 三年生人参，茎端两个复叶，俗称二甲子。放山人有采大留小的习俗。

第九章

大清参务及其在书中的折射

书中的绛珠草是否有什么象征与隐喻呢？在探讨这一课题前，有必要了解一下人参业在大清建国史上举足轻重的作用，及满族人的人参情结。

一 后金，因人参贸易而国富民殷

女真人南迁之前，主要居住在松花江和图们江两岸。东濒海，北接室韦，地饶山林，田宜麻谷，土产人参、貂皮、东珠、生金、松实等。

《清代东北参务》中讲："辽金时，人参为支撑女真人经济生活之重要特产。至明代，女真人分布日广，采参更成了这个民族的'支柱产业'。据明档记载，早在万历十一、十二年（1583、1584）间，以住居吉林为主的海西女真在广顺、镇北二关互市中，售出人参达三千六百一十九斤，价值时银达三万余两。在以东北人参与中原的互市中，女真人换取生活用品、生产工具及文化用品等，从而推动了女真社会经济文化的较快发展。"[1]

---

[1] 李澍田主编"长白丛书·五集"，宋抵、王秀华、潘景隆等整理《清代东北参务·清代吉林盐政》，长春：吉林文史出版社，1991年版，第1页。

清太宗皇太极时，参价每斤值银 25 两，每年可采收 10 万斤，人参一项即可收入白银 250 万两。可见，人参互市是后金经济和政治的生死线。

努尔哈赤的建州女真因与明朝开展马市贸易，势力逐渐强大。特别是在人参贸易中，存在强买强卖的垄断行为，并阻塞远方江夷与明朝的貂参贡贸制度实施，这是明朝不能允许的。明万历三十五年（1607），明神宗采用熊廷弼之策略，暂停辽东马市上的人参贸易，致使后金人参烂掉 10 余万斤。明万历三十六年（1608）六月，努尔哈赤以五千骑叩抚顺关，挟参索值，未能奏效。逼使女真遂煮晒成红参、白参，徐徐发卖，果得价倍偿，粉碎了明朝人参封锁政策。

二 大清参务，在书中的折射

后金主要以人参贸易积蓄力量赖以立国。大清取得全国政权后，满族贵族从销售人参而国富民殷，到享用人参求寿世长命，社会需求旺盛，人参贸易仍是朝廷收入之大宗，"使得皇帝多亲自过问参务，参务细节也都一一奏闻……每年所到销售参额、价格、总银数等奏明皇上知道。可以认为，清朝皇帝是人参变卖的直接参预者"[1]。《脂砚斋重评石头记》第三回有个眉批，活画出"皇帝老爷"贪婪的形象："左手拿一金元宝，右手拿一银元宝，马上稍着一口袋人参，行动人参不离口。"——此时的大清皇上，不仅是人参变卖者、垄断者，也是人参的享用者。

---

[1] 李澍田主编"长白丛书·五集"，宋抵、王秀华、潘景隆等整理《清代东北参务·清代吉林盐政》，长春：吉林文史出版社，1991 年版，第 29 页。

利益巨大，垄断经营

人参的巨大利益，让人趋之若鹜。清朝统治者视东北为龙兴之地，尤珍重这里的一草一木，植柳挖壕筑柳条边墙，实行封禁，以保证其所谓龙脉风水不受践踏，并独享东省的方物特产。在这种心理支配下，名贵的人参自然成为皇家的神品。人参业的巨大经济利益，促使大清伊始，便实行皇家和皇亲贵族专制性垄断采收和变卖，以保证人参公用。

清入关统一全国之初，仍因袭入关前八旗分山采参制，将乌拉（吉林）地方110处参山放给八旗。除皇室自领上三旗（镶黄、正黄、正白）刨采外，后改由乌拉总管衙门与将军府合署的参务局制，每年有三百参丁引领兵丁刨采。康熙二十五年（1686），乌苏里江人参采场被发现，刺激了皇室和王府的胃口，刨采参丁一年不下三四万人。康熙三十八年（1699），参务局再次停止八旗采参，实行"放票制"，把采参专利权收归国有。因受到王公贵族的抵制，官办采参制未能通行。

康熙五十三年（1714），清廷决定招商承包采参事务，先由盛京商人王修德呈领参票八千张，后又有其他富商招领参票，中小商户也出面转领，再由票头招领揽头、把头等，组织刨夫进山。清政府为防备领票人短欠人参或拐票逃走，规定由烧锅、铺户画押具保。至康熙六十一年（1722），官商惧怕亏损，烧锅、铺户也不愿担保，采参业陷入困境。

这期间发生两件与曹家有关的事：其一，康熙五十七年（1718）正月初三，内务府奏请将人参一千零二十四斤交由曹𫖮、李煦、孙文成售卖。结果"售参价银比历年均少"，[1] 引起怀疑。后康熙逝世，雍正上台，雍正原本看不上包衣人，自然要追查责

---

[1] 故宫博物院明清档案部编《关于江宁织造曹家档案史料》，北京：中华书局，1975年版，第161页。

任。其二，也许受到承包刨采巨大利益的诱惑，或者预感到织造之职已岌岌可危，时任苏州织造的李煦，竟鬼使神差地"奏请欲替王修德等挖参"。奏请挖参，是否允奏是皇上的事，本无什么大不了的。不料，雍正却弗然变色，借机"而废其官，革其织造之职，请咨行该地巡抚等严查其所欠钱粮"。[1]

大清参务，难以为继

这段小插曲自然不能写入《红楼梦》，那就太露了。但雍乾年间皇商承包采参业，参价飙升，参商以次充好，甚至制假贩假，大清参务，难以为继，此状在《红楼梦》中有真实反映。

第七十七回为凤姐治病，须"上等人参二两"，王夫人与人商议买二两来。宝钗告诉说：

> 如今外头卖的人参都没好的，虽有一枝全的，他们也必截做两三段，镶嵌上芦泡须枝，掺匀了好卖，看不得粗细。我们铺子里常和参行交易，如今我去和妈说了，叫哥哥去托个伙计过去与参行商议说明，叫他们把未作的原枝好参兑二两来。[2]

这段话很要紧。为什么宝钗对人参这么在行？原来雍正九年（1731）到乾隆九年（1744），一度实行皇商采参承包制，盛京将军纳苏图赴京城招请大皇商范玉馥、范清注父子承包采参，在乌苏里、绥芬、宁古塔年采收人参十三万五千余两，参须六万二千余两，获利甚丰。《红楼梦》中薛家是皇商，隐约有皇商范氏父

---

[1] 王利器著《李士桢李煦父子年谱——〈红楼梦〉与清初史料钩玄》，北京：北京出版社，1983年版，第503页。

[2] 曹雪芹、高鹗著《红楼梦》，北京：人民文学出版社，1982年第1版，第1098页。

子承包采参的影子。故言"我们铺子里常和参行交易"。交易自然不限于买,也包括卖。为皇上配制特药的全枝带叶参,也只有皇商薛家能搞到。

清代采参业如同其社会制度一样,从乾隆末年开始明显地呈现出衰败的迹象。贵族们无尽享用,竭泽而渔,资源枯竭,参价倍增,在《红楼梦》中亦有充分描写。

三 百年成灰的预警

乾隆九年至十四年(1749),因所进人参不敷额收,将采参丁三百人罚采珠采蜜,以赎罪愆,参价也涨得令人咋舌。后金时人参在北京一斤售价25两银。康熙年黄参一两,银10两。到乾隆十五年(1750),人参则一钱售银1.7两~3.2两。当朝人参不敷额收,价昂货缺的情形在《红楼梦》中有真实的描写。

"百年成灰",不祥预警

第七十七回,为治凤姐的病,按大夫开的方子,须用上等人参配制调经养荣丸。王夫人取时,翻寻了半日,只在小匣子里寻了几支簪挺粗细的。王夫人看了嫌不好,命再找去,又找了一大包须末出来。王夫人以为是下人"随手混撂"。丫鬟彩云告诉她说:"想是没了,就只有这个……"王夫人不信,要彩云再去找。彩云又找来些,王夫人一看没一枝是人参。她不信没了像样的人参,又遣人问管家凤姐。凤姐说:"也只有那些参膏芦须。"王夫人没法儿,去向邢夫人问,也没有,又亲自来问贾母。贾母命鸳鸯取出当日所余的来,竟还有一大包,皆有手指粗细的,遂称二两给王夫人送去。一时,周瑞家的又拿了进来,说经医生看过:

> 但这一包人参固然是上好的，如今就连三十换也不能得这样的了，但年代太陈了。这东西比别的不同，凭是怎样好的，只过一百年后，便自己就成了灰了。如今这个虽未成灰，然已成了朽糟烂木，也无性力的了。

人参年代久远，性力有所降解是可能的，却无有"百年化灰"这一说，只要防蛀虫，人参不会自然成灰。

贾母号称老祖宗，是代表贾家先世而存在的。这一大包人参是"当日所余"。这个"当日"大约可以追溯到百年之前的立国之初。第七回焦大的醉骂"跟着太爷出过三四回兵"，当日太爷们是无须花银子去买人参的，靠"俘获"也无不是"塞江填海"似地。第七十七回如此细腻写寻找人参，一直寻觅到老祖宗那里，引出"百年人参成灰"的谶语，显然意在揭示"胡人无有百年运"这一政治谶言，只是在《红楼梦》中换了一种说法：人参"这东西比别的不同，凭是怎样好的，只过一百年后，便自己就成了灰了"。——联想到书中不断宣示"国朝定鼎不足百年""赫赫扬扬，已将百载"，人参所喻，亦不言自明。

独参难治，儒学颓风

第十二回讲的是贾代儒之孙贾瑞，看上"身量苗条，体格风骚"的凤姐，用言语调戏并欲上手。凤姐出狠招儿惩教他，使其害了虚劳之症。药吃了几十斤下去，未见动静。腊尽春来，病势转重，看来只能吃独参汤或能有救。独参汤主治虚极欲脱、脉微欲绝，一味独参汤能起死回生吗？作者在贾瑞临终前起用独参汤，是对贾瑞这些"自作孽，不可活"的丑类的绝大讽刺。

贾瑞在书中兼学监的角色。值得玩味的是，作者偏偏安排他为代儒（代表儒家孔圣）之孙。乾隆朝提倡儒学，大兴孔孟之道，尊孔子为至圣先师，到处建孔庙，开办儒学学堂，授四书五经。贾家的私塾就是这类学堂，贾代儒是一位独尊儒术的教书先生。作者偏偏让这位代儒之孙堕落为淫念不绝、劣习难改、无耻行径、自寻绝路的蠢货，其尊讳为一"瑞"字，名贾天祥，将这位"自作孽，不可活"的丑类，寓为大清的祥瑞人物，多么大的讽刺，又是对大清朝教育制度失败多么真实的写照啊！

特药难治，皇上虚症

第二十八回，宝玉来瞧黛玉，两人误会解除，言归于好，双双到王夫人那儿吃饭。席间，王夫人问起黛玉服什么药，又偏偏记不起前日大夫让吃的丸药名。宝钗点醒是"天王补心丸"。人间的天王是谁呢？自然是皇帝，暗指皇帝的心坏了，须补心了。看来，天王只吃补心丸还不行，还须有人为之炮制特效药。作者拐弯抹角、煞费苦心地要薛蟠为皇上配制特效药。先是宝玉借黛玉的病大发议论："林妹妹是内症，先天生的弱，所以禁不住一点风寒……还是吃丸药的好。"宝玉要配一剂天下少有的丸药，名义是给林妹妹的，实则是"为君的药"，由皇商薛蟠来给配制。那药方子实在奇特得很：

> 头胎紫河车，人形带叶参，三百六十两不足，龟大何首乌，千年松根茯苓胆。[1]

这四味奇特的药不过是臣药中的四味，主药更奇绝，须是经过尸气的珍珠，即从古坟挖出来的珍珠。当时王夫人、宝钗等都

---

[1] 曹雪芹、高鹗著《红楼梦》，北京：人民文学出版社，1982年第1版，第388、389页。

以为是宝玉寻开心,胡诌的方子。宝玉据理争辩:"薛大哥哥求了我一二年,我才给了他这方子。他拿了方子去寻了二三年,花了上千的银子,才配成了。"为了证实真有此事,还请出凤姐郑重地作证道:

> "宝兄弟不是撒谎,这倒是有的。上日薛大哥亲自和我来寻珍珠,我问他作什么,他说配药……我没法儿,把两枝珠花儿现拆了给他……"……宝玉又道:"太太想,这不过是将就呢。正经按那方子,这珍珠宝石定要在古坟里的,有那古时富贵人家装裹的头面,拿了来才好。如今那里为这个去刨坟掘墓,所以只是活人带过的,也可以使得。"王夫人道:"阿弥陀佛,不当家花花的!就是坟里有这个,人家死了几百年,这会子翻尸盗骨的,作了药也不灵!"[1]

其实,珍珠入药,忌用首饰上用过的珠子或经尸气者,书中偏偏要古墓里的或做过头面的,这绝非是笑谈,与黛玉在王夫人处看到的半旧的缎袄,有异曲同工之妙,这些旧物绝非正路而来。

下面简单分析一下臣药中的四味:

其一,头胎紫河车,紫河车即胎盘,旧时认为以头生胎盘为最佳。功能在补气养血,是补先天不足之内症的良药。

其二,人形带叶参,人参用以大补元气。带叶参证明是真货;人形,是大货而有神者。作者夹注说"三百六十两不足",说花三百六十两也不足以买到这样的参。雍乾朝,讲求这种大枝山参。乌拉地方,一旦挖到这种大参,须通过传驿,速速贡送京都"专

---

[1] 曹雪芹、高鹗著《红楼梦》,北京:人民文学出版社,1982年第1版,第389、390页注,以为是作者笑谈。

备皇上独用"。[1]等于说，薛蟠所配药中有大枝山参，是只供皇上专用的。

其三，龟大何首乌。何首乌为蓼科，多年生草本，以粗壮根茎入药。此药主治虚烦不眠、多梦遗精。龟大何首乌世所罕见，暗骂皇上淫极，龟，指人的阴茎。

其四，千年松根茯苓胆。《淮南子》："千年之松，下有茯苓"。茯苓多生赤松或马尾松下，为松根上寄生物。功能益脾安神，主治心悸失眠。

主药珍珠，功能在定惊，镇心，安魂魄。

宝玉开出的这个方子，特别是主药珍珠，无论给哪个皇上用，都是适症治疗。作者未必确指为康熙、雍正、乾隆个人治病。这三位处于盛世的皇上，哪位都曾遇到过烦恼，都需要定惊、安魂。康熙虽非嫡出，却是多子之君。正因多子，废立无常，到临终前，诸子夺嫡，让康熙寝食难安。雍正继位已让人疑惑重重，有改遗诏之嫌，可说是先天底气不足，须大补；执政时，民心不安，心悸失眠当是常有的事。乾隆是继雍正之位，并非正脉嫡出，故有太子胤礽之子弘皙逆案发生，险些让乾隆身首异处，怎能不心惊胆战。在作者眼里，哪位皇帝不是先天不足、后天失调呢？确切讲都害着政治上的虚症。宝玉的药方并不一定指给哪位皇上治病，因此才说是为林妹妹配丸药。按说，皇商薛蟠没有花两三年、费银千两给黛玉配药的理。此时的林妹妹，已不是人们心中还泪的林妹妹，她那怯弱多病的小身板，已是大清衰微的国体的象征。纵使给皇上配出含人形带叶参的天下奇药，也如秦可卿所言："任凭神仙也罢，治得病治不得命。"这个大清国呀，不过是挨日子了！

---

[1] 李澍田主编"长白丛书·五集"，宋抵、王秀华、潘景隆等整理《清代东北参务·清代吉林盐政》，长春：吉林文史出版社，1991年版，第6页。

第十章

一石一草的象征与隐喻

显然,作者将长白山视为宇宙的一极,将人祖女娲奉为长白山最古老的保护神。他第一次将大写的人标举为宇宙之灵,而给予他们自由成长的空间。

试想一下,这是多么宏大的场面:往古之时,天塌地陷,天不能完整覆盖大地,大地也不能承载山河,"火爁炎而不灭,水浩洋而不息",于是女娲炼五色石以补苍天。使得天能覆盖大地,地可负载江河。地上没有人怎么办呢?于是女娲抟土造人造了内地汉人,炼石补天炼成了满族人。接下去,作者用时间和空间两个概念去构筑他心目中的"天"。即"炼成高径十二丈,方径二十四丈,顽石三万六千五百零一块,娲皇氏只用了三万六千五百块",余下的那块没派上用场。

这是什么概念呢?白天十二小时,晚上十二小时,一天二十四小时,一年三百六十五天,乘以一百年,就是三万六千五百天。实际上讲的是大清建国已近百年,大大小小石头已将天补齐,就是说,满族大大小小的贵族,执掌天下已达百年。显然,这里的时间和空间,承载着大清帝国百年的历史。作者为我们讲述了娲皇所炼一块剩石——"通灵宝玉"(贾宝玉)的历世故事。时间是大清立国"将至百年",地点是大清的神都,这就给予三万六千五百零一块娲石以满族贵族的象征。

显然,作者觉得仅以娲石象征满族贵族还不够,又以长白山的人参胎生为林黛玉,象征和隐喻大清的国体,揭示满族贵族建立的大清皇朝,虽说盛极一时,却日渐怯弱,逃脱不了没落而崩溃的历史命运。

一　石头的象征与隐喻

那么,什么是象征?象征具有什么特点,石头在书中起到什么象征作用呢?

象征是"文艺创作的一种表现手法。指通过某一特定的具体形象以表现与之相似或相近的概念、思想和感情"。[1]法国古典文学家巴尔扎克说过:"艺术家的使命在于能找出两件最不相干的事物之间的关系,在于能从两件最平凡的事物的对比中引出令人惊奇的效果。"[2]就是说,作家在寻找象征的时候,首先要用借喻的办法确定象征物与象征对象这对组合能否成立。借喻和象征相结合,将产生摧枯拉朽的文化力和多米诺骨牌的神奇效应。

开篇两大象征的形成

表面看,《红楼梦》开篇娲石补天故事,跟满族贵族入关取得天下,是两件毫不相干的事情。一旦书中的大荒山坐实为长白山,贾宝玉是长白山顽石幻化,情形就大不一样了。作者抓住了女娲"补天",和满族贵族入关"取得天下"这一相似性特征,

---

[1]《辞海》,上海:上海辞书出版社,1980年版,第461页。
[2][法]巴尔扎克著:《论艺术家》,摘自《山花》,1984年第4期。

就赋予了满族贵族以"补天石"的象征。

书中的绛珠草也是这样,表面看与大清国体毫无关系,一旦发现长白山的人参胎生为林黛玉,情形就大不一样了。作者抓住长白山人参喜阴避光、经不住风吹日晒雨淋的习性,胎生为林黛玉也是怯弱不胜,喻指"兴王于长白山"的大清王朝的衰微怯弱之国体,这个王朝气数已尽,难以救药。

这两大象征组合,像两座灯塔,刹那照亮《红楼梦》的各个角落,将书中的所有隐秘晾晒在光天化日之下,这就是借喻和象征相结合产生的文化力。

象征的特征

曹雪芹最迟在乾隆九年(1744)已执笔写作《红楼梦》。这一年,距甲申(1644)"鼎革之变"恰好一百年。[1]那些哗啦啦入关而来的"百年贵族",现在是怎样的众生相呢?作者巧妙地虚构了一块遗弃在长白山下补天剩石幻而入世,加上还泪的绛珠草,还有随之而来的"风流冤家",[2]一起下世为人,展开了百年大清广阔社会生活的描写。

说的是,宝黛这对早有宿缘的少男少女,带领一群长白山花草、禽鸟等灵物灵象胎生的女孩儿,来到大清百年神都,看到先他们而来的满族贵族,已失去往昔的勇武和进取精神,或落魄而满腹草莽,无所作为;或一味好道,罪当问责;或一味好色,腐臭不堪;或为纨绔膏粱,斗鸡走狗;或如乌眼鸡,恨不得你吃了我、我吃了你。只有从祖居地赶来的贾宝玉,还保持着祖上聪明灵慧、朴实纯真的天性,终因陷入腐败的"酱缸"环境,即使能

---

[1] 沈治钧著《红楼梦成书研究》,北京:中国书店,2004年版,第546页。
[2] 这里,"风流冤家"是东北方言,爱称,通常指风流活泼的女性。

够萌生也无法长大成才，于国于家无望了。就是说，先前的"补天石"们已堕落不堪，大清之天已漏洞百出，行将坍塌。

石头作为象征物，与象征对象满族贵族紧紧结合为一体，承载着大清盛极而衰的沉重历史。我们的主人公宝黛和随他们而来的"风流冤家"们，就是在这种沉重的历史背景中，完成自己曲折的人生之旅，体现着他们的人格力量和生存价值。

为什么说石头是一件象征物？在书中，作为象征物的石头，应该具备哪些条件和特征？

首先，只有抓住象征物与象征对象之间所具有的相似性、可类比性，才可能构成某种象征意象，才能产生象征自身的应力。

比如说大地，人们说："啊，大地，我的母亲！"大地因能滋生万物而取得母亲的象征。比如说青松，啊，你冬夏长青。人们用以象征革命英烈的精神永存。我们说《红楼梦》开篇的石头象征满族，作者紧紧抓住了"女娲补天"和"大清入关取得天下"这一相似性，赋予石头以满族的象征。也只有获得这一满族象征后，才能通过这块石头的历世，展现十七世纪中叶世界东方一个强悍的北方民族挥师南下取得天下的壮阔历史进程。这个石头具有了多么神奇而巨大的象征力量啊！

其次，象征不同于实物及其符号的另一个特征在于，它具有一定的隐蔽的、未知的意义。瑞士心理学家荣格认为："象征不是一种用来把人人皆知的东西加以遮蔽的符号。这不是象征的真实涵义。相反，象征借助于某种东西的相似，力图阐明和揭示某种完全属于未知领域的东西，或者某种尚在形成过程中的东西。"[1]在常人看来，一件实物，除了就是这个实物之外，不再是任何其他东西。比如书中"大荒山无稽崖青埂峰"，因脂砚斋评注为"荒

---

[1] 冯川著《荣格：神话人格》，武汉：长江文艺出版社，1996年版，第121页。

唐无稽情根"，就变得无有深意，甚至了无趣味。当我们发现"大荒山无稽崖青埂峰"，实则谐音寓意为"长白山勿吉哀清根封"的时候，石头和绛草所隐藏的、未知的象征就凸显出来。

其三，象征还具有预言和警示的功能。

"忽喇喇似大厦倾，昏惨惨似灯将尽""威赫赫爵禄高登，昏惨惨黄泉路近""生关死劫谁能躲""家亡人散各奔腾""好一似食尽鸟投林，落了片白茫茫大地真干净"——这些让人触目惊心、谶语咒符般的预言和警示，来自作者怎样的心理机制呢？

是的，曹家为江宁织造时，钟鸣鼎食，烹油烈火，雪芹的祖父曹寅被康熙视为股肱之臣，何等的显要，何等的风光！到雍正朝，竟视如仇家：长白山下同根同源的乡情之谊，不顾啦？祖上"勋业有光""功名贯天"，也一文不值啦？其祖康熙系吾太祖母哺育、教习而长大也不记得啦？曹雪芹带着这些疑问，随家人返京归旗仍为包衣奴才。"奴才"意味着什么？不过是主人一条狗，用着你时，看家望门，出猎打仗，让你咬谁你得咬谁；用不着你时，抄你的家，枷你的主，卖你的家人，怎么着？回京归旗，归旗你也是"包衣下贱"，你得"朝叩富儿门"，晚喝"白米粥"。别以为你能诗善画，不听使唤就修理你，让你颜面尽扫，让你知道"奴才"两字怎么写的。也许只有到了这个时候，奴才与主子悬隔的身份，才让作者冷峻地审视成为他家主子的这个民族。审视的结果：你们呀，不过是长白山下一堆烂石头，毕竟根基太浅，不能持久呀！这不，还不到一百年，居然"内囊尽上来了"，"露出下世光景"——曹雪芹是用怎样复杂的心情来书写自己这一重要发现呢？当他选择石头和绛草作为象征物之时，已经赋予它们以这些预言和警示。

其四，象征有时具有强制性认知特点。比如，你认为存在象征意象，他可能不认为有此象征意象。但象征物与象征对象一旦构成对应关系，这一对对应物就会显现出自己获得的象征特性。这种象征特性强势表达会让你不得不接受它。你不接受它，就会使自己陷入阅读的窘境，甚至读不透《红楼梦》。

象征的功能

显然，在《红楼梦》研究中，对石头的理解直接关乎作品主题和作者思想的阐释。不管你承认不承认，这一象征物与象征对象，已经是《红楼梦》中客观存在，不以说有就有、说无就无为转移。它直接回答的是《红楼梦》是写什么的这一根本性命题。

如前所述，《红楼梦》是写满族贵族所建立大清王朝的盛极而衰。主人公贾宝玉和林黛玉，是来自他们祖居地长白山的满族童贞时期少男少女的形象。同时将满族贵族的种种不肖和后继乏人如实地状写出来，并预言这个王朝和王朝的贵族们，将无有好运。这些显然不宜直说出来，采用的是小说艺术的象征和隐喻手法来掩人耳目，消解自己心中的块垒。显然，作者的立意，寄托在这象征与隐喻之中。

作者选择娲石为满族贵族象征，无疑是为自己找到了思想感情的寄托物。长久以来，作为"包衣下贱"和罪臣之后的曹雪芹，压抑的心情得到一定的平复，对现实境况的愤懑和仇视心理，得到一定的释放，块垒不平心理，得到部分消解。显然，他对这一掘写"清根"的象征十分得意，从敦诚的《佩刀质酒歌》中可见一斑。

这首歌诗写于乾隆二十七年（1762）秋天，作者曹雪芹书已写成，距离去世不足半年。这天，敦诚遇雪芹于敦敏之槐园，时风雨淋泠，朝寒袭袂，雪芹酒渴如狂，敦诚没带钱，解佩刀沽酒而饮之。雪芹欢甚,作长歌以谢敦诚,敦诚亦作《佩刀质酒歌》答之。雪芹的歌诗没能留下来,敦诚的歌诗留下来了。其诗有云:"……曹子大笑称快哉,击石作歌声琅琅。知君诗胆昔如铁,堪与刀颖交寒光。我有古剑尚在匣,一条秋水苍波凉。君才抑塞倘欲拔,不妨斫地歌王郎。"从这首诗歌写作时间来看,《红楼梦》的写作工程已基本告竣,当事者很少有看透此书立意的,怎么不使雪芹欢甚。面对朋友取下佩刀为之质酒喝,他能不激动吗?"曹子大笑称快哉,击石作歌声琅琅"——一幅多么动人心魄的佩刀沽酒狂饮图啊!

《红楼梦》开篇大荒山暗指满族发祥地长白山,石头象征满族贵族——今天,我们点破这些隐寓,已没有任何风险。处于曹雪芹那个时代则不行,"文字狱"蝎虎,风险太大,曹雪芹写书不得不隐,用鲜为人知的大荒山来按接、来指代长白山,脂砚斋用"荒唐"一注来瞒蔽、来指鹿为马。两人配合之默契让人叹服。

二 长白山人参与林黛玉

长白山人参与林黛玉之所以能合而为同一象征物,两者必须有一定的相类性。

作者用绛珠——人参结籽时形象,来代指人参的时候,人参的生态特征与林黛玉的体貌、性格的相类性就凸现出来了。

其一,迁居习性的相类性:南方不宜,迁徙北方。

人参起源于第三纪古热带山区"东亚""北美"分布的植物区系成分,原本长在我国南方。随着冰川的消融,气候变化,逐渐北移;林黛玉原本生活在南省,因母亲亡故,无人照料,加之贾母思念,才离别生父林如海,来到北国京都的贾家。

其二，生存环境相类性：寄人篱下，全赖庇护。

人参本是古老的森林植物，生长在闭郁的松、椴混交林下，生性较怯弱，怕风吹雨打日晒，怕禽兽啄践，怕人类采挖，隐生于混交林，靠松、椴等高大乔木遮护，没有一个保险的"家"；林黛玉辞别了父亲林如海——相当于离开如海的大森林，进入靠掠杀起家的满族贵胄世家。幸亏作者为之设置了一个贴近大自然、生活环境较为宽松的大观园，加之贾母、凤姐（相当于林中之松、椴）遮掩、呵护，还有宝玉、湘云等玩伴相随，才得以生存，个性得到一定程度的发展。但这儿毕竟不是自己的家，每日须十分小心，过着寄人篱下、惶恐不安的生活。

其三，形态体貌相类性：风流婀娜，望之神迷。

人参虽说较为怯弱，怕风吹雨打，但绿叶对生，植株挺拔，每至七八月，柱头珠果绚丽，剔透晶莹，粲然草间，如同南国红豆，望之让人神迷。

人参，人称草神，托生为林黛玉也称人间仙姝，不同凡品。书的开篇第二回赞她"聪明清秀""举止另是一样，不与近日女子相同"。而众人眼里的林黛玉，则"年纪虽小，其举止言谈不俗，身体面庞虽怯弱不胜，却有一段自然风流态度"。脂砚斋在此处眉批："草胎卉质，岂能胜物耶"，[1]说林黛玉"草胎卉质"（暗指人参），体态如弱柳扶风，连衣裙也支撑不动。宝玉初见黛玉便吃一大惊，倒像在那儿见过？呆霸王皇商（谐音皇上）薛蟠一见黛玉，立即酥倒在地，难以自持。

其四，层次品级相类性：草神品级，超凡脱俗。

人参满名窝尔霍达，百草之王。因疗效显著，根如人形，被敬而神之。在东省民间，人参姑娘、人参娃娃的传说故事，比比

---

[1]《脂砚斋重评石头记》第三回第五页，上海：上海人民出版社，1975年版。

皆是。黛玉在萨满女神神殿被称为绛珠妹子，生魂可以游走于神界与人世之间。她个性孤傲索居，清高自许，目无下尘，在贾宝玉眼里是"神仙似的妹妹"。她的聪慧和灵气，使大观园焕然生彩。凡有黛玉出场的地方，无论猜枚行令，还是赋诗作词，往往出人头地，高人一筹。其体态风流，才自清高——这些特点，无不与人参神草相符。她源于神山秀水，灵慧之气充盈于她所到之处。当她被借喻为大清羸弱国体的时候，我们为之心痛、惋惜。

三 象征意象带来的启示与思考

石头和绛草的象征与隐喻的发现，至少在以下方面给我们带来新的启发与思考：

其一，让人初识贾宝玉、林黛玉的真面。

小说的基本功能是塑造出个性鲜明、生动感人的人物形象。《红楼梦》男女主人公贾宝玉、林黛玉可谓家喻户晓、尽人皆知。但是，多年来由于受佛道及其他观念的影响，他俩"终是何等样人"，却众说纷纭，莫衷一是。是"本演色空"的"情男痴女"，是"爱博而心劳"的"富贵闲人"，是"衣来伸手饭来张口"的公子小姐，还是"具有初步民主主义思想"的"封建叛逆者形象"？二十世纪五十年代以来，由于政治原因，叛逆说一家独尊，造成宝黛形象理解上较大偏离。那个年月，崇尚阶级斗争，崇尚革命造反，不管青红皂白，捞到篮中就是菜。宝黛被册封为叛逆者，如同撞钟人卡西莫多[1]在愚人节上被蜂拥为皇帝一样滑稽可笑。令人不解的是，叛逆者的光环至今仍罩在宝黛头上，未能褪尽，只是较前淡化了一点。其实，宝玉、黛玉充其量只是十三四岁孩

---

[1] 雨果作品《巴黎圣母院》的主人公。

子，带着较原始的先天个性从满族的根脉长白山而来。在曹雪芹看来，那里的人还没被世俗所污染，比较纯真，跟大自然相融相结，"见了鸟跟鸟说话，见了鱼就跟鱼说话"，没有仕途经济、八股文章、孔孟之道这些僵死的东西。然而，来到大清的神都，环境变了，人也不同了……宝黛这对满族童贞时期的少男少女，与世格格不入了。由此观之，《红楼梦》中男女主人公身上所体现的冲突，主要表现为性格冲突，他们还不具有社会力量和阶级群体的代表性，也不宜把他们认定为代表所谓"资本主义萌芽性质的民主思想"。[1]社会还没有发展到那种程度，书中也没有那么写。确切来讲，宝黛应该是满族童贞时期少男少女的形象。如果这一结论成立的话，一石一草象征意象的发现，不可避免地将给红学一系列传统观点带来冲击，将给《红楼梦》作品主题、作者立意、人物形象、结构特点等一系列根本性的论题带来新思考。

其二，宝黛作为大比较人物存在。

当曹雪芹将贾宝玉作为大比较的人物引入京都，从宝玉的视角审视这个入关的"百年望族"，他发现这个民族文化根基太浅了，接受了一点汉文化的熏陶（如同被"娲皇"炼过），"便向人间觅是非"。终因特权过多又不能自律，而归于腐朽。看你们一个个的：或追求长生，毫不作为；或僵死教条，不学无术；或斗鸡走狗，淫逸堕落；或乌眼鸡般，争斗内耗……结果是：徇私枉法，黑网恢恢；儒教溃烂，后继乏人；朝纲不振，官吏横行；腐化堕落，无可挽回；盗贼蜂起，抢田夺地……名为盛世，败象已出。曹雪芹透过所谓盛世的虚假繁荣，对社会潜藏的危机洞若观火，这种种弊端和危机，均来自大大小小"补天石"（满族贵族）的糜烂和不肖。预言这个满族建立的皇朝必将树倒猢狲散，落了

---

[1] 冯其庸著《解梦集》，北京：文化艺术出版社，2007年版，第31页。

片白茫茫大地真干净。

其三，为我们打开北方民族原生态文化的窖藏。

曹雪芹在借助一石一草幻而入世，揭示满族贵族的没落、大清国体即将崩溃的历史趋向时，是用编织亚神话的故事来完成的。这则亚神话揭示的是一石一草在天为神（神瑛侍者、绛珠仙子），在地为自然物（一石一草），在人间则为贾宝玉、林黛玉。这是北方萨满文化三位一体灵魂观念最生动、最鲜活、最具体的表达和体现。作者对北方原生态文化没有丝毫的厌恶、贬抑（因为这种原始文化核心是情与爱），仿佛是在"芝麻开门"的喊声中，满族古老的萨满女神神殿的大门开启了，让我们领略"太虚幻境"等北方萨满文化的绮丽风光，及神界林林总总神灵人物及其别开生面的神事活动：宁荣二公"剖腹深嘱"的精魂显现，宝玉梦游成丁的丝丝入扣，神女试婚的柔情缱绻，僧道留镜的生命体贴，萨满神石的魇魔救治，神界姐妹的亲情关怀，冬雪中穿红袄小姑娘的"虽死而不死"，美人风筝不肯飞升等，皆是萨满情文化的生动体现。

第四编

"太虚幻境"：萨满女神神殿

《红楼梦》里的神灵世界，扑朔迷离，趣味盎然，给读者带来奇思遐想，让评家望之兴叹。第五回的"太虚幻境"篇，为读者展现了一个神灵人物的活动场。它是佛堂呢，还是道场呢？其中的神灵人物似佛非佛，似道非道，且一色为女性。屡遭不幸的小乡宦甄士隐梦想出世，被拒之大石牌坊外；贾宝玉却能梦游此境，大得男女缱绻之趣；害了相思病的贾瑞所照"风月鉴"，出自此境；宝钗治"热毒"症的"冷香丸"，似由此间警幻仙子所制；黛玉、秦氏的生魂能在此间行走；随同宝黛投胎入世的"风流冤家"们，殁后均回归此境，封入"情榜"。

"太虚幻境"究竟是何境界？警幻仙子是何方神祇？历来是红学难题，却被评家脂砚斋认为"乃通部大纲"，又是怎么回事呢？

第十一章

"太虚幻境"溯源

《红楼梦》里的神灵世界,往往通过编织似有还无的神话故事来体现,被称为亚神话的建构。

第一则亚神话故事,是宝玉的出源:"大荒山无稽崖青埂峰",谐音寓意为"长白山勿吉哀清根封"。第二则亚神话故事是黛玉的出源:即灵河岸畔绛珠草,闻说赤瑕宫神瑛侍者[1]欲下世为人,她也要下世为人,将一生眼泪哭还给他,以报答他的灌溉之德。第三则亚神话故事,要算贾宝玉梦游"太虚幻境"了。这则梦游故事,是荣国府政老爷之子贾宝玉成长过程中一次不寻常的经历,"而宝玉之情窦亦从此而开"(王希廉语)。

一 是道家的道场,还是佛家的佛堂?

《红楼梦》第五回的"太虚幻境"是何方境界,在书中起什么作用,历来是红学难题。两百多年来,"太虚幻境"篇多以佛

---

[1] 瑛,如玉美石;又神瑛,谐音神应,《通典》载:唐天宝年间,封太白山(长白山)为神应公。贾宝玉在神界称神瑛侍者,是"神应公侍者"同音假借。参见〔清〕长顺修,李桂林纂,李澍田等主点校《吉林通志·舆地志》,长春:吉林文史出版社,1986年版,第470页。

道论之，往往是这儿讲通了，那儿又陷入窘境，矛盾歧出，难以自圆其说。

《红楼梦大辞典》，对"太虚幻境"做出综合性解说：太虚，指浩浩宇宙之空虚；幻境，则是作者虚拟的空静谐和的幻化仙境。简而言之，太虚指天空；幻境指仙境。倾向性认为是指道教的道场。

世纪之交，浙江大学的梅新林先生，把这一道教诠解具体化，认为："太虚幻境本由中国仙话的'天上仙宫'幻想脱胎而来，警幻仙子亦由仙界女性领袖西王母（即后来的王母娘娘）演变而成。西王母的名号即是'太虚九光龟台金母圣君'。"接下去梅先生又从"瑶池不二"、都是女性"仙界之王"、都是"主司仙女命运"、同样美丽绝伦等方面，结论曰："足以见两位女神之间一脉相承的渊源关系。"梅先生又从女娲生殖意义联想到西王母"拥有蕴含生殖意义的仙桃……同时又是一位与穆天子幽会酬答的风流仙后，亦与作为媒神的女娲与作为风月之神的警幻仙子十分相近"，"最终为完成二神的一体化铺平了道路"，"昭示了中国神话走向仙话化的特殊生命流程"。那么，警幻在这个道场中为宝玉做了什么事情呢？梅先生告诉我们：是"又以十二金钗等判词与《红楼梦》十二只曲，来对正在红尘历幻中的宝玉进行'警幻'，是佛道二教出世精神的化身"。[1]

梅先生不肯屈从于虚拟说，着力追溯警幻的文学原型，其探索精神令人感佩。可惜在溯源"太虚幻境"的一开始，可能就找错了文化河道。如果从他所引述的太虚九光龟台，岔到满族星阵神图，会与警幻仙子的文学原型邂逅于太虚神区。在这关键地段，梅先生到道家的旧文化河道去寻找灵迹，与满族人信仰习俗渐行

---

[1] 梅新林著《〈红楼梦〉神话新解》，《红楼梦学刊》，1992年第3期。

渐远。

为什么说"太虚幻境"不会是佛堂或道场,警幻仙子更不能看作是西王母的化身呢?

从字面看,"太虚"是道家语;"幻境"是佛家言。"警幻"二字像是佛家语;仙姑是道家称谓。"太虚幻境"中另四位女神:痴梦仙姑、种情大士、引愁金女、度恨菩提——仙姑、金女,似道家称谓;大士、菩提又似佛家名号。从"太虚幻境"场景、警幻形迹看,确也有点神境女仙味道。或者还可以从汉文化的某些仙话中找到些影子。"太虚幻境"神女歌诗中反映的宿命及生死轮回观,仿佛又与佛家相通。警幻遵循宁荣二公"剖腹深嘱"开导宝玉:"今后万万解释(领悟人生),改悔前情,留意于孔孟之间,委身于经济之道",反映的又是儒家思想。故已故张毕来先生曾有"杂七杂八,释道儒一应俱全"之浩叹。

我以为,判定"太虚幻境"是何种神界,在传统的佛道儒那里寻找答案是徒劳的。警幻仙子在此境大讲意淫之道,并指婚神妹与宝玉成姻,佛道绝无在活动场宣淫的可能。既然《红楼梦》是揭示大清王朝社会生活的,必须到古老的满族文化河道去寻找它的神迹。就是说,对这一境界的理解,取决于对"太虚幻境"满族文化的基本认知,即"太虚"不虚,"幻境"不幻,有真实满族宗教信仰习俗在其中,绝无可能是指浩浩宇宙之空虚,亦无可能是西王母的瑶台。

二 "太虚"不虚,"幻境"不幻

《红楼梦》开篇作者即提示说:"此回中凡用'梦'用'幻'等字,是提醒阅者眼目,亦是此书立意本旨。"说的是曹雪芹拟书有个规律,凡"虚"凡"幻",皆有真实在,从无信手拈来者。

诚然,作为神灵活动场的太虚幻境,是作者的虚拟,这一虚拟并非如传统红学所理解的"空幻虚无"之境,它的设置是以满族古老的萨满星宿文化为依据,以极受尊崇的满族妈妈神群为原型,而完成作者深层次掘写清根的立意本旨。

虚,同墟,指人或者神的居地,庄子《知北游》:"是以不过昆仑,不游乎太虚。"这里的昆仑,指高远之山,太虚指极北神区。虚,又是星宿名,虚宿,二十八宿之一,即北陆星,又名太清。立秋时现于北天。

《尔雅·释天》:"颛顼之虚,虚也,北陆,虚也。"大意是说,颛顼的住所在虚宿那儿,即北陆星照耀之区。《左传》昭公四年:"古者,日在北陆而藏冰。"说的是古时候,即使在盛夏阳光照耀下,北陆星区的颛顼故居也有雹冰。满族重要的神祇,如柳神佛朵妈妈、鹰神代敏格格、安宅神恩都力僧固等,皆安居于此,在

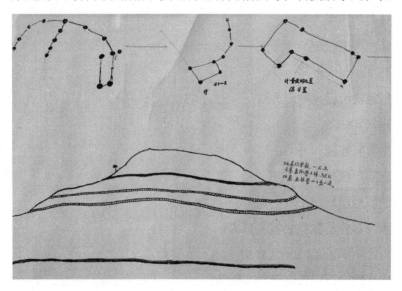

炮台山星祭坛示意图　富育光先生绘制

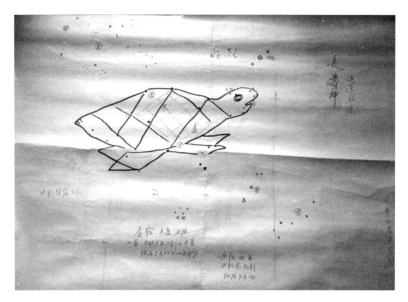

太虚神龟图　　富育光先生绘制

星神神谱中可以找到她们显赫的位置。

吉林省民族研究所研究员富育光先生的《满族萨满教星祭俗考》,[1] 是有关北方民族星祭的扛鼎之作。他认为星祭所祭首神是纳丹那拉乎星,俗称鸡窝星、花骨朵星、七姐妹星等,即二十八宿中的昴星。由纳丹那拉乎星导引,其他星宿陆续临空。侍神人需要哪位星神相助,就请哪位降临。

北方古原始民族观念认为,生命之火与生命之星,源自东方。因为日月星辰总是东升西落,东方天宇为最神圣所在,宇宙诸神的居所。闪烁的星星伴随满族先民度过漫漫长夜,他们有充裕时间用于观察星辰,带着一颗虔诚而崇敬的心,依据自己所崇拜的自然神灵的形貌,在星空中寻找与之形貌相近的星座,甚至星座

---

[1] 富育光著《富育光民俗文化论集》,长春:吉林大学出版社,2005 年版,第 68~87 页。

的组合，产生了满族自己的庞大的星象图。太虚神区只是庞大的星神体系的一个组成部分。这一神区的虚柳之星神，被曹雪芹巧妙地纳入自己的皇皇巨著《红楼梦》，幻化为警幻仙子而成为书中统领神界的大姐，给是书带来华彩芳菲、美轮美奂的神灵世界。让人们窥见满族信仰习俗的多姿多彩，纯真美好。

《红楼梦》第五回，作者以诗情画意的笔法，将读者引入令人痴醉神迷的神界。"这个神界，同萨满教信仰的女、虚、危三宿中女神所居之太虚神界何等一致？"[1]富育光先生在阐述虚宿，即北陆星在满族文化中的崇高地位时，有下列精彩论述：

> 萨满教创世神话和满族萨满夜祭中，还崇拜虚宿。虚宿即北陆星，一名太清，立秋时现于北天……《吴氏我射库祭谱》云："北陆，其气为刚，越斗牛之墟，奉若神明。"这位神明即满族萨满教世代敬奉的护婴女神佛里多妈妈，庇佑氏族子孙绵延。女、虚、危三宿和河鼓、天桴星群，组成壮阔的神龟星图。虚宿中央浩渺静阔，为神域幻界，是佛里多众神居住之所。神龟下的流星是神话中的龟目喜泪，融成北方冰原雪海。[2]

曹雪芹在"太虚幻境"篇内，用极简洁的"雪照琼窗玉作宫"来隐写这北陆寒地。所以我们才说，"太虚"不虚，"幻境"不幻，诚如"太虚幻境"那副对联："假作真时真亦假，无为有处有还无。"我们说它"真"，是说满族萨满教信仰中有过"太虚神区"，神区

---

[1] 富育光著：《富育光民俗文化论集》，长春：吉林大学出版社，2005年版，第517页。
[2] 同[1]。

的女神神殿中，供奉过造福人的诸神；我们说它假，这属于族人宗教信仰观念中的东西，并非真的存在于现实世界。

从北方民族祭俗来看，祭星主要是祭冬令星宿，往往选择高处筑坛，祭祀寒夜的穹宇神群。在星祭坛的唤星台上，侍神人（萨满）将相关星神从浩瀚的天宇吁请下来，为族人扶危解难。

三　满族故墟，荒寒北陆

作者为什么将"太虚幻境"虚拟于荒寒的北陆区呢？这同样可以从追溯满族族源传说，特别是从建州斡朵里部出源传说中找到答案。

建州女真，主要由胡里改部和斡朵里部组成。《满族通史》载：

> 建州女真的原住地在黑龙江流域，14世纪中期比较集中地区是在松花江下游以及松花江与黑龙江汇合处一带。居住在这一地区的火儿阿女真人阿哈出先迁居图们江流域，几经曲折，最终定居苏子河流域；斡朵里女真人先迁居图们江流域，以后也定居苏子河流域。追本溯源，图们江、长白山只不过是他们迁移过程里的中间站，苏子河流域是建州女真人迁移的终点。尽管这些地方都有建州女真人居住，然而只有黑龙江中下游地方才是建州女真人的故乡。[1]

就是说，努尔哈赤先世居地在黑龙江流域，即著名的"江东六十四屯"地方。《盛京通志》载："在黑龙江城（指瑷珲新城）南七十五里处，有薄克里山，东北六十里有薄克里池"，分别位

---

[1] 李燕光、关捷主编《满族通史》，沈阳：辽宁民族出版社，1991年版，第56页。

于黑龙江南北两岸,《盛京全图》清晰地标示着该山与池的位置。博和哩,满语豌豆。清末尚有薄克里屯,系"布库里""斡朵里"称谓的异写,[1]传为斡朵里部原住地。斡朵里部天女生圣子的传说,最早可以追溯到黑龙江,即弱水之滨。

这一天女生圣子的神话,在东海三部之一的虎尔哈部也有流传。《旧满洲档》记载天聪九年五月初六日,降将穆克西克的一段告白:

> 吾之父祖世代生活于布库里山下布勒霍里湖。吾之地方未有档册,据古时传说,彼布勒霍里湖有天女三人——恩古伦、郑(哲)古伦、佛库伦前来沐浴,时有一鹊衔来朱果一枚,为三女中最小者佛库伦得之,衔于口中不意吞下,遂受孕,生布库里雍顺。其同族即满洲部是也。[2]

其事最早记于《旧满洲档》。虎尔哈部为东海三部之一,与元末明初兀狄哈、兀良哈、斡朵里有一定的传承关系,统属野人女真。明洪武五年(1372)"在徒门江正式设三万卫",称"移阑豆漫",即女真语三万。猛哥帖木儿父子任斡朵里万户府万户时,已迁居图们江流域。图们之名,来自满语豆漫,万的意思。朝鲜至今仍称图们江为豆满江,亦源于明代的万户。这里原本就是女真人的故地,猛哥帖木儿生于兹,长于兹,故于兹,后被清廷追认为肇祖原皇帝。如果将猛哥帖木儿视为大清皇族的肇祖的话,斡朵里部首领在图们江流域活动八十余年,他们理所当然地将自

---

[1] [清]阿桂等纂修《盛京通志》(一百三十卷本上),沈阳:辽海出版社,1997年版,第510页;《盛京全图》第17页。

[2] 李澍田主编"长白丛书研究系列之二十六",刘厚生著《旧满洲档研究》,长春:吉林文史出版社,1993年版,第224页。

己民族的出源地置于长白山下。所说平息三姓之乱，指兀良哈、兀狄哈、斡朵里三个氏族部落。种种迹象表明，斡朵里部迁辽之后（居住在太子河赫图那拉部），与居于图们江流域的斡朵里旧部还续得起来，而且来往密切。朝鲜史料集中地讲努尔哈赤与图们江的瓜葛，绝不是空穴来风，与大清肇祖原皇帝出源于图们江流域、这里居住着为数众多的"城底野人"（指东女真）大有关联。[1]

努尔哈赤为猛哥帖木儿六世孙，于万历十一年（1583）以遗甲十三副起兵反明，逐渐统一女真各部，积蓄起足够的力量，为日后其子孙入主中原创造了条件。他在追忆家族史时，总是与女真人流传的三天女吞朱果生圣子爱新觉罗·布库里雍顺的神话传说联系起来，把天女沐浴的圣地锁定在白头山东三十公里之元池。作为皇族的爱新觉罗氏六世祖猛哥帖木儿，出自图们江流域的阿木河（谐音额穆赫，今朝鲜会宁一带），这则神话遂成为爱新觉罗氏家族神话，继而成为满族族源传说而系于长白山。对此，清史奠基人孟森先生所言甚明：

> 斡朵里部族，本在长白山东，朝鲜镜城（应为会宁）之斡木河，实系女真故地，并非因孟哥入居而留女真之踪迹。又有《明实录》中洪武二十（五年之误）年设三万卫于朝鲜之斡朵里为证，不复知斡朵里之原在朝鲜。清代康、雍、乾三世，追维王迹，发扬先绪，极欲考寻俄漠惠及俄朵里所在。止知向明代之女真地域内搜求，不知元代之女真，实有朝鲜

---

[1] 参见谭远河、吕英武著：《关于清肇祖猛哥帖木儿及其部族在汗王山区域活动足迹的考证》，龙井市政协文史资料委员会、龙井市汗王山城遗址文化研究学会，2014年版，第55、56页。

东北境镜城之地。[1]

斡朵里部迁来之前，今会宁阿木河地方，为女真原住民世居之地。斡朵里部居于阿木河之时，因屡遭朝鲜人欺凌，八十多年后，迁苏子河流域。但追溯该部远祖出源，当追溯到弱水（黑龙江）之滨。

天女于布库瑚里湖生圣子的传说，出现于不同的地区，诸如黑龙江畔的博和哩池、牡丹江地区马大屯地方、图们江上游红土山下元池等地，我以为并不奇怪，北方民族有地名随人走的习俗。斡朵里之名是随着女真人的南迁带到牡丹江地区，最后落到图们江流域斡木河。既然满族共同体已经形成，大清确定猛哥帖木儿为肇祖原皇帝，那么，长白山历称满族发祥圣区，而最后将三天女生圣子之池，锁定在长白山东布库里山下布库瑚里湖（元池），是合情合理的，而且已约定成俗，成为共识。

博学多闻的曹雪芹对爱新觉罗氏出源、迁移、流布，深知底里，在掘写清根长白山的同时，使贾宝玉浪漫地梦游，回到满族祖居地弱水之滨，那里不仅遗有北陆星辰照耀的浩瀚的神区，还有神龟星区俯瞰下的博和哩山、博和哩池（山在江之南，池位江之北），是爱新觉罗氏斡朵里部故居，同样遗存着满族族源不朽的神迹与传说。这就是作者将"太虚幻境"置于弱水之滨的原因所在。

四　龙江神区，弱水滔滔

《红楼梦》第五回"太虚幻境"置于黑龙江畔，在第二十五

---

[1] 孟森著《满洲开国史讲义》，北京：中华书局，2006年版，第115页。

回《跛道诗赞》中亦有所披露：

> 一足高来一足低，浑身带水又拖泥。
> 相逢若问家何处，却在蓬莱弱水西。[1]

蓬莱，原指东海蓬莱仙岛，此泛指神仙之境。弱水，通常认为是古水名，水清浅，力不胜芥，或不胜鸿毛。汉代东方朔《十洲记》："凤麟洲在西海之中央，四面有弱水绕之，鸿毛不浮，不可越也。"[2] 蔡义江先生提出，弱水指"我国西部的水名……传说水不能浮鸿毛，所以叫弱水……也无非说跛道人'无住迹'可寻，是仙界人物"。[3]——以往的评论多如是说，认为弱水并无确指，大半是仙界的河。这样理解，一是忽略了作者虚实易位写作手法；二是又跑到佛家去找神迹，忽略了萨满神区的存在。其实，更多的文献史料证明，弱水是指当今的黑龙江：

《后汉书·东夷传》："夫余国在玄菟北千里，南与高句丽、东与挹娄、西与鲜卑接，北有弱水，地方两千里，本濊地也"——亦以黑龙江为地标，濊地之说不确；

《晋书·四夷传》："肃慎氏'北极弱水'，当今黑龙江境内"——直接点出黑龙江之古称；

《尚书·禹贡》："导弱水之于合黎，余波入于流沙"。合黎，通古斯语萨哈连的异记，汉意为黑水；流沙，江河入海，波浪鼓荡，流沙如堵；说的是黑龙江入海口的地理风貌；

《晋书·四夷传》："夫余国在玄菟北千余里，南接鲜卑，北有

---

[1] 曹雪芹、高鹗著《红楼梦》，北京：人民文学出版社，1982年第1版，第356页。
[2] 冯其庸、李希凡主编《红楼梦大辞典》，北京：文化艺术出版社，1990年版，第820页。
[3] 蔡义江著《红楼梦诗词曲赋鉴赏》，北京：中华书局，2004年版，第190页。

弱水，地方两千里"，"肃慎氏一名挹娄，在不咸山北，去夫余可六十日行，东滨大海，西接寇漫汗国，北极弱水（为）其土界"。[1]

　　古文献记载尚多，恕不多引。《跛道诗赞》中点击"弱水"，再次将"太虚幻境"定位于黑龙江神区，那里，是满族先世肃慎人的祖居地，斡朵里部原居地，满族文化的渊薮，"太虚神区"笼罩之域，至今仍屹立着宁舍里、穆旦、鄂西克特、穆里罕、博和哩等满族圣山。传说这些神山上，均有萨满女神所居金楼、银楼、铜楼、铁楼。曹雪芹将书中跛道的家，置于弱水之滨，那里的"太虚神区"有庞大的妈妈神群，神山上亦有萨满女神神殿。作为人与神中介者的萨满人物癞僧、跛道，只有居于弱水之滨，与神界联系才更为方便。

　　曹雪芹写书有所顾忌，凡写到满族文化历史、满族风俗，点到为止，概不展开。如第二十六回皇围铁网山，第三十六回贾母言说宝玉"祭了星，不见外人"，第十八回元妃省亲石头出来说话等，都是满族萨满文化元素的硬证，往往是点睛一笔，不肆铺陈。跛道"家在蓬莱弱水西"，亦如是，揭示皇族根脉系于黑龙江，又不便直说出来。曲笔隐逸，埋藏至今，令人唏嘘。

---

[1] 上列有关"弱水"的引文，均出自《二十五史》，不另标注。

第十二章

姊妹神殿,神女居之

作者将满族萨满女神神殿以"太虚幻境"之称谓植入《红楼梦》的时候,北方萨满教庞大的神灵体系,亦展现在人们的面前。让我们从中窥见以情爱为指归的萨满文化旖旎风光。

由于生产力低下,原始萨满教不可能建筑高大伟岸的庙宇或礼拜堂,神像也不似一神教那么高大魁伟,甚至一个小小桦皮盒,即可以装上几十个神偶,谓之神匣。也有利用山洞、敖包、木板小屋来供奉和祭神,规模和形制均不能与后来的佛寺、道庵、教堂等相比。曹公在书中设置的萨满神殿"太虚幻境",已今非昔比,堂皇而庄严,体现的是族人观念中的萨满女神神殿。

一 满族原始天穹观与九天神楼

满族萨满教天穹观,是万物有灵观念的集中体现。他们认为,天与地并无绝对的分野,神、人、自然物,和谐共处,相融相结,地上有多少自然物(包括自然现象),神界就有多少神。天有多层,各层都像浅碟子,中间有一个孔道相通。宇宙中神灵可以上下相通。人居的大地,不过是宇宙世界的一层。与天上神的交往,通过人与神中介——萨满神巫,来沟通联络。萨满神巫有上天入地的本领。这与一神教不同,一神教的基督教、天主教、伊斯兰教的教徒,只有死后其灵魂才能到达神圣的彼岸——天国。

那么,天有多少层呢?北方民族各说不一,甚至各氏族均有自己的说辞。朝鲜的萨满教神谕认为,天有三十九天。西伯利亚的图瓦人认为天体有三十三层。后来满族趋向于"九"这个数字:"登天云,九九层,层层都住几铺神",萨满跳神要转九个"迷溜",登上九天神楼。萨满可以凭依自己的神力,在诸神一路保护和引导下,纵横于宇宙高天,其魂魄能畅游层层天。满族说部《西林安班玛发》中的西林大萨满,有飞天本领,经过十日行程,到达天穹中东海女神乌里色里居住的洞顶金楼。萨满魂游各层踞点,便是天穹网络通衢中众神灵居住的神舍——金楼、银楼、铜楼、铁楼、歇脚包(房)等。

九台满族石姓家族排神词中的神主长白山撮哈占爷神词:"皓齿白发,行于长白山,住在山上的楼阁中,宏大的楼阁,建筑在高高的金子般的山峰上。"[1]在答对鹰神的神词中有:"因何故,因何人?居于长白山,自青天而降。第一峰有座金楼阁,第二峰有座银楼阁,第三峰有座铁楼阁,三层峰九重楼,檀香木三庹粗……"[2]满族各氏族神谕中,多用金楼、银楼,来表达神灵住所。这些金楼、银楼,是萨满观念中神殿的通俗化表述,在《红楼梦》中,作者拟名为"太虚幻境"。

二 "太虚幻境":姊妹神殿的艺术建构

《红楼梦》中的"太虚幻境",有着鲜明的古老萨满姊妹神殿

---

[1] 李澍田主编"长白丛书研究系列之八",石光伟、刘厚生编著《满族萨满跳神研究》,长春:吉林文史出版社,1992年版,第179页。

[2] 同[1],第231页。

的原型特征。

其一，神殿为清净女儿之境。

这是让男性公民十分沮丧的事情，"太虚幻境"中的诸神皆为女性，美丽、高雅、清纯，一尘不染。

书的第五回，宝玉看罢簿册，随了警幻来至后宫，只见房中又走出几个仙子来。一见宝玉，都怨谤警幻道："何故反引这浊物来污染这清净女儿之境？""宝玉听得如此说，便吓得欲退不能退，果觉自形污秽不堪。"——连清俊的贾宝玉到此境亦自惭形秽，可见这"清净女儿之境"的神圣高洁！

其二，姊妹相称，无高低贵贱之分。

最早的萨满都是女性，她们皆以姊妹相称，并无高低贵贱之分。这在"太虚幻境"女神神殿中得到充分体现和认证。宝玉初见警幻仙姑，喜得忙作揖问道："神仙姐姐不知从哪里来，如今要往哪里去？"——"神仙姐姐"一称，仅见于宝玉口中，表现他的乖巧喜人，初入角色，即体现人与神之间平等的民主观念。待宝玉弃了卷册，随了警幻至后宫，警幻笑道："你们快出来迎接贵客！"一语未了，房中走出几个仙子，皆姣若春花，媚如秋月。见了宝玉，都怨谤道："我们不知系何贵客，忙的接了出来！姐姐曾说今日今时必有绛珠妹子的生魂前来游玩，故我等久待……"此中四位仙姑：痴梦仙姑、种情大士、引愁金女、度恨菩提，佛名道号不一，从痴梦、种情、引愁、度恨等名号来看，皆是萨满情性中人，佛道中绝无这种名号，且称警幻为姐姐，称绛珠为妹子，和谐的姊妹关系，体现了萨满教的原始性，朴实的自由、民主、平等的思想观念融汇其中。

宝玉听罢神歌，朦胧欲睡，警幻将他送至一香闺绣阁，早有一美女在内。警幻发表了一通情性高论后，说："吾不忍君独为我闺阁增光，见弃于世道，是以特引前来，醉以灵酒，沁以仙茗，警以妙曲，再将吾妹一人，乳名兼美字可卿者，许配于汝……"[1]

袅娜纤巧、温柔和平的可卿，亦是神殿中警幻仙子的"吾妹"。而且姐姐做主，让她与宝玉成婚。说明可卿原本就是神界人物，在贾家负有萨满中介使命，在神界与其他神女地位平等，姊妹相称。

其三，男性成员，不得入内。

"太虚幻境"之所以称为女神神殿，在于拒绝男性，殿内无有男性神祇，这与佛寺、道观是截然不同的。

首先，无关男士不得入内。如前所述，第一回小乡宦甄士隐，随癞僧、跛道至太虚幻境石牌坊前，刚要举步跟进，一声霹雳，将这位凡夫俗子拒之门外。

其次，相关男人，只可暂待。如癞僧、跛道，实为出神入化的萨满人物，人与神的联络人，因职责需要行走于人世与神界之间，以警幻指令行事，或为入世之人来神殿挂号销号，或来取药，取神器，同样不能在神殿久待。宝玉得以在此境缱绻几日，是姐姐警幻特殊关照：一是宝玉天分中生成对女孩的痴情，成为闺阁中"良友"，警幻承蒙宁荣二公深嘱，破格为之举行成丁礼；二是"试婚"尚在进行时，不可中断。

第三，男人只能充当侍神人，这里没有"男神"。只有对满族萨满姐妹神殿深透了解，作者才能写出女性独尊的实际存在。

正因作者能如实地写，呈现在读者面前的"太虚幻境"，体现了萨满女神神殿在族人观念中的真实存在。

三　成丁礼仪，颇合满俗

如前所述，宝玉神游"太虚幻境"，是由贾家年长者贾母、

---

[1] 曹雪芹、高鹗著《红楼梦》，北京：人民文学出版社，1982年第1版，第90页。

王夫人等长辈陪伴,由家萨满可卿引领,由神界大姐警幻仙子操盘,给宝玉施成丁礼。

不论哪个民族,成丁礼都是人生标志性里程碑。富育光先生《谈〈红楼梦〉中的满族旧俗》中讲:

> 成丁礼,满语称井玄多罗"(Cincin Doro),是人生重要起程点,如雏鹰离巢,幼虎离群,是往昔族中之盛礼。《瑷珲十里长江俗记》载:"多罗礼一岁两举,以虚柳二星为祝期。虚见于秋;柳见于春,龟寿临天,秋狝春蒐之日耳。"届期,成丁者由族中长老引荐,俗以"图喇"(图腾桩)验身高。上刻花纹,成人以纹线定级。一般分半成丁、成丁两阶。随社会进步,人口日繁,标尺多有改变,后以年龄为度。大约从8周岁视为幼丁,习弓马礼仪;10~11岁为半成丁,除习弓马、学智能外,参加渔猎农务;12~14岁(后改15~18岁)为成丁,准社交、立家室。成丁礼仪,最主要目的是沿袭氏族对族人道德、礼仪、人生传统教育的古制。由萨满奶奶先击鼓吟唱本氏族发端神话、先民英雄故事和宣谕各种诫规、禁忌等,以加强维系全氏族部落纯真朴实、平等和谐、相濡以沫的向心力和凝聚力。[1]

警幻为贾宝玉举行的"成丁礼",颇合满俗,过程严谨,一丝不乱。

首先,季节正当其时。书中说:"因东边宁府花园内梅花盛开,贾珍之妻尤氏乃治酒,请贾母、邢夫人、王夫人等赏花。"宁府花园"梅花盛开",正是早春柳星出于东天临照之时,举行成丁

---

[1] 富育光著《富育光民俗文化论集》,长春:吉林大学出版社,2005年版,第515、516页。

礼正当其时。成丁礼是件很神秘之事,为防备出现意外,须适度保密,不宜大肆张扬,赏花是虚,成丁为实,只需族长、家萨满、长辈操办,无须黛玉、宝钗、湘云、探春等闲杂人掺和。

其次,年龄正当其时。古时满族成丁年龄在12～14岁(后改为15～18岁),宝玉当年13岁,正值成丁年龄。

第三,准备有序。适龄少年成丁,事前须有周密的策划。一般说,适龄的成丁者,由家中长老引荐给族中穆昆(族长)。由族中穆昆定时间、地点、主持人等项。书中这一过程采取隐写方法:"是日(尤氏)先携了贾蓉之妻,二人来面请。"尤氏是族长贾珍之妻,显然是受族长贾珍的委托,同具有家萨满身份的秦可卿二人来面请。次日,族中老祖宗贾母将宝玉领到宁府,其母亲王夫人、伯母邢夫人陪同前来。地点在贾家族长贾珍居住的宁府,由贾母等老辈三人牵送,由家萨满可卿引领,由警幻女神为之操盘。规格之高,无与伦比,凸显这位"宝亲王"(同乾隆潜邸时封号)在贾府的承嗣人地位。

第四,成丁过场,一丝不乱。原本应有家萨满为之诵唱本族发端神话、先世英雄故事、宣谕各种戒律禁忌等。书中同样采用隐写方法,由警幻仙子接替秦氏来导引宝玉履行成丁仪式:翻看贾家上中下三等女子"终身册籍"(相当于家族人事档案),依次是晴雯、袭人、香菱、宝钗、黛玉、元春、湘云、妙玉、迎春、惜春、凤姐、巧姐、李纨、秦氏等人的档案材料。"宝玉还欲看时,那仙姑知他天分高明,性情颖慧,恐把仙机泄露,遂掩了卷册。"宝玉跟警幻仙子至另一"仙花馥郁、异草芬芳"的去处,会"姣若春花,媚如秋月"的神女,闻所焚异卉、宝树精油所制"群芳髓"之幽香,品出自放春山、烹以仙花灵叶之宿露的"千红一窟"之仙茗,欣赏房内之瑶琴、宝鼎、古画、新诗;饮"以百花之蕊,万木之汁,加以麟髓之醅、凤乳之曲酿成的万艳同杯"之美酒,观歌姬数人"素练魔舞",聆听新制《红楼梦》十二支神歌。演唱的主歌是:与宝钗"纵然是齐眉举案,到底意难平";与黛玉"若说有奇缘,如何心事终虚化?";元春是"喜荣华正好,恨无常又到";探春是"一帆风雨路三千,把骨肉家园齐来抛闪";湘云是"终究是云散高唐,水涸湘江";妙玉是"青灯古殿人将老……风尘肮脏违心愿";迎春是遭遇"中山狼……侯门艳质同蒲柳";惜春是看破三春景不长,独卧青灯古佛旁;凤姐是嗟叹此生才,哭向金陵事更哀;巧姐是险遭狼舅奸凶,幸得姥姥相救;李纨终是"带珠冠、披凤袄,也抵不了无常性命";秦氏是风情月貌一时了,情天情海恨几多。好一似食尽鸟投林,落了片白茫茫大地真干净。然而,这些都是宝玉尚未经历的,听来味同嚼蜡,了无兴趣。

唱罢主歌,要唱副歌,宝玉忙止住歌姬不必再唱,恍惚朦胧欲睡。警幻因叹:"痴儿竟尚未悟!"命撤去残席,送宝玉至一香闺绣阁,早有一鲜艳妩媚、风流袅娜女子在内,警幻密授以云雨之事,推宝玉入房。两人柔情缱绻,软语温存,难解难分——成丁过程之最后的试婚,获得圆满成功。

由此,让我们窥见满族成丁礼仪的规范严谨及萨满风情的人性趣味。

第十三章

警幻仙子：保婴女神，灵光闪射

《红楼梦》"太虚幻境"中，出现一批特异人物，如警幻仙子、癞僧与跛道、宁荣二公等等。这些人物，真真假假，虚虚实实，似佛非佛，似道非道，几令评家迷惑不解。

警幻仙子系何方神祇？属于道家还是佛家？书中，她出场很少，着墨不多，脂砚斋却认为她与宝玉一样，"乃通部大纲"，该如何理解？

一 是女仙西王母的化身吗？

从道号看，警幻仙子像是一位体面的道教女首领。从她的神事活动看，又与道家理念颇不合榫。

"道家仙话的要旨，是以追求延年益寿、长生不死、飞天登遐，得道成仙为主要目的。观其疗病祛疾、延年益寿之法，是以服食金丹、仙药、雄黄、符水、不食五谷为要诀。察其形体修炼、内外养生之道，则讲究清静无为，离境坐忘，导引吐纳，脱胎换骨之奥妙。"[1]《红楼梦》宁府嫡出继承人贾敬入的就是此门。"太虚

---

[1] 程迅著《满族神话传说与道教仙话》，载金基浩、葛荫山主编《满族研究文集》，长春：吉林文史出版社，1990年版，第285页。

幻境"里，找不到这类道教活动的丝毫线索。再从所崇祀的天神看，道教以三清四御为最高，供奉玉皇大帝、王母娘娘、九天玄女、城隍土地、门神灶王等。而太虚幻境中却未见这些道家神祇的踪迹。至于有人提警幻出自道教女神之宗西王母，更是风马牛不相及。何新先生对西王母的原型曾介绍说：

> 西王母一名始见于《山海经》：
> "西王母其状如人，豹尾虎齿，而善啸，披发，戴胜，是司天之厉及五残。"郭璞注："司天之五厉及五残，主知灾厉五刑残杀之气也。"
> 郝懿行疏："西王母主刑杀。"[1]

西王母的原型可能取自西域的一位女酋长，其最初形象豹尾虎齿而善啸，主凶杀。后来演变为王母娘娘，道家的女首领，玉皇大帝之妻，居于所谓瑶池，是一位赐寿降福的女仙。她的引人之处在于有不死之药，曾被嫦娥窃之登月；二是拥有一片桃林，每以仙桃宴群仙。看来，这位女仙性情很暴戾，等级观念极强，划天河为界活活拆散其孙女织女与凡人牛郎的婚姻。

显然，西王母与"司人间之风情月债，掌尘世之女怨男痴"的爱神警幻仙子没有多少共同之处。

首先，两人来处不同。《警幻赋》开篇即点明，她是"方离柳坞，乍出花房"，是来自植物界的女神；居于"离恨天""灌愁海""放春山"，是萨满情性神界的女神。而西王母则是高居昆仑山的瑶池，天生的女仙，没什么来处。《红楼梦》中没见她的踪影。

其次，两人的职责，也就是服务对象不同。警幻的职责是"司

---

[1] 何新著《诸神的起源》，北京：生活·读书·新知三联书店，1986年版，第52页。

人间之风情月债,掌尘世之女怨男痴",是主管人间男女爱情婚姻的,服务于人间百姓;西王母原本主凶杀,攀升至道教女仙后则高居天上仙境,替她丈夫宴群仙、搞关系,不仅自己不涉足人间,还严惩其孙女下嫁庶人,搞天上人间两悬隔。

道教的其他女仙如斗姆、天君、麻姑、何仙姑,还有众多的娘娘、老姆等,与警幻也没有什么相近之处,从她身上找不见多少警幻仙子的原型特征。

二 是佛家大士、菩萨吗?

佛教的经书繁多,机理深邃,其教理教义体现了对宇宙人生的探讨和对理想境界的追求,归结为两个字:空与苦,即四大皆空,人生苦海无边,必须行善修行,以免来世坠入畜生、地狱、饿鬼三恶界。《红楼梦》中的妙玉,出家尼庵,却是带发修行,自称槛外人,暗恋着宝玉。向佛之路没走到头,即陷污淖中。没发现妙玉跟警幻有什么共同之处,或有什么特殊瓜葛。

佛教的女首领是观音菩萨,慈悲为怀,救世为主,有求必应,是位大慈大悲、救苦救难的救世主。众生遇难,无论自然灾害,还是社会苦难,乃至人生不幸,只要呼喊一声"观音菩萨",观音即来搭救。观音菩萨主要职责为救苦救难,却没见她过问人间男女的"风情月债,女怨男痴"及婚姻、爱情等人类感情世界的事情。与我们所说的警幻所司职责,亦找不到共同之处。

除了这位大慈大悲的中国化女菩萨之外,佛界还有龙女、菩提、天女、摩利支天、吉祥天女等,她们职责和作为,与警幻也无相通之处。唯有一马郎妇观音者,佛教经典《维摩诘所说经》载有:"(菩萨)或现作淫女,引诸好色者,先以欲钩牵,后令入佛智。"说的是，这位马郎妇观音，以牺牲自己肉体，专门救度淫荡男人脱离苦海。这很像是警幻仙子遵宁荣二公之深嘱，对宝玉"先以情欲声色等事警其痴顽"，使彼跳出迷人圈子，然后入于正路。书中却绝无警幻牺牲色相及肉体而救赎宝玉的事情发生。

当宝玉随警幻来至后面，会见四位娇若春花、媚如秋月的神女，警幻借机将情与性不可离分的本质揭示出来，并提出"意淫"这一新雅概念，并安排少男少女试婚。这些涉淫的内容，在佛道那里，是避讳而犹恐不及的，绝无公开倡导的可能。

综上可见，在佛道那里，找不见警幻仙子这样的文学原型。在杂家俗神那里，同样找不见类似警幻这样倡导情爱、促成婚配的女神。故在宁荣二公嘱言之后，护花主人王希廉即点明："自是庄言，作者立意如此，然而何尝引入佛老。"[1] 王氏所言极是，纵观"太虚幻境"里宝玉成丁过程，从翻阅家族档册、听家族人物故事、接受性教育，到与自己中意的女子试婚，过程庄严肃穆，除了名号借助于佛道外，与佛道之学相去甚远。

三 警幻仙子，原型有自

警幻仙子的艺术原型究竟是谁？属于何方神祇？第五回《警幻赋》开篇，已暗示给读者。

警幻仙子：高雅圣洁，靓丽出场

警幻仙子一出场，便不同凡响，高雅有如洛神，圣洁恰似天女。有赋为证：

---

[1] 护花主人、大某山民、太平闲人三家评本《红楼梦》，上海：上海古籍出版社，1988年版，第79页。

> 方离柳坞，乍出花房。但行处，鸟惊庭树；将到时，影度回廊。仙袂乍飘兮，闻麝兰之馥郁；荷衣欲动兮，听环佩之铿锵。靥笑春桃兮，云堆翠髻；唇绽樱颗兮，榴齿含香。纤腰之楚楚兮，回风舞雪；珠翠之辉辉兮，满额鹅黄。出没花间兮，宜嗔宜喜；徘徊池上兮，若飞若扬。娥眉颦笑兮，将言而未语；莲步乍移兮，待止而欲行。羡彼之良质兮，冰清玉润；慕彼之华服兮，闪灼文章。爱彼之貌容兮，香培玉琢；美彼之态度兮，凤翥龙翔。其素若何？春梅绽雪。其洁若何？秋菊被霜。其静若何？松生空谷。其艳若何？霞映澄塘。其文若何？龙游曲沼。其神若何？月射寒江。应惭西子，实愧王嫱。奇矣哉！生于孰地，来自何方？信矣乎！瑶池不二，紫府无双。果何人哉？如斯之美也！[1]

对这首《警幻赋》，脂砚斋有个含糊其辞的眉批：

> 按此书凡例，本无赞赋闲文；前有宝玉二词，今复见此一赋，何也？盖此二人乃通部大纲不得不用此套。前词却是作者别有深意，故见其妙；此赋则不见长，然亦不可无者也。[2]

两百多年来，评家多迷信脂砚斋这段妄批，对此赋并不看好，多认为是小说所惯用的套头，"把她的美貌铺张渲染一番"，断言"赋的本身没有多大意义"。[3]

我以为不然，曹雪芹著书无有闲文，这首以小说套头形式出现的《警幻赋》，相当重要，异常精彩，它让警幻仙子靓丽出场，

---

[1] 曹雪芹、高鹗著《红楼梦》，北京：人民文学出版社，1982年第1版，第74页。
[2] 《脂砚斋重评石头记》第五回第五页，上海：上海人民出版社，1975年版。
[3] 蔡义江著《红楼梦诗词曲赋鉴赏》，北京：中华书局，2004年版，第39页。

给读者以超凡脱俗、惊鸿乍起的感觉。其恢宏气势、深邃内涵，远远超越了曹植的《洛神赋》。

首先，《警幻赋》开篇即点明警幻仙子的出源、神属："方离柳坞，乍出花房。但行处，鸟惊庭树；将到时，影度回廊……"——说的是警幻仙子来自植物王国。柳坞、花房显然指的是柳林花巷。实际在告诉读者，警幻仙子是从柳坞即柳树林子里走出来的女神，我们有理由认定她属于自然神中的柳神。乾隆《钦定满洲祭神祭天典礼》称："又树柳枝求福之神，称为佛立佛多鄂谟锡玛玛者，为保婴而祀。"[1]满族的柳神是植物神中的首神称，佛朵妈妈。《红楼梦》一书不便直呼，用"警幻仙子"代指。

佛朵妈妈是满族始母神中最为显赫的女神之一。因为她是主管婚姻、生育、保婴等事项，与氏族部落生存、发展息息相关，因之受到部落人广泛的崇祀和爱戴，被称作保婴女神，在星座中亦有她显赫的位置。夜祭中，往往成为祈请的神主莅临祭坛。小儿换锁礼，亦须将锁线从佛朵妈妈的子孙口袋里拉出来，扯到窗外的柳树枝上。吉林等地满族的求子仪式，是在佛朵妈妈神位立一柳枝，用草秸编一个鸟巢状器物，作为寄托小儿灵魂之所。

佛朵妈妈神偶　富育光供稿

这位备受族人尊崇的佛朵妈妈，有着非凡的来历。据说，很古很古时候，世上刚刚有天地，天神阿布卡恩都里把围腰的细柳

---

[1] 李澍田主编"长白丛书研究系列之十四"，刘厚生编著《清代宫廷萨满祭祀研究》，长春：吉林文史出版社，1992年版，第50页。

叶摘下了几片，柳叶上便长出了飞虫、爬虫和人，从此大地上才有了生灵。直到今天，柳叶形同女阴，是生殖的象征。柳叶上常有绿色小包包。包包里生有小虫虫，就是那时候传下来的。这则神话传说，曲折地反映出土生草、草生虫、虫变兽，然后有人类的朴素进化论观点。另一则有关佛朵妈妈神话说的是洪水时期，祖先居住的地方一片汪洋，阿布卡赫赫身上搓落的泥做出的人只剩下一位，在大水中随波逐流。他一把抓住一根柳枝，漂进石洞，柳枝化成一个美丽的女子，和她媾和，世上才又繁衍出人类。这些古老而悲壮的传说，揭示了柳与创世女神息息相关，柳是人类及虫草等万物之源，柳是动植物神话的原型母体，从而造就了满族各氏族共祭的图腾美女神——柳神佛朵妈妈。深知满族萨满文化底里的曹雪芹，毫不含糊地将满族共祭的虚柳之星神请下来，为处于承嗣地位的荣府嫡孙贾宝玉举行必不可少的成丁礼。这就是《警幻赋》开首两句埋藏的神迹。

其次，《警幻赋》中"靥笑春桃兮，云堆翠髻""珠翠之辉辉兮，满额鹅黄"，活脱脱展现出满族贵族少妇的形象。"云堆翠髻"的这个"堆"已经明白无误地讲警幻的发髻是挽在头顶的，而且珠翠满头，额间插着鹅黄毛毛狗。既然警幻仙子可以判断为柳神佛朵妈妈，鹅黄类的词自然与柳的花蕾有关，不能理解为汉家女对镜贴花黄。何况满族妇女历来有珠翠满头、插柳带花的习俗。特别是头上簪柳，更是清明时节妇女儿童所爱。

第三，不可与曹植《洛神赋》等量齐观。

魏黄初三年（222），曹植过洛水，梦见洛水之神洛嫔（伏羲之女宓妃）。他惊艳洛神之美，于是他们之间产生爱恋之情："怅恨人神不能通路，悲伤佳期永不再来。"这首《洛神赋》，可以说是美女赋，也可以说是爱情赋。曹雪芹的《警幻赋》，在状写警幻仙子高贵绝美上,与曹植的《洛神赋》有相近之处,甚至某些句子是从《洛神赋》脱化而来:如"云堆翠髻""回风舞雪""若飞若扬""将言而未语""待止而欲行"等句,与曹植所写"云髻峨峨""飘飘兮若流风之回雪""若将飞而未翔""含辞未吐""进止难期,若往若还"等,语境风格十分相近。但从内容看,《洛神赋》是写曹植与洛神的人神之恋(亦有说宓妃指曹植恋人甄后),悲切凄美的情调,曾感动了一代又一代的文人骚客。《警幻赋》则是写神界大姐警幻仙子的出源及其高贵气质,代指保婴女神佛朵妈妈来为贾宝玉举行成丁礼仪,直接推动了小说情节的递进和人物性格的发展。可见,两赋内容和作用存在本质不同。评家往往被脂评"此赋则不见长"之谬批误导,看到两赋句式相类,又不晓得警幻仙子的来历,竟贬损《警幻赋》"本身没有多大意义"……这类因读不懂而出现的误判,在红学上并不少见。

四 萨满风情,惊世骇俗

宝玉成丁过程,已如前面所言,下面就成丁仪式中的萨满文化特征,略作提示。

警幻仙子,贾家神主

种种迹象表明,警幻仙子是贾家供奉的神主之一,她操盘为宝玉施成丁礼,则责无旁贷。

神主是家族保护神,一般秘不示人。第五十三回贾家祭宗祠,请来的神主供奉在正殿,"锦幛绣幕,虽列着神主,却看不真切"——不让你看真切,特别是有外姓人如薛宝琴等来助祭的情况下。但从荣宁二公邀请,并"剖腹深嘱"来看,警幻仙子(实为保婴女神佛朵妈妈的化身)必是贾家供奉的神主之一,神主对童年的宝玉有保育之责。年节或每临大事,请出来供奉。宝玉在自然界是一块石头,在神界是神瑛侍者,到人间也是俗世中人,由萨满神界的大姐大为之操盘成丁,是理所当然的事。

魔舞,显出萨满跳神本色

魔舞、檀板、十二支原稿等,尽显满族萨满跳神文化特点。

宝玉看罢档册,随警幻至后宫,警幻命舞女将"素练魔舞歌姬数人,新填红楼梦仙曲十二支"演上来。这十二位舞女,自然也是神界姐妹。警幻还把"十二支原稿"交给宝玉对照来听。魔舞,《红楼梦大辞典》谓:"即天魔舞……元顺帝至正年间制天魔舞,系宫廷大型乐舞,宫女十六人……扮成菩萨形象",有多

萨满神裙　伊通民俗馆藏

恰啦器,又名拍板,跳神响器之一　伊通民俗馆藏

种乐器伴奏，应节而舞。此注对天魔舞解释甚详，也最为不着边际，与"太虚幻境"神女演唱的魔舞完全是两回事。

《红楼梦》仙曲十二支，唱的是贾家十二金钗女子不幸的生活命运。看得出来，贾宝玉所遇到的歌姬，是以跳神和唱神谕为主，绝非娱乐性的宫廷队舞。宫廷天魔舞，须是扮成菩萨相；更无有唱词，不会向听者发放唱本。《红楼梦》中魔舞十二人，显然暗合十二钗之数，与宫廷天魔舞的十六人不尽相合。"太虚幻境"也绝不是宫廷，不可能有宫廷大型舞队之设。这种种的不同，足以说明书中第五回的魔舞，与宫廷的天魔舞毫不相干。

檀板，指萨满乐器中的恰拉器，又称拍板。恰拉器，木制，形如拍板，板片多寡不一，上端有小孔穿线，双手或单手击打，其声响象征神灵的脚步，为萨满跳神主要乐器之一，在乾隆《钦定满洲祭神祭天典礼》中，有具体记载并附图。佛乐讲清素，不使用此类响器。

作者为什么用魔舞代指萨满跳神呢？说来有趣，大半利用了汉人对"萨满"一词的误解。

萨满，满语本意为明白，晓彻，无所不知。汉语却依据跳神狂舞状态，将"萨满"二字，译为癫狂、躁动、癔病等，与魔舞意思相近，颇有不恭之意。

警幻是何等聪慧的神女啊，她已料到读者会对魔舞十二支产生误读，诚恳地告诉说：

此曲不比尘世中所填传奇之曲，必有生旦净末之则，又有南北九宫之限。此或咏叹一人，或感怀一事，偶成一曲，即可谱入管弦。若非个中人，不知其中之妙。料尔亦未必深明此调。若不先阅其稿,后听其歌,翻成嚼蜡矣。[1]

这里,警幻告诉我们,她们唱的不是通常贾母、凤姐、宝钗等所点的那种戏文,也没有生旦净末丑出演,所咏叹的或一人,或一事,符合萨满神歌的只咏叹一人一事的特点。此时的宝玉,只是一懵懂少年,涉世尚浅,与黛玉尚待发展爱情,与宝钗的婚姻尚未提上议程,个中神歌,还听不出与自家有什么关联,只是释闷而已。

神界人物,各司其职

在"太虚幻境"中,转过牌坊,便是一座宫室,从横额"孽海情天"及其对联"厚地高天,堪叹古今情不尽;痴男怨女,可怜风月债难偿"看,这里的神女都是情感女神,从名号"痴情""结怨""朝啼""夜怨""春感""秋悲"来看,她们是各司其职。从宫室内贮有保管档册的橱柜来看,实则是"风流冤家"们的情爱档案室。是小说家以满族先世"堂涩"为原型的艺术创新,把古今女子之情爱档案,置于祖先英雄谱册同等地位,别开生面,胆大妄为。后面的宫室,又显然是神堂,从宝鼎所焚异香"群芳髓"(安息香,并非黄香),即可推知是萨满女神神殿无疑。这座神殿,竟是贮存爱情资料档案的,将人类之情爱置于如此崇高的地位,在文学史上绝无仅有。

神界人物的救赎活动

制作神器、药品,为族人祛邪治病,是萨满的重要职责,在《红楼梦》里,亦有真实的反映。

---

[1] 曹雪芹、高鹗著《红楼梦》,北京:人民文学出版社,1982年第1版,第84页。

制冷香丸，解宝钗胎毒。小说第七回，周瑞家的送走刘姥姥，到梨香院找王夫人回话，恰逢宝钗同丫鬟莺儿描花样子，无意间谈到宝钗近日咳嗽吃药的事。原来宝钗的病是"从胎里带来的一股热毒"，还亏了一个癞头和尚，专治无名之症，说了一个海上方，制作冷香丸，还给了一包药末子作引子，异香异气的，不知是从哪里弄了来的。

这冷香丸所用药奇巧得很，除了春天开的白牡丹花蕊、夏天开的白荷花蕊、秋天开的白芙蓉花蕊、冬天开的白梅花花蕊各十二钱外，又要雨水这日的雨水、白露这日的露水、霜降这日的霜、小雪这日的雪各十二钱。这等药也只怕神仙能调制成的。宝钗却宣称："一二年间可巧都得了，好容易配成一料。"——说得多轻巧！一二年间都得了？宝钗狡狯，有意掩饰，不肯说出真相。脂砚斋在"病发了时吃一丸倒效验些"处夹注曰："卿不知从那里弄来，余则深知是从……太虚幻境空灵殿上炮制配合者也。"可见，这种世上难求的冷香丸及作引子的药末子，只有"太虚幻境"警幻仙子及其姐妹才制得出来。

宝钗"从胎里带来的一股热毒"，又是怎么一回事呢？

戚序本《石头记》夹批云："'热毒'二字画出富家夫妇，图一时遗害于子女，而可不谨慎。"——就是说，那富家夫妇，图一时之快感，怀孕期间仍不肯节制些，照旧狂淫滥泄，种下胎毒。小儿女诞生头顶结痂生疤，显得很脏，亦是胎毒表征。不可不使年轻人知道——作者顺势一笔，掘出皇商（皇上）的妈（贵族寡妇薛姨妈），也曾有过淫滥过度的经历，遗害女儿宝钗先天带来热毒之症。作者明喻暗示，犀利之刀笔，令人叫绝。

制风月鉴，为贾瑞保命。第十一回，凤姐瞧完秦氏的病，正在园中观景，猛然从假山后走出贾瑞。贾瑞看上了"体格风骚，身量苗条"的凤姐,用言语调戏并欲上手。凤姐在贾府是何等身价之人,哪里把这个寒酸而下作的小学监放在眼里,便虚与应酬,一忽儿要他到西北穿堂等她,一忽儿又打发他到房后小过道。腊月天气,朔风侵肌裂骨,兜头被浇了一桶尿粪,又被贾蓉、贾蔷捉奸讹了银钱,贾瑞经不起凤姐三番五次的捉弄,病得死去活来。其祖父贾代儒请医疗治,皆不见效。书中说:

> 忽然这日有个跛足道人来化斋,口称专治冤业之症……贾瑞一把拉住,连叫:"菩萨救我!"那道士叹道:"你这病非药可医。我有个宝贝与你,你天天看时,此命可保矣。"说毕,从褡裢中取出一面镜子来——两面皆可照人,镜把上面錾着"风月宝鉴"四字——递与贾瑞道:"这物出自太虚幻境空灵殿上,警幻仙子所制,专治邪思妄动之症,有济世保生之功。所以带他到世上,单与那些聪明杰俊、风雅王孙等看照。千万不可照正面,只照他的背面,要紧,要紧!三日后吾来收取,管叫你好了。"说毕,佯常而去,众人苦留不住。[1]

贾瑞收了镜子,觉得这道士倒有意思,拿起风月鉴,向反面一照,只见一个骷髅立在里面,唬得连忙掩住,骂道士混账,如何吓我!又将正面一照,只见凤姐站在里面招手叫他。贾瑞心中一喜,荡悠悠地觉得进了镜子,与凤姐云雨一番,凤姐仍送他出来。

镜子,满语"托力"(Toli),借用自蒙语,原义是"阴魂的占有者、死者灵魂的收容器"。[2]

---

[1] 曹雪芹、高鹗著《红楼梦》,北京:人民文学出版社,1982年第1版,第171页。

[2] [俄]杰烈维扬科著,林树山、姚凤译《黑龙江沿岸的部落》,长春:吉林文史出版社,1987年版,第259页。

这件保婴的神器。跛足道人擎来,并非捉弄贾瑞;贾瑞如听嘱言,只照反面,人生瞬息,转眼百年,看破红尘,了知生死,或能觉悟,跳出迷人圈子,痛改前非,入于正路。然而,贾瑞不听嘱言,没节制地恋爱美女,贪看无时,云雨无度,终于淫逸过度,死于非命。贾瑞的爷爷——贾代儒无端地怪罪这面风月鉴,大骂:"是何妖镜!若不早毁此物,遗害于世不小。"遂命架火来烧……这时候出了奇事,只听镜内哭道:"谁叫你们瞧正面了!你们自己以假为真,何苦来烧我?"——镜子居然口吐人言,不是妖镜又是何物呢?且慢,古人将镜子视为通灵的宝物,代表日月星光,是一种善良而殷勤的神物。在满族萨满观念中,万物皆有灵气,镜子同人一样,有生命,有知觉,有感情。拿火来烧,它也会感觉疼痛,怎能不哭!

度脱失意之人,体现终极关怀。对于社会上的失意之人,亦不是弃之不问,而是将他们领走,用书中的话,是度脱而去,体现着萨满神祇对迷途之人的关怀。

第一回书,写甄士隐经历失女、失火,田庄上安身不得,岳丈白眼相对,穷困潦倒,心灰意冷。这日拄了个拐杖到街前散散心时,忽见那边来了一个跛足道人,疯癫落拓,麻屦鹑衣,口中念诵《好了歌》。

士隐本是有宿慧之人,一闻此偈语,心中早已彻悟。因此以现今人物和事物为例,将跛道的《好了歌》解注出来。

那跛道听了,拍掌笑道:"解得切,解得切!"士隐便说一声:"走罢!"将道人肩上褡裢抢了过来背着,同了道人飘飘而去。到哪里去了呢?一般认为是跟了道人去出家当道士。其实不然,既然癞僧与跛道实为萨满人物,甄士隐及第六十六回柳湘莲的出走,不能机械地理解是出家去了。一般来说,萨满领走困顿之人,是为之找一洁净之处，趋利避灾，恢复健康。民间得病之人，有时领到山上静养几天，由萨满神巫点拨教诲，再回归社会是常有的事。

归结"情榜"，分封爱神

第十九回，宝玉的贴身丫鬟袭人回了哥哥家，宝玉和茗烟去看望袭人，发现屋里有位穿红的姨表妹。回来后禁不住夸赞，说她穿红的姨表妹如何如何好，"没的我们这种浊物倒生在这里"——此处有大段脂评："……后观《情榜》评曰：'宝玉情不情，黛玉情情'。"在其他回目，脂评也多次提到末回的"情榜"和宝玉"情不情"的考语，使读者确信，在作者迷失的后三十回末章，由警幻来归结"情榜"，有似《封神演义》末章的"封神榜"、《水浒传》末章的"忠义榜"。只是前者分封被姜子牙的神鞭打落马的诸将，后者镌刻的是追随宋江起义的义士。而《红楼梦》则不然，将回归长白山的情痴——"风流冤家"，封之为爱神。

萨满女神都是爱神，都是情性中人物。警幻所归结入"情榜"中女子，估计也不离大端，有资格忝列这一"爱神榜"的，只能是经历了人间情感煎熬的痴男怨女，所谓痴男，仅只宝玉一人，其余则是书中女子——情感世界的痴情者和纠结者。

依据满族灵魂转化观念，人的灵魂是不灭的。由此推之，如秦可卿、史湘云、妙玉、鸳鸯、晴雯、香菱、金钏、司棋、平儿等，在人间经历一次又一次情感纠葛、冲击、洗礼，回归神界，将她们奉祀"情榜"，封为"爱神"，实为千古未有的奇传，是曹雪芹独门绝创，开启了中华情文化的重关巨扃，给予人类微秘而真实情感生活以无与伦比的崇高地位。

"警幻"一词释义

说到这里，该定义一下"警幻"这一名词。汉语没有"警幻"

一词。不知脂砚斋有意还是无意,他居然望文生义地认定"警幻"是"以警情者"。此后评家多依此说,将"警幻"动词化,以警示痴情者。由此必然得出一个悖谬的结论,警幻仙子居然是一位封建专制的代表,思想僵化到连人世间正当的爱情都跑来予以"警示",这符合这位"大姐大"的思想实际吗?从警幻仙子的言行来看,恰恰相反,宝玉成丁过程中,她大讲意淫的新雅,对情性生活看得透彻明白,甚至秘授云雨之情,将宝玉推进一香闺绣阁,与可卿成姻,怎么可能用"警幻"一词"以警情者"?

其实,"警幻"一词,来自满语,取满语"井玄多罗"(Cincin Doro)[1]的字头,亦可写作"警幻多罗",满语意为成丁。因作者精通满语满文,顺手拈来,取满语成丁礼的词头"井玄",谐音定名为警幻。如将其释为以警情者,则大拂雪芹之原意。

概而言之,佛家以虚为空,讲无极、无觉、无识,讲清心寡欲,淡泊人生,甚至灭绝儿女情,认为淫为邪恶。警幻仙子向世俗子弟贾宝玉传达的是情、性、淫,与佛家五戒,冰火不同炉。警幻所行,绝非佛家所为;道家主张养生存神,羽化成仙,亦忌谈"淫"字,警幻仙姑所作所为,简直是荒诞不经,亦非道家所为。从所居"离恨天、灌愁海、放春山、遣香洞"来看,系情性世界的女神;从所"司人间风情月债,掌尘世之女怨男痴"来看,是掌管情爱、婚姻、风月方面的女神。只有萨满教才有这样的女神及其神事活动。用萨满文化来追溯"太虚幻境"原型,非萨满女神神殿莫属。用萨满女神来观照警幻仙子,其神事活动,活脱脱一位保婴女神佛朵妈妈再现。却又饰以佛道的种种烟幕,增强了"真事"的隐秘性,亦可看出曹雪芹灵动的写作智慧。

---

[1] 富育光著《富育光民俗文化论集》,长春:吉林大学出版社,2005年版,第515页。

第十四章

宁荣二公：祖先不灭的英灵

《红楼梦》中有两位不死的英灵：宁国公、荣国公。严格说来，他们只是死魂灵，还算不上神界的人物，只是与神界有些瓜葛。他们在《红楼梦》的人物谱中，处于什么地位，在小说的情节演进、主题思想的揭示和人物形象塑造上起到什么作用，没有一个确切说法，甚至存在种种误读。

一 宁荣二公的叙出及其"事略"

宁荣二公，在书中第二回，由古董商冷子兴款款叙出：

> 当日宁国公与荣国公是一母同胞弟兄两个。宁公居长，生了四个儿子。宁公死后，贾代化袭了官，也养了两个儿子：长名贾敷，至八九岁上便死了，只剩了次子贾敬袭了官，如今一味好道，只爱烧丹炼汞，余者一概不在心上。幸而早年留下一子，名唤贾珍，因他父亲一心想作神仙，把官倒让他袭了。[1]

---

[1] 曹雪芹、高鹗著《红楼梦》，北京：人民文学出版社，1982年第1版，第27页。

上面讲的是宁国公及其后裔,接下去讲荣国府后嗣繁衍情形:

> 自荣公死后,长子贾代善袭了官,娶的也是金陵世勋史侯家的小姐为妻,生了两个儿子……长子贾赦袭着官;次子贾政,自幼酷喜读书……皇上因恤先臣,即时令长子袭官外……遂额外赐了这政老爹一个主事之衔,令其入部习学,如今现已升了员外郎了。[1]

上面只叙出宁荣二公后裔繁衍情形,第二次叙出二公是在第五回"太虚幻境"篇。警幻仙子说:

> 今日原欲往荣府去接绛珠,适从宁府所过,偶遇宁荣二公之灵,嘱吾云:"吾家自国朝定鼎以来,功名奕世,富贵传流,虽历百年,奈运终数尽,不可挽回者。故遗之子孙虽多,竟无可以继业。其中惟嫡孙宝玉一人,禀性乖张,生情怪谲,虽聪明灵慧,略可望成,无奈吾家运数合终,恐无人规引入正。幸仙姑偶来,万望先以情欲声色等事警其痴顽,或能使彼跳出迷人圈子,然后入于正路,亦吾兄弟之幸矣。"[2]

就是说,荣宁二公还活着,活在另一个灵界,能跟神界的警幻沟通、对话。可见二公在世时,是两位非等闲人物。他俩的事略,在第七回通过老仆焦大的海骂,补写一笔。这天晚上,宁府派焦大送秦钟:

---

[1] 曹雪芹、高鹗著《红楼梦》,北京:人民文学出版社,1982年第1版,第27、28页。
[2] 同[1],第82页。

> 那焦大那里把贾蓉放在眼里，反大叫起来，赶着贾蓉叫："蓉哥儿，你别在焦大跟前使主子性儿。别说你这样儿的，就是你爹、你爷爷，也不敢和焦大挺腰子！不是焦大一个人，你们就做官儿享荣华受富贵？你祖宗九死一生挣下这家业，到如今了，不报我的恩，反和我充起主子来了。"[1]

并声言："我要往祠堂里哭太爷去。"当凤姐责怪尤氏太软弱时，尤氏叹道：

> 你难道不知这焦大的？……只因他从小儿跟着太爷们出过三四回兵，从死人堆里把太爷背了出来，得了命；自己挨着饿，却偷了东西来给主人吃；两日没得水，得了半碗水给主子喝，他自己喝马溺。不过仗着这些功劳情分，有祖宗时都另眼相待，如今谁肯难为他去。[2]

尤氏是贾珍之妻，从贾珍、宝玉这辈上数，太爷们当指宁国公贾演、荣国公贾源。

从冷子兴对宁荣二公的叙出，到二公英灵向警幻陈情，再到焦大的海骂，至少可以读出下列内容：

其一，从贾家宗祠门楣上的先皇御笔、孔圣遗墨的铺陈、渲染，正堂"居中悬着宁荣二祖遗像，皆是披蟒腰玉"，大体可以推知贾家两位先祖，在国朝定鼎，也就是大清入主中原谋取天下的战斗中，战功显赫，才双双被封为国公，属于大清的开国元勋，才有了这皇上敕造的宁荣二府。如果用《红楼梦》中形象说法，贾

---

[1] 曹雪芹、高鹗著《红楼梦》，北京：人民文学出版社，1982年第1版，第119页。
[2] 同[1]，第118页。

演和贾源两位先辈，均属于补天石的角色。两位有功于国、有勋于家的英雄先辈，是虽死不死的，供奉于贾家祠堂，接受儿孙的礼拜，是理所当然的事。

其二，正因为宁荣二公属于补天石的角色，此后，儿孙承福德，功名惠子孙，才有贾家宗祠百代蒸尝之盛，如今的子孙，无不是借助于祖宗的余荫享受荣华富贵。

其三，宁荣二公的后人，不大争气，虽历百年，奈运终数尽，不可挽回了。宁荣二公慨叹"子孙虽多，竟无可以继业"。唯嫡孙宝玉，略可望成，望仙姑警幻"先以情欲声色等事警其痴顽，或能使彼跳出迷人圈子，然后入于正路，亦吾兄弟之幸矣"。

这就是宁荣二公的叙出及其事略。

二 对家族庇护之责

在人们的观念中，因恭拜祖先英灵而产生凝聚力，在祖先英灵庇护下，族人慎终追远，后继有人，家业兴旺发达。

第五回，"太虚幻境"中的警幻仙子，原本是来接绛珠妹子生魂回去游玩，适从宁府所过，偶遇宁荣二公之灵，嘱她务必规引宝玉入正。怎么理解宁荣二公之灵的出现呢？

蒙古族学者乌丙安先生认为：

> 蒙古族萨满中的生魂，已是永生魂，也就是当人死时，永生魂离开躯壳，但此魂不灭，还和活着的人生活在一起。虽然家人看不见这个生魂，但这个生魂却可以为子孙后代谋幸福。[1]

---

[1] 乌丙安著《神秘的萨满世界——中国原始文化根基》，上海：生活·读书·新知三联书店上海分店，1989年版，第108页。

灵魂不灭，是北方萨满教基本观念之一。先祖的生魂永远伴随着族人。大的家族都建有祠堂，将先祖的名讳供奉于祠堂内，节令时从祖先神匣中取出遗像，供族人瞻仰拜祭，谓之拜影。第三十一回"老太太和舅母想是才拜了影回来"，说的是贾母和王夫人拜影回来，拜谁呢？显然是到贾家祠堂拜祖先宁荣二公，即贾演和贾源等先祖的遗影。

祖先英灵有庇护家族子孙成长之责，最重要的是使家族后继有人，不断香火。

宁荣二公是过来人，有过相当的生活历练和经验，他的"剖腹深嘱"，求警幻将宝玉规引入正，方法相当老道，用的是以毒攻毒之法："先以情欲声色等事警其痴顽，或能使彼跳出迷人圈子，然后入于正路。"也许人们会觉得二公真的无计可施了，以肉投虎，求此下下策。通常，使其戒欲还唯恐不及，怎么反倒予以情欲声色？

清末评红大家王希廉读到此处，感慨地说："自是庄言，作者立意如此，然而何尝引入佛老。"就是说，宁荣二公的这番嘱言，是庄重地提出来的。作者立意如此，引入的不是佛家和道家的教子办法呀！是哪家的办法呢？满族世家，有早婚的习俗，让孩子早早领略男女间的那点事，然后规引入正。

三 绝望的叹息

贾珍、贾琏、贾蓉者流，一味玩乐，赌博淫乱，无所不作，别承望继承祖业。宁荣二公对这些儿孙似乎已彻底绝望。第七十五回，写元宵节，贾珍带领妻妾在会芳园，先饭后酒，开怀赏月

作乐。不料,却引来先祖英灵绝望的叹息:

> 贾珍有了几分酒,益发高兴……命佩凤吹箫,文花唱曲,喉清嗓嫩,真令人魄醉魂飞。唱罢复又行令。那天将有三更时分,贾珍酒已八分。大家正添衣饮茶,换盏更酌之际,忽听那边墙下有人长叹之声。大家明明听见,都悚然疑畏起来。贾珍忙厉声叱咤,问:"谁在那里?"连问几声,没有人答应。尤氏道:"必是墙外边家里人也未可知。"贾珍道:"胡说!这墙四面皆无下人的房子,况且那边又紧靠着祠堂,焉得有人。"一语未了,只听得一阵风声,竟过墙去了。恍惚闻得祠堂内槅扇开阖之声……众人都觉毛发倒竖。贾珍酒已醒了一半……次日一早起来,乃是十五日,带领众子侄开祠堂行朔望之礼,细查祠内,都仍是照旧好好的,并无怪异之迹。[1]

从前,读到这一节,不禁毛骨悚然,以为是鬼在作怪。现在明白了:贾敬好道,一心想成神仙,把官让儿子贾珍袭了。贾珍却一味喝酒淫乐,全不把贾家危机放在心上。贾家先祖之灵禁不住悲哀作叹,绝望至极。

四 宁荣二公在书中的作用

明清之际,巨家宗族,均有家庙,又称宗祠。宁荣二公之灵的显现,是宗族供奉祠堂的真实写照。人死后灵魂不灭,还与族人在一起,庇护阖族人丁兴旺,家业兴隆。既然先祖虽死不死,灵魂还在,就应有个居处,便是那小户人家,建不起家庙或祠堂

---

[1] 曹雪芹、高鹗著《红楼梦》,北京:人民文学出版社,1982年第1版,第1074页。

的,也在西屋设祖宗牌位。宁府西院建有宗族祠堂,宁荣二公之灵,平时居于西院祠堂内,每至节令,尚飨族人祭祀。至于二公不辞辛劳,为宗族后人谋划事情,也只是后人的良好愿景,是观念中的存在,实际生活中绝无可能。还是那话——"假亦真时真亦假,无为有处有还无"。神灵是人们造作出来的,是假的,但从造作的那一刻起,在人们心目中就存在着,而且当作真理储存于记忆,代代相因。

大千世界,任何事物的存在,必然有它存在的理由。家庙(祠堂)既然是一定历史时期的存在,在那个历史时期必是起过一定的积极作用。

首先,因血亲的纽带关系,而组成中国社会最底层的基本单位——宗族。我们知道,在相当长的历史时期,特别是在漫长的封建社会,宗族是以血亲为纽带的基层网络聚合。家庙在那个特定历史时期,在整合宗族力量、发展家族经济、繁衍人丁、抵御外部势力欺凌、规矩族中秩序、保持宗族乃至社会稳定上,也曾起到过积极作用。

其次,贾家宗祠的宁荣二公,在大清立国中有过光昭日月的勋业,其福德仍然荫及儿孙。贾家两府轩昂的府第、庞大的基业和财富,都是祖宗挣来的。贾珍、贾赦袭的官爵,也是先祖九死一生拼得来的。慎终追远,不忘祖德,是满族的传统。第五十三回"宁国府除夕祭宗祠",展现了明清季巨家望族祭祖奢华铺张、尊卑有序的宏大场面。这就奠定了一个家族血缘纽带关系的基本格局,而决定着小说情节的演进。

第三,从宁荣二公之灵的出现和自述,可以推断出贾家系满洲人,属于武荫之后补天石的角色。由贾家而推及史家、王家、薛家等形形色色的百年望族,是大清统治的社会基础,如今子孙一代不如一代，无可望成者。大清社会正动摇着自己的根基，这一切，都将在先灵的一叹中灰飞烟灭。

　　第四，从宁国府的家祭至少让我们看到，尽管贾家已临末世，宁荣二公之灵，明知运终数尽，不可挽回，却仍做着不懈的努力。谆谆之情可感，殷殷之心可鉴。再一次让我们领略了以情与爱为纽带的宗族关系的承续与危机。

第十五章

"双真"：人间与神界的沟通者

癞僧、跛道，又称茫茫大士、渺渺真人，敬称"双真"——大约尊为真人之意，是《红楼梦》中两位怪异人物。怪异在哪儿呢？你说是和尚、道士吧，所做事情与佛道颇不合榫；你说不是佛道吧，却顶着僧道的名号，往往口出箴言偈语，度人而去。行为怪异，面目模糊，令评家眩惑莫解。

一 癞僧、跛道的叙出及其活动

癞僧、跛道，外表"癞头跛脚"。书的第一回款款叙出：

> 一日，正当嗟悼之际，俄见一僧一道远远而来，生的骨格不凡，丰神迥异，说说笑笑来至峰下，坐于石边高谈快论。先是说些云山雾海神仙玄幻之事，后便说到红尘中荣华富贵。[1]

看来，一僧一道常在神界和人间走动，当他俩谈到人世间的荣华，引起娲石注意，便苦求其携入红尘受享几年。

---

[1] 曹雪芹、高鹗著《红楼梦》，北京：人民文学出版社，1982年第1版，第2页。

接着，一僧一道又出现在甄士隐的梦里，僧道向读者传达了下列信息：

其一，僧道已将顽石携离大荒山，到警幻处挂号，就要使其入世为人了。甄士隐在僧道那里还见识了顽石——通灵宝玉已缩为扇坠大小的状貌。

其二，顽石在神界称赤瑕宫神瑛侍者，故顽石的幻化为人，等同于神瑛侍者幻化为人。

神瑛之称谓，似有来历：唐代天宝八年（749）敕封太白山为"神应公"，并九州镇山。[1]"应"与"瑛"，同音假借，神瑛侍者等同于神应公的侍者，一位伺候长白山（唐朝称长白山为太白山）山神的小神。因其对灵河岸畔绛珠草有灌溉之惠，绛珠也要随神瑛下界为人，将眼泪哭还给他。这些人物的落尘人间，是通过僧道为之挂号并携入红尘的。僧道有联络之劳、引领之功。

其三，因神瑛、绛草下界为人一事，"就勾出多少风流冤家来，陪他们去了结此案"。就是说，从大荒山入世为人者，绝不仅宝黛二人，而有一批长白山的灵草、灵禽、灵象类随之入世为人。可见，在册的金陵十二钗（正钗、副钗、又副钗）等，均出源于大荒之野。

书的第一回，甄士隐本想随僧道进入"太虚幻境"，方举步时，一声霹雳将他惊醒，竟是烈日炎炎的白昼，梦中之事忘了大半，便从奶母那儿抱过女儿英莲，带至街前看热闹。此时僧道再次出现，指士隐怀抱的英莲（即后来的香菱）为有命无运之物，口念四句偈语，预示英莲此后的不幸。

黛玉曾提到幼时来了个癞头和尚，要化她出家。宝钗说一个

---

[1]［清］长顺修，李桂林纂，李澍田等主点校《吉林通志·舆地志》，长春：吉林文史出版社，1986年版，第470页。

秃头和尚开了个海上方，调制冷香丸，治无名之症，她脖子上的金锁及锁上两句吉言，是癞头和尚送的。跛足道人送镜给贾瑞，为之治疗邪思妄动之症。这些均属于"双真"的辛勤劳作。

　　一僧一道的再次出现，是在第二十五回，到贾府持颂失灵的通灵宝玉，解救宝玉和凤姐的魔魇之灾。癞僧能够让宝玉那块灵石持颂一下，恢复灵气，百年前入世的那三万六千五百块腐朽的娲石，能逐个地持颂使之渐次好转吗？那是无法做到的。

　　宝钗的冷香丸似由太虚幻境警幻制作，由癞僧送达。第十二回跛足道人出风月宝鉴为贾瑞治病，第六十六回柳湘莲因尤三姐饮剑，悔恨无及，昏昏默默，被瘸腿道士数句冷言，打破迷关，跟他去了。可见，僧道不断地游走四方，为民解困，是一对勤谨善良的僧道。

二　癞僧、跛道，究竟是何等样人？

　　《红楼梦》中，癞僧、跛道究竟是何等样人，还没人说得很清楚。

　　是"最令人厌恶的人物"吗？

　　二十世纪九十年代，方平先生的《"清宝玉"和"浊宝玉"》，认为一僧一道是最令人厌恶的人物：

> 　　假使问：《红楼梦》中哪些人物最让人喜欢？要认真回答是困难的，总得开列一张长长的名单。如果问：哪些人是你最厌恶的？回答就容易多了。不是贾政、赵姨娘，也不是贾珍、薛蟠之流，当然更不会是王熙凤，他们都是现实生活中活生生的人。最令人厌恶的我认为莫过于那一僧一道了。他们根本没

有理由作为两个人物闯进《红楼梦》的现实世界中来。

只要这一对（或其中之一）一出现，不仅陈腐的思想扑面而来（如《好了歌》），而且文字表达也必倒退一大截，甚至给小说带来了特别拙劣的叙述方式，例如铜镜竟口吐人言。

就因为有一僧一道这么一对脐带式的人物，现实世界和神仙世界之间始终存在着割不断的关系。宿命论的阴影格外浓厚地笼罩着《红楼梦》中的现实世界。[1]

方平先生的《"清宝玉"和"浊宝玉"》是红学研究中一篇较有影响的文章。文章主要论证风月宝鉴的存在及给《红楼梦》带来的格调低下的影响。这篇文章，卓见迭出，文辞犀利，读后印象极深。然而，作者显然对满族萨满文化了解不多，对曹雪芹置入"双真"的意图理解上存在偏颇。笔者之所以引方平先生关于癞僧、跛道的一些议论，在于这一看法有相当的代表性。迄今为止，几乎所有由《红楼梦》改编的戏曲、电视剧等，对大荒山、灵河、太虚幻境等神灵文化部分，多弃而不顾；对癞僧、跛道多敬而远之。致使《红楼梦》改编剧作，变成无源的河、无根的树，仅仅是宝黛爱情一条单薄的明线的演绎。盛极而衰的暗线及丰富的民族文化蕴涵流失殆尽，大大降低了《红楼梦》的美学价值，并远离了《红楼梦》风俗文化的主旨要道。

《红楼梦》开篇一段类似"凡例"的文字即已申明："此回中凡用'梦'用'幻'等字，是提醒阅者眼目，亦是此书立意本旨。"两百多年前的评红大家王希廉早已指出："真假二字，此书主意（旨）也……梦幻是本旨，通灵石头是本旨也。"当代红学大师周汝昌先生，曾不止一次讲："本书凡'梦'凡'幻'，皆有真实在，

---

[1] 方平著：《"清宝玉"和"浊宝玉"》，《红楼梦学刊》，1990年第3期。

从无信手拈来者。"癞僧、跛道这样的怪异人物,在满族的文化史上,是否存在过?以什么身份存在?在人们的社会生活中起过什么作用?这是我们必须回答的问题。

僧道,亦非佛道中人

长久以来,红学家们多以佛道来解"双真",往往如雾里看花,朦胧不清,难识"双真"真面。

《红楼梦》中反映出的宿命的人生观、因果报应等佛道哲学,曾得到不少红学研究者的认同。《红楼梦》确写了一些和尚、道士、尼姑、道姑,大约可分为三种类型,却没有一个形貌举止如癞僧、跛道者:

第一类,虚其名号,暗度陈仓。如茫茫大士、渺渺真人、空空道人、警幻仙姑等。这一类取名虽为佛道,只是虚其名号,其神事活动与佛道相去甚远。他们似乎生活在非现实世界,活动在神话和梦境中,处在拟虚与拟实之间,传达的是古怪而不合传统的满族古老的神灵文化因子,并非佛道之学。

第二类,空谷传响,别有寄寓。如甄士隐、柳湘莲之类,在现实世界遭受挫折,心灰意冷,被"双真"冷言箴语打破迷关,随之而去,给人印象是出家而去。实不尽然。作品对他们随之而走,描写极为简短。甄士隐是在听了跛道的《好了歌》,有了顿悟,唱出"陋室空堂"的解注,算是大彻大悟:人啊,忙活一生,万事皆空,到头是"为他人作嫁衣裳",只说了一声"去吧",就随道人去了。去向何方?后续如何?不得而知。柳湘莲与之相似。他以鸳鸯剑为凭订婚尤三姐后,得知尤三姐曾混迹于宁国府时,认定"你们东府里除了那两个石头狮子干净,只怕连猫儿狗儿都不干净"。于是悔婚索剑,欲斩断这段姻缘。尤三姐闻听,拔剑自刎。柳湘莲方知三姐如此标致、刚烈，追悔不及，被"瘸腿道士"两句冷言箴语点破，于是"将万根烦恼丝一挥而尽，便随那道士，不知往哪里去了"。往哪里去了呢？此前评家多理解为出家去了。现在看来，癫僧非僧，跛道非道，就不好理解为出家。大半是随他们至一清静去处，调整自己，而归于正途。

第三类，低俗没落，失去本面。书中所记述的六位僧道，或庄或谐，或善或恶，多为庸俗不堪的势利小人，已失去佛道的本色，且与"太虚幻境"中神事活动和神灵人物毫不相干。

不知读者注意到没有，《红楼梦》中的佛道人物，与癫僧、跛道分明两类，没有一个是得到肯定和赞美的。唯有栊翠庵的妙玉是个正经人，却是带发修行，随时准备还俗的。

佛道之学，义理深邃，讲求宇宙大道与人生存在及其意义。追求的是人生永恒超脱的境界。那自然是虚幻的，或者永远是可望而不可即的境界。但对苦难中的寻常百姓，却是一剂良药，起到熨帖心灵的作用，实现慈爱向善的理想追求，对于安抚人心、稳定社会，不无补益。

随着乾隆中后期大清的盛极而衰，腐朽没落之风同样侵入佛门道观，佛道亦不能使沦丧的道德、泯灭的人性得到救赎。雍正朝曾崇尚道家，给社会带来一股炼丹服砂、以求长生的颓废之风。传说雍正的暴亡，就因误食丹砂所致，贾敬炼丹吞砂烧胀而死，或者是雍正之死的小影。

从书中所写道家、佛家贪腐状况，可以看出作者是如实地写，毫不避讳。但对癫僧、跛道，尽管他们衣帽不整，仪容邋遢，却与现实中的佛道分明两类。没有任何迹象表明书中佛道人物与"双真"有什么瓜葛，也没见他们在哪里修佛学道。可见，癫僧、跛道并非佛道中人。

三 "双真",来注于人神两界

第二十五回,僧道救治凤姐、宝玉魇魔之灾,两首"诗赞",写僧道形貌极为逼真:

癞僧赞	跛道赞
鼻如悬胆两眉长,	一足高来一足低,
目似明星蓄宝光,	浑身带水又拖泥。
破衲芒鞋无住迹,	相逢若问家何处,
腌臜更有满头疮。	却在蓬莱弱水西。[1]

满头疮疥,虱蝇满身,衣衫破烂,拖泥带水,行为丑陋,居无定所。这种如疯似傻的怪异人物,北方民族中并不少见。他们往往能占卜吉凶,预知祸福,偶或具有超凡能力,为人扶危解困,对这类人,谁都不敢小觑。

萨满,在俄国被称为"圣愚"

美国文化人类学家汤普逊博士,曾花费许多精力,研究俄罗斯西伯利亚的狂妄苦行的圣者,称"圣愚"。他们往往状貌奇特,服装破旧肮脏,身上常常挂满小铃、绳头、零碎物件,或挂上几磅重铁件、锁链,用以自虐。"'圣愚'们的仪表和他们的精神常常一致。'圣愚'们肮脏可厌,污秽不堪,不是穷困造成的,而是因为他们蔑视和抗拒清洗。"汤普逊博士举出大量实证材料,指出这种"圣愚"现象来自萨满教,多半来自西伯利亚。他们身上具有的超自然力量和不可言传的智慧,让人敬畏。他们可视的

---

[1] 曹雪芹、高鹗著《红楼梦》,北京:人民文学出版社,1982年第1版,第356页。

癫狂变态、超感觉的精神状态可以去接近神祇。他们神秘的"天上旅行",同样震颤着人们的心灵。他们一切不检点和狂悖也被理解为体现着神的意志。汤普森博士指出,西伯利亚"圣愚"现象"来源是东方民俗性宗教——萨满教",幸运地"被作为国教的东方正教合法化了,其合法的方式就是给它以东方基督教式的解释",[1]这当然还得归功于莫斯科大公国和沙俄皇室对"圣愚"人物的尊崇和保护。

在大清朝,萨满教却没有这么幸运,尽管满族形成、成长、壮大时期不断借助萨满教的力量东征西讨,萨满教朴实的民主平等观念,显然不符合皇权的要求,终被压制和规范化。

早在努尔哈赤起事征讨周边部落时,每攻下一地,必先毁其家庙和档册,使被征服者失去精神支柱。实际上是开始摧残民间的萨满习俗。

大清立国后,将萨满教压缩并规范成宫廷堂子祭。乾隆十二年(1747)正式颁行《钦定满洲祭神祭天典礼》,以法典形式规定满族祭神祭天的规制,宫廷祭神除了奉祭爱新觉罗氏所奉神主和祖先神外,增入了释迦牟尼、菩萨、关公等佛道神祇和内容,使其成为客神,为大清朝保驾护航。然而,在民间,特别是偏远地区,萨满教仍像扳不倒的葫芦,顽强地存在和流布着,而且主宰着族人的意识形态。

这一萨满信仰习俗,被曹雪芹用极为聪明而隐蔽手法写入《红楼梦》。于是,有了大荒山顽石、灵河岸畔绛草入世为人的神奇,有了"太虚幻境"女神神殿的幻生,有了形形色色的神灵人物显现,及半人半神的怪异人物的魔幻。作者没有理会乾隆皇帝

---

[1] [美]汤普逊著,杨德友译《理解俄国:俄国文化中的圣愚》前言,北京:生活·读书·新知三联书店,1998年版,第2页。

对萨满教的规范,敢于如实地写,为我们留下了西伯利亚"圣愚"式人物的活标本——癞僧、跛道。

荒寒北麓,山高水长,冰原雪海,天地寥廓,地广人稀,颇多神奇,加之人文落后,给这些萨满式的"圣愚"人物,提供了生存的土壤。

从跛道诗"相逢若问家何处,却在蓬莱弱水西"来看,癞僧、跛道与西伯利亚的"圣愚"们大体生活在同一地区的弱水之滨。

弱水,系指黑龙江,江南岸有老白山博和哩、穆丹山等十几座满族古老的圣山,与西伯利亚连作一片,属于满族先世肃慎人的故乡。爱新觉罗氏祖居地曾在江北的博和哩池(斡朵里),即瑷珲老城东北二十里著名的江东六十四屯地方。曹雪芹将跛道居地与爱新觉罗故居捆绑在一起,意味深长,说的是爱氏家族的神主和祖先神祇远在黑龙江地方,在博和哩山斡朵里部。可见,《红楼梦》开篇僧道"远远而来",已是"伏脉千里"。贾家的事略,有着"真家"(皇家)的影子,读者不可不察。

癞僧、跛道的原型特征

从一僧一道名号看,一个是佛陀,一个是道士。从度脱甄士隐、柳湘莲来看,像是道家度人去修仙。但从"双真"的主要神事活动:携娲石入世投胎,留镜为人治病,持颂灵石为人祛邪等等,皆是萨满神巫的神事活动。萨满神巫的这些活动,不能一概以封建迷信论之,实则是人的意志体现,人的生命历程中必经的信仰阶段。故我们每个人的基因库中,都误存了许多神灵存在的信息。这些非理性、非科学、非逻辑的信息,一旦诱导条件具备,就会大量复制这些伪信息甚至主宰你的意识而产生林林总总"神迷"现象。

如上所述，警幻的许多神事活动，属于萨满民俗文化内容。书中癞僧、跛道看上去只是警幻仙子的助手，人间和神界的联络者，类似氏族大萨满的角色。

有趣的是满族神界确有两位大神，体貌、性格酷似"双真"。在《红楼梦》问世前，这两位大神已经活跃在白山黑水至少一千年了。一位是多霍洛瞒爷，史料上记载他"一脚高来一脚低"，常常跛着脚到民间医治腰腿病。他性格幽默，语言诙谐，给人们带来欢快。他本人便是因入山采猎而受伤残，用草药治好自己的腰腿损伤，开始自采自制草药，跋山涉水，走屯串户为族人治疗腰腿病痛，死后受族人一代又一代供奉而成神。

另一位是盆顿瞒爷，满身伤疤的男神，性格活泼开朗，爬山过河，如履平地。专门为民间治疗疮疥等病。那时候，人们住地窨子，阴冷潮湿，加之卫生条件差，易生疮疥痘毒。盆顿瞒爷也是自己生疮疥，用草药自治而愈，同多霍洛瞒爷一样，成为受各氏族部落人欢迎的圣医，死后被尊崇为瞒爷，誉满白山黑水，成为萨满跳神治病时经常祈请的对象。

由于考证材料不足，不能妄断曹雪芹是否知晓这两位瞒爷，更不能断定作者塑造"双真"形象时参照了两位瞒爷的事略。书中癞僧、跛道形貌及神事活动，确有盆顿瞒爷和多霍洛瞒爷不少原型特征。这恐怕不会是偶然巧合。曹雪芹本就博学多闻，加之他属于正白旗包衣旗籍，回京后基本生活在北京香山正白旗旗地。当时的香山，俨然一个小皇城。寺院、道观、王府、衙门、当铺、妓寮俱全，官、商、吏、役，三教九流俱有，大大丰富了曹雪芹的阅历与民俗生活。加之与曹雪芹往来的朋友均是满洲旗人，相会一次，或游玩一回，就写诗作赋，兴奋得不得了。种种迹象表明，曹雪芹满化的程度相当深，可以说，他基本上属于满化了的汉人,[1]书中大量满洲风情的描写,满语满文的应用,足资证明。

癞僧、跛道在书中的作用

书中癞僧、跛道,忽而神界,忽而人间,勤劳奉事,埋头苦干。"双真"所做事情,多半是受警幻仙子派遣或批准,如携灵石化生贾宝玉投胎人间,持宝镜祛贾瑞邪思妄动之灾,送冷香丸为宝钗治热毒之症,度脱甄士隐、柳湘莲等,多属于警幻的"访查机会,布散相思"的工作范畴。两位男性"僧道",只是女神警幻的助手和联络人,如同满族跳神的两大神角色。

可见,"双真"在书中把神界和人间沟通起来,把物质世界与精神世界联为一体,是古老的民族文化体现者、实践者,让人们了解北方民族文化深邃的内蕴,以及代表人物的智慧、幽默和真诚。

从癞僧、跛道本身形象来看,体现着萨满神巫向男性化转化时期的某些特征,并受到佛道渗入和影响。评家往往不晓此中底里,认为癞僧、跛道是《红楼梦》中"最令人厌恶的人物","给小说带来特别拙劣的叙述方式"等,实在是大误了。

综合上述,我们可以看出,癞僧、跛道虽然冠以佛道名号,从他们从事的神事活动来看,又绝非佛道,是人间与神界中介者和联络员;从为族人扶危济困来讲,他们又是族人的勤务员和救生员;从民族文化角度来看,他们又是民族文化的传承人和布道者。他们与书中秦可卿属于同类型的萨满人物,只是秦可卿是家萨满角色,癞僧、跛道是氏族大萨满,死后长久受到族人的供奉,在人们的观念中,已经成为救苦救难的神灵人物。

---

[1] 曹家隶属正白旗包衣籍,说曹雪芹是满族也无不可,清代这种归化民多矣。

第五编

《红楼梦》中的萨满文化

二十多年前，笔者在会上发言提到《红楼梦》中有萨满文化，会场一片讪然："呀，啥叫萨满文化，您能不能解释解释？"现在不同了，有位大红学家，谦虚地对笔者说："看来，我们得补萨满文化课了。"

周汝昌老先生曾言："芹书内涵，满族文化居主，汉俗次之。"其实，老先生主要指书中满族习俗而言。从书的开篇，随着宝黛二人的幻化入世，引得大荒山的花草树木、飞鸟奇禽也随之入世，化生为丫头、小姐，读者已经进入萨满教的生灵转渡境界，却浑然未觉。待到步入第五回"太虚幻境"就更发蒙了，其中的警幻仙子、四小神女、十二舞姬，似佛非佛，似道非道，都是哪路神仙，怎么认不出她们？

本编对书中未尽的萨满文化蕴藏，略做提示，以飨诸君。

第十六章

萨满教的由来及其多神崇拜

《红楼梦》问世两百五十多年来，评家蜂起，诸说纷纭，莫衷一是。其中，书中所蕴含的满族萨满文化，还基本上无人涉足。这一神秘文化，又恰恰深藏着作者的主旨立意，在深化作品主题、塑造人物形象、揭示满族文化历史和生态特征方面起到不可替代的作用。考虑到这种特异文化，对大多数读者和红学爱好者相对陌生，本章将从自然崇拜角度，对书中的萨满文化再作一些补充说明。

一 萨满教的由来

萨满教是产生于原始社会时期的宗教，它曾广布于北半球的各个民族中。我国北方的满、锡伯、赫哲、达斡尔、鄂温克、鄂伦春、蒙古、朝鲜等民族，都曾信奉萨满教。我国南方少数民族所信奉的东巴教，藏族早期信奉的苯教，殷人殉祭天帝、祭土地神等，均属于此种原始宗教。萨满教作为古代北方民族的信仰基础，已有几千年的历史。它属于自发的宗教，与人为的宗教不同，也就是说，它不是现代意义上的宗教，属于一种原始的萨满信仰习俗。它将自然物予以神格化和人格化，其基本观念为万物有灵，即认为自然万物皆有灵魂，其灵魂是历久不灭的，并主宰、制约着自然界和人间世。它集中表现为对自然神、动植物神、祖先英雄神的崇拜，神巫多为女性。

在谈到满族萨满教来源时，我国著名的清史专家金毓黻言曰：

> 满洲之族原于金源，其俗多有同者。《金史·礼志》有拜天礼及本国拜仪，其说云：金之郊祀本于其俗，有拜天之礼。金世宗亦曰：本国拜天之礼甚重。清代之祀堂子出于其金源。故俗义同拜天，所谓满洲自昔敬天，故创基盛京，即恭建堂子以祀天是也。又《北盟录》云：珊蛮者，女巫妪也，一作萨满。按此即金人祀神之司祝也。满洲有跳神之俗。其任司祝者，讽诵祝文舞蹈击鼓于神之前者，名曰萨满，或男或女不一。其制其后以讽诵舞蹈为人医疾者，亦曰萨满。然清代凡帝室王公暨诸宗室觉罗之家必用妇人为司祝，满语仍称萨满，此即金代之女巫。然则满洲之俗极重祭神祭天，其原出于金源而多与之同，无可疑也。清乾隆十二年始撰《满洲祭神祭天典礼》，于祭议、故事、仪注、祝词、赞辞、器用纪载悉备……[1]

金毓黻先生认为，萨满教萨满神巫均来源于金代。

富育光先生在《图像中国满族风俗叙录》一书中，对萨满的来龙去脉做了更通俗、更简捷的概述。他认为，萨满一词，最早载于《三朝北盟会编》："兀室（完颜希尹）奸猾而有才……国人

---

[1] 李澍田主编"长白丛书研究系列之十四"，刘厚生编著《清代宫廷萨满祭祀研究》，长春：吉林文史出版社，1992年版，第223页。

号珊蛮。珊蛮者，女真语，巫妪也，以其通变如神。"这是我国古籍中关于萨满最早的记载，说金代名相完颜希尹是位通变如神的萨满。萨满，通古斯语，满族说部《乌布西奔妈妈》中释为"晓彻"，指通达知晓，由鹰神变幻而来，其神偶为鹰首人身。因此，萨满是宇宙之骄子、天的使者，职责在于联络神界与人间，向天报告人的祈愿，向人传达天的旨意，是神与人之间的中介。萨满教，即由此得名。

萨满的传承不是世袭的，往往经过反复艰难的人选或神选，经过艰苦的学习和特定的考验仪式，得到公认才可能成为正式的萨满。主持阖族共祭的萨满，称官萨满或大萨满，为本族某家主持家祭的萨满，则称家萨满。种种迹象表明，《红楼梦》中的癞僧、跛道是氏族的大萨满，秦可卿则是贾家的家萨满。因秦氏死得早，没来得及主持家祭。即使她没死，作者也未必明写她主持家祭。到了清朝，它那原始的朴实、平等、民主观念，已不符合统治者口味，乾隆十二年（1747）七月初九日，皇帝发布御旨，并颁发《钦定满洲祭神祭天典礼》，对萨满教进行规范，制定了具体的典仪制度，多神信仰的萨满教受到压制，开始衰落。京都的家萨满均如书中的秦可卿，多不公开称萨满，成为隐形的萨满神巫。

二 原始萨满教与现代一神教

严格说来，萨满教不是现代意义上的宗教，更多地体现为北方民族信仰习俗。它与后来的一神教，有哪些不同点呢？

其一，产生的时代和社会背景不同。原始的萨满教产生于原始氏族社会中晚期，源自人对自然力的敬畏，来自自然的压迫，反映的是人与自然间的矛盾。一神教虽然不能排除自然力的压迫，但主要以社会阶级压迫为根源，产生于奴隶社会时期。公元前6~5世纪，佛教产生于印度；公元1世纪，基督教产生于罗马帝国统治下的巴勒斯坦；公元7世纪，伊斯兰教产生于阿拉伯半岛。这些宗教产生的时代，正是古印度、古罗马帝国和阿拉伯半岛上奴隶制压迫极盛时期。佛教反映的人们渡过"苦界"求得来生解脱的美好愿望，基督教关于人在神面前平等的说教，伊斯兰教关于释放和善待奴隶的主张，都曾吸引大批奴隶和贫民加入其宗教信仰行列，至今仍有大量的信众。

神匣与神偶　富育光供稿

其二，现代的一神教都有明确的创始人，如佛教是释迦牟尼创始，基督教是耶稣创制，伊斯兰教是穆罕默德发端。原始宗教，不管是萨满教还是其他民族信奉的多神教，谁也回答不出是由哪一个人单独创建的，它的原始万物有灵观念、多神崇拜的习俗，与天穹神群紧密联系，多留存于早期萨满教神话中。

其三，现代一神教建有祭祀神的庙宇、教堂，为信徒们的活动场所。在我国，凡名山大川必有规模宏大的庙宇建筑。而欧美各国城乡各地，教堂林立。这些庙宇、教堂内供奉的神像，金光闪闪，高大雄伟，令人望而生畏。由于生产力低下，原始萨满教不可能建筑高大伟岸的庙宇或礼拜堂，神像也不似一神教那么高大，甚至一个小小桦皮盒，即可以装上几十个神偶，谓之神匣。中华人民共和国成立前，也有利用山洞、敖包、木板小屋来供奉和祭神的，但规模和形制均不能与一神教的佛寺、道观、教堂相比。曹公在书中设置的萨满神殿"太虚幻境"，已是今非昔比，堂皇而庄严，吸收了一神教庙堂的建构，体现的却是族人观念中的萨满女神神殿。

由于原始萨满教对自然和社会无法做出科学的解释，加之其原始朴实的自由平等观念不符合统治者的口味，属于泛神论的萨满文化逐渐式微，被一神教所取代。东北亚地域偏远，森林密布，草原广阔，人口相对稀少，生产力低下，萨满信仰习俗仍广布于民间。满族入关取得天下之后，尽管乾隆朝对萨满教进行了规范和整肃，在民间仍广泛地存在着，而且各个宗族皆有自己的传承，何况萨满教的自由、平等、情爱等美好情愫，历来支配着人们的行动思维，为民间所乐见、所遵循，在观念中一时是无法剔除的。曹雪芹深知满族文化底里，书中林林总总的萨满风情，称得上是古老萨满文化的活化石。

三 《红楼梦》中萨满文化释例

1.山与河的崇拜,底定了《红楼梦》中顽石与绛草的出源

这一出源,为书中满族文化培本,为男女主人公埋根。前已论及,此不赘述。

2.自然生灵的化生,吹响灵魂转渡的号角

《红楼梦》的开篇,当绛珠仙子得知神瑛侍者凡心已炽,欲到凡间为人,绛珠也要下凡为人,将眼泪哭还给他,以偿灌溉之情。因此一事,就勾出多少"风流冤家"来,陪他们去了结此案。这么多的"风流冤家",竟然是由长白山自然王国里的花草、虫禽、物象等化育而来。这一活生生的萨满灵魂转化观念,为世界文学之林增添了贾宝玉、林黛玉、薛宝钗、史湘云、晴雯、香菱、金钏等一大批特异人物,在自然王国篇中还将论证,此不多及。

四 "太虚幻境",复演满族观念上的金楼、银楼

如果说,长白山的花草、禽鸟、物象等化生为大观园云水风度的女儿,那么,自然神的崇拜习俗,还幻生出天上的女神国——"太虚幻境"。

"太虚幻境"是何方神界?其中的警幻仙子是何方女神?之前的神灵文化篇,已有阐释,这里不再重复。

五 望慰美人轴子,撞见小厮做爱

在宝玉心中,凡是具有女儿形貌的物象,都是有灵性的,悉

心照料体贴，绝不马虎。

单说那宝玉心中总有个呆意思在里边，那花草树木尚且有灵性在，何况那轴美人？宁府正在唱大戏，这等热闹，美人有知觉、有感受、有喜怒哀乐，怎么可以让这轴美人落寂小书房？须是他这样的多情公子来望慰陪伴才是。在宝玉心目中，美人一旦跃然纸上，就获得了属于她自己的灵性，宝玉的心中充盈着浓浓的萨满泛爱情结。不料，美人轴下，已有捷足先登者，原来是自己的书童茗烟正按着一个女孩子，也干那警幻所训之事。想是茗烟与卍儿在望慰"美人"之后，自然会去领略男女缱绻之情，这倒也是人之常情。所以他才急急地跑出去，告诉卍儿："你别怕，我是不告诉人的。"

卍，是佛家吉祥符号，作者让卍儿与下人茗烟成为性伙伴，也有调侃佛教意味在其中。因为卍字，同样已被萨满借用来当自己的吉祥符号。作者用心之险，由此可见。

六 放飞美人风筝，"美人"恋恋不起

第七十回，众人齐聚潇湘馆，以"柳絮"为题，限出几个小调，那个写《蝶恋花》，这个撰《西江月》，黛玉得了一阕《唐多令》，宝玉拈得的是《蝶恋花》。宝玉搜肠刮肚，虽作了些，嫌不好，又都抹了去。

这里正议论如何处罚交白卷的宝玉，只听窗外竹子上一声响，原来是一架大蝴蝶风筝挂在竹子上，这一下吊起众人的胃口，纷纷要下人拿来自家的风筝，一齐来放晦气。

由柳絮词"好风凭借力，送我上青云"，自然过渡到那飘飘摇摇的风筝，衔接自然，无有缝隙，渐至这一回书的"文眼"——

放不起来的美人风筝。

话说各家的丫鬟纷纷将自家的风筝擎来。探春拿来"软翅大凤凰",宝琴拿来"大蝙蝠",宝钗拿来的是一行七个"大雁"。大家都放起来。唯独宝玉的丫头,拿来的是一架美人风筝,做工十分精致。奇怪的事发生了,宝玉的"美人"放不起来。宝玉说丫头不会放,自己放了半天,只起房高便落下来,急得宝玉头上出汗,众人又笑。宝玉恨得掷在地下,指着风筝说:"若不是个美人,我一顿脚跺个稀烂。"——不要以为宝玉只是孩子气,说气话。也不要忘了宝玉常有个呆意思在心中,那就是世上的万物,都是活着的,何况这美人风筝。这架"美人"是恋着他这个翩翩公子才不肯起飞的。宝玉只好又取一个来放,天空中便满是风筝。

放风筝本是放晦气,大家一乐。当黛玉牵头,将风筝的籰子剪断,各家手里的风筝飘飘摇摇飞升高空,一时只有鸡蛋大,展眼只剩了一点黑星,再展眼便不见了。众人皆仰面睃眼说:"有趣,有趣。"宝玉却另有一番心思,动情地说道:"可惜不知落到哪里去了。若落到有人烟处,被小孩子得了还好;若落在荒郊野外无人烟处,我替他寂寞。想起了把我这个放去,教他两个作伴儿去罢。"于是也用剪子剪断,照先放去——宝玉的这番言行,真是可笑极了,又可爱极了,也只有他心里才会有这样荒唐的萨满情结,也只有从他嘴里才能听得这样的荒唐言。

七 抽柴草小姑娘,"虽死不死"

宝玉的荒唐言行不止这些,第三十九回刘姥姥二进荣国府。贾母本是惜老怜贫,"正想找个积古的老人家说话儿",便挽留她住几天。刘姥姥吃了茶,便把些乡村中所见所闻的事儿说些与贾母听。贾母益发得了趣味。

凤姐知道合了贾母的心,吃了饭又打发过来。鸳鸯让老婆子领刘姥姥去洗了澡,给她换了衣服,坐到贾母榻前,免不了又搜寻些话出来说。宝玉姊妹们何曾听到过这些话,只觉比那些瞽目先生的书还好听。刘姥姥难得有这份机缘,见贾母高兴,哥儿姐儿爱听,没了说的也编出些话来讲。因说道:"就象去年冬天,接连下了几天雪,地下压了三四尺深。我那日起的早,还没出房门,只听外头柴草响。我想着必定是有人偷柴草来了。我爬着窗户眼儿一瞧,却不是我们村上的人。"贾母惊奇地问道:"必定是过路的客人们冷了,见现成的柴,抽些烤火去也是有的。"刘姥姥告诉说:"也并不是客人,所以说来奇怪。老寿星当个什么人?原来是一个十七八岁的极标致的小姑娘,梳着溜油光的头,穿着大红袄,白绫裙子——"刚说到这里,忽听外面吵嚷马棚起火,大家忙忙地到廊上瞧看,唬得贾母赶忙命人去火神跟前烧香,王夫人等忙过来请安。贾母一直看到火光熄了才回来。宝玉忙着问刘姥姥:"那女孩儿大雪地作什么抽柴草?倘或冻出病来呢?"贾母忙制止说:"都是才说抽柴草惹出火来了,你还问呢。别说这个了,再说别的罢。"宝玉听说,心里虽不乐,背地里拉住刘姥姥,细问那女孩子是谁。刘姥姥只得编了告诉道:"那原是我们庄北沿地埂子上有一个小祠堂里供的,不是神佛,当先有一个什么老爷。"说着又想名姓。宝玉道:"不拘什么名姓,你不必想了,直说原故就是了。"刘姥姥道:"这老爷没有儿子,只有一位小姐,名叫茗玉。小姐知书识字,老爷太太爱如珍宝。可惜这茗玉小姐生到十七岁,一病死了。"宝玉听了,跌足叹惜,又问后来怎么样。刘姥姥道:"因为老爷太太思念不尽,便盖了个祠堂,塑了这茗玉小姐的像,派了人烧香拨火。如今日久年深的,人也没了,庙也烂了,那个像就成了精。"宝玉忙说:"不是成精,规矩这样人是虽死不死的。"[1]

刘姥姥给宝玉所讲茗玉小姐事情,层层递进,趣味盎然。

当宝玉听说家人原是给死去的茗玉盖了庙的,因"日久年深的,人也没了,庙也烂了,那个像就成了精",宝玉立即驳辩道:"不是成精,规矩这样人是虽死不死的。"——这话给力!刘姥姥说,庙塌人走,那个像成了精,讲的是汉文化;宝玉"规矩这样人是虽死不死"讲的是满族文化,体现的是"灵魂不灭"的萨满教基本观念。

既然茗玉小姐的英灵虽死不死,雪下抽柴的一个极标致的小姑娘,自然也是一位神仙似的妹妹,宝玉对她的爱心自然就不能只停留在口头上,而要付诸行动。回至房中,盘算了一夜。次日一早,给了茗烟几百钱,按刘姥姥说的方位,先去踏勘明白,准备为她修庙塑神——这一节文字集中体现了宝玉思想中的萨满人文关怀,是塑造宝玉这一满族童贞时期人物形象的极为动人的一笔。

八 海棠树,无故死了半边

第七十七回王夫人领人清剿怡红院,架走了病中的晴雯,宝玉"心下恨不能一死",发现太太"所责之事皆系平日之语",自然疑到袭人身上,便借春天阶下好好的一株海棠树,竟无故死了半边,说大约是应在晴雯身上。袭人笑他"婆婆妈妈","草木怎又关系起人来","真也成了个呆子了"。宝玉叹道:"你们那里知道,不但草木,凡天下之物,皆是有情有理的,也和人一样,得了知己,便极有灵验的。若用大题目比,就有孔子庙前之桧、坟前之

---

[1] 曹雪芹、高鹗著《红楼梦》,北京:人民文学出版社,1982年第1版,第540~542页。

蓍，诸葛祠前之柏，岳武穆坟前之松。这都是堂堂正大随人之正气，千古不磨之物。世乱则萎，世治则荣，几千百年了，枯而复生者几次。这岂不是兆应？"[1]这段"荒唐言"，堪称萨满文化的千古绝唱。它所囊括的内涵，也许今天的人觉得不可理喻，迟早有那么一天，人们会体味出其中的壶奥。

九 挂枝祭，公子柔情谁人知

第七十八回，老学士闲征姽婳词，痴公子杜撰芙蓉诔。说的是，这一天贾政与幕友清客们无所事事，谈论寻秋之胜。贾政讲到近日有一位恒王出镇青州，他有一美姬林四娘，姿容既冠，武艺更精，是恒王最得意之人，称"姽婳将军"。谁知次年流寇抢掠山东，恒王轻骑前剿，两战不胜，反丢了性命。青州府内文武官员惧战，皆有献城之意，激怒了林四娘，遂率女兵出战，趁敌不备，杀入敌营，斩戮了几员首贼，终因寡不敌众，成就了忠义之志。众幕友听罢，均以为可羡、可奇、可叹，是一个妙题，要作一首《姽婳词》。于是便将宝玉、贾环、贾兰唤来作词。环、兰才思滞钝，所出之词亦平平。宝玉则采用长篇歌行体，起承转合，自然流畅。其实，这只是宝玉的牛刀小试，或者说他的心思没全在这上边，心里装的是俏丫鬟晴雯。四十多联的《姽婳词》，一气呵成，幕友们惊羡其才，大赞不止。贾政也少有地露出笑容，因说："去罢。"三人得了赦令般，一齐出来，各自回家。独宝玉一心凄楚，回到园中猛见池上芙蓉，想起小丫头说晴雯做了芙蓉花神，不觉又欢喜起来。因想起晴雯死后并未至灵前一祭，如今何不在芙蓉之前一祭，比俗人去灵前祭吊更觉别致。刚想行礼，

---

[1] 曹雪芹、高鹗著《红楼梦》，北京：人民文学出版社，1982年第1版，第1105页。

觉得这样太嫌草率，应以诚敬之心，别开生面，诔文挽词也须洒泪泣血，一字一咽，一句一啼，以言志痛，辞达意尽才好。于是，他信笔而去，前序后歌，撰成一篇长文，楷字写成，名曰《芙蓉女儿诔》；又备四样晴雯所喜之物，于月夜下，命小丫头捧至芙蓉花之前，先行了礼，将那诔文挂于芙蓉枝上，乃泣涕念诵。洋洋万言，亦哭亦诉，真个是树枯香老，凋零凄楚，字字实境，句句奇情。念诵毕，黛玉跳出来，禁不住夸赞："好新奇的祭文！"

宝玉所撰《芙蓉女儿诔》，是他为死去的丫头晴雯写的悼文。按汉族祭俗，应在死者的坟头，或选择一处洁净的地场，将祭文连同纸钱一并焚烧，等于死者得了。满族习俗则不然，一般不焚烧纸钱，祭文须是挂在灵幡上，由主祭者念诵。宝玉将写在纸上的《芙蓉女儿诔》挂在芙蓉枝上念诵。为什么挂到芙蓉枝上呢？前时小丫鬟说她已成了芙蓉花神，他心里高兴，才洋洋洒洒，制作出如此震撼的万言大赋。挂在枝上念诵，已有萨满祭俗在其中了。

除了上面提到的萨满习俗，书中第三十一回还提到的诸如拜影、换锁儿、跳神、祭星等，均属满族萨满文化习俗的铁证，亦是点到为止，不便展开描写，我们也只能稍作提示，告诉大家这是满族独有的萨满习俗就是了。

第十七章

魇魔法的萨满文化透析

第二十五回，赵姨娘串通马道婆使出魇魔法，把凤姐、宝玉魇倒，几乎使之丧命。在探讨萨满神迷现象之前，我们先看看马道婆的魇魔法是如何使人致病的。

一 魇魔法使叔嫂致病

民间往往有一种说法，时运不好，或是点儿背，邪魔容易惹身。宝玉就赶到这个点儿上了。

这一日，贾环下了学，王夫人命他抄写《金刚咒》。宝玉来了，便与王夫人的丫头彩霞搭讪，拉手说话。贾环与彩霞相好，哪容得宝玉插足。于是妒意顿生，将一盏油汪汪蜡灯向宝玉脸上只一推。只听宝玉"嗳哟"了一声，满脸满头都是油，左脸起了一溜燎泡出来。众人慌了，忙取消肿药来敷了。凤姐说："老三（指贾环）还是这么慌脚鸡似的，我说你上不得高台盘，赵姨娘时常也该教导教导他。"一句话提醒王夫人，便将赵姨娘唤来责骂一顿。赵姨娘咽不下去这口气，寻机报复，恰巧来了利欲熏心的马道婆。

马道婆本是宝玉寄名的干娘，对宝玉有养护之责。这一日来荣府，诓得贾母答应每日向庙上献五斤灯草油，又忽悠到赵姨娘房内。见赵姨娘正没有好心情，便计议暗里算计凤姐和宝玉。马道婆见赵姨娘有许多银子给她，两人一拍即合，便向裤腰里掏了半晌，掏出十个纸铰的青面白发的鬼来，并两个纸人，递与赵姨娘，又悄悄地教她道："把他两个的年庚八字写在这两个纸人身上，一并五个鬼都掖在他们个人的床上就完了。我只在家里作法，自有效验。"

此时，众人到怡红院来看宝玉说话，凤姐正打趣黛玉"你既吃了我们家的茶，怎么还不给我们家作媳妇？"众人一齐笑起来。黛玉抬身就走，宝玉只管拉住黛玉的袖子，只是嘻嘻地笑，心里有话只是口里说不出来——显然是犯病的症候。黛玉哪里知道，禁不住把脸涨红了，挣着要走。宝玉忽然"嗳哟"一声，说："好头疼！"接着是又蹦又跳，拿刀弄杖，寻死觅活。黛玉并丫头们都唬慌了，忙去通报王夫人、贾母等。此时王子腾夫人也在这里，一起过来。见宝玉如此模样，阖府惊动，登时园内乱麻一般。正没有主意，只见凤姐手持一把明晃晃钢刀砍进园来，见鸡杀鸡，见狗杀狗，见人就要杀人。众人越发慌了。几个胆壮的婆娘上去将凤姐抱住，夺下刀来，抬回屋去。平儿、丰儿哭得泪天泪地，贾政等慌得不知如何的好。当下众人七言八语，有的说请端公送祟的，有的说请巫婆跳神的，有的又荐玉皇阁的张真人，种种喧腾不一。也曾百般医治祈祷，问卜求神，总无效验。王、史、邢、薛等诸家达官贵人，都来探视。他叔嫂二人却越发糊涂，不省人事，睡在床上，浑身火炭一般，口内无般不说。那贾赦亦百般找人医治，只不见效验。看看三天光景，二人益发连气都将没了，阖家人无不惊慌。贾母、王夫人、贾琏、平儿、袭人这几个人更比诸人哭得忘餐废寝，觅死寻活。赵姨娘、贾环等自是称愿。

到了第四天早上，贾母正围着宝玉哭时，只见宝玉睁开眼说道："从今以后，我可不在你家了！快收拾了，打发我走罢。"此言大有分教，分明是说家不在此，要重归大荒山了。众人自然不解，贾母听了这话，如同摘心去肝一般。赵姨娘甚不知趣，反倒劝贾母不必过于悲痛，早早把"衣服穿好，让他早些回去"为好。话没说完，即被贾母啐骂一顿。又听得有人来回"两口棺椁都做齐了，请老爷出去看"。贾母听了，如火上浇油，"只叫把做棺材的拉来打死"。

作者对书中这一魇魔事件，描写极细，其中的寄寓，值得玩味。魇，原指梦中受惊吓，说不出话，称梦魇。魇魔法，又称魇胜法，是指不与对方接触，而是通过对对方象征指代物（姓名、生辰、布偶、木人）施加某种影响，达到使其致病的目的。

《红楼梦》一书，无有闲笔。作者如此热心地写魇胜之法，是否有影射与寄寓呢？

康熙大帝多子，共有35位儿子，进入排序的有24位，实际上成人（年满16岁）的只有20位。皇位只有一个，儿子众多，便产生了皇位的激烈争夺。先后形成皇太子（胤礽）集团、皇八子（胤禩）集团、皇四子（胤禛）集团。康熙四十七年（1708）十月十五日，皇三子胤祉出面控告皇长子胤禔，说他家里供养着巴汉格隆喇嘛，每日用魇胜法诅咒废太子胤礽。在一小木人身上，写上名字，心口钉了钢钉，埋在胤礽床下，念一段时间咒语，可使之迷乱而死。康熙帝派人去搜，竟搜出十几件魇胜物。当即革去胤禔王爵，幽禁起来。

胤禔所用魇胜方法与马道婆所用方法十分相近。作者在书中的这段魇魔文字，不无影射之嫌。庚辰本有一个令人费解的脂评："此回书因才干乖觉太露，引出事来。作者婆心，为世之乖觉人为鉴。"是不是因为这一回魇胜之法写得太露而引出事来？已不好揣测。这已不属于本书探讨范围。

二 魇魔法致病原理

魇胜作为流行最广泛的方术，由来已久。《史记·苏秦列传》写有"宋王无道，为木人以像寡人，射其面"。——秦王遂以此为借口，发动战争，灭掉宋国。《晋书·顾恺之传》载：顾恺之"尝悦一邻女，挑之弗从，乃图其形于壁，以棘针钉其心。女遂患心痛，恺之因致其情，女从之，遂密去钉而愈"。顾画家称一代宗师，以《女史箴图》名重于世。此事却应了"文人无德"那句俗语，为了得到邻女不择手段，甚至不惜使出魇胜之法。

《红楼梦》第二十五回所写马道婆使出的魇胜法与上两例大同小异。其相同点在于都是对象征指代物施加箭射或针钉，使之癫狂疯魔；其不同点在于僧道用悬石驱邪，击败了马道婆的魇魔之灾。

曹公将魇胜之祸遣于笔端，而且篇幅较长，状写极为细腻，像是真事一样。作者怎么了，迷信到这种程度？对此，笔者有如下的思考：

其一，魇胜成灾的现象，是客观存在，这一迷惘现象究竟该如何看待？

魇胜之法，是否真的会使人致病？多数人的回答可能是否定的，认为是荒唐无稽、骗人的勾当。其实，魇魔致病的现象，不仅记载于文人的笔记，在田野调查中亦屡见不鲜，由不得你不信。问题是，对这一神迷现象究竟该如何科学地解释？以往的研究者对此多采取回避的态度，对具有这种能力的巫师亦敬而远之。

其实，世间神秘现象尚多，暂时无法解释，不等于它不存在。现代生命科学的发展，给我们认识这一魇胜现象提供了可能。马克思主义唯物论认为，物质决定精神，存在决定意识，一切意识现象，都是物质活动的必然结果。这种唯物主义基本的理论自信，会激励我们去破解一个个科学难题。

那么，怎样解释魇魔致病这一现象呢？

大家知道，构成人体的主要物质是水，人的受精卵96%是水；新生儿体内80%以上是水；成人体内70%是水；六十岁以上的老人体内60%是水；体内水分低于50%人体就开始萎缩。此外人体中碳占10%，氮占2.4%。其他如氢、氧、铁、镁、锌等一百多种元素都在体内存在着，都含有能量，都在体内智慧地起着作用。

那么，像魇胜这种看似荒诞不经的行为，是如何使对方致病的呢？这得从人体的共振现象谈起。

刚才说了，成年人体内水分约占70%，这70%的水分，对于每个成年人都是大体相同的。体内水的流动，决定了生命的存在和延续。实验证明，人的意识是有力量的，日本学者江本胜做过无数的试验，让意识创造奇迹，只要对着水杯说"爱与感谢"，水会结晶为美丽的六角形冰花。[1]反之，你要是诅咒杯中的水，骂它"混蛋""滚"之类，水结晶的图案会十分难看。同样的道理，人体也如同一杯水，你对着他反复说"爱与感谢"的话，体内的水会变得洁净透明，人会变得健康愉悦。反之，如果你暗地里对着他尽情诅咒，其意志力会使他体内的水变得浑浊肮脏，就会得病。马道婆的魇胜术之所以能使宝玉、凤姐致病，道理就在这里。

---

[1]［日］江本胜著，猿渡静子译《水知道答案》，海口：南海出版公司，2013年版，第29~60间插页图谱。

三 石头的魔幻效应

癞僧的魔幻救治,则具有萨满治病的典型特征。

正当凤姐、宝玉被魇得奄奄一息、闹得天翻地覆、没个开交时,只闻得隐隐有木鱼敲击之声,来了一个癞头和尚与一个跛足道人。

贾政问道:"你道友二人在那庙焚修。"那僧笑道:"长官不须多话。因闻得府上人口不利,故特来医治。"贾政道:"倒有两个人中邪,不知你们有何符水?"那道人笑道:"你家现有希世奇珍,如何还问我们有符水?"贾政听这话有意思,心中便动了,因说道:"小儿落草时虽带了一块宝玉下来,上面说能除邪祟,谁知竟不灵验。"那僧道:"长官你那里知道那物的妙用。只因他如今被声色货利所迷,故不灵验了。你今且取他出来,待我们持颂持颂,只怕就好了。"贾政从宝玉项上取下那玉递与他二人。那和尚接了过来,擎在掌上,长叹一声道:"青埂峰一别,展眼已过十三载矣!人世光阴,如此迅速,尘缘满日,若似弹指!"[1]紧接着,癞头和尚用两首诗大发感慨。

第一首诗写的是宝玉为"石兄"时的"那段好处":

> 天不拘兮地不羁,心中无喜亦无悲;
> 却因锻炼通灵后,便向人间觅是非。[2]

第二首则是"可叹你今日这番经历":

---

[1] 曹雪芹、高鹗著《红楼梦》,北京:人民文学出版社,1982年第1版,第357页。
[2] 同[1]。

粉渍脂痕污宝光,绮栊昼夜困鸳鸯。

沉酣一梦终须醒,冤孽偿清好散场!^[1]

癞僧念毕,又摩弄一会,说了些疯话,递与贾政道:"此物已灵。不可亵渎,悬于卧室上槛,将他二人安在一室之内……三十三日之后,包管身安病退,复旧如初。"说着回头便走了。

至晚间他二人竟渐渐醒来,腹中饥饿,要米汤喝。养了三十三天后,不但身体强壮,且连脸上疤痕亦平复,仍回大观园去。

从叔嫂二人遭了魇魔暗算,到悬石救治,三十三天平复,其过程说得上是魔幻怪谲。那么,灵石是怎么取得治病效应的呢?

四 魇魔术的萨满文化透析

话说到这里,有一个现象必须注意到,那就是意识产生的动力,这同样是萨满教的密宗之一。中国有许多这方面的成语,诸如众志成城、众口铄金、千夫所指等,均是在揭示众人的意志力具有摧枯拉朽的力量。

如前所述,成年人体内70%是水,在这一点上,马道婆、赵姨娘与凤姐、宝玉大体相同。当马道婆、赵姨娘指名道姓"咒魔""作法"之时,使叔嫂体内的水分遭到污染,变得"浑浊"而致病。那么,癞僧将贾宝玉项上那块玉擎在手里持颂持颂,石头竟恢复了灵气,悬于门上,两人的癫狂病渐至好了。是不是石头真的是个宝,来了神儿?古人大约是这样认为,现代科学则以为不然,石头你再持颂也是哑巴石头,悬在哪里也未必产生疗效。那么,怎么解释叔嫂的病渐至好转呢?

---

[1] 曹雪芹、高鹗著《红楼梦》,北京:人民文学出版社,1982年第1版,第357页。

马克思主义唯物论认为，外因是条件，内因是依据。与马道婆等聚集多人的合力（意识力）使叔嫂致病一样，贾府及其大观园里祈祷宝玉、凤姐病愈的人该有多少？上自贾母、贾政、王夫人，下至黛玉、宝钗、袭人、晴雯，乃至丫头、小厮等，那么多人的"意识力"该多么强大！就像2013年6月，南非的曼德拉总统处于弥留之际，几乎全世界的人都为他祈祷，他居然活过来了。五个半月后，当人们以为没事了，他却悄然逝去。曼德拉的生命奇迹，是否因亿万人祈祷之力，值得研究。

当阖府人形成强大的意志力，同样会在叔嫂二人体内产生共鸣、共振。这一众志成城的意志力，是邪恶力远远不能相敌的。何况事发不久，马道婆的魔魔术暴露，即已失效。与此同时，凤姐和宝玉体内的水得以澄清净洁，身上的病渐渐好了。"双真"的到来和灵石的持颂只是媒介，将众人的意志力通过这块石头凝聚起来，构成合力，与叔嫂两人体内的意识力产生共鸣，调动起两人体内的健康因子而克服疾病。

如果追溯人体内共振的动力来源，只说到水是不够的，必须了解微观世界人体细胞构成及其波动是怎样向人体的细胞提供动力的。

那么，物质内部的波动又是怎样产生的呢？

人体大体由40—60万亿个细胞组成。细胞再分下去是分子；分子再分下去是原子，原子由原子核与电子构成，电子不断地绕核旋转，成为人体的波动源。原子的后头还有个元质点（细胞→分子→原子……元质点），是已知物质的最小单位，只有意识才能让元质点动起来。因此说，人的意识是激活人体各个器官的电火花，是人体各器官的引擎。

那么，为什么对着水杯喊话或者贴字条，会引起水质不同的变化呢？

　　学过物理的都知道，两个震动频率相同的音叉，只要震动其中的一个，另一只音叉也随之震动，发出同样的响声，物理学称之为共鸣现象。任何物体都处于运动状态，绝对静止的物体是不存在的。物质内部的波动带来物质的运动和存在。就是说，世间所有一切都在波动中，并且各自拥有一定的波长。在量子力学等科学领域，物质的波动是一个常识。

　　让我们再回到江本胜先生那有趣的试验上。他对着水杯说"我爱你""谢谢你"的时候，拍摄出来的水的结晶照片是那样玲珑剔透；反之，对着水骂"混蛋""恶魔"，水的结晶是黑灰色空洞。通过水结晶照片，让人目睹人的意识所具有的神奇力量。江本胜得出一个结论，能够让元质点活动起来的是意识，意识同样是靠波动来传导自己的力量。人体产生的波动每秒钟高达570兆次，隐含着超乎想象的能力。简言之，"使用友善、温和的语言，会将事物带到好的方向，而恶言相对时，则会导致不好的结果"。这也许就是马道婆一时得逞、魔倒了凤姐和宝玉的缘故吧。

　　探讨魇魔如何使人致病，使我们自然想到萨满的昏迷、附体、出游等林林总总的神迷现象。《红楼梦》里没有直接写昏迷术和神灵附体，却间接地提到"请巫婆跳神"。那是第二十五回，宝玉、凤姐被人魔倒，平儿、丰儿哭得泪天泪地，贾政等慌得不知如何的好。"当下众人七言八语，有的说请端公送祟的，有的说请巫婆跳神的，有的又荐玉皇阁的张真人，种种喧腾不一。"显然，贾府的人生病后，很可能是请过萨满神巫跳神的，否则不会提及。跳神必有萨满昏迷、神灵附体等神迷现象的发生，才可能为人治病。那么，萨满神迷现象是如何发生的呢？

毋庸讳言，我们每个人的基因库中，贮存着大量的先祖遗传下来的因子。作为北方人，北方民族文化包括东北民间习俗、宗教信仰、生态经验等，已深深埋藏在我们每个人的意识中。这种被西方学者称为原型的东西，是一种与生俱来意识的基本模式，被荣格称为记忆蕴藏或记忆痕迹，"它来源于同一种经验的无数过程的凝缩"[1]，实则指的就是遗传信息的贮存。这一遗传结构从原始时代一直传递给我们，一路上不断做着"原型"意象的补给，从数千年前的远古传至今天。令人惊异的是，两百五十多年前的曹雪芹，在书中生动地揭示了贾宝玉性格中的这种先天遗传性。他通过警幻之口说："淫虽一理，意则有别……如尔则天分中生成一段痴情，吾辈推之为'意淫'。'意淫'二字，惟心会而不可口传，可神通而不可语达。汝今独得此二字。"——我们不能不佩服这位文圣，他未必知晓遗传学，却意识到了遗传的存在，并写入自己的作品中。这些被称作"原型"的神秘意象，虽说看不见、摸不着，它在富有灵感和悟性的人那里显得异常富有生气，使艺术家富有想象地创造出异彩纷呈的艺术形象，使哲学家在顿悟中有振聋发聩的发现，同时也会丰富神秘主义者的内心体验，产生巫术、书符、附体、魇魔、跳神、秘教、瑜珈、禅宗、催眠术、昏迷术、转法轮等林林总总的非理性、非逻辑、非科学的怪异行为，甚至会让人走火入魔而难以自拔。这一精神领域里的遗传原型，古往今来不知困惑了多少英雄好汉，如同一道珠穆朗玛峰，横陈在人们面前，成为认识上难以逾越的障碍！

现代科学特别是生物遗传学的发展，为我们诠释萨满神秘的遗传原型提供了可能。

---

[1] 冯川著《荣格：神话人格》，武汉：长江文艺出版社，1996年版，第86页。

长久以来，神创论者相信是上帝完美造就了地球上的生物，他们轻易绕过了科学上最难解决的问题之一，即生命是如何开始的。

现代人都知道，人体的细胞主要由碳、氢、氧的化合物组成。自然界发现的一百多种元素，人体中几乎都存在，都有它特定的用途和存在的理由。比如氢的作用是信息贮存与传递，氧的作用在于提供能量，碳的作用在于智慧等。考古发现了40亿年前的生命迹象，即细胞活动的沉积物。这些基本生命单位在"原始汤"内不断复制自己，而产生最早的生命细胞。细胞核内的DNA（脱氧核糖核酸）已经含有生命基因。基因承载着生物信息，控制生命性状并遗传给后代。基因还会因条件变化而发生突变。各种基因突变的积累形成今天物种的多样性。人类遗传信息的贮存，除了与生俱来的遗传性状之外，还有人类反复的经验体验和记忆，这就决定了从古到今人类基因库里贮存的信息有的可靠，有的并不是那么可靠。由于古代科学不发达，人们对星辰日月、风雨雷电、灾祸死亡等充满敬畏和恐惧，于是便认为有无数大大小小的神灵主宰世界，或者还有妖魔鬼魅拨乱其间。为了生存和繁衍生息，他们对自然神、动植物神、祖先英雄神充满了崇敬和祈望，这就产生了原始万物有灵的宗教观念。在我们先民那里，对世上神鬼的存在确信无疑，还附会出无数神话传说、鬼魅故事。鬼神的存在，早已作为先民经验而贮存于基因库，任谁也不可能剔除和剥离净尽。在某些条件的诱导下，细胞核内带有这种基因信息的物质DNA片断，在聚合酶的作用下，会迅疾地复制或合成出千百万带有这种"记忆"的蛋白细胞，并组装成"记忆链条"，充塞你的意识海。这种错误信息的误存和复制，就是萨满昏迷、出游，及各种神灵附体现象的奥秘所在。[1]

尽管这些都是先民错误经验、错误信息在基因库中的误存，并掩盖着生命的真相。但它所衍生出的神话传说，却包含着先民美好的理想、愿望，包含着先民深邃的智慧、丰富的想象及战胜灾难、战胜邪恶的决心和勇气。因原始初民终日追逐美好的天堂而乐此不疲，没有死亡的恐惧，也没有什么愁烦。因此，尼采认为："神话是横亘在生命与死亡之间的一道屏障。"神话作为初民对宇宙、社会人生、人类历史过程的解释系统，成为人们的信仰基础，与每个人的生命体验息息相关。

《红楼梦》中萨满文化的蕴藏是客观存在，不是说有就有、说无就无的。生活在十八世纪中叶的曹雪芹，因祖上曾长期在东省地方，在他的基因库中原本就贮存着关东神灵文化的因子，现实生活中，特别是回京归旗后，长久生活在满族圈子内，耳濡目染，触类旁通，"记忆"的万花筒中，古老的原型意象被激活起来，灵感的火花点燃大脑的熔炉，古老的"记忆矿物"在火焰中跳跃着、翻滚着，迸发出绚丽的火花。当这些异彩纷呈的萨满文化以亚神话的形式熔铸于书中的时候，《红楼梦》就成为世界文学之林一颗耀眼的明珠而熠熠生辉。

---

[1] 参见陈景河著《基因误存——萨满神迷现象解码》，载白庚胜、米哈伊·霍帕尔主编《萨满文化辨证》，北京：大众文艺出版社，2006年版，第273~277页。

第六编

《红楼梦》中东北风

1990年春,笔者发表《〈红楼梦〉中东北风》一文,揭示了《红楼梦》一书中的东北风俗。二十多年后,又绕回《红楼梦》开篇,发现作者曹雪芹早已将读书的进路指示给我们,那就是从风俗入手,去寻找书中的"真事"。可惜,作者良苦用心,并不为许多人所知,甚至有的红学家,一提书中有满族文化,则摇头称否。一个"封肃之家"的小障眼法,竟瞒蔽至今。前面的篇章,已对书中满族崇山敬水、女神崇拜、祭天祭神等萨满风俗及其变异,做了一些探讨。本编仅就萨满文化之外的满俗,举例释义,比如国语骑射、堂子祭祖、礼义称谓、晨昏定省等,均属满俗硬证,不可分夺;再言称书中没有满族文化,那真是蛤蟆吞天,怕是没有那么大的嘴啦!

第十八章

北方的掠夺文化与大清习武风俗的变异

清人张凤台所著《长白汇征录》云:"诗三百,而列国风,礼三千,而从民俗。风俗者,政教之原,法制典章所由出也。古者太史观风,遒人问俗,因革损益,精义存焉。各国厘订宪政,皆以民间习惯为主。习惯者,即风俗所积而成。故能参酌咸宜,垂为令典。风俗所关,顾不重欤。长郡僻介东陲,风俗人情与腹地迥殊。即就一隅而论,沧海变迁,谷陵幻相,风移俗易,先后几难同揆。而人心朴茂,地气雄浑,秉白山之孕,钟鸭水之灵,扶舆磅礴之气,犹千载如一辙焉。"[1]

这段论述,难能可贵。东省大林莽孕育的原生态文化,有自己的独特性,只要环境没有太大的变化,这里的文化形态,则具有相对的稳定性。《红楼梦》如实地反映了这一特异风俗的存在。

一 "半旧的"三字,大有玄机

第三回写林黛玉亡母别父,到了神京,弃舟登岸,早有荣国

---

[1] 李澍田主编"长白丛书·初集",[清]张凤台等撰《长白汇征录·长白山江岗志略》,长春:吉林文史出版社,1987年版,第104页。

府的轿子、车辆来接。作者通过林黛玉初进贾府这一视角，极写贾家这一豪门巨族之高门巨牖，气宇轩昂：忽见街北蹲着两个大石狮子，三间兽头大门，上有大匾，书"敕造宁国府"——请读者记住"敕造"二字。西行，又照样三间大门，是荣国府。黛玉坐轿从西角门，至一翠花门，过穿堂，转过大理石屏风，至南大厅之后，望得见仪门内大院落，上房五间大正房，两边厢房鹿顶耳房钻山，四通八达，轩昂壮丽。进入堂屋，抬头可见皇上御笔大匾，东安郡王亲笔楹联。王夫人时常宴饮处东边三间耳房内亦器物珍稀，铺陈华贵。

丫鬟请黛玉到东廊三间小正房见王夫人。"正房炕上横设一张炕桌，桌上磊着书籍茶具"处，脂评侧批："伤心笔堕泪笔"[1]，让人自然联想到，曹雪芹祖父曹寅的丰富藏书，是不是流落此间？到了东廊三间小正房内，只见：

> 正房炕上横设一张炕桌，桌上磊着书籍茶具，靠东壁面西设着半旧的青缎靠背引枕。王夫人却坐在西边下首，亦是半旧的青缎靠背坐褥。见黛玉来了，便往东让。黛玉心中料定这是贾政之位。因见挨炕一溜三张椅子上，也搭着半旧的弹墨椅袱，黛玉便向椅上坐了。王夫人再四携他上炕，他方挨王夫人坐了。[2]

甲戌本第三回"半旧的弹墨椅袱"处，有脂砚斋的侧批：

三字有神。此处则一色旧的，可知前正室中亦非家常之

---

[1]《脂砚斋重评石头记》第三回第十页，上海：上海人民出版社，1975年版。
[2] 曹雪芹、高鹗著《红楼梦》，北京：人民文学出版社，1982年第1版，第46页。

用度也。可笑近之小说中，不论何处，则曰商彝周鼎，绣幌珠帘、孔雀屏、芙蓉褥等样字眼。[1]

这一侧批，让人摸不着头脑。

二 险峻的眉批，皇帝老爷嘴脸毕现

更让人惊奇的是，脂砚斋在这一页的"磊着书籍茶具"和三个"半旧的"上方，有一段险峻的眉批，让皇帝老爷面目毕现：

近闻一俗笑语云：一庄农人进京。回家众人问曰："你进京去可见些个世面否？"庄人曰："连皇帝老爷都见了。"众罕然问曰："皇帝如何景况？"庄人曰："皇帝左手拿一金元宝，右手拿一银元宝，马上稍着一口袋人参，行动人参不离口。一时要屙屎了，连擦屁股都用的是鹅黄缎子。所以京中掏茅厮（厕）的人都富贵无比。"[2]

作者状物写实，必有属意。脂砚斋侧批、眉批，层层递进，惊心动魄，将作者未敢言破的事，聪明地补注出来。这则亦诙亦谐的笑话，是一幅多么生动的讽刺漫画啊！讽刺的对象竟然是居于京都的皇帝老爷。说是漫画，你得会看。结合满族贵族的发达史、大清的立国史，读出隐藏才算会看。其中隐藏着什么？隐藏的居然是掠夺习俗使大清国富民殷。

北方民族的这种掠夺习俗，从秦朝一直延续下来。在相当长

---
[1]《脂砚斋重评石头记》第三回第十页，上海：上海人民出版社，1975年版。
[2] 同[1]。

的历史时期，一俟秋后征马肥壮，他们往往利用骑兵的机动灵活，入关南下，进行掠夺战争，即靠掠夺来发财，来发展，来增强国力。皇上将掠夺的部分财富以立功大小赏赐下属，俘获人口沦为奴隶。这一掠夺战争，几年一举，延续数千年，竟积久成俗。这种野蛮而血腥的掠夺，给内地人民带来深重劫难，破坏生产，经济凋零，社会动乱，百姓家败人亡，流离失所。可见，掠夺一旦演变成一个民族的文化习俗，将多么可怕！

三 掠夺一旦变成习俗，该多么可怕

后金统治者，仍是把掠夺作为财富的重要来源。天聪七年（1633）六月，皇太极要求议政贝勒、固山额真议奏侵略明朝、蒙古、朝鲜的先后次序问题。比较而言，明朝较蒙古、朝鲜更为富裕，油水大，自然成为侵略的首选。贝勒岳托言曰："皇上春秋鼎盛，不乘时以立鸿业，后悔何及？"于是又议决以招抚还是掳掠为主。贝勒阿济格言曰："从先我兵围大凌河四个月，尽获其良将精兵……固有得人之庆，但部下士卒及新附蒙古等，一无所获，皆以为徒劳。"对此次出征，阿济格鼓吹"纵欲前进……杀其人，取其物，务令士卒满意"。阿济格令色血腥，让人发指。贝勒多铎更是具体建议道："宜直入长城，庶可餍士卒之心，亦又合皇上长久之计。"[1]名为满足士卒心愿，实则为满足贵族奴隶主掠夺欲望。

此时后金自恃兵强马壮，将掠夺文化推向历史的极致。八年间，努尔哈赤的子孙们轮番上阵，走马灯般五入中原，一次比一次深入，一次比一次掠夺得多，简直成了强取豪夺的竞技比赛。

第一次是天聪三年（1629）十月，皇太极亲率大军，绕道蒙

---

[1] 李燕光、关捷主编《满族通史》，沈阳：辽宁民族出版社，1991年版，第191、192页。

古地区,拿下大安口、龙井关,进入长城,攻破遵化,围攻蓟州、三河、通州,逼近北京城;遭到多方抵抗后,以反间计杀袁崇焕,进而占领永平、迁安、滦州。转年三月,才回到盛京沈阳。

第二次是天聪八年(1634)七月,皇太极亲率大军,蹂躏宣府,趋朔州,围应州,闰八月从大同回师。皇太极不无遗憾地说:"抢宣、大时,尔等以为自己不得,赌气不抢,故得之不多。"越明年,皇太极命多尔衮往收察哈尔部之余,率兵自平房卫入边,毁长城,掠山西,大获而归。

第三次是崇德元年(1636),皇太极命多罗郡王阿济格统军,下房山,破顺义,陷平谷,占密云,围绕明都,蹂躏京畿。此役,清军阿济格奏报,凡56战皆捷,攻克16城,俘获人畜17万。他们凯旋时"艳服乘骑,奏乐凯归",还砍木书写"各官免送",以戏藐大明皇朝。

第四次是崇德三年(1638),皇太极派多尔衮率兵入关,兵锋直到济南。在长达半年的时间里,多尔衮转战2000余里,攻克济南府城暨3州、55县,获人、畜46万。此次入掠,作为多尔衮家奴的曹振彦参与其中的可能性极大。

第五次是崇德七年(1642),皇太极派阿巴泰率军入关,横扫山东一带,俘获人口36万、牲畜32万余头。[1]掠夺的金银财宝、贵重器皿、家具,车载马驮,拥塞于道,数月不绝。

当时的情势是,"都以蛮子家为奇货,是势之必入内也"。一听要出发内侵,"俱欣然相说",有的甚至"卖牛典衣,买马制装",也要参加内抢。嫌"抢"这个字不好听,于是有人建议,长驱直捣,集众誓师的时候,这样说:"幽燕本大金故地,吾先金坟墓现在房

---

[1] 阎崇年著《正说清朝十二帝》,北京:中华书局,2004年版,第28页。

山，吾第复吾之故疆耳"，[1]还要遍张明示，招摇过市。

后金的野蛮掠夺史，是那幅"皇帝老爷"漫画最真实的注解。这位马上民族首领，左手金元宝，右手银元宝——活画出一位贪婪的掠夺者形象。批书人实际在告诉人们，贾家轩昂的府第、高壮的宅院，是皇上特命敕造。显然，贾家祖上是跟着皇家出兵打仗勋业有光，皇上赏金赐银才建起如此峥嵘轩峻的深宅大院。府内陈设古董宝器亦非家常之用度，而是从殷实的"蛮子"家抢劫来的。从皇上马上捎着一口袋人参，行动人参不离口来看，清朝皇上不仅是人参垄断者、变卖者，更是人参的享用者，每日不离不弃，以求仙寿恒昌。

在展示其掠夺起家建的豪宅及宅内抢来的文房宝器之后，作者笔锋一转，揭示贾家虚伪的一面。王夫人对黛玉说："你舅舅今日斋戒去了"，你哥哥"庙里还愿去了"。王夫人说的是贾政、贾宝玉，均属于荣国府"承福德""继勋业"的人物。王夫人的夫君贾政是荣国府实际掌门人，不是科甲出身，而是靠皇上赐官入仕。宝玉亦为族人所厚望，是贾家的命根子。王夫人在介绍自己这个儿子时称"孽根祸胎"——追溯这些孽根，自然要追到当年的长白山下满族贵族，当然包括纵马掠财的皇帝老爷，一个老"混世魔王"；姗姗来迟的宝玉算是小"混世魔王"。祖上实在作孽多端，仅凭贾家一二主子"斋戒""还愿"，能洗刷掉祖上的罪孽吗？故脂砚斋在"孽根祸胎"四字旁又夹注："四字是血泪盈面，不得已无奈何而下四字，是作者痛哭。"[2]看来，脂砚斋深知满族贵族血腥的建国史和发家史及作者拟书底里，方有此批。

---

[1] 李燕光、关捷主编《满族通史》，沈阳：辽宁民族出版社，1991年版，第191页。
[2]《脂砚斋重评石头记》第三回第十页，上海：上海人民出版社，1975年版。

四 习武风俗的松弛,带来骑射文化的衰微

满族历称马上民族,素以弓矢射猎著称于世。肃慎曾以"楛矢石砮"为信物臣服中原而名闻天下;勿吉为女真人先世,耐饥渴,苦辛与射骑,上下崖壁如飞,"呼鹿射虎捕熊,皆其职也"。金代和清代,将射猎视为国俗,铸就了满族坚忍不拔、骁勇善战的性格。可是,当他们取得天下一百年,待到贾宝玉临世,看到的却是风俗变异,尚武精神几近丧失殆尽。

冯紫英面上的"青伤"

第二十六回,薛蟠过生日,得了粉嫩的鲜藕和大西瓜,众人来凑酒局。正说着话,小厮来回:"冯大爷来了。"宝玉便知是神武将军冯唐之子冯紫英来了。寒暄之后,薛蟠见他面上有些青伤,便笑道:"这脸上又和谁挥拳的,挂了幌子了?"冯紫英笑道:"从那一遭把仇都尉的儿子打伤了,我就记了再不怄气,如何又挥拳?这个脸上,是前日打围,在铁网山教兔鹘捎一翅膀。"宝玉道:"几时的话?"紫英道:"三月二十八日去的,前儿也就回来了。"宝玉道:"怪道前儿初三四儿,我在沈世兄家赴席不见你呢。我要问,不知怎么就忘了。单你去了,还是老世伯也去了?"紫英道:"可不是家父去,我没法儿,去罢了。难道我闲疯了,咱们几个人吃酒听唱的不乐,寻那个苦恼去?这一次,大不幸之中又大幸。"

这一节,内容诡异。其一,冯紫英说:"是前日打围,在铁网山教兔鹘捎一翅膀。"兔鹘,能擒雉、兔。猎鹰何故捎他一翅膀呢?这里潜藏着女真人久远的鹰文化;其二,打围铁网山,大有分教,冯唐将军亲自参加,说明不是一般的围猎,而是皇围;其

三，所说"我闲疯了，咱们几个人吃酒听唱的不乐，寻那个苦恼去？"——这是贵族纨绔子弟不肯吃苦、追求享乐的公开道白；其四，所言"大不幸之中又大幸"及"沈世"显然是"慎于事"之谓，内中似有隐情，未知何指？

女真人很早就懂得驯鹰，用于捕猎、护屯、征战。猎鹰高远的飞行能力，迅疾的捕猎本领，为部落人所敬畏。故鹰神作为动物神的首神受到人们崇祀，而在族人崇敬的天宇星座中，也能找到它的位置。

鹰中的神俊者，称海东青，意为从极远的海东请来的鹰，视为更具神性。故满族有北征求鹰之俗。就是去极北的寒地捕捉鹰雏，一路驯养为成鹰。

春天，柳毛狗初绽嫩黄的花蕾，请鹰队伍出发了，一路北上，跨山蹁海，至鄂霍次克海陡峭的海崖上掏取鹰雏。其中的艰险卓绝，一言难尽。故有"九死一生，才求一架鹰"之说。

为什么要到白令海峡的堪察加半岛去求取鹰雏呢？其实，出于一种很单纯很迷信的思维：东方是日出之所，也是神灵之所，到那里取物，是神的赐予。比如乌头须是东海虾夷岛上所出，取汁涂在箭头才更具灵性和毒性，因为那是神的赐予。求取鹰雏，也是这样，东方日出之地所出鹰雏，被认为是鹰神的赐予，最具

鹰神神偶　富育光供稿

神性。请到鹰雏,一路上精心喂养,经熬鹰、勒膘、跑绳、捕牲等反复驯养,生鹰变成熟鹰,待柳叶飘零、金黄满地之时,请鹰队伍回来了,鹰手将驯熟的猎鹰交给部落扈伦达,将神骏的鹰,进贡朝廷,其他的鹰则用于捕猎、护屯、征战。

北方女真人请鹰习俗,大约延续千年之久,一直到清康熙年间,才被废止。

在历代皇帝中,最懂得科学知识的要算康熙,他显然不相信什么"东方之物最具神性"的妄说。康熙二十一年(1682),康熙皇帝东巡至吉林乌拉,见地方八旗兵丁"役重差繁",其中就有费时费力的所谓北征求鹰。康熙皇帝特谕,将那些最碍农事的北征求鹰差役加以剔除,理由:一是,"鹰鹞窝雏于三月寻觅,四月内捕取,最妨农事,兼属无益。况所得鹰鹞,不谙呼饲,难至京师,徒劳人力,应行停止";二是,"八月放鹰,原欲令人熟

清末民初之鹰手　宗玉柱供稿

悉以便赍送,数年以来,并无名鹰贡至京师。在乌喇地方兵丁于冬寒之日寻觅山鸡,人马劳顿,应行停止"。[1]至此,北征求鹰改为就地捕鹰,择优贡献朝廷。故纵鹰捕猎习俗,在吉林乌拉地方一直延续至今。

关于铁网山之地名,在第十三回出现过,秦可卿亡故所用寿材樯木出自潢海铁网山。潢海,潢水流域,泛指辽西地方;铁网山,实则是皇围的另一种表述,只有皇围才可能将猎山围得如铁网般。说明冯紫英父子参加的是皇家的木兰围猎。曹雪芹将清代的秋狝大典隐写入《红楼梦》。

满族传统的出猎方式是聚众合围。《大金国志》载:金人"四时皆猎……每猎则随军密布四围,名曰围场"。清代,将国语骑射视为国策,将围猎作为练兵的重要手段,特辟辽阔的木兰围场,木兰围场在热河地区,围场占地一万五千平方公里,南连燕山山地,北接蒙古坝上草原,东至西辽河,号称七十二围。每年春秋都要举行大规模的围猎活动。康熙和乾隆,都是射猎的高手。康熙六十六岁时已获虎一百三十五只。乾隆东巡吉林,大约三分之一的时间用于围猎,每射毙猛虎,围兵则山呼万岁。

既然冯紫英随父打围,打的是皇围。这位武荫的后代,却将皇围视作儿戏,以为是寻苦恼,不如"咱们几个人吃酒听唱"。鹰手冯紫英,虽说平日里也有些英豪之气,终因脑满肠肥,骑术荒疏,围猎时行动迟缓,已跟不上猎鹰捕牲的迅疾,猎鹰怒其不争,用翅膀"捎"主人,并弃主高飞而去。冯紫英是将军之后,尚且如此不中用,薛蟠、宝玉之辈,就更不消说了。

大清木兰狝猎,意在练兵和联络蒙古,是大清武备的重要习

---

[1] 王佩环主编《清帝东巡》,沈阳:辽宁大学出版社,1991年版,第87页。

俗。到了乾隆年间也变了味，贵族子弟，不胜其苦，武备松弛，江河日下。

变了味的射鹄子

如果说二十六回皇围与鹰文化属于不写之写，七十五回的射鹄子则基本上是实写。

清朝历代皇帝将国语骑射视为国策。乾隆中期之后，骑射文化日渐衰微，围猎中，宗室觉罗子弟往往"马坠镫，箭虚发"。似乎出现一个二律背反的小幽默，乾隆帝越是强调国语骑射，宗室觉罗越是下滑，甚至像怡亲王弘晓居然解食不带小刀，让下人服侍，引得乾隆帝勃然大怒，罚薪一年。

八旗贵族荒于骑射沉湎淫乐情况，在《红楼梦》里有真实的反映。第七十三回贾珍者流，让习练骑射的射鹄子，变成一出群丑聚赌淫乐的活报剧。

说的是在为老太妃举行国丧期间，在元真观修炼的贾敬，突然亡故，贾珍得信，忙忙地告了假，带着贾蓉，由国丧奔家丧。贾珍等守丧，既不得游玩旷荡，又不得观优闻乐，无聊之极，便生了个破闷之法，在天香楼下箭道里立下鹄靶，邀世袭公子每早来射鹄子。贾赦、贾政不知就里，以为贾珍等是习武正理，遂命贾环、贾琮、宝玉、贾兰四人也过来习射。贾珍等不过是以习射为破闷之法，来的皆系世袭公子，人人家道富有，且都在少壮，正是斗鸡走狗、问柳评花的一干游荡纨绔子弟，心不在习武，轮流宴请，天天宰猪割羊，屠鹅戮鸭，临潼斗宝般卖弄自己家好厨艺。再过一二日，贾珍便以歇臂养力为由，"吃喝玩乐，渐至斗叶掷骰，放头开赌"，狎妓癖童，淫滥无状。贾家族长贾珍竟是淫腐团伙的召集人。故脂评回前批叹曰："贾珍居长,不能承先启后,丕振家风。兄弟问柳寻花,父子呼幺喝六,贾氏宗风,其坠地矣,安得不发先灵一叹!"

此处,先灵叹息之声,已不是一般性示警,而是先祖之灵无望的叹息。连射鹄子、练骑射都异变成聚赌淫滥。后裔的不肖,运数合尽,皆在这先灵的一叹之中。

第十九章

贾府年关大祭祖

满族与诸多北方少数民族一样，自古以来就沿袭着自然崇拜和祖先崇拜习俗。自然崇拜，来自对天道的敬畏；祖先崇拜，源自对英雄先祖的钦敬。在萨满文化观念中，先祖是虽死不死的，他们的英灵始终伴随、庇护着族人。因此，族人对祖先的祭奠，经年累月，一直延续着。《红楼梦》第五十三回，展现了十八世纪中叶满族上层贵族京都年关祭祖的实况，具有很高的民族学、民俗学、宗教学认识价值。其中，春祭赏银的领取、乌进孝进租，成为备祭中两大亮点，极具风俗特色。

一 清宫堂子祭与贵族世家的宗祠

追溯满族祭祖的渊源，应该是有了自然神的崇拜后不久，就产生了祖先英雄的崇拜。祭祀活动应该紧随其后。满族诸多哈喇（姓氏），远在辽代就有"妈妈玛发朱克顿"（奶奶爷爷祖先神堂）。金代女真人游猎，皆有"堂涩包随旗营宿"。堂涩包，又称恩都力包，在总穆昆那里保管，多以桦皮匣、箱篓、木盒、泥罐为舍，包内恭存部族谱牒、本族神主（神偶或牌位）、神谕、神器、祖先影像等，随营供奉。后来这种恩都力包，被长方形有抽盖的木匣取代，称为神匣。辽金以后，随着部落农耕立业，居有定所，始设堂子，应时祝祭。大的部落联盟设总堂涩，各部落有分堂涩。满族说部《两世罕王传》里讲，建州右卫首领王杲，曾借兵于东海窝稽部，其部酋引王杲先谒堂涩，可见堂子的普遍。传努尔哈赤起兵攻占哈达、朱舍里、辉发等部族，每到一部落，兵马先废该地堂涩，"掠祖像神牒于贝勒马前"。

清入关前在盛京已经有堂子清宁宫的祀典。后堂子祭伴随皇家坐落京都，称坤宁宫。清史家金毓黻有言曰："清室由东北入主中原所定通礼亦多缘汉制，惟祭天于堂子、祭神于坤宁宫犹能保存故俗。"[1]乾隆十二年（1747）颁发的《钦订满洲祭神祭天典礼》坤宁宫祭神之制记载，坤宁宫广九楹，内西大炕供朝祭神位，北炕供夕祭神位，所祭诸神，记载甚详：

> 朝祭神为释迦牟尼佛、观世音菩萨、关圣帝君。夕祭神为穆哩罕神、画像神（指三天女）、蒙古神，而祝辞所称乃有阿珲年锡、安春阿雅喇、穆哩穆哩哈、纳丹岱珲、纳尔珲轩初、恩都哩僧固、拜满章京、纳丹威瑚哩、恩都蒙鄂乐、喀屯诺延，诸号中惟纳丹岱珲即七星之祀，其喀屯诺延即蒙古神，以先世有德而祀，其余均无可考。又树柳枝求福之神，称为佛立佛多鄂谟锡玛玛者，为保婴而祀。[2]

---

[1] 李澍田主编"长白丛书研究系列之十四"，刘厚生编著《清代宫廷萨满祭祀研究》，长春：吉林文史出版社，1992年版，第224页。

[2] 同[1]，第264页。

从这段记载来看，堂子内还增加了关帝、观世音、释迦牟尼等，是客神，其他则称神主和遗影。中国文化具有很强的包容性，尊重别人的信仰，满族的萨满教也是这样，对自己有用的客神，也请进堂涩供奉起来。满族人崇拜关帝君，源于满文译本《三国演义》，皇太极及其将领把《三国演义》当作兵略全书，将书中的智慧和谋略，用于与明朝的实战。其中，关羽的英雄侠胆，忠义果敢，武艺高强，令人折服。其后更有关老爷显灵护驾之说，故对关羽屡加封号，庙祀遍布。早在清初，关公即以满族的保护神供奉于庙堂。至于佛家的观音菩萨和释迦牟尼被供奉于堂子，则看中了他们在信众中的广泛影响。从中看出清帝的聪明大度与中华文化的包容性、吸纳性特征。其实，这些神一旦请入堂子，就变成自家堂子的保护神，等同于自家萨满神主。

乾隆朝规范清宫堂子祭，发布《钦定满洲祭神祭天典礼》虽说也有统一满族信仰的圣意在其中，却是皇族政治专制在宗教信仰上的反映，是压制多神崇拜的重要举措，是萨满教走向衰微的标志。乾隆皇帝规范萨满教，却没法禁绝贵族的家祭。亲王、贝子、公、将军等，改用宗祠、家庙、祖先堂等来祭祖，其规模、形制、品级，依次递减。《红楼梦》第五十三回所述宁府西院的贾氏宗祠，便是贾家供奉家族保护神和祖先英灵的家庙。因宁国府系贾氏嫡出长支，故家庙设于宁府。又因满族以西为大，宗祠设于宁府西院。贾家备祭中有两个闪光点：一是贾蓉领回皇上春祭赏银，二是黑山村乌庄头进献东省方物。

二 光禄寺恩赏，昭示祖上勋业有光

已是腊月根儿，离年日近，宁国府贾珍那边，开了宗祠，着人打扫，收拾供器，请神主，又打扫上房，以备悬供遗影。

此时宁荣二府内外上下，皆忙于备祭。一时贾珍进来吃饭，问尤氏："咱们春祭的恩赏可领了不曾？"尤氏告知已打发蓉儿去了。

春祭的恩赏，指旧历年节，皇帝按着常例，赏给受过封荫的官宰祭祖用银两。二人正说着，贾蓉捧了一个小黄布口袋进来。贾珍问："怎么去了这一日。"贾蓉赔笑回说："今儿不在礼部关领，又分到光禄寺库上，因又到光禄寺才领了下来。"只见那黄布口袋上印着"皇恩永锡"四个大字。又写着一行小字，道是"宁国公贾演荣国公贾源恩赐永远春祭赏共二份……"这一口袋春祭恩赏，至少认证了下面三件事：

其一，再次告诉人们，贾家是国公之家，贾演、贾源二祖是随旗入关帮着皇帝打天下勋业有光的重臣，贾珍、贾蓉属武荫之后。有清一代，有爵位的满族贵胄，永享春祭恩赏。乾隆十三年（1748）正月初一，乾隆帝曾命庄亲王允禄议世职承袭问题以其八旗世职不致渐少，而功臣子孙永得爵禄。世职有两种，一为世袭罔替；一为分等承袭。贾家当属于分等承袭的公侯之家，到贾敬这一代，已将及百年，从贾演（宁国公）、贾代化、贾敬，传至贾珍，应是第四代，到贾蓉为第五代。有道是：君子之泽，五世而斩。按照这一周期律，到贾蓉这一代才会走下坡路。不料贾家早衰，传至贾敬这一代，就不作为，到道观里躲静，任由袭了将军之职的贾珍者流胡作非为。

其二，乾隆十三年，乾隆始命大臣兼管春季恩赏事务，春祭恩赏由礼部改到精膳寺去认领（小说隐写为"光禄寺"）。可以肯定地说，乾隆十三年曹雪片正在写这部《红楼梦》。据此，看出这段小插曲的重要。

其三，借先祖余荫，得春季恩赏，是一件相当光面的事。故贾珍父子带着赏银到贾母、王夫人那儿去炫耀。

其四,据贾珍讲:"除了咱们这一二家之外,那些世袭穷官儿家,要不仗着这银子,拿什么上供过年?"说明乾隆年间,满族贵族的生计出现了问题。解决京旗生计,成了乾隆皇帝面临的一大课题。

三 乌进孝进租与乌拉贡俗

贾珍、贾蓉捧着皇上的赏银,回过贾母、贾赦、邢夫人后回来,正议论请年酒之事,只见小厮手里拿着个禀帖并一篇账目,回说:"黑山村的乌庄头来了。"贾蓉接过禀帖和账目,贾珍背着两手,凑过来看。只见单子上写着:

> 大鹿三十只,獐子五十只,狍子五十只,暹猪二十个,汤猪二十个,龙猪二十个,野猪二十个,家腊猪二十个,野羊二十个,青羊二十个,家汤羊二十个,家风羊二十个,鲟鳇鱼二个,各色杂鱼二百斤,活鸡、鸭、鹅各二百只,风鸡、鸭、鹅二百只,野鸡、兔子各二百对,熊掌二十对,鹿筋二十斤,海参五十斤,鹿舌五十条,牛舌五十条,蛏干二十斤,榛、松、桃、杏穰各二口袋,大对虾五十对,干虾二百斤,银霜炭上等选用一千斤,中等二千斤,柴炭三万斤,御田胭脂米二石,碧糯五十斛,白糯五十斛,粉粳五十斛,杂色梁谷各五十斛,下用常米一千石,各色干菜一车,外卖梁谷、牲口各项之银共折银二千五百两。外门下孝敬哥儿姐儿顽意:活鹿两对,活白兔四对,黑兔四对,活锦鸡两对,西洋鸭两对。[1]

---

[1] 曹雪芹、高鹗著《红楼梦》,北京:人民文学出版社,1982年第1版,第740页。

东北满族等诸土著民族与部落，向中原贡献方物的习俗源远流长。漠北朔方，广袤富饶，动植、飞潜、奇珍百类尽有之，向为中原贡品之源。唐虞时，肃慎人贡"楛矢石砮"，勿吉时贡名马，唐时渤海人贡鲸睛、皮革，宋时女真人贡貂皮、马匹。明朝时，人参、貂皮、马匹、土物，为贡献之大宗。清王朝，尤重东北故土方物，名类千余种。北民为获取贡物，往往攀涉于白山黑水，甚至远足于北海道、库页岛，进入堪察加半岛捕貂、捕鹰，获取海产品、矿石、盐、宝石等，以为贡献。朝鲜《李朝实录》载，康熙六十年（1721），来朝的朝鲜使臣俞拓基，在前往北京途中，遇见车载雉兔獐鹿菌蕈之属，裰属（指大包小裹）不绝。问之，则皇子、皇孙、诸王家，庄土多在于乌拉（吉林）、厚春（珲春）、宁古塔地方。庄户人等岁末捉纳以为岁馔之资云。

曹雪芹在本回插写乌庄头进租，不属于皇贡，是属于昔时王公贵胄之家的边外田庄，向本家主子进贡年税和贡物。但从贡单所列方物，形同清朝内务府所辖打牲乌拉总管衙门岁贡单。再从"黑山村""乌进孝"的地名人名来看，亦有反复认证"打牲乌拉"的意图在其中，作者在本回贾家祭祖之前将乌拉岁贡暗写入书，实不寻常，至少给我们提供了下列信息：

其一，田庄是清代贵族特有的经济占有形式。满族贵族在各地大量圈占土地，建立皇庄、王庄、官庄，这无疑是清初掠夺文化恶习的延续。这些田庄都有庄头，负责管理田庄的生产经营。乌进孝，是宁国府官庄的庄头。这类庄头，往往由主子家体面的家奴来担任。从乌进孝进宁府毕恭毕敬的行状、贾珍与之对话的口吻来看，乌进孝身份属于宁国府的家奴是无疑的。

田庄是清代特有的经济占有形式，带有奴隶制的残余。贵族旗人生计，主要依赖所据庄田，靠雇佣或榨取奴仆的血汗而饱食终日。满族贵族的这种土地占有形式,成为有清一代社会诸多矛盾的导火索。

其二,从大雪泡天中走了一个月零两天来看,与乾隆东巡(除去围猎)所费时日大体相当。这说明,乌进孝所在的黑山村当在吉林乌拉以远。公元1644年,大清问鼎中原,迁都北京,从此乌拉地方被视为"本朝发祥圣地",成为行猎、纳贡的重要基地,与江宁(今南京市)、苏州、杭州等织造府,成为四大并行的朝贡机构。唯独打牲乌拉总管衙门是为虞猎而建,属于管理捕打山牲、采集方物的朝贡机构。

周汝昌先生早年即注意到乌庄头的进租单,几乎是吉林岁贡单的翻版,书中黑山村实际隐写的就是乌拉打牲衙门。一方面,进租单上"鲟鳇鱼二个",非乌拉总管衙门不能网捕。另一方面,作者用"乌"和"黑"反复强调,相互映衬,说乌庄头来自黑山村("乌"还不够,"黑"来增补)。庄头的名字叫乌进孝,取乌拉人进贡方物以尽孝道之意。这里实际隐写了乌拉总管的岁贡。虽说方物是送到贾家的,用于宁国府的祭祖和家用,九进九出的

乌进孝进租之松榛果实　长白山民俗馆供稿

贾府早有人指出有皇家气象。显然，这里有影射乌拉向皇家进贡之嫌。明写贾（假）家，实写皇家。贾敬是贾家的法定接班人，名"敬"，取雍正谥号（敬天昌运建中表正文武英明宽仁信毅睿圣大孝至诚宪皇帝）首字为名，有没有影射？

其三，从前，一提到第五十三回乌进孝进租，便与剥削压迫联系在一起。其实，书中的贾珍与庄头乌进孝稔熟，正因为双方是主仆关系，可以诙谐地开玩笑，称他"老砍头的""老货又来打擂台"。显然，这一节作者主要不在揭露剥削，而是通过这一贡俗的揭示，再次掘写"清根"，满族贵胄根脉系于东省，系于长白山。

满族贵族祖上从东省入关，从长白山来京都，还保持着东省习俗，喜用东北方物。年关如无有东北土物祭祖，是大不敬。因此，读者一看进租单，会发现单上所列方物四十多种，均为吉林一带的地产。海参、大对虾等海鲜，产于当时珲春以远的滨海州。

其四，进租单上，方物的品名解读，彰显地域特征——非乌拉莫属。其中有些贡品名称，如遢猪、汤猪等，让人费解，硬解的结果，未免南辕北辙，闹出笑话。富育光先生从满族入贡庖制习俗，对贡单方物的小释，基本解决这一难题。租单所言大鹿，即马鹿，肉可食，胎入药，茸质亦佳，为明清东北重要贡品。遢猪，满汉兼音合词。遢，满语"遢比"，脱落之意，指脱毛猪，即白条猪，并非暹罗国入贡之豚。《瑷珲十里长江俗记》中记载，北菜中有"鲜鸭、鲜飞龙，皆脱毛除膛备用之料"。打牲乌拉庖工中，有鲜达，负责为禽兽脱毛。汤猪、家汤羊，即堂子猪、堂子羊，堂子祭所用黑猪、白羊，并非是用开水脱猪毛、羊毛。祭祀用牲，挑选甚严，猪为纯黑，羊须雪白，且须阉割后专栏饲喂。龙猪，即笼养小乳猪。满族及其先世女真人，有燔烤幼牲的习俗：

"笼猪古肴，其功在燔。"(《瑷珲祖训遗拾》)祭祀用黄泥裹好小乳猪，在火上燔烤，奉为佳肴。家腊猪，即干肉块、干肉条。北方多用酱涂抹风干，可耐久存。家风羊，系指家羊宰杀后，选取一定部位，经过庖解、定形，加香料、防腐等处理，制成的生肉块。鲟鳇鱼，黑龙江及其支流松花江所产的大型江海洄游鱼。鲟与鳇，均长鼻小眼，灰色，肩胛骨突出，颌下有巨口。鲟鱼体小，口如莲花瓣，肉味鲜美；鳇鱼体长，达千斤，肉质肥嫩，鱼籽灿若珠玑，为北地名肴。鲟鳇鱼鼻骨，称脆玉，列为上品。渔人常年捕捞，围渚为圈，穿以鼻环，蓄水饲养，唤作鳇鱼圈。一般多立冬后牵出，挂冰，裹席，运往京都。因物甚珍稀，地方官衙不敢滥杀，必须保鲜按时贡献。银霜炭，又称北炭，柞木、桦木烧制，表面挂白霜，火旺，堪与焦炭媲美，为东省名产，早在宋元时，即驰名中原。御田胭脂米，此前多以为指康熙时丰泽园所产良稻。其实不然，丰泽园在京都，何劳乌庄头千辛万苦从边地运输？东北历来产优质稻，历朝皇贡小米、稻米、糯米，声名遐迩，至今海兰江、图们江畔，仍有御田村之地名，御田胭脂米为当地的粉红稻，传闻历久。[1]

其五，贾家的田庄在东省，早被读书人发现，书中第一〇六回和一〇七回讲得明白：贾家被抄家后，贾政着人拿来账簿，才知"所入不敷所出"，"再查东省地租，近年所交不及祖上一半……"贾母问起西府银库，东省地土，你知道到底还剩了多少？贾政只好如实回答：东省的地亩早已寅年吃了卯年的租儿了，一时也算不转来。

---

[1] 参见富育光著《富育光民俗文化论集》，长春：吉林大学出版社，2005年版，第502~504页。

四 宁府祭祖中的满俗

以往谈到贾家祭祖，多以为是京畿或江南大户常有的拜家堂、祭祖庙，很少关注其中的满族祭俗，直接影响到对作品主旨立意的把握和理解。纵观第五十三回贾家祭祖，仍然是"满文化居主，汉俗次之"。（周汝昌先生语）由于受强大的汉文化的影响，清入关后，特别是康熙朝以来，满族有向汉文化靠拢与融合的趋势。贾家宗祠的形制规模、慎终追远的缅怀、左昭右穆的序列、祖像彩绘、客神的祈请，以及繁缛的祭程祭乐，显然来自汉文化的糅融。其余则多为满俗，与当时满文《钦定满洲祭神祭天典礼》相合。

其一，除夕祭祖，皇上颁发春祭赏银，只颁给勋业卓著的满族贵胄，贾家忝列其中，是为国初立过战功的满族世家的铁证。祭银改在光禄寺领取，说明小说祭祖的某些情节，发生在乾隆十三年（1748）之后。只有旗人贵族之家，才有春祭恩赏。

乾隆十二年《钦定满洲祭神祭天典礼》

其二，以故乡的方物特产祭祖，为满洲古俗。古人认为，人虽死不死，是到另一个世界，同样有思想，有感情，有喜怒哀乐，同样喜食家乡美味。用东省方物尚飨神灵，已成旗人风习。

《钦定满洲祭神祭天典礼》卷一记载："自王、贝勒、贝子、公等，以至宗室觉罗、满洲各姓大臣官员，闲散满洲，凡遇喜庆之事，各以财物献神……或有供献豆面饽饽者，或以稷米蒸饭供献者，或以新麦煮饭供献者，复有以新获荞菽磨面作饼甚薄谓之煎饼，以供献于神位者。至若江南各省驻防满洲人等，因地不产稷米即以江米代之。在京之满洲人等，或无庄头者，其酿酒、洒糕、打糕，即以所领俸米内江米代稷米用之。"[1]这就明白无误地告诉我们，祭神供献，有庄头者，多以庄头所供方物制作，无有田庄者，只能以俸内物品代之。乌庄头贡单内碧糯、白糯、杂色粱谷等，当为做黏食的原料。据史料记载，乾隆元年（1736），吉林各属官庄80处，地14404垧。仅吉林乌拉四周官庄达50处，地6000垧，岁供谷15000石。由此推知，年关岁尾，千百辆贡车行进在关东大地上。乌进孝的进租队伍，只是其中的一支。

其三，满族宗祠，必设于西。满族古俗，以西方为上。清昭梿《啸亭杂录》："国初世沿古制，凡祭祀明堂诸礼仪，皆尚右。祭神仪，神位东向者为尊，其余昭穆分列，至今犹沿其制。"尚右，方位以西为右，视为高位、至尊位。若建堂址，必选宅院西侧。故本回书通过薛宝琴视角，标明贾氏宗祠所处方位："且说宝琴是初次，一面细细留神打谅这宗祠，原来宁府西边另一个院子，黑油栅栏内五间大门，上悬一块匾，写着是'贾氏宗祠'四个字"。因主家是公爵地位，宗祠另辟西院，黑木栅栏，满族尚白而视黑与红为凶色。黑，满语萨哈连，黑色，没有阳光，象征亡灵世界。[2]第六十四回贾敬亡故，袭人为宝玉打扇套结子，青灰色，专为丧葬时携带，亦属满俗。

薛宝琴是外姓女子，按汉俗是决不允许进入祠堂，满族则可，外姓助祭，给家族带来光彩。

---

[1] 李澍田主编"长白丛书研究系列之十四"，刘厚生编著《清代宫廷萨满祭祀研究》，长春：吉林文史出版社，1992年版，第58、59页。

[2] 富育光著《富育光民俗文化论集》，长春：吉林大学出版社，2005年版，第494页。

其四，先祭神主，后拜遗影。年三十夜，先在正殿祭神主，即贾家的保护神，后至正堂祭先祖。只见：

> 五间正殿……里边香烛辉煌，锦幛绣幕，虽列着神主，却看不真切。只见贾府人分昭穆排班立定：贾敬主祭，贾赦陪祭，贾珍献爵，贾琏贾琮献帛，宝玉捧香，贾菖贾菱展拜毯，守焚池。青衣乐奏，三献爵，拜兴毕，焚帛奠酒，礼毕，乐止，退出。众人围随着贾母至正堂上，影前锦幔高挂，彩屏张护，香烛辉煌。上面正居中悬着宁荣二祖遗像，皆是披蟒腰玉；两边还有几轴列祖遗影。贾荇贾芷等从内仪门挨次列站，直到正堂廊下。槛外方是贾敬贾赦，槛内是各女眷。众家人小厮皆在仪门之外。每一道菜至，传至仪门，贾荇贾芷等便接了，按次传至阶上贾敬手中。贾蓉系长房长孙，独他随女眷在槛内。每贾敬捧菜至，传至贾蓉，贾蓉便传于他妻子，又传于凤姐尤氏诸人，直传至供桌前，方传于王夫人。王夫人传于贾母，贾母方捧放在桌上。邢夫人在供桌之西，东向立，同贾母供放。直至将菜饭汤点酒茶传完，贾蓉方退出下阶，归入贾芹阶位之首。凡从文旁之名者，贾敬为首；下则从玉者，贾珍为首；再下从草头者，贾蓉为首；左昭右穆，男东女西；俟贾母拈香下拜，众人方一齐跪下，将五间大厅，三间抱厦，内外廊檐，阶上阶下两丹墀内，花团锦簇，塞的无一隙空地……一时礼毕，贾敬贾赦等便忙退出，至荣府专候与贾母行礼。[1]

这段冗长的文字，是写祭祖的烦琐过程，过程显示事物的规范性：

---

[1] 曹雪芹、高鹗著《红楼梦》，北京：人民文学出版社，1982年第1版，第745、746页。

其一，先祭神主，锦幛绣幕，看不真切。

正殿供神主，正堂供遗影，泾渭分明。贾家祭祖，谨遵乾隆《钦定满洲祭神祭天典礼》，皇家坤宁宫祭神亦分两步，由皇上首先在正殿祭神主，即释迦牟尼、菩萨、关公等；再由皇家萨满领祭始祖神三天女等。贾家祭祖也是先由男人领祭神主，即家族保护神，或一位，或两三位不等，或山神、或河神、或动植物神，皆因先祖传承，往往以供奉相关的神偶、牌位或实物为表征，也包括外请的客神，一般均秘不示人，故书中言称"锦幛绣幕，虽列着神主，却看不真切"。保护神，对家族至关重要，故供奉于正殿。这是满族独有的祭祀内容，从书中第五回宁荣二公祈请警幻仙子为宝玉行成丁礼来看，贾家的保护神中有一位是柳神佛朵妈妈，大体可以确定下来，由族中嫡长者（法定继承人）主祭，则是吸收了汉人祭俗。

其二，正堂祭先祖遗影，满族堂子祭特色极为明显。

遗影，即先祖的画像。拜影，是满族祭祖的重头戏。

首先，堂子祭属于家祭，祭祀的对象主要是先祖遗影，遗影象征着先祖的英灵。宁荣二公即贾家祖先英灵。

其次，因贾家失去了萨满，只能由年岁、威望最高的贾母主祭，是老祖母当家习俗的延续。祭拜遗影的站位分槛内槛外，男人立于槛外，女人立于槛内，嫡孙贾蓉传菜于槛内，传毕，亦须回至槛外。是满族祭祖古俗在祭祀中的复演。

第三，从书中所记来看，宁荣二公尚未成神，只能居于宗祠，进不了神界的"太虚幻境"，只好半路上截住警幻，求其导引宝玉入正。一般说来，先祖英灵成神，须是英雄祖先，经七代或九代人的供奉，其威望不减，或可成为祖先英雄神。宁荣二公注定不会成神了，贾家后人不肖，遭抄家之祸，宗祠势将无存。

第四，按乾隆朝《钦定满洲祭神祭天典礼》规定，年关皇家举行堂子祭，官员庶民只许在家中祭祖。由贾敬领祭神主，贾母领祭遗影，符合此典礼规范。须顺带说明的是，作为满洲贵胄的贾家，曾有一位隐形萨满——秦可卿。可惜，第十三回即故去，年关祭祀，缺失萨满，贾家与神灵已无法沟通。

第五，满洲祭祀讲究用香，为长白山产杜鹃花枝、瑞香、香柏碾末，称安息香，即"当地火盆内焚着松柏香、百合草"，旧俗满族不烧黄香，更不烧纸，烧纸被视为异端。贾家，是满族世家，焚烧的是安息香。满族祭俗，细微末节，未敢马虎。

从前，研究乌进孝进租主要从阶级剥削入手而不得要领。其实作者本意还是掘写"清根"，说的是大清定鼎百年，慎终追远，祭祖和年节所用方物多来自祖居地的东省，贾家与长白山未断根脉。

对曹雪芹来讲，东省的长白山和吉林乌拉同样是魂牵梦绕的地方。百余年前，曹家世居长白山区。百年后亲人流放乌拉，皇上东巡，喧天动地，登望祭殿隆祭长白山，以求山神保佑江山永固。而替大清打天下的曹家，则骨肉分离，甚至客死流所。这巨大的反差、难以接受的残酷命运，促使作者敢遣深仇阔恨于笔端，开始研血为墨，以掘写"清根"为发端，以满族盛极而衰为切入点，推出皇皇百万言巨著，将入关百年不可一世的满族贵族的众生相，展示给人们看。皇族宗室觉罗永忠得观《红楼梦》，深得是书底里，撰诗吊雪芹云："传神文笔足千秋，不是情人不泪流。可恨同时不相识，几回掩卷哭曹侯。"[1]

---

[1] 一粟编《红楼梦卷》，上海：中华书局，1963年版，第10页。

第二十章

满族世家的礼仪文化习俗

中国具有五千年的文明史，素有礼仪之邦的美称。中国人也以其彬彬有礼的风貌著称于世。礼仪文明，作为中国传统文化的重要组成部分，对中国社会历史发生过广泛深远的影响。礼仪习俗是礼仪文明重要载体，内容丰富，涉及范围广，几乎渗透于古代社会的方方面面。

礼仪，是为适应社会需要从宗族制度、贵贱等级关系中衍生出来，带着产生它的那个时代的鲜明特色。而且随着时代的演进和进步，礼仪文化习俗也在与时俱进、不断更新。有些礼俗在中原也许更新了，消失了，在边陲却方兴未艾。故有言曰礼失求诸野。"当我们关注《红楼梦》中的礼仪文化的时候，会发现它同样具有鲜明的北国满族特色。

已故周汝昌先生在谈到薛宝钗进京待选时说："可是一写到薛宝钗是进京'待选'，我便立刻感到，这是清代满洲旗制的事情了，这是无可'挪移'的硬证，也非诡辩所能歪解。"[1]

清朝的秀女，是指宫廷替皇上物色嫔妃和女官，谓之选秀女，仅限于在旗人中选取。故每年京都之外的旗人要将自己家适龄女

---

[1] 胡适等著《细说红楼梦》，北京：蓝天出版社，2006年版，第489页。

孩儿送到京都，以备选秀，谓之待选。薛蟠送妹待选，说明他家是旗人。故周老说"这是清代满洲旗制的事情"，而且是不可挪移的硬证。

《红楼梦》中满洲旗制的这类硬证，几乎俯拾即是，让我们先从满族独特的称谓谈起。

一 独特的称谓，让人应接不暇

《红楼梦》中满族称谓，多尊称、昵称、爱称，故将它列入礼仪文化一并阐述。周汝昌先生在《〈红楼梦〉与满俗》一文中指明宝钗的进京待选之后，又提出满族称谓问题，他说：

> 十分有趣，但今日一般人已不懂得的是书中的称呼，充分透露了那是满俗风规。例如，汉人最重名讳，来源最古，男子既冠，即有表字，谁再呼名，是最大的不敬之表现——等于骂人辱人。而满俗大异，其称人不冠姓，而以名为"领称"，双名的则以名之首一字"领称"。请想：政老爹、赦老爹（或将爹改爷，是晚出本）、琏二爷、宝二爷、环三爷，以至珍大嫂子、珠大嫂子、蓉大奶奶、璜大奶奶……皆属一辙。这就是满俗，汉人家里绝没有这个称法，谁要如此将犯名讳当好话说，就成了笑谈了。[1]

周老言简意赅，指明满族与汉族因族属不同，称谓也有明显差异。书中兴儿回话的称谓，简直让人应接不暇。

---

[1] 胡适等著《细说红楼梦》，北京：蓝天出版社，2006年版，第489页。

兴儿谈凤姐，亮出的称谓，让人应接不暇

偷来的锣敲不得。第六十五回"贾二舍偷娶尤二姨"，将尤二姐藏到别院居住。因此缘故引来贾琏的心腹小厮兴儿，与贾琏、二尤姐妹饶有兴味的对话，其中的称谓皆为满俗，很有代表性。

其一，与贾琏对话的层面。贾琏与尤二姐正为尤三姐议婚，小厮兴儿来请贾琏说："老爷那边紧等着叫爷呢。小的答应往舅老爷那边去了，小的连忙来请。"贾琏又忙问："昨日家里没人问？"兴儿道："小的回奶奶说，爷在家庙里同珍大爷商议作百日的事，只怕不能来家。"贾琏忙命拉马，隆儿跟随去了，留下兴儿答对事务。[1]

兴儿的话，不无讨好、包庇之意，谎说贾琏到舅爷那儿去了。亮出四个称谓：其中的老爷，指贾政；爷，指贾琏；舅老爷，是指凤姐的哥哥王仁；小的，则是兴儿奴才身份的自谓；兴儿、隆儿，则是主子对自己小厮的昵称，均具满族特色。

其二，与二尤姐妹对话层面。尤二姐拿了菜，斟了酒，命兴儿蹲在炕沿下喝酒，一长一短地拉家常。尤二姐问他家里奶奶（指凤姐）多大年纪，怎么个厉害样子，老太太（指贾母）多大年纪，太太（指王夫人）多大年纪，姑娘（指迎春、探春等）几个？从尤二姐角度亮出奶奶、老太太、太太、姑娘等四个称谓。

兴儿的回答，十分详尽。他首先介绍贾琏身边的人：我们共是两班，八个人，有的是奶奶的心腹，有的是爷的心腹——这里的奶奶，仍指凤姐；爷指贾琏，也称二爷。接着，他讲了奶奶（凤姐）心里歹毒，口里尖快，倒是平姑娘为人很好——将平儿介绍出来。"如今合家大小，除了老太太、太太两个人，没有不恨他的。"——推出老太太（贾母）、太太（王夫人）两位。再接下去

---

[1] 曹雪芹、高鹗著《红楼梦》，北京：人民文学出版社，1982年第1版，第933页。

尤二姐说："你背着他这等说他，将来你又不知怎么说我呢。"并表示要见见"你奶奶去"。兴儿忙摇手说："奶奶千万不要去！我告诉奶奶，一辈子不见他才好。嘴甜心苦，两面三刀……只怕三姨的这张嘴还说他不过。"——这里的奶奶，则是指尤二姐；三姨，指尤三姐。后来兴儿又介绍出大奶奶又称寡妇奶奶的李纨、大福大贵的大姑娘（元春）、诨名二木头的二姑娘（迎春）、诨名玫瑰花的三姑娘（探春）、少不更事的四姑娘（惜春）。最后谈到林姑娘、宝丫头，来了点小幽默，说"见了她俩就藏开了……自己不敢出气，是生怕这气大了，吹倒了姓林的；气暖了，吹化了姓薛的"。说得屋里人都笑起来。

上列兴儿所亮出的称谓，均不以姓冠名，而是以名领称，如琏二爷、宝二爷、平姑娘等。唯有尤氏姐妹例外，因她们是汉家女子，才以姓冠名，贾珍续妻称尤氏，尤氏的两个异母妹妹称尤二姐、尤三姐，皆承汉俗。至于黛玉又称林姑娘。这里，虽说林姓在前，与姑娘联为一体，仍视为满族称谓，以区别贾家的姐妹，硬性称黛玉姑娘，则不成体统，易与妙玉、红玉、玉官等姑娘混淆。

老祖宗，一旦成了尊称

第三回写林黛玉抛父进京到贾府，方入房时，只见两个人搀着一位鬓发如霜的老母迎上来，黛玉便知是外祖母。方欲拜见，早被外祖母一把搂入怀里，心肝儿肉叫着大哭起来。——此即贾政、贾敏之母的贾母。贾母一一指点，将几位舅母及珠大嫂子，及纷至沓来的三春姐妹，一一介绍出来。正自闲谈，只听后院有人笑声，说："我来迟了，不曾迎接远客！"——是"恍若神仙妃子"的凤辣子出场了。凤姐亦难得见到黛玉这样标致女孩，免不了惊艳、问候、流泪。贾母笑道："我才好了，你倒来招我。你妹妹远路才来，身子又弱，也才劝住了，快再休提前话。"凤姐听了，忙转悲为喜道："正是呢！我一见了妹妹，一心都在他身上了，又是喜欢，又是伤心，竟忘记了老祖宗。"[1]这段话中的珠大嫂子是指已故贾政之子贾珠的寡妻李纨，老祖宗是指贾母。

牡丹江师范学院著名民俗学家宋德胤先生认为："这样称呼老祖宗，是满族风俗。《清稗类钞》在称谓类中，将太后称老祖宗……这样以男称来称呼太后，正是满俗，《红楼梦》中正是以这样的称谓来称谓贾母的。"[2]通常，我们可以感受到，书中贾母被称为老太太的时候，体现的是满族人与人之间原始而朴实的平等观念，一旦被称为老祖宗，就把贾母抬高到贾府至高无上的地位，成为备受尊崇的中心人物。

爷，莫以为是在呼喊祖父

第十六回，贾琏的乳母赵嬷嬷来找凤姐，替儿子说项谋一份差。赵嬷嬷说："我这会子跑了来，倒也不为饮酒，倒有一件正经事，奶奶好歹记在心里，疼顾我些罢。我们这爷，只是嘴里说的好，到了跟前就忘了我们。"[3]这里的爷，指的是贾琏，又称琏二爷，是敬称。宋德胤先生曾引《老残游记补编》，记述道：满族"初次见面，可以称某大爷，某二爷，汉人称姓，满人称名。贾琏、贾环就称琏二爷、环三爷，就是这个体例。在《红楼梦》里，琏二爷始终称琏二爷，环三爷始终称环三爷"。这样称呼年轻的男主人，含有敬重之意。

---

[1] 曹雪芹、高鹗著《红楼梦》，北京：人民文学出版社，1982年第1版，第42页。

[2] 宋德胤著：《〈红楼梦〉中的满俗初探》，《红楼梦学刊》，1986年第4期。

[3] 同[1]，第214页。

奶奶，勿以为是称祖母

满族呼唤奶奶的时候，你千万别以为是呼叫祖母，往往是对已婚年轻女子的尊称。《红楼梦》所写贾、史、王、薛四大家族，"皆联络有亲"，权倾朝野。王熙凤是荣府的总管，称红楼第一姐，通常称凤姐，在贾母那里可以称凤丫头、凤辣子，在下人或社会上的人，则得称奶奶。第十五回，王熙凤弄权铁槛寺，写的是为秦氏送葬，棺椁寄放铁槛寺等待安魂。为了躲静，凤姐、宝玉、秦钟等三人独宿馒头寺，又名水月庵。沾了"水月"二字，便难免有风月之事。庵里有位高挑的智能儿，自幼在荣府走动，常与宝玉、秦钟玩笑。如今大了，渐知风月，便看上了秦钟人物风流，二人见面，免不了寻机干那警幻所训之事，被宝玉按住……正当秦钟得趣水月庵之时，王熙凤与老尼净虚正在干着谋财害命的勾当，为了赚取三千两银子，不惜拆散张金哥与守备之子的婚姻，逼嫁更有权势的长安府府太爷的小舅子李衙内。开头，王熙凤还拿一把，言称："我也不等银子使，也不做这样的事。"老奸巨猾的净虚用了一个激将法让王熙凤来了兴头，却又推说自己太忙顾不过来。老尼便一口一个"奶奶"的叫个不停：

> 这点子事，在别人的跟前就忙的不知怎么样，若是奶奶的跟前，再添上些也不够奶奶一发挥的。只是俗语说的，"能者多劳"，太太因大小事见奶奶妥贴，越性都推给奶奶了，奶奶也要保重金体才是。[1]

短短的几句话，用了五个奶奶，这里"奶奶"一词，变成极尊贵、极受崇敬的贵妇人的代名词，在《红楼梦》里得到普遍使用。

---

[1] 曹雪芹、高鹗著《红楼梦》，北京：人民文学出版社，1982年第1版，第206页。

太太，并非夫人的别称

台湾及港澳地区，将夫人称为太太，如今这一称呼已蔓延至江南。在《红楼梦》里，如果把太太理解为夫人就成了笑话。这里，太太是对女性长辈的称谓。如方才所举第十五回老尼净虚言称要去府里求太太过问一下金哥改嫁李衙内的事。凤姐听了笑道："这事倒不大，只是太太再不管这件事。"老尼道："太太不管，奶奶也可以主张了。"这里所说的太太是对王夫人的敬称。宋德胤先生引《北平音系十三辙》记载"旗人称祖母亦为太太"。《红楼梦》中，称王夫人为太太，尊称贾母为老太太，均属满族称谓。

哥儿，莫以为在呼唤兄长

通常，哥儿是对兄长的称呼。在满族这里，哥儿则是对有身份的男孩的爱称，有尊重之意。宋德胤教授引《清稗类钞》旗人方言条目说："哥儿，公子也。"《红楼梦》一书，外人对宝玉、贾蓉等公子哥，往往称哥儿。

第九回说宝玉上学去，袭人等早早地把书笔文房、大毛衣服、脚炉手炉等物，一一备好。宝玉分别到贾母、王夫人那儿请安，又特别去跟林妹妹道别，又向袭人、晴雯分别嘱咐了一些话，最后到书房去见父亲贾政，回说上学里去。贾政冷笑道："你如果再提'上学'两个字，连我也羞死了。依我的话，你竟顽你的去是正理。仔细站脏了我这地，靠脏了我的门！"众清客忙忙地站出来解劝，将宝玉送出。贾政因问："跟宝玉的是谁？"跟班李贵等三个大汉赶忙进来，垂手侧立。贾政对李贵训斥道："你们成日家跟他上学，他到底念了些什么书！倒念了些流言混语在肚子里，学了些精致的淘气。等我闲一闲，先揭了你的皮，再和那不长进的算帐!"吓得李贵双膝跪地,碰头有声,连答"是"。退出门来,见宝玉站在院外屏声静候,李贵一面掸衣服,一面说:"哥儿听见了不曾?可先要揭我们的皮呢!人家的奴才跟主子赚些好体面,我们这等奴才白陪着挨打受骂的。从此后也可怜见些才好。"[1]这里,李贵的一声"哥儿",是又疼又爱又恨。

满族称谓,感情色彩极浓,且因人而异,因事而异,因环境场合不同而异。第七回写宁府宝玉会秦钟。深夜,宁府派差老仆焦大送秦相公,引得老资格的焦大一顿海骂。贾蓉忍不住,骂了两句,命人捆起来。那焦大哪里把贾蓉放在眼里,赶着贾蓉大叫起来:"蓉哥儿,你别在焦大跟前使主子性儿。别说你这样儿的,就是你爹、你爷爷,也不敢和焦大挺腰子!不是焦大一个人,你们就做官儿享荣华受富贵?"[2]焦大嘴里的这声"蓉哥儿",含有失望、悲愤,还有点倚老卖老的复杂感情在其中。

满族称谓,绝不止上列,主仆、妯娌、亲戚之间的称呼,均与汉人不同,在《红楼梦》一书中得到了充分的印证,成为此书主要是写满洲旗人的确证。知道这一点,对我们读懂《红楼梦》十分要紧。

二 交接礼俗,讲究甚多

满洲人礼大,表现在日常生活的方方面面,相互间碰面,讲究见面交接礼仪。不同的年龄、身份、亲疏关系,见面时会有不同的交接礼俗。这一礼俗,在《红楼梦》中有充分的体现。

---

[1] 曹雪芹、高鹗著《红楼梦》,北京:人民文学出版社,1982年第1版,第135、136页。
[2] 同[1],第119页。

请安，满族日常生活的常例

满族最常见的礼节是请安，小辈对长辈，三天一请小安，五天一请大安。

打千儿请安　请小安为小礼，垂手站立，鞠躬唱喏："请某某安。"打千为大礼，其形式男女有别。男人见到长辈，先哈腰，左腿前伸并弯曲，右腿曳后；左手扶膝，右手下垂，与此同时唱喏："请某某安。"女的头微低，双手贴腹相交，膝下蹲，同时唱喏："请某某安。"《红楼梦》第九回宝玉见过贾政，退出书房，贾政因问："跟宝玉的是谁？"只听外边答应了两声，早进来三四个大汉打千儿请安。第八回宝玉去看宝钗，宝玉得知老爷（父亲贾政）在睡中觉，便放心地奔梨香院去。可巧遇上银库房总管吴新登、仓库头领戴良等七人，一见宝玉，赶忙都一起垂手站立，独有一个买办名唤钱华，因他多日未见宝玉，忙上来打千请安。男子凡服箭衣者（即缀马蹄袖口之袍），弹袖放下袖头（先左袖，后右袖），再将左脚略移前半步，左膝前屈，同时左手手心向下自然地垂在左膝盖上；右足后引屈膝，至地不及寸，同时右手下垂，上身稍向前俯，似拾物状，约一呼一吸时间，左脚撤回，恢复立正姿势，俗称打千儿。买办钱华所施就是这种打千儿礼。宝玉忙含笑携他们起来。这是典型的满族礼俗，其中"携他们起来"，已有执手礼在其中。

执手礼又称挽手礼，是满族见面常用的礼节，往往用于平辈，或彼此间稔熟、亲密者。第五十三回写妯娌们来拜年，贾母归了座，老嬷嬷来回："老太太们来行礼。"贾母忙又起身要迎，只见两三个老妯娌已进来了。大家挽手，笑了一回，让了一回，吃茶去后，贾母只送至仪门便回来。[1]此处所言"挽手"，即执手礼，

---

[1] 曹雪芹、高鹗著《红楼梦》，北京：人民文学出版社，1982年第1版，第747页。

因老妯娌与贾母是平辈，施执手礼表达亲热。

抱腰礼，更显庄重、厚密

《宁古塔纪略》载："旗人重礼节……久别乍晤，彼此相抱，复执手问安。"

第八回宝玉去看宝钗，迎头遇见门下清客相公詹光单聘仁二人走来，一见了宝玉，便都笑着赶上来，一个抱住腰，一个携着手，都道："我的菩萨哥儿，我说作了好梦呢，好容易得遇见了你。"说着，请了安，又问好，唠叨半日，方才走开。[1]

这里，单聘仁行的是执手礼，是满族关系较密切的人之间所施礼节。詹光行的是抱腰礼，满族表示最亲密时的大礼，一般用于至亲相见，其形式是，右手抱腰，左手抚背，交颈贴面。此俗自后金时兴起，"亲旧相见者，必抱腰接面，虽男妇间亦然"。如前所述，第二伙人"一见了宝玉，赶来都垂手站立"。行的是垂手礼，一直恭立到宝玉走过去。

晨昏定省，雷打不变

满族晚辈对高龄长辈每天须固定请早安、请晚安，称晨昏定省。过去，小辈对长辈"朝夕问安诸长上之室，皆侍立，命之坐，不敢坐。所命耸听，不敢怠。不命之退，不敢退"。（《天咫偶闻》）康熙皇帝向来注重"仁孝"二字，将晨昏定省作为一项礼仪的基本制度固定下来，雷打不变，以至于晨昏定省成了满族贵族的"专利"，变成满族的定规，延续到大清解体，才逐渐式微。第三十五回至第三十六回，宝玉挨了打，贾母吩咐说是打重了，

---

[1] 曹雪芹、高鹗著《红楼梦》，北京：人民文学出版社，1982年第1版，第122页。

得着实将养几个月，过了八月才许出二门。那宝玉得了这话，越发得了意，不但将亲戚朋友杜绝了，就连家中晨昏定省亦发随他的便了。

跪安礼，奴仆对主子

男子晚辈对于长辈，下官对于长官，奴才对主子，常用跪安礼。具体礼节是：先看准了人，而后俯首疾行两步，至受礼人身前，双手扶膝先将右腿跪在地上，左腿也随之下跪，但膝盖一着地就起来，随后右腿也起来，在施礼同时亦口称"某某给某某请安"，起来时，要从容收腿，挺腰敛胸，双臂垂立，两手向后稍拢，两脚并齐打横儿，每一施礼，毕恭毕敬。可见，向人叩礼请安，不但要看清对方身份，还要分清地点，严格按步骤进行。女子也行请安礼，称蹲安或半蹲，具体礼节是：上身挺直，两腿并拢，右足略后引，两膝前屈，呈半蹲姿势，同时左手在下，右手在上，相叠搭在两膝盖上，约一呼一吸间，复原礼成。施礼时，必使长衣拂地，拖襟四开，缓而且深，显出高雅气质。《红楼梦》里，对这些礼仪多是点到为止，并不铺陈开来写。第七十一回写今岁八月初三日乃贾母八十大寿，宁荣二府齐开筵宴。宁府请官客（男客人），荣府请堂客（女客人），免不了拜寿入席。至次日一早，贾母知无远亲，都是族中子侄辈，只便衣常装出来，在堂上受礼。"先是那女客一起一起行礼，后方是男客行礼。"贾母歪在榻上，只命人说"免了罢"，早已都行完了。然后赖大领着众人，从仪门直跪到大厅上，磕头礼毕。从跪安礼到礼毕，非常完整。作者出于同样的原因，没有写跪安礼的具体步骤，已让人意识到这是满族贵族世家的礼仪。

叩头礼，应用最为普遍

叩头礼，又称跪拜礼，是下属对长官、少辈对长辈、贱人对贵族间一种常见的大礼，也用于拜年和祭神。此俗大约是从汉族那里借鉴来的，《建州闻见录》云："将胡（指军官）之见奴酋（努尔哈赤），脱笠叩头，卒胡（当兵的）之于将胡，亦然。"可见，在女真人那里，叩头礼传习已相当久远。到了清代，随着等级观念、奴婢制度的加强，叩头礼的使用更为普遍。方才贾母所受跪安礼中，已含有叩头礼在其中。具体礼节是：行礼时先脱帽，先跪左膝，后跪右膝，马蹄袖一弹，双手着地，屈躬叩头离地寸许，挺身目视受礼者胸前，是为一叩。如是者三，即为一跪三叩。起立平身，再跪，再三叩，即为二跪六叩。复起再跪，又三叩，即为三跪九叩。朝廷朝会大典，行三跪九叩大礼。对父母、尊长视情况而行二跪六叩礼，或一跪三叩礼。《红楼梦》中多次提到这种叩头礼，只是出于真事隐的意图，一般不做具体状写。如第五十三回写宁府祭宗祠，插入东省黑山村庄头乌进孝进租，贾珍与贾蓉看罢进租单，命带进他来。"一时，只见乌进孝进来，只在院内磕头请安"，言称今年雪大，路上走了一个月零两日。贾珍命人拉他起来。尽管乌进孝是庄头，毕竟是奴才身份，一年一度的岁贡见面行叩头请安礼是少不了的。第十七回至第十八回元妃省亲，因元妃已升为贤德妃，取得了至高无上的地位，尽管她是贾政与王夫人所生，属于晚辈，归省之时，一见元妃的"金顶金黄绣凤版舆，缓缓行来。贾母等连忙路旁跪下"。此后父亲贾政、母亲王夫人、弟弟宝玉等晋见，皆行跪拜，以国礼请安。第四十五回，写荣国府的世仆赖家，赖尚荣是赖大之子，"受主子恩典"，被荣府放出，二十岁上捐了前程，三十岁选了州县官，穿着新官服，威武地来到老太太院里，给老太太、太太磕头致谢。这种感恩致谢的叩头礼属于大礼，比一般的请安礼为重。第四十四回，写贾母牵头凑份子，为凤姐庆寿。下流胚子贾琏趁机招来鲍二家的干那种丑事，两人正咒魇凤姐怎么不死，偏偏被凤姐撞见。于是扭打成一团。贾琏恼羞成怒，以酒盖脸，挺剑追杀凤姐，被邢夫人和王夫人喝住。第二天酒醒后，贾琏到贾母面前跪下。贾母斥责他是下流东西，活该打嘴。逼他给凤姐和平儿赔不是。凤姐是荣府的内当家，贾母的红人，毕竟是贾琏的媳妇，平儿是通房丫头，贾琏对妻妾道歉赔不是用的是作揖礼，已属于汉俗，虽说算不上大礼，对硬充好汉的贾琏来说，已是很破格的事情。故半个奴才身份的平儿走上来给凤姐行磕头礼。三个人又"从新给贾母、邢王二位夫人磕了头"。第三十六回，袭人因私下里向王夫人建议让宝玉搬出园子，王夫人听了，心里越发感爱袭人不尽。于是决定将袭人擢拔为宝玉的准妾，纳入宝玉房中，从自己的二十两月例银中拿出二两一吊钱给袭人，以赵姨娘、周姨娘一般看待。袭人从王熙凤那里得知这一好消息，去给王夫人磕头，这属于袭人身份确定的答谢礼。同一回，王夫人一巴掌将自己的贴身丫鬟金钏打得跳了井，事后又大发慈悲，将金钏的一两月例银赏了玉钏，"玉钏过来磕了头"，也属于答谢礼。这个头磕得很辛酸，是以姐姐的生命为代价换来的，能有好心情吗？作者只冷冷地写了一句"玉钏过来磕了头"而罢。满族无论施哪种礼，都有复杂的感情灌注其中。

三 尊老敬上，以孝为先

尊老敬上是满族人礼仪的中心内容。大清建国后，康熙、乾隆皇帝数次举行千叟宴，身体力行，尊老敬上。满族人无论是官宦士绅，还是平民百姓，都把尊老敬上视为美德，成为家法族规的重要内容。平日，同居的晚辈，每天早晚都要给老人请安。长辈的教诲要洗耳恭听，不能顶撞。长辈同行，要随从其后。进出门时，要先行几步为长辈开门打帘子，并请长辈先行。在屋中，要长辈先坐。长辈说话，非得允许，不得插言。长辈外出远行，要送出大门外，归来要迎至大门。年轻人外出归来，要先向父母请安，然后再回到自己房里。路途相遇，小辈须垂立路旁，让长辈先走。吃饭时，要长辈先坐、先吃，自己才能坐，才能动筷子。食毕，长者先放下筷子，晚辈才能够离席。过去满族是父子不同席。媳妇对公婆礼节最多，也最恭谨。如每天要早起做饭，还要装烟、打洗漱用水、问安等。一日三餐要站立侍奉，不能与公婆同席。而未出嫁的姑娘则有特殊地位，可就食于翁姑之侧。书中凡写到贾母用餐，在侧陪餐的有宝玉、黛玉及小姐们，凤姐、李纨、尤氏等则在地下伺候。

贾府及其大观园的活动，往往以贾母为中心。这固然因为老祖宗喜聚不喜散，善良、随和，有凝聚力，也与族中尊老敬上的传统民俗有关联。对贾母，将有专章论证，此不多及。

《红楼梦》中，阖府上下，对老陈人、嬷嬷的尊敬，构成一道独特的风景。老陈人指老奴，如焦大等。嬷嬷，分为奶嬷嬷和教引嬷嬷。《红楼梦》第十六回，贾琏的奶母赵嬷嬷来给儿子谋事做，凤姐忙将她让到炕上，与贾琏一口一个妈妈叫着，管饭吃酒，又怕吃硬的矼了牙，特命拿炖烂的火腿肘子来。

第八回写宝玉奶母李嬷嬷，先是吃了留给晴雯的豆腐皮包子，宝玉尚能忍，得知连自己早上沏的一碗枫露茶也被她喝了，宝玉禁不住将茶杯掷之于地，声言我如今又吃不着她的奶了，白白的养着祖宗作什么？撵出去，大家干净！

袭人本是在里头炕上装睡，一听这话，赶忙起身，告诉他，你撵李嬷嬷还不如早早把我们撵出去呢！此时宝玉年纪尚小，在薛姨妈那儿，嬷嬷就百般劝他休要喝酒，已让"孽障"宝玉大不受用。袭人毕竟比宝玉大两岁，知道此中利害，李嬷嬷终生对宝玉有教引之责，况是把宝玉奶大的，阖府上下都得高看一眼，确是撵不得的，便劝宝玉安静地睡下。

最为体面的是赖嬷嬷。第四十三回说："贾府风俗，年高服侍过父母的家人，比年轻的主子还有体面，所以尤氏、凤姐儿等只管地下站着。"赖嬷嬷则坐在小机子上。书中没明确讲赖嬷嬷是哪个的奶母，大约得追溯到贾母那一代，才可能早早地放出去，如今成了财主，其孙儿赖尚荣点了县官。

四　女性为尊，世代传流

满族尊女风俗由来已久，在书中活生生再现出来。

书的开篇第二回，作者就借男主人公之口宣布，男人是泥做的骨肉，是渣滓泡沫，女子是水做的骨肉，我见了女子便觉清爽，见了男人顿觉浊气逼人——通读全书，会发现，这条荒唐言，贯穿始终。作者用如花梦笔，在地上创造一个"天上人间诸景备"的女儿国大观园，在神界创造了一个"人迹罕至，飞尘不到"的女神国"太虚幻境"。让从大荒之野而来的"风流冤家"们能够在这里自由自在地生活；让有金子般爱心的神女在神殿得以舒展个性，施展救赎人间疾苦的活动。

大观园名为元妃省亲修建，实为"风流冤家"们的生存空间和活动场。

"太虚幻境"，表面看是作者虚拟的仙境，实则是满族萨满女神神殿。女神们气质高雅,才艺奇绝,倡导亲情,救人危难,通达世情,促进婚配。她们虽说是神女,并非高居天庭,傲视人间,而与人们姐妹相称,亲如一家,专为人间扶危解难。这样的美女神,理所当然地受到族人敬重、爱戴。

满族以姑娘为尊,从古代延续至今。宋德胤教授引《清稗类钞》旗俗重小姑条说:"旗俗,家庭之间礼节最繁重。而未字(未出嫁)之小姑,其尊亚于姑。宴居会食,翁姑上坐,小姑侧坐,媳妇则侍立旁,进盘匜奉巾栉惟谨,如仆媪焉。"[1]第三回黛玉初进贾府在贾母处吃饭,让她第一次领略贵族世家的风规。黛玉、迎春姊妹陪贾母就座用餐,李纨、凤姐却只能捧杯安箸,立于案旁侍候。这让黛玉大开眼界。此后,凡有饭局,无不如此。第四十回史太君两宴大观园,贾母、王夫人、薛姨妈就座,黛玉、宝钗、湘云、迎春姊妹等陪座。李纨与凤姐在旁侍候饭局,等这些人"一时吃毕,贾母等都往探春卧室中去闲话,这里收拾残桌,又放了一桌",李纨、凤姐才可以对坐吃饭。连阅历丰富的刘姥姥都感慨礼出大家。

为什么这么尊崇小姑呢?《清宫遗闻》卷二"记满洲姑奶奶条目":"未字之女最尊,若出嫁后则又平等视之,不知何故。或云幼女未字时,有作皇后太后之希望,是或然欤?"[2]意思是说,小姑未出嫁时,是不是有可能被选入宫,所以受到尊崇?其实不然,在大清未立国时,以姑娘为尊的习俗早已存在,属于古老的尊女习俗的延续,与待选入宫没有多大关系。

谈到满族尊女习俗,大约可以追溯到原始的母系氏族社会。

---

[1] 宋德胤著《红楼梦与民俗美》,北京:首都师范大学出版社,2015年版,第14页。
[2] [民国]小横香室主人撰,浊尘点校《清朝野史大观》,北京:中央编译出版社,2009年版,第128页。

满族先世长久从事渔猎生活，加之北方寒冷，生存条件极为恶劣，靠群体力量采集、狩猎，以获得生活资料。长久以来，维持以血缘为纽带的氏族家族制，一个家族往往以老祖母为中心组织生产、料理生活。老祖母最关心家中的女子，家族的兴旺与否决定于女人的生育能力，故女人从孩童伊始受到尊崇和格外关照。她们的健康成长，关系到部落、氏族甚至民族生存发展、兴旺发达。尊崇女性，女性当家做主，便成了延续久远的习俗。

从婚姻制度来讲，在相当长的母权制历史时期里，男子须去外氏族拜访求宿，唤作走访婚。每至夜幕降临，外姓氏男子绕帐三匝，问新娘留宿否，被后人称为绕帐求宿，这就再次突出了女性地位。

因此说，满族尊女成俗，是古代自然条件恶劣、生民不易，女性居于主导地位所决定的。

五 书中满族风俗，也有真事隐

除此之外，满族的风俗甚多，作者有的写到了，写到的也往往真事隐，绝不指明其俗的族属；有的点到了，点到的亦是点到为止，不去铺陈，以免露出马脚。须展开来写的，亦是不得不写，采取种种隐蔽手法，让人不易看破。

戚蓼生十分赞叹曹公灵活智慧的写作手法。明知书中如《春秋》之有微词，采取的却是史家的曲笔隐逸。譬如说，此书明明是揭示大清的盛极而衰，如果直统统地写来，必触文网，无异于灯蛾扑火，怎么办？只能采取"明修栈道，暗度陈仓；云龙雾雨，草蛇灰线"等种种秘法。如书的开篇，明明是从满族崇山习俗写起，以古大荒山之称谓代指长白山，既隐蔽，又达到目的；用出自大荒山的石头代指满族,用补天代指满族入关取得天下。这一连串的借代,确凿无疑地告诉人们,本书是揭示大清王朝社会生活的,是揭示百年后满族贵族没落的窘态。此种金针暗度之法,两百五十多年来,居然很少有人看破,岂非咄咄怪事!

戚蓼生还告诉我们,"作者有两意,读者当具一心"。就像绘画,"石有三面,佳处不过一峰;路看两蹊,幽处不逾一树"。心里揣着这个意思"以读是书,乃能得作者微旨"。倘若"如捉水月,只挹清辉;如雨天花,但闻香气",能得到此书微言大义吗?那是不可能的。

第六十四回贾敬亡故,宝玉为之守丧回来,进入怡红院,四儿看见,连忙上前来打帘子。将掀起时,只见芳官自内带笑跑出,几乎与宝玉撞个满怀。芳官求宝玉"快与我拦住晴雯,他要打我呢"。一语未了,只听得屋内"嘻溜哗喇"乱响,不知是何物撒

嘎拉哈 满族民间游艺器具,米口袋为汉儿抛接玩具   长白山民俗馆供稿

了一地。宝玉遂一手拉了晴雯,一手拉了芳官,进入屋内。看时,只见西边炕上麝月、秋纹、碧痕、紫绡等正在那里抓子儿赢瓜子儿(重音在"瓜",指弹脑瓜)呢。却是芳官输了,不肯让弹脑瓜儿崩。

抓子儿,满族称欻嘎拉哈,儿童、妇女的游戏活动,满族犹喜。满族人玩的欻嘎拉哈与汉人不同,汉儿是用石子或小布袋,满族是用动物膝骨。以羊骨、鹿骨、狍子骨为佳,猪骨次之。《满洲源流考》记载:"旧俗以蹄腕骨随手摊掷为戏,视其偃、仰、横、侧为胜负。小者以獐,大者以鹿,莹洁如玉,儿童、妇女围坐,掷以相乐。"只有动物腕骨的嘎拉哈才可能发出"嘻溜哗喇"的脆响,汉儿所抛掷的石子儿、小沙袋类,发不出脆响。由此"嘻溜哗喇"四字,即可断定晴雯与芳官游戏的是满族的欻嘎拉哈,写来相当隐蔽。不仅再次确证这是满族人家孩儿之戏,也说明家人没把贾敬之死当回事,原本对他视有若无,怡红院的女儿照玩

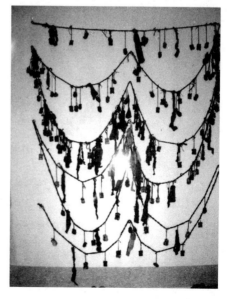

子孙口袋和子孙绳　伊通民俗馆供稿

不误。此种写法,亦可谓"一声也而两歌"。

《红楼梦》里的风俗,几乎俯拾即是,有满俗,有汉俗,但以满俗居多,且多来自东北老满洲的风俗。仅以宝玉过生日为例,其风俗事项让人目不暇接,眼花缭乱,而且每一风俗叙出,必引动小说情节的推进或人物性格的发展。

其一,收受贺岁礼,伏"换锁"一大满俗。

第六十二回写宝玉过生日,恰巧与平儿、宝琴、岫烟是同一天。因贾母、王夫人等头面人物都去给老太妃守制,也不曾像往年闹热。只有僧尼、道士送来寄名符、供尖等物,"并本命星官值年太岁换的锁儿"。

换锁儿,也有写为换索,就是换锁线,以求孩子健康长命。清代姚元之《竹叶亭杂记》卷三云:

> 换锁者,换童男女脖上所带之旧锁也。其锁以线为之。旧礼,生人后乞线于亲戚家为之作锁。今不复乞线,但自买线为之。线用蓝、白二色,亦有用红、黄者,聚为粗线作圈。线头合处结一疙疸,结处剪小绸三块缝其上。旧例,上次祭时所带,必至下次祭时始换之。今多只带三日即取而藏之,下次祭时再带之以俟换。其换锁之仪,用箭一枝,搭扣处系以细麻及新锁。院中神杆旁别置小杆,杆上扎柳枝一束,柳上剪白纸作垂绥二以系之。神座木版前有一钉,用黄绒线一条,其绳极长,一端挂于钉上,一端牵于门外,系之柳枝上。令带锁者群聚围座一处。主祭者持箭,以麻缕新锁绕于香烟上,然后取一细缕搏于带锁者之怀。置已遍,复绕于烟,每绕一度,怀麻缕一度。如是者三,然后换新锁,其旧锁即系

于所牵之黄绳上。[1]

清人姚元之基本将满族小儿换锁说清楚了。换锁时要祭祀,从西墙供堂取下子孙口袋,将口袋中的子孙绳拉出窗外,系于柳枝上,祭祀子孙娘娘(满族指佛朵妈妈)后,即可给换锁者换锁儿。宝玉的换锁儿,因前置状语"本命星官、值年太岁"变成汉俗满俗杂糅,说明宝玉是在虚岁十三岁那年过生日换锁的。旧俗认为,每年都有值班的星官在天上巡游,有太岁在地下行走。本来,宝玉的换锁与星官、太岁的当值没有什么直接关系,因本命星官当值,就隐蔽地暗示读者,书中所写宝玉的生日恰好是他的本命年,就是虚岁十三岁那年。如果再细说一点,锁线一般用五花线,在香烟中绕几圈,新线由主祭萨满给换锁者拴在手脖上,三天后由年长者取下藏之,待下次换锁时以新换旧。贾宝玉的生日换锁虽只提一句,满族换锁礼俗已在其中,是不写之写。

其二,端午斗草,伏宝玉等人的生辰,引出宝玉与香菱的情感交织。

斗草,即斗百草,小儿游戏之一种。只有端午节那天才有游此戏。唐白居易《观儿戏》:"弄尘复斗草,尽日乐嬉嬉。"玩法有三:一是对草名,如狗尾草对鸡冠花,《红楼梦》里的并蒂莲对夫妻蕙等;二是斗草的多寡,比谁寻找的花草品种多;三是斗草的韧性,看谁的花草不易折断。《红楼梦》中的斗草,属于第一种,正当宝玉拿来夫妻蕙对香菱的并蒂莲的时候,香菱污了裙子。于是引出宝玉与香菱的一大段情感交织的文字。

宝玉生日插写斗草,不仅隐写出宝玉的确切生日是古历五月五日,也把宝玉对香菱的感情,惟妙惟肖地写了出来。

---

[1] [清]姚元之撰《竹叶亭杂记》卷三,北京:中华书局,1982年版,第62页。

其三，占花名，伏小姐丫鬟的不同命运。

又是一例满汉风俗的杂糅。大家知道，满族认为花儿草儿都是有灵性的植物，其灵魂是可以转渡的。因此，此间的占花名——小姐丫头所占得的花，除了预示作用之外，也有人物婉约细腻的感情在其中。

其四，怡红院夜宴，伏打画墨儿的民俗，引出宝玉与芳官的亲密无间。

宝玉生日当晚，怡红院的丫头们凑份子举办夜宴，送走了李纨、宝钗、黛玉后，复又行起令来，换大盅喝酒，唱小曲，直闹到四更时分，酒坛已罄。芳官吃的两腮胭脂一般，眉梢眼角越添了许多风韵，身子有些撑持不住。小燕四儿也撑持不住。于是各得其所，黑甜一觉，不知所之。及至天明，袭人将大家唤醒，芳官揉着眼睛，瞧一瞧，发觉自己居然与宝玉同榻，忙笑的下地来，说："我怎么吃的不知道了。"宝玉笑道："我竟也不知道了。若知道，给你脸上抹些黑墨。"抹黑墨，民间叫打画墨儿。说的是正月十六放偷节，男女脸上打画墨子后，可以遮去羞臊，随心所欲地相互调情，动手动脚，有过之犹不许恼。宝玉这句"抹些黑墨"一下拆掉他俩之间的一切壁障，变得更是亲密无间，芳官任宝玉摆布，扮演完满族阿哥扮蒙古种姓，一如双生兄弟。芳官似乎非常满意自己的兄弟角色。如果说，湘云的爱情还处于睡眠状态，香菱初尝爱情的熨帖，爱情似乎还没有来到芳官的身边，或者她还浑然不觉，仅限于兄弟之情，尽管多情的种子就在她身边。

风俗就是这样有趣地充盈于书中形形色色人物之间。当我们从风俗的角度阅读《红楼梦》的时候，同样是说不尽的青山依依，绿水悠悠。

第七编

宝黛形象论说

　　本书前面的一些篇章，除了从民俗的角度对大荒山、灵河、太虚幻境等主旨要道，进行必要的考研之外，也对警幻仙子、癞僧、跛道、宁荣二公、甄士隐、贾雨村等人物形象做了一些探讨，他们在《红楼梦》中还算不上主要人物。对男女主人公贾宝玉、林黛玉的形象，仅做了些随笔点评，并没有进行综合分析。宝玉、黛玉究竟是何等样人，可以说是红学研究最重要的课题。最重要的课题，未有明晰的令人信服结论，要这个时而喧嚣时而沉寂的红学还有什么用处？——网上的质疑，让人汗颜。故试遣愚衷，从满族风俗文化的角度，再次将书中宝黛故事一件件摆放出来。发现向我们牵手而来的，乃是满洲童贞时期两个聪明灵秀、性格偏僻乖巧的孩子。

第二十一章

贾宝玉究竟是何等样人?

《红楼梦》问世两百五十多年来,如同莎士比亚笔下的哈姆雷特,一百个人心中便有一百个贾宝玉,一千个人心中便有一千个贾宝玉。有人说他是本演色空的情僧,有人说他是爱博而心劳的富贵闲人,有说他是饭来张口、衣来伸手的公子哥儿。20 世纪 50 年代以来,社会批评派给他套上耀眼的光环,封他具有初步民主主义思想的封建叛逆者的形象。

那么,曹雪芹笔下的贾宝玉,究竟是何等样人?

一 书中人物眼中的贾宝玉

书中人物眼中的宝玉,说辞各不相同。

贾雨村、冷子兴眼中的宝玉

《红楼梦》开篇第二回,贾雨村和古董商冷子兴在酒肆偶遇,谈起贾家"衔玉而生"的宝玉,贾雨村认为"只怕这人来历不小"。冷子兴颇不以为然,觉得这孩子有些呆气,周岁时,贾政用抓周试他的志向,他只把那些脂粉钗环抓来,说起孩子话来,又怪怪的:"女儿是水作的骨肉,男人是泥作的骨肉。我见了女儿,我便清爽;见了男子,便觉浊臭逼人。"冷子兴认为,"将来色鬼无疑了"。

贾雨村则以为不然。他从气运学角度,对宝玉这类人物,给出解释。他认为,天地有正邪两气,正气和邪气相遇,必然相互搏击。秉此正邪两气而生之人,生于诗书礼仪之族,则为逸士高人;生于薄祚寒门,则为奇优名倡;生于公侯富贵之家,则为情痴情种,如前代阮籍、嵇康、刘伶、唐伯虎、卓文君、红拂、崔莺莺之流。在贾雨村眼里,这类情痴情种,"在上则不能成仁人君子,下亦不能为大凶大恶。置之于万万人中,其聪俊灵秀之气,则在万万人之上;其乖僻邪谬不近人情之态,又在万万人之下"。

贾雨村的这一论述,成为此后评宝玉的重要参照。

警幻眼中的宝玉

警幻眼中的宝玉是闺阁中的良友,天分中有一段意淫的痴情,"于世道中未免迂阔怪诡,百口嘲谤,万目睚眦"。——"太虚幻境"篇已详,不再聒噪。

小厮兴儿眼中的宝玉

第六十六回,贾琏偷娶尤二姨,租了另房别院居住。一次,心腹小厮兴儿来报信,贾琏去了。尤家姐妹留住兴儿喝酒,对宝玉颇有好感的尤三姐向兴儿打听宝玉:"可是你们家那宝玉,除了上学,他作些什么?"

兴儿亦诙亦谐地回答:

姨娘别问他,说起来姨娘也未必信。他长了这么大,独他没有上过正经学堂。我们家从祖宗直到二爷,谁不是寒窗十载,偏他不喜欢读书。老太太的宝贝,老爷先还管,如今也不敢管了。成天家疯疯癫癫的,说的话人也不懂,干的事人也不知。外头人人看着好清俊模样儿,心里自然是聪明的,谁知是外清而内浊,见了人,一句话也没有。所有的好处,虽没上过学,倒难为他认得几个字。每日也不习文,也不学武,又怕见人,只爱在丫头群里闹。再者也没刚柔,有时见了我们,喜欢时没上没下,大家乱顽一阵;不喜欢各自走了,他也不理人。我们坐着卧着,见了他也不理,他也不责备。因此没人怕他,只管随便,都过的去。[1]

在小厮眼中,宝玉外清内浊,心里糊涂,只爱在丫头群里闹,跟他们这些小厮们,可以没上没下,乱顽一气,只管随便。

尤三姐眼中的宝玉

第六十六回尤氏二姨与兴儿吃酒说话,兴儿说宝玉糊涂、外清而内浊。尤三姐便告诉尤二姐,姐姐莫信他胡说,说秦可卿大殡"绕棺"那天,宝玉有意在前面挡和尚脏气,以免熏了姐姐们。姐姐要吃茶,他又要另洗了碗再拿来。由此,尤三姐得出结论:他"那些儿糊涂?……原来他在女孩子们前不管怎样都过的去,只不大合外人的式。"

尤三姐看得很准,宝玉对女孩子体贴,只是做事不大合外人的规范。说到这儿,姐姐便以为妹妹爱上了宝玉,贾琏私下里也这样认为。其实,尤三姐喜欢宝玉,但并不爱宝玉,喜欢和爱是两回事。她觉得宝玉有些女儿气,不如柳湘莲侠勇。她看上了柳湘莲。

---

[1] 曹雪芹、高鹗著《红楼梦》,北京:人民文学出版社,1982年第1版,第938页。

婆子眼中的宝玉

宝玉素习最厌愚男蠢女,这一日听得傅家两位嬷嬷来请安,恐薄了傅秋芳,破格接见傅家两位婆子。两位婆子告辞出来,至桥边,议论说宝玉是个呆子,时常没人在跟前,就自哭自笑;看见燕子就和燕子说话;看见河里鱼,就和鱼说话;见了星星月亮,不是长吁短叹,就是咕咕哝哝的——两位婆子虽说是在贬损宝玉,却道出宝玉一段自然风流态度。

王夫人眼中的宝玉

王夫人是贾政的传声筒和拨火棍。自从宝玉抓周抓得脂粉钗环后,贾政便认定其将来是酒色之徒无疑。王夫人每日忧心忡忡,生怕自己宝贝儿子被人带累坏了,从无有一句夸赞的话。黛玉初进贾府,王夫人向黛玉这样介绍自己儿子:

> 但我不放心的最是一件:我有一个孽根祸胎,是家里

满族小儿抓周　长白山民俗馆供稿

的"混世魔王",今日因庙里还愿去了,尚未回来,晚间你看见便知了。你只以后不要睬他,你这些姊妹都不敢沾惹他的……他嘴里一时甜言蜜语,一时有天无日,一时又疯疯傻傻,只休信他。[1]

黛玉原也常听得母亲说过,二舅母家衔玉而诞的表兄,顽劣异常,极恶读书,最喜在内帏厮混,外祖母又极溺爱,无人敢管。今见王夫人如此说,便以为"这个宝玉,不知是怎生个惫懒人物,懵懂顽童?"

贾母眼中的宝玉

贾母号称老祖宗。在贾府里有至尊地位,又天生怜贫惜幼。衔玉而生的神奇、长相与国公爷如出"一个稿子",宝玉自然特别受到贾母钟爱,把亲孙子宝玉,视为命根子,将外孙女黛玉视为宝贝心肝。故在第二十九回,两人因"清虚观打醮,张道士保媒"后,话不投机,酿出宝玉砸玉的风波,转日薛蟠摆生日宴,两人双双缺席,贾母十分伤心,抱怨说:"我这老冤家是那世里的孽障,偏生遇见了这么两个不省事的小冤家,没有一天不叫我操心。真是俗语说的,'不是冤家不聚头'……"贾母抱怨着,居然哭了。

第七十八回写抄检大观园之后,王夫人秉承贾政之命,撵走了晴雯,赶走了芳官,撵了四儿,凡疑心有勾引宝玉之流者,全不放过。之后,王夫人趁去贾母处省晨,说晴雯得了"女儿痨","赶着叫他出去了",又夸袭人如何"沉重知大礼"。

贾母听了,不但没迎合,还以自己"冷眼察看",公开为宝

---

[1] 曹雪芹、高鹗著《红楼梦》,北京:人民文学出版社,1982年第1版,第46、47页。

玉辟谣，说宝玉爱亲近女孩子，不是为男女的事，贾母用"想必原是个丫头错投了胎"一句，将王夫人等人加在丫头与宝玉身上不实之词，轻轻抹掉。

从以上书中人物眼中看宝玉，自有他们的评介，部分地揭示了主人公贾宝玉的某些性格特征。又因书中人物身份、眼光不同，有自己心中的宝玉，难免以偏概全。

二　评家眼中的贾宝玉

评家眼中的贾宝玉可谓五花八门，莫衷一是。

脂砚斋心中的宝玉

第十九回宝玉去花家探视袭人，回到怡红院，两人边剥栗子边谈，谈到在她家见到穿红的两姨妹子，宝玉连声赞："他实在好的很，怎么也得他在咱们家就好了。"——其实，宝玉没有别个意思，只是觉得这位妹子很好，大家在一处好玩罢了。袭人因哥哥要赎她出去正没有好心情，一听这话，便抢白道："我一个人是奴才命罢了，难道连我的亲戚都是奴才命不成？定还要拣实在好的丫头才往你家来。"宝玉一时无言答对，便说："我不过是赞他好，正配生在这深堂大院里，没的我们这种浊物倒生在这里。"此处脂砚斋有个双行夹批：

> 这皆是宝玉意中心中确实之念，非勉强之词，所以谓今古未有之一人耳。听其囫囵不解之言，察其幽微感触之心，审其痴妄婉转之意，皆今古未见之人，亦是未见之文字；说不得贤，说不得愚，说不得不肖，说不得善，说不得恶，说

不得光明正大,说不得混帐恶赖,说不得聪明才俊,说不得庸俗,又说不得好色好淫,说不得情痴情种,恰恰只有一颦儿可对,令他人徒加评论,总未摸着他二人是何等脱胎、何等心臆,何等骨肉。余阅此书亦爱其文字耳,实亦不能评出此二人终是何等人物。后观情榜评曰:"宝玉情不情,黛玉情情。"此二评自在评痴之上,亦属囫囵不解。妙甚![1]

这段妙批,并未实实在在告诉人们宝玉是何等样人,也不可能直截了当地言破宝玉的象征意象。却告诉人们,宝玉是今古未有之人。这古今未有之人有哪些性格特征呢?脂砚斋从不同侧面、不同角度讲出十一个"说不得"。"说不得"三字,是非肯定语。就是说,不能下结论说宝玉是什么、不是什么。这种非肯定的是与不是之间的解注,恰恰反映宝玉的本色,是他本色个性的似是而非的表征。他喜欢穿红的妹子,只是他本色性格特征之一,在黛玉身上也或多或少地存在着,脂砚斋特别指明,"恰恰只有一颦儿可对",即只有一个黛玉的脾性与之相投。宝玉的考语"情不情",是说情及一切有云水风度的女孩子;黛玉的"情情",是指情的专一。

索隐派笔下的宝玉

二十世纪二三十年代,索隐派开了探讨贾宝玉原型研究的先河。除了清代有人提出书中贾宝玉影射纳兰容若、影射和珅少子玉宝、影射金陵张侯家事、影射傅恒家事等以外,影响最大的是影射清世祖顺治、影射废太子胤礽两说。

---

[1] 曹雪芹著,霍国玲、紫军校勘《脂砚斋全评石头记》,北京:东方出版社,2006年版,第244页。

顺治说首见于1916年王梦阮、沈瓶庵所著《红楼梦索隐》：即认为贾宝玉写的就是顺治和董小宛的爱情故事。附会此说的人很多。

胤礽说是1916年王国维、蔡元培在《石头记索隐》(《小说月报》第七卷第一至六期）中提出来的。认为《红楼梦》是"清康熙朝政治小说"，"贾宝玉为朝之帝系也，宝玉者传国玺之义也，即指'胤礽'。胤礽生而有成为太子的资格，所以贾宝玉衔玉而生"。此说影响相当深远，今天仍有人由此说开去，探求贾宝玉原胎本位。四川大学张放教授在《红楼梦里藏血债》(《四川大学学报》2000年第3期）中说："康熙帝的二儿子，即后来囚禁至死的废太子，俨然就是贾宝玉形象的放大与前身！"北京作家刘心武先生从"日月双星照乾坤"的诗句，推断出乾隆朝有两个皇帝（弘历和弘皙）并存的局面。张、刘两位先生的论述，均在胤礽说范畴之内。

考证红学眼中的宝玉

正当索隐派方兴未艾之时，以胡适为代表的考证新红学派崛起，他们标志性观点是"自叙传"说。胡适之《〈红楼梦〉考证》中通过大量考证研究，驳斥了索隐派的种种影射说，提出"自叙传"说：

> 我们看了这些材料（指胡氏的考证材料），大概可以明白《红楼梦》这部书是曹雪芹的自叙传了……《红楼梦》明明是一部"将真事隐去"的自叙的书。若作者是曹雪芹，那么，曹雪芹即是《红楼梦》开端时那个深自忏悔的"我"！即是书里的甄贾（真假）两个宝玉的底本！[1]

---

[1] 王国维、蔡元培、胡适著《三大师谈红楼》，南京：译林出版社，2015年版，第167、168页。

胡适的"自叙传"说认同者不少。俞平伯在他的《〈红楼梦〉辨》(上海亚东图书馆1923年版)中说:"《红楼梦》是作者的自传。"是曹雪芹为"情场忏悔"而作。顾颉刚采用与俞平伯通讯方式著文支持"自叙传"说。周汝昌的《红楼梦新证》(1953年棠棣出版社)第二章"人物考"中说:"现在这一部考证,唯一目的即在以科学的方法运用历史材料证明写实自传说之不误。"

在寻找贾宝玉文学原型上,把小说当成历史书,拿实有的真人真事来比附,新红学派同旧索隐派在本质上没有什么不同。旧索隐追索的是官宦的家事,新红学追索的是作者的家事。况且,这两个学派追索的真事,与严格意义上的文学原型研究,也不可同日而语,他们都丢弃了文学典型化的过程。

社会批评派眼中的宝玉

从五四运动,特别是20世纪50年代中期以来,贾宝玉是封建叛逆者的说法得到普遍的认同,即贾宝玉"最突出的特征就是作为封建地主阶级的叛逆性格"。[1] 尽管具体叛逆到什么程度、叛逆性格产生的原因,各家有不同阐释。

五十多年来,叛逆说一家独尊,不容置疑。近年,叛逆说虽然提得不是那么响亮了,统治地位尚未完全动摇,在少数老先生那里,似乎觉得叛逆说还不"解渴",还须拔高,提出贾宝玉、林黛玉两人典型形象"代表时代的最尖新、思想最超越、行动最出俗的形象"……

宝玉资本主义萌芽期的"尖新"人物吗?

为了加深对这一问题的理解,读一下冯其庸、李希凡、王蒙

---

[1] 李希凡、蓝翎著《如何理解贾宝玉的典型意义》,《光明日报》1955年3月20日。

三公的《〈红楼梦〉的思想》[1]，那才叫趣味盎然。

第一个谈的是冯其庸先生的"超前说"。

冯先生认为曹雪芹所处时代是"极为尖锐，极富缓慢转型期的时代"，贾宝玉这一典型形象"代表时代的最尖新、思想最超越、行动最出俗的形象"，"他所创造的典型，远在世界现实主义文学典型之前列，更早于马克思、恩格斯典型理论整整一个世纪"。[2] 在冯先生看来，将贾宝玉册封为封建社会叛逆者形象不够高了，"贾宝玉的思想已经是近现代的思想"，贾宝玉这一典型形象"代表时代的最尖新、思想最超越、行动最出俗的形象"，属于资本主义萌芽转型期的新人形象。

曹雪芹是一位文学家，马克思、恩格斯是思想家和政治家，他们之间没有多少可比性。我们既不要把《红楼梦》当作历史书来读，也不要将《红楼梦》当作一部政治教科书来看。将曹雪芹与马恩放在一起比附，甚至得出曹雪芹的思想"超前"马恩一个多世纪的结论，莫说在李希凡、王蒙二公那儿通不过，在红学界也多以为是笑谈。碍于冯老年事已高，没人迎头给他放个"止步"的木牌，致使他的红学"拔高工程"越扯越远，越谈越玄。以至于搞得三人谈中的另两位赶忙出来撇清。

李希凡先生虽说也讲资本主义萌芽，但并不认可超前说，一再申明"我没提出过'超前'这个说法""我不提'超前'这个词"。他很给冯老先生面子，说冯老先生"是唯恐大家看低了《红楼梦》的思想，唯恐大家把《红楼梦》的思想与传统封建文化思想的'脏

---

[1] 闵虹主编《百年红学》，北京：文化艺术出版社，2007年版，第6~12页。

[2] 冯其庸著《我对〈红楼梦〉的解悟》，载闵虹主编《百年红学》，北京：文化艺术出版社，2007年版，第3、4页。

水'一起泼掉"。[1]

王蒙先生对超前说则很有保留，他看重的是宝玉身上体现的原生态因子，认为冯先生所说的超前，"都是原生态的人性，有欲望、有要求、有愤怒"。他提出一个历史规律性现象，即"超前的常常也是本初的，是原初的，'超前'和'原初'的相通，符合社会历史实践'螺旋式上升'的辩证法原理"。[2]他在《贾宝玉论》一文中明确地拒绝叛逆说，认为："把宝玉说成封建社会的叛逆，评价太高了。"贾宝玉的基本表现"并未超出正在没落的贵族公子哥儿的范畴"，"贾宝玉这个人物算不上叛逆异端"。[3]

《红楼梦》体现的思想是什么？宝玉是叛逆者吗？三人看法差异不小。特别是作家王蒙的评红，不是从抽象概念出发，注重《红楼梦》中的实际存在，中国"原生态的人性，有欲望，有要求，有愤慨"，人同此心，心同此理，两千年前中国人就唱出"窈窕淑女，君子好逑"，纯真爱情古已有之，还要等到资本主义萌芽吗？——王蒙先生的话十分明快。

人世间男女的自由恋爱，恐怕自有人类文明伊始就已存在。男女之间的自然追求，人的本性使然，并非资本主义萌芽后才能产生。自古以来，这类男女恋爱故事，载入文字的也不在少数。如汉代的司马相如与卓文君，唐代的唐明皇与杨玉环，清代的顺治帝和董鄂妃。这些名人尚且存在着动人的爱情，在民间彼此相悦相约为婚者又何止千万。在少数民族中，桑林之风，野合情趣，一直为民俗学家所津津乐道。满族更是如此，大型祭祀活动中，

---

[1] 冯其庸、李希凡、王蒙著《红楼梦的思想》，载闵虹主编《百年红学》，北京：文化艺术出版社，2007年版，第7页。
[2] 同[1]，第8页。
[3] 王蒙著：《贾宝玉论》，《红楼梦学刊》，1990年第2期。

恋爱男女，自由选择伴侣，在祭场周边自己搭建的爱巢中过夜，会受到神灵的庇护。满族还有约定俗成的放偷节，每至正月十六，相悦的男女向自己脸上抹黑墨、锅底灰类，以遮羞臊，尽情嬉戏，也不乏欢合得趣者，官民均不以为怪。曹雪芹是不是有这种返璞归真的思想，是不是有崇尚满族纯朴古风的思想倾向，是值得关注的。

资本主义萌芽，是20世纪50年代评红时出现的一个新名词。当时产生了许多争论。争论的核心是：明清时期有没有资本主义萌芽？如果明清时期有资本主义萌芽的话，它萌芽到什么程度？有的人认为不是萌芽，是资本主义因素；有的人认为不是因素，也不是萌芽，而只是资本主义生产关系的一些表现。于是又有了第三问：明清时期的资本主义萌芽，为什么就没有产生资本主义，没有把中国社会引导到资本主义？著名的历史学家范文澜先生的看法是：正因为有资本主义生产关系的萌芽，如果没有晚清殖民主义入侵，中国也会缓慢地进入资本主义。八国联军进北京，给中国社会的走向扳了道岔，中国进入半封建半殖民地社会。

这里，首先要解决的是，什么是资本主义？资本主义这个概念，套用到亚洲的中国是否合适？

研究明清文学的郭英德先生认为，一般说来，资本主义这个概念，是对欧洲而言的。马克思论述奴隶社会、封建社会、资本主义社会，然后是社会主义社会、共产主义社会等社会发展阶段，当时马克思依据的仅是对欧洲社会经济结构、社会结构的分析，还没有把亚洲国家的经济形态、社会形态纳入他思考的模式中去。也就是说，马克思有关社会形态的论述、社会发展阶段的观点，在当时并不是泛指整个世界的，主要是指欧洲而言。

郭英德先生觉得现在有理由说得更清楚一点，再明确一点：

马克思提出来的社会发展的基本形态，社会发展的几个阶段，不太符合中国的国情。现代的中国历史研究，不仅对资本主义萌芽的说法产生疑问，对中国有没有奴隶社会、有没有封建社会也都产生疑问。从当下的研究看，如果中国有奴隶社会的话，也和欧洲城邦制度的奴隶社会相差甚远，甚至有性质上的不同。

在这种情况下，对资本主义这个概念的质疑就更深了。就是说，即使中国有类似于资本主义这样的东西，是不是跟欧洲资本主义形态是一样的？或者说性质上是相同的呢？对这些问题，历史学界已有了相当深度探讨，经济学界的观点也发生了巨大变化，认为决定整个社会性质的往往不是生产关系，而是生产力。马克思一开始就肯定生产力是第一位的，生产关系是第二位的。这一基本观点，过去被遗忘了，人们分析资本主义萌芽时，讲的是它的生产关系，没有讲它的生产力。比如说，中国江南一带的纺织业中存在的作坊主和工匠间的雇佣关系、北京门头沟煤窑存在的股东契约关系，认为这种关系就是资本主义了，岂不知明代以前就有作坊主雇佣工人，产生了人身依附关系。我们还无法根据这种关系确定当时的社会是什么性质。

我们再回到马克思的《资本论》那里，马克思认为支撑资本主义的支柱是资本。资本的价值、增值和积累，靠的是大机器、大工业生产，是手工业经济、小农经济无法实现的。生产力的高度发展，才能引起社会性质的变革。而在中国明清时期，虽然商品产量很大，产品过剩，却不增值，是靠增加人力和劳动时间来增加产量的，仍是手工机械，甚至连电力也还没有。就是说，还没有通过改革提高生产力。郭英德先生由此得出结论："中国明清时期的经济生产离资本主义还远得很，明清时期的这种经济状况完全不是什么'资本主义萌芽'的问题……只是简单地看到了一种雇佣关系，就用来分析中国的社会经济，这样立论是很危险的。你将西方的建立在机器革命、工业革命上的资本主义理论，拿来分析没有经过工业革命的中国社会经济状况，这是很危险的，因为它们是风马牛不相及的。"[1]

总起来看，现在历史研究界已经不再去纠缠资本主义萌芽这个概念，不再去讨论资本主义萌芽，或资本主义因素。明清之际，市民也不可能构成一个阶级，更没有形成独立的可以左右社会走向的市民意识。比如说市民在政治上追求自由平等，曾被认为是市民意识最突出特点。其实，这是人的天性，自古有之。陈胜说："帝王将相，宁有种乎？"项羽指秦始皇说"彼可取而代也"，孔子说"不患寡而患不均"，这些不都是讲平等吗？因此，《红楼梦》中贾宝玉追求的民主自由古已有之，并非资本主义萌芽的衍生物。

既然明清之际资本主义尚未发生，宝黛的超前的资产阶级民主思想也就无从谈起，宝黛的资本主义新人形象，名不副实。那么，宝黛究竟是什么样的典型形象呢？

三人谈中，王蒙先生巧妙地将冯老的超前说纳入自己思索范畴："我再说两句带点小捣蛋性质的话。冯先生提到，《红楼梦》中宝玉曾说，如果林妹妹也说仕途经济的话，我早和她生分了。这其实也与历史传说中许由洗耳、嵇康与山巨源绝交都很近似。像冯老刚才还举了一个非常好的例子，说大同思想与三民主义也有相通之处。这就使我发现一个历史规律，超前的常常也是本初的，是原初的。'超前'和'原初'的相通，符合社会历史实践'螺旋式上升'的辩证法原理。"[2]

---

[1] 郭英德著《明清文学史讲演录》，桂林：广西师范大学出版社，2005年版，第233页。
[2] 冯其庸、李希凡、王蒙著《红楼梦的思想》，载闵虹主编《百年红学》，北京：文化艺术出版社，2007年版，第8页。

谁都可以看得出，出于对冯老的尊重，王蒙先生用了一个小迂回战术，他的本意是：貌似超前，实为本初。我觉得，王蒙先生的本初指的当然是人的原生态文化内涵，与我提出童贞时期少男少女形象有相通之处。我无有拉名人来为自己壮胆的习惯，学术上一就是一，二就是二，特别是红学研究，一个观点提出，须经漫长时间的检验，正确与否或者须等待下一代人去评判。红学三人谈之间呈现的差异，说明传统的叛逆说已陷入不可逆转的危机。

红学小道摸象人

这里，我也说句"小捣蛋"的话，迄今为止，当代拥挤的红学小道上，熙熙攘攘者，全是摸象人。有摸到鼻子的，有抱住腿的，有拽住尾巴的，也有触到肚子的，都称摸到了全象。宏篇大论可谓汗牛充栋、车载斗量。说句不恭的话，倘或将这些文牍倾入一口大锅里煮浆，塑成一头大象，也塑不成全象。我常笑自己也加入了这支摸象队伍。我恭贺王蒙先生，他是一位独具慧眼的执象耳者。他看出来宝玉的本初性格、人本的内涵，已相当难能可贵。

徐振辉先生在他的《原始思维：贾宝玉心理世界一角》一文中，对此有过一段很中肯的阐释：

> 我不赞成把少年宝玉视为具有很强社会意识的、思想成熟的人；因为他毕竟是阅世未深、苍黄未染的乳臭小儿。他的心理历程还有不少部分处于原始状态，与人类早期心理的发生发展有某种程度的类似。恩格斯曾科学地指出："正如母腹内的人的胚胎发展史，仅仅是我们祖先从虫豸开始的几百

万年的肉体发展史的一个缩影一样,孩童的精神发展是我们的动物祖先,至少是比较近的动物祖先的智力发展的一个缩影,只是这个缩影更加简略一些罢了。"这段话对于理解宝玉的原始思维应该是一个很好的注脚。[1]

徐振辉先生是较早从原始思维角度,探讨宝黛性格的。这篇文章与社会批评派的叛逆说、超前说之间的分野是显而易见的。

三 活脱脱一个满族小阿哥

谈宝玉与黛玉,实际是在谈少年时期的宝黛。书中,少年时期的宝黛占据着绝大篇幅。谈少年时期的宝黛,必得从开篇宝黛的民族出源谈起。

出源高远,满洲故乡人

河有源,树有根,《红楼梦》是揭示大清王朝社会生活的,作者自然地要将笔触撩拨到满族龙兴之地的长白山。我尝以为,没有满洲族系对长白山崇祀,没有大清以来皇家对长白山的验看、封神、望祭,就不会有曹雪芹撰写"清根"的灵感和立意;没有满族贵族的入关取得天下,也不会有曹雪芹将顽石埋根于长白山的构思。让幻化入世的灵石出源自长白山,堪称神来之笔。

宝玉,少年小阿哥

人世沧桑,实难预料。大清入关将至百年,先前那些补天石,

---

[1] 徐振辉著:《原始思维:贾宝玉心理世界一角》,《红楼梦学刊》,1990年第3期。

或颓废没落，一无作为；或好色如命，胸无点墨；或平庸无能，乏持家理政之才；或吃喝嫖赌，纨绔膏粱之辈；或无阳刚之气，形同弱女。唯姗姗来迟者宝玉、黛玉，聪明灵秀，在万万人之上；乖僻邪谬，又在万万人之下，仍是祖上童贞时期模样。

宝玉秉长白山清明灵秀之气，生得面若中秋之月，色如春晓之花，秀俊聪慧，眉目清秀。黛玉进贾府，未见宝玉时，以为是"怎生个惫懒人物，懵懂顽童？"一见面，吃了一惊，竟是"一位年轻公子"。且看他怎生打扮：

> 头上戴着束发嵌宝紫金冠，齐眉勒着二龙抢珠金抹额；穿一件二色金百蝶穿花大红箭袖，束着五彩丝攒花结长穗宫绦，外罩石青起花八团倭缎排穗褂；登着青缎粉底小朝靴。面若中秋之月，色如春晓之花，鬓若刀裁，眉如墨画，面如桃瓣，目若秋波。虽怒时而若笑，即瞋视而有情。项上金螭璎珞，又有一根五色丝绦，系着一块美玉。黛玉一见，便吃一大惊，心下想道："好生奇怪，倒象在那里见过一般，何等眼熟到如此！"只见这宝玉……转身去了。一时回来，再看，已换了冠带：头上周围一转的短发，都结成小辫，红丝结束，共攒至顶中胎发，总编一根大辫，黑亮如漆，从顶至梢，一串四颗大珠，用金八宝坠角；身上穿着银红撒花半旧大袄，仍旧带着项圈、宝玉、寄名锁、护身符等物；下面半露松花撒花绫裤腿，锦边弹墨袜，厚底大红鞋。越显得面如敷粉，唇若施脂；转盼多情，语言常笑。天然一段风骚，全在眉梢；平生万种情思，悉堆眼角。[1]

---

[1] 曹雪芹、高鹗著《红楼梦》，北京：人民文学出版社，1982年第1版，第49、50页。

《红楼梦》一书，有两个很少写：一是很少写人物的衣装；二是很少写女人的脚和鞋。为什么？不是作者不想写，而是不好写，不便写。唯其宝玉和凤姐写了衣饰和装束。宝玉，作为书中主人公，是不能不写，不得不写；凤姐，作为女中枭雄，也不能不写，不得不写。不然就反失其真传了。黛玉眼中的宝玉服饰、装束，乃一个活生生满族小阿哥的形象：

其一，从宝玉的发式、头饰，看满族的剃发、留辫习俗。

从宝玉戴着束发用的帽子，齐眉勒着抹额来看，他是留有全发。杨英杰先生的《清代满族风俗史》，谈到发式与发饰时，引述《红楼梦》中宝玉的发式和头饰：

> 满洲的发式与发饰承袭金代以来女真人之俗。男子半剃半留，编发作辫。即剃去周围头发，只留颅后发，编成一条大辫子，垂于脑后，以彩丝系结，饰以金银珠玉等。如《红楼梦》第三回对贾宝玉的发式与发饰的描写："头上周围一转的短发，都结成小辫，红丝结束，共攒至顶中胎发，总编一根大辫，黑亮如漆，从顶至梢，一串四颗大珠，用金八宝坠角。"这是当时八旗子弟的通常发式。在辫子上以珍珠、宝石、金银坠角为饰，一方面限制辫子的随便摆动，一方面又可以显示豪富。[1]

从这段文字，可以说明宝玉的发式和发饰确实属于满族小阿哥的。但有一点，满族成年男子是半剃半留，即剃去周围头发，颅发总编一辫垂于脑后；宝玉尚未成年，留着全发，还不曾半剃半留，是将头上周围一圈短发，都结成小辫，拢

---

[1] 杨英杰著《清代满族风俗史》，沈阳：辽宁人民出版社，1991年版，第77页。

到头顶，与顶中胎发，即落草以来不曾剪过的头发，一起结成大辫。这很符合满族少年留发之习俗。特别是辫上一串四颗大珠有分教，仅此一项即可说明宝玉是满族小阿哥；因大珠专指东珠，只有满族皇家或天潢贵胄才可以佩戴。

孙文良主编的《满族大辞典》"辫子"条目：

> 男女幼儿期，止留胪顶胎发，四周剃去。七八岁时留全发。十岁左右，发长尺许，不论男女，皆分发三缕，编结作辫，垂于脑后。[1]

林黛玉初见宝玉时，宝玉只七八岁，是留全发时，书中所写非常真实。

到了第六十三回宝玉生日，辫发已是成人。当晚在房中吃酒，大家取乐，丫头们忙着卸妆宽衣，那芳官"越显的面如满月犹白，眼如秋水还清"，与宝玉"倒象是双生的弟兄两个"。"忙命他改妆，又命将周围的短发剃了去，露出碧青头皮来"，既与宝玉称兄道弟，发式亦须一致。第七十八回，贾政一早将宝玉唤去作诗，傍晚方归，宝玉嚷热，便摘冠解带，袄内露出血点般大红裤子，是晴雯的针线。秋纹说："这裤子配着松花色袄儿、石青靴子，越显出这靛青的头皮，雪白的脸来了。"（戚序本）可见，宝玉是照自己发式装扮芳官头饰的。

满族历来重头顶胎发，认为头发受之父母，且生于头顶，与天穹最为接近，是灵魂的寄托之地。满族人在外当差一旦亡故，要剪下他的发辫，装于灵魂罐内，带回家中，等于他的灵魂回归故里。可见满族人对头发的珍重。

---

[1] 孙文良主编《满族大辞典》，沈阳：辽宁大学出版社，1990年版，第879页。

清以前，汉族男子全发绾结，满族则半留半薙，编辫垂肩。清朝入关前，对域内归降的汉人，实行薙发，以示其对满族的认同。因曾引起汉人不满，顺治元年（1644）曾放弃执行。次年清军下江南，形势变得对大清有利，摄政王多尔衮再度颁布薙发令，凡清军所到之处，十日内尽行薙头，不从者以死论处。故有谣云："留发不留头，留头不留发。"此种民族压迫与羞辱的薙发令一颁，激起江南士民的誓死抗争，著名的"扬州十日""嘉定三屠"，即发生在此时。作为多尔衮属下的曹家高祖曹世选、曹振彦，是否参与这种残酷的屠城事件，实难考证。到了辛亥革命时期，剪辫子与否，一度成为拥护民主革命还是抵触民主革命的标志。发式两度成为泱泱中华大国的政治问题，在人类文明史上也是一桩罕奇之事。

其二，从宝玉的服饰，看满族的骑射遗风。

黛玉初见宝玉时，还是少年时候，已看出他服饰上的满族骑射遗风，"大红箭袖，长穗宫绦，石青排穗褂……"[1]为满服骑装无疑。

箭袖，满语哇哈，在男袍袖口前边儿接一圆形袖头，长约半尺，形似马蹄，又称马蹄袖，原是为护手背方便射箭，故曰箭袖。清入关前，箭袖只作掸袖行礼而用。官员入朝谒见皇上或其他王公大臣，将马蹄袖掸下，双手伏地，行叩见礼。"二色金百蝶穿花大红箭袖"，指带箭袖的袍子，是用二色金线绣的百蝶穿花红袍。百蝶穿梭于花间，取吉庆、热烈、活泼之意，适宜少年穿着。带箭袖的袍服，是满族标志性服装。绦，俗成腰带子。宫绦，为宫中专用腰带。满族喜穿袍服，用以束腰，保暖、利落，便于上下马，为满、蒙袍服所必备。宝玉穿百蝶穿花红袍，用五彩丝攒花宫绦扎腰，颜色搭配也好，是满族少年阿哥装。

褂，套在袍外的短衣称为褂，也叫外褂。褂有补褂、常服褂、

---

[1] 杨英杰著《清代满族风俗史》，沈阳：辽宁人民出版社，1991年版，第71、72页。

马蹄袖外套　伊通民俗馆藏

行褂等几种形式。补褂是官服褂,袖长过肘,对襟施扣,前后各坠一块表示官职级别的补子。常服褂是平时所穿褂子,同补褂,无补子。行褂是外出穿着的褂子,长仅及腰,袖长及肘,袖口平齐宽大。短衣短袖便于骑马,所以俗称马褂。宝玉所穿石青倭缎褂,属于行褂中的马褂。

第四十九回写宝玉:"穿一件茄色哆罗呢狐皮袄子,罩一件海龙皮小小鹰膀褂。"鹰膀褂,是乾隆时期八旗子弟常穿的一种外褂。它是由巴图鲁坎肩演变而来。巴图鲁满语意为勇士,八旗子弟多把它穿在袍服的外面。后来又在两旁加上两只袖子,时称鹰膀。这种鹰膀褂子,在乾隆年间京师八旗子弟中尤其盛行。宝玉的狸皮袄外罩一件鹰膀褂,显然不是为了取暖,而是与京师八旗子弟一样,穿着鹰膀褂子,充当巴图鲁,骑在马上显威风。人民文学社本子,注为"整个皮褂是用一条一条皮子拼成,犹如山鹰翅膀上的花纹,故名"。——这就注出了问题。

其三,从宝玉的佩饰,看满族的护婴习俗。

鹰膀子服　伊通民俗馆藏

满族不分尊卑老幼，均喜佩饰。主要有骨、石、珠、金、银、柳等物。宝玉除了发饰和头饰外，还有丰富的项饰和胸饰：有项圈、通灵玉、寄名锁、护身符。其中，最独特的要算是"项上金螭璎珞，又有一根五色丝绦，系着一块美玉"，是胎里带来，宝玉的命根子。这里潜含着满族崇石的民俗意识。

远古时候，石崇拜遍布北方民族各个种姓，满族不少种姓视石头为神祖，认为自己先世是石头胎生的。石姓人家供奉卓禄妈妈、卓禄玛发，均属石神神祇；徐姓人家，供奉火神突额姆，认为她栖息于石头中，体现了石头里藏火的原始观念。宝玉脖子上的通灵玉，与清代官员的顶戴一样，是满族先民石饰习俗的延续。辫上的四颗大珠，即东珠，更是满族贵胄子弟的象征。

满族人尤其注重给自己小儿小女打制、佩戴饰物，它不仅仅是出于满族人的审美情趣，主要是因袭信仰习俗。宝玉降生时带来的这块通灵宝玉，已具有知福祸、疗冤疾、除邪祟的神奇，同时也不拒绝从寺庙、道观求取寄名锁、护身符等汉儿的吉祥物。在人们观念中，这些吉祥物同样有趋吉避邪的功能。

宝玉发式、服饰及身上饰物的满族化，正是这位长白山之子——满族小阿哥的典型形貌。

第二十二章

乖僻邪谬，还是童贞时候

宝玉是灵石幻化，黛玉是绛草胎生，都来自松花江源头的长白山。按书上的话说"既受天地精华，复得雨露滋养"，来到世上，也该不差啥，会混出个模样来。然而，不行，只因为他俩是从满族的故乡而来，带着东省土野个性，带着满族童贞时期的行动思维，与世格格不入。

一　宝玉身上的神性特征

那宝玉，看外貌最是清俊，却难知底里，第三回有《西江月》二词，批宝玉极恰，其词曰：

无故寻愁觅恨，有时似傻如狂。纵然生得好皮囊，腹内原来草莽。　潦倒不通世务，愚顽怕读文章。行为偏僻性乖张，那管世人诽谤！

富贵不知乐业，贫穷难耐凄凉。可怜辜负好韶光，于国于家无望。　天下无能第一，古今不肖无双。寄言纨袴与膏粱，莫效此儿形状！[1]

从这两首词看，宝玉真的一无是处了。其实，《红楼梦》有如一面镜子，作者告诉要反照，有时你真得逆向思维，待我们把贾宝玉童贞性格分析透了，回头再来欣赏这两首词，才能体味作者以贬为褒的手法。

宝玉既然是从大荒山自然王国而来，而且在神界称神瑛侍者，那么，在宝玉身上保留着哪些神性特征呢？

聪俊灵秀，在万万人之上

书中第二回，贾雨村与冷子兴偶遇闲聊，从阴阳两气、正邪禀赋谈到荣国府衔玉而生的贾宝玉，冷子兴说他是"置之于万万人中，其聪俊灵秀之气，则在万万人之上；其乖僻邪谬不近人情之态，又在万万人之下"。

贾宝玉的聪慧灵秀，在《红楼梦》中有多处描写。第十七、十八回，大观园试才题对额，尽管清客相公早知贾政要试宝玉功业进益如何，只将些俗套来敷衍，但宝玉所题，能述古翻新，于景中取义，确也高人一筹。仅举所制沁芳亭一联："绕堤柳借三篙翠，隔岸花分一脉香。"新鲜别致，对仗、音韵皆和谐精妙。接下去的题咏，一发而不可收。比之那些清客题咏大相异趣。连尊儒的老学士贾政也捻髯寻思题咏的妙处。如果说大观园题额有清客礼让的成分，那么第七十八回"老学士闲征姽嫿词　痴公子杜撰芙蓉诔"，则集中展现了宝玉的灵慧和敏思。

这一日，贾政约众幕友闲谈，说起恒王之姬林四娘抗击贼众保青州的事，认为此千古佳谈，"风流隽逸，忠义慷慨"，于是写

---

[1] 曹雪芹、高鹗著《红楼梦》，北京：人民文学出版社，1982年第1版，第50页。

诗咏之。贾政唤来贾环、贾兰、贾宝玉，也来题咏这可羡可奇的妙题。叔侄三人一比对，谁个天性聪敏，阅读广博，空灵俊逸；谁个才思滞钝，阅读狭窄，滞板庸涩，一下就比对出来了。他们以"姽婳将军抗贼"为题写诗作赋，先成者赏，佳者额外加赏。

姽婳将军何许人也？原来当日镇守青州的恒王，最喜女色，选了些美女习武。其中一姬林四娘，姿色既冠，武艺更精，是恒王最得意之人。不一日，恒王到山左剿匪，两战不胜，为众贼所戮。青州城危，文武皆垂首。林四娘遂聚合女将，连夜杀入贼营。终因寡不敌众，血染尘沙。贾政命三人各吊一首。

贾兰先有了一首七言绝句："姽婳将军林四娘，玉为肌骨铁为肠。捐躯自报恒王后，此日青州土亦香。"对于一个十三岁的孩子，写到这种水平，自然会受到幕宾的赞许。贾环亦有了一首五言古体："红粉不知愁，将军意未休。掩啼离绣幕，抱恨出青州。自谓酬王德，讵能复寇仇。谁题忠义墓，千古独风流。"虽说对仗亦工，韵脚压住，大体说得过去，终不恳切，流于滞板平庸。

宝玉对这一题材另有识见，采取长篇歌咏体，半叙半咏，亦歌亦诉，波峰浪谷，飘逸潇洒："恒王好武兼好色，遂教美女习骑射。秾歌艳舞不成欢，列阵挽戈为自得。"起句古朴平实，而又不同凡响。接着是延伸句："眼前不见尘沙起，将军倩影红灯里"，以"尘沙""倩影"，写女子练兵之辛苦。至转折句："明年流寇走山东，强吞虎豹势如蜂"，承接转换，自然贴切。接写恒王一战再战而殁，引出姽婳将军林四娘率女兵出战。结果是，"贼势猖獗不可敌，柳折花残实可伤"。马践胭脂，柳折花残，谁家儿女不伤悲！结句愤然是问："何事文武立朝纲，不及闺中林四娘！"念毕，众皆嘘唏慨叹，大赞不止。宾客们尽被宝玉才华所折服。这一"青州抗贼"篇，显然是暗指当年后金南下的掠夺习俗，作者拐弯抹角地再现出来。

对于宝玉来说，这首律诗只是应酬之作，他的心思全不在这上头。当小丫头谎说晴雯临死喊了一夜宝玉，死后作了芙蓉花神，他又凄楚，又欢喜，无法安眠，便另起己见，自放手眼，师楚人辞赋大法，写洋洋万言《芙蓉女儿诔》，以满族祭俗，将诔文挂在芙蓉枝头，泣涕念诵，倾吐对俏晴雯的万般思念之情。

情不情：萨满泛爱性格本色

如前所述，脂评曾多次提到《红楼梦》末章有"情榜"，十二金钗、副钗、又副钗等红楼女儿，预后均回归神界，列入"情榜"。贾宝玉处于榜首"绛洞花王"地位，其考语为情不情，即情及所有的女孩子，甚至可以遣意念魂去浸润他所钟情的女孩子。因为，萨满文化，说到底是情文化，以爱为纽带，情系人、神、自然三界，追求天人合一、和谐人际关系。宝玉带着先天泛爱的个性，将爱惠顾到女孩子身上，构成宝玉独有的情不情。

天人合一，物我混同

大自然的运作规律，与人的性情和谐共振；自然界动植飞潜与每个人相融相谐，是古代哲人追求的最高境界和目标。这一哲学思想，同样也体现在满族萨满教文化观念里。在曹雪芹的《红楼梦》里，则集中体现在贾宝玉这个人物身上。从傅家两个嬷嬷，以戏谑般言语议论宝玉"见了鸟跟鸟说话，见了鱼跟鱼说话"中，已窥见一斑。

宝玉和黛玉又十分留意花儿草儿的荣枯，见花瓣落地也要收起来，兜到一个地方，还为落花修了一座香丘花冢。一日，他见黛玉在那儿哭诵《葬花词》，禁不住触动心弦，竟恸倒山坡之上。

我们的男女主人公本是从祖居地大林莽而来，带着原始行动思维，带着童贞的稚气，将落花与人的命运联系起来，发出人与花终会有无可寻觅之时的警世之叹。

宝玉又极迷信人与自然物的兆应关系。晴雯被撵出大观园，卧病在家，宝玉知道不好，他认为今年春天已有兆头的，阶下好好的一棵海棠花，无故死了半边，觉得会有异事，应在晴雯身上了。袭人嘲笑他"成了呆子"，婆婆妈妈的，他讲了一番道理："你们那里知道，不但草木，凡天下之物，皆是有情有理的，也和人一样，得了知己，便极有灵验的。"接着他又举出孔庙之桧、岳坟之松、昭君冢之草，认为"都是堂堂正大随人之正气，千古不磨之物。世乱则萎，世治则荣"。

宝玉的这番大道理，是对萨满教万物有灵观念的生动诠释，是人与大自然关系的认知基础。

图腾残存，女性崇拜

袭人说宝玉是个呆子，他确"有个呆意思存在心里"：他便料定，原来天生人为万物之灵，凡山川日月之精秀，只钟于女儿，须眉男子不过是些渣滓浊沫而已。因有这个呆念头在心，把一切男子都看成混沌浊物，可有可无。唯对于女孩儿，诚敬如神仙。

对宝玉的女性崇拜，以往的评家多从社会学方面去探源，说是出于对"以男性为中心的社会的污浊的厌恶"。[1]还有的认为宝玉是"性的错乱者"。[2]尽管宝玉有厌恶男性一统的后天认识因素，他神性的先天情感因素是主要的。这种先天情感因素，是人类集

---

[1] 王昆仑著《红楼梦人物论》，北京：生活·读书·新知三联书店，1983年版，237页。
[2] [日] 合山究著，籐重典子译：《〈红楼梦〉的女性崇拜思想及其源流》，《红楼梦学刊》，1987年第2期。

体无意识（类似潜意识）长期积淀，本是人人都具有的，只是在宝玉身上表现更强烈更突出罢了。因为他刚从蛮荒的勿吉人的故乡长白山而来，较多地保持着满族原始文化因子，宝玉女性崇拜的心理，主要来源于先天的文化积淀。在人类童年时期，这些原始的行动思维，是普遍的、合乎常规的，到了入关后的百年大清，则变成悖谬，甚至是"性的错乱"。保持着纯真先天个性的宝玉，被视为乖僻邪谬，那些失去了纯真本性的"补天石"们，倒成了"大舜之苗裔"，这就是大清社会的悖谬。

二　宝玉身上的人性特征

宝玉在自然界是石头一块，在神界唤作神瑛侍者，到了人间虽然带有不少神性特征，终归是人，理所当然地具有人的一切特征，而又与众不同，顽劣乖张，不合时宜。

幼稚可笑，粗蠢无知

也许因为他来自大荒之野的长白山，思维简单，脑袋一根筋，率性得很。第三回初见黛玉，举止言谈不俗，自然风流，如娇花照水，绿柳拂地，因笑道："这个妹妹我曾见过的。"是的，在神界曾"日日以甘露浇灌"，使其脱去草胎卉质，修成女体，自然是认得的。又兴致蛮高地送"颦颦"二字给妹妹，可见宝玉的慧性之高。接下去居然暴风乍起，雷霆骤至，宝玉发现这位"神仙似的妹妹"居然没有玉，登时发作起痴狂病，摘下玉便砸。什么"通灵"不"通灵"，怎么"连人之高低不择？"家里姐姐妹妹都没有，"神仙似的妹妹"也没有，"可知这不是个好东西"。幸亏贾母将他抱住，说："你生气，要打要骂人容易，何苦摔那命根子！"

"命根子"三字要紧，石头是宝玉灵魂的住所，摔坏了玉，魂将何归？

宝玉的粗蠢无知，幼稚可笑，已具有性格质的规定性，绝不仅限于砸玉。第十五回，送殡途中宿铁槛寺，秦钟不顾姐姐新丧，趁天黑无人，将小尼姑智能抱到炕上"就云雨起来"。正在得趣之时，只觉一人进来，将他二人按住，也不则声。后撑不住了，哧的一声笑了，原来是宝玉——你说这位小混世魔王粗蠢无知到什么地步！

最为幼稚可笑是在老奴焦大"没天日"的骂，不仅骂出贾珍的私情，连凤姐儿与贾蓉的暧昧关系也夹带其间，众小厮都"唬的魂飞魄丧"之时，宝玉却懵懂无知，"见这般醉闹，倒也有趣"，竟仰着小脸问凤姐儿："什么是'爬灰'？"可见其呆傻、幼稚，竟至如此！

不喜读书，厌恶八股

如果笼统地说宝玉不喜读书，是不确的。没见茗烟给他买来《西厢记》《牡丹亭》等杂书吗？他与黛玉读得废寝忘食。他只是不喜读那些与功名利禄相关的书。

这日，早膳后，便有贾政的书信到了，说六月中准回京。宝玉慌了："书是第一件，字是第二件。"这三四年，字才写了五六十篇，如何应付过去？贾母生怕急出病来。探春便提议"每人每日临摹一篇给他"，搪塞过这一步再说。于是大家动手，每日里加工，至三月下旬，已凑出许多了。黛玉闻知，不肯懈怠，竟临摹了"一卷"，老油竹纸上，蝇头小楷，字迹跟宝玉十分相似，喜的宝玉又作揖又道谢（七十回）。

字有人替他临摹，书是谁也无法替他读的。一日，宝玉已睡下，赵姨妈房内丫头小鹊谎报"军情"，说"方才我们奶奶这般如此在老爷前说了。你仔细明儿老爷问你话。"说着回身去了。

宝玉听了，如雷轰顶，别无他法，且理熟了书预备明儿盘考。宝玉便在心中盘点自己读书情状：只有《大学》《中庸》《论语》是带注背得出的。五经中《诗经》因近来作诗，尚可搪塞。上本《孟子》大半夹生，下本《孟子》大半忘了，《左传》《国策》、汉唐等文，未曾温得半篇半语。更有时文八股，不过作后人饵名钓禄之阶，因平素深恶此道，虽贾政当日起身时选了百十篇命他读的，只捡那一二股内稍能动性者，偶一读之，何曾成篇潜心玩索？况一夜之功，怎么能全然温习，不免越添焦躁。却带累着一房丫鬟们皆不能睡。一丫鬟大半惊了梦，言称后院内"一个人从墙上跳下来"，晴雯忙吩咐宝玉趁机快装病，只说唬着了……

"女儿"高论，旷世未闻

尽管这世界上男人也实在离不开女人，女人是形成感情世界的一大半自不消说了，每日穿衣吃饭，大半女人置办，更何况女人是生儿育女的主角。传统文化却认为"唯女子与小人难养也"。清代继承明代的程朱理学，仅只一百来年，满族尊崇女性的习俗已消失将尽。这从《红楼梦》解剖贾家女人处境和生存状况中，看得极为清楚。对女人形成压迫的，当然是社会制度，具体体现在道貌岸然居统治地位的男人身上。如朽烂糟木般的贾赦看上了贾母身边青春靓丽的鸳鸯，逼得她寻死觅活要剪发当尼姑去；薛蟠手里的苦命香菱则拼命欲从泥沼里挣扎出来；汉家女尤氏二姐妹更是贵族少爷们的玩物，当着尤三姐看破贵族少爷无耻、本质毫无识见、开始追求自由之身时，贾家龌龊环境扼杀了她年轻生命；金钏只因与宝玉说了一句顺情话，便被主子一巴掌打得跳井自尽。对于封建奴隶制浓重的大清社会，所有这些存在，似乎都是天经地义的，不值得大惊小怪，就连那些有权势的女人也是自身难保。贾母辈分高,凤姐因手中权重,像是说了算的人物,其实也仅是社会脆弱的细胞、家族成员中的一个配角。当王夫人秉承贾政的旨意清剿怡红院,将晴雯逐出大观园,因她原是自己的丫鬟,贾母显然心存疑惑,但也只是发了一点疑问式的感叹,却无力挽回自己丫鬟被逐而惨死的命运。凤姐在贾府是说一不二的人物,种种迹象表明,当贾家招祸被抄,她被冷酷地休弃,哭向金陵实可哀。连那生活在皇宫的元妃尚认为自己生活在"那不得见人的去处",骨肉各方,终无意趣,銮驾回辇,伤心如生离死别,哽噎难言。看来,元妃与贾家婆子、丫鬟比,也只是大奴隶、小奴隶的区别。连主子都无有好运,莫说那丫鬟下人了。

不料,世间来了一位贾宝玉,对不幸的女孩们爱恋、体贴、眷顾,几乎成了他生活的全部,而被称为无事忙,又被神界大姐捧为为闺阁争光的良友。在世道中却被认为行为偏僻乖张,遭到众人嘲谤。尽管如此,他仍乐此不疲。

首先,宝玉关于女子的高论,旷世未闻。书的第二回,借冷子兴演说荣国府,特别介绍了贾宝玉一句名言:"女儿是水作的骨肉,男人是泥作的骨肉。我见了女儿,我便清爽,见了男人,便觉浊臭逼人。"第二十回作者又在旁叙中重申:"他便料定,原来天生人为万物之灵,凡山川日月之精秀,只钟于女儿,须眉男子不过是些渣滓浊沫而已。因有这个呆念在心,把一切男子都看成混沌浊物,可有可无。"

其次,他善于用变动的眼光看问题,并不笼统地赞美一切女子,现实世界对待女孩残酷的事实,让他不断修正对女子的看法,他对女人有一个荒唐的分解,以嫁未嫁汉来界定女子的好坏。那是抄检大观园之后,司棋箱内搜出表兄赠物和留言。正值宝玉从外而入,亲见周瑞家的及几个媳妇,如狼似虎,正把司棋拉出园子去。宝玉上来拦阻，司棋央宝玉去求王夫人，周瑞家的竟发燥要打司棋，并诬说："如今和小爷们拉拉扯扯，成个什么体统！"不由分说，拉着司棋便走。宝玉又恐他们去告舌造言，看已去远，方指着恨道："奇怪，奇怪，怎么这些人只一嫁了汉子，染了男人的气味，就这样混帐起来，比男人更可杀了！"守园的婆子笑问："这样说，凡女儿个个是好的了，女人个个是坏的了？"宝玉点头道："不错，不错！"——请读者注意，宝玉的话讲得很严密，女人"染了男人的气味"，才混账起来。男人的浊气，会使"清爽"的女人变得比男人更可杀。这样的高论，也只有从大荒山带着童贞稚趣、孩子般的宝玉才说得出来。

最为荒唐的高论是在五十九回"柳叶渚边嗔莺咤燕"。那是早春季节，柳叶才吐浅碧，丝若垂金，莺儿、春燕采了些嫩柳条编花篮，藕官便谈起前日烧纸，不是宝玉应承下来就被告发了。于是，都拿自己干妈、姨妈来说事：

> 春燕笑道："……怨不得宝玉说：'女孩儿未出嫁，是颗无价之宝珠；出了嫁，不知怎么就变出许多的不好的毛病来，虽是颗珠子，却没有光彩宝色，是颗死珠了；再老了，更变的不是珠子，竟是鱼眼睛了'。"[1]

女儿沾了男人的浊气，竟从宝珠变成死珠或鱼眼睛。宝玉对女子变动的看法，真真叫作慧眼识珠呀！

第三，深悟人生情缘，各有分定，竟每每暗伤。宝玉爱所有有云水风度的女儿，只以为女儿们也都爱他。他不懂得人生情缘，各有分定，不该招惹的女孩，你别去招惹。招惹了，会弄得你灰头

---

[1] 曹雪芹、高鹗著《红楼梦》，北京：人民文学出版社，1982年第1版，第833页。

土脸。比如金钏，王夫人的贴身丫鬟，宝玉晨昏定省，于王夫人那儿，必是天天见的，吃过她嘴上的胭脂，可见关系匪浅。与金钏的情缘或者是有的，但不分场合的滥情会招祸，何况世上的清俊女孩多的是，都爱你一个吗？紧接着，他在戏子龄官那儿又碰了钉子。

宝玉从王夫人那儿一溜烟跑出来，自己没趣，忙进大观园来。刚到蔷薇花架，听到哽噎之声。见一个女孩在篱笆那边花下用簪子划字，画的是蔷薇花的"蔷"字。宝玉不解。他见女孩子眉蹙春山，眼颦秋水，面薄腰纤，袅袅婷婷，大有林黛玉之态，早已不忍弃她而去，只管痴看。伏中阴晴不定，片云致雨，一阵凉风吹过，竟下起雨来，那女孩仍在那儿画"蔷"字。她这个身子，如何禁得骤雨一激！宝玉禁不住喊道："不用写了。你看下大雨，身上都湿了。"那女孩抬起头，花叶遮着，并没有看清宝玉，只当是个丫头，因笑道："多谢姐姐提醒我。难道姐姐外头有什么遮雨的？"一句提醒宝玉，才觉浑身冰凉，一气跑回怡红院。众丫头估量这时宝玉再不会回来的，没人听到他拍门，待到袭人打开门，宝玉并不知是袭人开门来，气急败坏，抬脚踢在肋上。一向随和的宝玉哪来这么大火气？一是，王夫人一巴掌，打得他好没意思；二是，那么纤腰婷婷的女儿，居然没认出他是哪一个？能不窝火吗？直到有一天，宝玉来了兴致，忙忙地到梨香院央求龄官唱"袅晴丝"（《牡丹亭·惊梦》）一套，遭到拒绝，却发现龄官属意的是贾蔷（三十六回），对贾蔷的喜怒嗔怪，无不出于对自己身世的悲戚和对贾蔷的深情体贴。这时宝玉才明白龄官画"蔷"字的深意，方才领悟到人生情缘，各有分定。

深恶仕途经济，懒与士大夫接谈

宝玉的理性思考，实在也少之又少。不然，何至于屁股挨板子呢！政老爷最厌恶他的就是懒与士大夫接谈。

这日，湘云、袭人、宝玉正自说话，忽报贾雨村来了要见二爷。宝玉便十分不情愿，连声抱怨："并不愿同这些人往来。"湘云笑道：

> 还是这个情性不改。如今大了，你就不愿读书去考举人进士的，也该常常的会会这些为官做宰的人们，谈谈讲讲些仕途经济的学问，也好将来应酬世务，日后也有个朋友。没见你成年家只在我们队里搅些什么！[1]

仕途，大半指为官作宰，到官场上谋一官半职；经济，指经邦济世，治国理民。儒家传统的信条：治国、齐家、平天下。按说，湘云的话没有大毛病，就是放在今天，也是实在话。人生在世，总得学些本事，否则生存也成问题。然而，宝玉却将士大夫骂为"国贼禄鬼"，将追求功名之士斥为"禄蠹"。故今儿宝玉听了湘云的话，毫不客气地下了逐客令："姑娘请别的姊妹屋里坐坐，我这里仔细污了你知经济学问的。"袭人见状，赶忙劝湘云不要再说这话，上回宝姑娘也说过一回，宝玉咳了一声，拿脚便走。幸而是宝姑娘，那要是林姑娘，不知又闹的怎么样，哭的怎样呢！宝玉道："林姑娘从来说过这些混帐话不曾？若他也说过这些混帐话，我早和他生分了。"[2]

湘云好意相劝时，宝玉屁股还没挨板子，不知天高地厚。这日，他大承其父笞挞之苦，贾母又护得结实，让他静养，谁也不见。第三十六回有这样一段叙述：

---

[1] 曹雪芹、高鹗著《红楼梦》，北京：人民文学出版社，1982年第1版，第445页。
[2] 同[1]。

> 那宝玉本就懒与士大夫诸男人接谈，又最厌峨冠礼服贺吊往还等事，今日得了这句话，越发得了意，不但将亲戚朋友一概杜绝了，而且连家庭中晨昏定省亦发都随他的便了，日日只在园中游卧，不过每日一清早到贾母王夫人处走走就回来了，却每每甘心为诸丫鬟充役，竟也得十分闲消日月。或如宝钗辈有时见机导劝，反生起气来，只说"好好的一个清净洁白女儿，也学的钓名沽誉，入了国贼禄鬼之流。这总是前人无故生事，立言竖辞，原为导后世的须眉浊物。不想我生不幸，亦且琼闺绣阁中亦染此风，真真有负天地钟灵毓秀之德！"因此祸延古人，除四书外，竟将别的书焚了。众人见他如此疯颠，也都不向他说这些正经话了。独有林黛玉自幼不曾劝他去立身扬名等语，所以深敬黛玉。[1]

《红楼梦》一书的作者很少用这种直白叙述手法来写人物。偶尔用之，却也省去不少笔墨。这种避免重复的概述方法，无非强调主人公的偏僻悖谬，多么不合时宜。说不上他是对是错，说不上他是聪慧还是愚笨……脂砚斋曾评批了那十一个"说不得"，读者自会去慢慢体味。

蔑视名节，珍惜爱情

贾宝玉不近情理处尚多，最突出的莫过于对"文死谏，武死战"等忠烈名节的蔑视。他说：

> 必定有昏君他方谏，他只顾邀名，猛拼一死，将来弃君于何地！必定有刀兵他方战，猛拼一死，他只顾图汗马之名，

---

[1] 曹雪芹、高鹗著《红楼梦》，北京：人民文学出版社，1982年第1版，第486、487页。

将来弃国于何地！所以这皆非正死……那武将不过仗血气之勇，疏谋少略，他自己无能，送了性命……那文官更不可比武官了，他念两句书污在心里，若朝廷少有疵瑕，他就胡谈乱劝，只顾他邀忠烈之名，浊气一涌，即时拼死，这难道也是不得已！还要知道，那朝廷是受命于天，他不圣不仁，那天地断不把这万几重任与他了。可知那些死的都是沽名，并不知大义。比如我此时若果有造化，该死于此时的，趁你们在，我就死了，再能够你们哭我的眼泪流成大河，把我的尸首漂起来，送到那鸦雀不到的幽僻之处，随风化了，自此再不要托生为人，就是我死的得时了。[1]

这段宏论逻辑关系极为清晰："文死谏，武死战"极不可取——通读《红楼梦》全书，或者你会发现，作者会在你不经意间将矛头指向雍乾朝庙堂之上，譬如多处以皇商薛蟠暗喻皇上，以黛玉的怯弱的体态暗喻大清国体，以贾敬服丹而亡影射雍正皇帝的暴亡等，憎恶情绪，流于笔端。

其实，作者本意不在于揭破"文死谏，武死战"的局限性，落脚点在朝廷不圣不仁，为之而死，何义之有？这三层意思紧密相连，不可断裂。明确表明自己绝不取"文死谏，武死战"的死法，自己情愿为爱而死，为朋友而死。只有为爱而死，为朋友而死，才会有人哭你，眼泪流成河，把你漂到僻静地方，化烟化灰，不留痕迹地使灵魂回归大自然。以往的论者不顾这段话三个层次间的内在联系，只单独地把"文死谏，武死战"擎出来，认为曹雪芹否定的是封建社会以做官为最高境界，进而得出宝玉是封建社会叛逆者形象，其片面性十分明显。作者对生死看得很透，人

---

[1] 曹雪芹、高鹗著《红楼梦》，北京：人民文学出版社，1982年第1版，第493页。

来到世上意义何在？就像那《好了歌》唱的，功名、金银、娇妻、儿孙，两眼一闭，啥都没了。留下什么就心满意足了呢？留下爱，也就是留下友人。宝玉说，你们哭我的眼泪流成大河，把我的尸首漂起来，送到那鸦雀不到的幽僻之处，随风化了，自此再不要托生为人，就是我死的得时了。把生死看得多透，出言警拔，让人感喟。

毁僧谤道，不入时流

　　说到对佛道的不恭，书中开篇第二回已通过甄宝玉有所显露。他说"必得两个女儿伴着我读书，我方能认得字"，"这女儿两个字，极尊贵，极清净的，比那阿弥陀佛、元始天尊的这两个宝号还更尊荣无对的呢！"第十九回袭人规劝宝玉，对其"约法三章"，第一条就是"再不可毁僧谤道，调脂弄粉"。可见，寻常日子里宝玉亦如甄宝玉，毁僧谤道是家常便饭。就是在睡觉讲梦话也是"和尚道士的话如何信得？"可见宝玉对和尚道士的反感。有趣的是，作者运用欲擒故纵写法，让宝玉也实践一把解悟。第二十二回突然写贾宝玉的"悟禅机"。起因于黛玉、湘云之间产生一点小纠纷，宝玉从中调解落得两头不是，很是烦恼。他要寻找解脱的"立足境"，便也学南宗六祖惠能和尚写了一偈，续了一支不伦不类的《寄生草》，以为自己进入悟境。第二天，宝钗、黛玉来看他，黛玉与他论锋机。黛玉不问什么"你证我证"抽象费解的偈语，而是非常具体问"宝玉"二字："至贵者是'宝'，至坚者是'玉'。尔有何贵？尔有何坚？"宝玉竟不能答。二人拍手笑道："这样钝愚，还参禅呢。"说明佛道于宝玉并无缘分，既不能悟道，也不可能悟禅。他心里有佛与道吗？真的是"无可云证"！

　　如果说宝玉毁僧谤道，莫如说作者毁僧谤道。书中正面写的佛道人物，诸如宝玉寄名的干娘马道婆、水月庵的静虚、清虚观的张道士、天齐庙的王一贴（王道士）等，没有一个是正经向佛修道之人。较为正面的佛道人物只妙玉一人，还是带发修行的，因不为权势者所容，不得不暂入佛门，恋着宝玉而又不能舒展自己的恋情。妙玉身上体现着封建末世丑恶势力对美好人性的扼杀。

大清中期，佛道早已失去原有的初心，变得庸俗不堪，而且已取代原生态的萨满教，成为精神鸦片，不仅麻醉人民，让百姓服帖地接受满族贵族统治，而且浸透到大清公侯贵胄之家，甚至朝廷庙堂之上，虚妄荒唐，玄秘诡诞，如贾敬辈，已属于另类的腐朽没落，无有作为。

三 逐花恋柳，结下秘情果

黛玉来到贾府，宝钗也进了京，三个主要人物聚齐了，小说要展开情节，人物须展示性格，作者不失时机地为男主人公举行了成丁礼。宝玉成丁后，按说须开始履行劳动生产、打仗、生育后代的义务。他却还不行，一是年仅十三岁，还须有一个成长过程；二是贾母溺爱，不肯稍离半步。作者不失时机地为少男少女们提供了一个"天上人间诸景备"的大观园，使得宝黛和他们的姊妹们的性格，在这一贴近自然、和谐宜人的环境中得到展示和发展。

自由与平等，大观园里笑语和

小说人物思想与性格的形成，离不开社会环境和自然环境。为元妃省亲，贾家曾耗一年之功，建成"天上人间诸景备"

的大观园。芳园投资巨大，省亲后即闲置不用，怪可惜的。元春为使大观园不致寥落，"命宝钗等只管在园中居住，不可禁约封锢，命宝玉仍随进去读书"。"宝玉听了这谕旨，喜的无可不可。"作者巧妙地为宝黛及其伴随而来的"风流冤家"，提供了一处山水有如大荒山、房舍犹如圆明园的园林福地。

元妃省亲那天，真个是烈火烹油，花团锦簇。那威严的仪仗，辉煌的鸾驾，惊天动地。元妃曾题七绝一首："衔山抱水建来精，多少工夫筑始成。天上人间诸景备，芳园应赐大观名。"

元妃题罢，自谦"素乏捷才"，便命姊妹辈，各人寻章摘句题咏，唯黛玉所题匾额为"世外仙源"，诗的首句"名园筑何处，仙境别红尘"似有感触而发。黛玉与宝玉均是红尘之外的来客，虽说大观园是人工景致，毕竟有山有水，有花有木，仍给他们以"别红尘，回故乡"的感觉。

再看薛宝钗的诗，直接称颂元妃归省："芳园筑向帝城西，华日祥云笼罩奇。高柳喜迁莺出谷，修篁时待凤来仪。"——由"芳园筑向帝城西"句，人们自然联想到京城西郊畅春园、圆明园、长寿园等皇家园林，那里是明清皇帝休憩和办公场所。著名红学家霍国玲女士明确提出大观园隐写圆明园。乾隆曾在郎世宁等绘制的《圆明园全图》上亲题"大观"二字，到《红楼梦》中，由元妃代笔题"大观"名。

可惜，"天上人间诸景备"的圆明园，毁于英法联军进北京的劫掠。在曹雪芹以浓墨重彩描写这座皇家园林的一百年后，同样一位世界重量级作家维克多·雨果在致巴特雷上尉的信中，把"两个强盗"捆在历史的耻辱柱上……曹雪芹怎么也不会想到，书成近百年后的1860年，英格兰、法兰西两个强盗抢掠、烧毁了这座世界级园林。今天，或可告慰雨果先生，圆明园还隐约存在于《红楼梦》里，从宝钗题诗"芳园筑向帝城西"，已明白无误地告诉人们大观园原型曾借镜于圆明园，从大观园"天上人间诸景备"的宏大气象、绮丽风光，亦可看出当年圆明园的影子——这已是题外的话，作家雨果那封信，仅以注解形式存记于此，以志不忘。[1]

闲言少叙，二月二十二日，贾政认为日子好，哥儿姐儿们搬进来。"登时园内花招绣带，柳拂香风，不似前番那等寂寞了。"有一段专写宝玉进园后情状：

> 且说宝玉自进花园以来，心满意足，再无别项可生贪求之心。每日只和姊妹丫头们一处，或读书，或写字，或弹琴下棋，作画吟诗，以至描鸾刺凤，斗草簪花，低吟悄唱，拆字猜枚，无所不至，倒也十分快乐。[2]

贾宝玉曾就春、夏、秋、冬写即事诗，记述这流光溢彩、栖鸦睡鹤的闲适生活。人见荣国府十二三岁少年公子写出这等真情

---

[1] 法国作家雨果关于圆明园的信："一天，两个强盗走进了圆明园，一个抢掠，一个放火。可以说，胜利是偷盗者的胜利，两个胜利者一起彻底毁灭了圆明园……多么丰硕的意外横财！这两个胜利者一个装满了口袋，另一个装满了钱柜，然后勾肩搭背、眉开眼笑地回到欧洲。在历史面前，这两个强盗分别叫法兰西和英格兰。（他们毁的是怎样的园林呢？）圆明园不但是一个绝无仅有、举世无双的杰作，而且堪称梦幻艺术崇高典范——如果梦幻可以有典范的话……这梦幻奇景是用大理石、汉白玉、青铜和瓷器建成的，以雪松木作杆，以宝石点缀，以丝绸覆盖；祭台闺房分布其中，诸神众灵就位于内，彩釉灼灼金碧生辉；在颇具诗人气质的能工巧匠制造出天方夜谭般仙境之后，再加上花园、水池及水雾弥漫的喷泉，悠闲信步的天鹅、白鹦和孔雀……法兰西帝国将一半战利品装入自己腰包，而且现在还俨然以主人自居，炫耀从圆明园抢来的精美绝伦的古董。我希望有一天，法兰西能脱胎换骨，洗心革面，将这不义之财归还给被抢掠的中国。在此之前，我谨作证：发生了一场偷盗，作案者是两个强盗。"

[2] 曹雪芹、高鹗著《红楼梦》，北京：人民文学出版社，1982年第1版，第322页。

实景小诗,抄录出来到处传颂;再有那轻浮子弟,把那风骚妖艳之句,写在扇面上,不时吟哦赏赞。竟有人来寻诗觅字,请画求题的。宝玉益发得意,又增添一项外务。

女儿们把他引为"绛洞花王""闺情闺友",受到拥戴,原因在于他把女儿们看成"山川日月精秀之气所钟",比之元始天尊、释迦牟尼,还尊荣无对。这一带有母性图腾崇拜的童贞意识,贯穿他生活的始终。在花袭人哥哥家看到袭人穿红的姨表妹生的极好,便自叹怎么不生在咱家,觉得自己实在被"富贵"二字荼毒了。他心里极少高低贵贱等级观念,不拿主子的款儿。这在等级观念极重的大清贵族之家,是很不寻常的。

最能体现他好人缘、为闺阁良友的,莫过于端午节贴身丫头关上院门,为宝玉庆寿。奴才做了主人,与主子平起平坐,去除一切束缚和禁忌,去掉"安席"俗套,卸装宽衣,猜拳行令,玩占花名儿,唱曲饮杯,肆无忌惮猜拳赢唱歌小曲,尽了平生之兴。也只有在宝玉的怡红院内,才可能有丫头们尊严的保持、美质的展示、人性的充分张扬。

宝玉心地善良,最不愿意看到丫头间闹别扭,宁可将过错揽到自己身上,也要大事化小、小事化了。第六十回,柳五儿从舅舅那儿得了蔷薇硝,带了一包给芳官。芳官将半瓶玫瑰露回赠五儿。五儿母亲又得了一包茯苓霜,说是冲奶吃最养人的,五儿又要分些给芳官,于是引起巡夜的林之孝家的怀疑,去厨房搜出玫瑰露瓶并一包茯苓霜,软禁了五儿,罢免了柳妈的厨役,让秦显家的夺了厨房的权。太太那边的玫瑰露明明是彩云偷给环儿的。宝玉为了息事宁人,一概应承下来,说玫瑰露和茯苓霜都是他偷出来,"唬他们玩的",也就马马虎虎遮掩过去。

由于宝玉不检点,王夫人一巴掌将金钏打得跳了井,引起其妹玉钏对宝玉的仇恨。宝玉为了"赎罪"、取得玉钏的谅解，哄她尝莲子羹，告诉他到水月庵去祭她姐姐金钏事情等，以自己略显幼稚的真诚，打动着玉钏。

宝玉先天的自由平等观念，让他善待丫头小子们，带来满园的和煦春风。特别是宝玉梦游成丁后，情事大开，演绎出许多情缘故事。

伊甸园中事，偷吃禁果时

《旧约·创世记》所载，上帝为自己所造的男人亚当和女人夏娃，建构了一座地上的乐园，唤作伊甸园，让他俩在园里无忧无虑地生活。亚当与夏娃被蛇引诱，违背上帝的诫命，偷吃了园中的禁果，情性大开，无师自通地干了"警幻所训之事"，被双双赶出伊甸园。

这个创世的故事，极类贾宝玉的梦游"太虚幻境"。宝玉梦游成丁的最后一幕，是按警幻仙姑所训，与可卿神妹试婚。这亦真亦假的成丁与试婚，终于让一个懵懂小儿，变成一个成熟的男人，尽管是一次意淫行为。梦游回来，换小衣时，秘情被袭人发觉。宝玉素喜袭人柔媚娇俏，两人当即按警幻所训，偷试一回。这是现实生活中的宝玉第一次偷吃禁果，对象是自己贴身丫头袭人。

除袭人外，宝玉的性伙伴可能还有小丫头碧痕。一次，碧痕伺候宝玉洗澡，竟洗了两三个时辰，"地下水淹到床腿，连席子上都汪着水"，被认为是不写之写。

对宝玉的性开放，评家多有微词，认为是公子哥的恶习、堕落，特别是与秦可卿的暧昧关系（包括贾珍与可卿关系），因可卿是侄辈贾蓉之媳，均有乱伦之嫌。其实，从满族风俗来看，这实在大误了。宝玉与丫头偷食禁果,是其性成熟的标志,进入人生一个拐点。早年,满族并不把性关系看得太重,只要避开血亲,可以自由发展恋情,特别是未婚男女,婚前性行为,天经地义,不足为怪,女儿以能受孕者壮,也不太看重辈分,主要看有情还是无情。

四 意淫,性生活的别种意趣

贾宝玉梦游的最后一幕是试婚。宝玉接受婚前性知识教育时,警幻将意淫这一新雅概念赋予宝玉。

意淫的提出

宝玉听罢十二支曲,觉得甚无趣味,恍惚朦胧欲睡,警幻将他送至一香闺绣阁,见一美艳女子在内,其鲜艳妩媚,有似宝钗,风流袅娜,则又如黛玉。宝玉正不知何意,忽警幻道:

> 尘世中多少富贵之家,那些绿窗风月,绣阁烟霞,皆被淫污纨绔与那些流荡女子悉皆玷辱。更可恨者,自古来多少轻薄浪子,皆以"好色不淫"为饰,又以"情而不淫"作案,此皆饰非掩丑之语也。好色即淫,知情更淫。是以巫山之会,云雨之欢,皆由既悦其色、复恋其情所致也。吾所爱汝者,乃天下古今第一淫人也。[1]

宝玉听了,唬的忙答道,自己不喜读书,父母尚每垂训饬,岂敢再冒"淫"字。警幻当即驳辩道:

---

[1] 曹雪芹、高鹗著《红楼梦》,北京:人民文学出版社,1982年第1版,第90页。

> 淫虽一理，意则有别。如世之好淫者，不过悦容貌，喜歌舞，调笑无厌，云雨无时，恨不能尽天下之美女供我片时之趣兴，此皆皮肤淫滥之蠢物耳。如尔则天分中生成一段痴情，吾辈推之为"意淫"。"意淫"二字，惟心会而不可口传，可神通而不可语达。汝今独得此二字，在闺阁中，固可为良友，然于世道中未免迂阔怪诡，百口嘲谤，万目睚眦。[1]

警幻仙子关于淫的议论，惊世骇俗，闻所未闻：

一是它道出了淫的由来，即好色即淫，知情更淫。世上男欢女爱，"皆由既悦其色，复恋其情所致"。

二是指出那些所谓好色不淫、情而不淫，皆是饰非掩丑之语。并封贾宝玉为天下古今第一淫人。

三是警幻提出了意淫这一新雅概念，认为是由贾宝玉先天生成一段痴情，为宝玉所独得。这"意淫"二字，"惟心会而不可口传，可神通而不可语达"——在警幻看来，意淫既是男欢女爱的一种境界高度，又是一种意念魂神游的做爱行为。这一境界与行为，不是皮肤淫滥之辈可以达到的。

意淫的萨满解读

意淫，是警幻仙子对贾宝玉情性生活的一个判词。书中，"意淫"二字下有脂评曰："二字新雅"，"按宝玉一生心性，只不过体贴二字，故曰意淫。"宝玉是何心性？体贴到什么程度才达到意淫的境界？脂砚斋的解注没有告诉我们。

《红楼梦大辞典》，对意淫做了以下的概括：

---

[1] 曹雪芹、高鹗著《红楼梦》，北京：人民文学出版社，1982年第1版，第90页。

>   淫：本义为浸淫、过多，指洪水、久雨危害人的正常生活。《说文解字》高诱注："平地出水为淫水。"秦汉典籍引申出邪、恶、过、乱等多种意义。可知"意淫"指情意泛滥、痴情，也含有越礼、乖张的意思。因而贾宝玉在闺阁中可为良友，于世道中则未免迂阔……[1]

《大辞典》对意淫采用的是字面的解释，没有给出准确的解说。不错，淫在汉字中含有洪、过、延之意。《管子》"淫淫乎与我俱生"，便含有增强、增进之意。但仅此含意，以解说意淫，有望文生义之嫌。用满族萨满文化来解析，内涵则深微得多。它更多地体现着在情性生活的自我调节，达到宽容、礼让，而要避免像《罗生门》那样发生皮肤淫滥者动物性的争斗。

日本芥川龙之介的短篇小说《罗生门》，用风雨不透的布局，将人推向生死抉择的极限，展示了恶的不可回避。故事开始，讲的是武士带着自己美丽的妻子出外游历，遇到一个强盗。一阵微风撩起马背上女子的面纱，吹起她轻柔的裙摆。强盗看到她洁白的脚踝、纯美的容颜，于是唤起强盗原始的欲望，他站立起来，与武士结伴同行。强盗花言巧语地将武士绑缚起来，制服了持短刀反抗的烈性女子，使她顺从地满足了自己的欲念。强盗无比得意与自豪，正想扬长而去，被女子拦住，声称，你们两个男人我只能选择其中的一个，看你们哪一个更强。于是发生了两个男人争夺一个女人的动物性决斗——不是你死就是我活的强者生态。这就是日本文化、日本人的处世哲学。在东北亚的满族这里，则不然，如果两个男孩喜欢上同一女孩，而自己又不具备得到她的条件，他绝不会走上持刀夺爱的独木桥，会用意淫去解决这

---

[1] 冯其庸、李希凡主编《红楼梦大辞典》，北京：文化艺术出版社，1990年版，第16页。

一矛盾。

富育光先生在《谈〈红楼梦〉中的满族旧俗》一文中指出,"意淫"与"警幻"一样,是满语的变称,汉语没有这类词汇。"警幻"是取满语"井玄多罗"(Cincin Doro,汉意为成丁礼)的词头。"意淫"来自满语的"安巴姑宁"(Anmbagunm),指强化了的心意,也就是以意念魂出游的方式去浸淫所爱的对象,以消解自己的渴求,包括人的强烈的主观行为在其中。这一主观动态的意淫行为,是怎样实现的呢?

萨满教认为,人有三魂,即命魂、真魂、浮魂。其中浮魂又称意念魂、梦魂,最是活泼好动,无论是白天还是黑夜,这种浮魂(意念魂)都可以外出去延展和实现自己情感与意念中平时无法实现的意图。这时候意念魂的出动,既是痴情、真情的致动,又是痴情、爱情的表达。它不同于个人的想入非非,或梦中情人之类不着边际的遐想遥思,是意念魂出游去与女孩欢爱,是自己生命体活动的一部分,甚至能使对方致孕,与灵魂出游替人做事道理是一样的。

著名的满族说部《尼山萨满传》,讲的是罗洛屯老员外的娇子费扬古打猎不幸坠崖身亡,尼山萨满以其高超的神力为他赴阴寻魂,遭遇各种艰难险阻,一路闯关终于夺回少年费扬古的灵魂,使他起死回生。作为一个民间尼山萨满(有的本子称"音姜"萨满),她的身子是无法去阴间的,是靠意念魂去阴间活动。这里,意念魂的活动已经等同于尼山萨满亲赴阴间。贾宝玉的梦游与可卿完成试婚,万不可简单理解为宝玉的南柯一梦。从满族萨满观念来讲,属于宝玉浮魂的出游,接受成丁过程,使自己迈上人生的一个新台阶。在平日里,怎么可能让女神警幻来为之举行成丁礼呢?又怎么可能与"鲜艳妩媚有似宝钗,风流袅娜有如黛玉"的侄媳去试婚呢！意念魂则可以做到。而且两人关系达到柔情缱绻、难解难分的地步。以致后来宝玉从梦中听见秦氏死了，连忙翻身爬起来，只觉心中似戳了一刀的，不忍哇的一声，直奔出一口血来。显然，宝玉与可卿的试婚，是他成长过程中的里程碑，此后他的情性大开，概源于此次试婚的圆满成功。

在萨满教观念中，意淫是生命力延展，是性爱高境界。其原始意图，在于解决人们之间情感上的矛盾冲突，避免在争夺配偶上出现动物性的争斗，以稳定氏族秩序。既是萨满教观念中一贯追求的理想境界，又是一种渴求的性行为。警幻认为宝玉"独得此二字"。其实，意淫在萨满神巫那里则司空见惯。在平民百姓家，则偶有发现。笔者在做萨满神迷现象的田野调查时，遇到过数起意淫的实例——常常听到一些痴男怨女，发生长期与鬼交的离奇故事，实际生活中，是绝然不会有的事儿，怎么会变成他们的亲历？

从萨满文化的角度来看，这涉及萨满的自我感应与自我倾向等内能量。这种自我感应的内功，在萨满神巫那里不足为奇，叫与神交。特别是女萨满，聪明美丽，敏知通神，能歌善舞，极易被神所钟爱。在萨满与神长期交往共济中产生真挚的爱，产生人神如胶似漆的糅复，成为萨满教独有的秘宗，称为神祇原道，这种意淫的化生，是萨满修炼到一定程度，才能达到的境界，绝非滥淫。发生在百姓家的性伙伴来厮混现象，与萨满教中的意淫成因是一致的。不同的是萨满的意淫顺乎自然的常态，达到了能放能收的境界，完全在掌控之中，不会带来对自身和家庭的伤害。而平民百姓家的意淫，往往发生在具有聪慧的头脑和敏智能力、文化程度又不很高的某些人身上。这些人缺乏有效的诱导和自身的调控能力，意淫一旦惹身，往往走火入魔，难以自拔，造成沉重心理负担，危及家庭，必须借助于高明的心理医生诱导，尽快排除，才能恢复正常的心理状态。

《红楼梦》中的宝玉也是这样，平日里对秦可卿有相当的好感，甚至敬畏。只因辈分悬隔，不可能有情性之交。这不等于说宝玉对可卿没有好感没有爱慕之心。加之可卿房内浓艳的氛围，增强了可卿身上的诱惑力。这种意向和诱导，直接导致少年宝玉意淫行为的产生。作者则利用意淫这一特异现象，完成了一次大手笔——为小说主人公举行成丁礼。

按照萨满文化观点来衡量，宝玉与可卿是柔情缱绻，难解难分，说明试婚相当成功。成功的标志之一是，神游回来后，因素喜袭人柔媚娇俏，即与之偷试一番；试婚成功的标志之二是，从此情性大开，为宝玉带来了与女孩子间多姿多彩的意淫生活：如为平儿尽心理妆，为香菱情解石榴裙，为尤氏姐妹遮挡和尚脏气，为柳五儿瞒赃，哄银钏尝莲子羹，与俏四儿论同日生是夫妻等。当然，我们不能将这些诚敬地体贴女孩子故事全都等同于意淫，然而，宝玉这颗多情的种子，不会只停留在示爱、体贴、效劳这一浅层次上，他会用天分中生成的痴情调动意念魂，去意淫心目中喜欢的女孩，以满足和消解自己爱的追求和性的渴望。

第七十八回，宝玉写了一篇长长的《芙蓉女儿诔》，以悼念死去的俏丫鬟晴雯。其中有句云："栖息宴游之夕，亲昵狎亵。"评家读到此处，往往茫然莫解。在晴雯嫂子家，两人生离死别之时，晴雯有几句掏心窝子的话："我虽生的比别人略好些，并没有私情蜜意勾引你怎样。"可见，宝玉与晴雯间，不存在过分的亲昵狎亵行为。诔文还有句云："桐阶月暗，芳魂与倩影同销，蓉帐香残，娇喘共细言皆绝。"——显然，这里写的是两个人已有肢体亲情，甚或做了如警幻所训之事也未可知也，这就更让人一头雾水。《芙蓉女儿诔》是悼念晴雯的，怎么会出现这样离谱的表述？即使如靖本眉批——悼文"虽诔晴雯，实诔黛玉"，宝黛间也没有发生这种男女越格的私情。

显然，《芙蓉女儿诔》里"亲昵狎亵""娇喘共细言皆绝"等艳句，表述的恰恰是宝玉与之意淫情景。对于当事人宝玉，以为是自己生活中实实在在发生过的，故写入悼文之中。贾宝玉最隐秘最得意的意淫生活，也许是发生在与傅秋芳之间。

宝玉屁股挨了板子。在怡红院养伤，傅试家派了两个嬷嬷来探望。那宝玉"素习最厌愚男蠢女的"，今日却破格接见了两个婆子。其中缘故就在于"宝玉闻得傅试（犹言傅氏）有个妹子，名唤傅秋芳，也是个琼闺秀玉，常闻人传说才貌俱全，虽自未亲睹，然遐想遥爱之心十分诚敬"——这"十分诚敬"地"遐想遥爱"，必有意淫在其中了。你道宝玉意淫的是谁人？说破了吓死你！他意淫的居然是当今皇上挚爱的情人——棠儿，即乾隆的小舅子傅恒的媳妇瓜尔佳棠儿。满族一般只称名不称姓，故称棠儿。

为什么说书中的傅秋芳是暗指瓜尔佳棠儿呢？

秋芳，秋季开花散发芬芳的花儿。啥花呢？显然是指秋海棠，是老傅家的秋海棠，故名傅秋芳。

乾隆与妻弟媳瓜尔佳棠儿的私情，在乾隆朝已传得沸沸扬扬，而且两人还有一个出类拔萃的私生子福康安。书中这一隐喻，恰巧旁证了清代传闻之实，也暴露了作者险恶用心，你皇上的情人又怎么样？照样让我的宝玉去遐想遥爱地意淫一把。

在神灵文化主宰的古代社会，萨满教的意淫，作为人类特异的性意识行为，在规避争夺配偶的冲突、化解矛盾上，有其积极意义。

首先，意淫行为，可以在一定的范围和程度上消解人们的性冲动，不同程度地化解争夺配偶方面的矛盾，避免许多愚氓的性争斗，甚至于无谓的械杀。据专家统计，古今中外凶杀案件中，十之八九属于情杀，因情杀造成家破人亡的悲剧屡见不鲜。

其次，正因为意淫行为可以有效地化解性生活方面的矛盾，避免了许多民事和刑事案件的发生，客观上促进了社会的安定团结，对增强民族的凝聚力和战斗力不无补益。

其三，既然意淫行为有着一定的积极作用，为什么我们不提倡用意淫来规范人们的行为，来化解反映在情与性方面人与人之间的矛盾呢？毋庸讳言，萨满教是产生于人类蒙昧时期的意识形态，虽然为后世沿用，毕竟是落后的习俗，是一种非理性、非科学、非逻辑的意识形态和行为方式。尽管这种生命意识有一定的合理性，体现着原始的朴素的民主观念及人世间和谐美好，但毕竟是愚氓的虚幻的行动思维，在科学高度发达的今天，人们已习惯于科学思维，会更加理性地处理人与人的情感纠葛，如果仍旧靠意淫来调节人与人的情感生活，那真是愚不可及了。

第二十三章

宝黛,诠释真爱的人间大道

《孟子·告子上》曰:"食色,性也。"说是吃饭和做爱是人类的基本要求。性,又是爱情之根。对人类而言,有爱情没有性,大约是傻瓜一对;有性没有爱情,悲苦一生。《红楼梦》中,宝玉与袭人之间,有过性关系,却不能说有爱情;宝玉与黛玉间,未见有性行为,却爱得死去活来。

一 林黛玉的文学原型

谈罢宝玉原型——石头,再谈谈黛玉原型——绛珠草。

这个妹妹我曾见过

黛玉初见宝玉,宝玉是"面如敷粉,唇若施脂;转盼多情,语言常笑"。黛玉一见,便吃一惊,心下想道:"好生奇怪,倒象在那里见过一般,何等眼熟到如此!"宝玉初见黛玉亦是如此,细看形容,与众各别:态生两靥之愁,娇袭一身之病。闲静时如姣花照水,行动处似弱柳扶风。宝玉看罢,因笑道:"这个妹妹我曾见过的。"贾母笑道："可又是胡说，你又何曾见过他？"[1]

在哪儿见过呢？不曾见过呀！——这里，作者为贾宝玉设计的潜台词实在有趣！从打男女主人公大荒山一别，一个生在维扬，一个生在京都，天南地北，未曾见面，说"曾见过"只是下意识的感觉，这种特异感觉属于特异人物的心有灵犀，没有灌溉的前缘，自然也不会有这似曾见过的感觉，这归功于宝黛两人所特有的神性敏知能力。所以宝玉笑道："虽然未曾见过他，然我看着面善，心里就算是旧相识，今日只作远别重逢，亦未为不可。"

书中明着说黛玉是从维扬（今扬州）来，实际她的文学原型（人参）出源于松花江。其父名林如海，已是"如海的大森林"，显然是长白山大林莽的另一种表述。作者仅把林家当作文学符号，没有去实写，从贾雨村口中叙出，也是一笔而过。

怯弱之身，极类人参

作为《红楼梦》女主人公林黛玉，写到她的虚弱身体时，往往用"怯弱"二字。怯，畏惧，害怕；弱，单薄，不强壮。"怯弱"二字用在黛玉身上，十分贴切。这一体态特征，又极类人参。自然环境中的人参，虽然称百草之王，生态也极为怯弱，须是生活在高壮的松、椴阴下，在遮光避雨环境中才能成活。即使是在此环境中，它仍经不住风吹日晒雨打，又怕鸟啄兽践人采挖，故人参是在险象环生的环境中生长，存活下来实属不易。正因为黛玉是由长白山人参胎生，众人眼中的黛玉才有"一段自然风流态度"。

如果我们认定绛珠暗指人参，就会留意作者真假换位、南辕北辙的写作手法。读《红楼梦》至要紧处，须逆向思维，用脂评

---

[1] 曹雪芹、高鹗著《红楼梦》，北京：人民文学出版社，1982年第1版，第49、51页。

话说，反观风月鉴，才不至于走入迷途。至于读到什么地方，哪处章节须急转弯反向思索，要看读书人的悟性。这悟性从何而来？当然是从实践中来。这个实践，大半来自读书的体味，是在与满族历史文化比对中的体悟。悟是智慧的闪光，是灵感的启动，是知识积累后的再创造与升华。

二 黛玉身上的神性性格

人参，称百草之王，高雅而珍贵，胎生成林黛玉同样地"举止言谈不俗"，有"一段自然风流态度"，显现出自然的神性性格：

其一，风流态度，卓然超群。

第二十六回，黛玉去看宝玉，因天色已晚，丫头们不知是她，没给开门，她便以为宝玉有意冷落她，独自在墙角花阴之下，悲切地哭起来。原来这林黛玉"秉绝代姿容，具希世俊美"，她"呜咽一声犹未了，落花满地鸟惊飞"，感应得花儿、鸟儿不忍卒听。

其二，孤高自许，目下无尘。

谈到黛玉的性格，都说她孤高自许、目下无尘，周围人认为她小性、不合群，为人刻薄、专挑人的不好，认为这是她的性格缺陷。诚然，从做人的严格意义上讲，这是她性格上的缺陷。深究一下，这种孤高自许、目下无尘的品格是从哪里来的呢？或者可以说与大自然人参仙草[1]的孤傲性格相符。

人参，满名窝尔霍达，即百草之头领，满族尊人参为神，其神偶是头戴人参红果的格格（姑娘），在"太虚幻境"中唤作绛珠妹妹。在自然界，人参原本"一茎直上，独出众草"，"翠蕤绛实，

---

[1] 绛珠草，人参结籽时的形象。林黛玉为长白山人参胎生。见陈景河著《绛珠草·人参·林黛玉》，载《吉林日报》，2003年7月5日第7版。

烂然灌莽"。据采参人讲,生有人参的地方,杂草四分,不敢侵近。黛玉的孤高自许、目无下尘,正是人参圣洁高雅的内在品格的人格化反映,不能简单地以性格缺陷论之。

三 恋爱进程,一波三折

如果说大观园是块芳草地,宝黛爱情便是这块芳草地上的鲜嫩的花。

林黛玉母亲、父亲先后亡故,投奔贾家,寄人篱下,只因有贾母视为心肝宝贝,有宝玉眷爱,得以长大成人。随着年龄逐渐增大,该谈婚论嫁了,林黛玉怯弱之身、孤傲自许的性格,符合贾政、王夫人等人的要求吗?尽管宝黛二人彼此最爱,这一对恋人的悲剧命运,似乎已经注定了。

在自然王国,只有灌溉的知遇之恩

古希腊人生活在地中海、爱琴海沿岸及其岛屿上,气候温暖,物产丰富,海上交通便利,商品经济发达,奴隶制的城邦文化,掠夺、纵欲、乱伦现象极为普遍。奥林匹斯山众神之王宙斯,就是乱伦的产儿:赫西俄德《神谱》记录,地母盖亚生下天神乌拉诺斯,天神以母为妻,生下克洛诺斯,克洛诺斯推翻父亲夺得王位,娶妹妹瑞亚为妻,生下宙斯。宙斯又推翻父亲,夺得王位,娶美丽动人的姐姐为妻……这些神的乱伦现象,固然是远古血缘婚的折射。然而,在中国神话中,母子婚、父女婚极为少见。兄妹婚仅见于洪水期间的生人故事,传递着种族繁衍的原始古典道德的信息。

中国神话不仅稀有乱伦现象,神与神之间的婚姻恋爱故事也很少见，只见于穆天子驾神骏去会西王母的片断情节。那时的西王母大约是西部某部落一位女酋长，还没成为玉皇大帝的一品夫人。中国的神，高居于天宇之上，一个清冷而缺少情感的世界。故王母娘娘的女儿七仙女私自下凡，嫁给农夫董郎；王母娘娘的孙女织女下嫁给憨厚的牛郎。这两对神与人的佳配，均受到封建老太婆西王母的压制而被强行拆散，造成天上人间两悬隔的悲剧。

曹雪芹的《红楼梦》则不同，贾宝玉和林黛玉在自然王国时，大约还不懂风月为何物。宝玉也只是到了人间，在"太虚幻境"女神神殿，经警幻仙子点化，"秘授以云雨之事"，才与可卿有试婚的缱绻之情。他必定十分惊喜：呀，人间还有这样甜美的事情！

"一场幽梦同谁近，千古情人独我痴。"即使世上最痴默之人，性神经也是很容易被启动起来，何况宝玉是百伶百慧，成丁时试婚的成功，使他与神女可卿难解难分。回到怡红院便与袭人偷试一番。偷试很大程度上出于好奇，袭人虽有娇媚动人之处，两人却看不出有什么爱情。袭人素知贾母已将自己与了宝玉，即便如此，亦不为越礼。"与了宝玉"四字决定了这位贴身丫鬟的命运，在奴隶制残存的大清社会，袭人等于是宝玉个人的财物，弃之与取之，悉听主便。两人有过偷试，便有再试。袭人毕竟是个很深沉的女孩，欲亲反疏，夜间反倒打发晴雯睡里间侍候宝玉，自己睡外间。晴雯长得娇俏灵秀，与宝玉同处一室，却是各不相扰，正因为宝玉并不滥情，才有可能与黛玉发展恋情。

说起来，宝黛的恋爱，如同那山间溪水，高高低低，曲曲弯弯，总还是流淌着，形成一条永不干涸的爱河。下面让我们简略回顾一下这条爱河的流程。

两小无猜，与春水微澜

依宝黛前缘的还泪说，黛玉须是经常将眼泪哭还给宝玉的，但人世间却没有无缘无故流泪的道理。人的感情受到触动，或激动，或伤感，才可能流出泪来。

自从林黛玉来到荣府，贾母万般怜爱，寝食起居，一如宝玉，迎春、探春、惜春三个亲孙女倒且靠后；同宝玉是"日则同行同坐，夜则同息同止，真是言和意顺，略无参商"。可以引动哭泣的事不是很多，还泪一说也只能暂时搁置起来。

不想从金陵城里来了薛宝钗，年龄虽说比宝黛大不多少，然品格端方，容貌丰美，人多谓黛玉所不及。且行为豁达，随分从时，比黛玉更得下人之心。那些小丫头们，也多喜欢与宝钗一起玩。黛玉心里便有些郁闷之意，宝钗却还没有觉得有什么不妥。宝玉原是愚拙偏僻，视姊妹弟兄却是一样的，并无亲疏远近之别。因与黛玉同随贾母一处坐卧，比别的姊妹熟悉、亲密些。宝玉并未感觉到因宝钗的到来，在黛玉心理上产生的微妙变化。更让黛玉沉心的是，宝钗脖子上有一个金锁，上边錾的字跟宝玉的玉恰好一对儿。

这日宝玉来看宝钗，宝钗得以见识宝玉出生时衔来的那块玉："大如雀卵，灿若明霞，莹润如酥，五色花纹缠护。"宝钗看毕，念正面的刻字："莫失莫忘，仙寿恒昌。"原来宝钗这个金锁儿，上头也錾着八个字"不离不弃，芳龄永继"，跟宝玉通灵宝玉上的两句话是一对儿。"是个癞头和尚送的"，宝钗的丫鬟莺儿笑道，"他说必须錾在金器上，遇到那有玉的才配"。后半截话，让宝钗嗔断了——这就是和尚所说的金玉良缘。

宝玉、宝钗正说着话，黛玉到了，先是说自己来得不是时候，又说我来了是不是他该走了？接着又嗔怪小丫头不送小手炉就冷死我,借以讽宝钗吃冷香丸,顺及宝玉的喝冷酒。宝钗也只管逗黛玉一笑了事。如同阵风掠春水,起了一点小小波澜。

第九回,宝玉入宗学家塾读书。先辞了贾母,突然想到还没辞黛玉,便来至黛玉房中。嘱咐黛玉:"等我下了学再吃饭。和胭脂膏子也等我来再制。"唠叨半天,方撤身去了。黛玉忙又叫住道:"你怎么不去辞辞你宝姐姐呢?"宝玉笑而不答。说明宝黛二人关系到底比与宝钗更厚密些。

大观园始建成,贾政请来清客相公与宝玉,为园内各景点题对额。宝玉也真露脸,所拟匾额楹联,贴近自然,确比清客们所拟高出一头,政老爷也暗自叹服。题毕出得院门,贾政的小厮们拦腰抱住宝玉,言称:"今儿亏我们,老爷才喜欢,老太太打发人出来问了几遍,都亏我们回说喜欢,不然,若老太太叫你进去,就不得展才了。人人都说,你才那些诗比世人的都强。今儿得了这样的彩头,该赏我们了。"说着,这个上来解荷包,那个上来解扇囊,不容分说,将宝玉所佩之物尽行解去。林黛玉听说,走来瞧瞧,果然一件无存,以为自己给的荷包也给他们了,便赌气回房,将宝玉烦他做了一半的荷包拿过来就铰。宝玉赶过来,早剪破了。一个十分精巧的香囊,无故铰了,却也可气。因忙把衣领解了,从里面红袄襟上将黛玉所给的那荷包解了下来,递与黛玉:"你瞧瞧,这是什么!我那一回把你的东西给人了?"林黛玉见他如此珍重,藏在里面,自觉心中有愧,低头一言不发。

最亲近无邪的一次是宝玉探视花家的第二天,袭人偶感风寒,宝玉延医请药后,来至黛玉房中,见黛玉自在床上歇午。他怕黛玉积了食,便百般哄她起来。黛玉撵他别处玩去,宝玉推她道:"我往那去呢,见了别人就怪腻的。"偏要跟黛玉一个枕头歪在一起,为了不使黛玉睡觉,便讲小耗子偷香芋的故事。说扬州有一座黛山,山上有个林子洞。林子洞里有一群耗子精。腊月天,老耗子坐帐分配差使,让小耗谁去偷米,谁去偷豆,谁去偷果,只有香芋没人去偷。只见一个极弱小耗自告奋勇去偷。问他用何法偷来。小耗说用分身法变成个香芋,滚到香芋堆里偷来。众耗听了,皆言妙妙,就让小耗先变个看看。小耗摇身说"变",竟变了一个标致美貌的小姐。众耗说:"变错了,变错了。原说变果子的,如何变出小姐来?"小耗现形笑道:"我说你们没见世面,只认得这果子是香芋,却不知盐课林老爷的小姐才是真正的香玉呢。"黛玉听了,起来便拧宝玉的嘴,宝玉忙忙告饶。

一语未了,宝钗走来,便说宝玉故典原多,前儿夜里作芭蕉诗偏偏忘了故典,急的只出汗。由此可见,宝钗比黛玉深沉多了,宝黛亲昵地在一起,她则不以为然,搁在黛玉身上则不行,会耍小性、闹脾气。

成丁后,加快恋爱步伐

这一天,宝玉跟宝钗说话,听说湘云来了,便一同去贾母处看湘云。黛玉一听宝玉在宝姐姐家,心里便不是滋味。话不投机,黛玉赌气回房,宝玉忙跟了来。黛玉边哭泣边孩子般地说:"你又来作什么?横竖如今有人和你顽,比我又会念,又会作,又会写,又会说笑,又怕你生气拉了你去,你又作什么来?死活凭我去罢了!"宝玉听了忙上来悄悄地说道:"你这么个明白人,难道连'亲不间疏,先不僭后'也不知道?我虽糊涂,却明白这两句话。头一件,咱们是姑舅姊妹,宝姐姐是两姨姊妹,论亲戚,他比你疏。第二件,你先来,咱们两个一桌吃,一床睡,长的这么大了,他是才来的,岂有个为他疏你的?"

于是都说"为的是我的心"。两人居然心照不宣,林黛玉便关心起宝玉："你怎么倒反把个青肷披风脱了"，"伤了风寒"怎么是了！正说着，湘云咬着舌子，爱（二）哥哥、林姐姐地唤着，嫌不跟她玩。虽说仍是小孩子话语和脾性，却又埋下金麒麟故事在后头。

钗、湘、黛三人多有口角儿发生，矛盾皆集中在宝玉身上。宝玉是按下葫芦起来瓢，往往闹得两处不讨好。宝玉的心思却全在黛玉身上，虽说见了姐姐忘了妹妹，看着宝钗雪白的一段酥臂，不觉动了羡慕之心，即使有这类爱慕之心，最后感情仍落到黛玉那里。他与宝钗没有也不可能发生恋爱关系，两人毕竟理念不同，志趣相左，宝钗志向高远，循规蹈矩，入京是待选入宫，不时地以仕途经济、八股举业规劝宝玉。宝玉甚是愧惜，故宝玉不会去爱宝钗。宝钗是否属意于宝玉呢？当然有那么一层意思。一次，宝钗来看宝玉，宝玉睡中觉。袭人乖觉地说出去一会儿，宝钗接过针线，坐下来替袭人看护宝玉。宝玉梦中呼喊："和尚道士的话如何信得？什么是金玉姻缘，我偏说是木石姻缘！"

宝玉梦中赤裸裸的表白，无疑地让宝钗窥见他心中的隐秘，知道黛玉在宝玉心中的地位。至于湘云与宝玉，也只是口吃时将二哥哥说成爱哥哥的关系。宝玉很喜欢湘云，曾就着湘云洗过的洗脸水洗脸，自然是性心理的一种偏僻反映；湘云醉卧芍药裀的憨美睡态（六十二回），想来他也曾见；清虚观打醮，宝玉从道士的赠物中单取了一只金麒麟，正可与湘云麒麟匹配一对。尽管湘云因咬舌子，爱哥哥、爱哥哥地叫得欢，要说他俩之间有爱情关系，为时尚早，是黛玉多疑罢了。第三十一回，"因麒麟而伏白首双星"，似伏后三十回湘云与宝玉终于走到一起。——因原文"迷失"，只备一说。

因一对麒麟的事，让黛玉有所警觉是有的。与宝钗的金玉良缘一样，似乎都承上苍的安排，包括元妃赐予礼品的厚钗薄黛，是否有暗示，也曾使宝玉疑惑过，但宝黛两人的感情并未因之动摇，表现着两人对天命的抗争。

　　这一天，黛玉有意赶来听听他两人是否又说麒麟的事（第三十二回）。那外传野史上，因小巧玩物上撮合，皆由玉环、金珮、鲛帕、鸾绦等小物而遂终身，今忽见宝玉亦有麒麟，或者便想借此与湘云做出那些风流佳事来？因而悄悄走来，以察二人之意。不想正听见史湘云说仕途经济一事，宝玉回应道："林妹妹不说这样混帐话，若说这话，我也和他生分了。"[1]黛玉一听，大为感动，始知宝玉果然是个知己。宝玉忙忙穿了衣裳出来，黛玉已拭着泪走远，宝玉赶上去，本是想向她剖白内心，却只说出"你放心"三个字。黛玉倒怔住了："我有什么不放心的？……"宝玉点头叹道："……你皆因总是不放心的原故，才弄了一身病。但凡宽慰些，这病也不得一日重似一日。"林黛玉听了这话，如轰雷掣电，细细思之，竟比自己肺腑中掏出来的还觉恳切，只说了一句："……你的话我早知道了！"竟头也不回地去了。宝玉却怔怔地发起呆来，正赶上袭人来送扇子，他并没有看出何人来，便一把拉住，说道：

> 好妹妹，我的这心事，从来也不敢说，今儿我大胆说出来，死也甘心！我为你也弄了一身的病在这里，又不敢告诉人，只好掩着。只等你的病好了，只怕我的病才得好呢。睡里梦里也忘不了你！[2]

　　这番话直让袭人发愣。宝玉发觉是她，羞得满脸紫胀夺扇而

---

[1] 曹雪芹、高鹗著《红楼梦》，北京：人民文学出版社，1982年第1版，第445页。
[2] 同[1]，第447、448页。

去，袭人已猜知这话是说给黛玉的，她无法理解宝黛之间的正当爱情，认为是"不才之事，令人可惊可畏"，心中暗暗度量如何处治方免此丑祸——由此而伏下王夫人清剿怡红院一回。

宝黛爱情进程中，有两个情节被认为是重头戏：一是两人共读《西厢记》；一是两人共同葬花。

这一天，宝玉正在看《西厢记》，一阵风过，把树上桃花吹落得满身满地皆是。宝玉便兜着那花瓣抖到池内，却见黛玉肩着花锄，锄上挂着花囊，手里拿着花帚，说花瓣撂到水里不好，水流到有人家的地方脏的臭的混倒，莫如埋入畸角花冢内，日久随土化了。宝玉听了喜不自禁，放下书要帮黛玉收拾。

春华秋实，是大自然的馈赠，是给人以美感的标志性产物，也是文人墨客歌颂不尽的题材。人们常以花开花落感喟人生短促，伤春悲秋，几乎成为人们感情世界永久的媒介和主题。但不同的民族对花开花落的理解和感受却有不小的差异。日本人崇尚樱花，每至樱花开放季节，往往是背包罗伞，赶赴公园或寺院观樱，谓之过樱花节，彻夜狂欢，夜以继日，饮酒作乐，跳舞唱歌。特别是落花缤纷之时，以落花为壮，壮其灿烂，壮其瞬间的大美，引以为知己。以樱花短促间给人以灿烂，喻人生只要有所作为，虽死犹荣。这种以樱花开落励志的民族精神，值得赞许。

中国历代诗赋之作中，以春花开落励志的作品也不少。宋范成大《清明日狸渡道中》写的是他行进在狸渡道口的感受："花燃山色里，柳卧水声中。"唐翁宏《春残》："落花人独立，微雨燕双飞。"同样歌颂了生命与时间的抗争。清龚自珍的"落红不是无情物，化作春泥更护花"，也是寄托不甘消极的态度，愿自己如春花般化为泥土，滋润后来者。唐李商隐《和张秀才落花有感》："落时犹自舞，扫后更闻香。"唐宋诗人咏花诗词，呈现的是一种蓬勃、催人上进的精神。

然而，毋庸讳言，中国大量古诗词中，伤春悲秋之作，汗牛充栋。《红楼梦》中的宝黛葬花及《葬花辞》基本属于惜春伤怀之作。这里究竟是作者的感怀，还是书中人物的感受呢？暂时搁下不论，他俩显然没有沉沦于惜春伤怀，两人很快地转入共读《西厢记》，兴味盎然。

话说宝玉见黛玉荷锄挂囊来葬花，便放下书也来帮忙。黛玉问什么书？宝玉说："真真这是好书！你要看了，连饭也不想吃呢。"黛玉接过书从头看去，越看越爱看，"自觉词藻警人，余香满口。"不到一顿饭工夫，将十六出俱已看完。正自品评滋味，笑说："果然有趣。"呆宝玉竟忘情地说："我就是个'多愁多病身'，你就是那'倾国倾城貌'。"宝玉用书中张生、崔莺莺的恋爱来比附与黛玉的关系。话来得突兀、憨直，黛玉一时接受不了，故作愤怒，甩手而去，让宝玉一时摸不着头脑。然而，两人共读《西厢记》，受到书中男女主人公爱情的启发、感染，互通心曲，增强互信，是不言而喻的。

当宝玉引《西厢记》曲词比喻二人关系时，黛玉率性而去，躺在床上无意间长叹一声："每日家情思睡昏昏。"这一忘情之叹，又恰恰被宝玉听得，宝玉不失时机地反问："为什么'每日家情思睡昏昏'？"黛玉自然无法作答，翻个身，假装睡去。

承受笞挞，爱情弥坚

第三十三回宝玉挨打，直接原因是忠顺王府长史官来索要琪官（蒋玉菡），让 家之长的贾政很没面子，加之贾环添油加醋告发宝玉逼淫女婢。其实，贾政对宝玉的不满由来已久，主要在于他的童贞旨趣，相当地不合时宜，直接阻碍着贾政、王夫人等按时下标准对宝玉的塑造。恰巧，忠顺王府来索人、金钏被逼跳井，两件事相激，贾政怒火中烧，大施笞挞，宝玉被打得皮开肉绽，并没告饶，相反，更坚定了他对黛玉的爱情。

宝玉挨打，各路小姐、丫鬟纷纷来探视，唯黛玉哭得"两个眼睛肿的桃儿一般，满面泪光"，比别人犹沉痛。宝玉向黛玉发誓言"你放心……就便为这些人死了，也是情愿的"，两人正要说些私房话，忽报二奶奶来了，黛玉怕凤姐拿她哭得红肿眼睛取笑开心，忙忙地从后院去了。

这样的描写，好像略嫌简单了。其实，已足够了，两个人情深似海，有心人自会感知。

当天掌灯之后，王夫人打发婆子来唤"一个跟二爷的人"去，也只是想问问宝玉疼得怎么样。袭人得风，亲自来回王夫人。就是这次私会王夫人，袭人建议"还教二爷搬出园外来住就好了"。

第三十四回写袭人打小报告，受到王夫人夸赞，宝玉似有感觉，因心下记挂着黛玉，便有意打发袭人去宝钗那儿借书，才命晴雯去探望黛玉，送上两条半新不旧的帕子。黛玉体贴出手帕子的意思来，不觉神魂驰荡……左思右想，一时五内沸然炙起。黛玉由不得余意绵缠，令掌灯，也想不起嫌疑避讳等事，便向案上研墨蘸笔，在那两块旧帕上忘情地写道：

(一)

眼空蓄泪泪空垂，暗洒闲抛却为谁？
尺幅鲛绡劳解赠，叫人焉得不伤悲！

(二)

抛珠滚玉只偷潸，镇日无心镇日闲；
枕上袖边难拂拭，任他点点与斑斑。

（三）

彩线难收面上珠，湘江旧迹已模糊；
窗前亦有千竿竹，不识香痕渍也无？[1]

宝玉送两条旧帕含义是什么？亦是红学一谜。宝玉派体己丫鬟向黛玉送两条旧帕，显然是向黛玉宣示至死不渝的爱，此后不论走到哪一步，两人的眼泪将流到一起。黛玉的三首《题帕诗》，实际是题泪诗，从蓄泪、抛泪，到收泪，两人是为谁？三首诗题于帕，真情、真挚、真实，标志着宝黛二人的恋爱攀上新高。

四 钗黛合一，大观园里的和煦春风

宝黛爱情虽属《红楼梦》的明线，写得亦有根有襻，有枝有蔓，有情有意，有张有弛；因有宝钗、湘云的莅临，两人的爱情变得波峰浪谷，曲折回旋，十分好看。然而，书的情节进展到三分之一，书中类似三角恋爱关系戛然而止。钗黛合一说由此而起。

庚辰本四十二回回前总评：

> 钗、玉名虽二个，人却一身，此幻笔也。今书至三十八回时已过三分之一有余，故写是回，使二人合而为一。请看黛玉逝后宝钗之文字，便知余言不谬矣。[2]

这一回黛钗合一，让评家措手不及，一头雾水。这里，脂砚斋显然不是从人物各自形象角度来看宝钗和黛玉，而是从二人矛

---

[1] 曹雪芹、高鹗著《红楼梦》，北京：人民文学出版社，1982年第1版，第469页。
[2] 曹雪芹著，霍国玲、紫军校勘《脂砚斋全评石头记》，北京：东方出版社，2006年版，第507页。

盾解除，趋于和谐来讲的。这种因一时矛盾解决而谓"名虽二人，人却一身"之说，让人费解，显然是一条误批，不能成立。值得注意的是《红楼梦》第五回十二钗正册，只有十一幅图、十一首诗，黛钗合为一图，合咏为一诗。一图是：

只见头一页上便画着两株枯木，木上悬着一围玉带；又有一堆雪，雪下一股金簪。也有四句言词，道是：
可叹停机德，堪怜咏絮才。
玉带林中挂，金簪雪里埋。[1]

这首五言诗，是薛宝钗、林黛玉判词。停机德，指薛宝钗符合时下道德规范。东汉乐羊子远出求学中道而归，其妻以停下织机割断经线为喻，劝其不要中断学业。其事载《后汉书·列女传》，这里喻薛宝钗具有停机规劝的妇德。咏絮才，指女子敏捷的才思。晋代女词人谢道韫，聪明有才辩。某天大雪，韫叔谢安问："白雪纷纷何所似？"韫堂兄谢朗答道："撒盐空中差可拟。"道韫曰："未若柳絮因风起。"谢安赞叹不已。(见《世说新语·言语》)此处喻林黛玉有咏絮之才。"合咏为一诗"，指十二支曲子中的《终身误》：

都道是金玉良姻，俺只念木石前盟。空对着，山中高士晶莹雪；终不忘，世外仙姝寂寞林。叹人间，美中不足今方信。纵然是齐眉举案，到底意难平。[2]

---

[1] 曹雪芹、高鹗著《红楼梦》，北京：人民文学出版社，1982年第1版，第77、78页。
[2] 同[1]，第84、85页。

曲牌名《终身误》，意即误了终身。曲子写贾宝玉与薛宝钗婚后的冷落、难堪和无奈，终不忘故去的有情人林黛玉。

著名红学家俞平伯在《〈红楼梦〉辨》中说，有一种很流行的观点，以为《红楼梦》处处都有褒贬，最普遍的看法是褒扬黛玉而贬斥宝钗。其实不然，曹雪芹不褒林贬薛，《〈红楼梦〉引子》中说："因此上演出这悲金悼玉的《红楼梦》。"金是钗，玉是黛。悲悼犹曰惋惜，对钗黛一悲一悼，当然就无褒贬、无轻重。"这是雪芹不肯痛骂宝钗的一个铁证。且书中钗黛每每并提，若两嶂对峙双水分流，各尽其妙莫相上下，必如此方极情场之盛，必如此方尽文章之妙。"[1]俞先生又在《〈红楼梦〉研究》的"寿怡红群芳开夜宴"图说中称："薛林雅调，称为双绝，虽作者才高，殊难分其上下。"俞老先生认为，从钗黛合为一图、合咏为一诗来看，作者是想回避黛钗的先后次序问题，而不含褒贬，其观点有它的合理性。俞平伯先生又提出《红楼梦》是"情场忏悔"之作，暴露出俞先生头脑中还残存着封建思想，对男女间正当的情与爱不能理喻，而将宝黛钗理解为情场忏悔。再者，钗黛思想迥异，个性不同，行为、思想差异甚大，各具形象特征和性格特点。从与宝玉关系来讲，黛玉与宝玉关系更为厚密，两人交谊的文字量远远超过宝钗。从这个角度来看，黛钗还是有主次之分的。

第四十回是对骨牌副儿，轮到黛玉，令官鸳鸯说："左边一个'天'。"黛玉接："良辰美景奈何天。"鸳鸯道："中间'锦屏'颜色俏。"黛玉对的是："纱窗也没有红娘报。"

事后，以林黛玉对酒令出《牡丹亭》《西厢记》香艳词语为由头，宝钗谈了做女儿之道，读书最易移性的道理。对于这种明显违背黛玉思想性格的说教，放在平日，黛玉不知会恼到啥样，

---

[1] 俞平伯著《〈红楼梦〉辨》，北京：人民文学出版社，1973年版，第90页。

此时竟大为感服，搂着宝钗直喊，好姐姐，我再不说了。接下去黛玉像是突然换了个人似的，在论惜春画大观园时，喜形于色，幽默诙谐，妙语连珠，引得众人笑语相和。

第四十五回，黛玉病了，咳嗽得厉害，宝钗来探视，检验黛玉的药方子，认为人参、肉桂量大了，不宜黛玉怯弱之身，故打发人送燕窝来熬粥。宝钗的挚爱挚诚，让黛玉感动，将心窝子话掏给她：

> 你素日待人，固然是极好的……往日竟是我错了，实在误到如今。细细算来，我母亲去世的早，又无姊妹兄弟，我长了今年十五岁，竟没一个人象你前日的话教导我。[1]

接下去黛玉又谈了自己是一无所有，吃穿用度，一草一纸，跟他们家姑娘一样，未免不遭小人嫌的，怎么还能再提熬燕窝粥的事？宝钗听得如此光景，便说每日叫丫头们就熬了送来，省得兴师动众的。从此，黛玉与宝钗前嫌尽弃，认薛姨妈作干娘，与宝钗同坐同息，宛如亲姐热妹，这让宝玉十分诧异："是几时孟光接了梁鸿案？"

那么，问题来了，为什么书写到三分之一，先前存在过的类三角恋爱矛盾，冰消雪融？

首先，从黛玉的角度来看，从打黛玉听得宝玉厌恶仕途经济的话，并说林妹妹从来不说仕途经济的话之后，黛玉确知宝玉虽说也很喜欢宝钗、湘云，喜欢不等于爱。当黛玉确认宝玉只爱她一人，钗、湘对她自然就不构成威胁，这无疑解开她的心结，确信宝玉的心是任何人夺占不去的，让她怎能不兴奋。所以，宝钗

---

[1] 曹雪芹、高鹗著《红楼梦》，北京：人民文学出版社，1982年第1版，第624页。

开导她的话，也听得高兴起来。

其次，也许是最重要的原因，是作者主旨立意在于揭示大清及满族的盛极而衰，如果任钗黛矛盾发展下去，必使行文落入三角恋爱俗套，冲淡了揭示大清盛极而衰这一绝大主题。因此，待到小说展开情节，宝黛爱情发展到较成熟阶段，黛、钗、云三人争夺宝玉的趋向，戛然而止，让作者腾出笔墨，向社会的深广两个方面发掘，以强化盛极而衰主题的展现与表达。

第三，从民俗角度来说，无休止地在男女情事上争风吃醋，纠缠不清，不是满族的习俗。相对而言，满族男女青年受"父母之命，媒妁之言"的影响较小，自由恋爱的空间较大，男欢女爱会受到族人的尊重和礼让。这里所说礼让，是指在爱情独木桥上的礼让，两个男人同时爱上一个女人，或两个女人同时爱上一个男人时，并非如国外文学《奥赛罗》《茨冈人》《罗生门》描写的那样，争个你死我活，鱼死网破。满族人往往是尊重所爱之人的选择。当宝钗听到宝玉梦中喊"和尚道士的话如何信得？什么金玉姻缘，我偏说是木石姻缘"之后，已经意识到宝玉爱的是黛玉，并非属意于自己。她在恋爱宝玉上，采取了礼让态度，对黛玉以姐妹相待。而湘云虽有金麒麟天缘巧合，并未参与争夺宝玉的角逐。

从上面的简单分析来看，曹雪芹之所以将钗黛合为一图、合咏一诗（判词），意在说她们之间虽然因宝玉而发生过口角抵牾，却并非势不两立，一旦爱的归宿明朗化，之间的矛盾迎刃而解，便合和如一人。满族人朴实而古老民风就是这样，以和谐为本，以生存为乐，让大家都快乐着。

第二十四章

归来兮,长白之子,人生如烟似梦

当钗黛矛盾化解之后,作者展开以贾府为中心的大清广阔社会生活描写。宝玉、黛玉并没失去其男女主人公的地位,他俩仍作为最主要人物贯穿作品始终,宝玉与黛玉的性格,仍不断得到升华和多角度、多侧面的展示。

一 贾宝玉情性生活的拓展

当宝玉解除了钗黛矛盾纠葛困扰之后,他的逐花恋柳的情性生活得到进一步的拓展。

贾母为凤姐凑份子庆寿,是一次重要活动,凤姐与宝玉又情同姐弟,按说宝玉应热心为之庆寿。他却命茗烟跟他去郊外三教合流的水月庵,在井台设祭,祭死去的一位小姐。茗烟感觉出来了,代祭中却又说不出这位小姐的芳讳。他俩祭罢回归,见到了银钏,从宝玉与银钏对话中,读者方知这一天是金钏的忌日,宝玉显然认为祭奠金钏比为凤姐过生日更为重要。与宝玉要好的女孩子固然很多,关系亲密而贴近的除了晴雯外,就是金钏了。第二十三回在宝玉会见贾政的紧要关头,为了缓和宝玉紧张情绪,金钏犹拽着宝玉让他吃唇上的胭脂（实为接吻）。宝玉趁王夫人假寐之时，对金钏软语温存，金钏天真地认为早晚是宝玉的人，说了一句含蓄的顺情话，挨了王夫人一巴掌，被判为勾引坏了宝玉。本是两小无猜的柔情蜜语，却成了难以下咽的苦药，接下去必是拉出去配小子，金钏的尊严受到伤害，于是跳井自尽，这是对王夫人的抗争，还是对宝玉模糊爱恋的忠贞？大约二者兼而有之。故宝玉对她念念不忘，跑了那么远的路，到洛神庙去祭心爱的金钏，算是对她钟情于自己的一点补偿。

成丁礼之后，宝玉的情感生活，真可谓青山隐隐，绿水悠悠。祭金钏只是他情感生活的一首平常的歌，此后这类对女孩子的情感表达多的是。如为平儿理妆，遂了多年对平儿怜爱之情；为香菱情解石榴裙，遂了对这位不幸女孩怜悯之心；为五儿瞒赃，尽了对这个柔弱秀气女孩的爱怜之谊；将唱戏的芳官扮作满族小阿哥模样，与之称兄道弟；同湘云等在外烧烤鹿肉，同领先祖燔烧天火肉的古趣；与香菱等玩斗草，享受生日这天女孩子给他朦朦胧胧的爱意，贴身丫头凑份子举办夜宴，仿佛过的是放偷节。

二 林黛玉诗化性格的展现

李劼先生在他的《历史文化的全息图像——论〈红楼梦〉》序文中讲：

> 《红楼梦》以回到神话的方式，清扫了被儒家和权术家所把持的奥吉斯特牛圈，同时又让活在易经八卦里的中国人获得了截然不同的人文品质。《红楼梦》的清澈，使宋儒顿

为泥土，使帝王术变得像房中术一样猥琐。人，而不是囚禁人的种种桎梏，成为文学叙事的重心所在。这种对人的尊重，对人的标举，不仅使儒家伦理显得陈腐，而且也让司马迁《史记》变得可疑。就此而言，《红楼梦》无疑是对文化和历史的双重颠覆。[1]

李劼先生的论证犀利而准确，令人肃然。他用古希腊厄利斯国王粪秽堆积如山的牛圈来形容大清肮脏的社会环境，来对比《红楼梦》的清澈。而《红楼梦》里的清澈，须是回到人类初始的《山海经》神话那里，须是从花花草草、霞色云霓幻生而来的清纯美丽的女孩身上体现出来。如果说《红楼梦》作为一部审美女神导引的人文史诗而彪炳于世，那么书中的警幻仙子、绛珠仙子、可卿妹子等天女，作为旷古的文化灵魂，既照亮了昔日的兴衰际遇，也启示了未来的存在。其中怯弱多病的林黛玉，居然标举着诗国灵魂的回归和担当，让我们不得不谈谈黛玉的诗化性格。

龚保华女士的《诗化的精魂——浅析〈红楼梦〉中的林黛玉形象》[2]一文，从诗化的意态、诗化的性格、诗化的爱情、诗化的生活、诗化的死去等五个方面予以全面论证，读后让人有不容置喙的感喟。这里不重复引述，仅就黛玉的诗性气质的表现及其形成，略作提示。

黛玉诗化的气质，来源于文化知识、文化修养的深厚，集中

---

[1] 李劼著《历史文化的全息图像——论〈红楼梦〉》，台北：允晨文化实业股份有限公司，2014年版，第6页。奥吉亚斯（奥吉斯特），古希腊西部厄利斯的国王，他有个极大的牛圈，里面养了两千头牛，三十年来未清扫过，粪秽堆积如山，臭气熏天。

[2] 龚宝华著《诗化的精魂——浅析〈红楼梦〉中的林黛玉形象》，载《世纪之交论红楼梦》，长春：吉林人民出版社，2000年版，第83页。

体现在香菱拜师学诗上：

> 黛玉道："什么难事，也值得去学！不过是起承转合，当中承转是两副对子，平声对仄声，虚的对实的，实的对虚的，若是果有了奇句，连平仄虚实不对都使得的。"香菱笑道："怪道我常弄一本旧诗偷空儿看一两首，又有对的极工的，又有不对的，又听见说'一三五不论，二四六分明'。看古人的诗上亦有顺的，亦有二四六上错了的，所以天天疑惑。如今听你一说，原来这些格调规矩竟是末事，只要词句新奇为上。"黛玉道："正是这个道理。词句究竟还是末事，第一立意要紧。若意趣真了，连词句不用修饰，自是好的，这叫做'不以词害意'。"[1]

接下去，黛玉告诉香菱，只读陆放翁"重帘不卷留香久，古砚微凹聚墨多"这浅近的，是再学不出来的。她给香菱开了个书目，要她先读王摩诘的五言律一百首，再读老杜的七言律一二百首，再读李青莲的七言绝句一二百首。心里有了底子，再把陶渊明、应玚、谢、阮、庾、鲍等人的一看，不出一年工夫，不愁不是诗翁了。

黛玉谈学诗，通俗明快，平实易懂，就是放到今天，也是实用的。特别是黛玉所提出"第一立意要紧。若意趣真了，连词句不用修饰，自是好的"，说的是出了诗题，要认真审题，认清题中之意最为要紧，跑了题，前功尽弃。意趣真则讲的是意境和趣味，立意清晰，意境高远，趣味高雅，就是不错的诗了。这一诗论，对初学诗者，有如暗夜明灯。只有诗歌学到家的，才能如此言简

---

[1] 曹雪芹、高鹗著《红楼梦》，北京：人民文学出版社，1982年第1版，第664页。

意赅、透彻明快地讲解出来。

谈黛玉的诗化性格及诗的才华，不能不提到第四十九回和第五十回，李纨正张罗起诗社，凭空里来了薛、邢、李三姓亲戚，带来宝琴、岫烟、李纹、李绮等姑娘，可谓"风流冤家"们的风云际会，诗社自然也兴旺起来。探春早已试探过，来的姐妹虽是自谦，看那光景，没有不会的。宝玉、黛玉等自然欢喜起来。宝玉后来将这次大观园诗歌大比拼谓为冬闺集艳图。十二钗聚齐，诗社又起，"风流冤家"们在人间首次也是唯一一次大聚会。有两点特别醒目：一是从写斗篷入手，揭示诸钗装束之新奇——均是北方胡女雪地冬装，犹以湘云装束最是轻捷倩俏：上身窄褙银鼠短袄，腰束五色宫绦，脚蹬麂皮小靴。黛玉笑她"装出一个小骚达子[1]来"——明白无误地告诉人们，十二诸钗是满装胡服。二是为了使这次聚会更具北方民族特色，作者斗胆还原满族先世聚食燔烤天火肉。

天火肉，来源久远，可以追溯到远古时代，人们还没有学会使用火，天然火引燃森林，人们发现被火烧死的野兽，肉味分外香，由此而引发族人学会保存火种，用火御寒、熟食、抵御野兽的攻击等。从此，人们把野外烧烤肉食，谓之食天火肉。往往是在部落人大祭之后，就篝火旺炭上烧烤禽鱼牲肉，祭神之后便可食之，谓之神惠。明清后，发展为大规模围猎，就地笼火烧烤，也称食天火肉。第四十九回，湘云与宝玉原本是一齐往芦雪庵限韵联句的，宝玉湘云却弄出另样故事，从凤姐那儿讨来一大块新鲜鹿肉，在园里烧烤。正如脂评所言："联诗极雅之事，偏于雅前写出小儿唉膻茹血极腌臜的事来，为'锦心绣口'作配。"不一会儿，烤鹿肉的香气弥漫开来，引得李纨来找，探春来吃，黛

---

[1] 骚达子，对北方民族的蔑称。

玉、宝钗、宝琴等光顾，连平儿、凤姐也急急赶来。李纨催促说，客已齐了，你们还没吃够？湘云道："我吃这个方爱吃酒，吃了酒才有诗。若不是这鹿肉，今儿断不能作诗。"又言："'是真名士自风流'，你们都是假清高，最可厌的。我们这会子腥膻大吃大嚼，回来却是锦心绣口。"

湘云和姑娘穿戴上已是返璞归真，打扮成小骚达子模样。此次割腥啖膻，野趣盎然，绝不仅是"为锦心绣口作配"，是祖上真实生活的复演，是返祖行为自然表达。作者这一点睛之笔，仿佛在告诉人们，这些小儿是骚达子的后人。只有这些小儿才懂得是真名士自风流。果然，在接下去的联句赋诗中，湘云、宝琴二人敏捷争先，黛玉亦不落后，三人对抢，呈鼎足之势，到结句之时，"独湘云的多"，都笑道："这都是那块鹿肉的功劳。"

黛玉自然也是真名士自风流，写寄情《秋窗风雨夕》诗，赏"琉璃世界白雪红梅"，品白雪红梅诗，歌颂骏马，抒发自己追逐自由人生，筑基诗化性格不屈的勇力。与湘云凹晶馆联句，见景寄情，你起我对，此伏彼起，追风逐月般，直到"寒塘渡鹤影"对出"冷月葬花魂"，将诗情推向极致，将自己的灵魂融化在诗化环境和气氛之中。

中国历称诗的国度。如果仅说到黛玉爱诗、教诗、善诗，显然还是皮相的东西。相对于传统的因袭，《红楼梦》所代表的诗意，在以林黛玉为核心的女孩身上体现出来。对于中华民族来说，《诗经》的滥觞早已成为回忆，诗意的生活已成为过去，一去不复返。没想到，诗的年华又重返大观园。那些须眉浊物早已不能，诗情画意的生活是由女孩子们创生和召唤回来。在女儿国的大观园里，弥漫的诗情画意，体现的是"风流冤家"们灵魂的挣扎和升华。她们中的诗神，就是林黛玉。

那么，林黛玉的诗化气质和才华是哪里来的呢？

首先，她是草神窝尔霍达化生，"既受天地精华，复得雨露滋养"，绝世的俊美，极顶的聪慧，她一哭泣，百花纷落鸟惊飞，她的诗化气质，有先天的遗传因子在其中。故黛玉初进荣国府，给人的第一感觉就是"有一段自然风流态度"；王熙凤惊讶"这通体的气派"，"今儿才算见了"！

其二，先天再聪慧，再灵秀，后天不学习，也是笨蛋一个。黛玉的聪明灵秀，还在于她自己的勤奋好学、充实提高。第四十回，贾母领着刘姥姥逛大观园，来到黛玉的潇湘馆，见"窗下案上设着笔砚，又见书架上磊着满满的书"，刘姥姥感慨道："竟比那上等的书房还好。"可见黛玉的刻苦读书，促进了她诗化性格的形成。

三　宝黛爱情生活的了局

自从"孟光接了梁鸿案"，也就是说钗黛和好之后，宝黛的爱情得到了进一步巩固和发展。

说它巩固，是两人的爱达到至情至神地步，见了面不知说啥为好（五十二回），黛玉只好没话找话问"袭人到底多早晚回来"，宝玉问"你一夜咳嗽几遍？醒几次？"庚辰本脂评曰："此皆好笑之极，无味扯淡之极，回思则沥血滴髓之至情至神也。"因为他俩无意识中都有些担心，宝玉送旧帕给黛玉，把袭人支出去，让晴雯去送，就是小心翼翼的一例。

黛玉的心腹丫鬟紫鹃对宝黛倾心相爱心知肚明。她知道，大观园是安乐场，贾府却是虎狼窝。她担心，不知宝黛相爱何时是个了局。不知是为了促进两人关系的发展，还是故意试探宝玉的心思，她自作聪明地谎称"你妹妹回苏州家去"，宝玉登时发起呆来,"眼也直了,手脚也冷了,话也不说了,李妈妈掐着他也不疼了,已死了大半个了"。黛玉一听宝玉犯了呆傻,"哇"的一声,将腹中之药一概呛出,竟也不想活了,让紫鹃"拿绳子来勒死我是正经"!

黛玉是一时发急,还不打紧,宝玉"急痛迷心",见了紫鹃抓住不放,见了西洋自行船也掖在怀里,说是接林妹妹回南方的。此事惊动了贾母,惊动了太医院,服了上方秘制诸药,又服王太医的药,才渐次好转。只不肯放紫鹃回去,宝玉对紫鹃发愿说:"我只告诉你一句罡话:'活着,咱们一处活着;不活着,咱们一处化灰化烟。如何?'"(五十七回)紫鹃方知宝玉的实心眼儿。

宝钗与黛玉的关系,丝毫未受到宝玉此次呆傻行为的影响,两人兴致盎然地论《五美吟》(六十四回)。哥哥从南方回来带来土物,宝钗送黛玉土物比别人多一倍。

宝玉这次呆傻病发作,也没有影响到贾母对他俩的感情,不仅仍是看完宝玉看黛玉,还把那珍贵的"风腌果子狸给颦儿宝玉两个吃去"。说明,宝黛这两个小冤家仍是她心中的最爱。

宝黛爱情究竟是怎样的结局,因后三十回书"迷失无稿",难窥真面。乾隆五十七年(1792)以来流行的百二十回本,其中后四十回一般认为是高鹗、程伟元续本,影响深远。至今,读者还以为掉包计、黛玉焚稿、中举、出家等,出自曹雪芹手笔。实在是大误了。从民俗角度来看,续书颠倒前书,以汉文化为主,基本没写满俗。人物形象全然失去原貌,多拂曹雪芹原意。是不是高鹗"闲且惫矣",无所事事,才来续书的呢?是否一如已故周汝昌先生所推测,乾隆命权臣和珅趁编辑《四库全书》之机,组织人篡改前八十回,续写后四十回,使之符合他们的口味,变成纯爱情小说?从程本由武英殿皇家印书馆刻印来看,这种可能性不能完全排除。

那么，曹作原本的宝黛爱情结局究竟是怎样呢？从前八十回书的"伏脉"、脂砚斋批语等残留信息，依"寒塘渡鹤影，冷月葬花魂"来判断，黛玉似自溺而亡；依"玉带林中挂"推之，宝玉至死依恋着黛玉。至于为什么黛玉自溺而亡，实难得知。有说死于诼谣诟谤之言，贾母亡故、凤姐被贾琏休弃，黛玉失去保护伞，适值宝玉外出未归，赵姨娘借宝黛相爱之事，大造谣诼之言，王夫人在贾政暗示下，借女儿痨将黛玉隔离，逼致赴水而死——可能性有没有呢？可能性有，不是很大，作者不会让黛玉死在赵姨妈这类小人物手里。

同一回书（五十七回），有一节怪怪的文字，说是这一天宝钗往潇湘馆来看黛玉，正值母亲也在，黛玉要认薛姨妈为干娘。宝钗忙说"认不得的"，怎么认不得呢？宝钗道："我哥哥已经相准了，只等来家就下定了……"宝钗说薛蟠相准的竟是黛玉。宝钗言罢还与薛姨妈挤眼儿发笑，像是玩话，耐人琢磨。

大家知道，薛蟠虽十分不堪，身份却是皇商，谐音"皇上"。后三十回书是否存在皇家选秀，贾家雪藏了宝钗，而掉包推出黛玉，造成宝黛爱情悲剧？从本书开篇"玉在椟中求善价，钗于奁内待时飞"来看，黛玉是否被遴选入宫，宝钗在贾家破败后改适贾雨村？

从书中伏线暗示，皇家选秀，黛玉被"皇上"选中，走投无路，赴水以死的可能性极大。从黛玉弃鹡鸰香串骂"什么臭男人拿过的"，薛蟠（皇上）初见黛玉，惊其美貌，酥倒在地，从宝钗言认不得干娘、已被哥哥相准等言，似可窥见黛玉将被逼入宫，因此事干涉朝廷，后三十回书是万不可拿出来示人的，只能说是被借阅者迷失。宝玉归来，黛玉已死，被以患女儿痨为由焚烧化烟成灰,与晴雯的命运毫无二致。宝玉悲痛欲绝,浑浑噩噩,不能自持。后在贾政淫威下,与宝钗成婚。从富察明义本诗"锦衣公子茁兰芽,红粉佳人未破瓜"看,宝玉与宝钗,只是名义上的夫妻,并未有真正婚姻生活。后终因贾府被抄,贾赦、凤姐、宝玉入狱,众人离散,宝钗被得势的贾雨村索去,郁郁而死。宝玉出狱后,似流落狱神庙为值更击柝之徒。经红玉、贾芸搭救,后与湘云遇合,应"因麒麟而伏白首双星"之谶,终不长久,宝玉撒手而去。跟谁去了呢?大半是跟携他入红尘的癞僧、跛道回归大荒山。预后,以绛洞花王身份归入"情榜"。

四 宝黛形象及其意义

本编开头,我们曾提问,宝玉究竟是何等样人?其实,答案已在上述文字之中。

宝黛形象及其性格冲突

如果把宝玉逐花恋蝶的情感生活喻为生命的绿草地,那么,宝黛爱情则是绿草地上灿烂的花朵。

衔玉而生的神奇,承继祖业的地位,大观园宽松的环境,使得宝玉如大荒山时节,"天不拘兮地不羁,心头无喜亦无忧",个性得以充分展示和发展。

然而,十八世纪的大清社会,毕竟不是原始的自在的长白山勿吉部落。清王朝承继的是儒家文化,只是儒家的理学部分,是最封建的意识形态、社会基础和皇权专制下的官僚体制,还有八股举业、酷刑诏狱及本族原有的等级观念、奴婢制度,看不出一丝改革的情结。

大清入关不足百年，那些流光溢彩的大大小小"补天石"，已黯然失色，文不能治国，武不能兴邦，不是国贼禄鬼，就是纨绔膏粱。唯贾宝玉因是刚刚从祖居地而来，还保有祖上童贞时的灵慧、纯真和愚顽。大观园这个相对平静的环境里长大起来的女儿们，个个聪明灵秀，才华横溢，其中不乏济世之才，但处于渣滓泡沫的男性世界，又能有什么作为呢？

大观园这个温柔乡、灵秀地，并不长久，它只是贾府的后花园，与贾府呼吸相通，贾府又与帝座呼吸相通。贾家是从龙入关已近百年的望族，是有权势、有地位的贵族之家。这样的家庭，有一套完整封建道德和行为规范，不会允许"天不拘兮地不羁"的贾宝玉逍遥下去，也不会让"无大无小，无上无下"的大观园这自由王国长久存在下去。当宝玉春风得意、在情感世界徜徉之时，当探春在大观园革新图治、大展管理才华之际，当黛玉大展诗才、无忧无虑之时，无常已找上门来，摧毁你的童贞，逼迫你就范。大观园失去往昔的平静，贾宝玉命运出现危机，生活起了波澜。

第一次是屁股挨板子，表现为与其父贾政的冲突。

第二次是抄检大观园，表现为与其母王夫人的冲突。

第三次应是黛玉溺水而亡，表现为与朝廷的冲突。

江山易改，禀性难移。宝玉毕竟是宝玉，他童贞的旨趣、朴素的自由平等的观念，有相对的稳定性，即使黛玉亡故，娶了宝钗，他仍是"空对着，山中高士晶莹雪；终不忘，世外仙姝寂寞林"。一个是"赤条条来去无牵挂"，一个是"质本洁来还洁去"，揖别人世，双双回归长白山。

本书主人公贾宝玉，究竟是何等样人？个性特点是什么？书中概括为：聪明灵秀，偏僻乖张。什么意思呢？因他是从灵山秀水的长白山而来,神石幻化,其聪明灵慧,自然天成,自不必说了。其偏僻乖张,则表现在不喜读书,专在姑娘群里厮混,对八股文章深恶痛绝,对仕途经济斥为禄蠹等。其实,这都是他先天个性的反映,在长白山先民勿吉人那里,没有什么八股文章、仕途经济这些东西,有的只是如海的大林莽,见了鸟跟鸟说话,见了鱼跟鱼说话,见了女孩便清爽,男欢女爱,自由自在。贾宝玉、林黛玉在大观园里追求的就是这种生活。要说他俩的思想,追求的就是原始的民主自由;要说他俩的理想,有一个大观园那样恬静、宽松的环境,人人爱我、我爱人人地过活,足矣。

由此观之,宝黛应该是满族童贞时期的少男少女形象。至今流传甚广的封建社会叛逆者说,日渐式微。

诚然,按照以往的阶级斗争观念,人都生活在一定社会关系中,都具有一定阶级属性。但阶级的划分,是一个极为复杂的问题,尤其就某个人的阶级属性来说。贾宝玉仅是个十三四岁的孩子,既没袭爵,也未当官,政治上没有什么地位,经济上一无所有,如他自己所言:"若论银钱吃的穿的东西,究竟还不是我的,惟有我写一张字,画一张画,才算是我的。"显然,他还没有成为封建贵族阶级的一员,谈不上对封建阶级的叛逆不叛逆。五十年代蹿红的社会批评派那里,仿佛贾宝玉因生在封建贵族大家庭,过着锦衣玉食生活,便自然是贵族统治阶级了;贾母因在府中辈分最高,自然是"封建宗法的象征性人物"。[1]以这种简单而机械的方法给《红楼梦》中的人物划分阶级,是非理性、非科学的,难以做到准确定位。

曹雪芹不是政治家,也不是思想家和哲学家,尽管他的作品中充满哲理思辨。他是一位伟大的文学家,他的作品可以肯定下

---

[1] 冯其庸著《论红楼梦思想》,哈尔滨:黑龙江教育出版社,2002年版,第99页。

来的仅只一部《红楼梦》（前八十回）。研究曹雪芹思想，也只能从他所塑造的人物形象来探求。当然，书中人物的思想和个性，还不能完全等同于作者的思想和个性，但至少可以从书中众多人物塑造上，特别是主人公贾宝玉、林黛玉的形象塑造上，看出作者的思想倾向。

从两百五十多年来《红楼梦》的索隐、考证、批评、文化溯源来判断，贾宝玉、林黛玉还够不上封建社会的叛逆者，从所具有的先天个性来看，显然他们属于满族童贞时期的少男少女的形象；从后天的生活情状来看，他们又是满族没落贵族公子哥和小姐。

作者通过长白山补天剩石化生入世的见闻、经历，似乎要告诉人们，这个民族出自野蛮森林部落，起步较晚，文化根基不深，"却因锻炼通灵后，便向人间觅是非"，终因生活的靡费和儿孙的不济，内耗互斗，不到百年，就露出下世的光景，"好一似食尽鸟投林，落了片白茫茫大地真干净"。

纵观人类的社会历史，往往表现为螺旋式上升。中国满族兴衰的历史，宛然一面镜子，它似乎再次提醒人们，任何一个民族，任何一个阶级，或者团体、个人，无论过去多么灵慧，多么强悍，多么有作为，多么业绩辉煌、贡献巨大，如果没有法律制约，没有有效监督、自我调整、严格自律和自强不息，总会有一天被污染锈蚀，腐败堕落，走向自己的反面。因此，宝黛形象有着巨大的认识价值，起着永恒的警示作用，即使到了今天，亦有着不同寻常的借鉴意义。

第八编

两位蒙冤已久的风俗人物

元代关汉卿作《窦娥冤》，写民女窦娥被无赖诬陷，又被官府错判斩刑。临刑，窦娥指天为誓：死后血溅白练、六月飞雪、大旱三年，以鉴其冤。后来果然一一应验。作为《红楼梦》中两个重量级人物贾母与秦可卿，前者被打成封建宗法家族总代表、吃人宴筵上的主客，后者被打成淫荡、乱伦的典型，而被双双沉入浊浪翻滚、腥臭无比的迷津。其判词之冤，不让窦娥，足使其血溅白练、六月飞雪，可惜，她们两个，都是小说中人物，不可能自己站出来指天明誓。

第二十五章

贾母：满族原生态文化的活化石

谈贾家，不能不谈贾母，她是辈分最高的老祖宗；谈大观园，不能不谈贾母，她往往是大观园姐妹聚散的中心；谈宝黛爱情，不能不谈贾母，她与宝黛爱情发展息息相关。然而，贾母究竟是何等样人？传统红学几乎一致认为"她是维护家族封建秩序的重要支柱，又是家族封建秩序的一个象征"。[1]如果将《红楼梦》中相关贾母事情一件件晾晒出来，用满族风俗去观照，得出的结论就大不一样了。

一 人间慈善老母，悉心呵护幼雏

贾母，书的第二回由古董商冷子兴叙出：荣国公长媳，贾代善夫人，金陵世勋史侯家小姐，故人称史太君；子贾赦、贾政，女贾敏，孙儿贾宝玉，外孙女林黛玉；在贾家年事最高，人称老祖宗。

贾母正式出场在第三回，女儿贾敏故去，外孙女林黛玉进京来投奔姥姥家。这日进入贾府，一位鬓发如银的老母，一把将黛

---

[1]《红楼梦鉴赏辞典》，上海：上海古籍出版社，1988年版，第12页。

玉搂在怀中,心肝肉地叫着大哭。边哭边叙说,所疼者独有你母,舍我而去,连面也不能一见,今见了你,我怎不伤心!说到痛处,搂着远来的外孙女又呜咽起来。

生离死别,白发人送黑发人,平生最疼爱的爱女故去,老人家岂不伤悲!外孙女前来,勾起她多少忆念!

宝玉从外回来,初见黛玉,似曾相识,颇为自得。当他得知这位神仙似的妹妹也没有玉,登时发作起来,摘下那玉就狠命摔去。贾母急得搂住宝玉,哄他说:"你这妹妹原有这个来的,因你姑妈去世时,舍不得你妹妹,无法处,遂将他的玉带了去了:一则全殉葬之礼,尽你妹妹之孝心;二则你姑妈之灵,亦可权作见了女儿之意。因此他只说没有这个,不便自己夸张之意。"[1]——宝玉听祖母如此说,想一想大有道理,也就不生别论了。

由此可见,老祖母很会哄孩子,是一位经多见广的满族慈善老祖母。

此后,贾母将对女儿贾敏的爱全部转渡到外孙女身上,可谓万般怜爱于一身,"寝食起居,一如宝玉,迎春、探春、惜春三个亲孙女倒且靠后"。

老祖母疼爱孙男孙女,是人之常情,满族尤甚。满族人原生活在长白山大林莽,自然条件恶劣,狼虫虎豹出没,加上缺医少药,幼童存活不易。故年长者对孩子呵护有加,沿袭成习。宝玉与黛玉,就是在贾母这样无微不至的关爱和呵护下渐渐长大。

宝玉十三四岁,到了成丁的年纪[2],贾母不失时机地为之施成丁礼。成丁之后,贾母仍把他当成一个没长大的孩子。

---

[1] 曹雪芹、高鹗著《红楼梦》,北京:人民文学出版社,1982年第1版,第52页。

[2] 满族,七八岁为幼丁,十二三岁为成丁。后成丁年龄有所增长。"成丁说"二知道人首倡,见一粟编《红楼梦卷》,北京:中华书局,1963年版,第86页。

二 乐山乐水娱人，追求自然和谐

贾家的大观园，是为元妃省亲而建。元妃回家省视亲人，仅一个晚上，又不许在家过夜，何须造这么大的园子？显然，作者结构作品时设计的筑园，是为接纳大荒山的石头哥哥和草神妹妹，还有伴随宝黛而来的"风流冤家"，造一个"天上人间诸景备"的环境，贴近大自然的本真园林，供他们长大成人。

这天，贾母领着众人逛大观园（第四十回）。一出场，就表明她是满族老太太。第一站到大观楼，贾母从丫头捧来的翡翠盘中，拣了一朵大红菊花簪于鬓上，回头叫刘姥姥也过来戴花。满族女人历来有戴花插柳习俗。富育光先生在《萨满教女神》篇里讲：满族至今仍有喜戴花、插花、贴窗花、雕冰花之俗。朴趾源在《热河日记》中记载满族妇女，"五旬以上，犹满髻插花，金钏宝珰"，"年近七旬，满头插花"，即便"颠发尽秃，光赭如匏"，也"寸髻北指，犹满插花朵"。东北地区的某些满族妇女，在头髻上插一个精巧小瓶，内装清水，插上一枝鲜花，生气盎然，不仅反映了满族对美的强烈追求，而且寓含着插花、戴花可惊退魔鬼，祈愿平安的民俗意识在其中。[1]

作者通过头上插花这一细节，告诉人们贾母是一位满族老太太。

第二站是林黛玉的潇湘馆，翠竹夹路，苍苔满布。刚刚落座，贾母发现窗纱靠色："这竹子已是绿的，再拿这绿纱糊上反不配。"命拿来银红的软烟罗换上，让在场的薛姨妈、凤姐大开眼界。原来这种叫霞影纱的软烟罗，比她们的年龄还大呢。

第三站到宝钗的蘅芜苑，贾母感到房内雪洞一般，太素净，

---

[1] 富育光著《萨满教女神》，沈阳：辽宁人民出版社，1995年版，第39页。

年轻姑娘的住处,也忌讳,忙命搬来几件摆件放于房内,以保持冷暖色调的和谐。

第四站到三小姐探春房内,贾母十分欣赏房内设置与景物的交融,葱绿纱帐上双绣花卉草虫、蝈蝈、蚂蚱,鲜活得要蹦下来。

忽一阵风过,传来鼓乐之声。贾母忙命将宴饮"铺排在藕香榭的水亭子上,借着水音更好听"。于是,乘着姑苏驾娘的棠木舫,奔清厦旷朗的香榭亭。

这一回书贾母又是头上簪花,又是讲窗纱不能靠色,言说年轻女孩子室内不可太素净等,虽说属于生活细枝末节,揭示的却是宇宙间大法则,依阴阳谐和来调节,来规范人伦道德。黛玉院中的翠竹必得银红霞影纱来搭配方和谐;宝钗房中的冷肃,得搬几件器物来才协调,才自然;探春房里房外,和谐统一,水乳交融,才是贾母的最爱。这种追求与大自然相融相合的人伦道德,放到今天,也属于高雅的艺术情趣与境界,且与满族先世始终居于山林水泊之间、万物有灵的萨满思想观念有渊源关系。

从贾母带众人逛大观园的过程,可以初步判断出,贾母是一位热爱自然、追求自然和谐、情趣高雅的满族老太太,只有满族贵族老太太才会有如此高雅的情趣和见识。

第四十九回写贾家各路亲眷、各家女儿们雅集大观园。李纨为首,余者迎春、探春、惜春、宝钗、黛玉、湘云、李纹、李绮、宝琴、岫烟,再添上凤姐和宝玉,一共十三个。除李纨年纪最长,其他十二个人皆不过十五六七岁,或有这三个同年,或有那五个共岁,或有这两个同月同日,也不能细细分别,不过是姊妹弟兄四个字随便乱叫。

没大没小、没上没下,女儿们皆姊妹相称,无尊卑贵贱,讲和谐平等,这既是满洲人敬女的习俗,也是返璞归真复演大荒山自然王国的和谐美好。满族喜聚不喜散，老太太尤其如此。园中之聚会、欢宴、游乐，往往是贾母倡议和安排，女儿们是这些活动的主角。贾母特别关照宝钗："别管紧了琴姑娘。他还小呢，让他爱怎么样就怎么样。要什么东西只管要去，别多心。"还让宝琴认王夫人干娘。众人齐聚芦雪庵，雅集吟诗，割腥啖膻，吃酒传枚，玩得好痛快。当贾母与凤姐来至园门处，忽见宝琴披着凫靥裘（取水鸭双颊毛皮制裘服）站在山坡上，身后一个丫鬟抱着一瓶红梅，宝琴背后转出披大红猩猩毡的宝玉。少男少女，白雪红梅，真的比画还好看。贾母命惜春画《大观园行乐图》的时候，须将她们姐妹也画进去。

贾母和园内众姑娘所创造的和谐环境，对宝黛及众姐妹健康成长，该是多么重要啊！

三 适度民主自由，只需"礼体"不错

第三十八回，众人齐聚藕香榭，赏桂花，吃螃蟹。大家笑语相合，没上没下，丫头鸳鸯、琥珀，可以跟主子凤姐打闹，相互往脸上抹蟹黄，引得众人大笑。贾母笑问："见了什么这样乐，告诉我们也笑笑。"鸳鸯高声笑回道："二奶奶来抢螃蟹吃，平儿恼了，抹了他主子一脸螃蟹黄子。主子和奴才打架呢。"大家轰地笑了起来。贾母笑道："你们看他可怜见的，把那小腿子脐子给他点子吃也就完了。"大家越发笑得开心。

满族人朴实的民主自由观念，由来已久，相沿为文化礼俗，生动体现在日常生活中。在众人活动的场合，只要有贾母，和谐平等自由气氛油然而生。

正因这民主自由观念相沿成俗，贾母的贴身丫头鸳鸯敢为贾

母做主,贾母所行之令,必得鸳鸯提着,鸳鸯吃一盅酒,敢沉下脸放话说:"酒令大如军令,不论尊卑,惟我是主。违了我的话,是要受罚的。"(四十回)连王夫人等都忙忙地表示"一定如此"。

第二十二回,元宵佳节,元妃归省之后,赐下灯谜,让众人来猜。众位小姐亦自制灯谜,呈送宫里。贾母越发喜乐,命速作一架小巧精致围屏灯来,要众姊妹制谜写出来粘于屏上,猜中有贺礼。贾政朝罢,见贾母高兴,也来承欢取乐。设下酒果,备了玩物,上房悬了彩灯,请贾母赏灯取乐。

老太太喜欢不拘束孩子,顺其自然地发展他们的个性。

往常时,宝玉会高谈阔论,湘云也素喜谈笑,今日贾政在席,却自缄口噤声。虽是家常取乐,反见拘束不乐了。酒过三巡,贾母便撵贾政去歇息。贾政亦知贾母之意,盘桓了一时,见众人所制诗谜,多隐不祥之物,便觉烦闷,垂头沉思,见贾母催他去歇息,又劝了贾母一回酒,方才退出去。贾母见贾政去了,便道:"你们可自在乐一乐罢。"一言未了,宝玉如同开了锁的猴子一般,跑至围屏前,指手画脚,评头论足,批评别人的诗谜。这时,才显出一个本真的贾宝玉来。

凤姐过生日,贾母提议大家凑份子,办酒席,请了戏班子。老人家没忘了务工的下人,特将两桌席面赏给大小丫头并那应差听差的妇人,让她们"随意吃喝,不必拘礼"。

贾母自由民主观念,较集中体现在对宝玉的教育上。第十七回、十八回写宝玉大观园题对额,老太太不断打发人来询问,生怕贾政等人难为了他,伤害孩子的身心健康。之后,贾母一片声找宝玉,众人回说在林姑娘房里。贾母连声说"好,好,好!让他姊妹们一处顽顽罢。才他老子拘了他这半天,让他开心一会子罢。"

宝玉、凤姐中了马道婆、赵姨娘密谋的魇魔法(二十五回),

百般医治无效，看看三天光阴，宝玉亦发连气都将没了，都说没指望了。贾母等正围着痛哭，只见宝玉睁开眼说道："从今以后，我可不在你家了！快收拾了，打发我走罢。"——宝玉本是大荒山顽石幻化而来，家不在此，故称这是你家，不是我石头之家。打发我走，自然是重回满族故乡大荒山。贾母听得此言，却如同摘心去肝一般。赵姨娘竟不知趣地劝老太太不要舍不得，快给哥儿穿戴好，让他早些回去。贾母一听大怒，痛骂道：

> 你愿他死了，有什么好处？你别做梦！他死了，我只和你们要命。素日都不是你们调唆着逼他写字念书，把胆子唬破了，见了他老子不象个避猫鼠儿？都不是你们这起淫妇调唆的！这会子逼死了，你们遂了心，我饶那一个！[1]

此骂大有隐情在：一是赵姨娘年轻得贾政欢心而吹枕头风，威胁到宝玉的安危，让贾母很觉讨厌；二是贾母不赞成又吓又打的教儿方式，"把胆子唬破了"，会影响身心健康。

张道士是荣国公当年的替身，与贾母很投缘（二十九回），两人谈到宝玉。贾母说："他外头好，里头弱。又搭着他老子逼着他念书，生生的把个孩子逼出病来了。"张道士道："前日我在好几处看见哥儿写的字，作的诗，都好的了不得，怎么老爷还抱怨说哥儿不大喜欢念书呢？……我看见哥儿的这个形容身段，言谈举动，怎么就同当日国公爷一个稿子！"——点睛之笔！说得两人都泪流满面。贾母感慨道："正是呢，我养这些儿子孙子，也没一个像他爷爷的，就只这玉儿像他爷爷。"——两位老人谈话，莫作等闲看，因宝玉刚从祖居地过来，才会同他爷爷是"一个稿

---

[1] 曹雪芹、高鹗著《红楼梦》，北京：人民文学出版社，1982年第1版，第356页。

子"。贾母的话既是对贾政教子方式的直接反驳,又揭示宝玉与祖上同种同源,同样仪容,同样优秀,不应该受到贾政等人的压抑。

说贾母娇惯、溺爱嫡孙宝玉是有的,却并未放纵他去学坏。老太太有一点极类黛玉,从来不讲八股举业、仕途经济之类的混账话。故宝玉极爱这位老祖母,常常滚在老人怀里撒娇。她对贾政暴打宝玉的"教训儿子是光宗耀祖"的解释绝不买账,认为这些为官作宰的连母亲也不认了。等于说,贾政之类最是无情无义的。

第三十八回凤姐打趣贾母鬓角上的"窝儿"是"好盛福寿的。寿星老儿头上原是一个窝儿,因为万福万寿盛满了,所以倒凸高出些来了",引得众人大笑。王夫人接过话茬,笑说"明儿越发(惯得他)无礼了"。贾母接说:"家常没人,娘儿们原该这样。横竖礼体不错就罢,没的倒叫他从神儿似的作什么。"[1]

可见,贾母最是通达、随性的,绝不似王夫人那样僵板固执。至于贾母所强调的礼体不错,很容易被人误认为是指封建礼数那一套,看来也不像。贾母所说的礼体,多半是指满族人约定俗成的风习。

四 平息尖锐冲突,化解家族矛盾

满族讲求友善、和睦,有了矛盾,要千方百计化解开来。通房大丫头平儿一句名言:"大事化为小事,小事化为没事,方是兴旺之家。"这句话,同样体现在贾母身上。

开明旷达,遇事不惊

第四十四回,贾母提议凑份子为凤姐过生日,定叫凤姐痛

---

[1] 曹雪芹、高鹗著《红楼梦》,北京:人民文学出版社,1982年第1版,第518页。

乐一回。是日，尤氏替贾母作"代东"，轮番给凤姐敬酒。凤姐招架不住，自觉酒沉了，想偷闲往家去歇歇。不料，却撞见丈夫贾琏与鲍二家的干那没脸的事，事毕，正在那儿咒凤姐是夜叉星。这是荣府内管家凤姐生日庆宴呀，贾琏竟在家里干这等勾当，还仗剑杀人，这还了得？事情来得突然，矛盾尖锐。该如何收场呢？

贾母首先将事情淡化处理，尽力把事态严重性降低，笑道："什么要紧的事！小孩子们年轻，馋嘴猫儿似的，那里保得住不这么着。从小儿世人都打这么过的。都是我的不是，他多吃了两口酒，又吃起醋来。"说的众人都笑了。[1]

这段话，历来被评家举证为贾母纵容和包庇子孙堕落，其实没有那么严重。贾母处理冲突事件相当老道，她先说明这是小孩子的没要紧的事，都打这么过的——满族人历来不把性事看得太重。接着主动自我揽过，是她让凤姐"多吃了两口酒，又吃起醋来"——用这句诙谐的话逗乐大家。然后下保证："等明儿我叫他来替你赔不是。"为了进一步缓解矛盾，嘱咐凤姐"你今儿别要过去臊着他"。转而又找平儿算账，进一步淡化事件的严重性。当她得知误会了，平儿受了委屈，贾母又说明儿我叫凤姐儿替他赔不是。今儿不许胡闹了。于是，乱子平息下来。

化解矛盾，不能只靠息事宁人去摆平，也得有明晰的是非曲直，和必要的原则斗争。过后，贾母没忘了叱责贾琏："下流东西"，"成日家偷鸡摸狗，脏的臭的，都拉了你屋里去，你还亏是大家子的公子出身，活打了嘴了！"命他向凤姐、平儿赔罪。贾琏只好低三下四地向妻妾道歉、赔罪。

一波未平，一波又起。贾赦看上了贾母的贴身丫鬟鸳鸯，要

---

[1] 曹雪芹、高鹗著《红楼梦》，北京：人民文学出版社，1982年第1版，第609页。

娶之为妾，遂命邢夫人去蹚弄此事，大有事情不成、绝不罢休的样子。

鸳鸯是家生子，世代为奴，主人让你死，你就不能活，何况主子选你当姨娘。连平儿、袭人都以为是主子抬举了的，却被鸳鸯斥责一顿。当无事忙的宝玉听到这一消息，也只能将她三人请到怡红院来"散旦"（满语，放松的意思）一会子。还是贾母，关键时刻，痛斥贾赦对鸳鸯的逼婚，护住贴身丫鬟。

当别人都躲开去，只剩邢夫人时，她对这位愚拙的儿媳训斥道：

> 我听见你替你老爷说媒来了。你倒也三从四德，只是这贤慧也太过了！你们如今也是孙子儿子满眼了，你还怕他，劝两句都使不得，还由着你老爷性儿闹。[1]

一个"闹"字，尽显贾母对这位好色之徒的厌恶，直接质疑愚钝的邢夫人的三从四德，责其贤慧也太过了——贾母的态度不能说不严厉。

慎终追远，宗族眷顾

满族讲究慎终追远，继往开来。贾母的一呼一吸，都体现着对贾家宗族的眷顾和关怀。贾琏偷情淫滥已甚是不堪，其父贾赦年老贪色，竟算计她贴身丫头鸳鸯，更让人厌恶。这天，贾母见了贾琏气不打一处来，数落道："我进了这门子作重孙子媳妇起，到如今我也有了重孙子媳妇了，连头带尾五十四年，凭着大惊大险千奇百怪的事，也经了些，从没经过这些事。"言罢，愤怒地将这个下流种子撵出屋去。

---

[1] 曹雪芹、高鹗著《红楼梦》，北京：人民文学出版社，1982年第1版，第645页。

贾敬父子的不作为，同样给老祖宗一个警示。第十一回写贾珍等为其父贾敬在园中摆宴做寿，一向喜热闹的贾母偏不肯赏脸。显然，贾母对贾敬这位贾家掌门人一味好道、不理家事非常反感，才托故身子倦些，不肯光顾。

贾母的思想与行为，往往与家族的前程息息相关。她为贾家教养出一位皇妃，贾家才如此体面和发达。她又深知伴君如伴虎，官中元妃如是出了差池，贾家也将灰飞烟灭。故夏太监宣旨让贾政入朝，贾母心中惶惶不定，一直在大堂廊下伫立等待（十六回）。对家族的眷顾、责任，体现在贾母的一言一行、一举一动之中。

贾母之爱，遍被园林

贾母的爱，惠及几乎所有的孩子和下人。扶老、爱幼、济贫，是这位老人家一贯品行。

一次，自家戏班子演戏，见十一岁的小旦和九岁的小丑可爱，喜欢得不得了，令人另拿些肉果给她们，外赏两串钱。

贾母到清虚观打醮，一个剪烛花的小道士慌得乱钻，凤姐扬手打了小道士一巴掌，贾母赶忙禁住，怕吓着他，命拿果子给孩子吃。

贾母八十大寿，族中近亲到齐，坐席开戏。贾母便衣常装出来，依在榻上受礼。榻的四围一色的小板凳，宝钗、宝琴、黛玉、迎春等围坐。几房的孙女二十来个，贾扁之母也带了女儿喜鸾，贾琼之母也带了女儿四姐儿。贾母见喜鸾和四姐儿生得又好，说话行事与众不同，心中喜欢，便命她两个也过来榻前同坐。歇了戏，贾母又特别关照凤姐，"留下喜鸾和四姐儿顽两日再去"。两个女孩的母亲自然欢喜，孩子玩得也十分开心。摆桌吃饭，贾母命把喜鸾和四姐儿叫来与凤姐同吃。又忙唤一个老婆子来，吩咐道："到园里各处女人们跟前嘱咐嘱咐，留下的喜姐儿和四姐儿虽然穷,也和家里的姑娘们是一样,大家照看经心些。我知道咱们家的男男女女都是'一个富贵心,两只体面眼',未必把他们两个放在眼里。有人小看了他们,我听见可不依。"贾母对两个孩子关怀到了无微不至的程度,把孩子视为与家里的姑娘迎春、黛玉、湘云等是一样的。在贾母眼里,没有穷富贵贱之分。有人小看了穷孩子,她是不依的。

婆子应了,方要走时,鸳鸯知道婆子的话他们哪里会听,为了妥当,鸳鸯亲自去到园内。李纨听到贾母对这两个孩子这么上心,把各处头儿唤来,将贾母的话传与众人知道。

邢岫烟家境困顿,甚至到了典当衣服地步。贾母毫不嫌弃,亲自做媒,说给体面的薛蝌,使她终生有靠。

刘姥姥二进荣国府,贾母听说,特将她请来,参加游宴活动,临走接济不少钱物。

贾母之爱,可谓遍被全园。

阅历丰富,趣味高雅

第五十四回贾府元宵聚宴,请来女先人(盲人)说书《凤求鸾》。这位先人说了个开头,贾母已知下文。认为这些书都是一个套子,都是书香门第,父亲不是尚书就是宰相,生一个小姐必是爱如珍宝,这小姐必是通文知礼,绝代佳人,只一见了清俊的男人,便想起终身大事来。说得女先人大为惊讶,以为老祖宗听过这部书。可见贾母经多见广,艺术趣味不低。

贾家阖府上下,都愿意亲近贾母,凤姐更是每每来奉承,插科打诨,引老祖宗欢心。这一次听书也不例外,奉上一杯酒让老祖宗喝一口润润嗓子再掰谎(白话),引得众人俱已笑倒。贾母让众人皆挪到暖阁里,说:"这都不要拘礼,只听我分派你们就坐才好。"撵了贾珍、贾琏、贾琮、贾璜等男宾,只留下贾蓉夫妇斟酒。

这里,贾母俨然像个孩子王,让女先人带来的人歇歇,将自家的戏班子唤来参与宴乐。贾母命只以管箫和音,笙笛一概不用。由芳官唱《寻梦》,是《牡丹亭》第十二出,写杜丽娘梦中与柳梦梅欢会,次日在花园中循迹重温梦境。由葵官唱的《下书》,则是《西厢记》第二本第二折,惠明和尚持张生手书投送蒲关,请白马将军杜确前来普救寺解围。前一出抒情细腻,后一出叙事紧迫。唯管箫伴奏,别出新样,鸦雀无声。薛姨妈因笑道:"实在亏他,戏也看过几百班,从没见用箫管的。"贾母接过话头,道:"也有,只是象方才《西楼·楚江晴》一支,多有小生吹箫和的。这大套的实在少,这也在主人讲究不讲究罢了。这算什么出奇?"指湘云道:"我象他这么大的时节,他爷爷有一班小戏,偏有一个弹琴的凑了来,即如《西厢记》的《听琴》,《玉簪记》的《琴挑》,《续琵琶》的《胡笳十八拍》,竟成了真的了,比这个更如何?"[1]

这段话不仅表明贾母趣味高雅,懂戏,而且暗藏作者家史事迹在其中。《续琵琶》是曹雪芹祖父曹寅撰写的传奇,今存抄本,描写汉末蔡邕的女儿蔡文姬在曹操帮助下,从南匈奴回到汉朝的故事。第二十七出《制拍》表现的是蔡文姬写作和弹奏《胡笳十八拍》,倾诉自己一生的遭遇和心情。贾母说:"竟成了真的了,比这个更如何?"可不就是曹家的真事,竟然是立此存照,真真假假,真的是假中有真。

慎终追远,维护家族和谐兴旺,为满族老一辈所重。贾母已不管家政,却以自己的大爱、高雅生活情趣影响后人。以寿高、福深、威重受到族人特别是大观园内丫头小姐们的尊重和喜爱。

---

[1] 曹雪芹、高鹗著《红楼梦》,北京:人民文学出版社,1982年第1版,第763页。

五　疼爱小小冤家，默许宝黛爱情

从前，评家多受高鹗续书影响，以为贾母是赞同金玉良缘，反对木石前盟的，甚至更有人认定在贾府，贾母是封建宗法的象征，当然也是封建贵族官僚家庭享乐主义的象征。她与元妃、凤姐共同扼杀了宝黛爱情。二十世纪用阶级斗争观点评红时，这种看法风靡一时，影响甚广。

时过境迁书犹在，历尽劫波尘落定。《红楼梦》还是那部《红楼梦》，当年阶级斗争发烧友大半也退了烧，细读前八十回书，看不出贾母有赞成金玉良缘的思想倾向。有人或认为贾母一直把他们当作小孩子，没发现宝黛恋爱关系。这种可能性不能说没有，但从凤姐两次点击宝黛婚姻，姨妈要给他俩保媒来看——凤姐与薛姨妈是最能迎合贾母心理的，贾母对宝黛恋爱，起码是取任其自然发展的默许态度。

第二十九回清虚观打醮，因有张道士为宝玉提亲，道士赠物中又有一只金麒麟恰与湘云的金麒麟配对儿，勾起宝黛二人的烦恼。原本是求近之心，反弄成疏远之意，以假当真，闹出误怨，引出宝玉又是赌咒又是砸玉，阖宅大乱，黛玉大哭大吐，几乎背过气去。惊动贾母、王夫人过来，问之，并无大事。

过了一日，乃薛蟠生日，贾母原本借吃酒演戏，让宝黛见了面也就完了，不料二人都不肯来。老人家急得抱怨说：

> 我这老冤家是那世里的孽障，偏生遇见了这么两个不省事的小冤家，没有一天不叫我操心。真是俗语说的，"不是冤家不聚头"。几时我闭了这眼，断了这口气，凭着这两个冤家闹上天去，我眼不见心不烦，也就罢了。偏又不咽这

口气。[1]

这话传入宝黛二人耳内，对二人有一段重要心理描写：

> 原来他二人竟是从未听见过"不是冤家不聚头"的这句俗语，如今忽然得了这句话，好似参禅的一般，都低头细嚼此话的滋味，都不觉潸然泣下。虽不曾会面，然一个在潇湘馆临风洒泪，一个在怡红院对月长吁，却不是人居两地，情发一心！[2]

人居两地，情发一心，亏作者写得出！让我们进一步窥见宝黛二人的真实心理。显然，贾母那句"不是冤家不聚头"的俗语，带给宝黛这对小冤家意外的惊喜。小冤家这一称谓，在《红楼梦》中是有些来历的。书的开篇，顽石与绛珠相继入世为人之时，大荒之中的"风流冤家"（亦是由自然物鸟儿、花草等胎生），亦随之陪同入世为人。

在这里，小冤家是爱称，似贬实褒。贾母称宝黛是两个不省事的小冤家，称自己是老冤家，无形中拉近了他们之间的距离。老冤家同样是从大荒之野的满洲而来，将至百年，追踪蹑迹，可以说贾母是代表满族老一代的风俗人物，是满洲原生态文化的活化石，与宝黛有相同的朴实的民主自由的心理机制，与迟到的小冤家有着天然的亲情。因此才说："几时我闭了这眼，断了这口气，凭着这两个冤家闹上天去，我眼不见心不烦。"这等于对宝黛未来的承认，只是对两人不停地闹口角感到太劳神。显

---

[1] 曹雪芹、高鹗著《红楼梦》，北京：人民文学出版社，1982年第1版，第417页。
[2] 同[1]。

然，宝黛这对小冤家对此心领神会，才"好似参禅的一般"。写得含蓄有趣，耐人寻味。

宝黛的木石前盟得到公认，又见之第六十六回贾琏的心腹小厮兴儿与尤氏姐妹的谈话。当三人谈到宝玉的婚姻，二姐打趣三姐，说要将她许了宝玉。兴儿笑道："若论模样儿行事为人，倒是一对好的。只是他已有了，只未露形。将来准是林姑娘定了的。……再过三二年，老太太便一开言，那是再无不准的了。"

如果说兴儿的话，只是众人揣测之词，那么凤姐的两次点击，透露的大半是老祖宗贾母那儿真实的信息。

第二十五回说宝玉因烫了脸，总不出门，这天黛玉来看望，李纨、凤姐、宝钗都在。凤姐便提起前日送他们的茶是进贡来的。宝钗说颜色不大甚好。黛玉说，我吃着好。凤姐笑道："你既吃了我们家的茶，怎么还不给我们家作媳妇？……你给我们家作了媳妇，少什么？"指宝玉道："你瞧瞧，人物儿、门第配不上，根基配不上，家私配不上？那一点还玷辱了谁呢？"说得黛玉大不好意思。

旧日女儿许嫁受聘叫吃茶，又称下茶、下定。凤姐用双关语吃茶点击两人婚事，不能看成仅是玩笑话，显然透露的是贾母、凤姐等人的共识。

第二次点击，贾母发出"小冤家"慨叹后，老人家不放心，打发凤姐去劝，凤姐发现宝玉正在负荆请罪，黛玉抛来手帕让他拭泪。凤姐高兴地连呼："好了！"将两人拉到贾母跟前，笑道：

"我说他们不用人费心，自己就会好的。老祖宗不信，一定叫我去说合。我及至到那里要说合，谁知两个人倒在一处对赔不是了。对笑对诉,倒象'黄鹰抓住了鹞子的脚',两个都扣了环了,那里还要人去说合。"说的满屋里都笑起来。[1]

凤姐机敏练达,能准确把握老太太心理。她两次点击宝黛婚姻,是贾母心态风信的客观反映。在老满族那里,没有"父母之命,媒妁之言"这一说,男孩女孩相对自由地发展恋情,一般不会受到长辈干预,长辈干预会遭到嘲笑,认为是"嘛不懂"。何况满族历来有"姑作婆,赛活佛"的俗说,贾母、凤姐默许或促进宝黛恋情的发展,也在民族风习的情理之中。

反观贾政、王夫人,对宝黛关系,相当敏感。袭人向王夫人密报宝玉一些私情,尤其强调如今宝玉也大了,二爷还是搬出园外住好。王夫人大为感动,立即提升了袭人的地位和月钱,又秉承贾政旨意,用清君侧的狠招儿,将与宝玉要好的晴雯、芳官等丫头扫地出门,编排说晴雯得了女儿痨。尽管王夫人谎得圆全,瞒得严实,将袭人夸上了天,将晴雯贬入地,贾母对晴雯被逐,明显有疑惑:

> 但晴雯那丫头我看他甚好,怎么就这样起来。我的意思这些丫头的模样爽利言谈针线多不及他,将来只他还可以给宝玉使唤得。谁知变了。[2]

王夫人等对晴雯、芳官、四儿多有诬陷之词,舆论造得满满,贾母仍旧夸赞晴雯,毫不含糊地否认宝玉由丫头们教习坏了、勾

---

[1] 曹雪芹、高鹗著《红楼梦》,北京:人民文学出版社,1982年第1版,第421页。
[2] 同[1],第1115页。

引坏了的妄说:

> 我深知宝玉将来也是个不听妻妾劝的。我也解不过来,也从未见过这样的孩子。别的淘气都是应该的,只他这种和丫头们好却是难懂。我为此也耽心,每每的冷眼查看他,只和丫头们闹,必是人大心大,知道男女的事了,所以爱亲近他们。既细细查试,究竟不是为此。岂不奇怪。想必原是个丫头错投了胎不成。[1]

贾母的判断与王夫人的疑惑大不同,王夫人是见风就是雨,晴雯只是长得好一点,口角伶俐些,就被王夫人说得不成样子,又是水蛇腰,又是削肩膀,妖妖调调的,终于被逐出大观园。

从前有论者认为,元妃和贾母是扼杀宝黛爱情的主要人物,有什么根据呢?一是元妃两次赐物厚钗薄黛,是暗示娶钗而弃黛。二是贾母不止一次夸赞宝钗并捐银为之过生日。根据这两条,认定元妃、贾母为宝玉择媳宝钗。这一结论显然无法坐实。

其一,元春同样是自然王国来的风流冤家之一,自由意识极强,不大可能干预宝黛相爱;

其二,黛玉父母双亡,来投奔外祖母,贾家实际已是她的家,虽说寄人篱下,毕竟是自家人。薛家是皇商,又因皇家选秀女而来,在贾家暂住为宾。对宾客赐物比别的姐妹多一点,是待客的常情。如果赐物客人比主人轻薄,那是不合待客习俗的。

其三,老太太夸赞宝钗亦是此理。一方面宝钗确实处事周全,为人平和,这一点强过黛玉。宝钗的蘅芜苑的冷素,让贾母惊诧;金钏跳井后宝钗开脱安慰王夫人的话,冷酷得使人寒心……没有

---

[1] 曹雪芹、高鹗著《红楼梦》,北京:人民文学出版社,1982年第1版,第1116页。

明显迹象证明在宝玉择偶上,贾母属意于宝钗。

第四十九回"白雪红梅"中,薛宝琴赛过画上人,贾母灵机一动,询问宝琴的生辰八字,得知已经许给梅翰林家而作罢。那么,贾母为宝玉择婚真的考虑过宝琴吗?

一次,笔者与张庆善先生谈贾母,他说:"贾母是何等精明的老太太呀,怎么会不知道宝琴已经许人?她这样说,是不赞成娶宝钗一种姿态。"庆善先生的话,让我很感意外。细读原文,宝琴一入府,许婚梅家,已交代清楚,贾母怎么会不知道?庆善先生所言自有他的道理。

六 民间早有原型,极类呼都力妈妈

从上列简单归纳,贾母是何等样人,渐至清晰。

两百五十多年来,人们热衷于到《红楼梦》找真人真事,往往将自己找成一个笨伯。其实,书中满族的真事,皆隐在《红楼梦》的风俗及其变异之中。我们循着甄士隐的导引,用满族风俗文化去关照贾母,会发现她是小说中一位不可多得的人瑞般的满族风俗人物。

较早为贾母正名的是著名红学家刘敬圻教授,早在上世纪80年代初她就对什么封建宗法家族的宝塔顶、吃人宴筵上的主客等不实之词毫不客气地予以辨诬,鲜明地指出贾母身上闪现着原有的创世者的性格和气质,闪现着"一种唯有创业者才具有的闻过则喜和勇于自责的雍容磊落的气度"。[1]

贾母与焦大差不多是同一代人,较多地保持着满族人创业时

---

[1] 刘敬圻著:《"淡淡写来"及其他——〈红楼梦〉描叙大事件大波澜的艺术经验》,《红楼梦学刊》,1984年第2期。

期的性格。她作为重孙媳妇时来到贾家，大惊大险、千奇百怪的事，也经了些。在贾府她辈高位重，很容易被认为是封建宗法的象征性人物。从书中相关贾母情节的梳理来看，相对而言，贾母身上所体现封建伦理、宗法专制的东西并不太多，更多的时候倒是体现着满族初始的自由民主意识，体现了原始萨满文化的泛爱观念。

从我国多民族的历史来看，满族形成比较晚近，其先世生活在荒阔辽远的东北亚地区，以渔猎和采集等自然经济为主，生产力低下，群体意识强，较多地保有早期创业者才具有的原始而朴素的自由民主观念，这在贾母身上体现得还是比较充分的。

十一世纪中叶，中原王朝已具有完备的封建专制制度和思想，松花江流域的女真人，"内部社会的发展刚从氏族社会进入奴隶社会，原始的民主意识尚存"，"国有大事，适野环坐，画灰而议，自卑者始议，议毕，则漫灭之……将行军，大会而饮，使人献策，主帅听而择焉。""君臣同川而浴，肩相摩于道。民虽杀鸡，亦召其君而食之。"[1]即使到了金太祖阿骨打称帝时，"虽有君臣之称，而无尊卑之别。乐则同享，财则同用"，阿骨打的乾元殿，也仅是栽柳以作围禁，室内"绕壁尽置大炕……议事则与臣杂坐之于炕，伪后妃躬侍饮食"。有时阿骨打来到臣下之家，"君臣晏然之际，携手握臂，咬头扭耳。至于同歌共舞，莫分尊卑而无间。故譬诸禽兽，情通心一，各无觊觎之意焉"。[2]——此文出自南宋人之手，多有伪、禽兽之类蔑词，然金代女真人原始朴素的自由民主观念，

---

[1] 李澍田主编"长白丛书"，傅朗云编注《金史辑佚》前言，长春：吉林文史出版社，1990年版，第8页。

[2] [南宋]张汇著《金节要》，载李澍田主编"长白丛书"，傅朗云编注《金史辑佚》，长春：吉林文史出版社，1990年版，第59、60页。

及其形成的民为君赴汤蹈火的凝聚力，成就了女真人独霸中国北方的百年大业。这种猛安谋克原始军事民主制度，一直影响到有清一代，乃至八旗制度的形成。

金代女真至清代满洲人这种原始朴素的民主自由的思想观念，同样广布于民间。当甄士隐将读者带入风俗之家，你得把握住老满洲的风俗人物，贾母就是具有朴素的自由民主观念福寿双全的满族老祖母形象。

第三十八回，湘云请贾母等赏桂花。至午，贾母带了王夫人、凤姐、薛姨妈等进园到藕香榭，见柱上挂的黑漆嵌蚌对子，想起自己小时候，家里有个枕霞阁，一不小心，落水被木钉把头碰破，如今这鬓角上留下那指头顶大一块窝儿。凤姐便打趣说：头上撞出的窝儿盛满福寿——与民间称呼的福太太相合。

雪芹写人物，多有所本。在满族文化传承中，这种慈善老祖母文学原型甚多，甚至在萨满神界也有这些妈妈神的身影，集中体现在乌麦崇拜上。

乌麦，是女真语乌母西的转音，有巢、穴、洞的意思，指小儿安居的场所，引申为保婴女神呼都力妈妈。苏联学者 c.b.伊万诺夫在《黑龙江流域民族造型艺术手册》一书中提出，乌麦是指"掌管'输送'孩子并保护他们的女神"。并具体地指明"早在二十世纪初，乾隆皇帝建造的佛庙娘娘庙中，就立着两尊这种神——催生娘娘和送生娘娘塑像。第一尊神两手托着一个婴孩，而另一个婴孩待在她的腿旁；第二尊女神肩背一只口袋，从口袋里露出许多小孩的脑袋"。[1] 这里，伊氏所言应该是满汉合璧的娘娘庙，第一尊神是送子娘娘乌麦妈妈，满名呼都力妈妈，汉语福太太之意；第二尊神像是子孙娘娘，全称子孙保生元君，或子孙

---

[1] 富育光著《萨满教与神话》，沈阳：辽宁大学出版社，1990年版，第79页。

圣母育德广嗣元君。[1]口袋，亦有巢穴之意，护婴的场所。民间将子孙绳装入子孙口袋亦是此意。

乌麦女神能量非凡，到处行走巡视，发出鸟一样的天籁之音。如今，蒙古族把歌者发出高低不等的自然音仍称为呼麦。

满族呼都力妈妈神，像一只老母鸡翼护着幼雏儿长大。族人野祭时，这位妈妈神会莅临，关切孩子们衣饰整洁不？发辫梳没梳洗？生病没？教导年轻媳妇如何怜老爱幼。她是一位受族人尊重的慈祥、善良的老奶奶。民间又称多寿多福的福太太。

除了神界的妈妈神外，在北方民族的发展史上，辅佑国君齐家治国的老祖母，代不乏人。辽代萧太后定鼎北方与宋签《澶渊之盟》，带来北中国数十年边境和平；大清孝庄文皇后，蒙古科尔沁贝勒塞桑之女，为大清奠基的三代帝王佐政，功盖于世，死后葬于昌瑞山昭西陵。这属于皇家老奶奶原型，民间满族大家巨族，这类眷顾家族、怜贫惜幼、多福多寿老太太更是司空见惯。

大清入主中原百年，承继的是历史上最黑暗的封建专制、宗法制度和原有的奴隶制残存的等级观念，加之文字狱的桎梏，八股取士的僵死，使中国陷入最黑暗、最肮脏、最腥臭的"奥吉亚斯牛圈"，满族朴实的自由民主的原生态文化及勇武精神日渐式微。《红楼梦》大观园中，暖风微微吹动下的那片纤纤草，能抵得住封建专制的风刀霜剑吗？

贾母的疑惑也好，辩诬也罢，已挽救不了大观园的冷寂和没落。早在第二十九回"贾母拈戏"中，就显示出贾府的这位人瑞的睿智与见识。对头一本汉高祖斩蛇起首的故事，显然隐喻的是宁荣二公开基创业，她不以为奇，无动于衷；对第二本《满床笏》隐喻的是富贵满堂，她表示也还罢了；但听得第三本《南柯梦》，

---

[1] 易夫编著《俗界诸神》，北京：大众文艺出版社，1999年版，第208页。

她便不言语了。说明贾母对贾家命运的领略，同样是洞若观火。

第七十五回中秋夜，贾母领众人到园内嘉荫堂上香祭月。老人家说赏月在山上最好。待山上大厅铺设齐备，厅前平台上列下圆式桌椅，贾母居中坐下，两侧雁翼般排开，也只是贾赦、贾珍、贾政、宝玉等七八个人。下半壁余空，叫女孩们来坐，也只迎春、探春、惜春三人。大不似昔时的热闹。贾母命折一枝桂花，命一媳妇在屏后击鼓传花，花落谁那儿，要讲笑话一个。宝玉因父亲在场，自是局促不安，哪里还敢讲笑话，心境又不畅，诗歌作得也不雅。待到花儿落到贾赦手里，偏偏讲了一个针灸肋条、天下父母心偏的多的故事。贾母便有点沉心。又行了一回令，贾母撵贾赦、贾政等自去会外头候着的相公们。这里媳妇们便更杯洗箸，添衣吃茶。贾母看时，少了宝钗、宝琴姊妹，病了凤姐、李纨，便觉冷清了好些，可见天下事总难十全，不觉长叹一声，偏要拿大杯来斟热酒。如此好月，不可不闻笛。待笛声吹起，本该是烦心顿解、万虑齐抛的，却又不能。夜静月明，笛声悲怨，大家只是寂然而坐。贾母年老带酒之人，何曾经历过这等凄凉！听此笛音，不免有触于心，禁不住流下泪来。什么事能如此触动于心呢？无非是昔时的热闹，如今的冷落，大观园丫头们的离散，给贾母带来莫大的伤悲。

从大观园的巢毁鹊散，你会发现，贾母、宝玉、黛玉等所代表的满族本真的原生态文化，已开始离去，且渐行渐远。

法国大革命时期自由主义思想家斯塔尔夫人有一句名言："自由是古老的，专制是现代的。"[1]说的是自古以来，追求自由是人的天性而万世不灭；专制压迫，是国家产生和阶级分化的产物，只能逞凶一时。曹雪芹用书中贾母今昔不同的心境和感受，生动

---

[1] "百度新闻网"：《自由是古老的，专制是现代的——论斯塔尔夫人的自由主义思想》

地诠释了这句话的深刻含义。

本文仅从风俗人物角度对贾母形象略作探析，褒贬不予其中。其骄纵琏、玉，媚神以邀福等，同样为后人所诟病，以为：人之阅历，老则愈深；人之才智，老则见绌。其实，对于含饴弄孙的贾母，何必责之太苛！

七 颠倒贾母形象，续书令人惋惜

乾隆五十六年（1791），高鹗、程伟元将自己整理的后四十回附骊于八十回后制版刷印，至今已两百多年。因其以《红楼梦》全璧形式面世，流传极广，影响深远。此后说唱、戏剧、影视甚至红学评论，均以高续为本，将贾母打入贾政、王夫人一流，成为封建宗法制度代表人物、扼杀宝黛爱情的操刀手。与前八十回相比，贾母的人伦道德来了个大颠倒，人物形象惨遭阉割、歪曲。

抽掉满族老祖母的民族特性

曹公前八十回书中，贾母形象鲜活生动，可敬可亲，一言一行、一举一动，无不洋溢着满族老祖母风俗画般特征。到了高鹗的后四十回书，贾母变得俗不可耐，没有满族老祖母爱人而又被爱的高贵气质，成为迷醉于佛道、俗不可耐的汉族老太婆。

第八十二回，众人议论宝玉、凤姐魇魔之事，均猜测是马道婆与赵姨娘作怪。贾母俨如一位无知的法官，忙忙地问完宝玉问凤姐，口中不离"阿弥陀佛"，愚蠢地结论为马道婆这老货的败露是"佛爷菩萨看的真"——已看不出一丝满族老祖母的诙谐智慧、沉稳庄重。

贾母的无见识，尤其表现在八十一岁时，所谓暗九认为是个坎儿，怕过不去，发愿要写三千六百五十一部《金刚经》，害得鸳鸯拎着绢包到处发经书，动员众人为之抄经。一年三百六十五天，怕是十年也抄不完呢！此时的贾母也堕为贾敬一流，不务正业，追求成佛得道，绑架家人为之抄经。

第九十二回，巧姐儿念完《女儿经》，又上《列女传》，宝玉为巧姐儿开讲《列女传》，贾母大为欢喜，叮嘱道："女孩儿家认得字呢也好，只是女工针黹倒是要紧的"，出嫁后"不受人家拿捏"。

我们不是说满族老太太不可以信佛，也不是说女孩不必学针线活，问题在于前八十回书中，贾母超凡脱俗，见识卓然，不讲迷信，积极人生。如今变成个迷信佛道、俗不可耐的汉族老太婆。族属被续书人篡改了。

贾政教子的助手与应声虫

续书开篇（八十二回），贾母见宝玉下学回来，立即笑道："好了，如今野马上了笼头了。去罢，见见你老爷……"——这话放在王夫人口中是再合适不过的，续作者硬是给安在贾母身上。

贾母到官中探视元妃的病，也没忘了告知元妃：宝玉"近来颇肯念书。因他父亲逼得严紧，如今文字也都做上来了。"从前，贾母深责其父对宝玉太严苛，逼他念书，把孩子胆都唬破了。如今频频赞赏贾政老爷的严苛。做文章（赋诗）原本是宝玉的长项，如今仿佛贾政严紧才做得文字出来。

宝玉提了两个细篾小笼子，来给贾母送蝈蝈解闷，贾母竟责备宝玉"淘气……不在学房里念书，为什么又弄这个东西呢。"（八十八回）并详问宝玉、环儿、兰儿三人作对子的情形，俨然成了一位老学监。

从此，贾母替贾政逼勒宝玉念书，几无休止，已经谈不上让宝玉自由发展个性，真的给戴上笼头了。

扼杀宝黛爱情的操刀手

红学界在评价高续时，往往赞许续书完成了宝黛爱情悲剧结局。其实，小说是靠人物形象说话的，作为一部传世名著的续书，颠倒人物形象，去适应封建伦理，无疑是对原著的反动。且看续作者在宝黛爱情上是如何将贾母搞成操刀手的。

其一，弃黛的梦兆。

看来，续作者对孤苦的黛玉也不无同情。第八十三回，给黛玉安排了一个嫁人的梦兆。当梦中的黛玉去乞求贾母施以援救时，贾母言称这个不干我事，你"在此并非了局，做了女人，终是要嫁人的"。果然，冷酷的贾母开始抛弃外孙女。

其二，弃黛的伏笔。

第八十四回开头，贾母议罢宝玉的读书作文，便开始议婚，要选那脾性儿好模样儿周正的。贾政对王夫人说："老太太这样疼宝玉，毕竟要他有些实学，日后可以混得功名，才好不枉老太太疼他一场，也不至糟踏人家女儿。"这里虽未议决择偶谁人，但脾性儿好、也别论远近亲戚两条，已打下弃黛的伏笔。

其三，赞宝钗百里挑一。

贾政大讲作八股文章程序之后，贾母留薛姨妈用饭，话头由香菱而及薛蟠媳妇金桂，自然引出宝钗，贾母迫不及待地大赞宝钗道：

> 我看宝丫头性格儿温厚和平，虽然年轻，比大人还强几倍……都象宝丫头那样心胸儿脾气儿，真是百里挑一的。不是我说句冒失话，那给人家做了媳妇儿，怎么叫公婆不疼，

家里上上下下的不宾服呢。[1]

前八十回书，贾母也只是赞宝钗处事平和，并捐银为之过生日，此时已不是一般性赞美，提到百里挑一、作了媳妇儿云云。赞完宝钗，薛姨妈有意无意问黛玉的病。贾母并没回答外孙女的病，竟迫不及待地拿宝钗来比黛玉，言曰："林丫头那孩子倒罢了，只是心重些，所以就不大很结实了。要赌灵性儿，也和宝丫头不差什么；要赌宽厚待人里头，却不济他宝姐姐有担待、有尽让了。"

凡做一件事，总要先造成舆论，老太太这样褒钗贬黛，心机颇险。续书把局面弄得变幻莫测，险象环生。

其四，入赘张家，虚张声势。

说得上紧锣密鼓，也是这同一回书，凭空造作出一个叫王尔调名作梅的人，来给宝玉提亲，将德容功貌的张小姐说给宝玉，条件是怕公婆严，姑娘受不得委屈，必要女婿过门赘在他家，给他料理些家事。贾母一听"入赘"二字，没等对方说完，便回绝道："这断使不得。我们宝玉别人服侍他还不够呢，倒给人家当家去。"——续作者开始为宝玉择婚做铺垫。

其五，天配的姻缘，何用别处去找。

仍旧是紧锣密鼓，紧接张小姐垫跤之后，谈到宝兄弟的亲事，凤姐与贾母有这样一段对话：

> 凤姐笑道："不是我当着老祖宗太太们跟前说句大胆的话，现放着天配的姻缘，何用别处去找。"贾母笑问道："在那里？"凤姐道："一个'宝玉'，一个'金锁'，老太太怎

---

[1] 曹雪芹、高鹗著《红楼梦》，北京：人民文学出版社，1982年第1版，第1210页。

么忘了？"……贾母因道："可是我背晦了。"[1]

前八十回书，凤姐本是极赞赏宝玉与黛玉的爱情，显然体现的是贾母的意思。到了后四十回，与贾母一样，凤姐的性格同样来了个大颠倒，同样是贾母肚里那条蛔虫，早知其意在择偶宝钗，才提一个宝玉，一个金锁，天赐良缘。贾母竟假称自己背晦了，怎么忘了？一唱一和，演双簧给人看的，虚伪之极！造作之极，完全换了另一副面孔。

其六，喜信发动，灵石放光。

紧接第八十四回书，续作者居然愚蠢地要北静王仿制了一块灵石给宝玉。由此引出原灵石"竟放起光来了，满帐子都是红的"。凤姐便欢喜道："这是喜信发动了！"此前，王夫人、凤姐已到薛家求婚了，续作者搬出天命，认证金玉成婚的合理性，将好端端一块灵石，变成一块妖石。

其七，林丫头乖僻，宝丫头最妥。

到了续书的第九十回，邢夫人、王夫人、凤姐在贾母房中议婚，贾母明确态度："林丫头的乖僻，虽也是他的好处，我的心里不把林丫头配他，也是为这点子。况且林丫头这样虚弱。恐不是有寿的。只有宝丫头最妥。"于是贾母命："先给宝玉娶了亲，然后给林丫头说人家……倒是宝玉定亲的话不许叫他知道倒罢了。"[2]

其八，丢玉失魂，议娶冲喜。

为了方便宝玉娶亲，续作者不失时机地让通灵宝玉失踪，贾宝玉丢了命根子，失魂落魄，昏昏默默。贾母为防宝玉昏默中与黛玉闹出什么勾当，一边悬赏寻玉，一边叫宝玉到自己房中住，

---

[1] 曹雪芹、高鹗著《红楼梦》，北京：人民文学出版社，1982年第1版，第1214页。
[2] 同[1]，第1284页。

言称"我房里干净些,经卷也多"——贾母什么时候皈依佛家,让人纳闷,前八十回书没有任何苗头。趁贾政来请安,贾母便假托"算命的说要娶个金命的帮扶他,必要冲冲喜才好,不然只怕保不住","我们两家愿意,孩子们又是金玉的道理"。

命娶宝钗,无可更改。续作者还要贾政假惺惺表示,贾母做主,不敢违命。

其九,罪恶掉包儿法,颦儿催命符。

正当大局已定,要办喜事之时,袭人密报,说宝玉早已属意黛玉,提醒主子:"想个万全的主意才好。"于是凤姐提出:"只有一个掉包儿的法子。"贾母问明"掉包"的含义后,笑道:"这么著也好。"(九十六回)接着,贾母借探病黛玉之际,一面嘱咐为黛玉准备后事,一面大讲"做女儿的本分,我才心里疼他……咱们这种人家,别的事自然没有的,这心病也是断断有不得的。林丫头若不是这个病呢,我凭着花多少钱都使得;若是这个病,不但治不好,我也没心肠了。"续作者生生地让一个视外孙女如心肝儿的外祖母,变成童话中的狼外婆。此后,狼外婆俨然成了主婚人,请薛姨妈过来议婚,打发人去那边"用紫鹃姑娘使唤使唤"(掉包儿法)。大婚当日,宝玉要去揭新娘的红盖头,贾母竟急出一身冷汗,赶紧亲扶宝玉上床,控制局面。林黛玉那里,贾母亲自嘱咐点安息香定魂。果然,曾被视为心肝儿的外孙女,在老祖宗操盘大婚当口,在安息香的烟云缭绕中,永远地安息了。当贾母听得黛玉死讯,不得不承认"是我弄坏了他了",却又责怪"这个丫头也忒傻气",比较而言,宝玉是孙子,"比你更亲"——老太婆奸诈嘴脸、自私心态写来也入木三分。哭罢黛玉,贾母紧忙张罗为宝玉、宝钗圆房,以期早生贵子。接下去的目标就是金榜题名了。即使在她寿终归地府时,亦未忘高喊:"我的儿,你要争气才好。"

这就是续书中的贾母。谁又能想到呢，曹公笔下充满童贞旨趣的满族风俗老太太，果然变成封建宗法的象征性人物。就这样，前八十回那多福、多寿、善良、美好的满族风俗老奶奶，与我们长揖而去。代之以一个唯天命是从，满脑袋封建道统，逼宝玉八股举业，毫无怜悯之心，用险恶的掉包儿法拆散宝黛爱情、逼死外孙女的一个狼外婆式人物。这哪里是曹雪芹笔下的贾母呢？

因此之故，我们须回到"贾母：满族原生态文化活化石"这一话题上，重新领略贾母身上所体现的自由民主的美质。这些属于人之初的原生潜质，即使回归至今天，对于打造和谐美好人文环境，亦如酵母置于面团，给人以澎湃而勃发的启示。这就是我们今天重议贾母形象的意义。

法国启蒙主义大师孟德斯鸠曾有一个重大发现，他认为中世纪遗留下来种种制度、习俗，曾有效遏制了国王对自由的侵犯。聪明的孟德斯鸠从中世纪遗风习俗对国王权力的遏制中，总结出来三权（行政权、立法权、司法权）分立学说，为现代资本主义国家制度的完善提供了理论依据。大清建国后，尽管风刀霜剑般扼杀萨满纯情文化，民间满族先世的自由、民主、博爱的原生态文化，仍然鲜活地存在着，显示着旺盛的生命力，抵制和遏制着封建专制对民间自由民主的侵犯。家国是不能分离的。以贾母、宝玉、黛玉为代表的满族原生态文化，与贾政、王夫人、贾赦为代表的封建专制文化的斗争，构成《红楼梦》的主要矛盾冲突。

当整个大清社会陷入封建专制"牛圈文化"而不能自拔的时候，《红楼梦》里却出现了充满原始民主自由旨趣的伊甸园（大观园），不能不说是一个奇迹。当着传统而朴实的自由民主观念占据上风并得到某种保护力量的时候，大观园内少男少女才可能英姿勃发，用爱心和爱情构筑一个充满着童贞雅趣的地上的女儿国。这里的天才少女们，写诗作画，尽展才艺，她们同样能改革弊端，实施新政，让纯属观赏性花园，变成创造财富的园地。这里的保护力量，就体现在具有原生态文化特征的贾母身上，她用人间真爱环护着大观园幼雏般的少男少女。

英国历史学家阿诺德·汤因比说："没有爱的火焰，人类社会团结方面出现的裂隙，就不可能被熔为一体……除了爱之外，没有什么能将这个积极的目标赋予人类。"[1]《红楼梦》中的贾母，正是通过爱把大家聚拢在一起的。在《红楼梦》中你还能找到第二个有这么宽厚的爱心、有这样大凝聚力的人物吗？凝聚在一起干什么？诚如晴雯所言，横竖大家在一起，和和睦睦地活着。

---

[1] [英] 阿诺德·汤因比著，刘北成、郭小凌译《历史研究》，上海：上海人民出版社，2005年版，第23、24页。

第二十六章

风流神女秦可卿

秦可卿,《红楼梦》中一位绝代少妇,贾府重孙辈贾蓉之妻,在书中第五回出现,将宝玉规引入梦,并在梦中与宝玉成姻。后来,这位少妇莫名其妙地得病,久治不愈,终至夭折。生魂向凤姐托付后事,并声言"回去了",回哪里去了呢?

从第五回出场,到第十三回亡故,秦可卿算是书中少有的几个全始全终的人物,却最为扑朔迷离,令人费解。她形容袅娜,性格风流,孝顺和睦,慈老爱幼,是贾府重孙媳中第一得意之人。但是,传统的评论却认为她是道德沦丧的第一人,淫乱无耻的魁首,甚至断她为必主淫的坏女子。

奇怪的是,这些议论,均无法掩盖她高贵的气质,动人的美貌,亲情可感,秀色可餐,如同早春融融雪地上第一枝冰凌花,如同雨后天边的一抹彩虹。她的生命的确太短暂了,但其灼人的异彩和摄人的魅力,似乎又是只可意会而不可言传的。

一 扑朔迷离,泯于乱伦

秦可卿短短的一生,留下许多谜。

她的出身便是一谜：营缮郎秦业当年向养生堂抱来。"因与贾家有些瓜葛，故结了亲，许与贾蓉为妻"。就是说，秦可卿所出不明，是位不知其父、不知其母的孤女。秦氏与贾家有什么瓜葛，让人一时猜不透。

贾宝玉梦游太虚幻境施成丁礼，最后一幕是警幻"将吾妹一人，乳名兼美字可卿者，许配与汝"。秦氏何故跑到"太虚幻境"里？又何故与宝玉作怪？

最让人不解的是秦氏之死引起的震撼："凤姐闻听，吓了一身冷汗，出了一回神。"凤姐吓的什么？何故出神？接下去书中写道："彼时合家皆知，无不纳罕，都有些疑心。"既是久病不治，合家还纳罕什么？疑心哪个？更奇的是宝玉闻听，急火攻心，竟喷出一口血来；公公贾珍哭得泪人一般，发愿要"尽我所有"料理丧事，还特在天香楼设一祭。这位公公做得太出格了些。婆婆尤氏却睡在床上，托病不出。秦氏的丫鬟瑞珠触柱而亡，宝珠情愿认作干女儿守灵摔盆，而且举行的是隆葬大礼，规格之高，无与伦比。何也？

种种迹象表明，秦氏地位高贵，死得蹊跷。似有隐情，让人惶惑不解。正因如此，引来不少解谜人。

第一位解谜人是与作者关系厚密的畸笏叟，甲戌本《石头记》第十三回末有这样的批语：

> 秦可卿淫丧天香楼，作者用史笔也。老朽因有魂托凤姐贾家后事二件，嫡是安富尊荣坐享人能想得到处？其事虽未漏，其言其意则令人悲切感服，姑赦之。因命芹溪删去。[1]

---

[1]《脂砚斋重评石头记》第十三回第十一页，上海：上海人民出版社，1975年版。

史笔，即史家笔法，直书史实。畸笏叟一语道破，秦可卿是淫丧天香楼。这位封建老朽显然无法接受这一现实，有感于秦氏临死向凤姐托付后事，命作者放可卿一马，删去淫丧情节。删去了多少呢？靖本另一眉批云："此回只十页，因删去天香楼一事，少却四五页也。"而且有遗簪、更衣等艳情细节。奇怪的是第五回判词和《好事终》，文与图纹丝不动：画面是高楼大厦，一美人悬梁自缢，判词判定秦氏是从情天情海幻身而来，是位必主淫的角色。

从20世纪40年代王昆仑发表《秦可卿之谜》，到近年有关秦氏的讨论形成热点，尽管强调的侧重点不一样，就秦氏的死因而言：淫荡、乱伦，在天香楼与贾珍苟且被丫鬟撞见羞愧而自缢的结论，似无异议。

畸笏叟不肯给隐讳，判词铁案如山，评家惑于脂评，可怜的美艳少妇终被钉在淫荡、乱伦的耻辱柱上。

这一结论，是很难让读者接受的。作者在开卷第一回阐述写作宗旨时，曾明言闺阁中历历有人，行止见识，皆出于我之上，不可使其泯灭，决心编述一集，使闺阁昭传。同是正钗压轴人物的秦可卿，聪明灵秀，风流婉转，涉世未久，即陷入乱伦泥淖，含羞自缢，泯灭无闻。这能是曹雪芹的创作初衷吗？又怎能称得上为闺阁昭传呢？如果曹雪芹处理这个人物，不是草草了事，而是另有深意，必是畸笏叟等人的评注把人们引入歧途。

近年，最酷的解谜者要算刘心武先生。他以追溯小说原型为指归，穷十年索隐之功，发掘出许多鲜为人知的材料，创造了独一无二的"秦学"，推动了百姓读《红楼梦》的热潮。唯其结论："秦可卿的原型就是废太子胤礽的女儿，废太子的长子弘皙的妹妹。如果废太子能摆脱厄运，当上皇帝，她就是一个公主；如果弘皙登上皇位，弘皙就会把已故的父亲尊为先皇，那样算来，秦可卿原型的身份依然可以说是一个公主。"[1]

这样地寻找原型实在太苦、太累了。书里书外均找不到实证，基本靠猜测和推演，虽称新鲜，却难以服人，招致许多批评。然而，纵观批评者，亦多未抓住要害，未确知秦可卿是何等样人，无非淫荡、乱伦等老生常谈，说刘氏秦学是猜谜，是当代新索隐派等。倘或刘心武先生反问，秦可卿不是皇家"公主"，那你说她是何等样人？难道曹雪芹写秦可卿仅是为皮肤淫滥者匹配一位淫荡的性伙伴吗？显然，事情没有那么简单，作者写这个人物必有寄寓，只是我们尚未认识秦氏真面，没有解除畸笏叟等人给她套上的枷锁。

二　天女下凡，有迹可循

那么，书中的秦可卿，究竟有怎样的来历呢？

风流袅娜，天女下凡尘

书中第五回秦可卿初次登场，导引贾宝玉梦游太虚幻境。第八回则叙其出身：

> 他父亲秦业现任营缮郎，年近七十，夫人早亡。因当年无儿女，便向养生堂抱了一个儿子并一个女儿，谁知儿子又死了，只剩女儿，小名唤可儿，长大时，生的形容袅娜，性格风流。因素与贾家有些瓜葛，故结了亲，许与贾蓉为妻。[2]

---

[1] 刘心武著《刘心武揭秘〈红楼梦〉》，北京：东方出版社，2005年版，第192页。
[2] 曹雪芹、高鹗著《红楼梦》，北京：人民文学出版社，1982年第1版，第133页。

秦业是寒儒薄宦，与贾家发生了什么瓜葛，将女儿与贾蓉为妻？书中没有讲，也不好猜度。总感到作者似用烟云模糊手法，掩饰她高远的出源和高贵的身份。其实，秦可卿的出源，第五回"太虚幻境"篇里交代得很清楚，却一直未引起读者关注。那是在警幻仙子向宝玉传讲性知识之后，告诉宝玉说：

> 今既遇令祖宁荣二公剖腹深嘱……是以特引前来，醉以灵酒，沁以仙茗，警以妙曲，再将吾妹一人，乳名兼美字可卿者，许配于汝。今夕良时，即可成姻。[1]

这位仙子的"吾妹"，居然是可卿。满族一般称名不称姓，既然秦可卿是警幻仙子的"吾妹"，必是神女之一。由此而可以锁定秦可卿高远的出身——天女下凡尘。

高远出身，书中多暗示

或者有人会问，你说秦可卿是天女下凡，是不是太突然了？两百多年来还没有人这么说，你这么说，读者是不是有些接受不了呢？

其实，这是《红楼梦》中的一个典型的真假互参，除了第五回明明白白告知秦可卿在神界是警幻的"吾妹"——神女之一，书中还多有暗示：

秦可卿无父无母，系从养生堂抱来，正是神女往往无父无母、为天地所生的隐写。此为暗示之一。

宝玉欲睡，秦氏最终将宝玉导引至自己卧室。室内器物风流，摆设浓艳。宝玉含笑连说："这里好！"秦氏笑道："我这屋子大

---

[1] 曹雪芹、高鹗著《红楼梦》，北京：人民文学出版社，1982年第1版，第90页。

约神仙也可以住得了。"——秦可卿，神女也，这屋子自然住得。此为暗示之二。

宝玉刚合上眼，恍惚睡去，犹是秦氏在前，遂游游荡荡，随了秦氏至一人迹希逢、飞尘不到之处，见到了警幻仙子。于是随仙子入太虚幻境，翻簿册，饮灵酒，沁仙茗，观魔舞，听妙曲，接受性教育并试婚……正与可卿柔情缱绻，难解难分，突被夜叉海鬼拖下迷津，宝玉失声喊："可卿救我！"秦氏正在房外嘱咐小丫头们好生看着猫儿狗儿打架——由秦氏引梦，又由秦氏出梦，只有神女才能有此出神入化的本领。此为暗示之三。

可卿临死，生魂向凤姐托付后事，并预言不久会有一件"烈火烹油，鲜花着锦"的盛事（指元妃省亲），只有神灵人物才有这等预知本领。此为暗示之四。

秦可卿夭逝，棺材出自潢海铁网山万年不朽的樯木，"原系义忠亲王老千岁要的"，"纹若槟榔，味若檀麝，以手叩之，叮当如金玉"。贾政劝道："此物恐非常人可享者！"——秦氏神女也，岂是常人？此暗示之五。

秦氏大殡，浩浩荡荡，压地银山般，连北静王水溶也设棚路祭。当贾政等请王爷回舆时，北静王有一段耐人寻味的话："逝者已登仙界，非禄禄你我尘寰中之人也。"——这位王爷的话绝非出于客套。此暗示之六。

梦游神界，情感行为大延伸

太虚幻境明示秦氏是警幻的"吾妹"，书中对可卿的神女出身又多有暗示，按说秦可卿的神女出身确切无疑了。且慢，也许可卿只是宝玉梦中的神女，评家多以为虚，不足为据，可卿的神女下凡，并未被许多人所认知。这就涉及对梦的理解。

满族萨满教对梦的理解与今大不相同，不认为是日有所想，夜有所梦，而认为是自己游魂出窍、行为延续。

这种独特的理解源自萨满教的三魂说，即人有三魂：生魂、命魂、游魂。其中，游魂又称梦魂、意念魂，极为活泼、能动。它可以独立外出活动，做平时不方便做的事情。譬如，宝玉在太虚幻境中成丁，由柳神佛朵妈妈（在书中称警幻仙子）亲自操盘，在成丁中与侄媳可卿试婚，这在现实生活中，绝无可能发生，但意念魂却可以让你实现这一情感行为大穿越。

三　宗族萨满，蛛丝马迹

秦可卿系神女下凡业已明确。那么，她到贾家干什么来，是接下去必须回答的问题。

《红楼梦》是揭示大清王朝社会生活的，必然要涉写到满族的出源和历史，包括书中富含的满族历史文化和习俗。不少读书人忽略了细读、精读、读懂元典这个前提。我个人的体会是细读能读出书中的萨满文化的蕴含。事实证明，忽略或无视书中的满族风俗文化，特别是萨满文化蕴涵，就很难读懂《红楼梦》，也无法正确把握书中的人物。

萨满，通古斯语，晓彻、明白之意。萨满教并非是现代意义上的宗教，是指北方民族原始的信仰习俗。它以万物有灵观念为信仰基础。萨满神巫系指人与神间的中介者，是部族文化、智慧的代表人物。家族有家萨满，部落有部落萨满，部落联盟有部落联盟大萨满。家萨满则是家族专属的萨满神巫，除了受穆昆（族长）委托，主持家族占卜、祭祀等神事活动外，也参与家族重大事宜的决策。更多的时候则辛勤奉事于族众间。其主要职责是沟通神界，伺候神灵。每临大事，即通过请神、伺神、跳神，向神灵转达族人的诉求，寻求神灵的庇佑和帮助，慎终追远，承继先贤，趋利避邪，消灾祛病，和睦家族，繁衍后续。

乾隆年间，家祭往往隐去大的祭祀场面，变得较为隐蔽。领祭人，可以不称萨满，仍履行萨满职责。种种迹象表明，秦可卿像是贾家隐形萨满。从第五十三回贾家年关祭宗祠，正殿供奉神主，正堂拜谒祖宗遗影，立马可以断定这是满族大家巨族祭祖。因为，汉族祭祖无有祭神主之俗。从宁府祭宗祠，看得出贾家曾有宗族萨满，宗祠才可能摆布得井井有条。贾家如果存在过家萨满的话，非秦可卿莫属，因为只有她有沟通神界的本领。秦可卿家萨满身份深藏不露，符合乾隆年间八旗贵族祭祖的规制。书中不称她是萨满，也没写她主持祭祀和跳神，加之又删除四五页，使秦氏家萨满面目更加模糊。然而，她的死，给贾家带来的震撼，令人瞠目。上自王爷，下至仆小，几乎人人都是"惜花人"。特别是她的临终嘱托和预言，使她的萨满身份偏偏自露出来。让我们不得不重新审视这位"十二花容色最新"的亮丽女性，以及书中字里行间隐约透露出她为家萨满的蛛丝马迹。

引梦出梦，人神媒介

季节是早春，宁府花园内梅花盛开之日，贾珍之妻尤氏和贾蓉之妻秦氏二人，面请贾母、邢夫人、王夫人等来赏花。注意，只带宝玉一人，黛玉、宝钗、迎春姐妹等未在邀请之列，言称是宁荣二府家宴小聚。可见此次活动的隐秘性、时限性、专一性。宝玉由年长的贾母、王夫人、邢夫人领来，交给谁呢？秦氏道："我们这里有给宝叔收拾下的屋子，老祖宗放心，只管交与我就是了。"早已收拾下的屋子干啥用？不可能是为宝玉消乏解困。

他们一大早就过来，没有早睡的道理。而"贾母素知秦氏是个极妥当的人"，"去安置宝玉，自是安稳的"。秦氏在贾家身份和能力之不同凡辈，似可窥见。时间又是早春，符合春秋成丁的礼俗。

秦氏将宝玉导引入梦，由神界大姐警幻仙子操盘，先让他至薄命司看家族档册，之后到后宫听神谕，接下去由警幻对他进行性教育，最后送宝玉至一香闺绣阁，早有一位女子在内，这位女子居然是鲜艳妩媚、风流袅娜的可卿。

只有族中萨满，才有这种把人向神界引入、引出的本领，才有与之试婚的性自由。脂砚斋曾在甲戌本上有一个神兮兮的侧批："此梦文情固佳，然必用秦氏引梦，又用秦氏出梦，竟不知立意何属？"——脂砚斋得意之神情，溢于言表，言外之意，唯批书人知之。只是不肯点破，点破了就失去趣味，或者还会招祸。

月貌花容，风情本色

满族女子讲究金头天足，有插金戴银、满头簪花的习俗，女性萨满尤喜打扮。就是说，女萨满不仅具有聪明灵慧的特质，且天生丽质，喜欢戴花抹粉，打扮得利利索索，漂漂亮亮，以吸引异性注目。民间谣云："狍皮鼓，柳木圈，大神的屁股二神端。"这首民谣，一方面讲萨满（神巫）的跳神得靠栽力（二神）端着，另一方面说萨满神巫具有性生活较为活泼自由的天性。书中秦氏房间陈设，有唐伯虎画的《海棠春睡图》、武则天当年的宝镜、赵飞燕舞过的金盘、安禄山掷过伤了太真乳的木瓜等，多与香艳故事有关，从前多认为渲染秦氏房中陈设华丽浓艳，以暗示其生活的奢靡和淫逸，认为这"是作者对秦氏品行的贬斥"。[1]其实，作为女萨满，月貌花容，风情本色，甚至追求性生活适度自

---

[1] 郑铁生著《刘心武"红学"之疑》，北京：新华出版社，2006年版，第79页。

由，是其天性之一，室内多设与性生活有关器物，是人物本色的烘托。秦氏爱美的个性为凤姐所深知，故第七回周瑞家的送宫花，凤姐转送两枝给"小蓉大奶奶戴去"。此回回前诗曰："十二花容色最新，不知谁是惜花人？相逢若问名何氏，家住江南姓本秦。"如果将十二金钗比作十二枝花，其中女萨满秦可卿为"十二花容色最新"者，当之无愧。对萨满神巫来说，戴花还有另一层意思，就是请神时乱神不敢靠前。

萨满教历经数千年发展，仍保持许多原始土野性情，世代传袭着朴实的泛爱亲情意识。一般来说，萨满神巫性格旷达无忌，行为坦荡磊落，在"氏族中高扬着赤诚的情爱，没有卑贱的分野"，"氏族间充满野性的自由，应爱者就要大胆地爱。"[1]这在秦氏身上，体现得淋漓尽致。显然，可卿是带着萨满性生活较自由活泼的天性踏上人生之旅。

大家知道，贾蓉极不成器，实为纨绔子弟、皮肤淫滥者之流，抱住丫鬟就乱摸乱啃；受凤姐指使夜半去讹诈、捉弄贾瑞；在尤氏姐妹那里，珍蓉父子似有聚麀之诮；与凤姐关系，亦有点说不清楚。书中秦氏名为贾蓉之妻，未见彼此有一丝恩爱举止。尤氏曾严肃地告诫贾蓉"你不许累揹她"。累揹，满语，强制、逼勒的意思。秦氏花容月貌，不成器的贾蓉放荡无德，显然，他也曾有累揹她的想法和行为，尚未得逞而受到其继母尤氏的申饬。在秦氏眼里，贾蓉还是一个不成器的孩子，两人只是名分上的夫妻，或者是假夫妻。反观宗族穆昆（族长）贾珍，有着丰富的人生阅历和经验，有一定的管理能力，在族众中有相当的权势和声望。宗族穆昆有选定宗族萨满的权力。正如满族学者富育光先生所言："在实际生活中，穆昆（族长）与萨满是族权与神权的实施

---

[1] 富育光著《富育光民族文化论集》，长春：吉林大学出版社，2005年版，第516页。

者,互为左右臂,彼此依赖,关系非同寻常。贾珍精于钻营,选定贴己的本房丽人做萨满,或其间存何暗事,亦在情理之中。"[1]种种迹象表明,秦可卿与公公贾珍存在不寻常的亲情关系,第五回判词和脂砚斋的批语,均有所透露。用传统封建伦理道德尺子度量,是爬灰、乱伦。从北方民族萨满习俗的角度来看,秦可卿是神女下凡尘,与贾蓉只是名义上的夫妻,与公公贾珍、叔叔宝玉暧昧关系,必是"既悦其貌,复恋其情",符合萨满情文化习俗,不足为怪。

北方民族古旧习俗就是这样,不同辈分,只要避开血亲,可以自由发展恋情,以"男女相悦即为之"。清太宗皇太极先娶科尔沁贝勒莽古思之女为孝端文皇后,又娶其侄女(塞桑之女)为孝庄文皇后。皇太极宾天后,孝庄文皇后移情其弟多尔衮,都是"既悦其貌,复恋其情"的必然。满族古俗,父死娶庶母,兄死嫁弟,天经地义。何况秦可卿是萨满角色,有选择性伙伴的自由。

托付后事,预知未来

秦氏生病,既不是怀孕,又不像什么实症,请了一个叫张友士的御医,看过脉息认为秦氏是个心性高强、聪明忒过的人。话已说得较为明朗:聪明过人,心性高强,是萨满神巫的特质和必备的条件。

秦氏得的什么病,中秋节还好好的,二十日,也就是老奴焦大骂出"没天日的"话来之后,日渐慵懒。她似乎自知,这里住不得,该回去了。当凤姐开导说,合该你这病要好,有人荐了个好大夫来——按御医张友士预测,转年春分就会痊愈。秦氏却笑道:"任凭神仙也罢,治得病治不得命。"明确告诉凤姐,自己命

---

[1] 富育光著《富育光民族文化论集》,长春:吉林大学出版社,2005年版,第234页。

中注定该回去了,"未必熬得过年去"。

于是凤姐与尤氏商议准备后事。

萨满神巫不仅有预卜吉凶、预测未来的敏知本领,而且对宗族的关怀始终如一,至死不渝。这两点在家萨满秦可卿身上得到充分的验证。

自贾琏送黛玉去扬州奔丧,凤姐心中实在无趣,每到晚间,不过和平儿说笑一会就胡乱睡了。这日夜里,二人睡下,不觉已交三鼓,平儿已睡熟,凤姐方觉星眼微朦,恍惚只见秦氏从外走来,说我今日回去,还有一件心愿未了,非告诉婶子,别人未必中用。凤姐听了,恍惚问道:"有何心愿,你自管托我就是了。"

秦氏道:

> 婶婶,你是个脂粉队里的英雄,连那些束带顶冠的男子也不能过你,你如何连两句俗语也不晓得?常言"月满则亏,水满则溢";又道是"登高必跌重"。如今我们家赫赫扬扬,已将百载,一日倘或乐极悲生,若应了那句"树倒猢狲散"的俗语,岂不虚称了一世的诗书旧族了……莫若以我定见,趁今日富贵,将祖茔附近多置田庄房舍地亩,以备供祭祀供给之费皆出自此处,将家塾亦设于此……便是有了罪,凡物可入官,这祭祀产业连官也不入的。便败落下来,子孙回家读书务农,也有个退步,祭祀又可永继。[1]

临终嘱言,托付后事——拳拳之心可感,殷殷之情可赞!读来犹如目睹亲闻,令人感佩惋叹。只有家萨满,才具有对宗族的这种终极关怀和眷恋。接下去,这位家萨满竟神奇地预言道:

---

[1] 曹雪芹、高鹗著《红楼梦》,北京:人民文学出版社,1982年第1版,第174、175页。

若目今以为荣华不绝，不思后日，终非长策。眼见不日又有一件非常喜事，真是烈火烹油，鲜花着锦之盛。要知道，也不过是瞬息的繁华，一时的欢乐，万不可忘了那"盛筵必散"的俗语。[1]

这里，秦氏预言的显然是元妃省亲，给贾家带来无上荣光的盛大繁华场面。秦氏告诉说：那"也不过是瞬息的繁华，一时的欢乐"。果然，此后贾家渐渐走下坡路，直至被抄没。也只有通神的萨满才有这种未卜先知的预测本领。

对比强烈，作用凸显

不知道读者注意到没有，写秦氏勤于族事，必与贾敬在外养静修炼相对照来写。

第七回宁国府尤氏请客，秦可卿忙于迎客，请安，献茶。在她不辞辛苦地操劳任事、支撑宁府门面之时，一族之长的贾珍哪里去了呢？宝玉因问："大哥哥今日不在家么？"尤氏道："出城与老爷请安去了。"

这里所称老爷，指贾珍的父亲贾敬，即第二回冷子兴言在城外与道士胡羼的那位。自己不作为，却喜欢折腾人。第十回写贾敬寿辰，贾珍去城外请父亲来家受一受一家子的礼。贾敬却要求家人抄"我从前注的《阴骘文》给我令人好好的写出来刻了，比叫我无故受众人的头还强百倍呢"。害得贾府上下，为他抄录《阴骘文》。第十一回贾敬的寿日到了，贾敬又不肯来家，贾珍只好将上等果品装了十六大捧盒送去。

仔细阅读原文，字里行间，我们会真切地感受到，家萨满秦

---

[1] 曹雪芹、高鹗著《红楼梦》，北京：人民文学出版社，1982年第1版，第175页。

可卿曾把贾府前程、命运系于一身，包括祭神、祭祖、祭星、换锁、成丁、请神治病等神事活动及内外事务，必是责无旁贷。在宁府打理内外，拿捏事情，有所担当，敬老爱幼，和睦家庭，有所作为，才可能听到她的死讯，莫不悲号痛哭者。反观贾敬，理应继承家业，勤勉族事，慎终追远，继往开来。然而，这位嫡房传人，却无所作为，一心想成神仙，整日在郊外与道士胡羼，一味搞什么吐纳导引，"只爱烧丹炼汞，余者一概不在心上"。当贾敬"闻得长孙媳死了"，竟愚不可及地"自谓早晚就要飞升，怕前功尽弃"，不肯回府料理事情——对府上失去家萨满的惊天巨变无动于衷，可见堕落、昏庸到什么地步。

一个勤勉于族事，辛苦备尝，直到世所难容，嘱托后事，匆匆回归；一个毫不作为，城外躲静，炼丹服药，追求长生，直至肠烧断。强力对比，优劣凸显。作者曾怒曰："箕裘颓堕皆从敬，家事消亡首罪宁。"对颓废而不作为的贾家掌门人贾敬，予以无情的鞭挞。

老幼喜爱，阖族拥戴，

作为家萨满，同其他萨满神巫一样，因有着与神沟通的非凡本领、未卜先知的预测能力，又不辞辛苦地为族人操劳，在家族中受到普遍尊重、爱戴，享有很高声望。

在贾母心中，秦可卿乃重孙媳中第一得意之人，不仅亲自过问病情，还嘱托凤姐常去看望。第十一回，凤姐看望秦氏回来，为了让贾母放心，故意说："暂且无妨，精神还好呢。"贾母听了，沉吟了半日。贾母的关切和不安，尽在这沉吟之中。

尽管秦氏与贾珍的暧昧关系，对于贾珍之妻尤氏未必是件愉快的事，尤氏仍当众夸儿媳："……这么个模样儿，这么个性情的人儿，打着灯笼也没地方找去。他这为人行事，那个亲戚，那一家的长辈不喜欢他？"

爱乌及屋，众人对秦氏的挚爱，惠及其弟秦钟。凤姐第一次见到秦钟便赠以厚礼：一匹衣料，两个"状元及第"的小金锞子。贾母爱秦钟一如其孙，送荷包并一个金魁星，还让他免费来贾府上宗学。

冬至交节的几日，贾母、王夫人、凤姐日日差人去看望秦氏。贾母说："可是呢，好个孩子，要是有些原故，可不叫人疼死！"

凤姐因是荣府内管家，与家萨满秦氏关系厚密，当她听说可卿病得不轻，"眼圈儿红了半天"，认为"倘或就因这个病上怎么样了，人还活着有什么趣儿"——秦氏是阖府的精神支柱，凤姐才放出这绝望的话。

云板报丧，阖府震撼

这天夜里云板报丧，人回："东府蓉大奶奶没了！"

凤姐闻听，吓了一身冷汗，出了一回神——既然秦氏久病，死亡对于她或者是一种解脱，怎么会吓成这样？以往的评家认为秦氏与珍哥有染，去世突兀，故有此惊。其实，作为荣府内当家的凤姐，更多的是思虑一代国公的贾家失去家萨满，将失去神灵的眷顾，后果无法言说。

宝玉从梦中听见秦氏死了，心中似戳了一刀的，不忍哇的一声，直奔出一口血来。显然，这口血是因两人有过缱绻之情而奔出。

再看贾府掌门人贾珍则"哭的泪人一般"，恨不能代秦氏之死，大呼："可见这长房内绝火无人了！"——这句危言，似无来由。细细想来，在宁府，秦氏不仅是贾珍的暗妻，更重要的是属于纵横捭阖、左右制衡的人物。宗族家萨满辞世，等同于族众失去神灵的庇护，贾府离绝灭无人的一天不远了，怎能不引起贾珍的恐慌和绝望？

> 彼时合家皆知，无不纳罕，都有些疑心。那长一辈的想他素日孝顺，平一辈的想他素日和睦亲密，下一辈的想他素日慈爱，以及家中仆从老小想他素日怜贫惜贱、慈老爱幼之恩，莫不悲嚎痛哭者。[1]

果然，秦氏一死，宁府一片混乱，府内事务无人掌管，个个如无头苍蝇。多亏宝玉出主意，请出荣府的掌门人凤姐，迅疾将宁府乱局理顺，举办秦氏丧事，井然有序。

倍受尊崇，大礼隆葬

秦氏殡葬场面之奢华，规格之高，令人叹为观止。单请一百单八众禅僧，九十九位全真道士，五十众高僧，五十众高道，在大厅、天香楼、灵前，拜忏，打醮，诵经，为逝者超度亡灵，以得生缘。选万年不坏之楠木为棺。丫鬟瑞珠，以身殉主（人殉制的残存）；小丫鬟宝珠甘为义女，担摔丧驾灵之任。只为灵幡经榜上好看，捐一千二百两银子，为贾蓉买得"防护内廷紫禁道御前侍卫龙禁尉"职衔。"只这四十九日，宁国府街上一条白漫漫人来人往，花簇簇官去官来"，送祭礼的络绎不绝。送殡之日，公侯之孙、郡王之男，大小轿车辆，不下百乘。只见宁府大殡浩浩荡荡、压地银山一般，路两旁王子王孙，郡爷府官，祭棚高搭，设席张筵，和音奏乐，肃穆庄严。

秦氏的丧葬规模，远胜此后亡故的贾敬、贾母，令评家迷惑，

---

[1] 曹雪芹、高鹗著《红楼梦》，北京：人民文学出版社，1982年第1版，第175、176页。

无不骂贾珍忒过奢华。也有人提出可卿系皇家公主,故有此隆葬,均无足据。

北方民族对已故萨满,历来有隆葬习俗。贾家正当盛极之时,国公之家的萨满宾天,在族人的观念中,意味着回归神界,怎能不隆葬!

黑龙江省爱辉县已故大萨满富小昌,生前勤于神事活动,为族人排忧解难,并整理乌勒本说部等大量典籍。他死于1944年,时阖族震惊,悲痛欲绝。依古俗为大萨满富小昌举行"双葬"[1]大礼,黑龙江沿岸满、汉、鄂伦春、达斡尔、赫哲等族众,都来吊唁,祭礼隆盛,场面宏大,至今瑷珲地方尚有能记忆者。可见,秦氏大殡,是萨满厚葬习俗的延续。贾敬、贾母虽位高辈尊,毕竟是凡夫俗子,葬礼规格不能跟秦氏相提并论。

四 秦氏之谜,豁然明朗

秦可卿的家萨满身份既明,她身上的迷离雾障,也就渐渐散去,让我们看见的是一个气质高雅、风流袅娜、尊老爱幼、勤于族事、深得人心的家萨满人物形象。

微密久藏偏自露

近年,有人提出秦可卿只是个过场人物,作者很少正面描写。秦可卿作为贾府隐蔽的家萨满,久藏未露。倘或正面描写她,势必暴露其萨满身份。仅临死向凤姐儿托梦后事一件,即引起评者警觉,有正本十三回回前诗云:

---

[1] 双葬,指水火双葬,始于金代。逝者入殓,以香松置棺内外焚之,骨灰骨殖置于篓内,坠之以石,沉入江内,谓之"双葬"。

> 生死穷通何处真？
> 英明难遏是精神。
> 微密久藏偏自露，
> 幻中梦里语惊人。[1]

这首回前诗，句句都值得玩味。说的是，秦可卿的一生短促而迷离，怎么可能掩饰她的真面呢？写作手法再高明也难以遏制住她的丰神。她微密久藏的萨满身份，偏偏在幻梦的嘱言与预示中自己露出来了。因为只有萨满神巫才会有这样感人的终极关怀和预示未来的本领。这首诗评只差直言"天女下凡，萨满身份"八字。为什么对秦可卿多虚写、侧写、隐写？作者实出无奈，不得不隐，故庚辰本回前批曰："此回可卿梦阿凤，盖作者大有深意存焉。可惜生不逢时，奈何，奈何！然必写出自可卿之意也，则有他意寓焉。"——"生不逢时""他意寓焉"八字，极有穿透力。甲戌本第八回夹批说，这样写秦可卿"亦甚难矣""亦甚苦矣"。对于秦氏的萨满身份，已点击到这份儿上，仍以淫荡、乱伦等污言秽语泼之，未免太残忍、太无情了。

出自寒门薄官之家

津门红学家郑铁生先生认为，在讲究门当户对的封建社会，以财势婚姻联盟的惯例，秦氏不具备与宁国府联姻的条件。因为秦氏出自寒儒薄官的家庭，是一个"连自己亲生父母是谁、自己真实姓名都不知道的弃婴"，"而对于荒淫无耻的贾珍父子，秦可卿的妩媚风流则是具有异常魅力的，这就是为什么宁国府两代家

---

[1] 曹雪芹著，霍国玲、紫军校勘《脂砚斋全评石头记》，北京：东方出版社，2006年版，第162页。

妇尤、秦二氏，都是出自寒门的原因。"[1]

郑铁生先生是津门著名红学家，治红多年，成果斐然，特别是在秦可卿这一人物形象的研究上，累积材料丰富，功夫不浅。但推论妩媚风流、异常魅力，成为宁府择偶秦氏的原因，觉得略嫌勉强。满族古老风俗，历来不太讲究门当户对，从金代女真人开始，两者相悦即为之，甚至姑娘接受了挚乳礼即可成婚，不似后来将婚姻当作政治行为，在《红楼梦》里亦有所体现。

第二十九回贾母清虚观打醮，荣国公替身张道士说，宝玉长得与当年国公爷"一个稿子"，说得两人一齐流泪。张道士趁机给宝玉提亲张家小姐，说"这个小姐模样，聪明智慧，根基家当，倒也配的过"。立即被贾母婉拒。为了不扫张道士的兴，让他"打听着，不管他根基富贵"，"只是模样性格儿难得好的"。可见，贾母的择婚不太看根基富贵。邢岫烟很穷困，穷到靠典当衣物过活，却由贾母做主许配给薛蝌。嫁给薛蟠的夏金桂家也并非有多大的权势。按这个条件，可卿适贾蓉，无可挑剔，何况两人只是名义上的夫妻。主要还是与贾家有些瓜葛。此间所言"瓜葛"，大半与贾家抓萨满有关。

萨满性格，早露端倪

举凡一个家族、一个部落甚至部落联盟，不能没有萨满神巫，失去萨满，族人就失去了精神依托；没有萨满与神灵沟通，等于缺失神灵庇护，会有灭顶之灾。故一般说来，老萨满去了，须选取新萨满。萨满不是谁人都可以充当的，须具有特异的慧性、悟性和敏知能力，或者久病不愈才可能被选作萨满，称抓萨满。秦

---

[1] 郑铁生著《刘心武"红学"之疑》，北京：新华出版社，2006年版，第54、55页。

可卿是怎样被贾家抓为萨满的，书中没具体写，用"与贾家有些瓜葛"一语带过。

那么，具备什么条件才可能被选中充任萨满神巫呢？

第十回，金荣闹学堂没得到便宜，反而被逼向秦氏弟弟秦钟赔不是，他姑妈璜大奶奶气不过，本是来找尤氏理论一番的，听了尤氏说秦氏生病一番话，竟偃旗息鼓了。尤氏说：

> 婶子，你是知道那媳妇的：虽则见了人有说有笑，会行事儿，他可心细，心又重，不拘听见个什么话儿，都要度量个三日五夜才罢。这病就是打这个秉性上头思虑出来的。今儿听见有人欺负了他兄弟，又是恼，又是气。恼的是那群混帐狐朋狗友的扯是搬非，调三惑四的那些人……[1]

这段话，若明若暗地告诉人们，可卿患的是多疑型癔症。张太医来瞧病，讲出的脉息是心性高强、聪明忒过、思虑太过、忧虑伤脾、肝木忒旺等。秦氏身上没有什么致命的实症，主要是心病，与尤氏所述基本一致。这种心细、心重、心性高强、思虑太过，显然是神经质的代名词，是萨满的精神特异的表征之一，具有被抓萨满的先天性格。

秦可卿的养父秦业，称营缮郎，在工部侍郎贾政属下做事，大约负责营缮宫室之类，贾家东西两府，是皇上敕建，想必也在他营缮的范围之内。看得出来，两家过从甚密。可卿秉性特异，具有被贾家抓萨满的可能性。作者自然不便直写出来，用"与贾家有些瓜葛"一语轻轻掩过。

家萨满一旦被选中，就是这个家族精神领袖，与族长两人一

---

[1] 曹雪芹、高鹗著《红楼梦》，北京：人民文学出版社，1982年第1版，第147页。

个代表神权,一个掌握族权,等于是贾珍的左右臂。如果这一判断不错的话,贾珍与自家萨满有点过从关系是很自然的事,或者说是符合萨满性生活较为活泼自由的风习。秦可卿实为贾珍的贴身萨满,名义上又不得不说是自己的儿媳妇。正如脂砚斋所言:这样写"亦甚难""亦甚苦"矣。焦大的海骂,学堂的诟谇谣诼,让心性高强的秦可卿忍无可忍。贾府的恶劣环境,已使风流婉转的家萨满难以容身。

秦氏判词,直诋宁府

作者煞费苦心,将满族古老的萨满女神呼唤下来,充当贾家侍神人,但无济于事。入世补天之石并非只幻生宝玉一块,满族贵族也并非贾氏一族,大清之天整体的坍塌之征候已显,如何补得了呢?作为侍神人、人与神中介者的秦可卿,早已明白贾家即将树倒猢狲散,返回故乡是迟早的事。她的病本无大碍,加之医术高明的张友士的医治,是有望好转的。但她命中合该离弃贾家,焦大的海骂,家学的诟语,只是导火索,加快了她离去的步伐。

第五回宝玉梦游至薄命司,翻看金陵十二钗簿册。画面一高楼大厦,一美人悬梁自缢。其判词曰:

> 情天情海幻情身,情既相逢必主淫。
> 漫言不肖皆荣出,造衅开端实在宁。[1]

说的是秦可卿是从情天情海的神灵世界幻化而来,情种与情种相逢,必有风月之事,不要说不肖种(琏、玉类)皆出荣府,

---

[1] 曹雪芹、高鹗著《红楼梦》,北京:人民文学出版社,1982年第1版,第81页。

造衅开端实在是宁府——指贾敬的不作为、贾珍的胡作非为。

贾宝玉梦游中，还听得《好事终》一曲：

> 画梁春尽落香尘。擅风情，秉月貌，便是败家的根本。箕裘颓堕皆从敬，家事消亡首罪宁。宿孽总因情。[1]

这段唱词，可说是判词的延伸。直言秦可卿天香楼自缢而死。作者明显在质疑擅风情、秉月貌女人是亡国败家的根本这一传统命题，愤怒地直书：堕落而不作为是从贾敬伊始，宁国府才是家族没落和扼杀秦氏的罪魁祸首，甚至将笔触撩拨到朝廷："宿孽总因情"，此处的"情"字，谐音为"清"，归根结底，造孽的根源在于大清。

多年来，判词和《好事终》成为判处可卿淫乱的重要依据，那句"情天情海幻情身，情既相逢必主淫"，一般理解指贾珍与可卿的秽行。显然，这一结论仍是用封建伦理这把尺子度量出来。其实，这句话表达的是可卿萨满的先天性情和入世的职责——访察机会，布散相思。这里的淫，绝非指淫乱，警幻曾对所谓淫进行过强有力的思辨，认定好色即淫，知情更淫——一针见血，揭破男人的好色好淫的本性。进而指出淫虽一理，意则有别，皮肤淫滥者只悦其貌，不恋其情，淫乐无度，无有纯真感情可言。而宝玉与可卿之淫，则是天分中生成的痴情，只可意会，不可言传。作者毫不留情地痛斥传统世风，往往把家国消亡的罪责归结到擅风情、秉月貌的女人身上。中国的历史是由渣滓泡沫般的男人来书写的。无论哪个朝代的倾覆，都可以找到害国殃民的祸水——女人来做替罪羊。商朝的灭亡似乎因有一个淫后妲己祸乱其间。

---

[1] 曹雪芹、高鹗著《红楼梦》，北京：人民文学出版社，1982年第1版，第89页。

唐代安史之乱，似乎是杨贵妃之过，被赐死于马嵬坡。武则天当了十几年的皇帝，尽管政绩不菲，仍被后人诟病。道理是一样的，虽说秦氏乃神女下凡，纯洁无瑕，勤劳奉事，日夜为家族操劳，只因自由地选择性伙伴，就背上淫荡、乱伦的十字架，悲戚地死灭。畸笏叟等人对可卿的歪评，究竟承继谁家的批评传统，也就不言自明了。

秦氏三贤皆不久长

秦可卿亡故后，其父秦业和其弟秦钟也相继离世。作者为什么这么安排，寓意何在？

秦业，谐音清孽，工部下属的一个营缮郎，修缮宫室的小官。营缮郎，有营缮、修复大清社稷的寓意。脂批在秦业处夹批为"情因孽而生"，颇让人费解。大家知道，脂批中的"情"往往代指"清"字。在秦业为营缮郎处还夹批为"因情孽而缮"，也很让人费解。如是理解为因"清孽"而生、为"清孽"而缮则顺理成章。意思是你再卖力营缮，大清也不得善终。

秦可卿，清可倾也，清朝大厦将倾；秦钟，谐音清钟，为大清敲醒警钟。如果说这三位的名字谐音寓意能成立的话，秦家三口则是为挽救贾家而莅临。大家都知道，贾家有时暗指皇家，也可以说是为挽救大清而来，我们有理由称他们为秦氏三贤。以往的红学，认为秦业谐音情孽，秦可卿谐音情可倾，秦钟谐音情种，不仅文字不通，难以成立，而且对情持贬斥、否定的态度，这与作者在书中一贯倡导的情与爱的萨满文化背道而驰。

甲戌本在小名唤可卿处夹批说："秦氏究竟不知系出何氏？所谓'寓褒贬，别善恶'是也。秉刀斧之笔，具菩萨之心，亦甚难矣！如此写出可儿来历，亦甚苦矣！又知作者是欲天下人共来哭此'情'字。"实则说作者是欲天下人共来哭此"清"字——大清王朝即将覆灭。

"秉刀斧之笔，具菩萨之心"十个字，概括了曹雪芹的写作心境。他用史笔来揭示大清兴衰际遇，气数已尽，无可挽回；又不甘心祖辈出过力建起的皇朝就此一败涂地。如果说，秦氏三贤的临世，妄图对大厦将倾的大清进行修缮、补缀、警示，那么接踵而来的宝琴一伙则是为大清吊丧，故宝琴设谜的谜底均为丧葬用品。

秦氏三贤毕竟是小说中的过场人物，但也须过场得有人情味。他们一旦为人，同样不拒绝情与性。秦可卿本是从情天情海而来的爱神，对适意的性生活并不拒绝，是位风流袅娜的情性中人。其弟秦钟，本是来为大清敲警钟的，却与宝玉如影随形。从他与智能儿发生性关系，在学堂颇好男风来看，已是个堕落的种子。在大清这个"奥吉亚斯牛圈"里，不管谁人，只要沾贾府的边儿，很快被污染腐蚀，与贾公子的通灵玉遭粉渍脂痕污宝光一样，秦钟这口警钟已敲不响了。大清之天行将坍塌，即使秦业老人再奋力地营缮，也无济于事。

北静王爷，白袍银帽

秦氏亡故，停灵四十九日，"宁国府街上一条白漫漫人来人往"，说明来吊丧的人穿的是白服。出殡之日，只见宁府大殡浩浩荡荡，压地银山一般，说明不仅送葬人着白披麻，扎制的冥物也白色居多。设棚路祭的"北静王水溶头上戴着洁白簪缨银翅王帽，穿着江牙海水五爪坐龙白蟒袍"——北静王着白袍银帽，曾被误以为给出身高贵的秦可卿戴孝。那么多人，还有王爷规格的人也给这位孙辈媳妇戴孝，可见她出身高过王爷，曾作为刘心武先生皇姑说的一个重要的佐证。其实，戴孝是汉民族习俗。满族及其先世女真人，自古崇尚白色。《大金国志》载："金俗好衣白。"《龙城旧闻》还记载满族祭星时"熄灯，一人白衣跪地祷"，[1]谓之背灯祭。满族古老观念认为："白色是日月本色，星光和火光的本色。日阳之色，光炽烁白，出于东方"，即"东方太阳之所也"。萨满观念中，还认为白色为灵魂的颜色，魂魄凝结洁白水珠，栖息于朝露翠叶上，[2]故老人谢世时，要穿白服送葬。秦氏为贾家的宗族萨满，死后隆祭，与贾家关系密切的王公贵族，设棚路祭，穿白衣白帽，以示敬重，希冀亡人早日进入大光明神界。理解为汉族殡葬的戴孝，则相去甚远。

铁网山深，樯木为棺

秦可卿故去，贾珍发愿尽其所有料理丧事。看寿材板时，几副杉木板皆未看中。薛蟠便说自己店里存着樯木，出自潢海铁网山，原系义忠亲王老千岁要的，因他坏了事，没人出价敢买。贾珍命人抬来，只见纹若槟榔，味若檀麝，以手叩之，叮当如金玉。贾珍喜之不尽。贾政因劝道："此物恐非常人可享者，殓以上等杉木也就是了。"贾珍如何肯听。

樯木，并非树木名称，通常指船的桅杆。潢海铁网山，书中两次出现：第二十六回写冯紫英面带青伤，随同父亲打围铁网山教兔鹘翅膀捎的。潢海，指辽海；潢水，出辽西，入西辽河。铁网山，泛指皇围，只有皇围才具有将猎山围得铁网般的规模。说明此樯木出自满族祖居地的皇家围山。

---

[1] 富育光著《富育光民族文化论集》，长春：吉林大学出版社，2005年版，第455、456页。

[2] 喻全中、张碧波著：《东北亚诸族创世与起源神话考源》，载《社会科学战线》，2001年第1期。

那么，满族通常用什么树木做梡杆呢？《满汉大辞典》称樯梡为解勒坦，满语又称神树为解勒坦帽，供在堂子里。黑龙江省著名文化学者喻全中、张碧波在《东北亚诸族创世与起源神话考源》一文中说：

> 当鄂伦春人把与"解勒坦帽"具有相同功能的柳木也称"解赫塔帽"时，满语中"堂子"内供的神树"解勒坦帽"，亦应为"柳木"就词意自明了。[1]

此处的柳木，即古神木雄棠……女真与蒙古语中又称速黑莫，即适宜用斧伐做神杆的树，亦即大柳树。又称山川柳、柽柳、红柳。

满族历来有崇柳习俗，认为自己是柳的子孙，因为创世女神佛朵妈妈是由柳枝化生，太虚幻境中的警幻仙子就是护婴女神佛朵妈妈的化身。[2]

曹雪芹为了标榜秦可卿的神女身份，极力渲染所用寿材之高贵。在长白山原始林中，高壮的红柳极为罕见，且十分珍贵，采伐干燥，材色微红，敲之清脆，清香怡人。满族视长白山为神山，神山出的柳木尤具神性。做神杆、梡杆也好，做寿材也好，除了它具有良好的物理特性外，主要是取满族人观念上长白山柳木的神性内蕴。将柳木做梡樯，也有通天之意。

---

[1] 喻全中、张碧波著：《东北亚诸族创世与起源神话考源》，载《社会科学战线》，2001年第1期。

[2] 《警幻赋》首句"方离柳坞，乍出花房"——即已说明警幻是从柳树通子走出来的女神，"警幻"是取满语"井玄显比"的字头，汉意"成丁"。警幻仙子的文学原型，即柳神佛朵妈妈，满族保婴女神。

五　脂评谬批，让可卿久久蒙羞

也许因为秦可卿是十二花容色最新者，才使脂砚斋、畸笏叟等对她热评不断。尤其畸笏叟的评批淫丧天香楼，向读者透露了秦氏死因。但他对这件事所持态度则是负面的，读者务必仔细辨别。

书的第五回，为什么由可卿引梦出梦？脂批暗示自己知道底细，但不能说出来。畸笏叟毕竟受的是传统封建道德教育，悉遵封建伦理道德规范。他明知可卿的萨满身份，仍用封建伦理度量可卿的行为，将贾珍与可卿关系单纯视为淫丧，为人伦所不容；将纯情美丽、慈老爱幼、勤勉于萨满族务的少妇秦可卿，永远钉在淫荡、乱伦的耻辱柱上，造成读者和评家的误判误读。

脂砚斋这种不合情理的评注尚多，如对贾珍哭的泪人般，并发愿"尽我所有"来发丧，脂砚斋板着面孔教训道："为媳妇是非礼之谈，父母又将如何？我不能为贾珍隐讳。"——一副非礼勿听、非礼勿视的正人君子面孔。表明他对家萨满的可卿充满偏见。而对他所钟爱的宝玉，则极力掩饰其忘情与失态。

第十一回宝玉同凤姐探视可卿，看见那副唐伯虎的《海棠春睡图》，并"嫩寒锁梦因春冷，芳气笼人是酒香"的对联，宝玉已不能自持。一听可卿说未必熬的过年去，竟如万箭攒心，那眼泪不知不觉就流下来了。待"从梦中听见秦氏死了，只觉心中似戳了一刀的，不忍哇的一声，直奔出一口血来"，脂砚斋评注为："宝玉早已看定，可继家务事者，可卿也。今闻死了，大失所望，急火攻心，焉得不有此血。为玉一叹！"此批极为虚伪、荒唐。显然，因宝玉与可卿有过刻骨铭心的缱绻之情，突闻情人故去，心理和感情受到致命打击，急火攻心，不能自持，才直奔出一口血来，焉有其他！脂砚斋居然把宝玉当成大管家，关注起宁府可继家务事者，岂非荒唐！脂砚斋不敢正视宝玉因意淫与可卿产生的感情，暴露出一副封建卫道士面孔。

《红楼梦》中秦可卿、贾宝玉、林黛玉，均是追求纯真本性的神灵人物临世，与贾母一样，有时候代表着满族第一代创业者的思想品格。尽管他们以悲剧结局，仍不失其光辉。特别是绝代少妇秦可卿，尽管畸笏叟等人给她泼墨抹黑，仍无法掩盖其高贵的气质，动人的美貌，亲情可感，秀色可餐，如同早春融融雪地上第一枝冰凌花，晚秋暮色中最后一抹霞色。她的生命的确太短暂了，但其灼人的异彩和摄人的魅力，似乎又是只可意会而不可言传的。从北国神女而为宗族女萨满，是为拯救贾家而来，因环境的急剧恶化，神将她召唤而去。观其一生为人，不失为大勇者，大悲者也，却长久地被道学家们作为不贞、淫荡、乱伦的牺牲品，绑上封建祭坛，至今仍受着诟谤、煎熬。这是多么残酷、多么无情的人世间呢！

第九编

长白山自然王国的言说

中国古典小说有个习惯，书的末尾注注张一个榜单，将入榜的名单列出来。《封神演义》书末有一个"封神榜"、《水浒传》末尾封天罡地煞一〇八将入"忠义榜"。据脂评透露《红楼梦》末尾也列了一个榜，称"情榜"，入榜的人都带"情"字的考语，比如宝玉的考语是情不情，黛玉的考语是情情。笔者的这本书写到末编，也列了个榜，叫作"红楼女儿原型榜"，列的是大观园内外的女孩子们都是由长白山哪种灵象灵物化生而来的，让书中诸多的扑朔迷离变得明晰透剔。感谢老戈空净先生将这篇小文章转发到网上，数以万计的读者点击阅读。可见红学研究正无有穷期，陈氏新说（恕吾借用之）仍引人注目。它像架独轮车，尽管只有一个轮子，却吱吱呀呀地向前滚动着。

第二十七章

自然王国里的风流冤家们

《红楼梦》开篇,通过癞僧、跛道的对话告诉人们:当大荒山的一石一草通过生命转渡入世为人,"因此一事,就勾出多少'风流冤家'来,陪他们去了结此案"。追溯这些"风流冤家"的背景和来处,居然都是由"大荒山无稽崖青埂峰"的花草、虫禽、物象等生灵化生而来。笔者前些年已考证出书中的"大荒山无稽崖青埂峰",谐音寓意为"长白山勿吉哀清根封"。[1]就是说,作者不仅让化生为宝黛的一石一草出自长白山,那些丫头小姐的文学原型,无一例外地来自满族发祥地——长白山。

这种自然生灵的转渡再次告诉人们,在满族原住民观念中,长白山大林莽是一个自然王国,宝黛及丫头小姐们,都是由这一自然王国的动植飞潜、灵物灵象化生而来。于是事情变得令人惊喜且饶有趣味。

---

[1] 陈景河著:《〈红楼梦〉与长白山——大荒山小考》,载《吉林日报》,1990年8月9日第3版。

一　长白山：满族观念中的自然王国

人们或许会问：作者是以怎样的哲学和宗教观念，支撑起这一庞大的自然王国童话般的存在？满族人观念中，真的将长白山视为一个自然王国吗？这让我们记起曹雪芹的一个重要创作原则："假作真时真亦假，无为有处有还无。"

大定五子镜，承载着自然王国万千生灵

传说，大定五子铜镜，是由金代世宗皇帝完颜雍刻制，距今已有八百多年的历史。

大定五子镜　陈景河供稿

说的是金世宗完颜雍病了，臣民进献五苗人参。其实，这五苗人参是五个人参王子。金世宗为了不绝山泽之利，忍着病痛，将五个人参王子放归长白山，让他们跟父母兄弟姊妹团聚。五个王子感念明君之德，献上自己头上的绛珠参籽，世宗服之病愈，他感念人参王子的盛德，亲自设计制作了这面大定五子镜。据说，这件铜镜现在仍保存在完颜故地老城。[1]

这则大定五子镜的传说，认证了满族人一个古老的萨满文化

---

[1] 吴景春主编《中国民间文学集成·吉林卷·人参故事篇》，北京：中国文联出版公司，1992年版，第637页。

观念：长白山是个自然王国，金世宗得到的五苗宝参，竟然是自然王国五位人参王子。说明人参作为百草之王，在长白山自然王国里处于王族地位。

《庄子·达生》篇说："天地者，万物之父母也"，说的是大自然孕育着生灵万物。自然是宗教和哲学最初的、原始的依赖对象。居住在长白山周边的满族人，信奉萨满教，予自然万物以人格化和神格化。将日月星辰、风雨雷电，奉为穹宇女神；将凶猛的野猪、熊、虎等，敬奉为"玛发""老爷子"；将鱼、虫、卉、草尊称为"神女""格格"。[1]这一朴实、自然的亲情观念，一以贯之，融汇在人们的血液与灵魂之中。可见，满族原住民将物质的生物圈与精神的神灵之境，如此胶着地融合在一起，构成作者心目中长白山自然王国的全部。

民间传说，述说着族人与之共生共荣

如果说大定五子镜讲的是金代皇族对长白山自然王国的认同，那么在长白山寻常部落人家，已经不是简单地将自然物人格化、神格化，而是与自然王国的生灵达到休戚与共，相濡以沫，同生死、共患难的程度。

多年来，文化学者搜集到的这方面民间故事与传说，可谓车载斗量。其中，李果钧先生的《金镜·满族传说小集》讲的是镜泊湖的传说。[2]为了赶走突然降临的沙胡主巴勒尊（冷魔），牡丹格格遵照爷爷的遗嘱，在月亮姑娘、萤火虫弟弟、啄木鸟妹妹、小溪玛发、小黄鹿哥哥、大白鹤姐姐帮助下，经过千辛万苦，终于把金镜磨得锃亮。她将金镜对向草地，草地上鲜花盛开；她将金镜对向江河，江河中鱼虾欢跃；她将金镜对向长白山，雪峰融了，冰河化

---

[1]富育光著：《满族文化"和谐律"探析》，载《社会科学战线》，2012年第2期。
[2]李果钧整理：《金镜·满族传说小集》，吉林省敦化市文联，1978年，第98页。

了,流落外地的巴拉人[1]回来了。牡丹格格将金镜放入江中,让冷魔永远不敢回来。故事告诉人们,长白山是一切生灵共同的家园,一旦灾害来临,她们会自然地抱成一团,同甘苦,共患难,直至战而胜之。

同类故事还有《打画墨儿》。正月十五夜,林子跑了荒火,如果树烧光了,野兽跑光,打猎为生的巴拉人可怎么活呢?山神班达玛发(猎神)赶紧打发古尔苔格格去喊人救火——那时候,古尔苔格格是一只俊鸟,长着一身翠花羽毛。她扇动翅膀,一家又一家、一户又一户地报警。人们出来一看,火势凶猛,一棵棵大树着得像火蜡烛,谁还敢上前救火?这时,只见古尔苔格格不顾一切扇动着翅膀奋力扑打荒火。乡亲们受到鼓舞,也不顾一切拼命救火。火灭了,山保住了。古尔苔格格俊俏的羽毛,烧得黑黢黢,从此被称为乌鸦。[2]庆功会上,人们脸上青一块紫一块的,谁也认不出谁,他们尽情地欢歌、嬉闹、私会,谁也不许着恼。于是给满族民间留下一个正月十六打画墨儿的放偷节。族人没有忘记领他们奋勇扑火的乌鸦,过放偷节前,要敬奉古尔苔格格,因为它每天仍在巡山,凡有险情,便哇哇地叫,向族人示警。

长白山大林莽,动植飞潜尽有之,神灵鬼魅共奉之。写在《红楼梦》里,则真假共存、互换、转渡,带来大清鼎盛时期的人生百态及五彩缤纷的各色人物。

二 生命转渡,萨满观念中一个真实存在

在地为物、在天为神、在人间则为人,这种三位一体的灵魂

---

[1] 生活在张广才岭一带没有归附的满洲原住民。今地名半拉山、半拉窝棚、半拉哨口等皆是其居地。

[2] 李果钧整理:《金镜·满族传说小集》,吉林省敦化市文联,1978年,第85页。

转渡观念,是满洲自然观最基本的认知。

康熙五十一年(1712),工部主事方登峄写了一首风土诗《王干哥》,诗前有小序:"边山有鸟,每于夜半辄呼'王干哥'至千百声,哀切不忍闻,传昔有人入山劚参相失,遂呼号死山中,化为鸟。当参盛处,则三匝悲啼,随声至其地,必见五叶焉。"相传这位山间歌者叫李五,死后化而为鸟,终不忘其弟王干哥。方登峄有感于此,写下一首歌诗:"王干哥,山之阿;王干哥,江之沱。叫尔三声口流血,草长林密风雨多。生同来,死同归。尔何依,我不忍先飞!但愿世间朋友都似我,同生同死无不可。"[1]这首汉乐府体歌诗,感人至深,两位挖参的拜把子兄弟死后化而为鸟,仍不离不弃,诠释着长白山生灵转渡最悲戚的愿景,使长白山森林文化充满人情味。

长白山区有句谚语"牛年好种田,鼠年好放山",说的是老鼠娶妻的故事。鼠王看上了人参格格敖蒿,非她不娶,敖蒿却很讨厌鼠王。于是她跟姐妹们都戴上人参花,钻到地里让鼠王来认。鼠王瞄来瞄去,拔出一棵竟是虎参,虎属猫科,吓得鼠王屁滚尿流地跑了。这则故事,将动物的老鼠和植物的人参都人格化了,演绎出一段斗智斗勇的传奇。

更为典型的要算《渔郎小阿与穆克格格》。说的是松花江边有个半拉窝集,住着打鱼的小伙扎拉里小阿,去冰洞抓鱼遇见穆克格格(水貂姑娘)。第二天来冰洞,又遇见穆克格格。一来二去,小阿爱上了穆克格格,穆克格格也很喜欢小阿。小阿把格格领回家,发誓"一辈子,哪怕是上刀山下火海也要跟你在一起"。穆克格格发觉不怀好意的布特哈衙门总管盯上了她,便对小阿说,

---

[1] 原载《葆素斋集·今乐府》,转自张玉兴选注《清代东北流人诗选注》,沈阳:辽沈书社,1988年版,第485页。

咱们要想久长，你得过三关。怎么过三关呢？得一层层加皮袄。于是，三伏天小阿穿皮袄连过三关，热得死去活来，终于使自己变成了一只水貂。从此他们快乐地生活在一起。布特哈衙门总管以免除全噶珊的渔税为诱饵，命小阿去为皇家打鱼。穆克格格聪明地问："若是我们夫妻同去，也免税吗？"总管心想，只要你俩走进衙门，还能跑出我的手心？于是答应道："行，行，全免。"还当众留下了字据。乡亲们纷纷劝他俩不要上当。穆克格格不慌不忙，与小阿划着小船跟着总管的大船去了。船行到江心，穆克格格拿出那件草绿色皮袄，让小阿穿上，两人双双跃入江中。从此，乡亲们常常看到反穿皮袄的小阿和穿着葱心绿旗袍的穆克格格在江边走动，等跑到跟前，却发现是一对水貂在江中嬉戏。

　　故事告诉我们，人经过脱胎换骨，是可以变回到动物界或植物界。小阿情愿变成一只小水兽，也不肯放弃爱情。这些鲜活的灵魂转渡观念，到了曹雪芹那里，就产生了大观园熙熙攘攘的丫头小姐们，带来大观园奇特的生态景观和各自的情缘故事。

三　群星璀璨，各逞风流

　　纵观大观园中的女儿们，大体可以分为四个群落：即以黛玉为主的小姐群落，以香菱为主的侍妾群落，以芳官为首的优伶群落，以晴雯为首的丫鬟群落。曹雪芹状物写人，惜墨如金，即使小小丫头流星般一掠而过，也会给人留下一道令人振奋的惊喜。仅选几例，略作简析，以认证长白山儿女的超凡脱俗。

贤孝才德，能持否？

　　元春，春元伊始，因贤孝才德送入宫中作女史，后晋封凤藻宫尚书,加封贤德妃。其事略集中在十七、十八两回"荣国府归省庆元宵",通过元妃对大观园奢华靡费、骨肉各分的三叹三哭,寄托作者多少沉痛记忆!著名红学家胡文彬先生读到此处,赞美元春风采,说"她像深夜长空中飞过的一道流星,虽然一闪即逝,可那耀眼的光辉却长留在人们的记忆之中,令人遐想,让人思念"。[1]

元春纵有贤孝才德,能久持吗?此次归省观戏,第二出《乞巧》,脂批点出"《长生殿》中伏元妃之死"。与第五回元妃"判图":画着一张弓,弓上挂一香橼暗合——暗示元妃也是被弓弦绞杀而死——似伏清宫一大恶性事件。

当妙玉与岫烟为邻

第六十三回宝玉梳洗完正吃茶,发现砚台下压着妙玉送来的拜帖,上书:槛外人妙玉恭肃遥叩芳辰。回帖该怎么具名,宝玉犯了难。他起身去找黛玉拿主意。刚过沁芳亭,岫烟走来,说是去找妙玉说话。宝玉十分诧异:妙玉为人孤僻,是万人不入她眼的,怎么倒跟姐姐投缘?岫烟告诉说,她俩原是邻居,只一墙之隔,有半师之分。"如今又天缘凑合,我们得遇,旧情竟未易。承他青目,更胜当日。"

宝玉听了,夸赞岫烟"举止言谈,超然如野鹤闲云"。说着便将拜帖取与岫烟看。男孩女孩之间传递拜帖、荷包之类,是十分敏感的事,岫烟免不了有自己的看法。宝玉忙忙为之掩饰。岫烟觉察宝玉话里有藏掖,只顾用眼上下细细打量了半天,方笑道:"怪道俗话说的'闻名不如见面',又怪不得妙玉竟下这帖子给你,又怪不得上年竟给你那些梅花。"

---

[1] 胡文彬著《入迷出悟品红楼》,北京:京华出版社,2007年版,第151页。

岫烟与妙玉"做过十年的邻居，只一墙之隔"。如果我们认定岫烟和妙玉，同样出源于长白山自然王国，以其谐音寓意，两人无疑是一对同乡组合——岫岩与岫玉，即岫烟姑娘是由地名岫岩化育，妙玉则是岫岩的美玉胎生。不幸，这不是普通的物产，是满族贵族争抢的玉石，这就注定了这一有灵性的玉石（妙玉）命运的颠沛流离。

"他因不合时宜，权势不容，竟投到这里来"——此言大有分教：岫岩玉开发历史相当久远，从内蒙古赤峰市翁牛特旗三星他拉村的中华第一龙，到红山的玉猪龙、西汉靖王刘胜的金缕玉衣，乃至大清乾隆帝的玉玺——国朝传宝记，无不出自岫玉。就是说，从商周、春秋、战国，到汉唐，乃至明清，岫岩玉的开发一直没有间断。由于乾隆对玉石的偏爱，加之清帝对长白山珍稀物产的痴迷，乾隆初年即对岫岩玉形成掠夺性开发，吓得这种灵物不得不逃走。这就是书中言妙玉为权势不容，只能避居尼庵。这个权势者直指当今皇上，其间的隐喻，深险莫测，切勿再追索妙玉究竟是哪家女儿，受到哪个权势人物的迫害。我以为那是徒劳的。

作为自然王国的一块美玉，一旦化生为人，就毫无例外地获得了人性，具有女孩子追求幸福、向往爱情自由的天性。透过岫烟明显的疑惑、责难口吻，我们似乎窥见妙玉内心人性的挣扎，她显然对宝玉怀有爱慕的感情，才投帖遥叩芳辰。"遥叩"二字用得好，咫尺天涯，身居槛内外！此前的乞红梅、喝梯己茶等，无不是两人之间难得的爱情交流。因此才有了第六十三回妙玉的飞帖祝寿。当岫烟察觉到宝玉与妙玉之间微妙感情纠葛后，再无责怪之词，告诉宝玉回帖只具槛内人，便合了她的心。

流落的岫烟，归于冰冷雪窠（薛蝌）；高洁的妙玉，委身老迈朽骨。妙玉预后命运，让人慨叹、无奈。

芳官,扮演的是犬戎名姓

芳官,贾家的小戏子,似由花的香味转生。被视为小小奴才、连下三等奴才都不如的娼妇粉头之流,偏要拼出人的尊严来。与蕊官、藕官等小艺人一起,手撕头撞,大战恶妾赵姨娘,使其颜面尽扫;干娘要她用女儿洗过的水,她不,偏争出个理儿来。这些,仅只表现她那不肯屈从的性格。她的角色是演员,小导演贾宝玉不断变换她的角色,总不离犬戎名姓。

芳官扮演的第一个角色是满族小阿哥宝玉。只见芳官额上一圈小辫,总归至顶心,结一根总辫子垂于脑后——显然是宝玉儿童态!引得众人笑说:"他与宝玉两个,倒象是双生的兄弟。"

宝玉业已成丁,早已不是儿童态的宝玉。他去栊翠庵送回帖回来,忙命芳官改妆,将周围的短发剃了去,露出碧青头皮来——是宝玉成年剃发装,已进入爱根行列,与妙玉通款私情也好,与香菱情解石榴裙也罢,实属正常。芳官穿净袜厚底镶鞋,[1] 分明是旗女装,强调的是芳官女儿身,演宝玉却是犬戎名姓

满族女儿穿寸子鞋　长白山民俗馆供稿　宗玉柱摄

---

[1] 隐写旗鞋,鞋中间镶厚底,俗称寸子鞋,女孩穿上,走起路来,袅娜多姿。

公子哥。

接下去，宝玉又让芳官当中分大顶，打联垂，变成"不畏风霜，鞍马便捷"的蒙古人模样，再起个番名，叫作耶律雄奴。说："'雄奴'二音又与匈奴相通，都是犬戎名姓。"言称这两种人历为中华之患。将雍正的大舜之正裔、乾隆所称颂的升平盛世和蒙古诸部皆拱手挽头缘远来降，不无讽刺地捆绑在一起。

芳官一看，呀，这是将她当反贼拿了来做戏，寻开心，还自称是称功颂德呢？

宝玉又不无讽刺地笑道："如今四海宾服，八方宁静，千载百载不用武备"，"咱们不能忘了祖宗余荫，故把你装扮起来称颂升平盛世"。

芳官质问得好，好在一语中的；宝玉回答得妙，妙在一语道破乾隆朝实情。平定准噶尔前后漠南漠北的蒙古部落，成群结队，纷纷来归，一时呈现出盛世景象。

众人游园，忽听宝玉叫"耶律雄奴"，不免笑在一处。宝玉又见人人取笑，恐作践了芳官，忙又说："就改名唤叫'温都里纳'可好？"[1]——芳官听了自己又叫回到"宝石"（品级与宝玉同），自然十分欢喜。

读者注意，宝玉让芳官如此这般地三变角色，无论怎么乔装打扮，仍是犬戎之辈、野驴子名姓。作者又直接点击贾府二宅，皆有先人当年所获之囚赐为奴隶，如焦大者流，只不过令其饲养马匹，皆不堪大用——写出少数满族贵族，以中华各民族为俘为奴，这正是曹雪芹心中块垒所在，作者该有多少忆昔感今！曹家尽管有过江南六十余年的繁华，终不堪大用，到头来仍旧是皇家卑微的包衣奴才。满族贵族以天下人为奴，等于以天下人为敌，

---

[1] 温都里纳，法语，宝石的意思。

他们的余荫还能持续多久呢？

以上说的是演员芳官，那么生活中真实的芳官又是怎样的呢？

第六十三回，写当晚丫头凑份子为宝玉过生日。晴雯等丫头们皆换装宽衣，短袖薄衫，围坐炕上。芳官满口嚷热，只穿一件玉色驼绒小夹袄，一条水红撒花夹裤，散着裤腿，束着一条柳绿汗巾，右耳一个小玉耳塞，左耳坠着白果般大的硬红镶金大坠儿，越发显得面如满月犹白，眼如秋水还清——娇俏的汉家小演员本色。

芳官与宝玉先是划拳喝圈酒，接着行酒令玩占花名儿，又猜拳赢唱小曲。凡主子们玩的花样咱都过把瘾。玩到不知北，喝到忘了娘，想娘干吗呀，是娘将她卖与人的。直闹到四更时分，酒坛已罄。众人胡乱安歇，黑甜一睡，不知所之。及至天明，袭人睁眼一看，天色晶明，忙说："可迟了。"向对面床上一看，只见芳官头枕炕沿，睡犹未醒。宝玉已翻身醒来，又推芳官起身。芳官坐起来揉着眼睛。袭人笑道："不害羞，你吃醉了，怎么不拣地方儿乱挺下了。"芳官听了，瞧了一瞧，方知道与宝玉同榻，忙笑着下地，说："我怎么吃的不知道了。"此时，宝玉回答得极有趣："我竟也不知道了。若知道，给你脸上抹些黑墨。"[1]

满俗，正月十六男人女人往脸上抹锅底灰或墨汁儿盖脸，不同年龄、不同辈分的男女，皆可放纵自己，嬉戏、调笑、抓痒，均不许恼，民间称放偷节。宝玉后悔没给芳官抹些黑墨，更显出两人天真无邪、亲密无间的童贞旨趣。

宝玉与芳官可谓亲密无间，却没有发展成爱情，仅如那支牡丹花笺"任是无情亦动人"。尽管他们之间仅限于兄弟之情，芳官仍被视为狐狸精，被赶出怡红院。因有宝玉这段兄弟情谊，她

---

[1] 曹雪芹、高鹗著《红楼梦》，北京：人民文学出版社，1982年第1版，第895页。

与小艺人姐妹,宁可跳火坑进尼庵,也不肯随意去配小子,这是芳官及小艺人最后的情感抗争。

聒噪,不祥的报信鸟

小鹊,赵姨娘房内小丫鬟。鹊,喜鹊,由小喜鹊化育而来。俗语:鹊噪鹊噪,非喜即凶。

王夫人的丫头彩霞被打发出去,等待其父母择人许配。彩霞与贾环有旧,赵姨娘与之契合,晚上赵姨娘向贾政吹枕头风,讨彩霞给贾环。贾政回话较含混,只是说我已看中两个丫头,一个与宝玉,一个给环儿,只是年龄还小,又怕他们误了书,所以再等一二年。赵姨娘道:"宝玉已有了二年了,老爷还不知道?"贾政听了,忙问:"谁给的?"正在这节骨眼上,只听外面一声响,窗扉滑落,赵姨娘带领丫鬟扣好,打发贾政睡觉不提。

小鹊天生是个爱聒噪的孩子,她像是没有听清赵姨娘与政老爷说些什么,或者只听得"宝玉""误了书"类只言片语,得了宝似的径直跑到宝玉床前聒噪道:"我来告诉你一个信儿,方才我们奶奶这般如此在老爷前说了。你仔细明儿老爷问你话。"说完就走,头也没回。[1]

宝玉听了,便如孙大圣听见了紧箍咒,顿时不自在起来。想来想去,别无他法,且理熟了书,预备明儿盘考……这么多的功课,哪里温习得过来。恰巧芳官从院子里回来,一惊一乍说看见有人跳进院。晴雯急中生智,便叫宝玉躺到床上装病,说吓着了。于是惊动了贾母,下人遍院搜查,没见人影,弄得鸡飞狗跳。

小鹊身事赵姨娘,心在宝玉,有关宝玉的事,必来告知。可以说是怡红院的报信鸟。而赵姨娘与贾政的私房话她能听到多

---

[1] 曹雪芹、高鹗著《红楼梦》,北京:人民文学出版社,1982年第1版,第1031页。

少？必是十分有限，此次人家说的是彩霞的去留，小鹊大约只听得只言片语，望风捕影，谎报军情，致使怡红院顿时风声鹤唳，自呼有贼跳墙，引来查赌，抄园，皆是小鹊报信不实所致。原本已剑刎了尤三姐，金逝了尤二姐，井溺了金钏，此次抄检，又撵走了司棋、入画，逼死了晴雯，流散了芳官、藕官、蕊官等，大观园一派萧疏景象。小人物，关碍着大情节。鹊噪、鹊噪，非喜即凶，不可不察。

私语，不小心会引火烧身

蕙香，原名芸香，又称四儿，宝玉的小丫头，系由香草幻生，风流冤家之一。

蕙香出场在第二十一回，宝玉与袭人怄气，不理袭人、麝月，麝月唤了两个小丫头进来。那略高长得十分水秀些的就是蕙香。宝玉问她叫什么名字，姊妹几个，听说蕙香是袭人给起的名，颇不耐烦，便命改叫四儿。这一天，宝玉只要四儿剪灯烹茶伺候。谁知四儿是个极机敏乖巧的丫头，见宝玉用她，变尽方法笼络宝玉。说来说去，两人竟是同日生。同日生日就是夫妻——小丫头天真地低语，对未来充满憧憬。

傻大姐拾取绣春囊引来抄检大观园，王夫人清剿怡红院，宝玉眼巴巴地瞧着婆子们将恹恹弱息的晴雯拖出去，将怡红院丫头们都招来当场验明正身。

王夫人因问："谁是和宝玉一日的生日？"她不敢答应，老嬷嬷指道："这一个蕙香，又叫作四儿的，是同宝玉一日生日的。"王夫人细看了一看，虽比不上晴雯一半，却有几分水秀。视其行止，聪明皆露在外面，且也打扮的不同。王夫人冷笑道："这也是个不怕臊的。他背地里说的，同日生日就是夫妻。这可是你说的？

打谅我隔的远,都不知道呢。可知道我身子虽不大来,我的心耳神意时时都在这里。难道我通共一个宝玉,就白放心凭你们勾引坏了不成!"这个四儿见王夫人说着她素日和宝玉的私语,不禁红了脸,低头垂泪。王夫人即命也快把他家的人叫来,领出去配人。[1]

在王夫人眼里,这些奴才形同牲畜,是可随意拉出去配人的。或者有人会问,四儿所言同日生日就是夫妻,不过小儿戏语,因此而获罪被逐,不是很冤吗?青山山农曾感慨道,古往今来,如此被冤者多矣。秦桧之杀岳武穆以"莫须有"三字,徐有贞之杀少保,只以"意欲"二字成陷。小人陷害君子,如出一辙。而君子往往不去置辩。不是没有理,而是处于弱势。王夫人清剿怡红院,凡与宝玉有点小儿女私情的,绝不放过,与其恋此鸡肋,莫如及早离去。故蕙香只是流泪,不予辩白。望读者诸公记住:私语,不小心也会引火上身。

私逃,命运悬于一线

智能儿,水月庵的小尼姑,老尼净虚的徒弟。其事始见于第七回,随师父至贾府,智能儿陪惜春玩。恰巧周瑞家的来送宫花,与智能儿唠叨了一会,便往凤姐儿处去。看得出智能儿是贾府常客,上上下下很熟。

第十五回秦可卿仙逝,寄灵铁槛寺,凤姐带着宝玉、秦钟下榻水月庵。凤姐眼中的智能儿越发长高了,模样儿越发出息了——这就为后文埋下伏笔。

智能儿自幼在荣府走动,无人不识,常与宝玉、秦钟玩笑。如今大了,渐知风月,便看上秦钟人物风流,秦钟也极爱她妩媚,二人虽未上手,却已情投意合。今智能儿见了秦钟,心眼俱开,

---

[1] 曹雪芹、高鹗著《红楼梦》,北京:人民文学出版社,1982年第1版,第1102页。

走去倒了茶来,宝玉、秦钟二人俱要先喝,智能儿抿嘴笑道:"一碗茶也争,我难道手里有蜜!"

话如甜点,两个男孩心花怒放。至晚,秦钟趁黑无人,来寻智能儿。后面房中,智能儿正在洗茶碗,秦钟跑来便搂着亲嘴。智能儿挣脱不开,急的直跺脚说:"这算什么!再这么我就叫唤。"秦钟求道:"好人,我已急死了。你今儿再不依,我就死在这里。"智能道:"你想怎样?除非等我出了这牢坑,离了这些人,才依你。"秦钟道:"这也容易,只是远水救不得近渴。"说着,一口吹了灯,满屋漆黑,将智能抱到炕上,就云雨起来。那智能百般的挣挫不起,只得依他。两人正在得趣,只见一人进来将他俩按住……[1]

当此之时,智能儿的师父净虚为了谋取赏银,又是奉承,又是激将,求凤姐依势拆散张金哥与守备之子的婚姻,改适李衙内。结果活活要了一对年轻人的性命。可见,佛门已弃善从恶,不怪智能儿称为牢坑。智能儿以出了这牢坑为条件,来发展与秦钟的关系,要求并不过分。

可惜,秦钟只是为给贾家敲响警钟而来,没有更多时日留恋人间,他必须匆匆地享受生活,体现在秦钟身上的事情,都是急匆匆的。连与智能儿做爱,也是在姐姐出殡的日子,相当不讲究。说明在贾府这座"牛圈"里,变腥变臭之神速。然而,智能儿对两人的关系却是认真的,她要冲出这牢笼,追求属于自己的新天地。

秦钟因在郊外受了些风寒,又与智能儿偷情缱绻,未免失于调养,咳嗽伤风,懒于进食,遂在家养息。

这天,智能儿私逃进城,找至家下,看视秦钟。显然,这是

---

[1] 曹雪芹、高鹗著《红楼梦》,北京:人民文学出版社,1982年第1版,第206、207页。

智能儿的一搏。大约两人还没来得及倾谈，被秦业发觉，将智能儿逐出，将秦钟打了一顿，自己老病复发，三五日光景即去世。秦钟本自怯弱，又添了许多症候，病情日重一日，终成不治，临死仍记挂着智能儿尚无下落。

智能儿被逐出，身归何处，不得而知，没有再回水月庵是肯定的。她逃到城里找秦家，绝不是仅仅探视病友，肯定要商议跳出水月庵这个牢坑。可惜，云雨易散，水月终虚，只图顷刻之欢，不思长久之计，情愈钟，缘愈浅，虽有智能，能到哪里去施展？从秦钟临死记挂智能儿尚无下落来看，命运悬于一线。她能凭着自己的智能，跳出小牢坑，能跳出大清这个大牢坑吗？

灯姑娘，一个不朽的见证

灯姑娘，多浑虫的妻子，晴雯的姑舅嫂嫂，由灯盏幻化而来。作风极为风流，似与贾琏及诸多男人有染，时称多姑娘。

灯姑娘的事情集中在第七十七回，宝玉去看病中被逐出的晴雯，两个人相处八年，担着虚名，如今生离死别，唠了些体己话，交换完贴身小袄。灯姑娘闯进来，将宝玉拉进里屋，坐在炕沿上，紧紧地将宝玉揽入怀中。宝玉又羞又怕，乞求姐姐放手，灯姑娘"等什么似的，今儿等着了"他，岂肯罢手。当她发现宝玉如此地害羞、发讪，空长了一个好模样，竟是没药性的炮仗，感慨道：

可知人的嘴一概听不得的。就比如方才我们姑娘下来，我也料定你们素日偷鸡盗狗的。我进来一会在窗下细听，屋里只你二人，若有偷鸡盗狗的事，岂有不谈及于此，谁知你两个竟还是各不相扰。可知天下委屈事也不少。如今我反后悔错怪了你们。既然如此,你但放心,以后你只管来,我也不罗唣你。[1]

这段话,让人忍俊不禁,却又良多感喟:仗义执言,宽宏大度,可钦可敬。故作者赋予她一个不朽的见证者的名号——灯姑娘。

灯作为光明的使者,在满族文化中,有着不同寻常的象征。在神界亦有灯神,唤作灯盏达布列女神,把灯点亮起来的意思,是满族妈妈神之一。在民间,因灯是光明之神,往往作为无与伦比的见证而存在。比如民间往往以灯为硬证,有"灯知道""对不起灯""敢对着灯说话"等誓词。第三十四回,袭人向王夫人打小报告。两个人拐弯抹角,渐入正题,袭人建言将宝玉搬出园子,因为黛玉、宝钗"毕竟都大了,到底是男女之分……'君子防不然'"。为了证明自己的虔诚,袭人亮出满族人最毒的咒誓:"近来我为这事日夜悬心,又不好说与人,惟有灯知道罢了!"当袭人说出这句"惟有灯知道"的咒誓,王夫人如雷轰电掣一般感爱不尽,欢呼起来。发誓"我自然不辜负你",可见灯誓的厉害。

曹雪芹笔下的"风流冤家"尚多,均是大荒山自然王国的灵雀、灵草、灵物、灵象等化生,且各有自己的情缘故事与风采。以上所举,权作小引,读者参考"红楼女儿原型榜",自去书中寻访为是。

四 "红楼女儿原型榜"

满族动植物图腾中,生命转渡的传说非常之多:日古纳花(野杜鹃)幻化为日古纳格格,率领族众英勇地与山火斗争;柳枝化

---

[1] 曹雪芹、高鹗著《红楼梦》,北京:人民文学出版社,1982年第1版,第1110页。

生为佛朵妈妈,奔走于人间保婴护婴;古尔苔变成乌鸦奋飞不息,巡夜传警;斑豹拖亚拉哈给人间盗来天火……不过,这些灵魂转渡,均属生命个体的化生而被部落人敬奉为神。《红楼梦》体现的却是以人参为头领的长白山生灵集群大转渡:这里的飞禽走兽、花草树木、云纹霞色、春秋气象、瑰珍嘉珉、书画琴棋、珍珠琥珀、翡翠玻璃等,在自然界为物,在神界为神,到了人间胎生为人。演绎的是满族萨满教三位一体生灵转渡的传奇。且与我们时时在一起,称兄道妹,不离不弃。下面让我们检阅一下"红楼女儿原型榜":

1.灵禽类

凤姐 鸳鸯 紫鹃 雪雁 鹦鹉 彩鸾 彩凤 绣鸾 绣凤 雪燕 春燕 金莺 喜鸾 小鹊 小鸠 佩凤 偕鸳 靛儿

2.灵虫类

银蝶儿 小螺 宝蟾 蝉姐儿

3.灵草类

林黛玉 香菱 翠缕 花袭人 柳五儿 莲花儿 傅秋芳 蕙香 佳蕙 娇杏 文杏 春纤 绣橘 芳官 藕官 葵官 蕊官 荳官 艾官 茄官 药官

4.灵物类

贾宝玉 薛宝钗 薛宝琴 灯姑娘 妙玉 金钏 银钏 李纨 司棋 红玉 抱琴 侍书 入画 珍珠 翡翠 瑞珠 宝珠 翠墨 琥珀 玻璃 彩屏 紫绡 文花 坠儿 玉官 炒豆儿 绮霰 茜雪 麝月 碧月 小舍儿

5.灵象类

史湘云 晴雯 元春 迎春 探春 惜春 彩云 彩霞 彩儿 云儿 素云 檀云 小霞 碧痕 秋纹 嫣红 篆儿 李绮 李纹

6.灵异类

秦可卿　平儿　岫烟　媚人　龄官　文官　宝官　多官　尤三姐　尤二姐　智能儿　多姑娘　傻大姐　丰儿　善姐　小吉祥　良儿　臻儿

当年，庄周化蝶诞生了一个哲学家不朽的梦想；如今，大荒山灵物化人，带来自然王国永世的传奇。

如此大规模地自然生灵转渡为人，使之齐聚东方的一个园林，完成她们一个个异彩纷呈的情缘故事，在文学史上绝无仅有。它上承《山海经》的女娲补天，下接远古长白山勿吉人清纯的文化气脉，实现了一次中国文化伟大的回归与复兴，文学上如此规模的回归和皈依，旷古未见，这是一个文学奇观，世界文学史上绝无仅有的文学奇观。我们有幸不辞辛勤，逐个追溯其文学原型，感受到她们一呼一吸，一颦一笑，皆鲜活如昨，她们仍活跃在如海的大森林里。

2016年入秋，笔者应逸品红传媒之约，有幸再次进山，莅临白头山北坡U型大峡谷。仍是那令人敬畏的一架架奇伟的大山，白练般卷着飞浪的白河，蜷曲着枝干的岳桦树，亮着腊叶的杜鹃丛。我跑着，跳着，追逐着飞卷的浪花，踟蹰在密密麻麻的越橘林中，穿越在密乍乍的岳桦树丛。我终于两腿发软，将自己放倒在树丛间，山外仍绿色葱茏，山里已是金黄的秋！我眯着眼，享受疲惫中的宁静与似梦非梦中的奇幻……仿佛听到那披着厚厚的苔藓蓑衣的峻嶒巨石，与怯弱纤巧的绛珠草神在窃窃私语；那紫鹃与金莺分明在柳丛中歌鸣；那蕙香与翠缕是不是在编织采蘑菇的背筐，那妙玉与岫烟是不是在接见来自玉都岫岩的老乡……

第二十八章

远山的呼唤
——曹雪芹创作思想管窥

世上没有无缘无故的爱，也没有无缘无故的恨。百余万字的《红楼梦》，是通过宝黛及形形色色的人物形象，来揭示大清王朝盛极而衰、气数已尽。作者敢让石头、绛珠及"风流冤家"出自满族发祥地的长白山，赋予她们伊彻（新）满洲群体的巨大象征，用她们入世的亲历，揭示百年前入世的补天石般的佛（旧）满洲，已腐化堕落，腥臭如泥，大清之天行将坍塌。这里，出自长白山的石头和绛草的象征和隐喻，刹那照亮《红楼梦》的全部隐秘，将大清朝这座腥臭的"奥吉亚斯牛圈"，无情地展示给世人看。让人们看看，他们祖上奋力营建的清朝大厦，是如何被自己不肖的子孙拆砖揭瓦，毁基掘础，渐至坍塌。

显然，这一象征和隐喻的设定，是以阖族的身家性命为赌注。积怨深重，块垒难消的曹公，也只有在罢官、抄家，除了奴才身份已一无所有的境况下，才敢遣愤懑于笔端。

回眸百年，他仿佛听到远山在呼唤，呼唤它流徙远方的儿女回来吧，回来吧！作者就是在远山的呼唤中，让人们不忘人类初心，完成了这部流淌着远古清纯文化气脉的《红楼梦》。

一 钟鸣鼎食,曾有过的辉煌

由于史料的阙如,曹雪芹的生平际遇我们所知甚少,只知道曹家祖籍在东省。

明代,其远祖曹俊任沈阳中卫指挥使,子孙历代承袭而传到曹锡远。曹锡远是曹雪芹五世祖,原名宝,字世选,后金天命六年(1621)三月,曹世选及其子曹振彦,被俘归顺后金。天聪四年(1630)曹振彦在额驸佟养性属下红衣大炮部任教官。天聪六年(1632),佟养性死,曹振彦可能从这时拨入满洲正白旗多尔衮属下,成为其属下的包衣佐领。包衣,满语意为家里的,即家奴。从此曹家世代为皇家奴仆。

早在努尔哈赤、皇太极统兵年代,在争夺辽东松山、杏山之战时,曹振彦所在的红衣炮队,起到了关键作用,得到赏识,提升为旗鼓佐领,跟随睿智聪敏的贝勒爷多尔衮征战沙场。

崇祯十七年(1644)四月,多尔衮应吴三桂之请,率兵入关,与李自成的农民军决战于山海关。五月,多尔衮部进入北京。十月,清世祖福临在北京称帝,号曰大清,纪元顺治。

顺治六年(1649),驻守大同的降将姜瓖叛乱,曹振彦、瑞玺随多尔衮出征,立下赫赫战功。曹振彦被留用大同知州,曹氏赫赫扬扬、将及百年的发达史,从此揭开序幕。

曹雪芹的曾祖曹玺,一名尔玉,少好学,深沉有大志,康熙二年(1663),任"特简督理江宁织造"。从此曹家开始历时五十八年的江宁织造生涯。曹玺在文学、经学上有相当修养。曹家的家族文化传承,至少始于曹玺;曹玺之妻孙氏系康熙帝幼时的教引嬷嬷。康熙就是在保姆孙氏教习下长大。这就与皇家增添一层裙带关系。

康熙没有忘记这位保姆，封其为一品太夫人。康熙十八年（1679）第三次南巡回驭，驻跸江宁织造曹寅之府。"其母孙氏朝谒，上见之色喜，且劳之曰：'此我家老人也。'赏赉甚厚。会庭中萱草花开，遂御书'萱瑞堂'三大字以赐。"孙氏的保姆地位，与曹家三代深得康熙宠信、任江宁织造近六十年大有关系。[1]

曹寅，字子清，号沥轩、楝亭等。顺治十五年（1658）生于北京。十三岁即充当御前侍卫，传为康熙帝之伴读。也可能作为哈哈珠子（即幼仆）之一，在智取权臣鳌拜中参与其事。青少年时代的曹寅，文武双全，博学多能，很快地从鹰犬处侍卫，升为銮仪卫侍卫，后为治仪正。康熙二十九年（1690）四月，曹寅出任苏州织造，三十一年（1692）十一月，调任江宁织造。织造，除了供应皇室上好的绸缎等必需品外，重要工作是充当皇上的耳目，结交江南文士，搞类似于统战的工作。

长久以来，北方的掠夺习俗，给内地人民带来深重苦难。清兵南下，雷擎电扫，扬州十日，嘉定三屠，给江南人民留下了永久伤痛，故南方反清最烈，十几年烽火不断。康熙亲政后，注重文治武功，尊孔倡儒，崇尚理学。下诏举行博学鸿科、科考取士。为了拉近与江南汉人的关系，派文化素质高的汉臣去安抚南方。曹玺、曹寅父子均以织造身份出现，诗酒流连，文章会友。特别是曹寅风流儒雅，文采飞扬，又是明遗民顾景星之甥，他的"统战工作"很见成效，江南二百多知名文士与他成了文友。对老弱者提供住房，并赡养之；出不起书的为之刻书，曹寅很快成为南方众望所归人物，并皇上股肱耳目，可以写密折奏闻，直达皇上。

---

[1] 朱淡文著《红楼梦论源》，南京：江苏古籍出版社，1992年版，第11页。

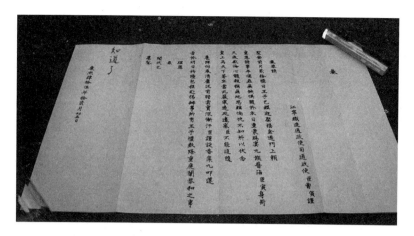

曹寅密折

康熙六次南巡，曹寅四次接驾，造成巨额亏空。《红楼梦》第十六回写赵嬷嬷忆太祖南巡，独甄家接驾四次，"别讲银子成了土泥，凭是世上所有的，没有不是堆山塞海的，'罪过可惜'四个字竟顾不得了！"书中的描写，有曹家接驾的真实在其中。

这种建立在与皇上个人亲情上的主仆关系，十分脆弱，一旦失宠，命运会很惨。巨大亏空，长久补贴不上，成为曹家招致抄家落败的祸根之一。

二　一旦败落，流徙、死亡相继

康熙五十一年（1712）七月，曹寅去扬州督刻《佩文韵府》，患上恶性疟疾。李煦转奏皇上，求赐圣药。康熙当即赐治疟疾的药，恐迟延，赐驿马星夜赶去，并详细交代服用方法。可惜，驿马还在路上，曹寅已病故。康熙十分看顾，使其子曹颙、其侄曹𫖯兄弟相继继任江宁织造之职，勉强维持曹家在江南的富贵风流。

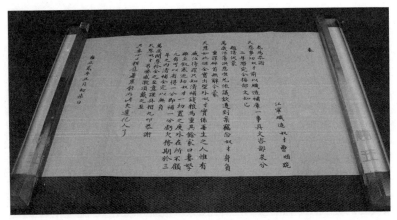

曹頫密折

康熙六十一年（1722），康熙病故，雍正上台，曹家从此噩梦连连。第一年即拿曹雪芹的舅爷李煦开刀，罢了李煦织造职，被发配吉林乌拉。不久将姑爷爷傅鼐从盛京任上发配黑龙江。接着开始算计接任江宁织造的曹頫。

雍正皇帝对曹寅继子曹頫的偏见和厌恶，由来已久，曹頫屡遭严谴、罚俸、织赔，本想三年内清补完曹家所欠银两，岂料雍正难以容他。雍正五年（1727）十二月，他被雍正认定是骚扰驿递，"甚属可恶！"，令内务府、吏部严审定拟具奏。十二月十五日下令解职，查抄曹家。

据雷广平先生考索，雍正查抄李、曹两家主要是奔密折而来：

> 李煦作为康熙的耳目亲信，有直接向皇帝上奏折的权力。密折所涉及的内容，小到地方官的行为操守，大到宫廷建储之密事，无所不及……四阿哥胤禛对储位更是早怀希冀。康熙去世前后，他力挫众兄弟，登上皇帝宝位。然而，人们对他继承大统是否合理合法产生种种疑问。大权在握的雍正，

极想搜求和毁掉老皇帝生前对他存在非议的书证，几十年来，李煦家中收藏着大量朱批奏折，被抄几乎不可避免。[1]

为使密折不被泄漏，雍正不让巡抚和地方官介入，而由他的亲信查弼纳去办。查氏所上奏折云：

> 为遵旨事。查抄李煦家产，查出李煦的奏折送来后，臣查得有圣祖皇帝朱笔谕旨一件，已奉朱批折四百零六件，未奉朱批折一百九十三件。臣以分别将朱笔谕旨及已奉朱批折装入八匣，将未奉朱批折装入四匣，恭谨密封。另有上赏李煦御笔对联一幅，臣亦恭谨包卷，另行装匣密封，一并奏闻。[2]

现存故宫懋勤殿的李煦奏折，共413件，比查抄时的599件少了186件。内中是否有碍四阿哥内容被抽毁，已不能确知。李煦被查抄后，曹頫像是明白雍正意在密折，赶忙把自家所藏密折呈送皇上，才避免了立即抄家之祸。现存曹寅密折只有119件，比李煦的少近300件，事发前抽取销毁的可能性极大。

不管原因若何，李曹两府抄了，曹家的房屋、什物，赏了继任者隋赫德，人口变卖，曹頫枷号，亲人流戍吉林乌拉。赫赫扬扬已近百载的诗书巨族，顷刻间土崩瓦解。

才自精明志自高，生于末世运偏消——这是第五回探春判词中两句，相当于作者的自况。

曹雪芹生于何年、卒于何年？其父是曹颙还是曹頫呢？没人

---

[1] 雷广平著《浅议红楼》(修订版)，延边：延边人民出版社，2002年版，第88页。
[2] 同[1]，第140、141页。

拿出硬性史料。其成书过程，亦没人说得很明白。香港著名文化学者梅节先生穷半生之力，于2013年出版了《海角红楼》。

梅先生认为曹雪芹生于1720年，乾隆十六年（1751），曹雪芹31岁，开始了《红楼梦》的创作。乾隆十八年（1753），33岁，完成了前二十八回，脂砚斋予以评批。十九年（1754）后加快了写作速度，至乾隆二十一年（1756），即36岁前，前八十回脱稿，交脂砚斋评批。转年，即乾隆二十二年（1757），37岁，从城中移居西山。乾隆二十三年（1758），38岁，《红楼梦》完成后三十回的写作，没有交给脂砚斋评阅。乾隆二十四年（1759）重游江南，进入两江尹继善督署为幕僚。不知为什么，仅只一年便回京。这次匆忙回京，是否与后三十回失落或被毁有关，不能妄断。后三十回有元妃之死、抄家、皇家选秀女等敏感内容，很容易招祸，书的内容与情节走向可能与脂砚斋等产生分歧，故而搬到西山，另起炉灶。因关碍种种，后三十回极少数人见过，估计趁雪芹去南方之际，被族中怕事的长辈销毁，永远化烟化灰。梅先生的这些论证，虽有推测成分在内，却提供了一些新思考。

曹雪芹就是这样怀着被抄家之痛、重新落魄为奴，遣愤懑于笔端，对满族贵族和大清国即将没落，发出严正的预言与警示。

三 梦牵魂绕，燃烧的长白山情结

从相关史料及《红楼梦》所揭示内容来看，曹家有着相当浓重的长白山情结。这一情结一旦与大清对其祖山天命依存关系联在一起，便给曹雪芹的爱恨情仇带来摧枯拉朽之力。下面讲讲曹家与长白山相关的四件事。

第一件事，曹家祖居地当离吉林乌拉不远。

曹家故居究竟在哪里？辽阳、铁岭，抑或开原诸说，都没有拿出不可挪移的硬证。明清两代的人，有将籍贯置于名号之前的习俗。曹寅曾别署为千山曹寅子清、长白曹寅子清、三韩曹使君子清。其中唯"三韩"有具体地址，疑指曹寅的籍贯。辽代置三韩县，金代因之，在古营州地。乾隆《三韩订谬》曾言及小儿睡扁头一事，称：以"传称辰韩人生儿欲令头扁，皆押之一石。讶其说悖于理。以石押头，壮夫且不能堪，而以施之小儿，实非人情所宜有。闻考三韩建国本末，诸史率多牴牾，以方位准之，盖在今奉天东北吉林一带，壤接朝鲜"。[1]三韩城府在古韩州，即今吉林省梨树县偏脸城（宋徽宗、宋钦宗曾被掠至此驻屯一年有余）。依据乾隆皇帝的考证，说雪芹祖居吉林韩州地方亦无大错。至于究竟在韩州何地，下一番田野调查功夫或可解决。

第二件事，曹寅扈从东巡留下诗词大作，必为曹家美谈。

康熙九年（1670）九月，曹寅为内廷侍卫扈从康熙东巡，写《岁暮远为客》："晓灯寒无光，驱马别亲故。残月堕枫林，荒烟白山路。十年游子怀，惜此岁华暮。载咏《无衣》诗，何以蒙霜露。"这首五言律诗，写一大早辞别乡亲，行进在长白山路上。周汝昌先生推断，必是当年曹家与故居乡亲还续得起来，才有此浓浓乡情。曹寅还写了一首《柳条边望月》："三秋月色临边早，万马风声出塞多"，言曹寅跟着大队人马出柳条边。诗句出自钱泳《履园丛话》，说明曹寅不止一次出塞外，曹家对东省、长白山、乌拉地方并不陌生。

康熙二十一年（1682），曹寅随康熙东巡，写下一首词《满江红·乌喇江看雨》：

---

[1]［清］阿桂等纂修《盛京通志》（一百三十卷本上），沈阳：辽海出版社，1997年版，第390页。

鹳井盘空，遮不住，断崖千尺。偏惹得北风动地，呼号喷吸。大野作声牛马走，荒江倒立鱼龙泣。看层层春树，女墙边，藏旗帜。　蕨粉溢，鳇糟滴，蛮翠破，猩红湿。好一场莽雨，洗开沙碛。七百黄龙云角亹，一千鸭绿潮头直。怕凝眸，山错剑芒新，斜阳赤。[1]

这首词写曹寅随康熙乘船去冷堋钓鲟鳇鱼，遇暴雨，江水陡涨。作者观察细微，状写传神。上半阕写风雨欲来风满江，鹳鸟旋飞如井，牛马哀叫走避，雨帘柱立，鱼龙为泣。春树墙垛，彩旗遮没。下半阕写江船遭风雨袭击，狼狈不堪：水解蕨粉、糟制鳇鱼，倾翻在地，淌了汤。布帐、地毯，又湿又破。雨过天晴，黄龙般雨帘矗立，成群鸭绿鱼跃出潮头。不敢直视呀，远山斜阳，发出刺眼的光芒——笔者1998年拍摄专题片《鹰祭》时，曾亲历此境，深感曹氏状写逼真。曹寅扈从东巡这段不平凡的经历，定然是曹家的一段美谈而藏在曹公的记忆中。

第三件事，曹家破败后，流放乌拉者多。

雍正当上皇上，江南三大织造陷入逆境。雍正首先拿雪芹的舅爷李煦开刀，李煦可能为了试探皇上对他的态度，曾奏请欲替王修德等挖参。雍正无端借此发怒，查抄李家，后来又发现李煦为政敌允祀买苏州女子。好啊，你不是想去长白山挖参吗，就打发你去。雍正五年，年届七十三岁的李煦被发配打牲乌拉充当打牲丁："方行，牛车出关，霜风白草，黑龙之江，弥望几千里，两年来仅与佣工二人相依为命，敝衣破帽，恒终日不得食，惟诵圣天子不杀之恩。"谪戍不是儿戏，"今乌喇得流人，绳系颈，兽畜之。

---

[1] [清]曹寅著《楝亭集·楝亭词钞别集》卷四，上海：上海古籍出版社，1978年版，第3页。

死则裸而弃诸野,乌鸢饱其肉,风沙扬其骨"。李煦被流放吉林第二年二月,在乌拉流放地冻饿病卒。李煦的好友李果对此事有过如下记述:"公卒之日,囊无一钱,韩夫人已先数年卒,二子又远隔京师,亲识无一人在侧。"

李家、曹家同为康熙肱股之臣,执掌苏州、江宁两大织造府,形同一家,一损俱损,一荣俱荣。果然,李煦被遣送打牲乌拉这年年底,曹𫖯"因骚扰泰安驿站"被参奏交内务府。转年正月十五日,曹家被抄没,家产、家人全部赏给隋赫德。曹𫖯的亲随笔帖式德文、库使麻色,亦枷号两个月,鞭责一百,发遣乌拉,充当打牲丁,永远不得回京。如果按周汝昌推断雪芹生于1715年算,这一年(1728),雪芹已经13岁,到了记仇的年岁。在雪芹内心,东省乌拉已经变成该诅咒的地方。

康熙二十一年五月康熙东巡,了解到流徙犯人生存艰难,明确指令,今后若辈罪人发配辽阳诸处安置,不必再发遣乌拉和宁古塔。雍正不听其父之言,硬是把曹家亲人当作反叛人发配乌拉苦寒之地。雪芹童年这段刻骨铭心的记忆,引发雪芹对朝廷深仇阔恨,耿耿于怀。这可能是促使雪芹掘写清根重要的心理成因之一。

第四件事,乾隆朝曹雪芹扈从东巡的可能性。

上海著名红学家朱淡文女士曾着力探寻乾隆九年(1744)后曹雪芹的行踪。第十八回写元妃省亲有脂评:"借省亲写南巡,出脱心中多少忆昔感今!"在元妃銮驾将至、太监拍手处,又有脂评:"难得他(写)的出,是经过之人也"——朱女士据此断定曹雪芹曾跟随乾隆南巡。乾隆南巡分别在十六年、二十二年、二十七年,乾隆东巡乌拉是在十九年,与南巡时间仅相隔三年。如果朱说可以成立,那么曹雪芹扈从东巡可能性同样是存在的。理由有三：

乾隆东巡祭鸭　吉林民俗馆供稿

其一，曹家被抄，曹雪芹回京归旗，自然还是在内务府为包衣。皇帝外出巡查，内务府当仁不让，负责全程侍候。雪芹年轻多才艺，随驾当差服务的可能性不是有与没有，应是题中应有之义，责无旁贷。

其二，第五十三回写乌进孝进租，租单所列大鹿、獐子、狍子等东省特产五十余种。不熟识东省方物的怎么能写得出来？特别是对贡猪的分类（暹猪，指脱毛猪；汤猪，堂子祭备用的黑猪；龙猪，笼装小乳猪；家腊猪，指干肉块），相当在行，不了解乌拉地方贡猪庖制和满人吃猪的分割部位，很难写得这么明白。

其三，吉林乌拉距京城二千三百七十余里，以大马车日行八十里算，路上须行走三十天。乌进孝说"今年雪大，外头都是四五尺深的雪，前日忽然一暖一化，路上竟难走的很，耽搁了几日。虽（遂）走了一个月零两日，因日子有限了，怕爷心焦，可不赶着来了。"——作者对贡车行程所需时日，有相当准确把握。与当年验看长白山的武穆纳回程相仿佛，与十九年乾隆东巡所费时日（除去打猎时间）相当。这样细作地写来，活像作者亲历。

四　回归自然，捧出昨夜星辰

谈曹雪芹的创作思想，是件十分困难的事。仅能依据当时社会思潮和作品所体现的内容来判断。社会思潮五花八门，作品内容又因读者眼光不同而有各自理解，很难说谁会对作者思想有了准确把握。现下，我们只能依据曹家一些零星材料，和曹雪芹留下的一部断尾巴《红楼梦》，来研究曹雪芹的思想；只能从作品所揭示的内容，特别是他所塑造人物形象体现的价值取向，来探求他的创作思想。下面仅就作者回归自然、回归人类初心的思想倾向略抒己见。

从文学背景看作者的回归思想

对于曹雪芹写书时的文化背景，李劼先生在他的《历史文化的全息图像——论〈红楼梦〉》中，做过独到的概括和阐发。

李劼先生认为，就文化气脉而言，汉唐时期呈现着一派阳刚之气，及至宋明时期则呈现的是人欲横流，文化气脉几近衰竭，唯有存天理、灭人欲的理学大倡。而历史的幽默恰恰在于禁欲背后的人欲横流，表面上张扬的是理学，风行的却是淫乐。这种性欲的空前泛滥，在宋词元曲中还委婉婉约，到了明清小说则毫无掩饰。于是产生了惊世骇俗的"三言二拍"、丑态百出的《金瓶梅》。如果说这也是一种人性浪漫的话，那么这种浪漫所突出的不是情爱，而是赤裸裸的性欲，文化也就退化到食色的动物时代。不料，在人欲横流的清代中期，中国文化的地平线上出现了一道雨后亮丽的彩虹，曹雪芹直承中国知识分子的昂扬和清峻，让他心目中的文化精英大义凛然地化作警幻仙子、癞僧、跛道、神瑛侍者、绛珠仙子、可卿妹子，在小说中挥洒飘逸，纵横驰骋，在自由的神域、梦境、情世，翱翔、驰骋。与其说这是一种对往昔美好情愫的缅怀，不如说是让源远流长的中国文化气脉回归，让昔时的昂扬和清峻重新萦回在中华大地的上空。

李劼先生的这番宏论，震古烁今，极为给力。但是，不可遗忘的是：《红楼梦》里的这一文化气脉，是以大清盛极而衰的社会为背景，是以满族原生态文化为指归，以满族故墟自然王国的生灵转化为主角而构筑成篇。

以欲为主，还是以情为主，《红楼梦》与那些世俗小说，产生天地般的分野。从情的层面上来看，《红楼梦》所秉承的显然是基于对《诗经》中关关雎鸠、呦呦鹿鸣自然气脉的一脉相承，借助于满族萨满文化自然物的化生与张扬，谁都会感受到石草化人、鸟兽为神的人之初、性本善——让人间真爱的晶莹与明净，再现于伊甸园般的大观园，使其具有同样的史源性的朴实与清纯；从梦的层面来看，则基于对《庄子》梦游意境的开拓，满族意淫的神秘、浪漫与自在，开辟中国梦的先河；从神的层面来讲，则承继屈原的《天问》中对神灵的叩问，与满族灵魂不灭观念，通过小说人物的梦境与浩浩宇宙神灵熔于一炉，而获得天地之灵气；从深层结构来讲，突破文学语言的赋、比、兴的传统框架，构筑起象征与隐喻的深度空间，使《红楼梦》成为一部具有预言和警示双重意义的文学经典。这部震古烁今的文学巨著，像一面巨型凹凸镜，让此前的一切长篇巨著相形见绌、苍白失色。被满族先贤奉为诡谲兵书的《三国演义》，既难以找到诗的灵性，也缺乏天地人的维度，一部塞满男人诡谲权谋与虚伪道德观念的演义、好人与坏人的故事组合，历史上的英雄被歪曲为奸雄，无赖变成明君，一介武夫成了忠义之神，治国之才仅是鞠躬尽瘁、死而后已的愚忠之辈。同样一部好人与坏人的故事小说《西游记》，首席英雄孙悟空本是一位石猴，除了公仆般的忠诚，绝无七情六欲，只有粗蠢的老猪才会有男女之间的事；至于女人，不是白骨精就是蜘蛛精，是为吃掉男人而存在。权力是男人的权力，道德是男人规定的道德，任意杀戮女人而戴着正义的面具，这就是《水浒传》中宋江杀惜，武松杀嫂和杨雄杀妻。直到明代出现了一部《金瓶梅》，让人们知道了男人其实个个有西门庆的秉性，好色即淫，无有任何道德和禁忌，为了性的快乐，各种手段无所不用，直到鞠躬尽瘁，死而后已。[1]这样的顽主，在《红楼梦》里被作者贬为烂泥浊物，即薛蟠、贾琏者流。当脂砚斋惊呼《红楼梦》深得《金瓶》壶奥的时候，他是否真的深得《红楼》壶奥，则大可怀疑。因为，《金瓶梅》与《红楼梦》相比，实在不可同日而语。前者炫耀的是赤裸裸的性，后者则揭示人间情感大道上的至诚至爱至情，而且是远古人性的回归，和天地至圣至尊信仰的皈依。让祖居地的"风流冤家"们，结伴回到童稚时代的天上女神国、地上女儿国。神域、梦境、情世立体三维境界展现，决定这部书从内在意蕴上看，通过神话、宗教的重组与熔铸，使作品具有当时性与始源性紧密结合的特征，使此书具有了天、地、人立体三维的广大空间，而使得从大荒山自然王国莅临的"风流冤家"们人之为人，让爱情充满他们之间，而让长白山人变得顶天立地。曹雪芹回归初心、回归自然的思想倾向，皆熔铸于他的书中。

从新旧满洲的对比，看作者思想倾向

曹雪芹把自己的生命体验和灵性转渡给娲石和绛珠草的时候，产生了新颖别致、旷古未见的一对长白儿女。他俩看到的是先期而来的补天石们——我们有理由认定他们是旧满洲，亦即佛满洲——已被风化剥蚀，天已出现破损与漏洞。就是说，满族为主体的大清帝国国体出了毛病，一块娲石前来，岂能补缀整体破

---

[1] 参见李劼著《历史文化的全息图像——论〈红楼梦〉》，台北：允晨文化实业股份有限公司，2014年版，第390~392页。

损的天？一枝草神临世，岂能救药大清国岌岌可危的命？这时，一石一草所隐藏的绝大的借喻和象征，刹那照亮了《红楼梦》的全部秘密。这里，大荒山顽石和灵河神草的象征，显然是作者思想的外化和显现，作者全部的爱和恨都灌注其中，它整合了作者彼此对立的、相互冲突的心理状态，并给压抑的心灵提供营养和能量。同时也指引着人们的思维方向，成为人们认识《红楼梦》这部文学巨著的路标和向导。作品的这一指示性特征，是通过新旧满洲大比较而显现出来的。

首先，用纯情大观园与龌龊宁荣府来比较。因宝玉及其姐妹们，包括他们的丫头们，皆是由长白山的生灵、物象化生而来，带着先天美质、灵秀的情愫，为大观园创造出相对和谐融洽、安适静谧的生活环境，宝玉和他的姐妹们在这里游玩嬉戏、投壶猜谜、看书写字、猜拳行令、作画吟诗、扎花描云、编筐窝篓、抓子斗草，其乐也融融。这些"风流冤家"们，跟宝玉、黛玉一样，带着先天个性，展现了她们聪明灵秀、才华过人的内质，表现了她们热爱生活、珍惜人生的美质，宣示她们朴实率真、自由平等的气质，抒发着仁者爱人的自然人的本质。这些活泼动人的生灵的化生与存在，构成大观园一道道亮丽的风景。

反观贾府，男主子各怀鬼胎，或不作为，或如色鬼，或无才无能，或斗鸡走狗，搞得贾府乌烟瘴气，天怒神怨。特别是家萨满秦可卿仙逝后，贾府失去精神上的支撑，内外交困，终致引来贾府的抄没，家亡人散各奔腾。

其次，纯情萨满文化与变异了的儒道佛的比较。通观全书，满族原生态的萨满文化一旦回归大观园，则满园春色，处处盛开自由花，创造出一个和和美美的女儿国。而与之相对照的则是园子外儒道佛文化，已经陷入空前的异变与危机。

从书中所写儒家的没落、道家的贪腐、佛家的异变，可以看出大清朝的信仰危机——礼崩乐坏，不可救药。

第三，女性的纯美与男人的龌龊相比较。《红楼梦》中男性的龌龊卑劣，人所共知。书中赞美女性，偏爱女性，亦人所共知，但仅限于未婚的女孩，结了婚的，沾染男人的龌龊，变成男人的附庸，就失去原有的美质。百年后的大清，从尊重女性到蔑视女性，八股取士，取的是男人，掌权的几乎全是男性。在作者看来，皆是禄蠹者流，蠢物一堆，浊气逼人。

第四，从新满洲水土不服返回故乡，看作者的思想倾向。

第一个返回的是家萨满秦可卿。百年后的大清，承继的是明朝最腐朽、最落后的封建专制和意识形态，且渗入社会肌体的方方面面，怎么肯接受萨满的纯情文化！特别是秦可卿与贾珍，一个是庇护家族安宁的家萨满，一个是宗族穆昆（族长），是支撑贾家门户的两根支柱。贾珍却极不长进，道德败坏到与儿子贾蓉有聚麀之丑行，实为可卿所错爱，必是令她彻底绝望，而心生去意；焦大的海骂、顽童闹学堂的谣诼，说明贾府生存环境恶化，不适合这位家萨满再待下去。秦可卿的回归，既是贾家败落的开始，又是"风流冤家"返乡的前奏。

第二个回归的是王夫人贴身大丫鬟金钏。因晨昏定省，宝玉几乎每天都能见到金钏，两人稔熟，或者还有对着嘴唇吃胭脂之戏，说话便也无所顾忌。谁知这天假寐中的王夫人，听到他俩的私语，勃然而起。一巴掌犹可挨过，那句"下作小娼妓"却是不可以接受的，宁可去跳井。

第三个是尤三姐。作为汉家美女，姐妹俩不慎落入贾珍、贾琏、贾蓉兄弟父子的陷阱。在贾府红楼二尤是作为一对尤物被欺辱、被玩弄的。"那尤三姐放出手眼来略试了一试，他弟兄两个竟全然无一点别识别见,连口中一句响亮话都没了,不过是酒色二字而已。"尤三姐毅然与之断绝关系,誓守与柳湘莲的婚约。后发现柳湘莲对自己有所误解,毅然拔剑自刎,以明心志。

接下去,有尤二姐不堪贾家凌辱、虐待,吞金而逝;张金哥因婚姻被拆散,赴死抗争;晴雯只因生得风流灵巧遭人怨恨,病中被拉出,屈死于哥嫂家;司棋因大胆追求自己的爱情,遭到扼杀,愤然而死;迎春因误嫁受尽折磨。顿时,大观园死亡相继,悲剧连连,失去往日的温馨。

其实,当《红楼梦》的开篇,曹雪芹灵动地将大荒山自然王国的生灵,化生为大观园内的小姐、姑娘、丫头的时候,曹雪芹追求自由、回归自然的思想已经灌注其中了。

古希腊人在热情研究自然界与人类关系的时候,首先强调崇高理想的追求,其次就是对自由精神的向往。他们属意的精神家园,就是自己的自由精神,天赐的不能被任何人剥夺的自由比肉体还重要,甚至可以为之牺牲性命。显然,追求人的精神自由的观念,不独希腊人有,人类皆有之,在曹雪芹思想中表现尤为强烈。他不惜让自己心爱的"风流冤家"纷纷殉道而死,也不肯让秦可卿、金钏、尤三姐、司棋、晴雯乃至后来的鸳鸯等人,屈从于邪恶势力,放弃自己的自由精神。从中看出作者追求人性自由的思想倾向。

从崇尚自然种种认知,看作者思想倾向

对大自然的崇尚、挚爱之情,几乎贯穿《红楼梦》一书的始终。

读者一定还记得"大观园试才题对额"那一回,面对人工痕迹忒重的稻香村,产生关于天然那场争论。当贾政大发感慨:"倒是此处有些道理""未免勾起我归农之意"的时候,宝玉借机回应道:

此处置一田庄，分明见得人力穿凿扭捏而成。远无邻村，近不负郭，背山山无脉，临水水无源，高无隐寺之塔，下无通市之桥，峭然孤出，似非大观。争似先处有自然之理，得自然之气，虽种竹引泉，亦不伤于穿凿。古人云"天然图画"四字，正畏非其地而强为地，非其山而强为山，虽百般精而终不相宜……[1]

宝玉的这段关于天然的议论，言简意赅，明晰透彻，切中要点。首先，他指出，像稻香村这样的人工村庄，分明是人力穿凿扭捏而成，不临村，不靠镇，背山山无脉，临水水无源，峭然孤出，算不上什么大观。其次，他提出，怎么能比了先前的地处，有自然之理，得自然之气，即使再种竹引泉，也不能看作是穿凿，因为它符合"天然图画"四字。第三，他认为，世间最厌恶的是"非其地而强为地，非其山而强为山，虽百般精而终不相宜"。

宝玉几句话就把高深而复杂的天然理论，说得透剔明白。显然，这里表达的是作者的主张，必得由宝玉来阐发这一道理，才妥帖合理。

宝玉与大自然相融相结，浑然一体，由婆子们说出来。第三十五回写贾宝玉被父亲痛打之后，傅家的两个婆子来请安。

婆子告辞出来，走到无人处，开始嘲笑宝玉的呆傻，说他时常没人在跟前，就自哭自笑的，看见燕子，就和燕子说话，看见了河里鱼，就和鱼说话，见了星星月亮，不是长吁短叹，就是咕咕哝哝的。

在别人看来多么幼稚可笑！其实，没有什么好笑，原始童贞时期的人类就是这样的，把动植飞潜、星星月亮看作是有人格的，通人气的，具有人的性格和情态，视之为兄弟姊妹，与之平等相

---

[1] 曹雪芹、高鹗著《红楼梦》，北京：人民文学出版社，1982年第1版，第233页。

处，彼此进行思想感情交流。这虽说是宝玉的儿童态，赋予的却是人与大自然相融相结的美好情愫。

　　人与自然的关系、人与人的关系、人与神的关系构成古人的精神世界。在大自然面前，人类永远是一群孩子，须是在神灵的怀抱里生生化化。人与鸟兽、虫草、树木既然都是大自然的产儿，都是有灵性的东西，理应和谐相处，相互体贴，相互保护。故下雨了，宝玉自己浇得水鸡似的，他反告诉别人"快避雨去罢"；又十分留意花儿草儿的荣枯，见花瓣落地也要收起来，兜到一个地方，还为落花修了一座香丘花冢。一日，宝玉见黛玉在那儿哭诵《葬花词》，禁不住触动心弦，竟哭倒在山坡上。从前谈到这一节，觉得作者未免幼稚可笑。现在明白了，男女主人公本是从祖居地而来，带着原始行动思维，带着童贞的稚气，葬花斗草，正是孩子的勾当。却又使宝玉将落花与人的命运联系起来，发出人与花终会有无可寻觅之时的警世之叹。

　　天人感应，哲学境界，由宝玉阐发出来。第七十七回王夫人领人清剿怡红院，对宝玉精神上的打击是致命的，自此一蹶不振。尤其重病的晴雯被逐出，等于将"一盆才抽出令箭来的兰花送到猪窝里"，还能等得几日？当袭人说他不该"好好的咒他"，宝玉答道："不是我妄口咒他，今年春天已有兆头的……这阶下好好一株海棠花，竟无故死了半边，我就知道有异事，果然应在他身上。"袭人听了，笑他婆婆妈妈的，草木怎么又关系起人来？你真也成了个呆子了。听到这里，宝玉叹道：

　　　　你们那里知道，不但草木，凡天下之物，皆是有情有理的，也和人一样，得了知己，便极有灵验的。若用大题目比，就有孔子庙前之桧、坟前之蓍，诸葛祠前之柏，岳武穆坟前之松。这都是堂堂正大随人之正气，千古不磨之物。世乱则萎，世治则荣，几千百年了，枯而复生者几次。这岂不是兆应？小题目比，就有杨太真沉香亭之木芍药，端正楼之相思树，王昭君冢上之草，岂不也有灵验。所以这海棠亦应其人欲亡，故先就死了半边。[1]

宝玉的这番言论，代表着作者的哲学思考。所举孔庙之桧、坟前之蓍、诸葛祠之柏等枯荣复生现象，是存在过的。

人生天地间，与动植飞潜，同住一个地球村，同属一个生物圈，尽管人类属于高等级动物，也是从低等级生物进化来的，有着必然的共通点和传承关系，存在着共生共荣的内在联系和相互依存的制约关系。

日本学者江本胜先生的《水知道答案》，提出生命在于波动的理论。他认为无论动植物，体内都存在相同的波动。成年人体内70%的元素是水，植物体的元素构成也主要是水，水的质量决定着生命的质量。江本胜先生对水做过多次试验，当他对一杯水表达爱与感谢的时候，拍出水的结冰晶体照片，形同六瓣的花朵，美不胜收；当他对这杯水进行诅咒或谩骂后，拍出的晶体照片则灰头土脸，惨不忍睹。就是说，人的意识是具有力量的，这种力量是通过波动来传导的。它所发出的波动能按照人的意志改变杯水的质量和性质。同样道理，人的意志和情感可以改变植物体内水的质量和性质。伪满时期，笔者的家乡被日本占领，在学校古榆旁建兵营，抗日志士被杀，村民被抓壮丁，村妇被逼当慰安妇，苦难岁月，树木不振；"文革"期间，家乡同样发生动乱，校与村的坏人沆瀣一气，将勤谨的老校长、老教师关押批斗致残，将敢于说真话的教师和村民关押殴打致死——校园里的大榆树，每天

---

[1] 曹雪芹、高鹗著《红楼梦》，北京：人民文学出版社，1982年第1版，第1105页。

接受的几乎全是消沉、迷茫、痛苦的信息，体内的水变得浊滞不清，营养不良，萎靡不振。偌大的树，看上去梢黄枝枯，垂垂老矣。"四人帮"垮台之后，坏人得到惩教，教师、学生包括村民，精神抖擞，意气风发，致富奔小康。校园的这棵榆树，同样受到感染和感动，加之师生们对古树的精心呵护、伺候，将爱灌注其中，使之通体水脉流畅，营养丰富，变得枝繁叶茂，郁郁葱葱。2015年8月笔者回母校，发现其冠叶一派金黄，变成了名贵的金叶榆，让人惊喜莫名。[1]

怡红院海棠花死了半边兆应在晴雯身上，亦是此理。王夫人在清剿怡红院之前，袭人小汇报，王善保家告状，对晴雯、芳官、四儿不满的舆论满满，正所谓山雨欲来风满楼，家养的海棠已有预感，树干内浊流淤滞，致使好端端一棵海棠死了半边。

草木跟人一样，都是堂堂正大随人之正气，千古不磨之物。世乱则萎，世治则荣，传达的是荣枯周而复始的大道，万不可以封建迷信来规避对这一神秘现象的科学探讨。

回首往事，留恋往昔的岁月，是人类的天性。让我们惊奇的是，曹雪芹对北方原生态文化没有丝毫的厌恶、贬抑，概因原始文化的核心是情与爱，原始女神皆是爱神，与他所塑造人物的思想相当合拍。仿佛是在"芝麻开门"的喊声中，满族古老的萨满女神神殿的大门开启了，让我们领略大荒山、太虚幻境等北方神仙福地的绮丽风光，及林林总总神灵人物及其别开生面的神事活动：宁荣二公剖腹深嘱的精魂显现，宝玉梦游成丁的丝丝入扣，神女试婚的柔情缱绻，僧道留镜的生命体贴，萨满神石的魔幻救治，神界姐妹的亲情关怀，冬雪中穿红袄小姑娘的虽死不死，爱恋着的美人风筝不肯飞升等，皆是古老的萨满情文化的生动体现。

---

[1] 此树被吉林省绿化委员会定编为古树名木211号。

萨满情文化，是人类与大自然相融相结的产物，是万物有灵观念的孪生兄弟，是人类崇尚的自然之树结下的长生果，是先辈给我们留下的宝贵的非物质文化遗产。

曹公崇尚自然的思想是从哪里来的

今天，当我们将萨满文化在书中的蕴藏一一指认出来的时候，心中未免产生一个疑问：曹雪芹的这些关东情结，是从哪里来的呢？

毫无疑问，《红楼梦》中满族萨满文化情结的显现，混合着作者意识中的多种影响因素和驱动力。

首先，家族变故带给他的清醒认知。

曹雪芹家祖上是汉人，长久居住于东省地方，雍正年间，大约曹家因为政治上站队出了毛病，竟被抄家籍没，亲人被变卖或流放，从贵族一落而为包衣奴才。这天上人间的巨大变故，难以承受，只能通过写书，把内心郁结的愤懑发抒出来。他开始带着疑问的眼光，审视这个入关百年的满族贵族群体。在他看来，这群满洲贵族，不过是一堆略经汉文化熏陶（即所谓女娲炼过）的顽固的石头，"却因锻炼通灵后，便向人间觅是非"。追踪蹑迹，掘写清根即满族的出源，成为他的必然选择。

第二，融入满族，成为其中的一员。

曹家被抄家递解回京后，生活情状基本没有记载。从文人的零星笔记、友人的诗歌酬唱以及《红楼梦》一书中浓浓的满族情结，看得出作者家世，从五世祖曹世选开始，深受清朝提倡的国语骑射影响，加之回京后基本生活在满族圈子内，受到满族文化的熏陶和培育，可以说他家早已融入了满族。首都文化学者关纪新先生提出曹雪芹族属旗人，亦自有道理。从全书以满文化为主，书中称谓满族化及满俗、满洲词语大量运用，只有深谙满族历史文化底里的人才做得到。

第三，接过祖上记忆的接力棒。

不能忽略祖上的关东情结，留给他的记忆痕迹。书中石头宏大象征和隐喻的设置、女神神殿的再现、萨满文化风情的复演等，不可否认地来自祖籍满洲的心理原型动力机制，即祖上遗传下来的生态习性和行为模式，给作者曹雪芹刻下深深的记忆"痕迹"，而今复活出来。也就是说生活在18世纪中叶的曹雪芹，因祖上曾长期生活在东省地方，在他的基因库中原本就贮存着大量关东神灵文化的因子，回京归旗后，长久生活在满族圈子内，耳濡目染，触类旁通，记忆的万花筒中，古老的原型意象被激活起来，灵感的火花点燃大脑的熔炉，古老的"记忆矿物"在火焰中跳跃着、翻滚着，迸发出绚丽的火花。当这些异彩纷呈的萨满文化以亚神话的形式熔铸于书中的时候，使得《红楼梦》成为世界文学之林的一颗璀璨的明珠，耀眼生辉。

有人说，失落于今天，需要寻找明天；昨夜的星辰虽然已经坠落，谁说它今夜不会再来？当曹雪芹对百年后大清不堪的现实彻底绝望，对这座"奥吉亚斯牛圈"厌恶已极的时候，自然要回溯他记忆中的昨天，由近及远，清理以往文明基因的遗传，通过还原历史文化的真相，发现这个民族曾经有过的美好与辉煌。在交通还不发达的清代，故乡的长白山对于他相当遥远，至少要走一个月零两天呢。然而，人是有意识的，意识能挥起忆念的翅膀，天马行空，独来独往。显然，曹雪芹的思绪常常在这座祖山上萦绕、回旋，那里的美好与净洁，涤荡和净化着他的心境和灵魂。他要寻找一个新象征，来安放他那悲凉而寂寞的灵魂，来恢复自己生活的原动力。他仿佛将自己化生为长白山白衣仙人，[1]重回那

---

[1] 白衣仙人，传为蒙古人驻跸长白山的萨满神主。

座民族圣山、那个自然王国,带着他理想色彩的记忆,跟逝去的大山大河对话,跟山河的儿女对话,与她们一起激活那往昔的文明基因,去追寻一个自己的和谐而自由的梦境,执着地捧出昨夜那灿烂的星辰,留给我们无限的遐思和反顾。由此观之,曹雪芹不愧为一位继往开来的勇士与探索者。

以往的评家多以为,宝黛等"风流冤家"深陷封建末世桎梏,悲剧连连,死亡相继,以悲剧结局,魂归长白。其实,春的后头不是秋,悲剧里头孕育着喜剧,他们回归长白,未必不是梦的升华与重组。

长白山,是我国驰名的三大文化名山之一,作为图腾般的神灵之山受到北方民族的崇祀。这座名山所蕴含的文化伟力,就在于让人们不忘人类初心,以情与爱为纽带,将人、神、自然物绾结在一起,构成一个共生共荣、永世长存的自然王国。从这个角度进入《红楼梦》的阅读会发现,本书通过长白山自然王国生灵

林如海—林黛玉之父名;如海的大林莽,孕育出人参格格及众姐妹　宗玉柱摄

的入世与回归，揭示了清代落魄文人曹雪芹的一个梦。一个什么梦呢？一个中华民族周而复始的复兴梦。当大清入主中原将及百年，渐至露出下世光景的时候，作者让木石化生的宝黛为代表的"风流冤家"重新入关，发现先前入关的"补天石"们已腐朽堕落，不仅陷入大清这座"奥吉亚斯牛圈"不能自拔，而且以其腥臭的粪水来销蚀、吞没这些净洁的后来人。作者曹雪芹毅然让涉世未深的新满洲人回归故里长白山。在这里，"既受天地精华，复得雨露滋养"，会很快地恢复元气。这就意味着，长白山再次将自己无穷的能量转渡给即将复兴的中华民族，为这个民族的重新崛起提供取之不尽、用之不竭的动力。

　　文学创作离不开民族文化、地域文化和宗教文化，它们构成文学作品的血肉和风骨。《红楼梦》作者曹雪芹是具有大智慧、大气魄、大维度的文学家。乾隆朝中期，一般被认为达到了康乾盛世的顶点。月圆而亏，水满则溢，盛极必衰。曹雪芹捕捉住了这一历史节点，用如椽巨笔，时而天马行空，将强悍的满洲先世入主中原流布于书中；时而犁牛耕野，用锐利而无情的犁铧，将历世百年已化为腐草烂泥的满族贵族翻腾出来，晾晒给人们看。处于文字狱高压下的曹雪芹，对满族这一盛极而衰的历史真实，是不便直写出来的，只能在书的明暗两线交织中曲笔逶迤，用"明修栈道，暗度陈仓；云龙雾雨，草蛇灰线"等种种秘法，将入关百年的满族的"真实"，隐写于风俗及其流变中。当他把一石一草的新象征推向文坛的时候，贾宝玉、林黛玉及"风流冤家"的丰神与形象产生的文化力，将摧枯拉朽、无坚不摧、驱动着人类开拓与进取的脚步，永远地向前迈进。

后　记

整理完这部书稿，好像掘地鼠开掘完一条隧道；钻出地面，长长地舒口气，顿时觉得天那么蓝，树那么绿，空气那么清甜。

1976年春，我与汪清林业局贮木场工人评论组共同撰写红学普及读物《红楼梦讲评》（延边出版社出版）。在撰稿过程中，诸如大荒山无稽崖、癞僧、跛道、太虚幻境等许多篇章读不懂，缠绕似茧，成为心结。此后，便很留意红学间事。

1980年至1983年，我的小说创作小有成果，短篇（《黑阎王轶事》）、中篇（《五峰楼的传闻》）等破天荒地被《小说选刊》选载并得奖，有了一点影响。作为乡土文学的作者，亟待补地域文化课。在翻阅长白山史料时，发现《魏书》与《北史》中均称长白山为太皇山，这里的太皇山当读为大荒山。突地，满族发祥地三字闪电般浮现脑屏："呀，难道《红楼梦》中的'大荒山'是指长白山？"也就是说，《红楼梦》是从大清根脉写起的？我意识到，这一发现非同小可！如果真是这样，此前的一切红学论说，将重新验看，某些红学观点或者将重新改写！我不敢相信自己的发现，这么浅显的隐寓，两百多年来没人论及？于是我仔细查询史料，发现《山海经·大荒西经》曾直呼长白山为大荒山，史上脂砚斋、高鹗、王希廉等看破，只是有所顾忌，不肯言破；邓狂言、景梅九则接近言破。这让我信心百倍，开始了以满族发祥地长白山为发端的《红楼梦》与满族文化的思考。

三十年过去了，也难将《红楼梦》一梦做得圆！期间虽然写过几篇小文章，却一直未敢成书。为什么？因为有的篇什还是读不懂，有的人物还是拿捏不准。就是说，这条曲径通幽的进路，时而石壁陡立，时而地泉汹涌，很不容易开掘。所幸的是，我遇见了像富育光、关纪新这样的一些满学深厚的师长，不懂就向他们请教，尽力用满学这把钥匙去开锁。三十年，历史的一瞬，对于我个人，一生最好的时光献给了红学。友人曾疑惑地问："你不是写不出东西呀，怎么就陷入这无底的'红学'？"

　　回答这个问题，既简单，又复杂。说简单，是这部书实在好看，给我以高山仰止的感觉；说复杂，这部书实在不易读懂，不懂，就要搞懂；再就是人总得活出点价值来，我觉得发掘出《红楼梦》蕴藏的长白山文化，对边疆的巩固和旅游经济的开发，意义重大。于是我把自己变成一只灰头土脑的掘地鼠。

　　从1990年发表《〈红楼梦〉与长白山——大荒山小考》《"太虚幻境"辨》《〈红楼梦〉中东北风》等文，前辈先贤惊喜地欢呼"你已经刮起东北风，给人以石破天惊的感觉"（端木蕻良语）；后来的"颠覆者"诡异地说"貌似有理，经不起推敲"；也有那乖滑的，拿走我的观点，七抄八凑，迅疾出书。你是褒也好，贬也好，乘顺风车也好，我都冷静对待，说明我的考证和索隐引起部分人的兴趣。

　　几十年来，我礼拜长白山达八十余次，翻阅的史料达千万字。天道酬勤，长白山对我不薄，不仅让我发现《红楼梦》文化系于长白山，还让我有幸撞见了天池女真文字碑、抚松长白山大祭坛群、白头山大睡佛……山神赐我以这么厚重的信任，当以何报？我想，发现固然重要，认识它，研究它，开发出来，以飨世人，才能体现其存在的价值。

　　我常常想，我一个人读不懂《红楼梦》，无关大碍；如果太多的人读不懂，就辜负了作者留给我们这部文学瑰宝。普及《红楼梦》，解除读者阅读障碍，对我来说，义不容辞。因之，我的书不是去争立红学山头，不是去跟谁论争你是我非，书中虽然也涉及几位红学家的观点，实出不得已。我的书是为百姓而写，是为解读《红楼梦》而作，仅从满族风俗这一狭小角度，补充点阅读参考材料，将没读懂的部分告知大家。故行文尽量通俗、简洁、明快，繁杂的地方尽力删削，以方便读者。更无碍诸位红学大师从自己的角度在红坛上大展宏图。

人说《红楼梦》是个梦魇，我说《红楼梦》是座窖藏，那满汉全席佳肴佳酿，分明是一道道满汉杂陈的风俗奇珍。一旦打开这一窖藏，顿时芳菲满园，让人迷醉！诚如已故周汝昌老先生所言："芹书内涵，满族文化居主，汉俗次之……从红学史来看，事情饶有意味，而大多数'红学专家'所不知着眼的，正是满学和红学的关系。"诚斯言也，我的这本《〈红楼梦〉与长白山文化》，揭示的就是书中满俗及其变异。从这一进路读《红楼梦》，即使遇到迷津，亦有栈道、舟楫可通。会让你怀着柳暗花明的惊喜，兴致盎然地走过一山又一山，涉过一水又一水，领略那不尽的青山依依，绿水悠悠。

在本书写作过程中，曾得到红学家端木蕻良、周汝昌、张庆善、刘耕路、张锦池、刘敬圻、胡文彬、吕启祥、杜春耕、梅玫等先生的鼓励和帮助，曾得到樊希安、俊峰等先生的鼎力相助，朱利国、马翀先生更是不辞辛劳，对文稿指正不足、校勘谬误，刘耕路、张庆善、富育光学兄亲阅文稿，写下热情洋溢的序言，终使此书能与读者见面。此书尚在审读阶段，石新明、张在茂、沈婷及张浩然先生生前已在策划本书的首发和研讨事项。在此，对众多的志同道合者，表达我诚挚的谢忱。

陈景河

2015 年 1 月 8 日于顽石斋